KB167608

그 후 작가의 하녀

marquis' maid

문시티 장편소설

동아

그 후 작가의
하녀 · II

초판 1쇄 인쇄일 | 2022년 8월 10일
초판 1쇄 발행일 | 2022년 8월 19일

지은이 | 문시티
펴낸이 | 박성면
펴낸곳 | (주)동아

출판등록 | 제406 - 3960100251002007000071호
주소 | 경기도 파주시 문발동 223-1 2층
전화 | (031)8071 - 5201
팩스 | (031)8071 - 5204
E - mail | bear6370@hanmail.net

정가 | 13,000원

ISBN 979 - 11 - 6302 - 600 - 6 (04810)
     979 - 11 - 6302 - 598 - 6 (set)

ⓒ 문시티, 2022

※이 책은 (주)동아와 저작자의 계약에 의해 출판된 것이므로, 무단 전재 및 유포, 공유를 금합니다.

그 후작가의 하녀

marquis' maid

문시티 장편소설

동아

목   차

7. 귀공자 (2)

후원에 있는 사격장은 카론이 주기적으로 일과를 보내는 곳이었다. 탕, 하고 총성이 울릴 때마다 과녁의 중앙에 차례로 구멍이 생겼다.

그 뒤로 한 소년이 쭈뼛거리며 다가와 공손히 인사를 올렸다. 며칠 전 고용한 신입 정원사였다.

"후, 후작님. 확인해 보았습니다."

총성은 계속해서 이어졌다. 계속 말하라는 지시를 눈치껏 알아들은 신입 정원사가 더듬거리며 보고를 이어 나갔다.

"아, 아무것도 나오지 않았습니다. 아무런 일도 없었고요."

총구를 바닥에 댄 카론이 탄알을 채우는 동안, 총성이 멎었다. 아직도 후작의 앞에 서면 오금이 저리는지 신입 정원사가 그 앞에서 달달 떨고 있었다.

"가 봐."

카론이 짧게 보고를 끝내 주자, 신입 정원사는 해방이라도 된 사람처럼 매캐한 냄새가 가득한 사격장을 도망치듯 떠났다.

카론은 시체처럼 수북이 쌓인 탄피를 내려 보다가 한숨을 내쉬었다. 탄환이 빠진 채 껍데기만 나뒹구는 꼴이 보기가 싫어, 괜히 발로 툭 치고서 발 아래 모여 있던 것들을 흐트러뜨렸다.

루이제 슈미트까지 치웠건만, 레나 크루거의 태도는 이전과 딱히 변함이 없었다. 도리어 불편해하던 루이제 슈미트의 수발을 들겠다며 선뜻 나서고 있지 않나.

'우리가 결혼하지 않을 사이라는 걸 말해 봤자 제대로 아실 수야 있을까요? 레나 님의 진심을요.'

자꾸 헛도는 기분이 들었다. 곁에 있어도 잡히지 않는 느낌이라 해야 하나.

분명히 모든 것에는 문제가 없음에도 불구하고, 직감이 계속해서 경고를 보냈다. 카론은 초조해지는 마음에 담배만 꺼내 물었다.

불안의 근원이 무엇인지 알 겨를이 없었다. 왕세자? 로렌츠? 루이제? 그 무엇도 염려할 필요 없는데, 자꾸만 어긋나는 기분이었다.

근래 에르하르트의 집사장을 보육원으로만 내돌린 지 오래였다. 한스는 은밀하게 금발에 벽안을 지닌 아이를 수색 중이었다. 이전에 레베카에게 구해 놓으라 지시해 둔 일이었다. 슈미트 가문의 특징과 일치할 수 있는 아이가 필요했다.

카론은 처음부터 왕세자의 거래에 정당하게 응할 생각이 없었다. 루이제를 먼 지방으로 요양 보낸 뒤에, 한스가 데려온 아이를 그녀의 친자라고 속일 계획이었다. 그 이후에는 도망간 루이제를 대신할 시체를 찾아서 장례를 치르면 되었다.

나중에 속았다는 걸 깨달은 왕세자가 공작 작위를 박탈한다고 실실 웃으며 협박하거나 그에 상응하는 다른 대가를 요구할지도 모르지만, 그때의 일이야 어찌 되든지 상관없었다. 그때는 이미 로렌츠 발렌시아의 목을 딴 이후일 테니까.

작위는 돌려줄 수 있지만, 한번 잘린 목은 붙일 수가 없다. 카론은 약속대로 로렌츠 발렌시아의 목숨값이나 받아 챙기면 그만인 입장이었다.

어차피 성수 치료에 차도가 생기지 않는다면, 로렌츠 발렌시아는 살해당해도 뒤탈 없을 정도로 가치가 폭락해 있을 패였다. 당장에 로렌츠 발렌시아가 죽어 버리면 건방진 사냥개라도 남겨 둬야 하는 아쉬운 처지는 왕세자였다. 카론의 배신 한 번으로 여태껏 쌓아온 협력 관계가 단번에 무너지진 않을 것이다.

그랬기에 카론은 레나 크루거가 고작 그 정도인 인간에게 바치는 헌신이 이해되지 않았다. 발렌시아 가문의 귀공자라고 해도 차남일 뿐이었다. 발렌시아 공작은 차남이 에르하르트 후작 손에 살해되었다고 해도, 장남이 죽은 게 아닌 이상 눈 하나 깜짝 안 할 터였다.

썩은 동아줄인 로렌츠 발렌시아보다는 후작 작위를 직접 계승한 카론 에르하르트를 잡는 것이 현명하리라는 간계를 레나 크루거가 생각지 못할 리가 없었다. 그러니 카론의 심계가 뒤틀리는 이유는 다른 곳에 있지 않았다. 아무리 생각해도 저 여자가 로렌츠 발렌시아에게 굳건할 만한 이유는 단 하나밖에 없어서.

깊은 곳에서 내뱉은 담배 연기가 흩어지면서 꿈속에서 본 과거의 잔상이 펼쳐졌다. 로렌츠 발렌시아가 바실리카 계단을 내려올 때 레나를 잡아 주던 장면. 멀찍이서 그 광경을 유심히 봤을 자신.

그 신기루 같은 기억만 곱씹고 있을 때, 하녀장 레베카가 어느새 가까이 다가와 보고를 올렸다.

"마차가 돌아왔습니다."

그의 정부가 드레스를 고르는 일에 오후를 다 쓰고 돌아왔다는 소식이었다. 그녀의 드레스도 아닌, 그의 약혼녀를 위한 드레스를 고르는 일 따위에.

카론은 타다 남은 담배를 내버렸다. 즉시 걸음을 옮기려는 카론을 향해서, 레베카가 조심스레 보고를 덧붙였다.

"같이 간 시중 하녀가 말하길, 갑작스러운 이상 증세를 보였다고 합니다."

"무슨 증상?"

"예물을 보러 간 뒤로 안색이 급격히 나빠졌다고는 하는데……. 급한 대로 시내에서 약을 처방받아 온 뒤로는 괜찮아졌다는 걸로 보아 큰 문제는 아닌 듯싶습니다."

"의사는?"

"본인이 괜찮다고 만류하고 계신 터라, 일단 상태만 지켜보고 있습니다."

레나 크루거는 최근에 아픈 날이 늘었다. 카론은 멈추었던 걸음을 다시 옮겼다.

불안했다. 분명히 모든 상황이 잘 풀리고 있는데, 계속해서 모든 것이 뒤틀리고 있는 기분이었다.

* * *

안락의자에 앉아 바느질하던 레나 위로 그림자가 드리웠다. 남포등을 가리고 선 그림자에 실과 바늘이 제대로 보이지 않자, 레나는 그때서야 움직이던 손을 멈추었다.

물에 젖은 나무 향이 코끝에 스며들어 말하지 않아도 누가 왔는지 알 수 있었다. 레나는 바로 앞에 선 그를 힐끗 올려 보았다. 씻고 왔는지 습윤한 기운을 머금은 검붉은 눈이 그녀를 내려다보고 있었다. 카론의 키가 워낙 커서, 커다란 나무 그늘이 드리워진 느낌이었다.

후작이 와도 아는 체도 하지 않는 정부라니.

제가 생각해도 우스운 상황이라, 레나는 마지못해 짜던 레이스를 한쪽에 밀어 두고서 그를 맞았다.

"오셨어요."

"몸은 어때."

"괜찮아요. 며칠간 잠을 설쳐서 그런가 봐요. 약을 먹고 푹 자면 회복될 거예요."

카론은 손가락에서 골무를 빼내는 그녀의 행동을 유심히 보다가 하얀 레이스가 소복하게 쌓인 바구니에 눈길을 주었다.

"이건 뭐야."

"후작님 약혼녀가 쓸 베일이요. 드레스와 함께 주문하지 않으셨더라고요. 선물로 드리면 좋을 것 같아서요."

카론의 얼굴이 곧장 사납게 구겨졌다. 레나는 아랑곳하지 않고 힘들게 바느질한 베일을 아무렇게나 구겨 쥐는 남자의 손을 노려보았다.

"그렇게 쥐면 망가져요."

"넌 내가 결혼하는 게 즐거워?"

카론은 움켜쥔 베일을 놓지 않았다. 바구니 안에 든 것이 저를 향한 모욕이라도 되는 양 매서워진 눈이 선득했다. 모욕, 모욕이라. 레나는 그를 응시하다가 가만히 헛웃음을 머금었다.

도대체 무엇이 모욕이란 말인가. 도대체 그와 저가 무슨 사이라고. 오늘 자신이 제정신으로 겪어야 했던 일에 비하면 아무것도 아니었다.

레나의 냉정을 이해 못 한 카론이 바구니에 있던 베일을 바닥에 쏟았다.

"괜한 기대를 하는 것 같은데."

베일이 그의 발 아래에 밟혔다. 검은 구두가 얇고 연약한 베일을 짓이기자 바느질이 덜 된 부분이 손쉽게 찢겨져 나갔다. 레나는 새하얀 면사포가 거침없이 더럽혀지는 광경을 하염없이 응시하다 시선을 올렸다.

"내가 결혼을 하든 말든 그건 너와 아무런 관련이 없어. 넌 어차피 못 벗어나."

잠자리의 투명한 날개를 찢어 버리고도 아무런 죄책감이 없는 소년처럼, 카론에게선 조금의 미안함도 느껴지지 않았다. 이제는 그의 이런 잔혹한 성정에 익숙해진 레나였다.

그녀는 천천히 자리에서 일어나 자개 상자가 놓인 사이드 테이블에 가까이 섰다.

"약혼녀께서 준비한 예물이 무엇인지 아셨나요? 훌륭한 물건을 준비해 두었던 걸요."

카론은 아무것도 못 본 사람처럼 구는 정부가 어이없었는지 헛웃음을 쳤다. 어디 해 보라는 듯이, 그녀가 하는 모양새를 쏘아보는 시선이 느껴졌다.

여유로운 미소를 짓던 레나는 자개 상자의 잠금을 풀고서 상자를 완전히 열어 보이기까지 잠시간 망설였다. 그의 반응을 보게 된다면, 돌이킬 수 없으리란 생각이 들었다. 그러나 확인해야만 하는 일이었다.

어머니인 샤를로테의 가보는 집안 대대로 내려오는 특별한 마도구라 널리 알려진 물건이 아니었다. 가보로 전해질 만큼 수제작 된 마도구는 세상에 하나밖에 없는 특별한 것이었다.

포모나로 향하다 마차 사고로 잃어버리기 전까진 몸에서 떼어 놓은 적이 없는 방어구인지라 누군가가 사용할 수 있을 리도 없었다. 부모님한테 받은 그 소중한 유산을 유일하게 빌려준 상대는 오직 카론 에르하르트뿐이었다.

'지금 내가 네 것을 훔칠까 봐 이러는 거야? 내가, 마력을 잃으면 아무런 쓸모도 없어지는 금 간 보석 따위를 탐낼까 봐서.'

마음만 먹으면 세상에 있는 마도구는 무엇이든지 가지고 마는 에르하르트 소후작에게는 아무것도 아닐지 몰라도, 그녀에게는 세상에서 가장 소중한 물건일 수밖에 없었다.

'너, 어떻게 타스로산 에메랄드로 된 방어구를 가지고 있는 거야?'

그가 방어구로서의 효력을 잃은 팔찌를 돌려준 순간은 차마 기억에서 지우지도 못해 고이 간직하고 있을 정도로.

그러니 카론에게 이 얘기만은 반드시 들어야 했다. 카드에 쓰인 말이 무엇을 뜻하는지, 도대체 루이제 슈미트와 저 팔찌가 무슨 연관이 있는 것인지를.

오직 그 이유를 듣기 위하여 그의 약혼녀가 가보를 흉내 낸 팔찌를 예물이랍시고 손수 들고 오지 않았던가. 무슨 생각으로 베일을 짜는지도 모르는채, 그것만 보면서 한나절을 보내야만 했다.

"어떠세요."

그러나 안에 든 물건을 보는 남자의 얼굴은 무감했다. 그의 입술이 느릿하게 움직이기까지가 지독하게 길게만 느껴졌다. 그 찰나의 순간에 레나는 꼼짝하지 못하고 얽매여 있었다.

"글쎄."

"……."

"네가 말한 만큼 대단한 건 없어 보이는데."

감흥 없는 목소리였다. 레나는 순식간에 아득해진 얼굴로 그를 올려다보았다.

그의 눈은 흔하게 굴러다니는 돌덩이를 보는 듯 무신경했다. 카론은 카드를 읽어 보고서 미간을 찌푸리더니, 그것을 그대로 상자 안에 던져넣었다.

"슈미트 영애가 뭐라 말하든 신경 쓰지 마. 너와는 관련 없는 일이니까."

상자를 덮는 손이 냉정했다. 약혼녀를 떠올리기만 해도 지긋지긋하다는 얼굴이었다. 레나는 멀거니 제 정부가 약혼녀를 신경 쓰는 일에만 불쾌감을 표하는 남자를 바라보았다.

레나는 그에게 어떤 말도 듣지 못하리라는 사실을 깨달았다.

카론 에르하르트는 정말로 그 무엇도 기억하지 못했다. 그녀에게 가장 소중했던 기억조차도.

* * *

필리프가 정원을 가꾸는 일과를 마친 건 저녁이 되어서였다. 평소라면 백야 같은 황혼이 이어져야 했을 늦여름의 하늘은 먹구름이 짙게 깔려 어둑해져 있었다. 곧 비가 올 날씨였다.

필리프는 후더운 습기를 느끼며 정원사가 기거하는 오두막에 들어섰다. 문이 열리는 동안, 문 틈새로 보이는 광경에 필리프는 문을 열다 말고 멈칫거렸다.

가지런하게 정리해 놓았던 옷가지나 책 따위가 바닥에서 아무렇게나 뒹굴고 있는 모습이 보였다. 항상 말끔하게 공간을 유지하는 습관이 있는 그였다. 이리 어지르고 나갈 리가 없었다. 다른 누군가가 안에 있는 것이 분명했다.

최근 그의 감시로 붙은 어리숙한 신입 정원사일 터였다. 후작이 감시인을 시켜 방을 뒤지는 상황은 항상 염두에 두었던 일이라 놀랍지도 않았다.

어차피 뒤져 봤자 나올 것은 없었다. 그나마 하나 남은 마법진은 시골에서 온 촌뜨기 정원사에게는 낙서로만 여겨질 문양일 테니.

서신이야 항상 태워 없앴고, 전서구는 새장이 아닌 오두막 뒤편에 있는 나무 둥지에 옮겨 두었다. 포모나와 오노르 왕국을 오가며 뒷골목 일을 배워 왔던 필리프는 흔적을 남기지 않는 습관이 이미 몸에 배어 있었으므로, 제 처소를 뒤지는 감시자를 보고도 태평했다.

적당히 어지르고 가라.

필리프는 친히 막스를 유인했던 산장으로 걸음을 옮겼다. 산장 앞에는 달 그림자가 흩어진 강이 있었는데, 근래 필리프가 일과를 마무리하고 있는 장소였다. 산장의 강은 바닥이 깊지 않아서, 수영을 하며 종일 정원 일을 하느라 뒤집어쓴 흙먼지를 씻어 낼 수 있었다.

옷을 벗고서 헤엄을 치다가 잠수하길 반복한 그는 물에 뜬 상태로 멍하니 시간을 보냈다. 먹구름 사이로 보이는 손톱 같은 초승달이 루이제가 떠난 날짜를 계산하게 했다. 이제 저 달이 완전하게 꽉 차오른 만월이 되면 그는 더 이상 이곳에 남아 있지 않을 것이다.

다행히 어리바리한 감시자가 며칠째 그가 기거하는 오두막만 뒤지고 있었다. 그가 이곳을 빠져나갈 날만 손꼽아 기다리고 있다는 사실을 아직 눈치채지 못한 듯 보였다.

후작의 감시가 갑자기 삼엄해졌다는 건 이 저택에서 버틸 수 있는 기간이 얼마 남지 않았다는 걸 의미했다. 여태껏 그가 방심하길 기다리며 느슨한 감시만을 이어 온 후작은 무슨 변덕이 생겼는지, 루이제의 배웅을 다녀온 뒤로 갑자기 노골적으로 감시망을 좁히고 있었다.

후작이 아직도 그를 죽이지 않고 지켜보는 이유는 단 하나. 끄나풀의 흔적으로 배후까지 도려내기 위함일 터. 로렌츠 발렌시아까지 끄집어낼 구실을 쥐기 위해서 노골적으로 물증을 찾는 후작의 행적에선 이전에 보이지 않았던 초조함이 드러났다.

필리프는 후작의 그런 조급함이 어디서 기인하는지 알 것만 같았다. 그는 목걸이로 걸고 있던 검 장신구의 깨진 붉은 보석과 초승달을 맞춰 보다가 손으로 눈가를 쓸었다. 여기서 빠져나가기 전에 돌려줘야 할 것 하는데……. 어떻게 다가설 수 있을지 감이 잡히지 않았다.

하염없이 먹구름 낀 밤하늘을 보던 얼굴 위로 물방울이 툭툭 떨어졌다. 늦은 밤, 부슬비가 내리고 있었다.

필리프는 그제야 휘적휘적 물에서 걸어 나와 오두막으로 돌아왔다. 군데 군데 젖은 머리카락과 어깨를 털면서 문에 붙은 벽등에 성냥불을 붙이자 어두컴컴하던 오두막 안으로 아늑한 불빛이 가득 찼다.

습관대로 문가에 달린 거울 앞에서 젖은 윗옷부터 벗고 보는데, 들어올 땐 보이지 않았던 구석 자리가 거울에 비쳤다. 필리프의 눈이 휘둥그렇게 뜨였다.

"거기 누구야."

어둠 속에 누군가 앉아 있었다. 신입 정원사라고 하기에는 작은 체구의 소유자였다. 어쩐지 가냘픈 윤곽이 익숙했다. 필리프는 설마, 하는 생각으로 침입자에게 가까이 다가갔다.

"레나 크루거?"

구석에 웅크리고 있던 레나 크루거가 그를 올려다보았다. 무언가에 홀린 듯 넋이 나간 얼굴에, 자다 나왔는지 슈미즈 차림을 하고 있었다.

"왜 그래?"

그 심상치 않은 기세에 필리프가 창에 커튼을 치고서 레나의 어깨를 붙들었다. 레나는 바닥에 내려놓았던 상자를 집어 들더니 그에게 열어 보이고서 대뜸 물었다.

"이거 알아?"

"뭐?"

에메랄드로 엮인 팔찌였다. 필리프는 기억날 듯 기억나지 않아, 한참을 들여다보다가 아, 하고 탄성을 냈다. 기억의 언저리에 있던 브리짓 클로츠의 그림이 떠올랐다.

"브리짓 클로츠……."

필리프가 속삭이듯 기억 속에 묻혀 있던 이름을 끄집어내는데, 창백한 손이 그의 팔뚝을 움켜쥐었다. 차가운 온도에 놀랄 겨를도 없이, 울듯이 일그러진 얼굴을 한 레나 크루거가 그를 다그쳤다.

"어머니의 가보를 수선해 준 분이야. 그런데 그거 말고는? 그거 말고 루이제 슈미트가 알고 있는 다른 게 있어?"

루이제와는 최근에야 재회한 필리프가 그 정도의 세세한 일을 알고 있을 리 만무했다. 그는 자신을 필사적으로 붙들고 묻는 레나의 얼굴을 보다가 퍼뜩 현재 상황을 자각했다.

"너, 여기는 어떻게 왔어. 분명히 감시가 붙었을 텐데……."

문득 든 위기의식에 낯을 굳히는 반응에도 레나 크루거는 꿈쩍하지 않았다. 오히려 그의 말을 끊고서 추궁을 이어 나갔다.

"재우고 왔으니까 걱정하지 마. 그보다 똑바로 말해. 너 이거에 대해서 정말 아무것도 몰라?"

이성을 잃은 레나의 얼굴은 절박하기만 했다. 그녀가 이러는 걸 본 적이 없었던 필리프는 그저 말문이 막혔다.

"어째서 그 여자가 어머니의 가보와 똑같은 물건을 후작에게 선물하는 건데? 어째서 후작이 이걸⋯⋯."

도무지 이해할 수도 없고, 이어지지도 않는 말이 두서없이 나열되다가 멎었다. 쉼표 없이 말을 쏟던 레나는 무너지듯 쓰러져 헛구역질을 하기 시작했다. 필리프는 다가가서 그녀의 등을 두드려 주었다.

"괜찮아?"

그가 오기 전까지 어둠 속에서 홀로 분을 삭이고 있었을까. 말라붙은 눈물자리가 보였다. 하얗게 질린 얼굴로 보아 무슨 큰 사달이 난 듯싶었다. 톡 건드리면 눈물이 터질 것만 같은 얼굴이 파르르 떠는 숨을 토해 냈다.

"숨 쉬어. 천천히. 응, 그렇게."

필리프가 바닥을 짚고 있는 레나를 한껏 끌어안고 다독였다. 레나는 얌전히 그의 품에 안겨 있었다. 남자에게 안겼다는 사실도 자각하지 못할 정도로 지친 상태로만 보였다.

얼마나 그렇게 있었을까. 이슬비 같은 눈물이 필리프의 맨 어깨를 적시기 시작했다.

"후작이⋯⋯. 혹시⋯⋯. 루이제 슈미트를 위해서, 방어구를 쓴 적이 있어?"

띄엄띄엄 흘러나오는 말 사이의 간격은 눈물로 메워져 있었다. 필리프는 제 어깨에 얼굴을 묻고 있는 여자의 뒷머리를 쓰다듬어 줄 뿐 아무런 말도 하지 못했다. 대강 무슨 상황인지는 짐작할 수 있었기에, 그저 나지막한 한숨만 흘렸다.

"모르겠어. 미안해."

필리프는 무엇이 미안한지도 모르는 채 그녀를 달랬다. 머리카락을 부드러이 쓸어 주길 반복할 때마다 흐느낌은 점점 가느다랗게 변하다가 애달픈 말소리로 흘러나왔다.

"그때 네가 했던 말이 맞았어."

"……"

"무른 마음이었어. 나도 모르는 사이에 바라고 있었나 봐. 어쩌면 그가 나만은 기억해 줄지도 모른다고……."

물기를 머금어 울먹이는 말들이 그의 품 안에서 고였다. 필리프는 가만히 그녀의 등을 쓸어내렸다. 레나 크루거는 눈을 감으며 긴 한숨을 삼키고서 중얼거렸다.

"그러니 상처를 받는 거겠지. 그에겐 조금도 특별할 것이 없었는데……. 어쩌면 카론이 중심 기억을 찾아도 영원히 날 기억해 주지 않을지도 모른다는 걸 알면서도……."

필리프가 이해해 주길 바라는 말이 아니었다. 그저 고해성사에 가까운 자조였다. 이내 다시 건조한 얼굴로 돌아온 그녀가 필리프의 품에서 천천히 빠져나왔다. 한껏 게워 낸 얼굴이었다.

"미안해. 너한테 못 볼 꼴을 보였네."

레나가 젖은 얼굴을 정돈하며 머쓱한 웃음을 지었다. 추태를 부렸다고 생각했는지, 후회하는 기색이 역력했다.

"다신 이런 일 없을 거야."

아무렇지 않은 듯 애써 웃어 보이는 얼굴이 평생 이 상태로 머물지도 모른다는 두려움을 어설피 감추려 들었다. 필리프는 부서진 미소를 짓는 그녀를 빤히 보다가 제 품 안으로 다시 끌어안았다.

"후작에게서 벗어나. 너는 할 만큼 했어. 후작과 로렌츠 발렌시아의 싸움에 네가 희생당할 필요는 없어."

등을 구부릴 정도로 고개를 낮춘 그가 그녀의 귓가에 대고 나지막이 속삭였다.

"네가 로렌츠 발렌시아와 계약한 이유가 뭔진 몰라도, 계약의 대가를 받을 수 있도록 내가 도와줄게."

자신도 이 여자를 안타깝게 여길 때가 있었으나 진정으로 위했던 적은 없었다. 만약에 그랬다면, 어쩔 수 없었다는 이유로 소등 사건을 일으켜 저를 살려 준 적이 있는 여자를 곤란에 처하게 하지도 않았을 터였다. 그때까지만 해도 그녀를 이 정도로 감쌀 마음이 없었다.

그러나 알면 알수록 이 여자는 정말로 의지할 곳이 없었다. 레나 크루거는 오로지 혼자였다. 심지어 마음을 두고 있는 남자 곁에서도 항상 고독의 그림자가 보였다.

필리프는 그 모습에서 제 어린 시절을 보았다. 그녀를 이 저택에 내버려 두고 루이제와 함께 포모나로 떠난다면, 두고두고 후회할 것만 같은 기분이었다.

그러자 레나 크루거가 열없는 눈으로 힘 빠진 미소를 지었다.

"고마워. 그렇게라도 말해 줘서."

체념이 깃든 얼굴이었다. 전혀 기대하지 않는다는 듯이. 필리프는 그녀의 손목을 붙잡아 올리며 한숨을 내쉬었다.

"일단 오늘은 가. 지금도 누가 감시하고 있을지 모르니, 다른 길을 마련해 줄 테니까."

정원사의 오두막은 고용인들이 기거하는 별채와 가까이 있어 그냥 가게 됐다가는 들킬 위험이 컸다. 지금 이곳에 온 것만 해도 누군가에게 들켰을 수도 있었다.

필리프가 구석에 있는 1인용 침대를 밀자, 나무 바닥 밑에 새겨진 소형 마법진이 드러났다. 성인 한 명이 겨우 발을 딛고 서 있을 수 있을 만한 크기의 마법진은 막스를 후원의 산장으로 유인하고, 그는 도로 오두막으로 돌아와야 했을 때 썼던 것이었다. 혹시 몰라 아직 폐쇄하지 않고 둔 마법진에 요긴한 쓰임새가 생긴 셈이었다.

후원에 있는 산장은 원래부터 인적이 드무니 그나마 안전했다. 후원에서 저택의 후문으로 들어가면 이 시간에 마주치는 고용인은 거의 없을 터였다.

필리프가 나무 바닥에 새겨진 마법진을 가만히 몇 번 쓸어내리자, 마법진에서는 이내 보라색 빛무리가 차오르기 시작했다. 필리프는 레나를 그 위에 세워 두며 말했다.

"며칠 뒤에 붉은 달이 뜰 거야. 너도 알다시피 신비력이 제일 강한 날이라, 그날에 맞춰 이 저택을 빠져나갈 계획이었어."

"……."

"벗어나고 싶다면 기회는 그날뿐이야. 어떻게 해서든 자정까지 후원에 있는 산장으로 와."

필리프가 점점 흐릿하게 사라져 가는 그녀에게 가지고 있던 검 장신구를 걸어 주면서 당부했다. 레나가 무언가를 말하려 입을 벙긋거렸지만, 이미 그녀는 사라지고 없었다.

* * *

올리버는 멀리서 안절부절못하며 오두막을 바라보았다. 최근 정원사로 고용된 올리버는 이런 일에 익숙하지 않았다. 에르하르트 저택이 임금을 잘 준다길래 왔는데, 같은 고용인의 방을 뒤지라는 명령까지 받을 줄은 몰랐다.

최대한 필리프가 해 놓는 대로 방을 도로 정리하고 나오고는 있었지만, 아무래도 필리프에게 들킨 듯싶었다. 은근슬쩍 그의 등을 두드리고 간다든가, '요즘 힘들지?' 하고 능글맞게 신경 써 주는 물음으로 보아 더욱 확실했다.

그럴 때마다 올리버는 자괴감에 머리를 감싸 안아야 했다.

아아, 어쩌다 이런 골치 아픈 일을 맡아서는…….

어쨌거나 필리프는 그의 선배였다. 같은 고용인 입장인 데다가, 그보다 한참이나 오래 일한 선배에게 대놓고 하극상을 벌여야 하는 상황이 여간 불편한 게 아니었다.

에르하르트 고용인 일이 힘들어서 그만두는 사람이 많다고 했을 때 진작 오지 말았어야 했는데…….

올리버는 발만 동동 구르며, 오두막을 보다가 머리를 쥐어뜯었다.

후작의 정부라는 여자가 오두막으로 다가오는 모습을 보자마자 방 정리도 해 놓지 못하고 도망 나온 참이었다. 필리프가 후작의 정부와 염문이 있다는 사실은 고용인들 사이에서 익히 들어 알고는 있었지만, 여전히 만나고 있을 줄이야. 이것도 말해야 하나? 그럼 필리프는?

소심한 올리버는 자신에게 닥친 고난에 괴로워하며, 다른 것에 운명을 맡기고자 나무 밑에 난 꽃을 무작정 꺾었다. 말한다, 안 말한다, 말한다, 안 말한다, 말한다……. 안 돼! 다시!

지켜보는 올리버가 그들의 상황에 안달하게 될 지경이었다. 그렇게 올리버 밑으로 죄 없는 꽃잎들이 수북해질 때까지 오두막에는 아무런 일도 일어나지 않았다. 후작의 정부가 나오진 않았지만, 그렇다고 해서 필리프가 돌아오지도 않았으니 아무런 일이 일어나지 않는다고 해야 맞을 것이다.

올리버는 차라리 두 손을 붙들고 비는 지경에 이르렀다. 제발 그냥 가라……. 제발 엇갈려라……. 서로 못 만나는 상황이면 아무 일도 없는 것이니 그냥 넘어갈게, 제발!

그때 멀리서 저벅저벅 필리프가 걸어오는 소리가 들렸다. 올리버는 새파랗게 질려서 필리프가 보이지 않을 거리임에도 나무 뒤에 허겁지겁 숨었다.

곧이어 오두막의 창으로 불빛이 들어왔고, 올리브는 긴장한 채 그 광경을 지켜보았다. 필리프가 윗옷을 벗고서 뒤를 돌아보더니 놀란 표정을 지었다. 그러더니 창문을 커튼으로 가렸다. 여전히 후작의 정부는 나오지 않고 있었다.

올리버는 침을 꿀꺽 삼켜야만 했다. 그 뒤로는 눈을 깜빡이고, 다시 꽃에게 답을 묻고, 나무뿌리 부근 흙만 쥐 파먹듯 툭툭 치기를 반복했다. 마른 세수를 해 봤지만, 이쯤이면 충분히 시간이 흐른 뒤였다.

도대체 안에서 무슨 일이 일어나는지, 한참이 지나도 그들은 나오질 않았다. 올리버는 결국에 시뻘겋게 달아오른 귀로, 후작이 머무는 저택까지 내달리려 뒤를 돌았다. 이건 어쩔 수 없다. 후작에게 말해야 하지 않은가.

"으아악!"

그러나 비장한 각오로 일어선 올리버는 곧 마물을 본 사람처럼 주저앉았다. 지금 그에게는 마물보다 더 무서운 인간인 필리프가 그를 보면서 씩웃고 있었다.

"오늘도 수고가 많네."

필리프가 덜덜 떨고 있는 그의 어깨에 손을 얹고서 도닥거렸다. 올리버는 휘둥그레진 눈으로 쪽을 휙 돌아보았지만, 여전히 레나 크루거는 나오지 않고 있었다.

"에이, 없는 사람 찾지 말고."

필리프가 어깨동무하는 척 그를 똑바로 세웠다. 올리버는 어버버거리며 말을 잇지 못했다.

"며칠간 나한테 듣고 싶었던 게 많은 것 같았는데, 우리 가서 얘기 좀 할까?"

듣기만 해도 오붓한 제안을 한 필리프는 다리에 힘이 풀린 그를 질질 끌고서 오두막으로 들어갔다.

올리버에게는 꽤 난감해질 밤의 시작이었다.

* * *

"일어나."

앤은 발작처럼 잠에서 깨어났다. 눈앞에 서 있는 남자를 올려다보고서 기겁했다. 온몸의 긴장이 풀린 단잠 속에서도 얼음송곳으로 신경을 찌르는 듯한 목소리만은 알아들을 수 있었다.

"후, 후작님……."

무조건 고개부터 조아리고 보았다. 레나 크루거의 침실 앞에서 불침번을 서고 있던 앤은 온몸을 달달 떨기 시작했다.

대체 어쩌다 잠든 것일까.

* * *

사건의 경과를 머릿속에 되새겨 보자면, 레나 크루거가 낮에 예물을 보다가 쓰러진 것이 사건의 발단이었다. 시중 하녀 업무를 맡은 앤에게는 날벼락 같은 일이었다.

바들바들 떨던 레나 크루거는 시내에 있는 의원에 가 보길 한사코 거절하더니, 약방에서 약초만 처방받아 왔다. 저택에 돌아오고 나서야 앤은 곰곰이 생각해 볼 수 있었다.

레나의 안색이 너무 창백해 보여 그녀가 원하던 대로 맞춰 주게 된 상황이 마음에 들진 않았다. 하지만 당시는 소스라치게 놀라 어쩔 수가 없었다.

감시당하고 있긴 하나 후작의 정부다. 레나 크루거가 잘못되기라도 하면 제일 먼저 문책이 떨어질 사람이 앤이었다.

약제사에게 몇 번이나 거듭 확인해 보았으나, 레나 크루거와 약제사는 초면인 데다가 약초는 분명히 진정제 재료에 불과해 독은 없다는 확답을 받았다. 그러니 이상한 수작을 부리진 못하리라 생각했다.

그렇기에 레나 크루거의 침실 문 앞에 의자를 두고 앉기 전까지는 분명히 안심하고 있었다.

밤이 되자 고요한 어둠이 자욱하게 깔린 회랑은 깊은 굴과 같았다. 그 아득한 어둠을 마주하지 못하고 고개를 돌리면, 맞은편에는 커다란 창으로 후원이 보였다. 울창하게 우거진 후원의 수목림은 편안한 초록빛을 띠는 낮과 다르게 지켜보는 사람의 안광마저 어둡게 만들 정도로 소름 돋는 시꺼먼

색으로 변해 있었다. 열어 둔 창틈으로 시원한 초가을 바람이 불었으나, 오늘따라 스산하게만 느껴지는 찬 바람이었다.

레나 크루거의 침실이 있는 회랑은 후작의 침실과 이어져 있어서 드나드는 고용인이 거의 없었다. 후작의 전용 회랑은 특별한 부름 없이는 허락되는 공간이 아니었다. 한스는 출장 중이었고, 레베카는 응접실에서 하녀들을 모아 놓고 정리하고 있을 시간이었다. 따라서 지금 2층에는 앤 한 명밖에 없었다.

앤은 오싹해지는 기분을 밀어내기 위해 동그랗게 뜬 보름달의 운치를 즐겨 보려 했으나, 그럴수록 어두운 회랑의 저편으로 눈길이 돌아갔다. 두려움은 아무렇지 않으려 신경 쓸수록 그녀의 내면에서 세를 키웠다.

앤은 본디 그런 성격이었다. 괄괄하고 호전적인 행동을 자주 하긴 했지만, 이상한 곳에서는 겁이 많았다.

'앤.'

그러니 앤으로선 자신을 불러 주는 레나 크루거의 목소리가 그리 반가울 수가 없었다. 앤은 무서움을 감추고서 아무렇지 않은 척 말을 받았다.

'무슨 일이야.'

'낮의 일 미안해요. 많이 놀랐나요?'

레나 크루거는 방문 앞에 있는지 목소리가 가까이서 들렸다. 갑작스러운 사과에 앤은 일부러 되쏘듯 말했다.

'미안한 걸 알면 쓰러지지 말든가. 아픈 척해서 어떻게든지 시중 하녀 바꿔 볼 생각이면 관두는 게 좋을걸. 로제마리 걔는 제대로 찍힌 것 같으니까.'

'……그런 생각 안 했어요.'

'내가 모를 줄 알아? 로제마리가 시중 하녀인 편이 너도 좋잖아. 나는 드레스도 제대로 봐 주질 못하고 시침 하녀들을 싫어하기만 하니까.'

레나 크루거가 보기 드물게 저자세로 나오자, 앤은 저도 모르게 툴툴거리는 말이 길어졌다.

'저는 앤이 그 이유로 싫진 않아요.'

'어쨌든 싫어하잖아. 내가 처음에 널 잘 대해 줬던 것 같은데도 그랬지. 결국 너도 다른 시침 하녀들과 다를 바가 없단 것만 알았어. 난 지금 네 꼴이 웃기고 부럽지도 않아. 후작 같은 남자한테 코 꿰어 이렇게 갇혀 지내다가, 나중에는 후작 부인한테 빌빌 기는 정부 노릇이나 하면서 살게 될 테니까.'

레나는 잠시간 말이 없었다. 앤이 그럼 그렇지, 라는 생각으로 비식거렸다. 시침 하녀들은 다 똑같다. 이런 사실을 말하면 모욕이라도 들은 듯이 파드득 화를 낸다. 그녀는 자신이 맞는 말을 했다고 생각했기 때문에 시침 하녀들의 반응을 이해할 수 없었다. 오히려 한심스러웠다.

저뿐만 아니라 잡일 하녀들, 남자 고용인들까지 심심풀이로 그들을 빨래방에서 찧고 험담하기 일쑤였다. 앤은 남들이 낄낄거리며 하는 뒷얘기를 그들 앞에 대놓고 전해 주었을 뿐이었다. 시침 하녀의 인생이야 보나 마나 뻔한 것인데, 이 말도 안 되는 일을 수락하다니. 앤이 보기에 그녀들은 도무지 이해되지도 않을뿐더러 멍청해 보이기만 하는 여자들이었다.

그런 주제에 허영심만 많아서 주제에 맞지도 않은 비싼 드레스나 걸치고 잡일 하녀들을 낮보다니. 몇몇 시침 하녀들이 귀부인인 양 고고하게 굴 때마다 코웃음을 치던 앤이었다. 그러니 레나 크루커의 처지를 더욱 비웃으며 조롱하고 싶은 건지도 몰랐다.

자신은 역시 저런 시침 하녀는 물과 기름처럼 친해질 수 없는 부류라고 생각하는 찰나에, 조용했던 레나가 다시 말을 걸어왔다.

'저는 앤이 저한테 손을 내미는 이유가 싫었어요.'

'뭐?'

'제가 잠깐 잡일 하녀로 있었으니까 마음에 들었던 거잖아요. 사실은 저도 시침 하녀가 되어야 하는 상황이었는데. 앤은 나보단 내 처지를 마음에 들어 하는 것 같아 보였어요.'

이번에는 앤이 입을 꾹 다물었다.

'그래서 당신을 밀어낸 거예요. 당신은 시침 하녀가 된 나를 싫어할 거고, 나는 당신에게 맞춰 줄 수 없으니까. 저는 이제 누군가의 마음에 들게끔 행동해야 하는 상황에 지쳤거든요.'

'잘했네. 나도 시침 하녀랑 친해지긴 싫거든. 이제 그 입 다물지? 네 상황 궁금하지도 않고, 이해하고 싶지도 않으니까.'

앤이 뾰족하니 말을 되받았으나 문 너머로는 레나 크루거의 미묘한 웃음 소리만 새어 나왔다. 자조인 듯했다. 오늘따라 레나 크루거는 말이 길었다. 이상한 쪽으로 신경을 거슬리게 하긴 했지만, 말 상대가 생기니 어둡고 조용한 회랑에 느끼는 두려움이 사라진 채였다.

보름달이 뜬 후원이 고즈넉하니 보기 좋은 것도 같았다. 말을 걸어오는 레나 크루거의 목소리가 조용조용하고 나지막해서 듣기도 좋았다. 게다가 침실에 향초를 켜 뒀는지, 기분 좋은 풀 향이 솔솔 나는 것도 같고.

늦여름에 부는 시원한 바람, 정취 있는 풍광, 편안해지는 향.

'……앤, 자요?'

앤은 그렇게 까무룩 잠이 들고 말았다.

* * *

"지금 잠이 오나."

앤은 기억을 되새기다 머리 위로 후작의 발을 두고서 몸을 떨었다. 후작의 성정이야 첫날부터 제대로 겪은 터였다. 예측불허한 공포가 앤을 덮쳤다.

"레나 크루거는?"

"아, 안에……."

"이러다 문제가 생기면 어떻게 하려고."

근래 후작은 레나 크루거에 관한 실책을 평소보다 엄하게 묻고 있다고 했다. 앤은 무조건 아무 일이 없길 바랐다.

"그, 그럴 일이 없도록……. 최선을 다하겠습니다."

"다른 일은."

"없었습니다."

앤은 심장이 쿵쿵거릴 만한 섬뜩한 불안을 감추며 일단 답하고는 보았으나 확신을 하진 못했다.

레나 크루거가 이상한 간계라도 부렸으면 어떻게 하지. 만약에, 레나 크루거가 이 기회를 틈타 도망이라도 갔다면? 아니면 자길 싫어하니까 골탕 먹이려고 일부러 한 번 사라진 척 소동이라도 일으켰다면?

분명히 레나는 앤이 잠든 것을 알아차렸을 터였다. 앤은 저라면 벌였을지도 모르는 짓을 나열해 보다가 아찔해지는 가정에 눈을 질끈 감았다.

차마 후작을 올려다보지도 못하겠어서 몸이 움츠러들었다. 시침 하녀도 싫고 후작도 싫긴 하지만, 시침 하녀는 우습고 후작은 무서웠다. 카론은 가만히 굽실거리는 하녀를 내려다보다가 무언가를 기억해 냈는지 무심히 덧붙였다.

"그러고 보니 문제를 일으킨 게 이번 한 번이 아닌 것 같은데."

심드렁한 어투였으나 앤의 가슴을 철렁 내려앉게 하는 말이었다. 후작의 한 마디에 눈앞이 아뜩해졌다.

제가 쫓아낸 시침 하녀 마리가 생각났다. 하녀들 사이에서 떠도는 소식을 주워듣기로 에르하르트 저택에서 일한 기간이 워낙 짧은 데다가 밤 시중을 든 적도 없는지라, 하녀장의 추천서를 받아서 다른 저택의 시중 하녀로 들어간 덕에 그럭저럭 잘 지내고 있다고 했다.

퇴출당한 에르하르트 고용인들 가운데서는 잘 풀린 축이었다. 그러니 그 소식을 들었을 땐 어쩐지 분한 감이 있었다.

앤은 절대로 그렇게 풀릴 수 없었다. 이미 후작의 눈 밖에 나 있는 데다가 첫날부터 말썽을 일으켰으니, 하녀장 레베카조차도 그녀를 달갑게 보지 않았다. 이 저택에서 차기 하녀장이 되는 일은 꿈도 꾸지 못하리라.

후작 앞에서 정말로 싸움을 벌일 줄 몰랐다며, 냉랭하게 저를 쏘아보던 레베카의 얼굴이 아직도 마음속에 가시처럼 박혀 있었다. 보통 그런 일이 있으면 다음부턴 둘이 같이 잘 지내보겠다고 고개를 조아리는 것이 상식적인 고용인의 태도 아니냐던 꾸지람에 대해서도 할 말이 없었다.

시침 하녀와 관련된 일에는 쉽사리 적대감부터 일어났던 것이 문제였다. 당시에는 무조건 어떻게 해서든 저택에서 살아남아야겠다는 생각밖에 들지 않았다.

그녀에게는 아직 길러 먹여야 하는 동생들이 있었다. 집에 저만 바라보는 입이 몇 개인데……. 지금도 후작의 바짓가랑이라도 붙잡아야 하나 고민해야만 하는 것이 앤의 처지였다.

앤은 항상 못 가져서 절박했고, 그 절박함으로 쌓인 설움이 그녀를 그악스럽게 행동하도록 했다. 내내 이렇게만 살아왔기 때문에, 미움을 사도 어떻게 풀어야 할지 몰랐다.

그때, 닫혀 있던 문이 끼익 소리를 내며 열렸다. 문 사이 틈으로 실내조명이 새어 나왔다. 그 좁은 틈 사이로 길게 뻗어 오는 빛줄기가 앤과 카론 사이를 가로질렀다. 앤에게는 구원으로만 보일 빛이었다. 씻고 나왔는지 젖은 머리에 슈미즈 차림을 한 레나 크루거가 문틈 사이로 얼굴을 내밀고 있었다.

"무슨 일로 오셨어요."

조심스러운 속삭임에, 카론은 레나 크루거를 빤히 보더니 아무런 말도 하지 않았다. 그는 그대로 레나 크루거의 방으로 성큼 들어서면서 앤을 스쳐 지나갔다.

"아무것도."

그렇게 문이 닫혔다. 앤은 닫힌 문만 뚫어져라 쳐다보다가 비로소 멈추었던 숨을 내쉬었다.

* * *

"갑자기 무슨 일이세요."

카론은 물기 묻은 여자를 응시했다. 낮에 보았던 해쓱한 낯엔 혈색이 되돌아왔으나, 방금 씻은 듯한 젖은 몸은 비바람에 흔들리는 나뭇가지처럼 잘게 떨고 있었다.

"몸은 어때."

당분간 밤에 침실을 따로 쓰고 싶다는 부탁을 수락한 건 레나의 건강 때문이었다. 루이제의 약혼식 드레스 따위나 확인하러 간 이후부터 상태가 좋지 않아 보이는 것이 내내 마음에 걸렸다. 낮에 예물 상자를 보여 주고 나서 급속도로 침잠해진 눈동자가 그의 신경을 긁어 놓고 있었다.

"자고 있을 줄 알았는데."

카론이 레나에게 한 발짝 다가서자, 레나가 흠칫거리며 한 발짝 물러섰다. 뻗었던 손끝이 닿지 않고 거두어졌다. 카론의 붉은 입매가 미묘히 다물렸다. 저도 모르게 한 행동이었는지, 레나는 그의 눈치를 살피다가 시선을 피했다.

"자다가 일어났어요."

"그래?"

커다란 손이 긴장으로 잔뜩 움츠러든 여자의 머리카락에 닿았다. 레나 크루거는 추운 건지 그에게 닿기 싫은 건지 모를 정도로 떨고 있었고, 카론은 그런 그녀를 내려다보다 금빛 머리카락에 붙어 있던 푸릇한 나뭇잎을 떼어내 보였다.

"창문을 열어 두고 잤나 봐."

레나는 서둘러 창 쪽으로 고개를 돌리더니, 아, 하고 낮은 탄성을 흘렸다. 창이 열려 타다 만 양초가 놓인 창턱까지 비가 들이치고 있었다. 그 양초만큼이나 창백해진 레나가 서둘러 창가로 다가가 창문 걸쇠를 쥐었다.

"잊고 있었네요."

카론은 여전히 떨림이 멎지 않은 손등을 커다란 손바닥으로 감쌌다. 맞닿은 체온이 차가웠으나 조그마한 주먹은 불에 닿기라도 한 듯이 화들짝 놀라 움찔거렸다.

이번에는 확실하게 알 수 있었다. 추워서가 아니었다. 카론은 손을 겹친 채로 천천히 열려 있던 창문을 닫았다. 그들은 잠시간 그렇게 서 있었다.

유리창에 담긴 새벽의 풍경은 한 치 앞이 보이지 않을 정도로 새까맸다. 밤이 되면 창 앞에 우거진 나무가 길쭉하고 새까만 탑과 같은 형상이 되어 시야를 막았기 때문에, 비바람에 비명을 지르듯 물기를 터는 버드나무의 움직임만이 눈에 겨우 익을 정도였다.

덕분에 어두운 실외 대신, 남포등 불빛이 들어온 실내 공간이 유리창 안으로 불투명하게 비추어졌다. 레나는 여전히 창틀에서 손을 떼지 못했고, 카론은 그녀 뒤에서 몸을 겹치듯 버티고 있었다.

언뜻 보기엔 아늑한 조도와 어우러져 한 폭의 그림 같았으나, 그들은 이 찰나가 얼마나 아슬아슬한 순간인지를 알아차렸다. 주홍빛에 물든 유리창 위로 그의 불온한 시선과 그녀의 불안한 시선이 엉켰다.

"조심해. 이제 가을이라 밤이 추워졌으니까."

정면을 응시하고 있던 카론이 여전히 창백하게 질려 있는 그녀의 귓가에 속삭였다. 까만 밤에 구분되지 않을 만큼 깊어진 눈동자로 유리창 너머를 주시한 채. 얼어붙어 있던 레나는 눈동자만 겨우 굴려 그를 보았다.

"후작님."

레나는 그의 생각을 읽어 냈는지 서둘러 뒤돌아 그의 목에 팔을 감았다. 서툴게나마 하는 키스에서 조급함이 느껴졌다. 카론은 헛웃음을 삼켜야 했다.

서툰 입맞춤을 하며 그의 머리를 감싸는 손길이라니. 어떻게든 그의 주의를 분산시키려는 필사적인 노력이 가상하기까지 했다. 갈급하게 그를 원하는 눈으로 목에 팔을 감아 온다. 여태까지 그가 봤던 것 중 가장 그를 절실하게 유혹하는 모습이었다.

혹시나 그가 눈치채지 못했길. 그가 알지 못하길 바라면서.

카론은 들고 있던 나뭇잎을 주먹 안으로 말아 쥐었다. 버드나무의 뾰족한 잎 가장자리가 아닌, 둥근 잎사귀가 사정없이 그의 손안에서 구겨졌다.

그래, 너는 항상 살기 위해서만 이렇게 나를 찾지.

제가 한 짓을 감추기 위해 괘씸하리만큼 가장된 정열에, 그는 순순히 입술을 맞붙여 응해 주었다. 거침없이 그녀의 입 안을 헤집어 놓는 키스가 이어졌다.

그는 이 서툴고도 우스운 유혹에 몇 번이나 속아 넘어가 줄 수 있었다. 그건 이미 이 방에 들어서기 전부터 각오했던 일이었으니.

'저……. 후작님, 이상한 모습을 보았습니다. 필리프 씨와 레, 레나 님이 같이 있는 모습을요…….'

아까 전, 달달 떨면서 보고를 하던 신입 정원사의 말을 들었을 때부터 그렇게 결심하지 않았던가. 카론은 예상보다 이 상황을 멀쩡한 척 견딜 수 있는 자신에게 안도했다. 불안의 근원을 찾은 만큼, 오히려 이제야말로 정말 모든 문제가 해결되고 있는지도 몰랐다.

카론은 레나가 숨쉬기 힘들어 할 정도로 그녀를 세게 끌어안고 있다는 사실을 자각하지 못한 채로, 하얀 목덜미를 지분거렸다.

"흑, 으응……."

레나가 신음을 흘리며 그의 옷깃을 움켜쥐는 동안에, 폭력처럼 머릿속을 둥둥 울리는 말이 그의 정신을 강타했다.

'무, 물증을 찾을 수 있을 것 같습니다…….'

어차피 이제 그들 사이에 남은 건 기만밖에 없었다. 한낱 정원사를 사랑한다고 속삭여 속을 비틀어 놓던 여자는 이번에도 필리프를 지켜 주기 위해 제게 안기고 있었다. 그 모습이 애처로울수록, 당장이라도 그의 목을 잘라서 던져 주고 싶단 걸 모르는 걸까. 레나가 이렇게 나올수록 그는 뒤에서 잔악한 수를 써야만 했다.

그는 앞으로도 그녀를 뒤흔들어 놓는 모든 것을 제거하려 들 것이다. 그렇게 끝내 광기에 휩싸여 죽은 선대 후작과 똑같은 길을 걸어갈지도 모른다. 끔찍하게 비웃던 길에 스스로 발을 디디는 형국이라니.

서늘히 웃던 입가에서 자조가 사그라들었다.

곧 후드득 떨어지는 빗방울이 달라붙은 유리창이 여자를 침대로 안고 가는 남자의 적막한 뒷모습을 비추었다. 셔츠가 여자의 손에 벗겨지면서 남자의 장대한 등이 여실히 드러났다. 남자의 너른 어깨는 적막의 무게에 눌려 그대로 여자의 품 안으로 쓰러지듯 안겨 들었다.

* * *

앤이 레나 크루거와 관련한 변동 사항을 알게 된 건 다음 날 오후가 되어서였다. 긴급히 불린 고용인들 사이에서, 전날 졸았던 실수로 인해 호된 징계가 떨어질 줄 알았던 앤은 의외의 전달 사항을 듣게 되었다. 당분간 고용인들끼리 2인 1조로 레나의 침실 앞에서 불침번을 서게 될 거라는 소식에 눈이 휘둥그렇게 뜨였다.

그런 반응을 보인 건 앤뿐만 아니라 다른 하녀들도 마찬가지여서 조금씩 술렁이는 분위기가 일었다. 레베카가 검지를 입술 앞으로 가져가자, 그 행동만으로 다시 장내에 침묵이 찾아들었다.

"요즘 저택 분위기가 심상치 않다는 건 다들 알 거야."

언제나 엄했던 레베카의 얼굴에는 보기 드문 긴장이 서려 있었다.

"알아서 처신 잘하도록 해. 문제가 될 행동은 삼가고, 문제가 될지도 모르는 일은 바로바로 보고하도록. 이상."

심상치 않은 당부의 말과 동시에 그녀가 자리를 뜨자, 하녀들끼리는 너나 할 것 없이 서로 눈치를 보기에 바빴다. 하루아침에 연금이나 다름없는 처분을 받은 레나 크루거가 종일 화제에 오를 예감이었다.

도대체 간밤에 무슨 일이 있었길래.

다들 앤을 제일 많이 힐끔거리고 있었지만, 곧바로 선뜻 묻질 못하는 분위기였다. 문제는 정작 불침번을 선 앤조차도 어떤 내막이 있는지 몰랐다.

앤이 레나의 침실을 정리하러 2층으로 가는 층계를 밟는데, 누군가 뒤에서 그녀의 팔뚝을 붙들었다. 같이 침실 정리를 할 잡일 하녀인 줄 알았는데 노라였다.

"담당 바꿨어. 도와줄게. 같이 가."

노라가 위층을 눈짓하더니 계단을 앞서 올라갔다. 차기 하녀장으로 거론될 만큼 경력이 오래된 하녀였으므로, 앤은 잠자코 그녀를 뒤따랐다. 노라가 굳이 오늘 담당을 바꾼 이유 또한 알 거 같았기에 자신을 2층 구석으로 끌고 가서 하는 말이 놀랍진 않았다.

"너, 간밤에 있었던 일 아는 것 없어?"

노라는 레베카보다 나이가 어리고 대하기 편한 느낌이 있었지만, 그만큼 경망스러운 구석이 있어 하녀들과 저택에 온갖 일들을 떠들길 좋아했다. 물론 그런 식으로 같이 떠들다가 레베카에게 고자질해서 내보낸 하녀들이 몇 있다는 것 같지만 말이다.

"예……. 어쩌다 잠들어 버리는 바람에……."

앤이 조심스럽게 눈치를 보면서 말을 흐렸으나, 노라는 나무라기보다 심각한 얼굴을 하더니 주변을 살폈다. 그러더니 아주 낮은 목소리로 속삭였다.

"필리프가, 고문실로 끌려갔어."

앤은 경악하는 표정을 숨기지 못했다.

"예?"

되묻는 말소리도 더불어 낮아졌다.

"오전에 시내로 외출 다녀오고 나서 갑자기 붙잡혀 갔지 뭐야. 다른 가문의 첩자였다나 봐."

"그럴 수가……."

앤은 그만 하얗게 질려 버렸다. 조용히 사라지는 고용인이 첩자였을 거라 추측되는 경우는 많았으나 이렇게 대놓고 데려가는 경우는 드물다고 들었다. 소문이 곧바로 상대 가문의 귀로 흘러 들어가는 것을 막지 않겠다는 태도라, 그만큼 후작의 진노를 드러내는 의사이기도 했다.

"필리프가 다니던 꽃집이 발각되었대. 거기서 비밀리에 다른 가문과 내통하고 있다고 신입 정원사가 밀고했어. 후작님이 기존 고용인들도 믿지 못해 새로운 감시인을 들인 거지."

심상치 않게 돌아가는 기색에, 단 한 번도 첩자 일을 해 보지 않은 앤조차도 등골이 쭈뼛 섰다. 그러다 제게 레나를 만나게 해 달라며 서슴없이 거액을 내밀던 필리프의 모습이 떠올랐다. 잠깐, 이거 설마…….

"그, 그럼 혹시 레나 크루거는……."

"아마 같은 첩자일 가능성이 클 거야. 그러니 이렇게 대놓고 연금시키는 것 아니겠어?"

맙소사. 남의 일이라는 듯이 고개만 절레절레 젓는 노라와 달리 앤은 눈앞이 캄캄해졌다. 이건 들키면 끝장이었다. 앤의 사정을 모르는 노라는 검지를 입술에 대며 입단속을 시키기 바빴다.

"그니까 레나 크루거가 정원사의 소식을 모르도록 해야 해. 알겠지? 둘이 내통하기라도 하면 우린 끝장이니까. 이미 로제마리가 도와줬는지, 지금 슈미트 성으로 사병 몇 명 보냈다고 하더라."

"고용인 한 명 잡겠다고 그 정도로 한다고요?"

듣자 하니 점점 더 팔짝 뛸 노릇이라, 앤은 규모가 커지는 심각성에 두통이 느껴질 지경이었다.

지금이라도 쏜살같이 달려가 고발하면 좀 나아지려나? 아니, 그러다가 괜히 안 해도 되는 말을 해서 필리프와 레나만 입 다물면 넘어갈 수 있는 상황을 악화시키기라도 한다면? 대체 어떻게 해야 좋을지 확실한 판단이 서질 않았다.

아아, 후작이 자리를 비워서 저택 내 경계도 느슨해져 절대 안 들킬 줄 알았던 일이 이렇게 발목을 잡을 줄이야. 반년 치 월급은 되는 돈에 눈이 멀어서 이런 사달이 벌어질 줄 몰랐다.

'저는 이제 누군가의 마음에 들게끔만 행동해야 하는 상황에 지쳤거든요.'

그러는 와중에 어제 레나 크루거가 했던 얘기가 괜히 마음에 걸렸다. 어제 만약 레나 크루거가 자리를 벗어나 도망가기라도 했다면……. 정말로 모골이 송연해지는 상황이지 않나. 앤은 어제 열린 문틈 사이로 보았던 구원의 빛을 떠올리다가 주먹을 움켜쥐었다.

감시가 허술해진 사이에 도망갈 기회가 있었을 텐데……. 어째서 도망가지 않았을까.

와중에도 그 점이 마음에 걸려 절로 착잡한 얼굴이 되었다. 노라는 앤이 단순히 겁을 먹었다고만 생각했는지, 그녀에게만 말해 주는 고급 정보라도 되는 양 은밀한 어조로 말을 늘어놓았다.

"내가 저번에 필리프가 로제마리에게 보내 달라 부탁한 서신을 미리 열어 본 적이 있거든? 아, 너도 알다시피 필리프한테 작은 부탁이라도 받으면 전부 보고하라는 명이 떨어진 상태잖니. 그래서 본 건데 한 줄만 적혀 있었지만 심상치 않더라고. 혹시라도 무슨 일이 생기면, 챙겨 놓은 쓰레기부터 버리라고만 적혀 있더라. 로제마리 걔도 뭔가 수상한 애 같아서 아무 말도 안 해 주길 잘했지 뭐야. 그런데, 앤, 너 괜찮아? 왜 이리 온몸을 덜덜 떨고 있니?"

* * *

왕국의 북쪽에 위치한 슈미트 성은 늦여름의 열기가 차가운 돌벽에 막혀 서늘하고 축축한 온도를 유지하고 있었다. 이 춥고 적적한 성이 사람을 맞이하는 건 아주 오랜만에 있는 일이었다. 정확히는 슈미트 공작이 처형된 이후로 처음이었다.

방마다 기웃거리며 고용인들이 제대로 청소를 확인하고 있는지 확인하던 루이제는, 침실로 쓸 방에서 걸음을 멈추고 안으로 고개를 들이밀었다.

"로제마리, 아직도 멀었니?"

"콜록콜록. 예, 영애. 아직 청소해야 할 곳이 많네요."

"오래된 성이라 그럴 거야. 수고하렴."

루이제는 침대 먼지와 사투를 벌이는 로제마리를 비웃어 주다가 성을 둘러보길 계속했다.

슈미트 성은 가문의 선조가 대대로 살았던 고성이었다. 주거 편의성을 위해 저택을 짓고 사는 시대에도 공작이 슈미트 성을 버리지 못한 까닭은, 성자체가 신비력이 깃든 유물이기 때문이었다. 덕분에 상당 기간 자리를 비워두었음에도, 성은 먼지만 치운다면 적당히 지낼 수 있을 정도로 멀쩡하게 유지되고 있었다.

물론 그 과정에서 로제마리의 수고가 많이 들어가고 있긴 했지만. 루이제는 그게 당연한 일이라 생각하고 활짝 웃었다. 이제야 고용인답게 그녀를 제대로 보필하고 있는 것 아닌가.

이끼와 나무 덩굴로 뒤덮인 슈미트 성을 보고 으스스하다며 몸을 떨었던 로제마리와 달리 루이제에겐 처음 오는 집이 안온하게만 느껴졌다.

내 집. 우리 가족의 터전, 나만의 공간…….

버려진 장소의 고적함, 그 잊힌 역사의 현장의 쓸쓸함이 남의 것 같지 않고 익숙했다. 나선형 계단을 타고 아래층으로 내려갈 때마다 흥얼거리는 노랫소리가 둥근 성탑을 타고 올라가 메아리처럼 곳곳에 울려 퍼졌다.

잔잔한 노랫가락에 반응해 주는 이는 없었다. 제일 고참인 로제마리의 약점을 잡아서 혼을 빼 두고 나니, 감시로 붙은 다른 고용인들도 그녀에게 따라붙을 엄두를 내지 못하고 허둥지둥 커다란 슈미트 성을 정비하는 일에만 열심이었다.

홀로 지하까지 내려간 루이제는 자기 키의 갑절은 되는 커다란 문 앞에 섰다. 랑브리 가운데에 슈미트의 상징인 사파이어가 크게 박혀 있었다.

북부 대륙에서 내려온 보안 마법 양식이었다. 보석에 손을 대자마자 그 위로 마법진이 튀어 올랐다.

온갖 물리적인 수단을 동원해 봤자 열리지 않을 보안 마법이었다. 아무도 드나들지 못하게 단단히 막아 놓은 그 공간은 펠릭스의 시연식이 이루어졌던 강당이었다.

아무도 그들의 잔악함을 알지 못하도록 거사를 치르기 전에 이곳을 은폐하고 갔기 때문에, 왕국군은 슈미트 성에 들이닥치고도 이 문을 열지 못했다.

루이제가 사파이어 위에 가볍게 손을 올리자 문은 허무할 정도로 끼익 소리를 내며 열렸다. 북부 대륙에서 내려온 보안 양식은 같은 핏줄을 지닌 가문의 구성원만 인식해 들여보내 주었다.

구석에는 거미줄이 생기고, 돌바닥에는 이끼가 끼고, 희뿌연 먼지가 부유하는 낡은 방에는 곰팡이 핀 양탄자가 깔려 있었다. 루이제가 더러운 양탄자를 값비싼 공단 구두로 툭툭 건드려서 걷어 내자, 그 밑으로 선조차 흐릿해진 마법진이 모습을 드러냈다.

필리프의 말대로, 데스테 백작의 성과 이어져 있던 마법진은 지워졌으나 시연 때 선보였던 지하 강당의 마법진은 공간이 폐쇄됐던 덕분에 아직도 그 형태가 보존되어 있었다. 비록 지금은 불완전한 물건이 되어 버렸지만 말이다.

이동 마법은 반드시 출발지와 목적지 양쪽에 마법진이 설치되어야만 하는 마법이었다. 그러니 필리프가 출발지로 썼던 수조가 폐기되면서, 이 마법진은 짝을 잃어 낙서에 불과한 애매한 마법진으로만 남은 터였다.

그러나 일반인에게는 그저 무용한 낙서에 불과한 불완전한 이동 마법진도, 언제든 새 마법진을 만들어 낼 수 있는 신비력자에게는 충분한 효용이 남아 있었다. 필리프가 이미 국경에 이것과 똑같은 도착 마법진을 마련해 두었다고 하니, 개기월식 전까지 보수만 해 두면 언제든 이곳에서 달아날 수 있으리라.

문제는 루이제가 그의 계획대로 움직일 생각이 없다는 점에 있었지만.

'절 살리고 싶으면, 지금부터 하는 얘기는 비밀로 해 주셔야만 해요. 전 지금 아주 힘든 시험을 겪고 있거든요.'

'그게 무슨 뜻이야? 시험이라니.'

알게 된 지 얼마 되지 않은 오라버니에게 제 모든 상황을 말한 것이 얼마 전 일이었다. 이때까지 어찌 버텨 왔는지, 귀공녀로서 그녀의 삶, 왕세자에게 받은 임무, 그녀가 꿈꿨던 미래까지 전부.

'도망가자.'

그러자 오라비가 내린 결론은 그것이었다. 줄곧 평민으로 살아왔다는 그는 카론이 내놓은 답과 다를 바가 없는 결과만 안겨 주었다.

'포모나로 가서 살자. 거처는 마련해 놨어.'

필리프는 그가 있든 없든 그녀 혼자서도 가능한 이야기를 늘어놓았다. 안타깝게도, 그가 한 가지 모르는 것이 있었다. 그는 왕세자를 몰랐다.

포모나로 건너간들 무엇이 달라질까. 왕세자는 신비력자인 그녀를 수단과 방법을 가리지 않고 찾아다닐 것이고, 결국 그들은 세상을 유랑하며 떠도는 도망자 신세로만 살게 될 운명이었다.

루이제는 그렇게 살 자신이 없었다. 루이제라고 살면서 반항 한 번 안 해 보고 살진 않았다. 왕세자에게 도망가려고 노력해 본 적도 있었다. 도망에 실패할 때마다 왕세자는 그녀에게 더욱 가혹해졌고, 루이제는 왕세자에게 복종하는 데 익숙해졌다.

과연, 필리프가 왕실을 상대할 수 있을까.

루이제는 이미 왕실에 패배한 적 있었던 오라비를 애잔한 눈길로 바라볼 수밖에 없었다. 오라비는 의지할 상대로 느껴지기보단 누군가를 연상하게 했다.

그와 닮은 눈동자와 머리칼을 지닌 어머니. 언제라도 바스러질 듯 유약한 마른 꽃잎 같아서, 그녀가 반드시 지켜 줘야만 했던 존재.

'후작도, 이 저택도, 전부 잊고 새로 시작하면 돼. 후작은 언제 너를 왕세자한테 넘길지 몰라. 그러니 서둘러 도망가는 편이 나아. 여기는 네가 있을 곳이 아니야.'

필리프가 자신을 도와줄 거란 기대는 그때 산산이 부서진 터였다.

왕세자의 제안에 따르면 여동생은 에르하르트 후작 부인이 되고, 조카는 차기 왕세자의 자리에 입적될 텐데도. 오라비에게는 걸리적거리는 정부를 치우고 동생을 후작 부인으로 만들 계략도, 장차 왕의 자리를 이어받을 아이의 외척 세력이 되겠다는 야심도 없었다. 심지어, 그녀를 괴롭혀 온 왕세자를 죽이겠다거나 그녀에게 실망감만 준 후작을 죽이겠다는 복수심도 없었다.

그저 이곳은 그녀가 있을 곳이 아니라며 단호히 선을 긋는 태도만이 분명했다. 펠릭스 슈미트는 원래부터가 그런 인물이었다. 욕망이 득실한 이들에게 반평생을 착취당한 그는 제 그릇에 넘치는 것을 욕망하는 법이 없었다.

루이제는 그를 말끄러미 쳐다보다 조용한 미소를 지어 주었다.

'네. 오라버니.'

루이제는 그런 오라비를 이해했다. 그러니 제 욕망을 말하지 않고 그저 기대를 접었다. 여동생이 저와 같은 인간일 거라 믿는 그의 착각을 굳이 깨고 싶지 않았다. 가족만 있으면 어떤 역경이든 헤쳐 나갈 각오를 하는 그와 달리, 루이제는 나약한 가족보단 강력한 우군을 필요로 했다.

루이제는 평생을 의지할 수 없는 이들 사이에 둘러싸여 사는 일이 지긋지긋하기만 했다. 심지어 가질 수 있었던 삶이 손에 잡힐 듯 잡히지 않자, 열망만이 가득해진 상태였다. 카론 에르하르트와 약혼식만 올리고 포모나로 떠나는 것으로 정말 만족할 수 있을까?

아니, 아직은 아니야. 루이제가 고개를 내저으며 양탄자로 마법진을 도로 덮었다. 때마침 머리 위로 콩, 콩, 콩, 뛰어다니는 발소리가 들려왔다.

"슈미트 영애! 어디 계세요!"

로제마리의 목소리였다. 루이제는 곧장 실험실을 빠져나왔다.

"지하실을 둘러보고 있어! 지금 올라갈게!"

루이제는 아무도 드나들지 못하도록 닫아 놓은 실험실을 등진 채 나선형 계단을 올랐다.

'저는 제가 가여워요. 그리고 그만큼 후작님이 가엽고요. 우린 같은 처지 잖아요. 자기가 잘 알지도 못하는 사람을 사랑하고 보는 것이.'

안 그래도 조바심을 내는 카론이 혼란에 빠진 오펜하이머의 여식에게 다가서도록 부추겨 둔 참이었다. 지금 상황에서 카론이 섣불리 다가선다면 둘 사이가 더욱 어그러질 것을 알면서도 그러했다.

카론 에르하르트는 엘레나 오펜하이머를 기억하지 못했고, 엘레나 오펜하이머는 제 가문을 여전히 잊지 못하고 있었다. 그 둘을 모두 알게 된 루이제가 그들을 헤집어 놓기란 너무도 쉬운 일이었다.

그가 자신을 구해 주면서 희생한 방어구가 그들을 갈라놓는 수단으로 쓰이다니. 이토록 우스운 순간이 없을 것이다.

타스로산 에메랄드로 된 예물 팔찌는 방어 마법진을 새겨 줄 요량으로 만들어 둔 것이었다. 슈미트 성으로 보내 달라는 요청도 그 때문이었다. 마법진을 몰래 배워 두기 위해서. 원래대로라면 그에게 보답하기 위한 이별 선물로 주었어야 할 예물이 지금은 간계 수단으로 쓰이고 있었지만 말이다.

루이제는 어느새 썩어 문드러져 버린 제 애정이 낯설어 잠시 층계 한가운데 우뚝 멈춰 섰다. 헛웃음이 부스러졌다.

자신은 원래 유약했던 사람이 아니라, 살아남기 위해 유약한 척만 하고 있었는지도 모른다. 그렇지 않은 이상 왕세자가 봤다면 잘 자라 주었다며 기뻐

할지도 모를 만큼 이리 간사해질 수가 없지 않은가. 그러나 이제는 그와 비슷한 인간이 되어 간다고 해도 상관없었다.

누군가에게 기대고픈 본능은 어머니로부터, 주제에 넘는 것을 탐하는 야망은 아버지로부터, 남을 이용하려는 간악함은 왕세자에게서 배운 루이제 슈미트는 자기 자신이 그런 인간이란 사실을 받아들였다. 카론 에르하르트를 손에 넣기 위해서라면 수단과 방법을 가리지 않을 생각이었다.

인생을 지탱하던 정신적 지주였던 카론이 그의 손으로 그녀의 신전을 부수었다. 종교만을 믿고 살던 이에게 종교를 빼앗다니. 버림받은 신도는 타락한 신을 심판해야 하는 법이다.

아버지께서는 이 성에서 전시회를 열었다고 하셨지. 누군가에게 보여 주기 위한. 멋진 전시회. 그렇다면, 여기는 타락한 신을 끌어내리기 위한 만신전 아닐까. 아무렇게나 흘러나오는 콧노래가 성안에 울려 퍼졌다.

곧 당황한 로제마리가 그녀를 발견했다. 위층 계단 난간에 기댄 로제마리는 어둡고 습한 지하 계단에서 올라오는 루이제를 보며 아연한 얼굴을 했다. 어딘가 마물을 본 듯한 얼굴이었다.

"여, 영애, 저택으로부터 드레스가…… 도착했는데, 상황이……."

까르르 웃는 루이제의 목소리가 나선형 계단을 타고 아득히 울려 퍼졌다. 회오리처럼 천장까지 닿는 소성이 얼핏 듣기엔 광인의 것에 가까웠다.

* * *

저택으로부터 약혼식 드레스가 도착했다. 로제마리는 끔찍한 녹빛 드레스에 큰 충격을 받았으나, 그것을 가져온 이들에게 받은 충격에 비할 바는 아니었다. 에르하르트 문장 깃발을 세운 병사들이 어떤 예고도 없이 들이닥친 상태였다.

어째서 군대가 온 거지? 어째서?

많은 수는 아니었다. 기껏해야 한 분대는 될까. 누군가를 호위하거나 구속할 때나 동원될 만한 병력이었다.

일단 같은 가문의 사병이다 보니 성에 들이긴 했으나, 로제마리를 비롯한 고용인들은 누구도 그들을 반기지 못했다. 그도 그럴 것이, 저들이 왔다는 건 저택에서 후작이 군대를 동원할 만한 명령을 내렸다는 뜻이었다. 최근 저택의 분위기를 보아서는 절대 좋은 일이 아닐 터였다.

모두가 루이제와 사병이 들어선 홀만 힐끔거리는 가운데, 루이제 슈미트는 유리관에 담긴 드레스만 보고서 만족한 듯 고개를 끄덕거렸다. 함께 담긴 베일을 보고서는 피식거리며 웃기도 했다. 로제마리는 그 끔찍한 미감에 먼발치서 인상을 찡그렸다.

"에르하르트의 전사들께서 무슨 일로 여기까지 오셨나요?"

오직 루이제만이 태풍의 눈처럼 평온한 태도로 그들을 맞이했다. 사병 중 하나가 걸어 나와 한쪽 무릎을 꿇고 서신을 바쳤다.

"영애께 직접 서신을 전달하라는 후작님의 명이 있었습니다."

나란히 선 고용인들이 에르하르트의 봉랍 인장이 부서지는 광경을 불안한 눈빛으로 지켜보는 것에 반해, 루이제는 처음엔 시큰둥한 얼굴로 서신을 읽었다. 그러나 얼마 가지 않아 품, 웃음을 터트렸다.

지켜보던 고용인뿐 아니라 병사들까지 일제히 떨떠름한 반응을 보이는 순간이었다. 분위기가 숙연해지자, 루이제는 곧 아무것도 아니란 듯 고개를 젓고서 짐짓 가벼운 어조로 상황을 정리했다.

"이곳까지 오느라 고생이 많으셨어요. 여독이 쌓이셨을 텐데, 편히 쉬고 가세요. 후작님의 명령은 저녁 동안에 천천히 이야기를 나눠도 늦지 않으니까요."

"아닙니다. 바로 오라는 지시가 있었습니다."

"하루쯤은 괜찮잖아요. 보니까 그리 엄청난 일도 아닌걸요. 뒤에 계신 분들도 지쳐 보이는데, 제 성의를 거절하지 않으셨으면 해요."

루이제를 상대하고 있던 병사는 뒤에 있는 동료들을 돌아보았다. 여정을 오느라 지친 병사들끼리 시선이 오갔다. 다들 쉬고 싶은 눈치인지라 결국에 병사는 제안을 수락하고 말았다.

"그럼, 하루만 머물고 가도록 하겠습니다."

"잘되었네요."

루이제가 슬며시 웃더니, 홀의 아치 너머에서 안절부절못하던 고용인들에게 명했다.

"다들 먼 길을 오신 분들에게 방을 내어 주고 편히 쉴 수 있도록 도와주세요. 로제마리, 넌 나 좀 따라올래?"

고용인들 가운데 콕 집어 지목당하자, 로제마리는 한숨을 내쉬며 그녀를 따라나섰다. 침실에 둘만 있으면, 또 무슨 말로 속을 뒤집어 놓을지 예상조차 되지 않았다. 여태까지 그래 왔듯 골탕 먹이는 정도겠지, 아마. 그리 여긴 로제마리가 떫은 얼굴을 감추려 고개만 조아리고 있는데, 루이제는 갑자기 휙 돌아서더니 밀랍이 깨진 서신을 선선히 내밀었다.

"읽어 봐."

아직 병사들도 전달받지 못한 서신이었다. 로제마리는 망설임 없이 빠르게 읽어 내렸다.

[에르하르트에 문제가 생겼으니 로제마리 키텔이란 하녀를 보내 주시길 바랍니다. 시중을 들어줄 다른 하녀가 필요하시다면 찾아서 보내 드리도록 하겠습니다.

　　　　　　　　　　　　　　　　　　　　　　　　　　　—카론 에르하르트]

짧았으나, 약혼녀에게 가장 먼저 양해를 구하는 귀족 예법을 충실히 지키는 서신이었다. 평소 오만했던 후작이 보낸 거라곤 믿기 힘들 만큼.

로제마리에게는 느닷없이 떨어진 사형 선고와 다름없었다. 루이제가 한 손으로 입을 가린 채 가증스럽게 웃어 보이고 있단 사실조차 인지하지 못할 정도로, 로제마리의 머릿속은 새하얗게 표백되었다.

카론 에르하르트, 레나 크루거, 레오폴트……. 관련된 인물들이 로제마리의 머릿속에서 뱅뱅 돌다가 필리프 헤어만에서 사고가 멎었다.

[무슨 일이 생기면, 네가 챙긴 쓰레기부터 버려.]

이 새끼. 이미 알고 있었구나. 어째서 미리 알려 주지 않은 거지?

노라가 전해 주었던 서신이 떠오르자, 주먹이 절로 세게 쥐어졌다. 배신감에 몸이 부들부들 떨릴 지경이었다. 그 위로 낭랑한 음성이 감겼다.

"생각보다 충격이 큰가 보구나."

"네?"

"네 편지. 내가 말해 주지 말라고 했어."

루이제가 그녀의 머릿속을 들여다본 사람처럼 말했다. 로제마리가 멍한 표정으로 다시 한번 '네?' 하고 되묻자, 루이제는 설명해 주기 귀찮다는 얼굴로 창가에 머리를 기대었다.

"번거롭더라도, 직접 가야 할 곳이 생겼거든. 그런데 여기서 혼자 힘으로 마법진 없이 도망치기엔 고용인들 감시를 벗어나기 어려울 것 같아서 말이야."

루이제가 창틀에 앉은 먼지를 쓸더니 얼굴을 찌푸렸다. 그러고는 여전히 상황 파악을 하지 못하는 로제마리를 보며 입꼬리를 올렸다.

"보다시피, 네가 여기 있어 봤자 딱히 청소에 도움이 될 것 같진 않은 것 같은데, 어떻게 할래?"

입꼬리를 말아 올린 루이제는 그녀에게 선택권이라도 있다는 듯이 운을 띄웠다. 아무 말도 하지 못하던 로제마리는 고개를 겨우 들어 루이제 슈미트를 응시했다.

"너는 나를 도와줄 수 있고, 나는 너를 구해 줄 수 있을 것 같은데. 나한테 협조하는 게 왕세자 전하께도 좋을걸. 이건 그분께도 좋을 일이라."

내리쬔 햇살 아래 그녀의 얼굴은 말갛기만 했다. 하야말간 인상은 무해하기 그지없었으나 로제마리는 마물이라도 접한 기분이었다. 그 모습이 송구하게도 약혼식에서 만났던 루시아 데스테를 떠올리게 했다. 발렌시아의 귀공자에게 편지를 전해 달라던 그때의 루시아 데스테같이.

로제마리는 와중에도 가장 성스러운 기억이 더럽혀졌다는 생각에 몸 둘 바를 몰랐다.

* * *

카론이 루이제 슈미트와 로제마리가 함께 사라졌다는 보고를 받은 건 개기 월식 일주일 전이었다. 레나의 상태를 참지 못한 카론이, 만류에도 불구하고 에르하르트의 주치의에게 방문하라는 서신을 넣은 다음 날이기도 했다. 레나가 몸살을 앓고, 구역질을 하고, 온종일 잠을 자는 날이 이어지자, 가뜩이나 예민했던 카론의 인내심이 바닥을 치던 차였다.

이마에 닿는 차가운 손길에 정신이 들었으나 레나는 계속해서 눈을 감고 있었다. 근심에 잠긴 채, 저를 숨 막히게 내려 보고 있을 까만 눈동자와 마주할 엄두가 나지 않았다.

곧 약혼식을 올려야 하는 분주한 시기임에도, 카론은 고용인들이 할 법한 간호를 직접하고 있었다. 지난 일주일간 제 곁을 지키고 있는 카론을 자주 접할 수 있었다. 때문에 레나의 상태가 나아지지 않아 분하게 이를 악무는 그의 표정을 눈을 감은 채로도 그릴 수 있었다. 그녀의 병인데, 그는 제가 아무것도 해 주지 못한단 사실에 괴로워했다.

지금은 고용인과 대화 중인지, 침대맡에서 두런두런한 말소리가 들렸다.

"주치의는?"

"그것이 지금 가을장마가 이어지다 보니······. 구스타프 선생님께서 국경에서 넘어오기 힘드시다고······."

"시내에서 다른 의사라도 알아봐."

고열에 시달리는 레나에게 그들이 나누는 대화는 모두 웅웅거리는 소리로만 들렸다. 머리가 어지러워서 도저히 계속해서 눈을 감고만 있을 수 없었다. 간신히 무거운 눈꺼풀을 들어 올리자, 가장 먼저 눈에 띄는 건 흰 소매에 남은 붉은 자국이었다.

"피······."

건조하게 갈라진 목소리에, 고용인을 상대하고 있던 카론이 곧바로 뒤를 돌아보았다.

"······다쳤어요?"

힘없이 묻는 말에, 차가운 손이 열 오른 눈을 감겨 주었다.

"아무것도 아니야. 신경 쓰지 않아도 돼."

아무것도 아니지 않을 터였다.

더욱 삼엄해진 감시로 보아, 필시 무슨 일이 생긴 것 같았다. 레나는 필리프부터 떠올렸다. 그날 있었던 일을 들켰을지도 모른단 불안에 병석에서도 마음이 편치 않았다.

몸이 아프니, 마음이 쇠약해진 탓일까. 마음의 틈으로 나약한 생각이 불쑥불쑥 고개를 내밀었다. 비 맞은 날에 달고 온 독감은 함께 이곳을 떠나자던 다정한 제안을 자꾸만 되새겼다.

'후작에게서 벗어나. 너는 할 만큼 했어.'

몰래 빠져나간 날, 그녀의 이탈을 눈치챘으면서 말없이 감시만 늘린 카론의 태도에 숨이 막혔다. 이젠 그가 어떤 사람인지 종잡을 수 없으니, 의도를 파악하는 일에도 지쳐 있었다.

이 저택에 와서 기억을 잃은 카론에게 상처받는 순간은 무수히 많았으나, 그의 입장에서 따지면 그에게 잘못이 없단 걸 레나도 알았다. 하찮은 시녀 하나 따위 기억 못 하는 건, 후작의 잘못이 될 수 없다. 그러니 그녀는 앞으로도 그를 질책하지 못할 것이다. 이젠 그의 약혼식이 가까워질 때까지 차도가 없자, 레나는 정말 어디론가 사라지고만 싶었다.

감겨준 눈이 다시 뜨이자, 카론은 말을 듣질 않는 정부를 억지로 재우는 대신 고용인에게 약을 가져올 것을 명했다. 그새 접힌 소매는 핏자국을 감추고 있었다.

"오늘은 제발 약 좀 먹어."

그녀를 앓아눕게 한 당사자는 다정한 짜증을 내면서도 물수건으로 이마에 맺힌 땀을 훔쳐 주었다. 레나는 열 오른 눈으로 그 모습을 담았다. 무슨 말이라도 하려 벙긋거리던 입은 고용인이 약병을 올려둔 트레이를 가지고 들어오자마자 고집스럽게 다물렸다.

지난 며칠간 카론이 레나에게 약을 먹이려던 시도는 전부 실패로 돌아간 상태였다. 고용인을 동원하면 입을 벌려 주지 않았고, 그가 직접 강제로 입 안에 약 스푼을 물리면 바로 토하길 반복했다. 약만 먹이려 들면 얼마 먹지 않은 식사까지 모조리 게워 내니 몸 상태가 괜찮아질 리 없었다.

오늘은 물러설 수 없었는지, 카론이 갈색 약병을 손수 집어 들고 마개를 열었다. 레나는 그가 강제로 먹이리라 예상하고서 이불을 입까지 끌어 올렸으나 카론 앞에선 귀여운 까탈이나 다름없이 보일 만한 반항이었다.

"으, 흡……."

목 뒤를 받치고 입술을 맞부딪쳐 온 남자는 손쉽게 입 안을 침범했다. 그러고는 제가 머금고 있던 쓰디쓴 액체를 그녀의 입 안에 채워 넣었다. 얼얼하게 화한 맛이 나는 약이 식도 안으로 순식간에 흘러들었다.

저도 모르게 약을 삼켜 버린 레나가 얼굴을 찌푸렸다. 환자를 상대로 손쉬운 승리를 얻어낸 카론이 만족스러운 미소를 지으며 그녀의 머리를 쓰다듬었다.

"착하네."

흡사 어린아이 대하는 듯한 태도였다. 기가 막힌 눈으로 그를 쏘아보았으나, 카론은 슬쩍 웃으며 얼음 컵에 레몬주스를 따라 주고서 자리에서 일어났다. 레몬만은 뱉지 않고 삼키는 모습을 보인 이후로, 협탁에는 항상 레몬으로 된 마실 것이 준비되어 있었다.

"밖에 문제가 생겨서 당분간 저택을 떠나 있어야 할 것 같아. 조만간 의사가 올 거야. 그때까지 푹 쉬고 있어."

입술에 가벼운 입맞춤이 스쳤다. 속삭임에서 아쉬움이 뚝뚝 떨어져 마치 사랑스러운 연인에게 하는 당부 같았다. 레나는 정부의 역할을 맞춰 주지 못하고 무뚝뚝하게 고개만 끄덕거렸다. 그렇지만 그가 나간 문에서 한참이나 눈을 떼지 못하다 잠에 들었다.

똑똑.

얼마나 시간이 지났을까. 노크 소리가 잠을 깨웠다. 아마도 식사를 가져온 고용인일 터였다.

레나가 들어오라고 이르자, 순박하게 생긴 남자 한 명이 침실로 들어섰다. 얼핏 봐도 각이 잡히지 않은 것이 영락없는 신입 고용인이었다. 이상하게도 손에 음식 트레이가 들려 있지 않았다. 남자는 방으로 들어오자마자, 그녀와 눈도 마주치지 못한 채 갑자기 꾸벅 인사를 올렸다.

"아, 안녕하십니까. 새로 들어온 정원사인 올리버라고 합니다. 오늘이 마지막 보고인지라 2층 회랑을 밟으려면 지금밖에 기회가 없어, 밤중에 실례를 무릅쓰고 찾아뵙게 되었습니다."

정원사? 정원사가 어째서 여기까지 오게 된 걸까. 정원사는 전용 오두막에서 지내기 때문에, 저택 내부까지 들어오는 일이 드물었다. 레나가 의아한 얼굴로 그를 보자, 남자는 난데없이 그녀 앞에 넙죽 몸을 엎드렸다.

"사, 살려 주십시오!"

뜬금없이 나온 말에, 레나는 불안한 예감이 들었다. 애써 그런 기색을 감추고 곤한 몸을 일으켜 세웠다.

"갑자기 무슨 말인지 모르겠네요. 대체 여긴 어떻게……."

강제로 먹은 약 때문에 노곤한 기운이 떠나질 않았다. 반사적으로 짜증부터 일었다. 그러나 다급하게 이어진 말이 몽롱하던 정신을 번쩍 일깨웠다.

"저, 저 때문에……. 필리프 씨가 죽을 위기에 처한 것 같습니다."

* * *

"뭐야."

"시, 식사를 주려고……."

"얼른 주고 가."

병사가 앤을 통과시키고서 크게 하품했다. 밤샘 보초로 피로에 절은 얼굴이었다.

앤은 긴장한 얼굴로 말로만 들었던 고문실의 입구인 녹색 철문을 넘었다. 저 철문만 봐도, 알고 있는 건 뭐든지 말하게 될 거라고 떠들어 대던 괴담은 과장이 아니었다.

가뜩이나 습한 지하엔 진득한 피비린내가 진동했다. 선대 후작 때 죽은 사람이 하도 많아서 아무리 청소해도 지워지지 않는 쇠 비린내 같은 것이 남았다더니, 과연 저택에서도 유령이 떠돈다는 소문이 도는 곳다웠다.

앤은 필리프의 식사 당번을 맡아, 고용인들이라면 전부가 꺼려 하는 고문실에 내려오길 자처했다. 필리프의 상태를 살펴보기 위해서였다. 여차하면 있었던 일을 줄줄 말할 상태인지, 아닌지를 알기 위하여.

막상 내려오니 후회막심이었지만. 예상보다 손이 달달 떨리는 공포가 앤을 급습했다. 아직 필리프가 있는 방으로는 들어가지도 않았건만 괴기한 분위기에 기가 팍 눌린 상태였다. 그러나 필리프가 있는 고문실에 들어서

자마자, 앤은 그저 덜덜 떠는 것과는 차원이 다를 정도의 광경에 넋을 잃게 되었다.

챙그랑.

기껏 가져온 수프와 빵이 바닥을 나뒹굴었다. 다행히 트레이 밖으로 음식이 쏟아지진 않았다. 앤은 허둥지둥 흐트러진 음식을 정돈하면서도, 의자에 묶여 있는 필리프에게서 눈을 떼지 못했다.

고깃덩이처럼 피에 절여진 남자는 마치 시체 같았다. 묶여 있는 의자 밑으로는 흥건한 핏물이 웅덩이로 고였고, 갈색 머리칼은 피 칠갑 되어 적발로 보일 정도였다. 갑작스러운 소란에 추욱 처져 있던 몸이 꿈틀거리자, 하마터면 앤은 뒤로 자빠질 뻔했다.

"앤이로구나."

끼익거리는 녹슨 철문만큼이나 쉬어 버린 목소리를 듣고서야 필리프가 살아 있단 사실을 확인할 수 있었다. 앤은 반쯤 물을 흘려 버린 주전자를 후다닥 주워 들고서 필리프의 터진 입가에 대 주었다.

사막에서 오아시스를 찾은 자도 그리 절박하게 물을 마시진 않으리라. 벌컥벌컥 물을 들이켜고 난 뒤에야, 흐리멍덩하던 그의 눈동자에 예전 같은 또렷한 빛이 되돌아왔다.

"무슨 일이야."

"시, 식사를 전해 주려고 왔어."

앤이 움찔거리다가 음식이 담긴 트레이를 주섬주섬 그에게 내밀었다. 보아하니 어디까지 말했냐고 물을 만한 상황이 아니었다.

아무리 남자를 대할 때 냉정한 앤이라지만, 몰골이 너무 참담하여 입이 제대로 떨어지지 않았다. 상대가 사람 같아 보여야 추궁이든 협박이든 협상이든 할 것이 아닌가.

"먹여 줘."

"뭐?"

"먹여 달라고. 손가락이 부러졌거든."

평소 같았으면 절대 들어주지 않을 요청이었으나 의자에 묶여 있는 손은 아까부터 움직임이 없었다. 게다가⋯⋯. 남자 첩자일 경우, 몸이 성하게 나가는 법이 없다고 했으니 사실일 가능성이 컸다. 어쨌든 앤은 수프를 떠서 필리프의 입에 흘려 주는 동안에 시간을 지체할 명분을 얻게 된 셈이었다.

"레나 크루거는."

역시나 그것이 목적이었는지, 필리프는 수프도 겨우 받아먹는 주제에 레나 크루거의 안위부터 물었다.

"아주 잘 있어. 감시를 받고 있긴 하지만."

이 정도는 말해 줘도 괜찮을 것이다. 레나 크루거가 아파서 후작이 지극 정성으로 간호하고 있다는 구구절절한 사연을 전한 것도 아니니까. 게다가 이 정도는 말해 줘야 앤 역시도 묻고 싶은 걸 물어볼 수 있었다.

필리프는 그럴 줄 알았다는 듯이 가볍게 고개만 까닥이면서도 걱정 어린 눈빛을 감추지 못했다. 앤은 여전히 둘의 관계가 궁금했다.

차라리 둘이 밀회를 가진 거라면 괜한 죄를 늘리기 싫어서라도 끝까지 입을 다물 테니 괜찮을 텐데, 첩자라면 고문의 강도를 줄이기 위해 동료를 팔아먹는 경우가 흔했다. 앤은 후자의 경우에 괜히 엮여 들어가게 될까 봐 걱정이 태산이었다.

듣자 하니, 로제마리도 엮였다고 하지 않았는가. 노라의 이야기를 듣고부터 밤에 제대로 잠에 들 수조차 없었을뿐더러, 제 곁에 있는 고용인을 그 누구도 믿지 못하게 되었다.

"아직 아무것도 말 안 했으니까 걱정하지 않아도 돼."

필리프가 그녀의 생각을 읽었는지 미리 선수를 쳐서 듣고 싶었던 말을 주었다. 빵을 그의 입에 넣어 주던 손이 멈칫거렸다. 앤의 얼굴에 곧바로 안도감이 서렸다. 그러나 필리프의 말은 거기서 끝이 아니었다.

"아직은 말이야."

혀로 입 주변에 빵 부스러기를 핥은 필리프가 그녀를 올려다보았다. 말라붙은 핏줄기가 덕지덕지 붙은 입꼬리가 씨익 올라갔다. 꼭 마물의 미소를 보는 것만 같아 앤은 두려움에 얼어붙었다. 곧 정신을 차린 앤이 새된 소리를 질렀다.

"네, 네가, 이렇게 굴면, 레나 크루거가 무사할 줄 알아? 너희 둘이 만났을 때 상황을 후작님께 낱낱이 고할 거야! 한 번도 아니었단 걸 난 이미 다 알고 있거든!"

앤이 물고 늘어질 만한 건 레나 크루거밖에 없었다. 연인이든 첩자든 간에 저 지경이 되고도 레나 크루거의 안위부터 물었으니, 필리프가 꽤 중요하게 여기는 인물이란 점은 확실했다. 그러니 레나 크루거만큼 좋은 협상안이 없을 것이다.

그러나 앤의 예상과 달리, 필리프는 듣더니 눈 하나 깜짝하지 않고 웃음을 터뜨렸다. 오히려 한 술 더 뜨기까지 했다.

"해 봐."

"뭐?"

"해 보라고. 후작은 레나 크루거가 첩자이든 아니든 이젠 상관하지 않을 테니까."

확신에 찬 말에, 앤이 도리어 할 말을 잃었다.

"후작은 내 입에서 결정적인 자백을 받아 낼 때까지 내 피를 쥐어짰으면 쥐어짰지, 레나 크루거는 절대로 건드리지 못할걸. 게다가 배후 가문의 물증을 잡아내는 걸 실패했으니 내 입으로 자백을 듣기 전까진 날 죽이지도 못하지. 올리버가 밀고했을 땐 이미 내통하던 꽃집 주인이 증거를 인멸하고 국경을 넘어가 버린 상태라……."

일목요연하게 나오는 상황 설명은 차분하기 그지없어, 도저히 밀고로 급습당한 사람의 억울함이 보이지 않았다. 이 모든 걸 예상한 사람처럼 태연하게만 보이는 그의 모습에 앤이 멍해지자, 필리프는 강하게 조소했다.

"문제는 그 뒤에 후작이 성질만 더 포악해져서 고문 강도를 점점 높여 가고 있단 거지만 말이야. 정말 아프면 사람이 무슨 말을 하게 될지 모르는 거잖아? 고통을 참는 일에는 일가견이 있다고 생각했는데, 이젠 날 직접 패서 기절시키지 않고 저걸 쓰더라고."

필리프가 시선을 준 방향에 있는 진열대에는 종류별로 굵기가 다른 채찍들이 놓여 있었다. 회초리처럼 가는 채찍부터, 술이 달린 채찍과 마부가 쓸 법한 가죽 채찍까지. 고문에 생소한 사람이 본다면 저걸 어떻게 사람에게 쓸지 상상도 안 가는 섬뜩한 물건들이었다.

"직접 손을 대면 죽일 것 같다면서 말이지."

농담이라도 되는 양 어이없는 실소를 터뜨리는 필리프와 달리 앤의 얼굴은 파랄 정도로 사색이 되었다.

결국에 본인이 힘들어지면 무슨 이야기가 나올지 모른단 뜻 아닌가. 저 세 치 혀에 자신의 목숨까지 달렸다고 생각하니, 앤은 슬슬 그가 무엇을 말할지가 걱정되었다. 앤의 예감을 적중시키듯, 필리프는 고문을 당한 상태로도 여유로운 웃음을 지으며 본론을 꺼냈다.

"그래서 여길 빠져나가야 할 것 같은데, 일주일 뒤에 레나 크루거의 침실 앞에서 불침번을 설 수 있겠어?"

* * *

시내에서 가장 실력이 좋다는 의사가 저택에 왕진을 온 건 다음 날이었다.

"혹시 최근에 약을 자주 복용하셨습니까?"

"아니요. 아니, 네, 최근에는요."

레나는 제가 무슨 대답을 하고 있는지도 모른 채 얼빠진 답을 내놓기 일쑤였다. 어젯밤, 필리프가 고문실에 끌려갔다는 소식을 들은 뒤부터 줄곧 이 상태였다.

'필리프 씨가 밀고해 달라고 직접 부탁하셨습니다……. 이러면, 저는 임무를 다하고, 자긴 동료는 살릴 수 있으니 서로 좋은 길이라면서……. 대신에 레나 님과 만났던 일은 말하지 말아 달라고……. 그렇게 그날 아침 꽃집을 다녀온 이후로 시간을 잡고서…….'

예상한 대로였다. 카론에게 발각당하고 만 것이다.

그녀를 살리기 위해서 필리프가 스스로 고문실에 들어갔다는 말에, 레나는 심장이 내려앉는 기분이었다. 그가 혼자였다면 조용히 도망쳐 로렌츠를 배신하고 말았을 터였다. 저리 위험성이 큰 눈속임을 감당하게 된 이유가 다른 데 있진 않을 것이다.

저 때문이었다. 로렌츠 발렌시아가 필리프를 감시자로 붙일 만큼 레나를 엄중히 감독하고 있었으므로, 필리프가 레나를 데려가기 위해서는 필시 로렌츠 쪽까지 신경을 써야 했을 것이다.

임무 중에 도망치는 것이 아니라, 임무 도중 발각되어 도망칠 수밖에 없었다는 상황이란 걸 보여 준다면 저택에서 도망친 이후에도 당분간은 로렌츠에게서 시간을 벌 수 있을 테니까.

환자의 생각을 알 리가 없는 의사는 가을에 자주 걸릴 수 있는 독감과 몸살 증세라는 진단만 내릴 뿐, 별다른 이상은 없다는 결론을 내놓았다. 어딘가 미덥지 못한 구석이 있는 자였다. 왕진 가방을 열더니 인상을 찌푸리고서 하는 말도 그러했다.

"아, 이런. 제가 놓고 온 약초가 있군요. 혹시 저택에서 보관하고 있는 별도의 약병이 있습니까?"

의사가 뒤쪽에 있던 레베카에게 물었다. 레베카는 고개를 끄덕이며, 어떤 약초가 부족한지를 확인했다.

두 사람이 약초에 관한 이야기를 나누는 동안에, 레나는 의사의 어깨 너머로 보이는 노랗게 물든 버드나무에 시선을 두었다. 길고 길었던 여름이 끝났단 걸 알려 주듯, 떨어지는 낙엽이 그녀의 마음처럼 뒹굴고 있었다.

손이 습관처럼 목에 걸린 검 장신구를 찾았다. 그때까지도 레나는 어느 쪽에건 확신이 없었다. 저택을 떠나든, 아니든 간에 일단은 필리프를 구해야 한단 생각이 우선이었을 뿐이다.

의사가 레베카를 내보낸 뒤, 그녀에게 말을 붙여 오기 전까지는.

"오랜만에 파란 장미를 받았습니다."

레나는 화들짝 놀라서 그쪽을 돌아보았다.

암구호였다.

로렌츠가 사람을 보냈다.

레나는 얼어붙어 암구호를 맞받아 주지 못했다. 차분한 인상의 중년 남성은 입술만 달싹이는 그녀를 보더니, 비딱한 웃음을 지어 보였다.

"걱정할 것 없습니다. 저는 그저 이것만 전달하라는 명을 받았으니까요."

그는 손가락 사이에 끼운 빈 종이를 팔락였다. 뻣뻣하지 못한 종이는 액체에 젖은 적이 있는지 조금 울어 있었다.

"어떻게 보시는진 이미 아시겠지요."

레나가 말없이 눈을 아래로 내리깔자, 의사가 이번엔 잔잔하게 웃었다. 때마침 약초를 찾아온 레베카의 발소리가 가까워지고 있었다. 그는 아무 일도 없었던 사람처럼 레베카에게 약초 병을 건네받고서 간단한 약을 제조했다.

"약은 자주 드시지 말고 하루에 한 번씩만 드시면 됩니다. 처방전은 환자용과 보호자용으로 두 부 작성해 드리면 되겠습니까?"

종이에 처방전을 휘갈겨 써 주며 되묻는 말은 능청스럽기 그지없었다. 대답을 재촉하며, 펜촉으로 종이를 툭툭 찍는 행동조차도 자연스러웠다.

"네. 처방전을 살펴봐도 되겠습니까?"

"얼마든지요."

레베카가 날카로운 눈초리로 처방전에 적힌 내용을 훑어보았으나 두 처방전은 성분이 다르지 않게 적혔다. 레나는 그걸 건네받으며 의사의 눈치를 슬쩍 보았다. 그는 이미 챙이 달린 모자를 눌러쓰며 자리에서 일어난 뒤였다.

"그럼 저는 이만 물러나 보도록 하겠습니다."

레베카가 의사를 배웅하기 위해 같이 자리를 떠나자, 레나는 그제야 마음 편히 처방전을 살필 수 있었다. 펜촉이 점을 내리찍은 글자를 하나하나 떼서 읽어 보면 다음과 같이 읽혔다.

[사본.]

이렇게 읽는 방식을 이미 알고 있었기에, 이 말이 무슨 뜻인지 짐작하기는 어렵지 않았다. 이걸 보낸 사람은 그녀에게 이 방법을 알려 준 사람이기도 했으니.

필시 로렌츠가 이제야 교신을 보내는 이유가 있을 터였다. 필리프가 붙잡혔단 소식이 닿았다면, 무슨 도움이라도 주지 않을까. 레나는 제게 사본으로 보냈다는 문서가 무엇인지 감을 잡지 못한 채, 성냥을 켰다.

레몬주스 뒤에 있던 은촛대에 불이 붙었다. 춤을 추듯 아롱거리는 촛불 위로 누르스름한 종이를 가져다 대자, 처방전의 내용 사이에 숨어 있던 글자가 모습을 드러냈다. 가만히 그것을 읽던 레나의 얼굴이 촛불의 붉은 일렁임에 따라 일그러졌다.

[진술서.
이름 : 브리짓 클로츠
출신지 : 포모나
신분 : 마도구 제작자]

레나가 결단을 내린 건 그 순간이었다.

* * *

카론이 슈미트 성에 당도한 건 개기 월식이 3일 남은 시점이었다. 성에 알싸한 분위기가 감도는 건 고개 숙인 고용인들 때문만은 아니었다. 그을린 정원 한가운데 마법진을 중심으로 탄 자국이 눌어붙어 있었다. 카론은 불꽃 놀이 마법진을 쓸어내렸다.

"이게 타올랐다고."

"네, 네. 그렇습니다."

눈치를 보던 병사는 잽싸게 대답했다.

오밤중에 그 낙서 같은 그림 위로 갑자기 불꽃이 팍하고 타오르더니, 그 주위에 발린 기름을 따라 불이 붙어 고용인들이고 병사들이고 정원으로 달려 나와 불을 꺼야만 했다. 단체로 목숨을 잃을 뻔한 소동에 정신이 팔려 있었으니, 두 사람이 사라졌단 걸 알게 된 건 한참이 지난 후였다.

병사들은 엄벌이 떨어질까 노심초사하며 고개를 땅을 향해 푹 꺾고 있었고, 카론은 말없이 그들을 지나쳐 루이제가 머물렀던 침실로 올라갔다. 그들의 예상과 달리 차가운 나선형 돌계단을 올라가는 카론의 얼굴은 담담하기 그지없었다.

그저 루이제와 로제마리를 붙여 놓은 것이 문제였을 뿐이었다. 둘의 과거사를 모르니, 모종의 관계를 짐작하지 못했다.

로제마리 키텔이 루이제와 한패라면 제대로 된 감시가 이루어지지 않았을 것이고, 그렇다면 루이제에겐 카론의 감시를 벗어나 충분히 다른 일을 벌이고 다닐 여유가 있었을 터였다. 루이제가 제 말을 곧이곧대로 수락했다고 여긴 것이 오판이었다. 항상 그 여자에게 무심했으니 당연한 결과인지도 몰랐다.

문제는 이런 상황에서도 카론이 루이제 슈미트가 사라진 일에 그다지 심각성을 느끼지 못한단 점이었다. 레나 크루거와 관련된 작은 사건마다 예민하게 굴었던 때와는 완전히 딴판이었다. 불안감보다는 귀찮음이 더 컸다. 오히려 이대로 사라져 주는 편이 편할지도 모르겠단 생각이 들 정도였으니.

그러나 침실에 예쁘게 놓인, 베일 덮인 예물 상자를 본 순간. 침착하기만 했던 그의 얼굴에 곧바로 균열이 일었다. 루이제가 그를 위해 보란 듯이 둔 것이 틀림없었다. 그가 성큼성큼 걸어가 베일을 잡아채듯 걷어 내자, 이전에 레나 역시도 내밀었던 그 상자가 카론을 맞이했다.

그는 잠시 지긋한 눈길로 예물 상자를 응시했다. 레나의 싸늘한 반응을 제일 먼저 떠올린 탓이다. 도무지 저것이 무엇이길래, 두 여자가 이토록 그에게 보여 주려 드는지 알 수가 없었다.

탐탁지 않은 얼굴로 상자를 열자, 보랏빛 쿠션 위로 귀하게 모셔진 타스로산 에메랄드 팔찌가 여전히 반짝이는 자태를 드러냈다. 그러나 저번과 완전히 똑같은 것이 아니었다.

홀린 듯 팔찌를 꺼낸 카론이 10개의 에메랄드를 살폈다. 굵은 에메랄드 안으로 촘촘한 방어 마법진이 박혀 있었다.

[곧 만나요.]

검붉은 눈동자 안으로 영롱한 빛을 내는 타스로산 에메랄드가 붙박였다. 루이제가 써 놓은 카드가 바닥에 떨어졌다는 사실조차 자각 못 할 정도였다.

우두커니 선 카론은 본능처럼 팔찌에 눈을 떼지 못하는 제 반응에 당황했다. 레나를 처음 안았을 때처럼, 머릿속에 바실리카의 종소리가 울렸다. 종소리에 따라 심장이 거세게 뛰었다.

곧 뇌를 쪼갤 듯한 두통이 급습했다. 카론은 비틀거리는 몸을 협탁에 기댔다.

눈을 감았다. 익숙한 고통이었다. 레나를 안은 뒤로 경감되긴 했지만, 기억을 지운 이후로 자주 겪어 왔던 통증이 오랜만에 다시 그를 찾아온 것이다. 원래대로라면 이대로만 잠시 있으면 멎게 될…….

'제게 소중한 거예요. 쓰면 꼭 돌려주셔야 해요.'

깊은 굴에서 불어오는 바람 소리처럼, 아득한 기억의 저편에서 흘러나오는 목소리가 이명처럼 그의 귓가를 스쳤다. 거칠게 뛰던 심장이 순식간에 쿵, 하고 가라앉았다.

그것이 무엇인지 파악하기도 전에, 카론은 어떤 직감에 따라 방을 뛰쳐나왔다. 단숨에 성을 나와 말에 올라탄 그의 주변으로 당황한 병사들이 몰려들었다.

"바로 에르하르트 저택으로 간다."

카론은 당황하는 병사들이 정비할 새도 없이 곧바로 말고삐를 잡아당겼다. 히잉, 우는 소리와 함께 말이 달리기 시작했다. 바람에 검은 머리칼이 나부꼈다. 카론은 이를 악물었다.

부디 불안한 예감이 들어맞지 않기만을 바랐다.

* * *

밤하늘에 뜬 둥근달이 붉은색으로 물들어 가고 있었다. 그것이 마치 후작의 눈동자를 연상케 하기에, 앤은 저도 모르게 앉은 몸을 움찔거리고 말았다. 옆에서 재채기하던 노라는 그녀를 힐끗 보더니, 민망한 얼굴로 볼을 긁적였다.

"미안. 놀랐니?"

"아뇨. 아무것도 아니에요."

"감기가 들었는지, 기침도 나고, 냄새도 잘 못 맡겠는데, 하녀장님도 참……. 나보고 불침번을 서라니……."

앤은 노라의 투덜거림을 흘려들으며, 이젠 익숙해진 밤의 회랑을 살펴보았다. 계단과 이어진 회랑 저편은 아직까진 적막하기만 했다.

그들은 레나의 침실 문을 등지고 후원 쪽 창이 보이는 위치에 앉아 있었다. 다행히 이번에는 노라와 함께 불침번을 서느라 무섭진 않았으나, 더욱 살 떨리는 공포가 앤을 기다리고 있었다.

잃을 것이 없는 놈이 제일 무섭다더니, 이렇게 골치 아픈 일에 휘말릴 줄이야……. 솔직히 앤은 아직도 필리프를 배신하고 싶은 마음이 굴뚝같았다. 대체 무슨 평계로 당장 옆에 앉은 노라를 치운단 말인가. 지금 제일 무서운 고용인 중 한 명일진대.

그러나 마물 같던 필리프의 눈이 마음에 걸렸다. 정말로 그 말도 안 되는 꼴로 고문실을 빠져나와 무슨 짓이라도 저지를 법한 얼굴이었다. 앤이 내적 갈등으로 바싹 타는 목구멍에 침을 꿀꺽 삼키자, 노라가 피식 웃었다.

"뭐야, 너도 그 괴담을 믿는 거야?"

"무, 무슨 괴담이요?"

가뜩이나 심란한 일이 닥쳐와서 무서워 죽겠는데, 왜 또 무서운 얘기를. 겁이 많은 앤이 말을 더듬자, 입이 가벼운 노라는 장난기가 돈 얼굴로 무서운 이야기를 풀어놓기 시작했다.

"어머, 넌 들어온 지 얼마 되지 않아서 모르겠구나. 이 저택은 붉은 달이 뜰 때마다 가장 안 좋은 사건이 일어났다는 거."

"네에?"

"신비력자의 힘은 붉은 달이 뜰 때 제일 강해진다나 봐. 에르하르트 가문도 예로부터 신비력자 가문이었잖아? 그런데 너도 알다시피……."

노라가 말끝을 흐리며 입 모양으로 '이 가문이 좀…….' 하고 속닥였다. 그것만으로도 충분히 알아들을 수 있었던 앤이 고개를 주억거렸다. 에르하르트 가문에 관한 소문은 무성했으니.

"아무튼 그래서 그때마다 안 좋은 쪽으로 힘이 증폭되는 건지, 안 좋은 일이 많이 일어났대. 심지어 예전에는 선대 후작님께서……."

앤이 노라의 이야기에 집중하고 있던 와중이었다. 익숙한 향이 코끝을 스쳤다. 며칠 전, 레나 크루거가 사라졌을 때 맡았던 그 향. 아마도 레나가 약초를 태워 만든 수면 향 같았다. 앤이 필리프의 협박을 따를지 말지를 고민하는 동안, 레나 크루거가 선수를 쳐서 간계를 부리고 있는 것이다.

이번에는 정말 달아나려 하는구나.

앤은 곧바로 그녀의 계획을 알아채고서, 불안한 눈빛으로 한창 이야기 중인 노라를 응시했다. 노라는 눈치채지 못했는지, 자기 이야기를 늘어놓는 데만 심취해 있었다.

지금이라도 사실대로 말할까. 레나 크루거가 사라지면, 분명히 둘은 책임을 추궁당할 것이다. 노라가 더 윗선인 책임자라 그녀는 덜 혼나긴 하겠지만……. 싫어하는 시침 하녀 하나 때문에 겪기엔 피곤한 일이었다.

앤은 슬쩍 등 뒤에 있는 문을 째려보았다. 두 사람을 곤경에 빠뜨릴 수면 향이 흘러나오는 문틈 사이로, 불이 켜진 실내라는 걸 확인시켜 주는 듯한 희미한 빛이 보였다.

'저는 이제 누군가의 마음에 들게끔 행동해야 하는 상황에 지쳤거든요.'

후작 앞에서 곤경에 처했을 적, 저 틈 사이에서 쏟아져 내려와 그녀를 구원해 주었던 것도 저 빛줄기였다. 그것은 타산적인 도움이 아닌 자발적인 선의였을까. 참으로 신경 쓰이는 의문이었다.

"왜, 무슨 일 있어?"

노라가 그제야 앤의 상태가 이상해 보였는지 말을 걸어왔다.

"아, 저 그게……."

앤은 노라를 뻔히 보았다. 그러고는 어둠에 잠긴 회랑의 입구 쪽을 내다보다, 노라에게 의문 쩍은 시선을 받고 나서야 고개를 내저었다.

"아, 아니요. 이야기가 무서워서요. 다, 다른 얘기 해 주시면 안 되나요?"

"아, 뭐야. 너 의외로 무서움 잘 타는구나?"

노라가 웃음을 터뜨리더니 화제를 돌렸다. 앤은 그대로 고개를 숙인 채 입술을 꾹 다물었다.

저 여자가 안타까워서가 아니다. 이대로 레나 크루거와 필리프 헤어만, 두 사람이 사라지는 편이 그녀에게도 이로워서 그럴 뿐이었다. 게다가 이대로 노라와 함께라면 의심받지도 않을 테니까.

앤은 그렇게 자신의 결정을 합리화했다. 서서히 감기는 노라의 눈꺼풀처럼, 그녀 역시 따라서 잠들기까지는 오랜 시간이 걸리지 않았다.

* * *

카론은 숨을 몰아쉬면서 말에서 내렸다. 마구간지기가 지친 말을 데려가고, 자다 깨어난 듯한 고용인들이 비몽사몽한 얼굴로 그 앞에서 고개를 숙이고 있었다. 필사적으로 전력을 다해서 달려온 덕분에, 예상보다 조금 이르게 저택에 도착한 상태였다.

"오셨습니까."

늦은 밤, 갑작스럽게 그를 마중하게 된 하녀장 레베카 역시 당황한 눈치였다.

"그렇게 되었어. 레나 크루거는? 잠들었나?"

카론은 승마 장갑을 벗으며 제일 먼저 레나 크루거의 안부부터 물어왔다. 성큼성큼 저택 안으로 들어서며 망설임 없이 2층으로 가는 계단을 밟을 때였다. 다급히 나온 레베카의 말이 그의 발걸음을 붙들었다.

"저, 후작님……. 먼저, 보셔야 할 것이 있습니다."

"무얼."

이미 층계를 반쯤 올랐던 카론이 그녀 쪽을 돌아보았다. 곳곳에 조명이 꺼진 심야인지라, 고개를 수그리고 있는 하녀장의 얼굴이 어스름히 보였다.

"필리프 헤어만이 사라졌습니다."

"뭐?"

카론의 얼굴이 일그러졌다. 미끄러지듯 빠르게 계단을 도로 내려와 지하실로 향하는 발걸음이 조급했다. 레베카가 긴장한 얼굴로 그를 따랐다.

"씨발."

피비린내가 코를 찌르는 초록 문을 넘자마자, 카론이 욕설을 내뱉었다. 병사들이 시체처럼 바닥에 엎어진 채로 잠들어 있었다. 그가 온 것도 모를 정도로 깊이. 헛웃음을 친 카론이 레베카 쪽을 휙 돌아보았다.

"언제부터 이랬어."

"얼마 되지 않았습니다."

"수색은?"

"몇몇 고용인들에게 찾아보게 하고 있습니다."

"전부 뭐 하고 있는 거야!"

결국 카론의 입에서 언성이 높아지자, 레베카가 서둘러 고개를 수그렸다.

"죄송합니다. 전부 깨워 수색에 참여시키도록 하겠습니다."

분노로 번뜩이는 검붉은 눈은 필리프가 머물렀던 고문실의 창살을 훑었다. 물리적인 흔적이 없다. 그렇다는 건, 안에서 뚫고 나왔다기보다 밖에서 도와준 조력자가 있단 뜻인데.

카론은 설마, 하는 생각에 곧바로 고문실에서부터 2층 회랑으로 이어지는 계단을 달려 올라갔다. 회랑의 한쪽 벽면에 빼곡하게 들어찬 유리창에는 밤하늘의 풍경이 펼쳐져 있었다. 유리창을 투과한 별빛이 회랑을 달려가는 남자의 그림자를 늘렸다.

하필이면, 붉은 달이 뜨는 개기 월식의 날이었다. 카론은 끔찍했던 어떤 날의 회상을 애써 억누르며, 레나 크루거의 침실 앞에 당도했다. 그리고 그 앞에서 숨이 차오른 헛웃음을 터뜨렸다.

"하."

불침번이었던 두 하녀 모두 잠들어 있었다. 지하실 역시 누구의 소행인지 비로소 자명해지는 순간이었다. 카론이 거칠게 문을 열어젖히자, 역시나 방 안엔 펄럭이는 커튼 사이로 들어온 싸늘한 공기만이 감돌고 있었다.

허탈감이 그의 뒤통수를 때렸다. 밤새 달려와 몸에 쌓인 녹진한 피로를 잊을 정도의 충격이었다. 그의 정부가 기어이……

분노로 자제가 안 되는 주먹을 움키기만 하는데, 가을바람에 떠밀린 종이 한 장이 그의 발끝에 나뒹굴었다. 처방전이었다.

열분을 담은 검붉은 눈동자가 빠르게 문서를 읽어 내렸다. 누르스름한 종이 위, 군데군데 짙어진 자국들이 글자 같은 형상을 이루고 있었다.

[진술서.

이름 : 브리짓 클로츠

출신지 : 포모나

신분 : 마도구 제작자

죄인 취급을 받으며 세상을 떠날 포모나 출신의 브리짓 클로츠는 마지막 말을 남길 수 있다는 기회만은 소중히 여겨 다음 내용을 작성합니다.

첫째, 저는 일찍이 슈미트 공작의 역모에 가담한 죄로 에르하르트 가문에 의해 고발되었으나, 그 죄는 무지한 자가 빠질 수 있는 선량하고도 치명적인 실수에 불과한 것입니다. 저는 슈미트 가문으로부터 서자의 교육을 부탁받아, 신비교의 신성한 교리에 따라 어린아이를 지도했을 뿐, 역모에 가담한 적이 없습니다.

둘째, 저는 마도구 유출에 가담한 죄로 에르하르트 가문에 의해 고발되었으나, 그 죄는 그저 전 슈미트 공작의 속내를 모르고 마도구를 보수해 달란 명을 그대로 이행한 무지하고 힘없는 자의 어리석음에 불과합니다. 저는 마도구 유출에 가담한 적이 없습니다.

이는 발언권이 없어 무력하기만 한 포모나의 마도구 제작자가 슈미트 가문과 오펜하이머 가문 사이에서 농락을 당한 일에 불과합니다. 만약 제가 그들과 공모했다면, 에르하르트 가문의 대질신문 때 오펜하이머 가문이 슈미트 가문과 연루되어 있노라 실토하지도 않았을 것입니다.

셋째, 저는 이단에 사로잡힌 이교도로서 에르하르트 가문에 의해 고발되었으나, 신비교의 신성한 교리를 따른 한 인간의 양심에 어긋난 믿음을 지닌 적이 없습니다. 허허로운 탐욕으로 신비교를 더럽힌 이단자와 어울린 건 제 죄이나 신비교의 근간을 더럽히는 짓을 함께하지 않았습니다.

저는 마지막까지 무고함을 주장합니다. 죽어서라도 제 육체는 신비력이 흐르는 고향의 강에 뿌려지길 원합니다. 이 세상에 다시 신비력의 축복을.]

* * *

전속력으로 달리는 두 사람의 그림자가 후원에 드리워졌다. 레나는 유자나무 사잇길을 달음박질치다 가쁜 숨을 몰아쉬었다. 앞서 달리던 필리프가 그녀를 기다려 주었다. 저택 쪽을 살피던 그가 눈을 치떴다.

"젠장, 후작이 왔어."

"뭐?"

"저길 봐."

저택의 모든 조명이 환하게 켜져 있었다. 레나는 이를 악물고 달리기를 계속했다.

들켰을까. 분명히 레베카가 시간을 끌어 주고 있을 터였다. 그러니 필리프가 산장에 설치해 둔 마법진까지만 가면…….

불침번을 서는 하녀들의 감시망을 뚫고서 침실을 나오자마자 레베카와 마주쳤다. 어두운 회랑의 망령처럼 나타난 그녀는 얼어붙어 있는 레나에게 따라오라는 눈짓을 주더니, 필리프가 있는 고문실까지 조용히 안내해 주었다.

무사히 병사들을 잠재우는 것까지 성공시킬 수 있었던 건 어디까지나 레베카 덕분이었다. 필리프가 지하 감옥을 박살 내고 탈출하려던 계획보다 훨씬 안정적인 방법이기도 했다. 그녀는 마치 모든 상황을 알고 있는 사람처럼 굴었다.

'이것으로 네게 진 빚을 갚았다고 여기마.'

필리프를 무사히 데리고 나왔을 때야, 레베카가 비로소 입을 열었다. 레나는 시내에서 의사를 구해 온 사람도 레베카였단 걸 기억해 내고 고개를 끄덕였다.

가을의 풀벌레가 우는 소리, 바스락거리는 흙과 풀, 중간중간 두 사람을 가로막는 자잘한 나뭇가지, 턱 끝까지 숨이 차올라 헉헉대는 호흡…….

사잇길을 빠져나오자, 산장까지 가는 어두컴컴하고 널찍한 숲길이 펼쳐졌다. 발밑으로 무엇을 밟는지도 모를 만큼 정신없는 한밤중의 질주가 계속되었다.

곧, 에르하르트 저택에서 벗어날 것이다.

레나는 오직 그 목표에만 집중하려 애쓰며, 필리프의 널찍한 등만 보고 뛰었다. 아직도 지금의 선택이 옳을지 확신할 수 없었지만, 오직 한 가지만은 알 수 있었다.

이대로 저택에 갇히게 된다면, 미쳐 버리게 될 것이다.

레나가 에르하르트 저택에서 마주한 건 지독한 현실뿐이었다. 그에게 듣고 싶은 것이 너무나도 많았지만, 그는 그녀에게 어떤 것도 대답해 주지 못했다. 그녀는 카론의 기억을 불러오는 일에 실패했고, 카론은 그녀를…….

히잉!

그때 등 뒤로 거친 말발굽 소리가 울렸다. 한 남자의 음영이 숲 저편에서 나타났다. 누군지는 자세히 보지 않아도 알 수 있어서, 레나는 젖 먹던 힘까지 숨이 차오르게 달려야만 했다.

허억, 헉.

뒤를 돌자 나뭇가지 사이로 드문드문 들어오는 달빛이 핏발 선 카론의 얼굴을 비추었다. 흡사 검은 짐승에게 쫓기고 있다는 착각이 들 정도로, 빠르게 다가오는 붉은 빛깔의 눈은 어둠 속에서도 형형히 제빛을 발하고 있었다. 맥동하는 모든 혈관이 터져 나갈 것만 같이 달린 두 사람은 산장 앞을 가로

지르는 강을 목전에 두고 공포감에 얼어붙은 숨을 헐떡였다.

푸른 강물 위로 붉은 월파가 흐르고 있었다. 필리프가 그녀의 손목을 쥐고 그곳으로 잡아끌려 할 때였다.

"레나 크루거."

어두운 숲 그림자 안에서 은빛으로 빛나는 총구가 먼저 모습을 드러냈다. 카론 에르하르트가 두 사람을 향해 총을 겨누고 있었다. 그들과 달리 숨조차 몰아쉬지 않을 정도로 차분한 기색이었으나, 그 살벌한 기운에 레나와 필리프 두 사람 모두 움찔거렸다.

"이리 와. 총알은 한 발이면 충분하니까."

마치 마지막 경고와도 같은 침잠한 목소리였다. 레나는 굳게 달린 입술 사이로 한숨을 터뜨렸다.

"전 안 가요. 제 선택이 어떤지 알고 계시잖아요."

"로렌츠 발렌시아는 네게 아무런 도움도 안 돼."

할 수 있는 최대로 평정심을 유지하던 얼굴은 레나를 쥐고 있는 필리프의 손을 보자마자 그대로 무너져 내렸다. 필리프와 그녀의 살이 맞붙어 있는 광경 자체를 견디지 못하는 감정이 살기가 도는 붉은 눈에 고스란히 담겼다.

그 기세에 필리프가 짓눌렸는지, 그녀를 붙든 손에 점차 힘이 들어갔다. 레나는 차분히 눈을 감았다 떴다. 그와 대치하고 있는 상황 자체가 힘겨웠다.

"제가 남겨 둔 문서…… 후작님은 그게 저한테 어떤 의미일지 모르시겠지요."

"……."

"저는 더는…… 후작님을 견디기 힘들어요. 숨이 막혀요."

그가 말해 주지 않는 진실을 혼자 두려워하고, 추억을 떠올리지 못하는 모습에 실망하고, 한 줌 애정을 느낀 죄책감으로 괴로워하고…….

마치 끝이 보이지 않는 미로였다. 그들은 다시 만난 순간부터 기억의 미로 속에 갇혀 눈 뜬 장님처럼 서로를 더듬고 있을 뿐이었다. 진실은 서로 저 너머에 숨긴 채.

서로를 모르는 채 기만적인 애정만 속삭이기엔, 그녀는 이미 어깨 위에 짊어진 것이 너무나도 많았다. 친구도, 가문도, 엘레나 오펜하이머의 삶도. 차마 외면할 수 없는 것들이 평생 그녀를 따라다닐 터였다.

카론이 아랑곳하지 않고 한 발짝 더 다가왔다. 거부는 허락지 않겠다는 의사였다. 그럴수록 레나는 필리프의 가슴팍에 등을 바싹 기댔다. 필리프가 한쪽 팔로 레나의 허리를 단단히 감싸 안자, 카론의 얼굴이 분노로 일그러졌다.

"그래서 뒤에 있는 그 새끼가 네 선택이야? 아니면, 로렌츠 발렌시아가 널 지켜 줄 것 같아?"

총구가 필리프의 지척까지 다가왔다. 그대로 레나를 껴안고 강물에 뛰어들려는 의중이 읽히자, 카론은 필리프의 머리를 그대로 미련 없이 날려 버리려 들었다. 필리프가 신비력자라는 사실을 모르는 카론의 눈에, 그 모습은 그저 레나의 인질극에 불과했다.

"네가 원하는 건 무엇이든지 해 줄 테니까 제발……. 그냥 내 곁에만 있어."

레나를 안전하게 빼내려는 카론의 목소리가 퍽 간절했다.

레나는 카론을 찬찬히 직시했다. 마지막으로라도 기억에 담아 두고픈 모습이었다. 저를 되찾고자 발악하는 남자는 영원히 붉은 달 아래서 광기 어린 아름다운 얼굴로 남으리라.

"제 이름 불러 주세요."

"……."

"어서요."

마지막 기회처럼 그녀가 속삭였다.

"레나."

그렇게 그가 그녀의 이름을 입에 담았다. 아마도, 그에게 마지막으로 듣게 될 자신의 이름이자, 끝내 그에게 기억될 마지막 이름이 그것이었다.

"후작님은 제가 원하는 걸 주지 못해요."

그대로 등을 돌린 레나가 필리프를 감싸 안고 강에 뛰어들었다. 카론은 방패처럼 필리프를 보호하고 있는 레나 때문에 방아쇠를 당기지 못했다. 그대로 차가운 물속으로 두 사람이 가라앉았다. 절규에 가까운 외침이 수면 안까지 아득하게 퍼졌다.

그렇게 카론이 곧장 뒤따라 강에 뛰어들었을 때. 물속에는 강바닥에 그려진 마법진만 덩그러니 남아 있을 뿐, 두 사람은 어디에도 없었다.

외전 2. 로렌츠 발렌시아

맑은 가을 햇살이 유리창에 스며들어 있었다. 상아색 창틀 사이에 끼워진 매끄러운 유리로 햇빛은 무지개 빛깔을 자아내며 녹아내렸다. 그 투명한 유리창은 보랏빛 눈을 비추었다. 눈부신 백금발을 한 귀공자가 창문 앞에서 생각에 잠겨 있었다.

"일어나셨습니까, 도련님."

항상 깨우기도 전에 먼저 일어나 있는 주인을 둔 노집사가 서신을 담은 트레이를 가지고 들어 왔다.

향긋한 커피를 책상 위에 둘 때마저도, 집사의 입가에선 흐뭇한 미소가 가시지 않았다. 요즘 들어 로렌츠가 부쩍 여자를 만나고 다닌단 사실만으로 집사는 웃을 일이 많아졌다.

어려서부터 그를 보필해 왔던 집사는 주인에게 남색가라는 소문이 돌거나 성 기능에 문제가 있다는 추문이 생길 때마다 누구보다도 앞장서서 화를 내던 이였다. 로렌츠가 아버지보다도 훨씬 더 아버지 같다고 느끼는 고용인이다 보니, 그는 로렌츠가 그 어떤 귀공녀에게도 곁을 내어주지 않는 이유를 잘 알고 있었다.

로렌츠는 편지 칼로 에르하르트 가문의 인장을 반으로 갈라 도려낸 뒤에, 봉투 안에 든 서신을 읽고선 가느스름하게 웃었다. 모든 것이 예상한 대로였다.

"오후에 귀한 손님이 오실 겁니다. 맞이할 준비를 해 두세요."

뜯어진 서신과 편지 칼은 원래 있었던 자리에 오차 없이 놓였다. 이런 결벽적인 성정은 버릇뿐만 아니라 방 안 곳곳에 묻어나, 모든 물건은 한 치 흐트러짐 없이 단정하게 정돈된 상태였다.

로렌츠가 정해진 시간에 의자에 앉자, 집사는 방 안에 맞춤 제작된 태엽 인형처럼 허리를 굽히더니 뒤를 돌았다. 그는 나가려던 집사의 옆모습에 대고 물었다.

"아, 최근에 온 손님은 어떻습니까."

"잘 지내고 계십니다. 어제는 식사도 끝까지 마치셨습니다."

대답에 만족한 로렌츠가 고개를 까닥이자, 문이 닫히는 소리를 끝으로 방 안은 침묵에 잠겼다. 한동안은 로렌츠가 사무를 보는 잡음만 남을 공간이었다.

매일 아침, 책상에 앉으면 그는 맨 처음 서신을 확인했다. 왕실이나 에르하르트 같은 내로라하는 가문의 서신이 편지꽂이에 일정한 간격으로 정리되어 있었으나, 그가 항상 제일 먼저 손을 뻗는 곳은 열쇠로만 열리는 책상 서랍이었다.

서랍 안에는 마끈에 묶인 서신들이 한 움큼씩 정렬되어 있었다. 모두 데스테 가문의 인장이 찍혀 있는 서신들이었다. 열세 살 때부터 스무 살까지, 루시아가 세상에 남겼던 귀중한 흔적들.

하루를 여는 의식처럼, 그는 맨 처음 받았던 서신을 꺼내 읽었다. 정확히 말해 그 서신은 그에게만 온 것은 아니었다. 루시아가 '발렌시아 귀공자들'에게 보냈던 서신이었으므로.

[친애하는 발렌시아의 귀공자들께.

잘 지내고 계신가요? 설마, 그새 저를 잊진 않으셨겠지요. 저는 데스테 영지에서 끝도 없이 우울하고 평화로운 나날을 보내고 있답니다. 보통은 이런 지루한 나날이 잘 지낸다는 말로 쓰이지만요.

귀공자들께서 제 마음을 흔들어 놓고 가신 이후로, 저는 잠을 설치며 다시 만날 날을 손꼽아 기다리고 있답니다. 사냥제에서 근사하게 활약하실 마르첼도, 제게 재밌는 책을 추천해 줬던 로렌츠도 너무 소중한 친우들이기 때문에 자주 그리워지곤 해요. 당신들도 그러신가요?

이 지루한 여름이 내년에는 꼭 아름답게 바뀌었으면 좋겠어요. 부디 내년에 다시 만나요.

―평화로운 데스테 영지에서 모험을 꿈꾸는 루시아로부터.]

이토록 사랑스럽게 사냥제에 초대해 달라 조르는 편지라니. 기억 속 영악하고도 순수했던 소녀를 떠올린 로렌츠는 흐릿한 미소만 짓다가 창가 쪽으로 의자를 돌렸다. 밀려오는 가을 햇살이 그를 흠뻑 적셨다.

그가 사랑에 빠진 순간도 아마 가을 무렵이었을 것이다.

* * *

"귀족 나으리, 한 푼만 자비를 베풀어 주세요!"

"집에서 아이가 굶고 있습니다! 아직 한 입도 못 먹였습니다! 동전 한 닢이라도……."

"집에 환자가 있어요! 제발! 제발! 나으리!"

눈이 부실 정도로 호화로운 보라색 마차가 코타이너를 지나가자, 떼거지가 몰려들었다. 냉정한 마부는 '썩 꺼지지 못해?' 하고 욕을 내뱉으며 말을 몰았다. 그나마 남은 건 건강한 팔다리밖에 없는 자들인지라 거칠게 달려가는 마차의 앞을 막지 못하고 우르르 물러섰다.

가끔 동정심 많은 귀족일 경우엔 동전이라도 뿌려 주는데 이 가문은 아닌 모양이었다. 빈민들은 마차가 지나간 자리에 침을 찍 뱉었다. 어차피 알아보지도 못하는 가문의 문장에 대고 안 들리는 자리에서 욕이라도 해 보는 것이, 견디기 힘든 삶에서 해 볼 만한 최선의 반격이었다.

마차는 저리도 번드르르한데, 인심은 이리도 야박해서야. 겉보기에 호화로울수록 아무것도 주지 않으면 민심은 거칠어지기 마련이었다.

"쯧, 천박하긴. 이래서 지저분한 놈들과는 엮이면 안 된단 거야. 분수도 모르는데, 은혜는 더더욱 모를 테니."

발렌시아 공작은 마차 창문 밖으로 고개를 내밀었다가 멀어지는 광경을 보고서 혀를 찼다. 안 그래도 울퉁불퉁한 길을 달리다 마차가 흔들릴 때마다, 평생을 고른 길만 달리고 살았던 남자가 불평을 쏟아 냈다.

"왜 진즉 정리해 놓지 않았는지 이해가 안 가는 천박한 동네로구나. 심지어 신성한 바실리카 신전 주위에 저리 더러운 것들이 자리를 펴게 해 주다니……. 쯧. 나라면, 진작 철거해서 없애 버렸을 텐데 말이야."

불평은 붉은 돔이 밀집된 동네를 지날 때 극에 달했다. 공작은 생애 처음 보는 코타이너의 풍경에 끔찍하단 표정을 지었다. 그러다 마차가 바실리카에 가까워질수록 풍경이 점차 화려한 시가지로 변하자 한숨을 내쉬었다.

"그래, 좀 지나가면 이리 융성한 바실리카가 나오면서……. 백작도 참 괴상하기도 하지, 쯧쯧."

그제야 수준에 맞는 지역을 발견했는지 안심한 투였다. 평생을 아름다운 것만 눈에 넣고 살았던 발렌시아 공작에게 코타이너는 쉬이 잊히지 않을 충격이었다. 아마 용건만 아니었더라면, 이런 끔찍한 동네는 지나가지도 않았을 것이다.

슈미트 공작 가문이 몰락한 이후로 알아서 왕실의 비위를 맞춰 발렌시아 영지에만 틀어박혔던 그였다. 굳이 잘 꾸며 놓은 영지 밖을 벗어나 더러운 지역을 보고 싶지 않았기 때문에, 그간의 생활에 크게 불만이 있었던 건 아니었다.

그런 그에게도 유일한 야심은 있었는데, 바로 북부 대륙에 있는 마도구를 채굴해 오는 것이었다. 가문의 숙명과도 같은 일이었다. 귀하고 아름다운 것을 탐하는 본능은 북부 대륙에 자리 잡았던 시절부터 이어진 내력이었으니. 아직 북부 대륙에는 발렌시아 가문이 미처 챙겨 오지 못한 마도구들이 많았다.

어떻게 해서든 보물 같은 마도구들을 되찾아야만 한다는 사명감이 가문의 유구한 목표처럼 박혀 있었다. 비록 현재는 북부 대륙에 있던 미토스가 망하고, 그 지역에 해적과 도적떼들이 우글거린다고는 해도 말이다.

"하여간, 무역권만 아니었어도."

구시렁거리던 공작은 제 앞에 앉은 아들들을 쳐다보았다. 발렌시아의 핏줄답게 수려한 금발에 자안을 물려받은 형제는 각각 다른 방향으로 무료한 얼굴을 돌리고 있었다. 서로 아버지와 눈을 마주치지 않으려는 태도만은 분명했다.

공작은 아들들의 반응을 살피지도 않고, 파이프를 물고서 주머니에서 성냥을 뒤적이기 바빴다. 슬슬 자식들에게도 본 목적을 말해 줄 시기였다.

"북부 대륙으로 가는 항로에 있어서, 데스테 가문은 중요한 관문 중 하나다. 그리고 백작에게는 마침 너희 또래의 딸이 있지."

공작이 창밖으로 담배 연기를 내뿜었다. 바람에 밀려 되돌아오는 연기에 로렌츠가 인상을 찌푸리고 코를 막았으나, 마르첼은 '귀공녀'가 거론되자 공작 쪽으로 먼저 눈알을 굴렸다. 연기를 걷어 낸 로렌츠는 여전히 지루한 얼굴로 창밖만 내다보고 있었다.

"만나 보고서 판단하거라. 발렌시아의 씨를 받을 만한 계집인지."

사춘기를 맞이한 마르첼이 재빠르게 물었다.

"귀공녀는 예쁜가요?"

"데스테 백작이 한 인물 하니까, 그 자식도 얼굴은 괜찮을 테지."

"오오, 아버지께서 그러하시다니 믿겠습니다."

마르첼이 곧장 흥분했다. 공작은 아들의 반응에 파이프를 물고서 번들번들 웃었다. 소싯적에는 여자보다 아름답기로 소문났던 발렌시아 공작이었으나 지금은 기름칠한 뚱보와 다름없는 풍채가 되어 있었다. 그렇지만 꼴에 미를 보는 기준만은 높았으니, 공작이 저렇게 말할 정도면 굉장한 미인이리라.

그러나 로렌츠는 지평선 너머로 모습을 드러내기 시작한 저택에만 시선을 두고 있었다. 붉은 양귀비 꽃밭이 그들을 환영하듯 바람에 나부껴 붉은 물결처럼 흔들렸으나 로렌츠의 눈에는 들어오지 않았다. 로렌츠는 그저 얼른 가서 씻고 싶다는 생각만이 가득 찬 상태였다.

"그런데 마르첼보다는 로렌츠 너."

그제야 무기력한 로렌츠의 보랏빛 눈동자가 도르륵 굴러 공작에게 향했다. 공작은 제가 낳아 놓고도 꺼림칙한 소년의 표정을 보고서 인상을 찌푸렸다.

"넌 특히 차남이니 잘 봐 두도록 하여라. 장가라도 잘 가야 네 몫을 할 수 있을 테니."

그러자 마르첼이 옆에서 킬킬거리며 짜증을 돋웠다.

"맞아. 로렌츠. 작위가 없으면 아내라도 잘 만나야지. 네가 뭘 하든, 네 밑천은 부인이 마련해 줘야 할 텐데."

로렌츠는 말도 섞기 싫다는 듯, 창밖만 내다볼 뿐 아무런 대꾸도 하지 않았다. 맨주먹으로 가문에서 나간다 한들 옆에 있는 머저리보단 성공할 수 있다는 말을 구태여 꺼내기도 구질구질한 일이었다.

때마침 마차는 붉은 양귀비 들판을 지나쳐, 도랑을 건너와 검푸른 벽돌의 석조 저택까지 도달해 있었다.

"아버지, 그런데……. 이런 곳에서 사는 아리따운 귀공녀라면, 이거 로렌츠에게 양보하긴 조금 아까운 조건인데요?"

빙글거리던 마르첼이 마차에서 내리기 전에 저택 외관을 보고 휘파람을 불었다. 영지 곳곳이 아직 개발 중이긴 하지만, 데스테 백작의 수완이 나쁘지 않은 데다가, 상인들 사이에서 평판 좋은 가문이다 보니 거상들도 자주 오가는 저택이었다. 그 때문인지 저택은 영지의 특색을 살려 운치 있게 조경되어 있었다.

"그렇다면, 알아서 취하면 되지 않느냐. 데스테 정도면 씨를 뿌리기에 알맞은 장소이니, 너희가 데스테 혼사 문제를 어떻게 나누든 나는 그 문제에 신경을 쓰지 않겠다."

발렌시아 공작이 형제에게 숙덕이고서 육중한 몸을 일으켰다. 그는 힘겹게 마차에서 내려가면서 급조된 미소를 지었다. 친히 마중 나온 데스테 백작에게 선보이는 가면이었다.

어른들끼리 포옹을 나누며 겉치레 같은 안부를 묻자, 마르첼이 곧바로 자리에서 일어났다.

"우리도 이제 내려가자."

로렌츠는 창문으로 데스테 백작 뒤에 선 금발의 귀공녀를 보고서 작게나마 안도의 한숨을 내쉬었다. 아직 여인도 되지 못한 여자애였다.

"안녕하세요, 데스테의 여식이 발렌시아 가문을 뵙습니다. 루시아 데스테입니다."

로렌츠가 내려오자마자, 귀공녀는 또랑또랑한 목소리로 드레스를 살짝 들어 올린 채 인사를 올렸다. 그 모습이 아무리 봐도 아직 피다 만 꽃봉오리 같았다.

장미 수정 같은 눈동자 색이나 그 밑으로 오는 눈물점, 앙증맞은 입술은 만개하면 향기가 짙어질 꽃의 태가 분명했으나 로렌츠가 보기엔 덜 자란 어린아이 같을 뿐이었다.

저런 애를 두고 씨를 뿌릴 장소라 운운하다니. 로렌츠는 제 아비의 말에 어이가 없어 헛웃음을 쳤다. 당황한 루시아가 그를 힐끗 곁눈질하자, 둘은 처음으로 눈을 마주치게 되었다.

냉하고 날카로운 구석이 많은 로렌츠의 자안과 마주하면 오래 견디지 못하고 눈을 내리까는 그 또래 아이들과 다르게, 이 순진한 귀공녀는 사탕을 두 볼에 문 듯 사르르 녹는 웃음만 지을 뿐 두려워하는 기색이 없었다.

"하하, 백작께선 따님만 봐도 행복하시겠습니다. 저는 재미없는 아들만 둘이라……."

발렌시아 공작이 두 손으로 마르첼과 로렌츠의 어깨를 짚었다. 누군가와 닿는 걸 끔찍이 싫어하는 로렌츠는 잠시 역겨움을 참아 내기 위해서 비위를 억눌렀다.

어쩌면, 그를 낳다 죽었다는 어머니가 나은 처지일지도 몰랐다. 이리 흉측한 중년 남성을 상대해야만 하는 불행에서 벗어날 수 있었으니. 젊은 시절에는 죽은 아내를 껴안고 울어 주던 미청년이 늙어서는 저를 씨받이로만 취급하는 속물적인 돼지로 변해 간다면, 아마 눈물 젖은 생을 불행하게 마감하지 않으셨을까.

로렌츠는 냉소적인 생각만 되씹다 피식 웃었다. 천박한 돼지에 불과한 아버지와 멍청하기로는 말 대가리와 견줄 만한 형에게 밀려서 순종하고 살아야 하는 제 처지는 어떻고.

로렌츠는 앞에 있는 귀공녀에게 잔잔한 미소를 머금어 주었다. 처음 만난 무구한 소녀까지 이런 끔찍한 악취를 맡을 필요는 없었다.

이리 멍청한 인간들은 동물만도 못하다. 동물들 사이에서 사람으로 살아가기란 때때로 역겹고 자괴감이 오는 일이었다.

* * *

"저에게는 가장 친한 친구가 레나인걸요."

"편견 없는 분이로군요."

"과찬이세요."

루시아 데스테는 아름답고 현숙한 귀공녀였다. 귀여운 외모에, 하녀와도 격 없이 지내는 소탈한 품성.

귀공녀의 덕목을 전부 갖춘 사랑스러운 소녀였으나 로렌츠가 보기엔 특별하지 않았다. 이미 사교계에는 이 정도 귀공녀가 차고 넘쳐나는 터였다.

아름다운 여자, 가치 있는 물건, 귀한 음식. 발렌시아 공작가에 태어난 이상, 온갖 좋은 것들은 다 둘러보고 걸쳐 볼 수 있었다. 그건 웬만한 아름다움에 현혹되지 않는단 뜻이기도 했다.

적당히 이야기를 나누다 마차에 오를 시간이 되자, 마르첼이 팔꿈치로 가슴팍을 쿡 찌르며 속삭였다.

"야, 뒤에 있는 하녀도 엄청 예뻐. 결혼하면, 저 하녀도 딸려오는 거겠지?"

물론 마르첼이야 탐욕에 끝이 없어서, 항상 유혹에 빠져 살아가는 인간 같긴 했지만.

마르첼이 곁눈질로 가리킨 곳에는 루시아가 '레나 크루거'라고 소개한 하녀가 고개를 수그리고 있었다. 앞에 있는 주인보다도 머리 반절 정도는 큰 키에, 긴 속눈썹을 내리깔고 있는 모습이 꽤 어여뻤으나 로렌츠가 보기엔 역시 그뿐이었다.

로렌츠는 대놓고 귀찮은 얼굴로 마르첼을 앞질러 걸었다. 그는 이미 귀하고 아름다운 것들에 대해서 시시함을 느끼고 있던 터였다.

로렌츠는 그 나이 또래 소년이 가질 법한 발정이나 첫정보다도 상대의 배경이 그에게 가져다줄 이점만을 생각했다. 분하긴 했지만, 아버지의 말마따나 그는 차남이었다. 결혼을 잘해야만 하는 입장에 놓여 있었다.

아마 공작 작위는 마르첼의 것이 될 테고, 재산도 대부분이 마르첼한테 상속될 것이다. 로렌츠의 몫은 터무니없이 적은 일부일 테지만, 그는 마르첼보다도 가산을 훨씬 많이 불려 놓을 자신이 있었다. 문제는 작위였다.

멍청한 마르첼이 평생 그에게 거들먹거리는 꼴을 볼 순 없었다. 결국 작위를 받기 위해선 독녀를 둔 집안과 결혼해야만 했는데, 그런 점에서 데스테 가문은 매력적인 선택지였다. 데스테 백작이 현재 후사를 보지 않고 있어 언젠가는 루시아의 남편이 데스테 영지를 계승하게 될 터였다.

계산을 마친 로렌츠가 마차를 타기 전에 뒤를 돌았다. 그러자 그를 유심히 지켜보고 있던 새초롬한 분홍색 눈과 조우하게 됐다. 두 번째로 눈이 마주친 순간이었다.

귀족들 사이에서 흔한 푸른 눈도, 그의 가문 같은 자안도 아닌, 아주 옅은 담홍색. 순간적으로 왜 그 눈만은 꽤 특별하다고 느꼈는지. 온몸이 옴짝달싹하지 못하고 얼어붙었다.

"왜 그러시나요?"

그가 어떤 말도 하지 않자, 루시아가 생긋이 웃음을 지었다. 봄볕처럼 싱그러운 미소였다.

"아무것도 아닙니다. 사냥제에서 뵙겠습니다."

로렌츠는 곧장 중한 귀공자다운 태도로 돌아와 루시아의 손등에 입을 맞췄다. 그를 빤히 응시하던 눈초리의 의미를 종잡을 수 없어, 어쩐지 목뒤가 조금 뻣뻣해지는 기분이었다. 뭐였을까. 아까의 그 시선.

그가 그녀를 판단해 봤던 것처럼, 그녀 역시 그의 값어치를 측정하듯 쭉 훑어 내리는 것만 같았던……하지만, 마르첼의 우렁찬 목청으로 인해 위화감은 오래가지 않았다.

"저도 사냥제만을 기다리고 있겠습니다, 영애!"

마르첼 역시도 질세라 루시아의 손등에 입을 맞추려 들었다. 루시아는 그에게조차 웃으며 손등을 내주었다. 로렌츠는 미리 마차에 올라, 어설픈 제형의 예법을 비웃었다. 일찍 동정을 떼었다고 자랑하더니, 귀공녀를 대하는 태도는 여전히 저렇게 어설퍼서야.

발렌시아 공작이 마지막으로 탑승하자 마차가 출발했다. 발렌시아 공작은 마차에 오르자마자 파이프부터 꺼내 물었다. 올 때와는 다르게 어두워진 표정이었다. 형제는 그것이 좋지 않은 징조임을 알아차렸다. 마르첼이 먼저 눈치를 보며 물었다.

"데스테 백작과 무슨 일 있으셨습니까, 아버지?"

"후……. 가문에 저런 년을 들여야 하는지 의문이로구나."

"무슨 일이 있으셨길래 그러시는 겁니까."

공작이 파이프를 씹으며 내뱉은 욕설에 로렌츠가 뒤이어 반응했다. 한참을 파이프만 빨던 공작이 입을 연 건 마차가 데스테 저택의 정원을 완전히 빠져나온 시점이었다.

"신비력 질환자야."

"예?"

"두 번 말해야겠느냐, 마르첼? 저년이 알고 보니 저주받은 몸뚱이란 말이다. 어떻게 했으면 신비력의 저주를 받아서, 쯧."

로렌츠는 곧바로 무슨 상황인지 알아듣고 한숨을 내쉬었다.

"신비력 질환자면 큰 문제가 있는 겁니까? 저희랑 있을 때는 멀쩡해 보였는데요."

여전히 마르첼만 무슨 의미인지 알아듣지 못하고 고개만 갸웃거리자, 공작은 칼싸움에만 능한 장자를 한심한 눈으로 쏘아보았다.

"그야 당연하지! 일상에서는 그리 티가 나지 않는 병이니까. 하지만 마도구에 닿았을 땐 어떻게 반응할지 어찌 알아. 신비력이 점차 사라져 가는 세상이라고는 하지만, 우리 가문만 해도 곳곳에 널린 것이 마도구지 않느냐. 게다가 그 저주가 우리 가문의 핏줄에 섞인다 생각하면……. 으으……."

상상만 해도 불쾌한지 발렌시아 공작이 얼굴을 찡그렸다. 로렌츠는 은근슬쩍 데스테 백작을 이용해 공작을 떠보았다.

"데스테 백작도 참 경솔하군요. 딸의 지병을 그리 쉽게 밝히다니 말입니다.

저라면 무조건 함구했을 문제일 텐데요. 우리 가문과 혼인할 생각이 없었나 봅니다."

"그럴 리가. 항로를 열어 주겠단 얘기를 좀 하다가, 그걸 대가로 은근히 성수를 바라길래 내가 상황을 캐묻다 보니 눈치챈 거지."

"신비력 질환자들이 성수 치료를 받으면 완치되었다는 얘기를 들었나 보군요."

"그건 나야 모르지. 하지만 북부 대륙에서 구해 올 성수는 귀하디귀한 것인데 그걸 어찌 내어준단 말이야. 그것만 아니었어도 혼인까지 생각해 볼 만하긴 했겠지만……. 아무튼, 마르첼, 너는 데스테 가문과 엮일 생각 말거라. 마녀의 저주로 발렌시아의 혈통을 더럽힐 순 없으니."

공작이 창밖으로 연기를 뿜으며 엄포를 놓았다. 마차에 오를 때까지만 해도 루시아며 그녀의 하녀에게까지 탐욕을 드러냈던 마르첼이, 참지 못하고 욱하는 감정을 그대로 드러냈다.

"겉으로 보기에 멀쩡하기만 하면 상관없지 않습니까? 신비력이니, 마녀의 저주니, 그딴 거 요즘 누가 믿어요. 요즘엔 그냥 미신일 뿐이라고요."

"이놈이! 어디서 말대꾸야? 넌 지금 가문의 뿌리가 어디서 왔는지 잊었느냐? 우리 가문이 대대로 신비력이 깃들었던 북부 대륙에서 내려왔기 때문에, 여전히 이곳에서도 공작 가문으로 위세를 떨칠 수 있는 것이다. 신비력을 부정하는 건 가문의 역사를 부정하는 것인데, 미쳤다고 집안에 신비력의 저주를 받은 여자를 들여?"

결국에 아버지의 불호령이 떨어졌다. 그러나 고집 센 마르첼도 이번에는 물러서기 싫었는지 아득바득 이를 갈았다.

"이미 멸망한 왕국이잖아요! 그놈의 옛날 옛적 이야기! 그렇다면, 제가 북부 대륙으로 가서 성수를 구해 오고, 그 성수로 데스테 영애를 치료해 주면 되겠네요!"

"이놈이!"

여자 때문에 귀한 성수를 탕진하겠다는 호기로운 장자의 선언에 공작은 기함했다. 마르첼이 저럴수록 아버지가 절대로 결혼을 허락해 주지 않으리란 걸 아는 로렌츠는 입만 꾹 다물었다.

저는 상관없는 것이냐 물을 필요도 없는 일이었다.

어차피 발렌시아 공작 작위를 이어 갈 혈통은 장남인 마르첼뿐이다. 공작은 차남인 로렌츠가 결혼 상대로 누굴 점찍든 상관도 안 할 터였다. 설령, 상대가 어느 힘없는 남작 가문의 영애라고 할지라도. '장남이 아니기 때문에' 로렌츠에게 주어진 몇 없는 이점 중 하나였다.

중요한 건, 자신이 정말로 그녀를 필요로 하는가였다.

로렌츠는 계속해서 시끄럽게 싸우는 아버지와 형의 대화에 피로감을 느끼고, 생각을 차단하듯 눈을 감았다. 망막한 어둠 속에 마주 보았던 분홍 눈이 상으로 맺혔다.

그녀가 순식간에 감추던 찰나의 감정. 그 눈에 담겨 있던 동정심이 꽤 오랫동안 그의 신경을 어지럽혔다.

* * *

그런 일이 있었음에도, 형제는 여름 사냥제에 루시아를 초대했다. 그날 이후로 서신을 주고받으면서 제법 친밀한 사이가 된 상태였다. 마르첼의 경우는 카론 에르하르트보다 손수건을 많이 받기 위한 속셈도 있었다.

그 무렵 마르첼은 천부적인 검술 실력을 지닌 카론 에르하르트에게 혼자만의 경쟁심을 불태우고 있었다. 로렌츠가 보기엔, 머리가 나빠서 몸이 고생해야만 아는 인간일 뿐이었다.

천재를 이기려고 해선 안 된다. 받아들여서 자기편으로 끌어들이는 것이 유리하다.

로렌츠가 사냥제에 참가하는 건 카론 에르하르트와 안면을 트고 지내기 위해서였다. 그는 항상 왕세자 무리와 어울려 다녔기 때문에 접근하기 어려웠지만, 사냥제 중에는 귀공자들끼리 어울려 다닐 기회가 많았기 때문에 오고 가면서 대면할 상황이 많았다. 마도구 권한을 쥐고 있는 핵심 가문과 연줄을 다지기에 이보다 좋은 기회는 없었다.

덕분에 뜨거운 뙤약볕이 내리쬐는 날, 로렌츠는 또다시 루시아 데스테와 만나게 되었다. 이번에도 루시아는 저택에서 봤던 하녀를 대동한 채였다.

레나라고 했나. 하녀는 귀공녀에 가까운 차림새를 하고 있었으나, 로렌츠는 굳이 그 이유를 묻지 않았다. 묻지 않아도 알 수 있는 것이었다.

"오셨군요."

로렌츠가 루시아의 손등에 입을 맞추면서, 그녀의 손등에 묶인 손수건을 치훑었다. 역시. 루시아를 찾아온 귀공자가 많지 않은 모양이었다. 하긴, 수도 사교계에 올라와 본 적이 처음이니 귀공자는커녕 비슷한 또래의 귀공녀조차 사귀기 힘들었을 것이다.

수도에 사는 귀공녀들은 저들끼리 뭉치는 문화가 강했다. 그 때문에 수도에 지인이 적은 시골 영애들은 저들끼리 곤혹스럽고 지루한 시간을 보내다 가는 상황이 빈번했다.

심지어 데스테 백작은 제 딸을 애지중지 키우느라 사교계 출입도 안 하고, 다른 가문과의 교류도 극히 드물었던 귀족이었다. 그렇다면, 그나마 서로를 알아보고 어울려 노는 지방 출신 귀공녀들 사이에도 끼지 못하고 겉돌 수밖에 없었으리라.

"수도에 와 보니 어떻습니까. 만족하셨는지 모르겠군요."

"처음이라 아직 모든 것이 새롭네요."

루시아가 나풀거리는 속눈썹을 아래로 내리깔며 수줍게 웃었다. 앞에 있는 귀공자에게 민망함을 감추려는 듯이.

로렌츠는 신사의 도리에 맞춰, 외톨이로 남기 싫어서 반반한 하녀를 귀공녀처럼 꾸며서 데려온 루시아의 선택을 굳이 들춰내려 들지 않았다. 대신에 가엾은 귀공녀를 위한 친절을 내보였다.

"제게 주지 않으시겠습니까."

서늘한 한편 부드러운 목소리에 루시아가 고개를 들었다. 로렌츠의 시선이 손수건에 맞닿아 있었다. 아까부터 은근한 시선들이 그들에게 쏠린 참이었다. 로렌츠 발렌시아가 천막으로 들어왔을 때부터였다.

자수정을 닮은 아름다운 자안. 살아 있는 보석 같다 하여 발렌시아의 미의 정점이라 불리는 그 눈동자에 담기길 희망하는 귀공녀들이 많았다. 로렌츠 역시 저를 향하는 관심들을 모르진 않았다.

"그럼요, 저야 영광인걸요."

예의상 나온 말에, 루시아는 반가워하며 그의 손목에 손수건을 직접 묶어 주었다.

"꼭 우승하시길 바라요."

조그마한 주먹까지 쥐며 응원해 준 귀공녀는 티 없이 맑아 사랑스러웠다. 로렌츠는 적당히 감사의 말을 전한 채로 사냥터에 입성했다.

우거진 수목 사이로 총을 든 귀공자들이 서로 뛰놀기 바쁜데, 그는 우두커니 숲 한가운데 서서 생각에 잠겨 있었다.

역시. 특별할 것 없었나. 이번에 본 루시아 데스테는 열세 살의 귀공녀답게 평범하기만 한 모습이었다. 저번에 느낀 위화감은 오로지 기분 탓일 뿐이었을까.

어느새, 카론 에르하르트와 어울릴 거란 목적은 잊고 루시아 데스테를 신경 쓰게 된 로렌츠가 고개를 뒤흔들었다. 왜 그리 신경 쓰이는지 모를 일이었다. 수도에 아는 귀공녀가 루시아 데스테 하나만도 아닌데.

툭, 투둑.

때마침, 하늘을 올려다보니 비가 오기 시작한 차였다. 로렌츠는 머리도 식힐 겸 산장에 돌아가 쉬기로 했다. 그는 애초에 사냥제 우승에 관심도 없었다.

산장 안은 비를 피해서 몰려온 귀공자와 귀공녀들로 바글거렸다. 로렌츠는 익숙한 귀공녀들과 눈인사를 나누다가 이상한 점을 발견하고서 옆에 있는 귀공녀 무리에게 물었다.

"혹시, 여기……. 데스테 영애께선 오지 않으신 겁니까?"

"아……. 데스테 영애요? 글쎄요……. 그런 분이 있었던가?"

"아아, 생각나려 해. 정말 예뻤던 애 옆에 있던 애였을걸. 걔 이름이 뭐였지?"

"몰라. 기억 안 나는 걸 봐선 수도 출신은 아닌 것 같은데."

"아. 혹시, 그 있잖아. 아까 여기서 창문 밖만 내다보고 있던 애 아니었을까?"

귀공녀들이 저들끼리 수군거렸다. 어느 누구도 루시아 데스테에 대해서 제대로 아는 사람이 없었다. 로렌츠는 한동안 그렇게 산장 주변을 둘러보았으나 어디에서도 루시아 데스테의 모습은 보이지 않았다.

로렌츠는 곧바로 상황의 심각성을 인지했다. 서둘러 비를 피하는 인파 사이에서 마르첼을 찾았다. 마르첼은 자주 어울리는 패거리를 불러 모아 카론을 욕하고 있었다.

"너희도 봤지? 같이 가자는 말도 무시하고 끝까지 혼자서만 사냥하겠다고 가는 거. 그렇게도 우승이 하고 싶을까? 어? 지금 이렇게 비도 오는데 말이야."

"그럼 너도 하면 되잖아, 마르첼."

"야, 나는……. 더 좋은 사냥감을 살피러 온 거지."

마르첼이 때마침 까르르 웃음이 터지는 방향을 향해 음흉한 눈짓을 던졌다. 귀공녀들이 모여 앉은 자리였다. 귀공자들은 저들끼리 단체로 키득거리며 떠들었다.

"미친놈. 아무리 그래도, 너……. 귀공녀는 건들면 큰일 나."

"넌 얼굴이랑 가문 없었으면 어떻게 살 뻔했냐. 이렇게 여자를 좋아하는데."

"그래도 네가 손수건은 더 많이 받은 거 같으니까, 이번엔 그걸로 만족이나 해라. 정확히는 소후작이 귀공녀들에게 손수건을 안 받은 거지만."

둘러앉은 귀공자들이 마르첼에게 한 마디씩 던졌으나 딱히 나무라는 투는 아니었다. 그때 다가온 로렌츠가 마르첼의 어깨를 잡아 돌렸다.

"데스테 영애 봤어?"

"뭐? 아, 깜짝이야. 너 뭐야. 꼴이 왜 그래. 밖에 있다 왔어?"

한창 얘기 중이던 마르첼이 흔치 않게 엉망이 된 동생의 모습을 보고 기겁했다. 로렌츠는 산장 주변을 도는 동안에 제가 흠뻑 젖었다는 사실을 알아차리지 못했는지, 그제야 비에 젖은 백금발의 머리칼을 쓸어 올렸다.

"데스테 영애가 보이지 않아."

로렌츠의 말에, 마르첼은 왁자지껄한 산장을 대충 훑어보았다.

"사라진 거야? 봤다는 사람도 없어?"

"몰라. 같이 있던 하녀도 없어서."

"아, 여긴 어른들도 잘 안 오시는데……."

마르첼이 난감한 얼굴로 머리카락을 헝클어뜨렸다. 보아하니 앉은 채로 꼼짝도 안 하겠다는 태도였다. 로렌츠의 얼굴이 급속도로 냉각되자, 마르첼이 주변 눈치를 보다가 툭 던져 물었다.

"친구는?"

"뭐?"

"그 영애 친구가 있을 거 아니야. 하녀 말고. 어디 갔는지 물어보면 될 거 아니야."

"데스테 영애 서신 안 읽어 봤어? 그 영애는 평생을 데스테 영지 밖으로 나간 적이 없어."

로렌츠가 갑자기 발끈해 목소리를 높였다. 마르첼은 힐끗거리기 시작한 귀공녀들의 이목에 못 이겨 동생을 구석으로 끌고 갔다. 진정하란 듯이 동생의 어깨를 도닥이면서 속삭이는 말에는 짜증이 가득했다.

"비도 내리는데 곧 들어오겠지. 굳이 우리가 챙겨야겠나? 평소에 남한테 잘 신경도 쓰지 않던 놈이 갑자기 왜 그래?"

그 애가 어떻게 되든 상관없다는 투였다. 로렌츠가 경멸을 담은 눈으로 제 형을 쏘아보고서 뒤를 돌았다.

"한심한 새끼."

등 뒤로 마르첼의 욕설이 쩌렁쩌렁 울렸으나 로렌츠는 신경 쓰지 않았다. 곧장 말을 타고 귀공녀들이 모여 지내는 숙소를 찾아갔다.

평소라면 하지 않았을 짓이었다. 예법이 어긋나는 건 물론이고, 금남의 구역에 발을 들이는 불상사를 일으켰으니. 그러나 도무지 그런 것들을 신경 쓸 겨를이 없었다.

숨차게 달려가 문을 두드리자, 자다 일어났는지 몽롱한 눈을 한 하녀가 그를 맞이해 주었다.

"여기에, 하아……. 데스테 영애께서 여기에 왔나?"

"아니요. 루시아는, 아니 데스테 영애께서는 아마 다른 귀공녀들과 함께 산장에……."

"……하."

한숨이 저절로 터져 나왔다. 상황을 설명하자마자, 아름답던 하녀의 낯이 새하얗게 질렸다.

둘은 함께 사냥터로 달려가 무작정 루시아를 찾기 시작했다. 비오는 숲. 점점 어둑해지는 날씨. 두 사람은 갈림길에서 갈라져서 루시아를 찾아보기로 했으나 모든 상황이 그들에게 좋지 못했다.

만약 돌아다니다가 사슴의 뿔에 들이박히기라도 했다면…….

끔찍한 상상에 로렌츠가 두 눈을 질끈 감았다. 차라리 어딘가에서 길을 잃었길 바라야만 했다. 그때였다.

"로렌츠, 찾았어! 찾았다고!"

로렌츠는 멀리서 그를 부르며 달려오는 목소리에 뒤를 돌아보았다. 비가 갠 하늘 아래로, 마르첼과 그 패거리가 종이를 흔들면서 달려오고 있었다.

"하아…… 후……. 소후작이 쓰는 사냥용 매가 이걸 가지고 산장으로 왔어. 그래서 보자마자 너부터 찾았는데, 지금까지 도대체 어디에 있었어?"

꼴에 형이라고, 동생한테 한 소리 들은 게 신경 쓰였는지 마르첼이 귀공자들을 데리고 나온 모양이었다. 로렌츠는 형의 말은 듣지도 않고, 종이 위에 그려진 지도를 보고는 곧바로 그 방향을 찾아서 달려 나갔다. 그 뒤로, 마르첼과 귀공자들이 따라붙었다.

모두가 소후작이 있는 곳으로 모여들 때, 로렌츠는 직접 루시아 데스테가 있는 구덩이로 내려갔다. 이미 에르하르트 소후작과 친분을 쌓겠단 생각은 까맣게 잊은 채였다.

입술이 연보랏빛으로 변해 쓰러져 있는 루시아를 발견하자마자, 어서 구해야겠다는 생각밖에 들지 않았다. 마르첼의 말대로 그답지 않은 정의감이었다.

"영애, 괜찮으십니까?"

기절해 있는 루시아의 상태를 보아하니 어깨를 빗맞아 피가 흐르긴 했으나, 상처는 스친 정도에 불과해 자연스럽게 지혈된 상태였다. 로렌츠가 코밑으로 손가락을 가져가자 가는 숨이 느껴졌다. 다행히 그대로 기절한 듯싶었다.

"로렌츠, 꽉 잡고 있어!"

마르첼이 위에서 밧줄을 내렸다. 로렌츠는 지나치게 가벼워 무게감이 거의 느껴지지 않은 소녀를 안아 들었다. 루시아의 힘없는 팔은 중력을 따라 아래로 축 늘어졌다. 로렌츠는 루시아를 고쳐 안다 얼굴을 굳혔다.

루시아의 손목 위로 선명한 표식을 따라 피가 흐르고 있었다. 그 기하학적인 모양이 무엇인지 로렌츠는 바로 알아볼 수 있었다.

"야, 뭐 해!"

마르첼이 위에서 그를 불렀다. 로렌츠는 다급히 루시아의 소매를 내려 그것을 감춘 채, 밧줄을 붙들었다.

'신비력 질환자야.'

'일상에서는 그리 티가 나지 않는 병이니까.'

'마녀의 저주로 발렌시아의 혈통을 더럽힐 순 없으니.'

단순한 질환이 아니었다. 이건 절대로 들켜선 안 되는 것이다.

* * *

사냥제가 끝나기 전날이었다. 한바탕 비가 내린 후 갠 날씨는 뜨겁고 쾌청했다. 싱그러운 내음이 퍼지는 녹음 아래로 땀을 흘리는 귀공자들이 뛰어다녔다.

소후작은 그들과 어울리지 않고, 나무 그루터기에 앉아 숲속 저 너머를 바라보고 있었다. 고개를 숙여 제 손목을 빤히 바라보는 상태가 이미 우승이 확정된 승자의 여유인지, 아니면 무언가에 홀린 듯 넋을 놓은 부상자의 병세인지 모호한 모습이었다.

"몸은 어떠십니까."

로렌츠가 옆에 있는 나무 밑동에 걸터앉으며 물었다. 나뭇잎에서 내려온 성긴 그림자가 소후작의 하얀 얼굴을 얼기설기 덮고 있었다. 소후작은 의식적으로 소매 부분을 내려서 손목을 가리더니 옆에 앉은 그를 곁눈질했다.

나무 그늘이 내려앉지 않은 눈은 햇볕을 받아 선명한 선홍색으로 빛났다. 사람들이 에르하르트를 경외하도록 만든 눈이었다. 살벌하고도 마물을 닮은……. 먼 옛날 신비력자들끼리 뒤엉킨 핏줄이란 증거. 지금은 그 안에 그저 무심함만 비치고 있지만.

"발렌시아 가문입니까."

한참 후에야 흘러나온 낮고 무감한 목소리가 긴장감을 푹 꺼뜨렸다. 로렌츠는 바람 빠진 웃음소리를 내고 말았다.

"다른 사람에게 관심이 없는 줄은 알았지만, 이 정도인 줄은 몰랐습니다. 웬만한 분에게는 따로 소개를 드릴 필요가 없다고 생각했는데."

발렌시아 귀공자로 살면서 먼저 소개를 받았던 것에 익숙했지, 누군가에게 이름을 알려야 하는 상황은 많지 않았다. 상대가 먼저 저를 보고 다가와 알아서 자신을 소개하면, 고개나 끄덕여 주면 되는 것이 로렌츠의 위치였다. 귀족 간에선 그 순서가 은근한 신경전으로 이어지곤 했지만, 그도 어디까지나 서로 관심이 있어야 통하는 신경전이었다.

"발렌시아 공작의 차남인 로렌츠 발렌시아입니다."

로렌츠는 순순히 먼저 제 소개를 마치고 상대를 보았으나 카론은 예의 상으로라도 그를 받아 주지 않았다. 바로 본론에 돌입해 버리는 물음 자체만으로, 평생을 제게 접근해 온 사람에게만 둘러싸인 자의 이면을 읽을 수 있었다.

"발렌시아 공작의 차남이 제게 무슨 일……."

순간, 날카로운 짐승의 울음소리가 숲 저편에서 울렸다. 카론은 미간을 좁히더니 짐승의 울음소리가 나는 방향으로 시선을 돌렸다. 멀리서 사냥감을 놓친 마르첼의 고함이 들렸다.

"누가 덫을 이렇게 놓으래! 도망갔잖아!"

누군가 덫을 잘못 놓은 건지 마르첼의 고성이 거셌다. 아직도 승부욕이 남은 모양이다. 일찍이 노루를 잡은 카론 에르하르트의 우승이 확정된 분위기 속에서도 마르첼은 열성이었다.

"저런 머저리와 엮여야 한다는 것이 제가 가진 비극일 겁니다."

로렌츠가 가볍게, 한편으론 진심으로 혀를 찼다. 카론은 그 대답이 마음에 들었는지 피식거렸다. 로렌츠는 그 틈에 자연스럽게 대화를 이어 나갔다.

"제 형과 사이가 안 좋으신가 보군요."

"글쎄요."

의외의 대답이었으나 시큰둥하게 이어진 말이 오히려 더 냉정했다.

"귀찮은 상대일 뿐이라."

카론이 홀가분하게 자리에서 일어나며, 옆에 있던 사냥총을 챙겼다. 그의 손등에는 붕대가 감겨 있었다.

불과 어제까지만 해도 데스테 가문의 문장이 수놓인 손수건을 묶고 있던 손등이었다. 손수건은 모두 거절했다 들었는데, 루시아의 손수건만큼은 받아 준 것일까…….

로렌츠는 자연스럽게 그와 나란히 걸으며 묻고 싶던 것을 슬쩍 떠보았다.

"혹시 소후작께는 상처로 인한 증세가 없으십니까."

"스친 정도에 불과해 심하지 않습니다."

"그 말고, 신비력으로 인한 증세 말입니다."

순간, 숙소 앞까지 이어지던 잰걸음이 뚝 멈추었다. 미묘하게 구겨진 얼굴이 로렌츠를 향했다.

"무슨 뜻입니까."

역시. '신비력'이라는 말이 나오자마자 에르하르트 가문답게 반응은 매서워졌다. 생각보다 예민한 반응에, 로렌츠는 잠시 루시아 이야기를 꺼내야 하는가를 놓고 고민했다.

아직도 이것이 '맞는' 일인지에 대한 확신은 없었다. 그러나 아무리 생각해 봐도 이건 '필요한' 일에 속하는 것이었다.

"화살에 독이 발린 것 같더군요."

"상태가 심각하지 않을 수면 독일 겁니다."

"신비력이 담긴 독이니 그러기라도 바라야겠군요."

소후작에게서 곧바로 헛웃음이 새어 나왔다. 어처구니없다는 눈이 로렌츠를 응시했다.

"발렌시아 공작께선 제 자식들에게 에르하르트를 건드려서 좋을 게 없다는 걸 안 알려 주셨습니까? 괜한 시비를 걸 생각이라면……."

"데스테 영애에게 신비력으로 인한 증상이 나타났습니다."

보통이라면 물러나게 되는 카론의 사나운 눈길에도, 로렌츠는 눌리지 않고 맞받았다. 검붉은 눈은 데스테 영애가 누군지를 떠올리는 듯 가늘어졌다가 붕대가 감긴 손등을 내려 보았다.

"일반적인 화살로는 나타나지 않은 상처였습니다."

루시아의 손목에 나타난 건 저주였다. 먼 옛날, 마녀의 아이들만 받았다는 표식은 마법진과 비슷한 형태를 지녔으나 일반적인 질환과는 달랐다. 로렌츠도 차마 거기까지는 말을 꺼내지 못하고 입을 닫았다.

이건 어디까지나 에르하르트 가문이 반드시 루시아 데스테의 치료와 관련해서 책임을 질 의무를 씌우기 위한 속셈이었다. 왕국 내에서 신비력으로 신임받는 에르하르트가 체면상 누군가의 치료를 돕게끔 만드는 덫.

마르첼이 멍청한 사냥에 힘을 빼고 있을 때, 로렌츠는 에르하르트 소후작 사냥에 나섰다.

"대체 무슨 말인지 모르겠군요."

카론은 그저 모른다는 태도로 일관했다. 성가셔하는 얼굴은 그저 시치미를 잡아떼려는 모습 같진 않았다. 정말로 제게 왜 이런 말을 하는지 이해 못 하겠다는 태도라, 로렌츠는 순간적으로 자신의 판단에 의구심이 들 정도였다.

"그런 말을 해 봤자, 영애께서 소후작 때문에 다친 것은 변함없지 않습니까. 귀공자로서의 책임감을 보이십시오."

전말을 들으면 루시아가 귀공녀들끼리 모여 있기로 협의한 장소를 벗어난 것이 먼저였으나, 어쨌든 결과적으로는 카론에게도 책임이 있었다. 로렌츠는 그 구실을 이용해 어떻게 해서든 신비력에 능통한 에르하르트에서 루시아가 치료받길 바랐다.

심지어 발렌시아 공작가의 귀공자가 이리 주장한다면, 아무리 에르하르트라 할지라도 조용히 입막음할 수도 없을 노릇이었다. 어디서 떠들고 다니기라도 한다면 에르하르트도 꽤 골치가 아플 터. 물론 로렌츠는 떠들 생각이 없었으나, 귀족의 세계에서 위신이란 언제나 중요한 무형의 재산으로서 좋은 협박거리가 되는 법이다.

지금 데스테 백작만 해도 그렇지 아니한가. 백작은 어떻게든 딸이 신비력 질환자라는 사실을 숨기려 들 터였다. 제 핏줄이 마녀의 아이란 오명을 쓰는 순간, 그의 명예부터 실추되는 건 당연한 순서였다. 그러니 루시아를 밖에 내돌리지 않고 애지중지 키웠을 것이 뻔했다.

그러나 어제 본 바로, 루시아의 증세는 특히 심각했다. 에르하르트 가문이 보유한 마도구와 지식을 총동원해야만 치료가 가능할 수준이었다. 더군다나 지금은 신비력이 닿은 상태라 어떤 상태로 악화될지 알 수 없는 상태이지 않나. 에르하르트의 도움이 절실했다.

"한번 보기는 하겠습니다. 단, 그 말이 거짓일 시에는……."

짜증 담긴 말을 로렌츠에게 쏟아내던 카론이 어느 한 곳을 보더니 입을 다물었다. 로렌츠는 자연스레 그 시선의 궤적을 좇았다.

식사 트레이를 든 루시아의 하녀가 귀공녀 숙소 안으로 들어서고 있었다. 레나 크루거였나. 아마 루시아의 식사를 챙겨 오는 도중일 터였다. 로렌츠는 그 이름을 기억해 내고서 다시 카론 쪽을 돌아보았다.

비스듬히 입꼬리가 올라갔던 입술이 굳게 다물려 있었다. 로렌츠는 순간 그가 어제 저 하녀와 한 구덩이에 있었다는 사실을 떠올렸다.

"더는 할 말이 없으니 먼저 가 보도록 하겠습니다."

카론이 그리 쌩하니 떠나고서도, 로렌츠는 그 자리에 남아 그가 떠난 방향을 지켜보았다. 그에게 말한 것이 어느 정도의 효과가 있었는지는 확신할 수 없었다.

그러나 그 해 사냥제에서 소후작은 처음으로 귀공녀에게 사냥감을 바쳤다. 루시아 데스테를 위한 것이었다. 그렇게 얼마 가지 않아, 에르하르트 가문이 데스테 영지를 방문했다는 소식이 발렌시아 영지까지 입수되었다.

훗날, 할 수만 있다면 마물에게 영혼을 팔아서라도 그날의 일을 되돌리고픈 악연의 시작이었다.

* * *

그해 가을. 로렌츠는 우연히 루시아를 만났다.

가을비가 유난히 추적추적 내리던 그날, 로렌츠는 케이프 코트를 입은 채 우산을 쓰고 데스테 영지 근처의 바실리카에 발을 디뎠다.

장남인 마르첼은 학업에 성과가 없으니, 차남이라도 학업에 정진해야 한다는 아버지의 성화에 부응해 로렌츠 발렌시아는 한창 학업에 두각을 드러내고 있는 참이었다. 그러니 발렌시아의 역사를 보았을 때, 신비력 이론은 너무도 당연한 교육 과정 중 하나였다.

로렌츠는 공작을 설득한 끝에, 데스테 영지 주변 바실리카 시가지 근처에 저택을 얻어냈다. 신비력을 제대로 공부하고 싶다는 명분이었으나 진짜 목적은 아버지와 따로 살기 위함이었다.

"어서 오십시오. 로렌츠 발렌시아 님."

바실리카에서 강의를 담당하는 학자가 직접 나와 그를 맞이했다. 이런 대귀족의 강의 등록은 많은 수강생을 몰고 오기 때문에 귀빈 대접이 지극했다. 내실에서 명부에 이름을 올릴 서류를 작성하자, 학자는 흐뭇한 얼굴로 서류를 받아 들며 적당한 감언을 덧붙였다.

"바실리카에 행운이 깃든 듯합니다. 이리 저명하신 귀공자들께서 찾아 주시다니 말입니다."

"이곳에서 수업을 듣는 분들이 많은가 보군요."

"수업뿐만 아니라 신전 기사단도 있으니까요. 최근에는 에르하르트의 소후작께서 이곳에 발령 오셨지 뭡니까."

순간, 서명하던 손에 얼핏 움직임이 멎었다. 그렇게 로렌츠는 '그렇습니까.'

라는 한마디와 함께 여상한 모습으로 등록을 마무리했다.

그대로 바실리카를 나올 때까지만 해도 잔잔한 미소를 머금었던 로렌츠지만, 계단을 내려갈 땐 입꼬리 또한 서서히 내려가더니, 마차를 탔을 때는 수심 깊은 얼굴로 변해 있었다.

그는 여전히 자신의 상태를 확정 짓지 못했다. 필요하다는 확신이 있었다면 데스테 백작의 하나밖에 없는 외동딸을 어떻게든 손안에 쥐었을 텐데. 그러기보단 그의 손으로 루시아 데스테를 카론 에르하르트에게로 떠밀지 않았나.

카론 에르하르트가 바친 사냥감에 손수건이 묶였을 때. 그때 발그스름하게 볼을 붉히던 루시아의 표정이란. 지난여름 내내, 꿈에서까지 나와 그의 정신을 어지럽히던 것이었다.

마차가 비 오는 날의 광장을 가로지를 무렵이었다. 창문턱에 팔을 괸 채, 멍하니 광장을 배회하던 시선이 익숙한 얼굴에 가닿았다.

"잠깐. 마차를 멈춰야겠습니다."

맞은편에 앉은 노집사에게 명하자, 노집사는 마부에게 즉시 마차를 세우도록 지시했다. 그는 따라 나오려는 노집사를 물리고, 손수 우산을 펼쳐 든 채 마차에서 내려왔다.

광장에는 비를 쫄딱 맞은 채 정신없이 주변을 둘러보는 금발의 소녀가 서 있었다. 가엾게도, 태양광 아래서는 찬란하게 빛날 금발이 거센 빗줄기를 맞아 힘없이 늘어진 상태였다. 꽤 오랜 시간 동안 광장에 있던 것이 분명했다.

갑자기 우산이 씌워지자 놀라서 앞을 본 소녀는 그를 알아보고서 식겁한 표정을 지었다.

"로, 로렌츠 님……."

레나 크루거였다.

허공을 헤집으며 흐릿해져 있던 눈동자가 로렌츠를 보고서 초점을 찾았다.

로렌츠는 멍하니 저를 올려다보는 레나 크루거를 향해 물었다.

"여긴 무슨 일이지."

"루시아와, 아니……. 데스테 영애와……."

레나는 잠시 고개를 숙인 채 젖은 눈가를 문질렀다. 단순히 빗물 때문은 아니었다. 로렌츠는 모른 척하며, 그녀가 울먹한 목소리를 가다듬는 걸 기다려 주었다.

"숨바꼭질 중인데, 어디 있는지 찾을 수 없어서요."

여상한 얼굴로 돌아온 레나가 애써 아무렇지 않은 듯 상황을 알려 주었다.

듣자 하니, 레나 크루거는 데스테 백작의 권유로 바실리카에서 수업을 받게 되어 수강 등록을 하러 왔다 했다. 그 이야기를 들은 루시아가 몰래 시내에 따라 나오더니, 돌아갈 시간이 되었을 땐 갑자기 레나에게 숨바꼭질을 제안했다. 별수 없이 받아들였지만 한참 동안 루시아를 찾을 수 없었는데, 설상가상으로 비까지 내리기 시작한 상황이었다.

"외출할 기회가 몇 번 없다 보니까……."

레나가 말끝을 흐렸다. 꽤 짓궂은 장난이었음에도, 루시아를 탓하려는 기색은 없는 것 같았다.

"그래서 그럴 거예요. 저택에만 있으면 답답하다 보니……."

로렌츠는 광장을 둘러보다가 한숨을 내쉬었다. 비가 내리는 광장엔 우산을 쓰거나 후드를 뒤집어쓴 사람들이 많아서 누가 누군지 구분하기 어려웠다. 로렌츠는 레나에게 루시아의 인상착의를 물어본 후에, 광장 한가운데 우뚝 선 시계탑을 가리켰다.

"난 오른쪽을 맡을 테니, 넌 왼편을 찾아봐. 두 시간 후에 다시 여기서 보는 걸로 하고."

레나가 무어라 말하기도 전에 로렌츠가 먼저 걸음을 재촉했다. 아직 밤이 되진 않았다고 하나, 어린 귀공녀 혼자 비 오는 날 광장을 돌아다니기엔 위험할 상황이 많았다. 더군다나 좀 더 뒷골목으로 가면…….

"귀공자님, 한 푼만 자비를 베푸시지요!"

마치 좁은 하수구 구멍에서 쥐 떼가 쏟아져 나오듯, 골목을 지날 때마다 누더기를 입은 거지들이 그에게 다가와 구걸하는 손을 내밀었다. 로렌츠는 그들에게서 나는 고약한 냄새조차 맡지 못할 정도로 재빠르게 인파를 헤쳐 나왔다.

여기서 조금만 가면 코타이너가 나온다. 만약, 길을 잃어 거기까지 가기라도 한다면……. 로렌츠는 제발 그것만은 아니길 바라며 점점 인적이 드물어지는 골목길로 깊숙이 들어갔다.

"어이, 거기."

역시나 막 코타이너로 가는 길목에 들어서자마자, 겁도 없이 껄렁한 목소리가 그를 불렀다. 평생 귀족의 얼굴이라곤 그 지역 영주밖에 보지 못했을 시정잡배일 거라 여기고 무시하려던 찰나. 낮은 목소리가 경고의 말을 내뱉었다.

"거긴 지나가지 않는 게 좋을 거요. 당신 같은 가문이라면 납치해서 거한 몸값이라도 받으려는 놈들이 수두룩할 테니. 검을 잘 쓰는 건 당신이 아니고 당신 형이지 않소?"

그제야 로렌츠가 소리 난 쪽을 돌아보자, 천막이 처진 노점 아래에 후드를 쓴 남자가 그를 응시하고 있었다. 돗자리 깔린 자리에 놓인 화분으로 보아 나름 꽃집인 듯했으나, 가게 주인은 볼에 칼자국이 나 있어 골목 건달에 가까운 인상이었다.

"이제야 돌아보시는군."

까무잡잡한 피부를 지닌 남자는 이국적인 분위기를 풍기고 있어, 마치 포모나에서 온 상인 같았다. 로렌츠는 그 주변을 훑어보며, 주변에 그의 패거리가 없단 걸 확인했다.

"날 어떻게 알고 있는 거지."

"뒷골목에서 정보로 먹고사는 놈들 중에 당신 가문을 모르는 자들이 있을 거 같소? 이미 당신 초상화도 거래되고 있는 마당에."

왜 뻔한 질문을 하냐는 듯 남자가 킬킬 웃었다. 무례한 자였으나 위험해 보이진 않았다. 로렌츠는 그가 책으로만 봤던 정보상이라는 걸 알아채고 거래를 제안했다.

"그럼 데스테 영애도 모를 수 없을 테지. 그녀가 이 근방으로 지나간 적이 있나?"

"글쎄. 내가 이래 뵈도 장사꾼인데, 이걸 맨입으로 알려 줄 수 있나."

로렌츠는 흥정 없이 곧바로 케이프 코트의 단추를 뜯어서 그에게 던졌다.

"그걸 들고 바실리카 뒤에 있는 가장 큰 저택에 찾아와. 네 정보를 봐서 값을 제대로 쳐줄 테니."

"호오, 이거 어린 나이에도 깐깐한 귀공자이시군."

예상외로 쉽게 넘어오지 않는 로렌츠의 모습에, 정보상은 흥미로운 듯 눈을 반짝거렸다. 그의 손가락이 로렌츠가 걸어온 방향을 가리켰다.

"아까 길을 잃은 채 내게로 와 신전 기사단에 관해서 묻더니 저쪽으로 갔소."

"신전 기사단?"

"이 근처에서 신전 기사단이 정찰을 돌지 않소. 그놈의 신비력자를 찾는다면서."

정보상이 다시 키득거렸다. 로렌츠가 그를 신경 쓸 겨를 없이 바로 걸음을 옮기려는데, 정보상이 다시 그를 불러 세웠다.

"잠깐."

휙 던져진 화분 조각이 로렌츠의 손에 잡혔다. 남자가 후드를 눌러쓴 채 입가만 내놓고 웃었다.

"언제든 이곳으로 다시 오시오. 필요한 일이 많아 보이니까."

"……."

"게다가 당신은 차남이지 않소? 내 단골손님이 될 것 같으니, 이번엔 특별히 돈을 받지 않겠소."

로렌츠는 이기죽거리는 정보상을 등지고 골목 구석구석을 누볐다. 코트의 어깨 부근이 추적추적 쏟아지는 빗방울에 젖어 갔다.

그는 자신이 왜 이렇게까지 필사적인지 이해하지 못했다. 차남으로서 제 살길을 마련하기도 바쁜 시기였다. 어째서 유독 그 여자애가 신경 쓰이는 걸까.

작위를 얻을 수 있는 귀공녀라서? 아니면 사랑스러운 생김새 때문에?

하지만, 작위가 간절했다면 루시아 데스테가 에르하르트의 도움을 받기보다 성수에 매달리도록 둬야 했을 것이고, 외모로만 따진다면 그 옆에 있는 하녀가 더욱 그의 취향에 부합할 터였다.

열다섯 살의 로렌츠 발렌시아는 자신의 행동을 이해하지 못했다. 가정 교사들에게 항상 영특하다는 소리만 듣고 자라 왔던 그였으나, 정작 자신의 내면에서 충돌하는 모순에는 논리적 귀결을 찾아낼 수 없었다.

그저, 그냥…….

혼란스러운 상태로 하염없이 걷다가 다시 시계탑이 보이는 광장으로 나가기까지 골목 하나만 남겨 두고 있을 때였다. 도란도란 대화를 나누는 노인과 소녀가 골목 어귀에 서 있었다.

"아이고, 고마워요. 아가씨."

"아니에요. 꽃이 너무 예쁘네요. 잔돈은 안 주셔도 돼요."

"이렇게 꽃을 많이 사서 뭘 하시려구……."

"글쎄요……. 친구에게 선물해 줘야 할 것 같아요. 저 때문에 많이 화났을 거 같거든요."

꽃수레 끄는 할머니에게 금화를 내미는 소녀……. 로렌츠는 우산까지 떨군 채로 달려가, 장미꽃을 한 아름 안아 든 소녀의 뒷모습을 붙잡았다. 품 안에 든 장미 꽃잎이 흐트러지면서 그들 사이에 흩날렸다.

툭. 투둑. 빗발이 급격히 힘을 잃었다. 비가 그치는 순간이었다.

"어? 로렌츠 님?"

여전히 사랑스러운 눈동자가 깜빡거리며 그를 올려다보았다. 품에 안은 분홍색 장미 꽃봉오리와 닮은 눈이었다.

"이런 곳에서 만나다니! 여긴 무슨 일로 오신 건가요?"

저 때문에 생긴 수고를 모르는 루시아가 그를 보고 반색했다. 그 미소가 너무도 해사하고도 희맑아서, 찾아다닌 입장에선 허탈감이 느껴질 수 있을 정도였다. 그러나 로렌츠는 그 자신도 모르는 사이에 희미한 미소를 내보이고 있었다.

"영애께서 시간 가는 줄도 모르고 놀고 계신다길래, 끼워 달라고 부탁했습니다."

"아아…… 맞아. 제가 숨바꼭질 중이었네요."

루시아가 제 상황을 떠올리고 머쓱하게 웃었다. 꽃다발로 내리간 시선으로 보아서는 레나 크루거와 무슨 일이 있는 듯싶었다. 노파에게는 그 수줍은 미소가 다른 의미로만 보였는지, 로렌츠에게 불쑥 활짝 핀 붉은 장미를 내밀고서 잔잔한 웃음을 머금었다.

"받으세요. 활짝 핀 꽃은 딱 한 송이만 남았길래 따로 빼 두었어요. 이 아가씨가 산 화해의 선물이니, 화내지 말아요."

"어, 이분은……."

루시아가 노파의 오해를 정정하기도 전에, 로렌츠가 노파에게서 꽃을 받아 들었다. 노파는 흐뭇한 얼굴로 꽃수레를 끌고 자리를 떠났다. 루시아는 우물쭈물하는 사이 해명할 기회를 놓치고 말았다.

"광장으로 가시지요"

로렌츠가 자연스럽게 그녀에게 손을 내밀었다. 루시아는 우산을 접고서 순순히 그의 에스코트에 응했다. 거짓말처럼 맑게 갠 광장의 하늘에는 무지개가 떠올라 있었다.

"곧 레나 크루거가 올 겁니다. 여기서 만나기로 했으니까요."

"레나의 상태는 어떤가요? 많이 화났을 텐데⋯⋯."

"걱정하고 있긴 하겠지만, 고용인이라면 영애가 무사히 돌아오신 것만으로도 감사히 여겨야 할 겁니다."

"역시, 그런 걸까요⋯⋯."

아까까지만 해도 밝기만 하던 루시아의 얼굴이 살짝 어두워져 있었다. 로렌츠는 전부터 이해할 수 없었던 것을 물어보았다.

"그 고용인을 특별히 신경 쓰시는 이유가 있습니까?"

"레나는 제 친구인걸요."

"고용인치고는 과한 대우로군요."

고용인과 주인은 친구가 될 수 없는 관계라는 걸 서로 모를 리가 없었지만, 루시아는 말없이 희끄무레하게 웃기만 했다. 로렌츠는 물끄러미 그 얼굴을 보다가 제안했다.

"굳이 수도 사교계까지 가지 않아도, 근처에 사는 귀공녀들과 친해질 자리를 마련해 드릴 수 있습니다. 다른 친구를 사귀어 보시는 건 어떻습니까."

쓸데없는 참견이었다. 제가 언제부터 남 일에 이렇게 관심이 많았다고. 그러나 로렌츠는 진심으로 그녀가 친구를 사귈 수 있도록 신경 써 주고 싶었다. 그녀가 데스테 영지에만 갇혀서 고독하게만 지내는 모습이 어쩐지 보기에 불편했다.

"아니요. 저는 친구는 레나 한 명으로 충분해요."

그러나 예상외로 루시아는 거절했다. 루시아가 꽃봉오리로 된 꽃다발을 고쳐 안으며 향기를 맡았다.

"정말로요. 사실 로렌츠 님도 들고 있을 꽃은 한 송이면 족하지 않나요?"

로렌츠의 손에는 노파에게 받은 만개한 장미가 들려 있었다. 루시아에게는 제 품에 담긴 여러 송이의 꽃과 그 특별한 꽃 한 송이가 같은 가치로 보이는 듯했다.

고용인을 정말 동등한 친구로 볼 수 있을까. 그와 노집사의 관계조차 동등하다곤 볼 수 없는 것을. 노집사가 그를 자식처럼 아껴 준다지만, 노집사는 진정으로 그의 아버지가 되어 줄 순 없을 것이다.

"글쎄요. 저는 무언가 반드시 하나만을 골라야 한다면, 정말 필요하고 도움 되는 것으로 고르려 할 겁니다. 적어도, 나와 비슷하거나 동등한 것으로요."

꽤 단호한 대답이었다. 아마 대부분이 로렌츠처럼 생각할 테고, 그와 같이 말할 터였다. 결국에는 비슷한 삶을 살아온 사람만이 자신을 제일 잘 이해해 줄 수 있을 테니까.

친구든, 결혼이든. 그래서 결국 다들 자신과 비슷한 수준의 것을 고르고 골라서 만나지 않나.

루시아 역시 그의 말에 동의하는지 가벼이 고개를 끄덕거렸다. 그러나 품에서 시든 장미를 골라 버리며 꺼낸 말은 그와 결이 달랐다.

"하지만, 처음으로 가지게 된 하나는 그것만으로도 너무나 애틋해질 때가 있어요. 한 송이만 남은 꽃은 시든 꽃이라고 해도 어쩐지 버리기 아까워지는 법이잖아요. 꽃다발 안에서는 몇 송이쯤은 버려도 아깝지 않지만요."

그들의 발밑으로 말라비틀어진 장미꽃들이 가차 없이 버려져 있었다. 루시아는 가장 예쁜 것들만 모인 꽃다발을 내려다보고서 만족스러운 표정을 지었다.

"제게 레나는 그런 존재예요. 처음으로 가진 하나뿐인 것. 그러니 애정이 남다를 수밖에 없어요."

짙은 장미 향기가 로렌츠의 코끝을 스쳤다. 루시아는 아까와는 다르게 마냥 무구한 귀공녀의 얼굴을 하고 있지만은 않았다.

"……혹시 동정심이신 겁니까."

"그럴지도요. 내가 자신의 '하나뿐인 친구'여야만 삶을 견딜 수 있는 그 애에게 어떻게 동정심을 가지지 않을 수 있겠어요."

달콤한 빛을 내는 연분홍색 눈동자가 로렌츠를 가만히 직시했다. 그 안에 담긴 명징한 안광이 그의 속마음을 낱낱이 파헤칠 것처럼 파고들더니, 끝내 그의 심장을 관통했다.

루시아와 만났던 첫날 느꼈던 위화감이 그의 등을 오스스 훑고 지나갔다. 그녀는 그의 얼굴을 보더니, 의뭉스러운 어조로 덧붙였다.

"공자께서도 절 동정하고 계셨잖아요."

예기치 못하게 정곡을 찌르는 말이었다. 티가 나게 당황하는 그의 얼굴에, 루시아가 여과 없는 웃음을 까르르 터뜨렸다.

"농담이에요."

루시아는 그의 진심을 모른 척해 주었다. 관용과 기만. 둘 중 어디쯤인가 놓인 말이었다.

로렌츠로서는 겪어 본 없었던 수치심이었다. 자신의 본심이 그리 확연하게 드러났단 말인가. 반대로 생각하면, 로렌츠에게는 굉장히 모욕적일 시선이었을 것이다. 루시아가 자신을 차남이라 동정하고 있다고 상상하면 정말로…… 그 생각만으로도 견디기가 힘들었다.

짓궂게 그를 들었다가 내려놓은 소녀는 섬세한 소년의 얼굴에 손을 뻗고서 속삭였다.

"입꼬리."

반투명한 레이스 장갑을 낀 손가락이 장난스레 그의 입매 끝에 닿았다 떨어졌다. 무람없는 손길이었다.

"날 보고 있으면 올라가는 게 좋아요. 너무 예뻐서."

속삭임이 나직했다. 손길이 닿은 입매 부근에서 저릿저릿한 감각이 일었다. 로렌츠에게는 두려울 정도로 낯선 감정이었다.

어울리지 않게 넋이 나간 로렌츠의 반응에, 루시아가 다시 웃음을 터뜨렸다.

햇살 아래로 청명한 미소가 내려앉았다. 그 모습은 언뜻 성녀 같기도, 마녀 같기도…… 아니면 정말 순수한 아이 같기도 했다.

로렌츠는 그녀를 마주 보지 못한 채 시선을 내리깔았다. 귀밑이 붉어진 얼굴은 마르첼이 봤다면 놀렸을 만큼 그답지 않았다.

설익은 풋사랑이 순식간에 그에게 들이닥쳤다. 로렌츠가 그 마음을 인정하기까지 오랜 시간이 걸리진 않았다.

* * *

그날 이후로, 로렌츠는 종종 데스테 저택을 방문했다. 가까운 곳에서 살다 보니 지속적으로 교류하는 상황이 만들어졌다.

가끔은 마르첼이 눈치 없이 껴들 때도 있었으나, 데스테 백작은 발렌시아 가문의 방문이라면 언제나 반갑게 환영해 주었다. 심지어 카론 에르하르트보다도 더 반가운 손님으로 여기곤 했다.

"네가 루시아의 귀한 친구이다 보니, 나도 널 아들처럼 여기게 되는구나."

백색 칸으로 비숍을 옮기는 백작의 손길은 느긋했다. 로렌츠는 두루뭉술한 미소를 지어 보였다. 그러면서 룩을 집으려던 마음을 바꿔 먹고 나이트를 집어 들었다.

"저도 마침 체스 상대가 필요한 참이었습니다."

고즈넉한 풍경과 잘 어우러진 데스테 저택의 정원. 두 사람은 정원에 있는 체스 테이블에 마주 앉아 대결을 펼치고 있었다.

백작은 손으로 입을 가린 채 신중한 얼굴로 체스판을 내려다보았다. 승부수였다.

"공작께서는 잘 지내시나?"

말을 놓은 백작이 물었다. 정말로 단순한 안부를 묻는 게 아님은 두 사람 모두가 알고 있었다. 로렌츠는 고개를 내저었다.

"여전히 항로를 개척하려고 야단이십니다. 이제 마르첼도 기사 서임을 받았으니 곧 가문의 일을 맡길 요량으로 보이더군요."

백작이 흐음, 소리를 하며 고개를 까닥였다. 희생해 줄 기물을 정했는지, 백작은 룩을 내놓았다. 그로써 체크가 될 뻔한 상황을 막았다.

"아쉽겠구나. 네가 장남으로 태어났으면 훨씬 많은 것들을 해냈을 텐데."

언제나 부드러운 미성으로 좋은 말만 하는 백작이지만, 그에게서도 드물게 우러나오는 진심이었다. 이만하면 좋은 승부였다고 판단한 로렌츠가 거침없이 백작의 퀸을 잡았다.

"저는 이제 가문의 작위에 관심이 없습니다."

"내게 너만 한 재능의 아들이 차남으로 있었다면, 나는 장자 계승제의 관습을 깨서라도 네게 가문을 물려줬을 거란다."

다정한 말과 다르게 백작은 묘수로 반격해 왔다. 로렌츠는 순식간에 체크 상태가 되었다. 온순해 보이는 인상과 다르게, 백작의 게임 스타일은 주로 공격 위주였다. 로렌츠는 재미있다는 듯 웃으며 다음 기물을 움직였다.

"저는 지금으로 족합니다. 작위야 어떻게든 구하면 그만이니까요."

이번엔 로렌츠가 역으로 백작을 체크 상태로 빠뜨렸다. 향후 흘러갈 수를 내려다본 백작은 자기 진영에 있던 킹을 스스로 넘어뜨렸다. 체크메이트였다.

빠르게 승부가 마무리되자, 백작은 의자 등받이에 기대어 긴 한숨을 내쉬었다.

"네가 루시아를 마음에 담아 두고 있단 걸 안단다."

"……."

"내게도 너는 더할 나위 없이 적당한 사위이기도 하고 말이야."

게임에서 이긴 로렌츠는 백작의 진중한 시선을 받고서도 싱겁게 웃었다. 이미 알고 있던 사실이었다.

백작은 이상할 정도로 에르하르트 가문을 경계하곤 했다. 처음에는 단순히 루시아의 지병 때문이라고만 생각했다. 그러나 에르하르트가 순순히 루시아의 치료에 협조하는 와중에도 그는 여전했다.

여전히 에르하르트가 방문하는 날이면 불안하고 초조한 반응을 보이는 일이 더 많았다. 또 다른 사정이 있는 것이 분명해 보였으나 그게 무엇인지 당시에는 이해하기 힘들었다.

"루시아의 생각은 다르지 않습니까."

"그래. 이래서 자식 일은 무엇 하나 마음대로 되는 것이 없단 거겠지."

백작은 쓰고 있던 안경을 닦으며 하소연 같은 말을 늘어놓았다. 정작 로렌츠는 의젓하니 아무런 서운함을 내보이지 않음에도, 백작은 괜한 미안함과 안타까움이 있는 듯했다. 로렌츠는 백작을 상대하다가도 정원 저 멀리에 시선을 빼앗기고 있었다.

지평선까지 뻗은 저택의 광활한 정원은 바람이 불면 붉은 양귀비 꽃밭이 물결치듯 흔들리면서 장관을 이루었다. 그 사이로 루시아와 카론이 봇도랑 길을 따라 걷고 있는 모습이 보였다.

카론 에르하르트가 방문을 온 날이면, 루시아는 항상 카론과 함께 저 먼 곳까지 산책을 다녀오곤 했다. 카론 에르하르트 옆에 선 루시아는 너무나도 행복해 보여, 울려 퍼지는 맑은 웃음소리가 그들이 있는 곳까지 들리는 것만 같았다.

로렌츠는 그 모습을 물끄러미 쳐다보다가 백작에게로 고개를 되돌렸다. 백작이 뭐라고 했더라. 아마도 성수에 관해서 물어본 것 같았다.

"북부 대륙에 성수를 들여오기 위해서는 항로뿐만 아니라, 에르하르트의 인가 역시도 필요로 합니다. 아무리 성수를 구한다 한들, 이를 국내로 반입하지 못하면 소용없을 겁니다."

백작 역시 알고 있는 부분이었던지라 고개를 끄덕거렸다. 로렌츠는 이미 성년이 되기도 전에 다른 가문을 상대로 제 가문의 사업 거래를 도맡고 있었다. 때문에 백작과 이런 대화를 주고받는 상황에 익숙했다.

"쉽지는 않겠지만, 알아보긴 해야겠구나. 에르하르트 후작이 까다롭게 나오지 말아야 할 텐데……."

백작이 골치 아프다는 듯이 지끈거리는 관자놀이를 누르고서 대답했다. 그러더니 로렌츠의 얼굴을 힐끔 곁눈질하고서 물었다.

"그건 그렇고, 너는 정말 이대로 괜찮니? 루시아는 소후작과 결혼하길 원하고 있는데."

그리 묻는 데스테 백작의 얼굴에는 안타까움이 서려 있었다. 그러나 로렌츠는 이미 정해진 답을 내놓는 사람처럼 지체 없이 답했다.

"예. 다른 것보다도……."

눈길이 자연스럽게 다시 봇도랑길로 감겼다. 이젠 둘이 아니고, 셋이 된 채였다. 루시아가 불렀는지, 하녀복을 입은 레나 크루거가 두 사람을 뒤따르고 있었다. 로렌츠는 모르는 척 그 시선을 거둬들였다.

"저는 그저 루시아가 행복하길 바랄 뿐입니다."

그것이 그 시절의 로렌츠가 내린 결론이었다.

루시아 데스테는 낭만적인 사랑과 결혼을 꿈꾸고 있었고, 자신은 그걸 이루어 줄 수 있는 남자가 아니었다. 그에게는 루시아를 진정으로 행복하게 만들어 줄 수 있는 자격이 없었다. 루시아가 원하고 있는 유일한 사랑은 카론 에르하르트였으니.

그러니 로렌츠는 루시아를 소유하고 싶다는 욕심을 부리지 않았다. 어차피 지독히도 귀족적인 사고로 자라온 로렌츠 발렌시아는 결혼과 사랑을 반드시 분리해야만 하는 것으로 취급한 지 오래였다. 그에게는 제 삶을 결정지을 결혼과 루시아를 향한 사랑이 얼마든지 공존 가능한 것이기도 했다.

로렌츠는 그저 자신이 그녀에게 특별할 수 있는 '한 가지 것'으로 남길 바랐다. 영원히 그녀가 그를 버리지 않고 붙잡아 둘 수 있도록. 또한, 그가 영원히 그녀의 곁을 맴돌 수 있도록.

만족스러운 대답이었는지, 백작의 입꼬리가 부드럽게 올라갔다. 회상에 젖은 듯 꽤 나긋해진 미소였다.

"예전의 나도 그랬었지."

백작은 에르하르트의 소후작 곁에서 행복한 웃음을 터뜨리는 제 딸의 모습을 흐뭇하게 지켜보았다. 그의 얼굴에 자리 잡고 있던 여유로운 미소가 씁쓸하게 뒤바뀌었다.

"그런 마음일 때가 있었어. 나도 그녀가 행복하길 바랐을 뿐이었단다."

그 말이 무슨 의미인지는, 먼 훗날이 되어서야 알 수 있었다.

* * *

똑똑.

오전 중, 집무실에 불청객이 들이닥쳤다. 로렌츠는 읽고 있던 편지를 책상 위에 엎어 두었다.

"제가 방해한 건가요?"

루이제 슈미트가 허락 없이 그의 맞은편에 앉았다. 로렌츠는 고개를 저으며 그녀에게 용건을 물었다.

"무슨 일이십니까."

"오늘 후작이 온다면서요."

어떻게 알았는지, 그 소식을 듣자마자 냅다 찾아온 듯했다. 일찍이 분홍 머리의 하녀를 달고 슈미트 성에서 이곳까지 왔던 루이제였다. 그녀로선 몹시 고대했던 날일 것이다.

"만나실 겁니까?"

"당연하지요. 이날만 기다렸는걸요."

그 결심은 루이제가 입고 있는 녹색 드레스만 봐도 알 수 있었다. 독극물의 상징이기도 한 초록색은 약혼식 드레스로는 터부시되는 색상이었으나,

로렌츠가 보기엔 이보다 잘 어울리는 옷이 없었다. 지금의 루이제 슈미트야 말로 카론 에르하르트 입장에선 독인 줄 모르고 마신 성배와 다름없었으니.

"공자께는 신세를 많이 졌어요. 덕분에, 제가 다시 제 자리를 찾을 수 있을 것 같네요."

활짝 웃는 얼굴에는 레나 크루거라는 방해물을 제거한 후련함과 자신이 카론 에르하르트를 이대로 손에 넣으리라는 확신이 담겨 있었다. 후작과 결혼하리란 행복에 젖은 금발의 여인. 로렌츠에게는 익숙할 정도로 기시감이 드는 모습이었다.

"영애께서는 이걸로 정말 만족하십니까?"

"무엇을요?"

"후작과의 결혼 말입니다. 후작 부인 자리가 아닌, 후작의 마음을 원하지 않으셨습니까."

루이제의 눈이 새초롬하니 가느스름해졌다. 어째서 그런 걸 묻느냔 식의 불편함이 가득한 시선이 로렌츠에게 가닿았다.

"이제 와서 후작의 마음을 얻지 못할 거란 괜한 조언이라도 해 주고 싶으신 건가요?"

"그걸 알면서도 필사적인 이유가 궁금할 뿐입니다. 그렇게 해서라도 얻고 싶은 다른 것이 있으신 겁니까?"

정말로 궁금할 뿐이었다. 저를 사랑해 주지 않을 남자를 이렇게까지 해서 손에 넣으려는 이유가 있는 것인지.

루시아를 소유의 방식으로 사랑하지 않았던 로렌츠는 그녀의 방식을 이해하지 못했다. 아마 과거로 돌아갈 수 있다 하여도, 그는 똑같은 선택을 했을 것이다. 루시아의 마음을 얻지 못하는 방법으로 그녀와 결혼하느니, 결혼하지 않고도 그녀의 애정을 받을 수 있는 법을 택할 터였다.

지금의 카론 에르하르트는 기억을 잃고도 엘레나 오펜하이머를 사랑하고 있었다. 이대로 왕세자의 명에 따라서 후작과 결혼을 강행한다 한들, 루이제 슈미트는 후작의 빈껍데기만 쥘 수 있을 뿐이었다. 오히려 카론이 평생 그리워할 엘레나의 빈자리가 그녀를 괴롭힐 것이 뻔했다.

그러나 그를 빤히 바라보다가 입을 연 루이제의 첫마디에선, 사랑이란 말이 흘러나오지 않았다.

"네. 그의 아이만 낳아도 무사히 자유의 몸이 될 수 있을 테니까요."

자유…… 로렌츠가 읊조리듯 그 단어를 혀끝으로 굴렸다. 예전에 루시아 역시도 갈망했던 것이었다. 앞에 앉은 여자의 뒤로 그리워해 마지않는 루시아의 형상이 투과되듯 비쳤다.

그 아득한 시선을 저를 향한 안쓰러움이라 단정 지은 루이제가 그의 질문을 되받았다.

"공자께선 세상에 얼마 남지 않은 신비력자란 이유로 왕실에 쥐어짜이는 삶을 살아 본 적 있으신가요? 언젠가 죽을지도 모른다는 공포는 느껴 본 적 없으시지요?"

"……."

"전 계속해서 쫓기는 삶을 살아왔어요. 죽어야 할 때 죽지 못해서 후작에게 살아남게 해 달라고 빌었고, 살아남은 후에는 왕세자 전하께 자비를 구걸하며 버텼지요."

로렌츠의 시선을 견디지 못했는지, 루이제는 귀공녀로서는 밝히기 수치스러울 수 있는 과거를 제 입으로 늘어놓았다. 수치심을 감추려 표독스러워진 눈이 그를 쏘아보았다.

"결혼하면 카론의 마음은 얻지 못하겠지만, 곁은 얻을 수 있을 테지요. 카론이 제게 사랑을 주진 않을 테지만, 자유는 안겨 줄 수 있을 거예요. 카론의 곁에서 외로울 순 있어도, 홀로 고독하게 살아남지 않을 순 있겠지요. 저는 그래서 후작이 절 사랑하지 않을지라도 필사적으로 그 자리가 필요해요. 이거면 충분한 대답이 되었나요?"

루이제가 자리에서 일어났다. 모멸감을 느낀 얼굴이었다. 빠르게 집무실을 나가려다, 고개를 돌린 그녀가 입꼬리를 올린 채 마지막 말을 남겼다.

"게다가 혹시 모르지요. 계속해서 곁에 붙들고 있으면, 제게도 그의 마음을 얻을 기회가 생길지."

로렌츠는 쾅, 소리가 나게 닫힌 문을 바라보았다. 나지막한 한숨은 홀로 남은 집무실에서 유독 크게 울렸다. 다시 고요한 평화를 찾은 집무실 안에는 시계의 초침 소리만 가득했다.

로렌츠는 조금 피곤해진 눈가를 문질렀다. 자연스럽게 루시아가 떠올랐다.

만약, 루시아가 어린 시절처럼 줄곧 자유만 갈구했더라면 그는 충분히 그 것을 쥐여 줄 수 있었을 터였다. 그랬다면, 지금과 같은 결말까진 흘러오지 않을 수 있었을까. 로렌츠는 부질없는 상상에 자조를 흘렸다.

어느 순간부터 루시아가 택한 건 자유가 아닌 소유였다. 루시아는 그녀와 카론 에르하르트가 영원히 서로의 속박에 얽매이길 바랐다.

로렌츠는 책상 위에 엎어 두었던 편지를 도로 뒤집었다. 루시아가 열여섯 살 생일을 앞두고 보낸 초대장이었다.

* * *

[친애하는 발렌시아의 귀공자들을 저의 16번째 생일에 초대합니다.

―루시아 데스테]

"루시아가 벌써 열여섯이라니."

마르첼은 편지 봉투에 금장으로 박힌 문장을 읽으며 새삼스러운 감회를 밝혔다. 젖은 머리에서 흐른 물방울이 비싼 카펫에 뚝뚝 떨어지고 있었다. 로렌츠는 혐오스러운 것이라도 본 사람처럼 눈살을 찌푸렸다.

기사 서임식을 받은 마르첼은 로렌츠와 같은 저택에서 살게 되었다. 로렌츠로서는 몹시 반갑지 못한 동거였으나, 마르첼이 기어코 근처 바실리카로 발령을 받는 바람에 거절할 명분이 없었다.

"카론 녀석도 오겠지? 아아, 그 녀석 얼굴을 쉬는 날에도 봐야 한다니. 안 그래도 요새 신비력자 색출 기간이라 질릴 만큼 보고 있는데."

마르첼이 머리를 수건으로 털면서 이를 갈았다. 로렌츠는 형을 저택에서 내쫓고 싶은 마음을 꾹 참아야 했다.

"그럼 가지 말지 그래."

마르첼 발렌시아가 군이 이 지역 바실리카로 발령을 받은 이유는 뻔했다.

"미쳤냐? 그러니 더 가야지."

마르첼은 씩 웃으며 두 장 온 초대장 중 제 것을 쥐었다. 카론 에르하르트를 이기기 위해서만 사는 듯한 머저리를 본 로렌츠는 예측 가능한 피곤함에 한숨을 내쉬었다.

분명히 천둥벌거숭이처럼 때와 장소를 모르고 카론에게 시비를 걸 테고, 카론은 그를 상대도 해 주지 않을 터였다. 그럼 마르첼은 더 약이 올라 악을 쓰곤 했다. 그 끝이 대련 같은 칼싸움이나 맨주먹 싸움으로 이어지는 경우도 종종 있었다. 그때마다 그 자리에서, 멍청한 놈과 같은 가문으로서 수치심을 느껴야 하는 건 오직 로렌츠뿐이었다.

어려서부터 자존심이 강하고, 검술에 자부심이 있었기 때문인지, 마르첼은 카론을 향한 열등감에서 쉽사리 헤어 나오질 못했다. 그래서 더욱 그 주변을 맴돌며 제가 이길 만한 것을 찾으려 드는지도 몰랐다.

여전히 루시아 데스테를 제 결혼 상대에서 배제하지 않는 것만 봐도 그러했다. 정말 루시아가 좋아서 그렇다기보단, 카론과 밀접한 여자를 뺏고 싶어 하는 마음이 더 커 보였지만.

"루시아의 생일에 소동을 일으키면 가만두지 않을 거야."

그러나 로렌츠는 마르첼의 허무맹랑한 경쟁의식에는 관심 없었다. 그의 아둔한 머리 탓에 망가질지도 모르는 루시아의 생일이 걱정이었다.

"소후작이 참석하면 왕세자도 참석할지 몰라. 왕세자 앞에서 소란을 피웠다간 아무리 장자라 해도 아버지께선 가만두지 않으실 테니까 알아서 잘 행동해."

"아, 걱정 마. 내가 애도 아니고."

여전히 애처럼 구는 마르첼이 손을 휘휘 내저으며 대꾸했다. 그러다 문득 궁금한 것이 떠올랐는지, 머리를 털던 손을 내리고 동생 쪽을 돌아보았다.

"그나저나 넌 선물은 정했어?"

"선물?"

"설마 귀공녀의 생일날에 빈손으로 가진 않을 거 아니야."

로렌츠는 그 질문에 답을 하지 못하고 눈을 피했다.

* * *

"레나 크루거."

"아, 네……."

"넋 놓지 마라. 널 후원하는 데스테 백작님의 심경이 어떻겠나."

"죄송합니다."

학자의 지적에 바실리카 내 수강생들이 웃음을 터뜨렸다. 로렌츠는 수치심을 참아 내고 있을 레나 크루거의 뒷모습을 조금 떨어진 자리에서 지켜보았다.

아무래도, 하녀에게 물어보는 게 빠를 듯싶었다.

이전에는 루시아의 생일 연회가 따로 열린 적이 없었기 때문에, 시기에 맞춰 드레스나 구두 같은 선물을 데스테 백작저로 보내곤 했다. 그러나 이번에는 루시아가 직접 여는 연회다. 그런 만큼 가장 특별한 것을 해 주고 싶었다.

바실리카 수업이 끝나고, 로렌츠는 레나에게 가까이 다가가 물었다.

"루시아는 무엇을 좋아해?"

그러자 하녀는 그가 말을 걸었다는 사실만으로 놀랐는지 커다란 푸른 눈망울을 깜빡거렸다. 마르첼이었다면 저를 유혹하는 행동이라 억지를 놓을지도 모를 만큼 예쁜 얼굴이었다. 로렌츠는 루시아가 거둬 주지 않았다면 이 하녀의 인생이 꽤 피곤했을 거라고 여기며 다시 한번 상황을 되새겨 주었다.

"곧 루시아의 생일이잖아."

"아……. 그렇지요."

레나가 그제야 상황을 파악한 듯 고개를 끄덕였다. 서둘러 짐을 챙기고 일어나는 모습으로 보아 어지간히 대화가 불편한 듯 보였다.

그늘진 바실리카 실내에서 나와 쨍한 햇볕 아래에 서자, 하녀의 금빛 머리칼은 태양의 축복을 받은 듯이 눈부신 빛깔로 나풀거렸다. 마침 그들 옆으로 신전 기사단이 지나가고 있어서, 대다수의 사내가 그 모습을 힐끗힐끗 훔쳐보았다. 레나가 걸음을 멈추자, 로렌츠는 자신이 기사단에 가까운 쪽으로 서서 남자들의 시선을 가렸다.

"대답은."

레나는 그날따라 묻는 말에 도통 집중하질 못하고 넋을 놓았다. 로렌츠의 인내심이 떨어져 갈 무렵에야, 그의 어깨 너머로 지그시 눈길을 주던 레나가 겨우 답을 내놓았다.

"꽃을 좋아하세요."

꽃이라. 로렌츠는 가을의 기억을 떠올렸다. 장미 꽃다발을 안고 흐드러진 미소를 짓던 루시아의 모습을. 그날 이후로, 로렌츠는 장미가 피는 계절이 올 때면 루시아를 떠올리곤 했었다.

"꽤 소박하네."

그렇지만 꽃만 주기에는 어쩐지 부족한 감이 있었다. 로렌츠가 어떻게 하면 꽃을 굉장한 선물로 탈바꿈 시킬지 고민하는 사이, 레나 크루거는 또다시 어딘가를 넋 놓고 보다가 계단에 발을 잘못 디뎠다.

"조심해."

로렌츠는 휘청거리는 레나를 붙잡았다. 시선은 자연스럽게 하녀가 정신을 팔고 있던 궤적을 좇았다. 계단 밑 평지에 순찰을 마친 신전 기사단이 흩어져 있었다.

단연 눈에 띄는 건 많은 인원을 통솔하기 위해 앞에 선 카론 에르하르트였다. 가뜩이나 하얀 피부와 대조적인 검은 머리칼이 물에 젖어 쨍하게 빛나고 있었다. 구석에서 이를 갈고 냉수 마찰하는 마르첼의 모습도 눈에 밟혔다.

레나는 무언가를 들킨 사람처럼 당황한 기색을 숨기지 못한 채로 속삭였다.

"아, 감사합니다."

얼굴이 작열하는 햇빛처럼 붉어진 채였다. 더위 때문만은 아닐 것이다.

그 모습에 로렌츠는 침음을 삼켰다. 그 무렵 루시아가 편지로 구구절절 토해 내던 설움과 불안이 무엇이었는지, 어째서 바실리카에서 둘 사이를 지켜봐 달라고 부탁했는지 알 것만 같았다.

로렌츠는 하녀의 주제넘은 감정을 굳이 들춰내지 않았다. 대신 그녀가 유념해야만 하는 본분을 되새겨 줄 뿐이었다.

"어때. 데스테 영애는 아직도 카론 경에게 빠져 있나."

그러자 흠칫거린 하녀가 순진한 얼굴로 답했다.

"……알고 계셨네요."

진심으로 로렌츠가 루시아의 속내를 모를 거라고 여기는 모습이었다. 다른 이들처럼, 이 하녀도 로렌츠와 루시아의 관계가 얼마나 내밀한지는 모르는 모양이었다. 로렌츠는 조금 씁쓸한 미소를 머금었다.

그도 그럴 법했다. 이 무렵 로렌츠는 이따금씩 데스테 백작의 저택을 찾긴 하였으나 자주 방문하진 못하고 있었다. 제아무리 막역한 사이라 할지라도 약혼도 하지 않았으니, 미혼이라면 적당한 명분을 둘러대고 서로를 찾아야만 경박해 보이지 않는 것이 귀족끼리의 예법이었다.

카론 에르하르트조차도 사죄의 의미를 담은 병문안을 명분으로 오는 것이라, 로렌츠는 사업을 핑계로 대고 루시아를 찾아가곤 했다. 그러나 에르하르트와 데스테의 교류가 잦아지면서 새로운 투자자들이 데스테 영지 개발에 관심을 가지기 시작했다. 백작은 저택을 비우는 날이 많아졌고 로렌츠의 명분은 날이 갈수록 줄어들었다. 로렌츠의 방문이 데스테 가문에 득이 되지 못하는 상황이기도 했다.

상황이 그렇게 되니 로렌츠는 서신을 주고받는 상황에서 만족해야만 했다. 으레 다른 귀족들이 그러하듯, 남녀 간에 오가는 아주 고전적인 연애 방식이었다.

하지만 루시아의 '친구'라는 자가 그들의 관계를 이 정도로 모른다는 건……. 루시아는 그와의 사이에 별다른 고민이 없단 뜻이었다. 카론 에르하르트와는 다르게.

"그리 티를 내는데 모를 리가."

입가에 뼛속까지 새겨진 품위일지, 아니면 어쩔 수 없는 자조감일지 구분이 흐린 미소가 걸렸다. 레나 크루거는 그 말을 다른 뜻으로 받아들였는지, 어설프게 그를 위로하는 것으로 제 처지를 드러냈다.

"어차피 혼인은 발렌시아 가문으로 내정되어 있으니 조급하게 여기지 않으셔도 되잖아요."

아끼는 친구라고는 하지만, 루시아는 그녀에게 정말 중요한 부분은 말해 주지 않은 듯했다. 하녀는 가엾게도 제 소중한 친구의 혼인 경과에 전혀 갈피를 잡지 못하고 있었다. 로렌츠는 얼핏 그녀에게 눈을 흘기다 자연스럽게 대화를 이어 나갔다.

"글쎄. 아닐지도 모르지."

"백작님의 의지는 확고하니까요."

"백작께 제일 만만하지 않은 분의 의지도 확고하고."

"루시아는, 아니, 데스테 영애께서 생각이 바뀔 수도 있는 거니까요."

여전히 하녀는 모든 일이 데스테 백작의 의지대로 돌아가리라 믿는 것 같았다. 로렌츠는 미소만 지을 뿐, 더는 어떤 말도 하지 않았다. 명백한 기만이었으나 그편이 레나 크루거에게도 좋을 터였다.

루시아에게 레나 크루거는 소유하고 있는 예쁜 인형에 가까웠고, 레나 크루거에게 루시아는 빚이자 짐이었다. 그것이 그들이 쌓아 올린 작은 세계였다. 그 세계를 굳이 부술 이유가 있을까?

저 대신 밖에서 용감한 모험을 하고, 제게 맹목적인 애정을 주며, 그녀의 불평을 들어 줄 수 있는 존재.

루시아의 서신 안에서 레나 크루거는 가장 완벽하고 소중한 소유물로 묘사되곤 했다. 어린아이들이 가끔 소중한 인형에게 애착을 갖고 친구라 여기는 경우가 더러 있는데, 루시아 역시 그렇게 되어 버린 것 같았다.

그러니 레나 크루거가 아늑한 착각 속에서 헤엄치도록 두었으리라. 자신이 루시아에게 하나뿐인 친구란 생각으로, 저렇게 내내 친구로서의 사명감을 지닌 채 삶을 버틸 수 있도록.

일방적으로 루시아에게 애정을 쏟는다는 점에서 그도 매한가지인 처지였으나, 그는 적어도 이 관계의 우위를 알고 받아들였다. 하녀는 루시아의 본모습을 모르는 채로 맹목적이라는 점에서 그와의 차이가 분명했다. 그러나 로렌츠는 굳이 하녀에게 불편한 진실을 알려 주어 루시아의 원망을 얻고 싶지 않았다.

"하긴 실속도 없이 저러고 있는 인간보다 내가 나을지도 모르지."

대신에 하녀를 데리고 마르첼에게 다가섰다. 멀리서 나란히 걸어오는 둘을 본 마르첼이 반갑게 다가왔다.

"아주 죽겠다. 가뜩이나 더운데, 하필이면 신비력자 단속 기간이야."

마르첼은 걸걸한 목소리로 불평을 늘어놓다가, 본능적으로 예쁜 하녀에게 시선을 돌렸다. 로렌츠가 예상한 대로였다.

"그거 명목상 하는 활동이잖아. 신비력자가 나올 리는 없으니."

"왕실과 왕실의 사냥개만 받아들이지 못하는 사실이지."

미끼를 덥석 문 마르첼은 로렌츠가 바라던 대로 지껄여 주었다. 옆에 레나 크루거가 있으니 탄력을 받은 듯, 그는 점점 우렁찬 목청을 키워 나갔다.

"소후작이 신전 기사단에 입단한 뒤로 별 소득도 없는 일을 열심히 하게 되었다고 원성이 자자해, 아주. 차라리 성녀가 재림하는 걸 기도하는 게 빠르겠다. 왜? 마녀도 있다고 하지."

글쎄. 로렌츠는 그의 말에 비식거렸다.

"에르하르트 가문이 거기에 집착하는 이유는 단순히 신비력 때문이 아닌 것 같은데."

왕세자가 암살 위기를 겪었다는 건 정보전에 능한 이들에게는 알음알음 알려진 사실이었다. 신문에는 나오진 않았다고 하나, 제아무리 왕실이라 해도 소후작과 연극을 보던 왕세자가 변고를 당할 뻔했다는 대형 사건을 완전히 감출 순 없었다. 그날 이후, 에르하르트 가문의 주도하에 신비력자 탐색이 이루어진 상황 역시 그 사건이 원인일 터였다.

"뭐, 그러면 다른 이유가 뭔데."

"형한테 정치를 설명하느니 말이랑 대화하는 게 빠를걸."

로렌츠가 깔끔하게 마르첼을 무시하며, 옆에 있던 하녀를 곁눈질했다. 레나 크루거는 고개를 돌려 말을 타고 달려가는 카론 에르하르트의 뒷모습을 바라보고 있었다.

의도한 대로, 소후작이 그들의 대화를 듣기엔 충분했을 터였다.

* * *

"와 줘서 고마워요. 정말."

생일날, 로렌츠에게 꽃다발과 구두를 선물 받은 루시아가 발렌시아 형제를 향해서 활짝 웃었다. 고민한 것치고는 꽤 시시하고 재미없어 보일 선물이긴 했으나 어쩔 수 없었다.

그것이 루시아가 원하는 그들 관계의 규칙이었다. 둘이서는 특별하되, 남들 눈에는 평범해 보일 것. 그녀에게 '특별한 하나'로 자리 잡기 위해서는 언제나 이런 양보가 필수적이었다.

"생일 축하드립니다, 영애. 키가 자라셨단 얘기는 진짜인 것 같군요."

"그럼 제가 거짓말을 했겠나요? 제 나이에 비해 작은 게 고민이었는데 얼마나 다행인지 몰라요."

"그렇다 해도, 여전히 제 허리춤까지만 올 키이긴 하지만 말입니다."

"그럴 리가요. 그보다 큰 건 확실한걸요."

마르첼도 루시아와 따로 서신을 주고받은 적이 있었는지, 서슴없이 농담을 주고받았다. 그에 비해 로렌츠는 그녀에게서 눈을 떼지 못했다.

오랜만에 본 루시아는 어느 사이에 훌쩍 자랐다. 이젠 소녀보다 여인이라 불러야 마땅할 정도로. 예쁘게 땋아 올린 금발과 눈 아래 묘한 위치에 찍혀 있는 눈물점이 이젠 완연한 귀공녀의 자태를 자아내고 있었다.

"정말 오랜만에요, 로렌츠."

이윽고 마르첼이 자리를 잠시 비우자, 루시아가 로렌츠에게도 아무렇지 않은 척 말을 걸어왔다.

"말을 안 해도 많이 보고 싶었단 눈이네요."

여전히 그의 생각을 잘 읽는 루시아가 자그맣게 웃음을 터뜨렸다. 아무래도 눈에 가득한 애정이 제대로 숨겨지지 않았나 보다. 루시아는 살짝 고개를 숙이더니 그의 귓가에 속삭였다.

"항상 하는 말이지만, 나는 당신이 그런 눈을 할 때 너무 좋아요. 나를 그렇게 봐 주는 사람은 로렌츠 당신밖에 없거든요."

서신에 종종 써 놓기도 했지만, 그녀는 푸른빛이 나는 그의 보라색 눈동자를 좋아했다. 가끔 해 질 녘에 보랏빛으로 물드는 특이한 석양을 보게 되면 그를 떠올린다던 말에는 루시아만의 애정이 담겨 있었다.

로렌츠는 그 편지를 읽을 때면, 보라색 하늘 위로 산란하는 진분홍색 구름을 떠올렸다. 그의 눈동자 속에 담긴 루시아가 그토록 아름다웠다. 그 잠시간 동안 주어지는 달콤한 애정에 홀린 듯 감겨들기 충분할 만큼.

"오늘 중요하게 할 말이 있으니까 이따가 양귀비가 피는 들판에서 만나요. 어떤 소식인지 알면 정말로 놀라게 되실걸요."

훗날 생각하면 잔인하기 짝이 없는 속삭임이었으나, 로렌츠의 입매는 부드러이 올라갔다. 그를 그렇게 웃게 만들 수 있는 사람은 과거나 지금이나 루시아밖에 없었다.

로렌츠 발렌시아에게 새겨진 첫사랑이란 그랬다. 늘 냉철한 판단을 내리게 했던 그의 이성을 순식간에 마비시키는 불가항력이었다.

"기대하고 있겠습니다. 영애."

그 미소에 만족한 루시아는 그의 곁을 스치듯 지나가 카론 에르하르트에게로 걸어갔다. 평소처럼 까마귀 같은 검은 기사단복을 걸치지 아니하고, 성장 차림으로 온 카론 에르하르트는 연회장에 있는 그 누구보다도 돋보였다. 루시아의 남자가 되기엔 충분한 모습이었다.

루시아의 남자.

로렌츠에게는 꽤 버거운 말이었다. 순간적으로 치솟는 감정의 물살에 휩쓸리지 않도록, 습관화된 차분한 태도가 그를 내리눌렀다. 뒤로 돌아선 로렌츠는 자신의 본분을 다하고자 노력했다.

때마침, 그 자리에 목표하던 사람이 와 있는 터였다.

연회장 구석에서 데스테 백작이 귀부인에게 필사적으로 무언가를 설명하려 하고 있었다. 의견 차이는 좀처럼 간격이 줄어들지 않았는지, 언제나 유여하던 백작의 얼굴은 그답지 않은 초조함으로 얼룩져 있었다.

백작 맞은편에 선 귀부인은 대화를 거부하듯 그에게서 고개를 비스듬히 돌린 채였다. 곧 결렬될 지루한 대화의 막바지. 로렌츠 발렌시아는 그쯤에 그들 사이로 끼어들었다.

"안녕하십니까, 에르하르트 후작 부인. 발렌시아의 차남인 로렌츠 발렌시아가 처음으로 인사를 드립니다."

까만 머릿결을 지닌 귀부인이 중후한 눈동자로 고개 숙인 그를 내려 보았다. 담뱃대를 문 입술은 눈동자만큼이나 붉었다.

마를레네 에르하르트. 미쳐 버린 에르하르트 후작 대신, 에르하르트 저택의 전권을 실질적으로 도맡고 있는 인물이었다.

"발렌시아의 귀공자께서 제게 무슨 할 말이 있어 찾아오셨습니까?"

붉은 입술 사이로 연기가 내뱉어졌다. 차갑고도 무심한 말투는 단도직입적으로 본론부터 짚어 물었다. 그 모습이 명백한 모자 관계를 증명할 정도로 카론을 연상케 했다.

이미 백작은 후작 부인의 어깨 너머로 고개를 설레설레 내젓고 있었다. 로렌츠는 별 소득 없는 상태임을 알고서도 여유로운 미소를 잃지 않았다. 오히려 후작 부인에게 손을 내미는 자세에는 반듯하고도 정석적인 신사의 품위가 담겼다.

"발렌시아 공작 가문이 에르하르트 후작가와 긴히 이야기를 나누길 원합니다. 함께 산책할 영광을 주시지 않으시겠습니까."

그를 훑어 내리는 붉은 시선은 뱀이 온몸을 휘감는 듯한 서늘한 느낌을 주었으나 로렌츠는 몸을 낮추면서도 그 눈을 회피하지 않았다. 그 태도에 마를레네의 마음이 동했는지, 그가 내민 손으로 검은 레이스 장갑의 차가운 감촉이 닿았다.

마를레네는 로렌츠를 내려 보면서도 백작 쪽으로 들고 있던 담뱃대를 내밀었다. 백작은 익숙한 태도로 그 담뱃대를 건네받아 따로 보관을 맡겼다. 후작 부인의 비위를 맞춘 적이 한두 번이 아닌 듯했다.

"긴 시간을 내어 드리진 못합니다."

후작 부인의 냉엄한 태도는 어린 귀공자에게도 예외가 아니었지만, 로렌츠는 만족했다. 둘이서만 대화해 볼 여건이 마련되기만 해도 거래에는 승산이 생기기 마련이었으니.

해가 뉘엿뉘엿 저물기 시작한 정원의 오솔길을 미처 얼마 걷지도 않을 무렵이었다. 마를레네가 먼저 본격적인 이야기를 꺼냈다.

"마도구 때문입니까."

"잘 아시는군요."

"마도구 통관 허가는 발렌시아 공의 숙원이셨을 테니까요."

마도구 유통권을 쥐고 있는 입장이라 뻔히 사정은 알고 있으나 절대로 원하는 건 들어주지 않겠다는 태도가 확고하기 짝이 없었다. 에르하르트 입장에선 응당 당연한 거절이기도 했다.

이런 철옹성 같은 불허야말로 에르하르트 가문이 운영하는 비밀 클럽으로 귀족 가문들이 유입되는 경위였다. 비밀 클럽에 가입되어 있어야만 마도구를 반입할 수 있는 허가가 떨어지곤 했으니, 사실상 에르하르트의 비밀 클럽은 거의 유일하게 허락된 마도구 유통 경로와 다름없었다.

안전성을 중시하는 발렌시아 공작은 일찍이 에르하르트 가문과 엮여선 안 된다는 교훈을 본능적으로 터득했다. 하여 비밀 클럽에 가입하려는 어리석은 선택을 하진 않았으나, 덕분에 사업적으로는 크나큰 난항을 겪고 있었다. 마도구 사업은 에르하르트의 통관 허가가 떨어지지 않아 일이 좀처럼 진전되지 못하는 상태였다.

심지어 포모나에 위치한 주요 거점 항구 도시들까지 에르하르트의 통관 허가서를 가져와야 항구를 열어 주겠단 조건을 붙이기도 해서, 수월하게 진행되던 항로 개척에도 지장이 생긴 상황이었다.

"최근에 발렌시아 공께서 쓰러졌다는 소식을 들었는데, 강녕하신지 모르겠군요."

고양이가 쥐를 가지고 놀듯, 마를레네는 감히 공작 가문을 상대로도 **빳빳**한 태도를 유지했다. 그쯤 되는 대귀족들 사이선 에르하르트 가문 뒤에 있는 왕실의 뜻을 모르지 않았으니 그럴 계제일 만도 했다. 신비력이나 마도구와 관련해서 아쉬운 입장인 귀족이라면 반드시 에르하르트에게 고개를 숙이고 들어갈 수밖에 없었다.

"아버지께서 피로를 자주 호소하시고, 두 발로 걷지 못하는 날이 느셨습니다. 아마 건강에 문제가 생긴 듯싶은데 자식들에게도 잘 알리지 않으려 저택에만 기거하고 계십니다. 원래부터가 영지에만 있던 분이다 보니 아직까진 심각성을 눈치챈 사람이 많이 없긴 합니다만, 최근에 변호사를 부르신 걸로 보아 유언장의 내용을 바꾸려는 듯 보이더군요."

로렌츠는 밝혀서 좋을 게 없는 말을 술술 꺼내 놓았다. 마를레네가 다소 동요했는지 전방에만 향했던 시선을 그에게로 돌렸다.

"저는 어차피 차남인지라 발렌시아 가문을 물려받질 못합니다. 그러니 가문의 숙원 사업도 저와는 상관없는 일일 뿐입니다."

로렌츠는 귀부인을 상대로 여전히 정중한 자세를 유지하고 있었으나 발걸음은 어느새 멈춰 선 채였다. 산책길 위로 그들의 그림자가 길게 늘어졌다.

"포모나에 있는 항로만 열어 주시지요. 북부 대륙에서 가져오는 모든 마도구를 에르하르트 가문에 드리겠습니다. 저는 그것들에 관심이 없으니까요."

"……."

"다만, 제가 데스테 영지를 드나든다고 해서 지독하게 훼방을 놓으셨더군요. 그건 너무하셨습니다. 부인."

가느스름하게 웃는 로렌츠의 미소에, 마를레네의 눈매 역시 새초롬해졌다. 그녀는 석양빛을 역광으로 흠뻑 뒤집어쓴 채, 제 아들뻘이 되는 귀공자를 무표정하게 올려다보았다. 그의 진의를 찾고자 하는 시선이었다.

신비교가 주류인 국가에서는 에르하르트의 입김이 닿는 외국 도시가 제법 있었다. 포모나에 있는 주요 항구 도시들은 특히 그랬다. 에르하르트 가문이 이권 다툼을 위해서 오노르 왕국에서 오는 배의 정박을 막아 버린다면, 몇몇 가문은 꼼짝없이 포모나 무역권에서 배제될 수밖에 없었다.

"정 못 믿으시겠다면, 북부 대륙에서 포모나로 돌아오는 뱃길에서 마도구를 탈취하셔도 괜찮습니다. 아버지께선 조급해지면 포모나에서 육상 경로로 마도구 밀수를 노리실 테니까요. 제가 아버지의 불안을 살짝 떠미는 건 어렵지도 않은 일이니……."

로렌츠는 후작 부인의 계략을 파악하고도 교섭할 생각은커녕 제 가문을 배신하는 제안을 거침없이 늘어놓았다. 마를레네가 조금 아연한 얼굴로 그의 말을 끊었다.

"네 말을 어떻게 믿지. 네게 조금도 득이 되는 일이 아닐 텐데."

마를레네는 비로소 본심을 꺼내 놓을 마음이 들었는지, 말투에서 격식이 허물어져 있었다. 로렌츠는 잠시간 물끄러미 오솔길 끝에 걸린 풍경을 내다보았다. 붉은 양귀비 밭이 그를 부르듯 살랑거렸다.

그는 다시 걸음을 옮겼다. 로렌츠의 팔에 손을 올리고 있던 마를레네는 자연스럽게 같이 따라서 걷게 되었다.

"그렇게라도 부인께서 성수를 손에 넣으신다면, 그걸로 루시아를 치료할 수 있을 테니까요."

마를레네가 입을 가만히 다물었다. 석양이 걸린 들판에 가까워질수록 그곳을 누비는 두 남녀의 모습이 눈에 들어왔다. 루시아가 카론을 데리고 먼저 산책을 나와 있었다.

'오늘 중요하게 할 말이 있으니까 이따가 양귀비가 피는 들판에서 만나요.'

로렌츠는 아까 전 그녀가 귓가에 속삭였던 약속을 떠올렸다. 잔인하게도 루시아는 카론과 함께 있을 작정이었으면서, 그를 이곳으로 불러내는 데 거리낌이 없었다.

그럼에도 그 잔인함을 감내하면서 살아가는 삶이, 자신의 하나뿐인 특별함이 되리라. 로렌츠는 루시아가 주는 상처조차 기꺼이 사랑할 수 있었다. 로렌츠가 진심을 토로했다.

"루시아의 행복이 제게 무엇보다 커다란 이득이 되어 줄 겁니다."

냉랭하게만 보이던 마를레네의 얼굴 위로, 노을빛에 물든 연민의 기색이 언뜻 스치는 듯했다. 그녀는 맥이 빠진 사람처럼 중얼거렸다.

"마누엘이 말하던 애가 너로구나."

후작 부인의 입에서 나온 데스테 백작이 이름이 퍽 낯설었다. 마를레네는 그에게서 데스테 백작을 보는 듯 초연한 낯빛을 내비치고 있었다.

"백작이 내게 루시아를 정말 사랑해 줄 아이는 따로 있다고 했거든. 루시아를 포기해 달라고 애걸할 때마다 네 얘기를 꽤 여러 번 꺼내곤 했었지."

그때였다. 멀리서 누군가 명랑한 목소리로 그들을 불렀다.

"어? 로렌츠! 후작 부인!"

멀리서 루시아가 그들에게 손을 흔들고 있었다. 의아한 얼굴을 한 카론 에르하르트도 함께였다. 아무래도 그가 보기엔 의외일 수밖에 없는 조합이었을 것이다.

그러거나 말거나 루시아밖에 보이지 않는 로렌츠는 자연스럽게 얼굴에 미소를 덧입었다. 옆에 마를레네가 있단 사실조차 잠시 잊은 채, 석양을 등지고 달려오는 루시아의 모습을 넋 놓고 보던 그가 낮은 말소리를 더했다.

"부인께서 루시아를 치료하고자 하는 의지는 잘 알고 있습니다. 루시아에게 따로 에르하르트의 주치의까지 붙여 주고 계시지 않습니까. 에르하르트의 신비력을 향한 독점욕은 엄청날 테니, 성수를 드린다면 루시아의 치료 역시도 도맡아서 잘해 주실 수 있으시겠지요. 제가 바라는 거래 조건은 그뿐입니다."

로렌츠는 이것으로 길고 긴 협상이 끝날 거라 믿었다. 이미 그러기 위해서 가문을 배신할 준비를 차곡차곡 해 둔 터였다. 그러나 짧게 혀 차는 소리가 그를 일깨웠다.

"쯧, 불쌍한 것."

마를레네의 깊고도 냉정한 붉은 눈이 로렌츠를 응시하고 있었다.

"넌 역시 저 아이를 행복하게 만들어 줄 수 없어."

"……."

"저 애가 정말 무엇을 바라는지는 제대로 모르고 있으니."

순식간에 자안은 혼란으로 점철되었다. 그가 요동치는 감정을 쏟아 내기 전에, 루시아와 카론이 먼저 그들에게 도달했다. 뛰어온 루시아가 숨을 헐떡이고서 물었다.

"하아, 하……. 두 분이서 여기까진 어찌 된 일이신지요?"

루시아의 두 뺨은 저녁놀처럼 발갛게 물들어 있었다. 마를레네는 별다른 대답 없이 그 옆에 있는 아들에게 눈짓을 주었다.

카론 에르하르트는 그 의중을 읽어 냈는지 표정 없는 얼굴로 어머니 곁에 다가가 그녀를 부축했다. 마를레네는 아들의 에스코트에 몸을 기댄 채로 루시아에게 양해를 구했다.

"영애께는 죄송하지만 제가 오늘 좀 피곤한 상황이라 말입니다. 아들의 부축을 받아, 저택으로 돌아가고 싶군요. 발렌시아 귀공자께 에스코트를 대신 맡겨도 괜찮으시겠습니까?"

"네? 아……. 네! 괜찮아요."

루시아는 후작 부인과 로렌츠를 번갈아 보다가 얼결에 고개를 끄덕였다.

"다행이로군요. 그럼, 귀공자께 영애의 에스코트를 믿고 맡기겠습니다. 데스테 영애를 잘 부탁드려요, 공자. 두 분이서는 산책을 마저 하고 오시길 바랍니다."

루시아와의 자리를 마련해 주려는 의도가 뻔히 보이는 행동이었다. 로렌츠는 기꺼이 루시아의 옆으로 다가가 섰다. 카론에게 기대어 몇 발자국을 걷던 마를레네는 힐끗 뒤를 돌아보고서 마지막 말을 덧붙였다.

"공자께서 한 말은 잘 생각해 보도록 하지요."

그렇게 마를레네와 카론 에르하르트가 사라진 자리에는 로렌츠와 루시아, 두 사람만이 남게 되었다. 말없이 눈을 맞추는 두 사람을 본 양귀비꽃들이 수선을 떨듯 바람을 타고 하늘거렸다.

여전히 능선에 고개를 내밀고 있는 타오르는 저녁놀, 그 빛을 따라서 조각조각 떠 있는 구름이 채도를 달리해 붉게 물들었다. 파랗던 하늘은 그야말로 보랏빛으로 변모해 있었다. 루시아가 봤다는 장관이었다.

"로렌츠."

그 마법과도 같은 아름다운 광경 아래서, 루시아가 그에게 손을 내밀었다. 로렌츠는 그녀의 손을 꽉 움켜잡았다. 불안과 황홀이 동시에 그를 덮쳐 와, 그의 심장이 거세게 뛰고 있었다. 루시아가 환희에 젖은 목소리로 속삭였다.

"나, 드디어 결혼할 수 있을 것 같아요."

"무슨 뜻입니까."

로렌츠가 침착함을 잃고 루시아의 양어깨를 붙잡았다. 저무는 태양의 빛을 받아 붉은 보석처럼 반짝이는 두 눈이 예쁘게 휘어졌다.

"카론이 드디어 결혼을 받아들였거든요. 에르하르트 가문에서도요. 내년에는 약혼식을 올릴 수 있을 것 같아요."

황혼에 비친 루시아의 얼굴은 기이할 정도로 평온했다. 마치 이렇게 될 줄 알았던 사람처럼. 그 속을 영원히 알 수 없을 것 같은 아득한 무구함에 로렌츠는 할 말을 잃었다.

언젠가 예상했던 결말이었다. 루시아의 결혼 자체는 그리 놀라운 일도 아니었다. 문제는 '어떻게'라는 물음이었다.

신비력 질환자를 받아들이는 건, 웬만한 귀족 가문에서는 쉽지 않은 결정이었다. 더군다나 에르하르트 가문이었다. 이 문제에 발렌시아 가문보다 예민하면 예민했지, 덜하진 않을 터였다.

그랬기에 로렌츠는 결혼이 적어도 루시아의 병이 완치된 후에 찾아올 미래라 여겼다. 그러니 그때까진 그들에게 시간이 남아 있을 거라고, 그리 여겼건만…….

마음의 준비가 되지 않은 결혼 시기에 로렌츠는 그저 망연히 넋을 놓았다. 그를 보던 루시아는 미묘한 미소를 지은 채, 그의 손가락 사이사이로 제 손가락을 얽었다.

그보다 중요한 이야기를 하려는 듯, 루시아의 두 눈이 잠시간 지그시 감겼다.

"그리고, 나는 이제…….."

석양의 마법이 끝나고, 땅거미 진 저녁 시간. 그들의 머리 위로 어스레한 저녁달이 떠오르고 있었다. 루시아의 두 눈이 서서히 열렸다.

"이 병을 고칠 마음이 없어요."

복숭아 빛깔에 가깝던 두 눈은 홍옥처럼 새빨간 색으로 변해 있었다. 그 눈동자에 깃든 것은 체념이 아니었다. 오히려 확고한 의지라면 모를까.

"그러니 더 이상 나를 위해서 무리할 필요가 없어요. 로렌츠. 나는 병을 치료하지 않아도 괜찮…….."

정말로 루시아가 진심을 말한단 걸 알아챈 로렌츠가 다급히 그녀를 붙잡았다.

"무슨 말을 하시는 겁니까? 분명히 제가 그동안 서신으로도 약조하지 않았습니까. 북부 대륙에서 성수만 가져올 수 있으면, 그것으로 당신을 치료할 수 있습니다. 그러니 그때가 되면…….. 그때까지만 네가 날 기다려 줄 수 있다면…….."

루시아가 그저 뜻 모를 미소만 지을수록 로렌츠는 조급해졌고, 가냘픈 팔을 붙잡은 손아귀에는 점점 힘이 실리고 있었다. 루시아의 조그마한 몸이 그의 악력에 의해 조금씩 뒤로 밀려났다. 그도 마음 한편으로는 진정해야 한다고 생각했지만, 도저히 흥분을 가라앉힐 수 없었다.

후작 부인과의 대화, 루시아의 갑작스러운 결혼 통보, 그녀의 치료 포기 선언……. 모든 일이 순식간에 실타래처럼 뒤엉켰다. 이대로 버려질지 모른다는 불안감이 그를 급습했다.

결국, 두 사람은 양귀비 밭 한가운데로 함께 넘어졌다. 와중에도 로렌츠의 손은 루시아가 다치지 않도록 그녀의 목덜미를 받치고 있었다.

"전 당신을 위해서 모든 걸 바칠 수 있습니다! 그런데, 당신은 어째서 자신을 쉽게 버리려는 겁니까?"

루시아를 내려다보는 로렌츠의 얼굴이 처참하게 구겨졌다. 루시아는 여전히 아쉽지 않은 얼굴로 환하게 웃고 있었다.

이젠 차마 무언가를 묻기도 두려웠다. 로렌츠는 그녀의 병을 고쳐 주는 것으로 충성을 바치고자 했고, 그녀에게 특별한 존재로 자리매김하고자 했다.

루시아의 마음은 온통 카론을 향해 있었으므로, 그가 남은 애정의 조각을 쥐기 위해서라면 그것만이라도 해야만 했다. 그래야만 루시아의 하나뿐인 특별한 관계에 들 수 있을 거란 본능적인 셈이 있었다.

분명 루시아 또한 암묵적으로 용인했던 일이다. 그랬기에 그녀가 하는 말은 이제 와 그를 내치겠다는 뜻으로만 들렸다. 카론 에르하르트와 약혼이 성사되자마자, 이렇게 바로.

"로렌츠."

루시아가 부드러운 목소리로 그의 이름을 불렀다.

저보다 커다란 체구를 지닌 남자가 몰아붙였으니 두려움을 느낄 법도 하건만, 루시아는 우는 아이를 달래듯 그의 젖은 눈가를 상냥히 문질러 주었다. 조그마한 손이 초조해하는 그를 위로했다.

어느새 로렌츠는 루시아의 조그마한 몸 위에 안겨 있었다. 루시아가 그를 꼭 끌어안은 채, 처음으로 속을 털어놓는 사람처럼 아주 비밀스럽게 속삭였다.

"혹시 그 이야기 알아? 이 세상에 다시 신비력자가 나타났대."

로렌츠가 순간 몸을 흠칫거렸다. 그 반응에 루시아가 작게 웃음을 터뜨렸다.

"카론이 국경에서 잡아 왔다는데, 아직 사람들은 많이 모르고 있다나 봐⋯⋯."

속삭이는 말은 노랫가락처럼 그의 귓가에 감겼다. 루시아의 말에는 여전히 웃음기가 남아 있었다.

"멋진 세상이지 않아? 동화에만 있는 줄 알았던 게 현실에 있었어. 사제, 마법사, 주술사, 그리고 마녀나 성녀⋯⋯. 뭐 이런 이야기들. 난 정말로 있을 수 있는 건 기사뿐인 줄 알았지 뭐야."

"⋯⋯."

"너희 가문은 북부에서 건너온 가문이니까 더 잘 알고 있으려나. 마녀 말이야."

"⋯⋯설마."

로렌츠는 문득 바실리카의 수업을 떠올렸다.

'요즘 신비력자라고 하면 죄다 사기꾼밖에 없어. 아니면 마녀의 저주를 받은 아이들이거나. 아무튼, 이러니까 함부로 금지된 마도구를 쓰거나 사특한 힘에 접근하지 말아야 한다는 거다. 신비력으로 병에 걸린 환자들은 대부분이 이걸 어긴 인간들뿐이야. 대대로 신비력자끼리만 결혼했다는 왕실과 에르하르트 가문도 신비력자의 씨가 마른 지 오래라는데⋯⋯.'

세상에 다시 신비력이 내린다면, 수많은 인간이 신비력자의 발밑에 머리를 조아릴 테지만, 단 한 부류에게만은 예외일 터였다. 신비력자들 사이에서도 배척받는 존재가 마녀였다. 북부 대륙에 있던 왕국도 마녀의 저주로 멸망했단 설화가 전설로 내려오고 있지 않나.

순간, 송연해진 로렌츠가 아래에 깔린 루시아의 얼굴을 찬찬히 훑어 내렸다.

"막상 그런 이야기의 주인공이 되고 나니까 너무 시시한 거 있지. 내가 마녀의 아이도 아닌 마녀 자체로 태어났다는 거. 내 존재가 저주와 재앙을 내릴 테니, 언제든 불살라져야 한단 거."

"……."

"에르하르트의 주치의한테 얘기를 듣고서야 내 상태를 알게 되었다니……. 아버지께선 대체 언제까지 내가 모르길 바라셨던 걸까."

사랑스러운 진분홍빛 눈망울을 한 마녀가 사르르 녹아내릴 법한 미소를 짓고 있었다. 얼굴만 봐선 의연하다고만 여겨질 법한 모습이었으나 이어지는 말에서는 목소리의 떨림을 감추지 못했다.

"그러니 나는 계속해서 병을 앓고 있어야만 해, 로렌츠."

끝내 독해지지 못한 그녀에게서 설움이 허물어져 나왔다. 애써 웃는 얼굴과 다르게 하는 말에는 울먹임이 배었다.

"내 병은 어릴 때 아버지가 일부러 신비력을 오염시켜서 얻게 된 결과야. 정체를 들키느니, 신비력 질환자로 사는 편이 안전할 정도였단 거지. 그러다 너무 몸이 약해지는 바람에, 아버지께서 성수를 구하고 계신 거긴 하지만……."

올라간 입꼬리가 어색하게도 루시아의 눈시울은 붉게 달아올라 있었다. 마녀라 핍박받을지도 모르는 자식을 혼자서 전전긍긍 키워 온 아버지를 입에 담으니, 감정이 울컥 솟구칠 수밖에 없는 듯했다. 데스테 백작이 제 딸에게 쏟아 온 부성애만큼은 진심이었으니. 루시아 역시도 백작이 제 몸을 치료하기 위해 얼마나 애를 쓰고 있는지 알았다.

루시아가 한쪽 팔로 눈물 맺힌 눈언저리를 가리려 들자, 로렌츠는 가만히 그 팔을 내리고 엄지로 그녀의 눈물을 쓸어 주었다. 그녀가 그에게 그렇게 해 주었듯이.

여전히 다정한 로렌츠의 태도에, 루시아는 설핏한 웃음만 흘렸다. 정체를 밝히고서 경멸을 받을 각오라도 했었던 건지, 항상 그의 속내까지 훑어내던 시선은 그와 눈을 마주하지 못하고 내리깔렸다. 그의 눈치를 보는 루시아라니. 처음 보는 모습이었다.

"이런 삶에서 자유를 찾을 순 없으니, 난 앞으로 내가 원하는 것만이라도 가지면서 살 거야. 내가 지금 제일 원하는 건……."

"알고 있으니 더는 말씀하지 않으셔도 됩니다."

그녀의 눈물을 닦아 주던 로렌츠가 말을 끊었다. 자신을 밀어내려던 이유가 그뿐이었다니 다행이었지만, 그녀의 입에서 소후작의 이름은 되도록 덜 듣고 싶었다. 로렌츠는 한숨을 내쉬며 루시아를 안아 들었다.

"당신이 그와 결혼한다고 해서 변하는 건 없으니까요. 그러니 절 놓아 버리지 마십시오."

넘어지는 바람에 한껏 꾸며진 그녀의 드레스가 엉망이 되었다. 그러니 이대로 그가 저택까지 업어서 데려갈 필요가 있었다.

"많이 상처 입을 텐데……."

로렌츠의 가슴팍에 얼굴을 묻은 루시아가 웅얼거렸다. 그래도 괜찮겠냐는 끝말을 구태여 듣지 않아도, 로렌츠는 전부를 받아들인 사람처럼 고개를 끄덕거렸다. 비로소 많은 것들의 아귀가 들어맞는 순간이었다.

루시아를 보고 처음으로 느꼈던 위화감, 신경 쓰이는 외로움, 그녀가 자기와 비슷한 처지의 것에 가지는 동정심.

마녀를 사랑하게 되어 버린 남자는 그녀의 삶을 이해했다.

루시아의 열망에는 오롯이 카론 에르하르트만이 허락되어 있었다. 그녀의 하녀가 제 삶에서 가장 빛나는 루시아를 친구로 삼아 현실을 견디는 것처럼, 자신이 작위 계승 가능한 결혼으로 차남의 현실을 견디려 했던 것처럼. 루시아 역시 그녀가 처한 현실에서 가질 수 있는 가장 좋은 것을 탐닉할 뿐이었다.

그는 그런 그녀조차 사랑할 수 있었다. 어쩌면 그런 지독한 첫사랑에 걸려든 것만으로도 로렌츠 발렌시아는 마녀의 저주를 받은 걸지도 몰랐다.

* * *

　루시아의 생일이 지난 지 얼마 되지 않아, 데스테 영지에 에르하르트 후작이 방문했다는 소식은 가십지를 뜨겁게 달구어 놓았다. 그동안에 웅성거리던 소문이 거의 확실시되는 분위기였다.

　마르첼은 그 소식을 보자마자 신문을 찢어 놓을 정도로 이를 갈았지만, 로렌츠는 커피를 마시면서 읽을 정도로 아무렇지 않아 했다. 여전히 후작이 마녀를 제 가문에 일원으로 받을 결심을 했다는 점이 놀랍긴 했으나 당시의 에르하르트 후작은 카론 에르하르트보다도 예측하기 힘든 인물이었다. 어쩌면 후작다운 선택일 수도 있었다.

　마녀는 현존하는 신비력자들 가운데 가장 신비력이 강했다. 그리고 에르하르트 가문은 신비력으로 쌓아 올린 자신들의 명맥을 이어 가기 위해서라면, 마녀의 힘이라도 빌릴 수 있는 자들이었다.

　예상외로 가문끼리는 문제없이 순조로운 합의를 맺은 듯 보였으나, 로렌츠의 신경을 건드리는 문제는 다른 곳에 있었다.

　"전에 형이 말한 소후작이랑 레나 크루거 얘기 사실이야?"

　"몰라. 잠깐 얘기를 나누고 있던 걸 본 게 전부니까."

　마르첼이 관심 없다는 듯이 손을 내저으며 자리에서 일어나려 하자, 로렌츠는 탐탁지 않은 반응을 내보였다. 마르첼은 힐끗 그를 보더니 코웃음을 쳤다.

　"왜. 그 소후작과 하녀의 염문설이라도 내서 데스테 영애와 소후작을 갈라놓아 보게?"

　"가당치도 않아."

　"너 그런 음흉한 짓거리 잘하잖아. 네가 데스테 영애를 제일 눈독 들이고 있었단 걸 내가 모를 줄 알아? 요즘 뒷골목에 드나든다지? 몰래 만나서 재미라도 보나?"

마르첼이 점잔 빼는 제 동생을 보며 음흉하게 웃었다. 너무나도 그다운 생각이라, 로렌츠의 입가에선 비웃음만 피식 부스러졌다. 도발조차 되지 못하는 비아냥이었다.

마르첼은 동생의 비소를 보다가 천천히 시가를 물었다. 슬쩍 흘기는 눈초리에 경계심인지 걱정인지 모호한 감정이 담겨 있었다.

"걜 너무 믿지 마."

시가를 문 입술 사이로 뭉개진 발음이 샜다.

"네가 여자를 모르는 풋내기라 루시아만 보는 거 같은데. 데스테 정도면 적당히 데리고 놀 정도지, 네가 절절하게 매달릴 정도는 아니잖아. 참고로 루시아 걔는 나한테도……."

드륵. 의자를 밀고 일어나는 소리가 마르첼의 말을 끊어 놓았다. 로렌츠는 그에게 가까이 다가가 어깨를 두어 번 두드리고 속삭였다.

"곧 북부 대륙으로 가는 항로에 직접 오른다며."

"……."

"무사히 다녀오길 바라. 형."

마르첼의 얼굴이 그대로 구겨졌다. 로렌츠는 홀가분한 마음으로 그를 지나쳐 갔다.

그 무렵, 로렌츠는 후작 부인과의 협의 끝에 북부 대륙으로 향하는 항구를 전부 확보해 두었다. 가문의 숙원 사업인지라 장남인 마르첼이 뱃길에 오르게 되는 절차는 당연했다. 게다가 마르첼은 아직도 그 험난한 여정의 아가리로 저를 밀어 넣은 장본인이 제 동생인지도 모르고 있었다.

그대로 저택을 나온 로렌츠는 까만 후드를 눌러쓰고 마차에 탑승했다. 바실리카 광장에서 내린 로렌츠는 익숙해진 좁은 골목을 따라서 깊숙이 들어갔다.

"시간에 맞춰 잘 오셨군."

간판 하나 없는 꽃집. 로렌츠가 어느새 단골이 되어 버린 가게였다. 정보상이 나와서 그에게 보고서를 내밀었다.

"수상한 낌새는 없나."

로렌츠가 보고서를 건네받으며 물었다. 정보상은 어깨를 으쓱였다.

"뭐, 똑같소. 가끔 둘이 시시덕거리긴 하지만 딱히 지저분한 관계는 아닌 것 같소만……."

보라색 눈동자가 레나 크루거의 동태가 담긴 보고서를 빠르게 훑어 내렸다. 그 모습을 본 정보상이 이해하지 못하겠다는 얼굴로 혀를 찼다.

"발렌시아의 도련님께서 고작 하녀 감시나 하려고 여기까지 발걸음하고 있다니……."

하잘것없는 하녀와 사랑하는 연인의 약혼자 감시로 뒷골목에 드나들고 있는 발렌시아 귀공자라니. 확실히 누군가 듣는다면 기겁할 일이었다. 그러나 로렌츠는 마르첼이 스쳐 지나가듯이 말한 목격담을 그저 지나칠 수가 없었다. 루시아에게 안정적인 관계를 만들어 주고 싶었기 때문에.

그 무렵의 루시아는 무척 예민했다. 서신은 점점 짧아졌고, 그나마 오는 서신에는 우울함이 담겼다.

[나를 이해해 줘, 로렌츠. 네가 제안한 친절이 나를 더 불안하게 할 수 있단 걸 알아 줘.]

로렌츠는 루시아를 치료하기 위한 노력을 포기하지 않았으나, 정작 루시아는 본인의 건강을 쉬이 포기했다.

에르하르트 가문은 루시아의 정체를 알고도 그녀를 받아들이고 있었으므로, 후작 부인과 루시아의 치료를 협상하는 건 어렵지 않았다. 그가 물꼬를 터 준 대로만 한다면, 루시아는 정체를 들키지 않고도 비밀리에 치료 절차를 밟을 수 있을지 몰랐다. 그러나 루시아는 로렌츠의 거듭되는 회유에도 뜻을 굽히지 않았다.

보나마나 소후작 때문이었다. 자신의 병이 나으면, 소후작을 붙잡아 둘

구실이 사라질 거란 불안감이 루시아를 집어삼켰다.

약혼식이 다가와도 루시아는 마음껏 행복해하지 못했다. 루시아가 가진 열망의 크기는 카론의 옆자리만으로 만족할 수 있는 것이 아니었다. 그녀는 얻을 수 없는 그의 사랑을 갈구했다. 그 마음만은 로렌츠에게 쉬이 털어놓을 수 없는 부분이었을 터였다.

그러나 사랑스러운 제 연인의 마음을 모를 리가. 로렌츠는 그녀의 밝은 면보다 어두운 면을 더 잘 알고 있었다. 그러니 루시아를 사랑할 수 있는 것이다.

"그 하녀를 신경 쓰는 이유라도 있는 거요?"

정보상에게 대답 대신 동전이 가득 담긴 주머니가 날아왔다. 얼떨결에 거금을 받은 정보상이 그의 눈치를 보았다.

"국경에 집 한 채만 찾아 놔."

루시아에게 알리지 않은 이유는 티끌만큼의 죄책감도 남겨 주지 않기 위함이었다. 루시아는 여전히 그 하녀를 하나뿐인 소유물로 아꼈으니까.

"작업할 인간도 구해 놓고."

그러니 악역은 그가 맡아야만 했다.

로렌츠는 루시아의 행복을 위해서라면 무엇이라도 할 수 있었다. 그것이 제 손을 더럽히는 일일지라도.

* * *

카론 에르하르트가 그를 찾아온 건 얼마 지나지 않아서였다. 피를 뒤집어쓴 얼굴로 저택에 다짜고짜 들이닥친 소후작을 보자마자, 로렌츠는 계획이 수포가 되어 버렸다는 걸 직감했다.

"크흡! 컥!"

카론은 현관에서 로렌츠가 있는 2층 층계까지 단숨에 올라오더니, 그의 멱살을 잡아 올렸다. 집사도 말릴 새도 없이 벌어진 일이었다. 로렌츠는 컥컥대다가 순식간에 난간까지 밀쳐졌다. 금방이라도 떨어질 것처럼 상체 절반이 난간 밖으로 나와 있었다.

"도련님!"

집사가 기겁하며 올라오려고 했으나 로렌츠는 오지 말라는 수신호를 보냈다. 번뜩거리는 붉은 눈동자는 눈앞에 있는 상대를 당장이라도 계단 밑에 집어 던질 수 있을 듯한 광기에 휩싸여 있었다.

"······커헉!"

"루시아가 시켰어?"

로렌츠는 그 와중에 필사적으로 고개를 저었다. 카론의 입가에 비틀린 미소가 걸렸다. 무엇을 말해도 믿지 않을 기색이었다.

분노로 얼룩져 있는 얼굴은 그의 내면을 날것 그대로 드러내고 있었다. 피가 튄 채로 한 가닥 남은 인내심을 붙잡고 바들바들 떠는 얼굴이 마물처럼 보이기도 했다. 손아귀는 목을 부러뜨려 죽이지 않으려는 자제력으로 경련했다.

도저히 귀족 간의 상식이나 품위라고는 찾아볼 수 없는 상황이었다. 소후작은 에르하르트 가문의 악명에 비해 그나마 무던한 모습을 유지하던 인물이었다. 이토록 이성을 잃고 분노한 카론의 모습은 로렌츠가 처음 보는 것이었다.

"네가 차남이어서 다행이야. 언제든 죽여도 발렌시아 공작이 그리 아쉬워하진 않을 것 같아서."

"······하아, 하······."

다행히 곧 그를 질식시킬 듯했던 손은 허무할 정도로 쉬이 풀어졌다. 로렌츠는 기침을 터뜨리며 주저앉았다. 식은땀을 흘리는 그 앞에, 카론이 마주 앉아 시선을 맞췄다.

"네가 루시아와 무얼 하든지 상관 안 하겠는데, 그것 하나만은 알아 둬."

"……."

"오늘같이 건들지만 마."

"……."

"다음엔 정말 죽을 수도 있으니까. 그땐 너만 죽진 않는단 건 알겠지."

고작 하녀 하나 건드렸다고. 고작 하녀 하나 납치해서 국경으로 보낼 뻔했다고 해서, 카론은 발렌시아 가문과 대적하겠단 결심을 거침없이 내보이고 있었다.

그 얼굴을 본 로렌츠는 루시아가 느낀 불안을 이해했다. 항상 모든 일에 시큰둥하던 그가 레나 크루거와 관련해선 본 적도 없는 저런 얼굴을 하는데. 그 마음이 어디에 있는지 모를 수가 없었을 터였다.

약혼자의 사적인 밀회를 추궁하기엔 루시아는 지극히 귀족적인 여인이었다. 더군다나 상대는 아름다운 외모만 빼면 별 볼 일도 없는 하녀에다가 제가 친구라고 달고 다니던 것이었다. 루시아가 카론에게 자신의 밑바닥을 드러낼 수 있을 리 없었다. 대신에 혹시 모를 불안감에 자신을 좀먹어 가고 있을 터였다.

저는 맘껏 사랑하지도 못하는 여인인데, 쏟아 줘도 모자랄 사랑을 루시아가 아닌 그녀의 소유물에게 가져다 바치다니. 로렌츠는 턱을 악다물었다.

"루시아와 결혼한 후에 그 하녀를 정부로라도 삼으실 겁니까?"

계단을 내려가던 카론이 중간에 멈춰 서 그를 힐긋 돌아보았다. 로렌츠는 한숨을 숨기지 않았다.

"루시아는 레나 크루거를 아껴 왔습니다. 레나 크루거 역시 루시아를 친구라고 믿고 따르고 있단 걸 아시지 않습니까."

"……."

"곧 약혼식입니다. 둘 모두에게 모욕을 주는 선택을 하진 않으실 거라 믿지요."

감정이 실리지 않은 무심한 적안이 로렌츠를 응시하다가 다시 앞을 보고 나아갔다. 카론은 다시 돌아보지 않았다.

그러나 돌아가는 그의 발걸음은 무거워 보였다.

* * *

루시아의 약혼식은 햇살이 쏟아져 내리는 화창한 오후, 데스테 저택의 정원에서 거행되었다. 정원은 로렌츠가 선물한 붉은 장미로 만발했다. 루시아는 그 장미 꽃잎이 흩뿌려진 길을 사뿐사뿐 지르밟고 걸어와 카론과 약혼 반지를 주고받았다.

로렌츠는 언젠가 선물해 주고팠던 꽃을 이렇게 줄 수 있는 것에 만족했다. 주위 시선을 의식한 결과였다. 귀공자가 귀공녀에게 이만큼의 꽃을 선물해도 이상하지 않을 시기를 고르다 보니, 짝사랑하던 연인의 약혼식에 붉은 장미를 선물하게 됐다. 이럴 땐 제 처지에 자조가 나지 않을 수 없었다.

로렌츠는 박수를 치다가 슬쩍 저택의 2층 창 쪽을 돌아보았다. 테라스에서 정원을 내려 보고 있었던 금발 여인이 황급히 달아나는 광경이 보였다. 다행히도 그때까진 어떤 일도 일어나지 않았다. 지당한 상황이기도 했다.

에르하르트의 소후작과 일개 하녀라니.

누구보다도 카론의 약혼을 만족스럽게 관전하고 있는 후작 부인이 이 자리에 있지 않은가. 그녀가 있는 이상, 로렌츠가 염려하는 말도 안 되는 상황은 벌어질 리 만무했다.

누군가 듣는다면 괜한 노파심이라며 코웃음을 칠 만한 걱정이었으나, 그 있으나 마나 한 가능성은 묘하게 그의 신경을 긁어 놓았다. 약혼식 내내 2층을 힐끔거리는 카론의 시선 때문이었다.

자신이 루시아를 보던 눈과 흡사했다. 사랑의 열병에 빠져 뭐든지 던질 수 있는 감정을 최대한 억누르는 눈.

그러나 로렌츠 자신이 그렇듯, 카론 역시도 끝내 현실에 굴복해 살아갈 수밖에 없을 터였다. 한 가문의 후계자로 태어난 이상, 응당 감당해야만 하는 삶이 있는 법이었으니.

"젠장, 내가 왜 이딴 자리에서 버티고 있어야 하는지 이유를 모르겠네."

마르첼은 옆에서 쉴 새 없이 불평을 늘어놓았다. 약혼마저도 카론이 먼저 하게 되자, 경쟁자를 향한 열등감은 점점 제 인생에 대한 불안감과 조급함으로 뒤바뀌어 있었다.

마르첼은 이미 북부 대륙으로 가는 여정에 오른다는 소문이 난 상태였다. 여정을 마치고 오기 전까진 내로라하는 가문에서 그와 결혼하겠다는 귀족 영애가 나올 리 없었다.

"난 먼저 간다."

결국 마르첼은 약혼식 도중에 자리를 이탈하려 들었다. 뒷말이 나오기 딱 좋은 무례였다. 로렌츠가 그를 말리기 위해서 저택 정문까지 따라나섰으나, 마르첼은 마부에게 출발하라는 명을 끝내 거두지 않았다.

그리 마르첼을 보내고 돌아오는 길에 급히 내달리던 하녀가 로렌츠와 몸을 세게 부딪쳤다. 분홍색 머리를 지닌 하녀는 대충 사과한 뒤에 재빨리 마르첼이 탄 마차를 뒤쫓아 갔다. 귀공자에게 무례를 무릅쓰고 저러는 걸 보니, 어지간히도 급한 일인 듯싶었다.

해가 지평선 너머로 내려가고 있을 무렵이었다. 로렌츠는 별다른 의아함을 느끼지 못하고 낙조가 드넓게 펼쳐진 양귀비 꽃밭을 바라보다가 멀거니 그 가운데 서 있는 인형을 발견했다.

하얀 드레스를 입은 여인이 힘없이 무너져 내리고 있었다. 로렌츠는 그녀를 알아보고서 전속력으로 달려 부축했다.

아직 자리를 지키고 있었어야 하는 루시아가 홀로 이 들판에 방치되어 있었다. 절망감에 얼룩진 눈동자가 로렌츠를 알아보고 주르륵 눈물을 흘렸다. 붉은 장미 꽃잎이 수면 위로 내려앉듯 고요한 울음이라, 어째서 이

자리에 있냐고 물으려던 질문은 로렌츠의 혀끝에서 스르르 녹아내리고 말았다.

"로렌츠, 나 아주 끔찍한 일을 저지르고야 말았어."

자백하는 얼굴은 이미 눈물로 엉망진창이었다. 약혼식 날 이런 얼굴이라니.

조그마한 몸을 품에 안고 다독였다. 괜찮아, 괜찮아. 로렌츠는 구태여 잘못을 캐묻지 않았다. 루시아는 그의 품 안에서 흐느껴 울었다.

루시아는 '끔찍한 일'에 관해 그 이상은 함구했다. 그저 그의 품에서 죄책감만 털어 내었을 뿐이다.

훗날 로렌츠는 이런 제 선택을 두고두고 후회했다. 그날, 계속 자리를 지키고 있거나 마르첼을 붙잡거나. 둘 중 한 가지를 택했어야만 했다.

그가 마르첼을 따라서 잠깐 자리를 비운 사이에, 루시아가 연회 드레스로 갈아입기 위해 저택에 들어가고, 그 시중을 레나 크루거가 들어 주고, 카론이 투알렛 룸을 찾아간 일련의 흐름. 그중 어느 하나라도 막을 수 있었더라면……. 루시아는 제 눈으로 의심 중이었던 두 사람을 확인하지 않을 수 있지 않았을까.

아니, 루시아가 하녀를 통해 마르첼에게 서신을 전달하는 것만이라도 막았더라면. 그럼 루시아가 순간의 충동에 못 이겨 후회할 선택을 저지르지 않을 수 있었을까.

그렇지 않았더라면, 과연 죽지 않고 버틸 수 있었을까…….

로렌츠가 몇 번이고 루시아가 아닌 자신에게 되뇌던 자문이었다. 그녀가가 버린 뒤로도 로렌츠는 내내 그 답 없는 의문으로 자신을 괴롭게 되었다.

* * *

집무실 안으로 내리쬔 오후의 햇살은 꽤 무더웠다. 열어 둔 창문 사이로 선선한 바람이 불었다. 청명하기 짝이 없는 가을 날씨였다.

회상은 항상 이쯤에서 더 나아가지 못했다.

'로렌츠, 나 아주 끔찍한 일을 저지르고야 말았어.'

그 이후로는 지옥과도 같았기 때문에.

로렌츠는 피로한 눈가를 한 손으로 내리눌렀다. 루시아가 마르첼에게 주었던 편지가 책상에 널브러져 있었다. 로렌츠가 나중에야 손에 넣을 수 있었던 서신이었다.

이 편지를 읽을 때면, 그는 항상 복잡다단한 감정을 느끼곤 했다.

[고백할게요, 마르첼. 저는 오늘 아주 끔찍한 광경을 보았어요. 아직도 충격이 채 가시지 않아 몸이 떨려 오네요.

전에 말씀하셨죠? 다른 사람, 카론이나 로렌츠에게 털어놓기 힘든 이야기가 있다면 당신을 찾아 달라고. 당신은 언제나 열려 있는 사람이라고요.

친애하는 당신에게 오늘 겪은 수모를 털어놓고 싶어요. 제가 상상하고 말았던 잔인한 보복도요. 이런 제 속마음을 우정으로 감싸 안아 주실 수 있다면, 저는 그에 걸맞은 감사 인사를…….]

아주, 끔찍한, 일.

음절이 뚝뚝 끊긴 낱말이 로렌츠의 입 안에서 부스러졌다. 보랏빛 눈동자가 유리창 너머의 광경을 주시했다.

에르하르트 가문의 검은색 마차가 현관 앞에 멈춰 서 있었다. 이제 카론 에르하르트를 맞이하러 응접실로 가야 할 시간이었다.

로렌츠는 편지들을 잘 정리해 서랍 안에 넣어 두었다. 뒤늦게 이 편지를 읽었을 때 휩싸인 묘한 감정이란 참으로 설명하기 어려운 것이었다.

루시아는 그에게조차 자신이 저지른 '아주 끔찍한 일'을 곧바로 공유하지 않았다. 그리하여, 마르첼이 뒤늦게 사고를 친 상황 또한 저지할 길이 없었다. 항상 루시아의 그림자처럼 살아왔던 로렌츠로서는 배신감을 느꼈던 사건이었다.

그러나 뒤집어서 말하자면, 그건 루시아가 로렌츠를 그만큼 사랑했다는 반증이기도 했다. 은밀히 죄를 저지르고자 한다면, 마르첼보단 로렌츠가 안전할 거란 사실을 그녀가 몰랐을 리 없었다. 그러나 루시아는 차마 로렌츠의 손을 그 정도로 더럽히지 못했다.

자신을 위해 어떤 희생이든 감내할 수 있는 유일한 상대를 가장 결정적인 순간에는 사용하지 못하다니. 결국에 로렌츠를 아끼고 사랑하고 있었기에, 가장 최악의 면모를 내보이기 두려워한 것이다. 카론 에르하르트에게 그리하였듯이.

아, 절대로 잊지 못할 어리석고도 사랑스러운 정인이여.

그러나 그 여인이 지켜 주고자 했던 타락의 마지노선은 그녀의 죽음과 함께 무너지고야 말았다.

이제 루시아는 세상에 없다. 데스테 백작이 제 딸을 잃은 슬픔에 미쳐서 목숨을 끊는 동안, 로렌츠는 지옥에서 살아 돌아오는 기분을 맛보았다. 루시아가 자신의 일기장과 함께 남긴 유서만큼은 아직도 그가 다시는 읽어 보질 못하는 서신이었다.

[……안타깝게도, 나는 마지막 이 순간까지도 카론을 사랑해. 로렌츠. 내 삶이 끝나더라도, 그는 언제나 건강하게 살아 있었으면 좋겠어. 평생 나를 잊지 못하고 되새겼으면 좋겠어. 영원히 고여 있을 죄책감 속에서 헤엄치고 살았으면 좋겠어.

……이렇게 죽어서라도 그에게 영원히 각인될 수만 있다면 이 죽음은 헛되지 않을 테니까.]

로렌츠가 눈을 감고 심호흡을 마치자, 노집사가 거대한 응접실 문을 활짝 열었다. 백색 대리석으로 뒤덮인 응접실 카우치에는 흑발의 남자가 앉아 있었다.

문이 열리는 쪽으로 스륵 올라간 붉은 눈동자는 분노 탓인지 실핏줄이 터져 있었다. 얼핏 봐도 미쳐 버린 얼굴이었다. 그가 그토록 보기를 고대했던 표정 그대로였다.

"로렌츠 발렌시아."

살벌한 부름에도, 로렌츠는 미소를 잃지 않은 채 여유로운 속도로 걸어갔다. 가까이 다가갈수록 지독하게 무거운 약 냄새가 났다. 하긴, 분노로 칼부림을 치지 않으려면 그 정도 도움이 필요했을 것이다. 루시아가 죽었을 적엔 결벽증이었던 그도 한창 도움을 받았던 때가 있었으니.

이해한다는 듯이 고개를 끄덕이고, 로렌츠는 맞은편 카우치에 다리를 꼬고 앉았다.

"어디 있어."

다짜고짜 묻는 말에 주어가 생략되어 있어도, 누굴 지칭하는지가 명확했다. 로렌츠는 카론 에르하르트의 잘난 낯짝을 낱낱이 훑어 내리다 노집사에게 눈짓을 보냈다.

곧 집사는 트롤리를 끌고 들어왔다. 얼음이 가득 담긴 양동이 안에는 술병이 쌓여 있었다. 로렌츠는 개중에 하나를 골라 손수 잔에 술을 따랐다.

"지난번보다 얼굴이 많이 상하셨군요."

두 개의 크리스털 유리잔에 호박색 액체가 담겼다. 지난날, 에르하르트 저택 당구실에서 카론이 그에게 주었던 것과 똑같은 술이었다.

앞선 말을 듣지 못했단 듯, 로렌츠는 유들거리는 태도로 술잔을 건넸다. 카론은 가만히 그가 내민 잔을 내려 보다가 이내 잡아채 집어 던졌다. 와장창 깨지는 소리와 함께 응접실이 난장판이 되었다.

"씨발, 지금 나랑 장난해?"

카론이 유리로 된 테이블을 밟고 넘어와 그의 멱살을 잡았다. 노집사가 놀라서 다가오려 했으나 로렌츠는 손을 들어 저지했다.

"레나 크루거 어디에 뒀어."

가까이 맞붙은 카론 에르하르트의 분기에 찬 얼굴이 그저 우스웠다. 한 여자에게 집착하다가 파멸에 이르게 된 광기는 그나 자신이나 피차일반인 상황이었다.

생존 본능에만 매달리는 인간들은 죽을 만큼의 분노를 태우지 않아 본 자들일 뿐이다. 지금 이 순간, 로렌츠는 카론 에르하르트가 그를 죽일지 모른다는 압박보다도 다른 것이 더 두려웠다. 복수의 결과를 확인해야만 하는 시간이었다.

"말해."

"……하."

"어디에 뒀냐고!"

"……하, 하하!"

카론 에르하르트는 변함없이 레나 크루거를 찾고 있었다. 역시나 기억을 지우기 전이나 후나, 일관적으로 루시아를 절망에 밀어 넣을 줄 아는 남자였다. 루시아의 행복을 위해 헌신해 왔던 자신까지도.

제 연인이 죽어서라도 이루고자 한 가치. 이제부터 그걸 확인하는 일은 확인 사살과 다름없는 자해가 될 터였다.

"그걸 왜 저한테서 찾으십니까?"

"이 새끼가……."

"이전에 사냥제에서 그러셨지요. 대체 무슨 이유로 레나 크루거를 보냈느냐고."

로렌츠가 웃음기를 사그라뜨리며, 멱살을 쥐고 있는 손을 천천히 떼어냈다. 이제 그의 본심을 실토할 때가 되었다.

"레나 크루거의 말대로 당신 기억을 찾게 하기 위함이었습니다. 당신은 기억을 지우고 편하게 살아선 안 되는 인간이지 않습니까."

카론 에르하르트가 기억을 지웠다는 소식을 들었을 때. 바로 그를 죽이고픈 충동을 참느라 얼마나 괴로웠던가. 이 역겨운 자는 그리 편하게 죽어선 안 된다는 생각만이 그의 이성을 되살렸다. 루시아를 따라 자살하려던 결심을 막은 건 순전히 그를 향한 복수심이었다.

그 지옥 같던 나날을 견디고 나서야, 로렌츠는 지금 같은 매끄러운 웃음을 지을 수 있게 되었다.

"처음부터 네 가지 가능성이 있었습니다. 당신이 레나 크루거의 제안을 수락할 경우. 레나 크루거의 제안을 수락하지 않을 경우. 레나 크루거를 내쫓을 경우. 레나 크루거를 죽일 경우. 솔직히 네 가지의 상황 모두 나쁘지 않았지요."

레나 크루거는 그의 복수를 완성하기 위한 최적의 장기 말이었다.

후작이 레나 크루거를 손수 죽이는 건 다소 아쉬운 감이 있어도 나쁘지 않은 결말이었고, 레나 크루거를 알아보지 못하고 내쫓을 경우에는 그가 레나를 죽여 버릴 생각이었다.

그러나 역시 가장 매력적인 선택지는 제안을 수락하든 수락하지 않든 후작이 레나 크루거를 곁에 두는 일이었다.

다시 그녀에게 사랑에 빠질 수 있도록.

"레나 크루거를 당신의 시침 하녀로 밀어 넣고 상태를 지켜봤습니다. 에르하르트 저택에 찾아갔을 때와 사냥제 때, 당신의 상태를 직접 보고서 확신할 수 있었지요."

로렌츠는 서서히 일그러진 카론의 얼굴을 마주 본 채 조소를 내뱉었다.

"아, 알아서 자멸의 길로 잘 걸어가고 있구나."

로렌츠가 그의 어깨를 두드리자, 카론이 이를 악물었다. 그 분한 얼굴을 봤음에도 로렌츠는 승리감을 만끽하지 못했다. 대신에 음울한 미소를 띨 뿐.

"항상 궁금했습니다. 당신이 루시아를 얼마만큼 생각했는지."

"……."

"과연 그리워했을까. 과연 괴로웠을까. 나만큼 힘들었기 때문에, 차마 떠올릴 수 없어서 기억을 지운 걸까. 당신은 루시아의 죽음을 직접 목도하기까지 하지 않았습니까."

그 말에 즉각적으로, 적색 홍채가 수축하면서 검은 동공이 부풀었다. 로렌츠는 카론 에르하르트의 얼굴을 가만히 응시했다. 할 말을 잃은 후작의 얼굴이 창백하게 질려 있었다. 당시 상황을 회고하기라도 하는 듯이.

그날은 고용인들이 저택 안으로 장미를 들여온 날이었다. 루시아가 창문 밖으로 투신하자, 고용인들은 그 광경을 내려 보다 들고 있던 장미 다발을 떨어뜨렸다고 했다. 풍성한 장미꽃이 비명과 함께 바닥에 산산조각으로 부서졌을 터였다.

로렌츠의 상상은 늘 거기까지가 한계였다. 그 이상은 어땠을지 짐작해 볼 엄두조차 나지 않았다.

때때로 카론 에르하르트를 그나마 이해하고자, 그 잔상 때문에 루시아를 지워 냈을 거라 여긴 적도 있었다. 확실히 맨정신으로는 견디기 어려운 기억이었을 테니.

그렇다면, 후작에게 루시아는 어떤 존재였을까. 복수를 결심한 순간부터 항상 그 물음이 뒤따랐다.

그리도 괴로웠다면 그 기억만 지우면 되었을 텐데. 후작이 지워 버린 기억은 예상보다 광범위했다. 보고 들은 바에 따르면 후작은 루시아의 시녀도, 신전 기사단으로서 바실리카에 드나들던 기억도, 왕세자에게 맡긴 브로치도 기억하지 못했다.

처음에는 루시아를 중심으로 하는 기억과 그와 관련된 '연관 기억'까지 모조리 지웠을 거고만 여겼다. 그러나 그를 직접 만나 봤을 때는 다른 확신을 얻을 수 있었다.

"나중에야 알겠더군요."

막상 얘기하려니 목이 타는 기분이라, 로렌츠는 앞에 따라 놓은 술을 들이켰다. 카론 에르하르트 역시 맞은편에서 잔을 쥐었다. 제가 저지른 죄의 선고를 기다리는 사람 같았다. 대충 그 심경을 알 것도 같았기에, 로렌츠에게서는 미친 사람처럼 실소가 흘러나왔다.

"당신은 루시아에 관한 건 조금도 잊지 않았습니다."

잔을 비운 카론에게서는 반박이 나오지 않았다. 붉은 눈은 요동도 없이 빈 잔만 내려다볼 뿐이었다. 로렌츠는 그럴 줄 알았다는 듯이 그의 잔에 술을 채워 주었다. 그러면서 아주 오랜만에 약이 필요한 기분을 느꼈다.

루시아를 애도할 때마다 동정심만 느끼고 싶진 않았다. 때문에, 카론 에르하르트가 루시아로 인해 죽을 만한 고통을 겪었길 바랐다. 그녀의 죽음이 의도한 바를 이루려면 그래야만 했다. 그렇기에 그간 무수히 카론 에르하르트에게서 루시아를 향한 감정의 잔해를 찾아내려 애썼다.

기억을 잃은 레나 크루거를 방치한 것도 그 때문이었다. 레나 크루거는 자책감 때문인지, 카론과 루시아를 연인 사이로 여기고 있었다. 마도구를 쓴 부작용이었다. 본래 인간은 제가 편할 대로 생각하기 마련이다. 기억 곳곳에 구멍이 생기자, 그녀는 자신이 바라던 형태로 기억의 빈틈을 맞췄다. 로렌츠는 구태여 그 상태를 정정하지 않았다.

그들을 엇갈리게 할 목적도 있었지만, 레나 크루거라면 카론에게서 루시아의 그림자를 잘 읽어 낼 수 있으리라 생각했다. 후작이 기억을 지운 이유를 확인하기에 이보다 적합한 인물이 없을 터였다.

후작이 루시아로 인해 가장 괴롭길 빌었다. 차라리 다른 누구도 아닌 루시아로 인해 진창에서 구르다 극단적인 결정을 내렸기를. 그러나…….

'죽은 여자를 위해서 타락도 감수하다니, 거참 눈물 나는 순정이로군.'

로렌츠는 이 개운치 못한 복수의 끝을 예감했으면서도 허망함을 감출 겨를이 없었다. 결국에, 루시아가 헛되이 죽었단 사실을 인정해야만 했다.

루시아는 덧없이 죽었다. 제게 마음이 한끝도 남아 있지 않은 남자 때문에.

"당신은 루시아에 관한 걸 전부 기억하고 있을 겁니다. 정말로 루시아를 지우려 들었다면, 나와 루시아의 관계를 기억하고 있을 리도 없겠지요. 당신은 나와 루시아의 관계를 알았던 몇 안 되는 인간이지 않습니까."

"……."

루시아를 위한 복수는 처음부터 완성될 수 없었다. 애초부터 루시아는 카론 에르하르트에게 기억을 지울 정도의 고통을 선사할 수 없는 인물이었으니. 결국에 루시아가 카론에게 받을 수 있는 건 약간의 죄책감뿐이었다. 어느 정도 예상했던 사실이었으나 확인할수록 못내 비참했다.

그러니 로렌츠는 그만의 복수 방법으로 방향을 바꿨다. 이제 곧 그 복수의 대미를 장식할 시간이었다.

"에르하르트 저택을 찾아갔을 때처럼 다시 한번 묻겠습니다. 죽은 데스테 백작에게서 알아내고 싶은 것이 있지 않으셨습니까?"

"대체 나한테 원하는 게 뭐야."

피로한 붉은 눈이 그를 물끄러미 쳐다보았다. 후작의 정신은 이미 약과 술에 절어 있었다. 잠도 제대로 자지 못하고 레나 크루거만 찾아 눈이 벌게져 달려왔을 테니, 한계에 이른 것이 분명했다.

"엘레나 오펜하이머."

"……뭐?"

"데스테 백작이 숨긴 여자 말입니다. 기억을 지우기 전까지 찾고 계시지 않으셨습니까."

혼란으로 점철된 눈동자가 초점을 잃고 흔들렸다. 루시아에 관해서 물었을 때와는 다르게 평정심에 균열이 일었다. 카론은 불안감을 감추듯 잘난 얼굴을 와락 일그러뜨렸다.

"허튼소리 하지 말고, 레나 크루거나 내놔. 너랑은 더는 할 얘기가 없으니."

정말로 아무것도 떠올리지 못하는 반응이었다. 하긴, 레나 크루거가 제

발로 그에게 찾아온 데에는 다른 이유가 있지 않을 것이다.

로렌츠의 미소에는 그제야 만족감이 어렸다.

"역시나 엘레나 오펜하이머를 중심으로 하는 기억만 전부 지우셨나 보군요."

생긋이 웃는 상대의 얼굴에서 불안감을 느꼈는지, 검붉은 눈동자엔 적개심이 일렁거렸다. 그답지 않게 긴장한 모습이었다. 제 기억 속에 무엇이 숨어 있는지 알 수 없으니 갈피를 잡지 못할 터였다.

"에르하르트 후작께서 찾으시는 그 '레나 크루거'의 대답을 가져다드리지요."

카론이 생각을 정리할 틈도 없이, 로렌츠는 집사에게 준비해 둔 것을 가져오란 손짓을 보냈다. 노집사는 트레이에 받친 서신을 카론에게 내밀었다.

하얀 봉투에는 나란히 두 가문의 문장이 금장으로 박혀 있었다. 하나는 발렌시아였고, 다른 하나는…….

카론은 기억 없이도 불안한 감을 느꼈는지, 다급히 서신을 뜯어보았다. 어느새 그의 손이 조금씩 떨리고 있었다.

[이하, 두 가문의 결합을 알립니다.
신랑 : 로렌츠 발렌시아
신부 : 엘레나 오펜하이머]

멍하니 그것을 내려다보는 카론의 얼굴이란.

로렌츠는 비로소 복수의 희열감을 맛보고 가벼운 마음으로 자리에서 일어날 수 있었다. 등 뒤로 고함이 들려왔다.

"이게 무슨 뜻이야. 레나 크루거는 어디 있어."

"……하아."

"어디 있냐고!"

길 한복판에서 방향을 잃어버린 아이처럼. 카론 에르하르트는 기억의 미로 속에 갇혀 있었다. 눈앞에 진실이 있음에도 실체를 보지 못하는 장님이 이러할까.

"하, 하하, 하하하!"

그 모습이 참으로 우스워 한 발자국씩 내디딜 때마다 킥킥대는 웃음이 터져 나왔다. 온몸에 전율이 흘렀다. 아, 참으로도 완벽한 상황이었다.

"이 미친 새끼가……."

카론이 자리에서 일어나 다가오려 하자, 이번에는 노집사가 카론 앞을 막아섰다. 응접실 안으로 군병들이 들어서기 시작했다. 그들이 감히 후작을 에워쌌다. 수도에 입을 수 있도록 허용된 하얀 제복. 왕실의 친위대였다.

로렌츠는 나가기 전에 웃던 입매를 손으로 가리고 뒤를 돌았다.

"아, 결혼식은 서두르게 되었습니다. 일찍이 아이가 생겨서 말입니다."

군병들의 포위에서 빠져나가려 분투하던 카론이 순간 멈칫거렸다. 로렌츠는 그에 대고 의미심장한 조소를 지어 주었다.

카론의 욕설에도 아랑곳하지 않고 응접실 문은 열렸다. 드디어 마지막을 장식해 줄 여주인공의 차례였다.

"예복 차림이 아니라니 너무하시네요."

초록빛 드레스를 입은 루이제 슈미트가 기다렸다는 듯이 응접실로 걸어 들어와 카론에게 안겼다. 험악한 분위기에도 기죽지 않는 모습이었다.

"그래도 때에 맞춰 오셨네요. 우리도 식을 올릴 준비를 하려면 꽤 바쁘겠지만요. 그래도 다행히 왕세자 전하께서 도와주신다고 하니 약혼식은 빠르게 진행될 수 있을 것 같아요."

루이제는 아연해 있는 카론에게 팔짱을 끼우고 싱긋거렸다. 카론의 상태가 어떠하든, 제 짝을 되찾아 기쁜 기색이었다.

로렌츠! 로렌츠 발렌시아!

그를 부르짖는 말이 등 뒤에 저 너머로 사라질 때까지. 로렌츠는 광기에 차오른 웃음을 거두지 못했다.

루시아의 복수는 실패했으나 로렌츠 발렌시아의 복수는 완벽히 성공했다. 카론이 그랬던 것처럼, 그는 카론에게서 유일하게 하나뿐인 사랑을 빼앗아 소유할 수 있게 되었다. 심지어 그의 아이까지도.

8. 주치의

　구스타프가 에르하르트 저택을 찾아오게 된 건 대강의 소동이 지나간 후였다.

　사교계는 에르하르트 가문과 슈미트 가문의 결합을 떠들었고, 가십지는 문란하던 에르하르트 후작을 사로잡은 여인에 관해 일제히 찬양 기사를 찍어 냈다. 어디에도 후작의 정부 이야기는 없었다. 사냥제 때 오르내리던 소문은 이제 싹 정리된 듯이 보였다.

　마차에서 돋보기로 신문을 읽던 구스타프는 쯧, 하고 혀를 내둘렀다. 에르하르트 가문을 아는 이라면 이 시끄러운 신문 기사가 어디에서 압력을 받은 것인지 빤히 보일 터였다.

　에르하르트 가문의 인간들이라면 대대로 신문사들의 입을 틀어막으면 틀어막았지, 이리 요란한 보도를 좋아할 리 없었다. 상대 가문이 냈다고 하자니 슈미트 공작 가문은 풍비박산 난 지 오래라 힘이 없으니, 분명히 그 윗선에서 주도했을 터였다. 후작가에서 얌전히 있을 만한 곳이 어디겠는가.

"쯧, 하여간 이제 왕실도 글러 먹었어."

나이가 들면 들수록, 시골에 살든 도심에 살든 정치만큼 떠들기 좋은 주제가 없었다. 구스타프는 아주 뚜렷한 정치관을 지닌 학자였고, 현 왕실에 큰 불만을 지니고 있었다.

대대적으로 신비력자를 탄압한 왕실이라니!

그가 언제든 훌쩍 떠날 수 있도록 포모나와 맞닿은 국경 지대에서 살게 된 배경도 사실 왕실 때문이었다. 독실한 신비교 교인인 그가 십여 년 전 일어난 신비력자의 반란 사건을 모를 리 없었다.

"이 나라 말아먹을 놈들!"

사람들이 안 듣는 곳에서 나라님 욕하는 건 자유라더니.

구스타프가 맘껏 세상을 향해 분개하고 있을 때, 마차가 급하게 들썩이며 멈춰 섰다.

"어이쿠!"

"괜찮으십니까? 선생님?"

마부석으로 이어지는 창 너머에서 마부가 물어 왔다. 가뜩이나 분이 안 풀린 구스타프가 툴툴거리며 대꾸했다.

"자네라면 괜찮겠나? 지금 이 나이가 되어서 손주뻘 되는 놈 모시러 가다가 사고가 날 뻔했는데!"

"하하, 죄송합니다. 그런데 요즘 이 일대가 전부 개발 중이라서요. 방금 짐을 나르는 인부와 부딪칠 뻔해서 그렇게 되었습니다. 이해해 주시지요."

마부의 능청스러운 대꾸에, 구스타프는 더는 뭐라 꿍얼거리지 못하고 창문 밖으로 고개를 내밀었다. 소박한 정취를 간직하고 있던 마르바덴 광장의 시가지에 높낮이가 다른 건물들이 수두룩하게 들어서고 있었다. 카론 에르하르트가 슈미트 공작 작위까지 받는 정황이 확실해지자, 들어오려는 상회가 꽤 생긴 모양이었다.

"쯧."

얼핏 보면 참 잘 되어 가는 상황 같아도……. 이건 완전…….

"하이고, 왕실과 에르하르트 가문도 얼마 못 가겠네."

말이 좋아 공작 작위지. 한 가문이 압도적인 세력을 키워 가는 걸 가만히 보고 있을 왕실이 아니었다. 특히, 슈미트 공작가는 거의 왕실에서 관리 중이었던 작위나 마찬가지이지 않은가.

지금 들어오는 상권도 왕가의 입김이 세게 작용하는 상인들로 구성되어 있을 터였다. 이런 식으로 영지에서 점차 영향력을 넓히다가 순식간에 역모죄를 무는 방식은 예전부터 많이 봐 오던 것이었다.

"작위에도 관심 없으면서, 대체 왜 이 결혼을 받아들여서는, 쯧쯧……."

항상 후작이 귀찮고 불편한 구스타프였지만, 에르하르트 후작가를 방패 삼지 않으면 왕실이 그다음으론 자신을 괴롭혀 올 거란 사실을 분명히 알았다. 신비력으로 고명한 학자인 이상 어쩔 수 없는 숙명이었다.

그런고로 차라리 자유라도 보장해 주는 후작가가 낫다는 생각에는 변함이 없었다. 그러니 기왕이면 그가 살아 있는 동안에는 에르하르트가 오래오래 세력을 유지하면 좋으련만…….

선대 후작도 그렇고, 지금 후작도 그렇고, 하여간 뒷날이 없는 자들이었다. 사람들이 에르하르트를 칭하는 별칭인 '왕실의 충견'이란 칭호에는 멸시의 뜻도 담겨 있었으나, 구스타프가 보기엔 그저 게을러서 순종적인 모습으로 눈속임하는 맹견들일 뿐이었다.

그들이 왕실이 하란 대로 따르는 시기는 자신들이 원하는 것이 없을 때뿐이었다. 꼭 결정적인 순간에는 하고 싶은 대로 반항해서 미움을 샀다. 그땐 가문의 뒷일조차 신경 쓰지 않는 치들 같았다.

이번에 후작이 일으킨 사건만 봐도 그렇지 아니한가. 발렌시아 가문에서 난동을 부렸다니.

왕실에서 세간에는 알려지지 않도록 눈을 돌리고 있는 일이긴 했지만, 구스타프는 한스가 보내온 서신만으로 충분히 사정이 짐작 가능했다.

[며칠 전, 후작님께서 발렌시아 가문에 다녀오신 뒤로 상태가 몹시 악화되셨습니다. 이번에는 반드시 방문해 주시길 바랍니다.]

요새 잠잠하긴 했지. 이제 사고를 칠 시기이지 않은가. 구스타프는 후작이 먼저 발렌시아 가문과 문제를 일으키고, 왕실이 중재했을 거라 믿어 의심치 않았다.

드디어 마차가 저택 앞에 멈춰 섰다. 구스타프는 지팡이를 쥐고 느긋하게 마차에서 내렸다. 당연히 한스나 레베카와 인사를 나눌 줄 알았건만, 그를 마중 나온 사람은 고귀하신 귀족 영애였다.

"오셨어요, 선생님. 처음으로 인사드리네요."

미리 안주인 역할이라도 하려는 것인지, 카론의 약혼녀가 손수 그를 맞이했다.

호오. 구스타프의 눈이 저절로 가늘어졌다. 어딘지 모르게 후작의 예전 약혼녀가 떠오르는 인상의 소유자였다. 루시아 데스테라고 했나. 참, 대단한 구석이 있던 아이였다.

마녀이면서도, 마녀의 힘을 쓰질 못하는 마녀라니! 구스타프 인생에 그런 환자는 본 적이 없었다.

그 아이의 어여쁜 담홍색 눈부터가 병의 증상이었다. 원래대로라면, 선명한 붉은색을 지녔을 눈이건만……

모름지기 마녀라면 온몸에 저주의 기운이 넘쳐흘러야 정상인데. 신비력 질환으로 인해 힘이 봉인되어 있다시피 했다. 누군가 아주 오랜 기간, 인위적으로 신비력을 오염시켜 온 흔적이 분명했다.

신비력에 굉장히 예민해진 몸은 마도구에 조금이라도 스치면 타는 듯한 고통을 느낀다. 심지어 몸에 새겨진 마법진만 육안으로 보았을 땐 불치 환자인지, 마녀인지도 구분이 불가한 수준의 중증이었다.

일반적인 환자였다면, 인위적으로 제작된 마도구가 아닌 성수 치료를 받으면 된다는 극약 처방이라도 내리겠다만……. 환자는 성수와 대척점에 있는 마녀였다. 예로부터 주술사와 마녀는 성수와 성질이 맞지 않았다.

성수를 단번에 많이 쓰면 부작용이 일 테니, 엄청난 양의 성수를 구해 조금씩 나눠서 장기간 치료하고 연구해야만 했다. 그렇게 한다 해도 온전히 치료할 수 있을지 장담이 불가했다.

게다가 그리 엉망이 되어 버린 몸에는 어떤 증상이 새로 생길지 알 수 없었다. 자칫했다간 아이를 가질 수 없는 몸이 될 것이다.

그렇기에 당시 후작 부부가 그 아이를 가문에 들이겠다고 했을 때, 구스타프는 에르하르트의 주치의로서 반대 의견을 내놓았다. 물론, 에르하르트 인간들답게 의사 말은 귓등으로도 듣지 않았지만 말이다.

"카론의 상태가 좋지 않아요. 결혼을 앞두고 있으니 증세가 나아져야 할 텐데 걱정이네요."

걱정한다는 말과 달리 루이제의 얼굴은 산뜻하기 그지없었다. 구스타프를 직접 카론의 침실까지 안내하는 태도에는 왠지 모를 위화감이 섞여 있었다.

"선생님께서는 신비력을 다루는 분이시지요?"

"예, 그렇습니다."

"카론의 기억을 지우신 분이시고요."

구스타프가 회랑 가운데서 걸음을 멈췄다. 루이제가 서글서글한 눈매를 고이 접어 웃었다.

"신비력 치유사라는 분이 저택에 계셨잖아요. 저도 알 수밖에요."

"신비력 치유사라니, 그게 무슨 말씀이십니까."

루이제가 고개를 갸웃거렸다.

"레나 크루거를 모르시나요?"

"아……."

구스타프는 며칠 전, 후작에게서 받았던 서신을 떠올렸다.

싸가지 없는 젊은 후작 놈이 이젠 제 정부가 아프다는 일에 저부터 동원하려 한다며, 집에서 혼자 혀를 찼던 기억이 있었다. 학자로서의 고고한 자존심이 있지. 가뜩이나 비가 퍼붓는 장마철이라 여자 문제로는 절대 움직이지 않겠단 결심을 답장으로 보내 놨던 터였다.

그런데 신비력 치유사라니?

"그……. 그 여자가 혹시……."

어린 귀공녀 앞에서 정부를 들먹이기도 민망한 일이었다. 다행히도 루이제가 '신비력 치유사가 계셨다'라고 표현한 것으로 보아, 후작이 지금은 저택에서 그 정부를 치워 놓을 정도의 기지는 발휘한 것 같지만…….

"예. 신비력 치유사라고 하더라고요."

"허어……."

구스타프가 한숨을 푹 내쉬었다. 정부, 신비력 치유사. 이 두 가지 설명만으로도 후작이 쳤을 사고가 짐작되었다. 제 과거와 연관이 있는 여자에게 발정을 겪고 있다 해서, 절대 가까이 두지 말라고 일렀건만.

하여간, 의사 말은 귓등으로도 안 듣는 에르하르트의 인간들이란! 이 천치 같은 망나니 후작 놈은 아프고 싶은 것이 분명했다.

속으로 괘씸하다며 분개한 구스타프였으나, 오랜 연륜으로 인내심을 끌어내어 애매한 미소만 지어 보였다.

"그랬었군요. 후작님의 상태를 보고 증상을 알려 드리도록 하겠습니다."

구스타프가 살짝 고개를 숙여 보였다. 서둘러 먼저 가겠다는 뜻이었다. 보폭이 넓은 발걸음이 빠르게 나아가려 할 때였다.

"잠시만요."

루이제가 그의 소매를 붙잡았다. 구스타프는 몇 걸음 가지 못하고, 루이제를 돌아보았다.

"무슨 일이십니까?"

"혹시 카론이 기억을 찾아야만 하는 상황일까요?"

그리 묻는 귀공녀의 얼굴이 꽤 불안하게만 보였다. 그 모습은 꼭 두려움에 떠는 작은 동물 같기도 했다. 악명이 자자한 에르하르트 후작가이니 그럴 만도 하지.

자세한 사정을 모르는 구스타프의 눈에는 어린 귀공녀의 모습이 그렇게만 보여 안타까움이 일었다.

"절대 그런 일은 없을 것입니다. 그분께서는 그 기억을 꺼내는 걸 제일 두려워하고 계시니까요."

구스타프는 기억을 지워 달라고 요청하던 때의 카론을 떠올리며 말했다. 도대체 무슨 일이 있었던 건지, 당시의 카론은 언제든 스스로 목숨을 끊어도 이상하지 않을 상태였다. 실제로 그런 시도가 있기도 했다.

오죽하면 '그 후작 부인'이 아들을 데려와 기억을 지우고자 했을까. 선대 후작과도 참고 살아왔던 후작 부인이었다.

도저히 아들을 통제할 수 없었기 때문에 내린 결단인 듯한데……. 문제는 그다음이었다. 기억을 지운 이후로 카론 에르하르트는 완전히 다른 인격의 인간이 되어 있었다.

예전 소후작 시절에는 그래도 좀 말이 없다 싶을 뿐이지 공손하고 얌전한 면이 있었던 것 같은데. 기억을 지운 후에는 아주 싸가지 없는 미친놈이 된 데다가 폭력성이 증폭되어 있었다. 전쟁을 치르고 돌아온 지금은 당시의 광기가 가신 상태였지만, 기억을 잃은 직후에는 정말로 제멋대로인 망나니 자체였다.

후작 부인이 졸도해 버린 건 그리 이상한 일도 아니었다. 그토록 공들여서 키웠던 아들이 완전히 제 아버지를 닮은 인간이 되고 말았으니. 아마도 카론이 지워 버린 기억 안에는 그의 인생에 있었던 정서적인 안정감과 인간적인 교감의 대부분이 들었던 듯했다.

"선생님, 결혼식 전까지는 혼란한 일을 겪고 싶지 않아요."

루이제가 그의 두 손을 잡고 애원하다시피 말했다.

"어떤 일이 있어도 '문제가 될 만한 일'들은 피해 주세요."

아마도 최근에 있었던 발렌시아 가문과의 마찰을 염려하는 듯했다. 어린 귀공녀의 입장에서는 그런 굴곡을 다시 겪고 싶지 않을 것이다. 하긴, 지금도 이런데 그 기억이 돌아온다고 해서 카론 에르하르트의 인격이 또 어떻게 변할지는 모르는 일이니.

"걱정은 놓아 버리십시오. 이 늙은이가 장담하건대, 신비력 시술을 또 하기에는 후작님의 몸이 버텨 내지도 못할 것입니다."

카론 에르하르트가 방대한 기억을 지우고도 이성적인 사고를 할 수 있는 이유는 오직 혈통 때문이었다. 어디까지나 그는 신비력 시술을 잘 받아들일 수 있는 에르하르트의 핏줄이었으므로. 보통 인간이라면 자칫하다간 백치가 될 수도 있었으니.

그러나 타고난 혈통도 두 번째를 보장해 주진 못한다. 그의 아버지인 베르너 에르하르트만 봐도 결국 완전히 미쳐서 생을 마감하지 않았나. 에르하르트에게 신비력이란 양날의 검이었다.

구스타프가 맞잡은 손을 안심시키듯 두드리자, 루이제는 그제야 만족스러운 미소를 짓고서 그를 놓아주었다.

"선생님만 믿고 있을게요. 하지만 그런 시술을 한다면, 제게 말씀해 주셔야만 해요. 꼭이요."

루이제는 이상할 정도로 그의 기억에 강박적인 모습을 보였다. 결혼을 앞둔 여인의 불안감이라 여긴 구스타프는 어색한 미소만 짓다가 겨우 후작의 침실로 들어갈 수 있었다.

후작의 침실은 여전히 낮에도 어두컴컴하고 고요하기만 했다. 두꺼운 벨벳 소재의 붉은 커튼이 이제는 제법 쌀쌀해진 가을의 한기를 막아 주고 있었다. 침실 가운데 켜진 벽난로가 실내에 아늑한 온기를 더했다.

그 벽난로 맞은편에 있는 흔들의자에 카론이 앉아 있었다. 구스타프는 그 앞으로 조용히 다가가 상태를 살폈다. 눈을 감은 카론의 얼굴 위로 벽난로의 주홍빛 열기가 어른거렸다. 잠들어 있는 것 같진 않았다.

왕진 가방을 바닥에 내려놓는데, 그 주위를 뒹굴던 무수한 술병 중 하나가 그의 발끝에 닿았다. 널린 것이 푸른 술병이었다. 구스타프는 곧바로 쯧, 하고 혀를 찼다.

도대체 무슨 일이 있었길래. 무얼 보려고 이리 퍼마신 건지는 몰라도, 저 지경이면 일상생활에서도 환각을 보았을 것이 뻔했다.

전쟁에 다녀온 후로는 좀 괜찮아진 줄 알았는데. 이건 기억을 갓 지운 후와 다름없는 상태 같았다. 그새 새로운 술버릇이라도 추가된 건지, 바닥 곳곳에는 푸른 장미 꽃잎이 널려 있었다. 흩트려 놓은 것도 모자랐는지, 사이드 테이블 위에 있는 화병에는 한 아름 꽂아 두기까지 했다.

구스타프의 시선이 사이드 테이블 위에서 화병과 나란히 놓인 옻칠 된 나무 상자에 머물렀다. 지하실에서 봤던 상자였다. 시술 동의서와 기억이 재발할 수 있는 물건을 담아 놓았던 금단의 궤. 그러나 상자는 활짝 열려 있었다.

구스타프는 시술 동의서만 덩그러니 남아 있는 상자 안을 보고 한쪽 눈썹을 올렸다. 저번에 봤던 물건이 같이 들어 있지 않았다.

"몇 번이고 봤어."

드디어 눈을 감고 있는 카론이 입을 열었다. 그의 손아귀에는 구스타프가 전에 보았던 금이 간 팔찌가 쥐어져 있었다.

"분명히 이게 중요한 것 같긴 한데."

그의 엄지가 깨진 에메랄드를 문질렀다.

"아무것도 기억나지 않아."

카론이 피식 웃었다. 어느새 뜨인 적안이 에메랄드 보석이 군데군데 깨져 있는 팔찌를 내려 보고 있었다.

"그러니 떠났겠지……."

카론이 한 손으로 자신의 얼굴을 쓸어내렸다. 내려앉은 자괴감이 쉬이 지워지지 않는 듯했다. 다소 내려앉은 어깨는 힘이 빠진 채였다. 병약해진 꼴이 참으로 카론 에르하르트답지 않았다.

타닥타닥. 벽난로에서 나무 타는 소리가 실내의 침묵을 채웠다. 구스타프는 침잠해진 후작의 얼굴을 보다가 조용히 물었다.

"저번에 말씀하신 정부 말입니까?"

불 그림자가 카론 에르하르트의 얼굴 위에서 입체적인 음영을 드리며 일렁거렸다.

원래부터가 워낙 삶의 권태에 찌든 느낌이 나는 사람이었지만, 지금 같은 후작은 구스타프로서도 조금 낯설었다. 기억을 지운 후로는 그 권태감이 어디로 튈지 모르는 공격성으로 덮여 있었다면, 지금은 허망함에 자조하고 있는 모습이라 해야 하나.

그 텅 빈 눈동자는 참으로 오랜만에 보는 것이라 구스타프는 쉬이 말을 섞기도 힘들어졌다. 그는 잔말하지 않고 상자 안에 담긴 '수술 동의서'부터 다시 확인했다.

시술 전, 제대로 된 확인을 거치기 위해서 의사와 환자가 두 부씩 나눠서 보관한 계약서에는 빼곡한 항목이 기입되어 있었다. 구스타프는 개중에 한 항목에 눈길을 두었다.

[기억을 재발할 수 있는 인물과 접촉할 가능성.]

동의서에는 '해당 없음'이라는 응답에 선명한 체크가 되어 있었다. 필시 이 부분부터 문제가 새겼을 터였다.

"그 여자에 관한 건 어디까지 기억하고 계십니까."

구스타프가 슬쩍 떠보듯 물어왔다.

"제일 중요한 기억은 떠올리지 못했어."

자책이 스민 말이었다. 피로한 눈가를 손등으로 덮고 있었다. 덕분에 손목 안쪽에 새겨진 마법진이 고스란히 노출되었다. 환자의 상태를 보여 주는 신비력의 증표는 그 형태가 괴이해져 있었다.

고통의 강도를 뜻하는 가운데 별 문양들이 형태를 알아보기 힘들 만큼 일그러졌다. '연관 기억'이 찾아오다가 '중심 기억'까지 나아가지 못하고 헤맨 흔적이었다. 저 정도면 이때까지 겪은 오한이나 악몽 수준의 후유증이 아니라, 일상생활이 불가한 통증으로 뒹굴었을 터였다.

접촉자와 동침할 땐 기억이 자연스럽게 되돌아와 후유증으로 인한 고통이 경감되었을 테지만, '연관 기억'을 하나하나 되찾고 '중심 기억'을 떠올려야 할 무렵이면 고통은 배가 된다.

신비력으로 기억을 지운다는 건, 기억의 미로 안에 신비력으로 장벽을 세워 '중심' 기억을 되찾고자 하는 무의식을 검열해 육체를 괴롭혀서라도 사고를 막는 방식이었으니.

"제일 중요한 기억을 떠올리지 못하고 있단 사실을 어찌 아십니까?"

"……."

카론의 상태를 뻔히 보던 구스타프는 혀를 끌끌 찼다.

"보아하니 그 여자가 '중심 기억'의 대부분인가 보군요."

가만히 불길만 내려다보던 카론은 그 말을 부정하지 않았다. 대신에 구스타프를 향해 다른 걸 물어왔다.

"전에 그랬지. 내 기억은 사라지지 않고, 내 안에 남아 있을 뿐이라고."

"……."

"그렇다면 기억을 되돌리는 것도 가능한가."

'연관 기억'이 떠오르기 시작하면, 그 뒤로는 '중심 기억'을 찾고자 하는 욕망이 잇따른다. 상태를 보아하니 이런 부탁도 놀랍진 않았다. 그러나 구스타프는 의사로서 그의 부탁을 들어줄 수가 없었다.

"안 됩니다. 후작님께서도 더는 몸에 신비력을 대선 안 된다는 걸 아시지 않습니까. 선대 후작님의 모습에 가까워지실 것입니다."

지금 에르하르트 가문 대대로 내려오는 광증은 신비력이 소멸 중인 세상을 받아들이지 못한 대가였다. 어떻게든 신비력자의 핏줄을 잇겠단 의지 하나만으로, 근친혼을 감행하고 사특한 힘을 지닌 신비력자까지 용인해 온 가문에서 문제가 안 생길 리 없었다.

신비력은 세대를 거듭할수록 그들에게서 자취를 감추어 가고 있건만, 에르하르트의 흑진주 같던 까만 눈 안엔 점차 짐승 같은 붉은빛이 차올랐다. 역대 후작들의 몸에 생기는 부작용은 계속해서 늘어나고 있었다.

붉은 눈, 광포한 성질, 환각, 환청……

그래도 카론의 아버지인 베르너 에르하르트까지만 해도 어릴 때 몸에 흐릿한 마법진을 타고났다고 하였으나, 베르너가 제 누이와 결혼해서 얻은 결과인 카론 에르하르트에게는 마법진조차 새겨져 있지 않았다.

종래에는 베르너 에르하르트에게 미약하게나마 남아 있던 신비력의 증표인 마법진마저 사라졌다. 신비력의 뿌리가 죽은 것이다.

마법진이 사라지고 난 뒤에 베르너 에르하르트의 광증이 심해진 건 더 말할 것도 없는 일이었다. 그 시절 구스타프는 베르너의 수술을 여러 번 집도했으나, 베르너의 몸에서 신비력이 빠져나가는 건 막질 못했다.

인간이 제아무리 발버둥을 쳐 봤자, 자연의 섭리 앞에서는 모두 덧없는 노력일 뿐이었다. 결국에 베르너 에르하르트는 광인이 되어 생을 마감했다.

카론 에르하르트는 누구보다도 그 현실을 잘 봐 왔던 인물이었다. 그는 에르하르트 가문에서 태어났으나 평범한 인간과 다를 바가 없는 제 상태를 받아들였다.

당시에 백치가 될 만큼의 엄청난 양의 기억을 지우는 시술을 원한 건, 그만큼 괴로웠기 때문이었으리라. 정말로 인생에 단 한 번만 시도할 수 있단 걸 알기에 되돌리지 않으려 내린 결정이었을 터였다.

"아버지라……"

카론이 그를 그런 식으로 입 밖에 꺼내 놓는 것도 싫은 사람처럼 머뭇거렸다.

"내가 지금 '그 인간'과 딱히 다를 점이 있어 보이나?"

후작이 좀처럼 하지 않았던 선대 이야기로 그런 반응을 보이자, 구스타프는 할 말을 잃었다.

"이제 와 보니, 어머니의 말이 옳았단 사실만 깨달아. 나도 그 인간과 똑같이 역겹기 짝이 없는 인간이지."

후작이 비틀린 웃음을 짓다가 사이드 테이블에 흑색 문스톤 반지를 올려 두었다. 그걸 보던 구스타프의 눈이 가늘어졌다.

"귀한 물건이로군요. 이 귀한 것이 어째서……."

기억을 옮겨 담을 수 있는 마도구라니. 북부 대륙에서나 볼 수 있다는 귀한 물건이었다. 그러나 지금은 그보다 더 중요한 점이 있었다. 구스타프는 불길한 예감을 억누르고서 물었다.

"대체 이건 누구의 기억입니까?"

"……."

"맙소사."

구스타프가 참지 못하고 자리에서 일어났다.

"후작님도, 후작님의 정부도 제정신이 아닙니다. 대체 기억을 되찾으려 이렇게까지 하려는 이유가 무엇입니까? 저는 분명 그때에도 기억을 지우는 건 회의적인 입장이라 말씀드렸지요? 기억을 되돌리는 일은 더욱이 반대입니다! 선대 후작님보다 더 심각한 상태에 이르게 될지도 모른단 말입니다!"

곧 결혼한다는 놈이! 구스타프는 그 말을 간신히 삼켜야 했다.

"이제 곧 후작 부인이 되실 약혼녀를 생각하셔야 하지 않습니까. 기억을 되찾으려다가 정말 아무것도 생각하지 못하게 되실지도 모릅니다."

구스타프는 어떻게든 그를 잘 회유하려 들었다. 이 여자 저 여자랑 자고 다닐 때는 언제고, 도대체 어째서 지금 와서야 한 여자에 관한 기억을 찾으려 이리 머저리처럼 구는지 모를 노릇이었다.

"내가 지금 부탁하는 걸로 보이나."

자꾸만 피로감이 밀려오는지, 카론이 벽난로 안쪽을 주시하던 눈을 감았다가 떴다. 그의 눈은 전방에서 쏟아지는 아늑한 열기를 받아 반질반질한 주홍빛으로 물들어 있었다.

"이걸 써서도 기억을 되찾을 순 있어. 그러고 싶지 않을 뿐이지. 이건 주인에게 돌려줘야 할 기억이니까."

반지를 내려다보며 짓는 미소는 자조에 가까워 보였다. 반지의 주인을 떠올린 듯했다. 주홍빛으로 물들어 있는 옆모습에서는 제대로 읽어 내기도 힘든 혼잡한 심경이 읽혔다.

"내가 기억을 지워서 떠났다면, 내 기억을 되살리면 돼."

그 중얼거림은 일종의 다짐과 같았다. 눈동자에 결연한 빛을 띤 후작이 구스타프에게 거부권이 없는 명령을 내렸다.

"시술을 시작해. 지금 당장."

구스타프는 뻐근해지려는 뒷목을 카우치에 기댄 채로 끙, 하고 신음을 흘렸다. '역시 에르하르트의 인간들이란!' 하는 생각을 지울 수가 없었다.

"대신에 이것 하나만은 알아 두시지요."

구스타프가 한숨을 내쉬며, 무모하기 짝이 없는 환자를 응시했다. 장작 위에서 타오르는 불꽃이 그의 눈동자 안에서도 그대로 작열하고 있었다. 독이 든 성배를 들이켠 남자의 최후였다. 광염으로 스러진다고 해도, 아무도 그를 막을 수 없으리라.

"기회는 한 번뿐입니다. 지금부터 가장 힘든 무의식의 여정을 다녀오셔야만 할 겁니다. 명심하십시오. 기억을 되살리는 일은 기억을 지우는 일보다 어렵단 것을요."

구스타프가 왕진 가방에서 먼 옛날 사제들이 쓰던 수면 약물로 가득 찬

주사기를 꺼내 들며, 마지막 엄포를 두었다. 카론은 순순히 팔을 내밀었다. 그 모습을 보자니, 이전에 후작 부인에게 잡혀 와 기억을 지우겠다고 했을 때와는 또 다르게 순전히 제 의지로 하는 행동이었다.

"저 불꽃을 보고 계십시오. 깊은 어둠이 찾아올 겁니다. 무엇이 보이십니까?"

적안으로 화마가 들어차 번쩍거렸다. 그 섬광 너머의 무언가를 보듯 동공이 조금씩 부풀어 오르기 시작했다. 이내 떨리던 눈꺼풀이 순식간에 닫혔다.

그는 아주 깊은 잠에 빠져들어 있었다.

* * *

한참이 지나도 주치의가 나오지 않자, 루이제는 문 앞에서 발만 동동 굴렀다. 시간이 흐를수록 초조해져 손톱을 짓씹고 있을 무렵에야 주치의가 방에서 빠져나왔다.

"선생님!"

루이제는 표정을 정돈하며 그에게 달려갔다. 구스타프는 조심스럽게 문을 닫아 놓았으나 그녀는 방 안쪽을 힐끔거리며 물었다.

"카론의 상태는 어떤가요? 많이 심각한 건가요?"

그녀의 조심스러운 물음에, 주치의가 난감한 얼굴을 했다. 그 얼굴을 본 루이제에게 불안이 덜컥 내려앉았다.

"혹시, 설마……. 기억을 찾은 상황이신가요?"

떨리는 물음에, 구스타프가 고개를 저었다.

"아직은 아닙니다. 잠들어 계시니까요."

"그럼 나중에는요?"

더는 평정심을 유지할 수 없어 날카로운 목소리가 튀어나왔다. 구스타프가 대답을 주저하자, 루이제는 서러움에 저절로 눈물을 글썽거렸다.

"선생님, 약속하셨잖아요. 이러지 않으시기로……. 이제 곧 결혼식인데, 대체……."

도대체 왜 이렇게 장애물이 많을까. 로렌츠와 손을 잡고서 간신히 카론을 얻어 오기까지 했는데, 그는 지치지도 않고 엘레나 오펜하이머를 되찾아 올 생각뿐이었다.

울 것만 같은 루이제의 얼굴을 본 주치의가 서둘러 그녀를 달랬다.

"그래도……. 이 일로 결혼식이 늦춰지거나 지장 가지는 않을 것입니다. 아직은 기억을 찾는단 보장도 없으니까요."

변명은 도통 통하지 않았다. 눈물이 그렁그렁하게 맺힌 눈동자에는 원망이 가득했다. 당연하게도 주치의는 처음으로 받아 보는 어린 귀공녀의 절망을 어떻게든 위로하려 애썼다.

"주치의로서 후작님의 몸에 가장 손상이 없을 치료법을 택했습니다. 그 바람에 성공할 확률은 무척 희박하지요. 결혼식 전까지는 몸 상태만 한결 나아져서 일어나실 테니 너무 걱정하지 마십시오."

그렇지만 루이제에게는 그의 말이 들리지 않았다.

마법으로 그를 강제로 깨워야 할까. 하지만 그러다 카론이 자칫 혼수상태에 빠지게 된다면? 루이제가 눈물을 내쏟으며, 어떻게든 주치의를 제 뜻대로 움직일 명분을 생각할 즈음이었다.

루이제의 얼굴을 가만히 들여다보던 구스타프가 한숨을 내쉬었다.

"신비력자라면 모를까……. 인간이 자신에게 걸린 신비력을 스스로 풀어 내는 건 꽤 어려운 일입니다."

엄중히 이르는 목소리에는 확신이 담겨 있었다. 루이제는 그제야 고개를 들어 노인의 정정한 회색 눈동자를 마주 보았다.

"제가 투약한 건 장기간의 수면 약물일 뿐입니다, 영애. 기억을 찾게 도와 주는 특별한 약물이 들어가 있질 않지요. 몸이 감당할 수 없으니 말입니다.

후작님의 꿈속에서 기억이 찾아올 순 있겠지만, 후작님 스스로 '중심 기억'까지 도달하기는 힘드실 겁니다."

"……그게 정말인가요?"

"예. '보통의 인간'에게는 꽤 힘든 일이지요."

보통의 인간. 루이제가 그 말을 되풀이했다. 로렌츠와 필리프 두 사람 모두 그녀에게 카론 에르하르트는 신비력이 없다고 말해 주었다. 그러니 왕세자가 그녀의 결혼을 지지해 주는 상황이지 않은가.

"……후작님은 언제쯤 깨어나시는 거죠?"

루이제가 재빠르게 태도를 바꿨다. 주치의에게 예상 날짜를 듣자마자, 루이제는 예법도 무시한 채 집무실로 달려가기 바빴다.

로렌츠와 왕세자에게 서신을 부쳐야 했다. 혹시나 하는 일말의 불안감도 남겨 두지 않으려면, 발렌시아의 결혼식이 빨라질 필요가 있었다. 카론이 일어난 후에는 이미 모든 일을 돌이킬 수 없도록.

안타깝게도 거기에만 정신이 팔려, 구스타프의 냉철한 눈초리가 따라붙었다는 사실은 인지하지 못했다. 회랑에 구스타프가 쯧, 하고 혀를 차는 소리가 울렸다.

* * *

기억은 미로의 형태를 지닌다. 당연하게도 사람마다 이 미로의 형태는 다르게 구현되는데, 카론의 경우는 정원이었다.

에르하르트 저택의 정원.

그의 방에서 내려다보면 가문의 문장을 이루던 정원 미로가 지금은 한참을 걸어도 출구가 보이지 않는 미궁이 되어 있었다. 키 높이를 훌쩍 뛰어넘는 수풀 울타리가 끝도 없이 이어졌다.

이래서는 기억이 어디에 숨어 있는지 어떻게 안단 말인가.

카론은 걸음을 멈추고 한숨을 내쉬었다. 분명히 찾아낼 방법이 있을 터였다.

'꿈은 의식과 무의식을 이어 주는 길이지요. 후작님의 무의식에는 기억을 찾고자 하는 욕망과 기억을 찾기 두려워하는 공포가 혼재해 있습니다.'

구스타프의 말대로 이곳이 제 무의식이라면, 어딘가에 기억을 찾고자 했던 욕망이 검열된 흔적이 있을 것이 분명했다. 카론은 침착하게 주변을 살피다 초록 덤불 사이에 있는 푸른 점을 발견하고 손을 뻗었다.

푸른 장미였다.

울타리 밖으로 끄집어진 장미는 오래 버티지 못하고 바로 시들었다. 썩은 꽃잎이 흐드러지게 나뒹구는 모습을 본 카론은 어떤 직감을 느꼈다.

'정원에 푸른 장미가 정말 많아요. 이렇게 많이 심어 놓은 이유라도 있으신가요?'

'내가 왜 저걸 심었지?'

'정원을 새로 조경할 때 부탁하신 꽃으로 알고 있습니다.'

카론은 울타리를 뛰어다니며, 수풀 사이에 파묻힌 푸른 장미를 찾아내기 시작했다. 푸른 장미가 있는 울타리만 따라 걷던 카론은 마침내 미로의 끝에 도달할 수 있었다.

울타리 가운데에 쇠사슬이 감긴 녹슨 문이 덩그러니 자리 잡고 있었다. 그 모습이 저택의 지하 감옥 입구를 떠올리게 했다. 꿈속이니 그가 기억하고 있는 것들을 제멋대로 조합해서 만든 것이 분명했다.

카론이 감겨 있는 쇠사슬을 풀어내는 도중이었다.

"열지 않는 게 좋을 텐데."

어느새 곁으로 다가온 소년이 그에게 경고했다. 카론은 누구보다 잘 알 수밖에 없는 모습에 인상을 찡그렸다.

열다섯 살의 자신이었다. 지금보다 키가 작고 덜 여문 태가 나는 외모였으나, 입가에 비스듬하게 걸린 건방진 미소는 변함이 없었다.

"기억을 되찾는다고 해도, 네가 그 애 곁에 설 수 있을 것 같아?"

소년이 빈정거렸으나 카론의 손짓에는 지체가 없었다. 로렌츠 발렌시아에게 레나 크루거를 빼앗긴 순간부터 각인되어 있던 기억의 공포는 허물어졌다. 자괴감과 자기혐오가 그의 정신을 마비시켰다. 다신 그따위로 눈 뜨고서 제 여자를 빼앗기고 싶지 않았다.

그 광기가 자신의 경고를 무시하고 나아갔다. 그렇게 카론은 아랑곳하지 않고 금지된 문을 열었다. 열린 문 사이로, 기억이 빛줄기처럼 쏟아져 내렸다.

9. 에르하르트

"이 쓸모없는 새끼!"

"베르너!"

부모가 동시에 소리친 말이 만찬실에 울렸다. 열다섯 살의 카론 에르하르트는 붉은 카펫 위에서 그들 앞에 무릎을 꿇고 있었다. 한쪽 뺨이 붉게 부푼 채로.

에르하르트의 후작, 베르너 에르하르트가 그의 뺨을 내리친 상태였다. 옆에서 어머니인 마를레네 에르하르트가 그의 앞을 가로막았다.

"당신 미쳤어? 지금 애가 몇 살인지 알고 있기나 해?"

"당신이야말로 헛소리하지 마. 오히려 열다섯 살이나 된 놈이 이런 어리광을 부리게 놔둬? 그것도 에르하르트가?"

일단은 카론을 보호해 보겠다고 나선 마를레네지만 차마 그것을 반박하지 못하겠는지 입술을 깨물었다. 둘 다 뼛속까지 에르하르트로 자란 에르하르트의 인간들이었다. 이 가문에선 어떤 아이도 여타 평범한 인간들처럼 자랄 수 없단 사실을 모두가 잘 알고 있었다.

베르너가 마를레네의 어깨를 밀어내다시피 하고서 카론 앞으로 다가왔다. 카론은 눈치껏 고개를 떨구었다. 베르너는 제 아들을 한심한 눈초리로 쳐다보고 있었다.

"그깟 반역자들을 네 손으로 고문하질 못하겠다고?"

"……."

"기사 서임식을 받는다면서, 네가 쌓은 수련이 고작 그 정도였던 것이냐?"

베르너의 다그침에도 카론은 묵묵부답이었다. 다시 한번 베르너가 혀를 찼다.

"신비력을 타고나질 못해서 이리 유약한 모양이지."

그는 실패한 결과물과 다름없는 아들을 보다가 아내를 갈마보았다. 마를레네는 '신비력' 이야기가 나오자마자 모욕감을 느꼈는지 드레스를 구겨 쥐었다.

"똑바로 교육시켜. 널 닮아서 마법진도 없는 에르하르트로 태어났는데 무르기까지 하면, 저딴 것에게 어떻게 안심하고 후작 자리를 넘기겠어."

"……."

아들을 모욕함으로써 마를레네까지 충분히 욕보인 후작이 이죽거렸다. 만찬실 문이 쾅 소리가 나게 닫히고 둘만 남게 되자, 마를레네는 그제야 무릎을 꿇고 있는 아들에게 다가왔다.

어머니가 그의 눈높이에 맞춰 앉았다. 성가신 얼굴이었다. 손이 높이 올라갔다.

찰싹.

이번에는 반대쪽 뺨이었다. 카론은 이번에도 별다른 반항 없이 눈만 내리깐 채로 고개를 바로 했다.

"그깟 게 무엇이라고 지금 이런 소동을 일으킨 거니."

아버지와 다른 점이 있다면, 어머니는 손찌검한 뒤엔 인자한 목소리로 한

번 더 말을 건다는 것이었다. 오히려, 그 점이 카론을 지옥으로 밀어 넣을 때가 많았다.

"네 아비의 추잡스러운 의도야 비웃을 만도 하지만, 앞으로 그 일이 네가 할 일인 건 맞아."

마를레네가 제 아들의 턱을 당겨 저와 마주 보게 한 뒤 회유했다. 그보다 훨씬 붉은 기운이 선명한 눈동자가 그를 내려 보고 있었다.

"쓸데없는 동정심을 가지질 말렴. 기왕 가는 김에 어미의 원한이나 풀어 주다가 와."

"……."

"그걸 하지 못해서, 지금처럼 네 어미를 능멸하려 들면 차라리 그냥 죽어."

안타깝게도 카론 에르하르트는 아버지인 베르너 에르하르트의 생김새를 쏙 빼닮아 있었다. 마를레네는 제가 내리쳐서 상처 낸 아들의 뺨을 흡족한 표정으로 어루만지고서 일어났다.

"너 같은 건 처음부터 필요 없었으니까."

그제야 카론의 얼굴을 놓아준 마를레네가 자리에서 일어나 만찬장을 나갔다. 카론은 멍하니 닫힌 문을 바라보다가 자리에서 일어났다.

그 당시에도 집사였던 한스가 다가와 수건을 내밀었으나 카론은 받지 않았다. 옷에 묻은 먼지를 툭툭 털어 내고 터진 입가를 닦아 낸다. 이런 일이야 익숙하다는 듯한 행동이었다.

폭력적인 체벌은 이미 일상적으로 받아들일 수 있는 나이였다. 아버지는 아들을 이용해 신비력자를 낳지 못한 어머니를 조롱했고, 어머니는 아버지를 증오하다가 그를 닮은 아들에게까지 손을 뻗기 일쑤였다.

엄밀히 말하자면, 그들은 평상시 고분고분 구는 아들을 미워하는 게 아니었다. 정확히는 아들을 통해서 서로를 향한 혐오를 투영했다. 카론 에르하르트는 그 시절부터 부모의 근친혼을 알고서 제 처지를 받아들이고 있었다.

"주인님께서 내일 반드시 나오라고 명하셨습니다."

한스가 조심스러운 말을 전했다. 카론은 한숨을 내쉬며 고개를 끄덕였다. 그대로 만찬장을 벗어나 2층 계단을 타고 오르는 동안에, 그 얼굴에 깔린 감정은 지긋지긋함뿐이었다.

둥근 탑은 빛이 제대로 들지 않아 언제나 조도가 낮았다. 감옥의 벽등이 한낮에도 부연 빛을 발하는 건 그 때문이었다.

카론은 희게 질린 얼굴로 양옆이 돌벽으로 막힌 좁은 계단을 더듬거리며 내려갔다. 간수는 후작의 아들을 죄수들이 수감된 감방까지 안내했다.

철창에 갇혀 있는 죄수들은 계단에서 내려오는 그의 발소리만 들어도 몸을 움츠리고 벌벌 떨었다. 벽으로 한기가 스미는 겨울의 추위 때문이기도 할 테지만, 위층에서 아득한 비명이 메아리처럼 들려왔기 때문이었다. 카론은 눈앞에서 봐야만 했던 절규였다.

그들에게 카론이 내려온다는 건 다음 희생양이 필요하다는 뜻이었다. 원형 감옥 한가운데 선 카론에게로 두려움에 찬 시선들이 다닥다닥 들러붙었다. 그들 모두 한때는 귀족들이었으니, 그가 누군지를 알아챘을 터였다.

"누구를 데려가시겠습니까?"

간수의 허리춤에 찬 열쇠가 짤랑거렸다. 아버지의 부름대로 그가 다음 죄인을 골라서 올라가야 하는 상황이었다.

"잠깐 둘러볼게."

카론은 쉽사리 선택하지 못하고, 내키지 않는 표정으로 감옥을 한 바퀴 돌았다. 감방을 하나씩 지날 때마다 쇠 냄새와 피비린내가 한데 뭉쳐 지독한 악취를 풍겼다.

그 냄새가 방금 있었던 취조실 안의 상황을 되새기도록 만들었다. 카론은 울렁거리는 속을 내색하지 않으려 무던히 애썼다.

이성을 잃은 죄인이 후작을 도발하는 바람에, 아버지의 심기가 좋지 못한 상태였다. 후작은 그 자리에서 망설임 없이 남자의 손가락을 잘라 버렸다. 죄인에게서 솟아오른 피를 후드득 뒤집어쓴 아버지의 옆모습은 끔찍하기 짝이 없었다.

'차라리 고분고분하게 말을 잘 들을 만한 여자로 데려와.'

내키지 않는 일이었으나 다음 희생양을 골라야 하는 것이 카론의 몫이었다. 온몸에 식은땀이 흘렀다. 어떻게든 제 후계자를 강하게 키우겠노라 하는 후작의 의지는 굳건하여, 카론은 이 끔찍한 공간에 끌려 들어와 있었다.

이번에 왕실이 반역을 일으킨 신비교 교인들을 대거 처형하겠다는 결단을 내린 뒤부터, 후작은 카론에게 슬슬 '에르하르트'다운 행동을 가르치려 들었다. 고위 귀족들이 대거 연루된 위중한 사건이었다.

이토록 역사에 길이 남을 사건의 심문을 에르하르트가 도맡지 않을 순 없었다. 더군다나 반역자 무리 대부분이 귀족이고, 신비력과 관련된 사건을 일으켰다면 더더욱.

그러나 카론은 아직 열다섯 살이었다. 그 사건의 내막을 종잡지 못했다. 그저 고문을 지켜보는 일이 가장 큰 고역이었을 뿐이었다.

검술을 배우긴 했다지만 이럴 땐 별 소용이 없었다. 제 앞에서 인간이 고통스럽게 발버둥 치고, 살점이 뜯겨 나가고, 죽음의 문턱에서 허우적거리는 광경을 보는 건 다른 일이었다. 아무리 베르너의 온갖 미친 짓을 눈앞에서 보고 자랐던 카론이라지만, 눈앞에서 제 아버지가 사람을 고문하는 걸 보는 일에는 내성이 생기지 않은 터였다.

잠시만이라도 아버지를 가라앉힐 수 있는 사람이 있었으면 좋겠는데. 과연, 그럴 수 있는 이가 있을까?

간절한 얼굴로 기도를 올리고 있는 노파……. 안 된다. 심문을 받자마자 죽을 수도 있었다. 엄마의 품 안에서 울고 있는 아이……. 너무 어렸다. 그렇다면…….

수감실을 한 칸 한 칸 지나올 때마다 역병 환자라도 만난 사람들처럼 모두가 카론의 눈을 피했다. 카론 역시 이 상황이 버거워 감옥 안에 있는 이들보단 감옥 옆에 매달린 문패에만 시선을 두었다.

나무로 된 문패에는 감옥 번호와 수감자들의 이름이 새겨져 있었다. 대부분이 아버지가 주시하고 있던 귀족들이었다. 정확하게는 왕실의 명을 받아 감시하고 있던 귀족들이겠지만.

이내 감옥을 반 바퀴 돌았던 카론이 멈춰 섰다. 눈동자가 나무패에 새겨진 한 이름에 머물렀다.

"여기. 이 사람."

카론이 지정하자, 간수가 다가가 문을 열었다. 금발에 새파란 눈을 지닌 여자가 그의 시선을 외면하지 않고 자리에서 일어났다. 같은 방을 쓰고 있던 금발의 여자아이가 화들짝 놀라서 외쳤다.

"마, 마님, 아니, 어머니!"

여자는 놀란 아이에게 괜찮단 눈짓을 해 보이고서 철창 밖으로 빠져나왔다. 꽤 담담한 얼굴이었다. 순순히 카론을 따라 계단에 오르는 모습이 제 차례를 기다리고 있던 사람 같았다.

취조실로 들어가기 전, 카론이 조용한 목소리로 귀띔했다.

"지금 아버지의 심기가 편치 않으십니다."

"……."

"부디 소란 피울 일을 만들지 마십시오."

여자는 그 말을 듣지 못한 사람처럼, 피 냄새가 한층 짙어져 있는 취조실 문턱을 거침없이 넘었다. 핏방울이 맺힌 얼굴을 수건으로 닦고 있던 베르너는 들어오는 그녀를 보고선 입꼬리를 올려 웃었다.

"오랜만이야. 샤를로테."

카론이 샤를로테 오펜하이머를 고른 건 다른 이유에서가 아니었다. 잠시나마 아버지의 미친 상태를 잠재우려면, 저 여인이 적합하리라 생각했다.

"아, 이제 오펜하이머 부인이라 불러 드려야 하나."

베르너가 배신자를 보고서 조소를 지어 보였다. 그 반응을 보고도 샤를로테 오펜하이머의 얼굴은 침착하기만 했다.

"오랜만이로군요, 후작님."

맞은편에 앉는 여자를 보자마자 베르너의 얼굴이 한층 더 뒤틀렸다. 출입문에서 서 있는 역할만 맡은 카론으로선 제 선택이 맞았을지 판단하기 힘들었다.

아버지는 오랫동안 오펜하이머 가문을 주시해 왔으나 겉으로 드러내는 법이 없었다. 어머니는 그 사실을 알면서도 모르는 척 넘어가곤 했다.

아주 오래전, 포모나 바실리카에서 연이 있었다지. 그렇다면 샤를로테 오펜하이머는 아버지가 미쳐 있었다던 포모나 여자와 연관된 듯했다.

"어디에 빼돌렸어."

베르너가 다짜고짜 묻는 말에, 샤를로테가 침묵을 지켰다. 곧장 답이 돌아오지 않으면 테이블에 놓인 수반에 곧바로 죄인의 머리를 처박았던 베르너지만 이번에는 꽤 인내심을 발휘하는 듯 보였다.

숨 막히는 정적만 흐르고 있자, 베르너는 대답을 들은 사람처럼 고개를 끄덕이다가 담배 한 개비를 피워 물었다.

"브리짓 클로츠가 널 배신했어."

그 말에 잔잔한 호수 같던 샤를로테의 눈동자에 파문이 일었다. 베르너가 피우던 담배를 재떨이에 비벼 끄면서 이죽거렸다.

"그러면 그 하찮은 평민이 끝까지 널 지킬 거라고 여겼나? 고작 포모나 바실리카 수도원에서 같은 방을 써 봤다는 추억 하나로? 네가 누구 때문에 이 자리에 있다고 생각해. 애초에 너희 쪽 밀고자가 그년이었는데."

베르너는 당시 상황을 떠올리고서 킥킥거렸다. 샤를로테가 절망이 드리운 두 눈을 내리깔았다.

"사업이 묶이니까 돈에 미쳐 있더군. 목숨을 보장하고 슈미트 가문에서 보장한 금액의 두 배를 제시하니까 술술 말하던데."

샤를로테의 하얀 두 손이 맞물렸다. 두 눈을 꽉 감은 것으로 보아, 기도를 하는 중인 듯했다.

카론은 충격을 받았다. 이 자리까지 끌려 온 이들 중 기도를 하는 자는 보지 못했기 때문이었다. 신을 원망하면 원망했지, 이 상황에서도 신을 찾는 이는 없었다. 지켜보는 이조차 견디기 힘든 참혹한 상황이었다.

그 압박을 받는 당사자는 그 배에 달하는 공포에 절여져 있을 텐데, 샤를로테는 몸을 잘게 떨지언정 베르너의 위압적인 태도에 굴하지 않았다. 위로 작게 난 창문 너머로 눈이 내리고 있었기에 그 모습은 더없이 숭고하게만 보였다.

그러나 넋 놓고 그녀를 보기만 하는 카론과 달리, 베르너는 예상대로 돌아가는 상황에 피식거리는 웃음을 거두지 못했다.

"아직도 그 버릇 여전하네. 네가 찾는 신은 오질 않아, 샤를로테."

베르너가 피로 물든 옷소매를 걷으며, 그녀를 몰아붙였다.

"정말로 신비력이 신이 인간에게 내린 선물이었다면, 내가 아닌 신실한 너에게 갔어야지. 안 그래? 이 모든 게 신이 뜻이라고 한다면, 네가 왕이 싸지른 사생아 중 하나라는 것도 신의 뜻인가? 어린 시절, 왕실에 암살당하기 전에 너희 가문이 널 포모나 바실리카 수도원으로 빼돌린 건? 내가 나중에야 왕실의 명을 받아 포모나로 널 감시하러 가게 된 것도? 그 운명이야말로 신이 네게 인도한 길인가?"

"……난 그곳에서 빌헬름을 만났어."

샤를로테는 결국 두 눈을 뜨고서 그의 말을 반박했다. 베르너는 그 경멸을 조롱했다.

"아아, 그래. 그래서 왕의 사생아와 사랑에 빠진 오펜하이머 소남작은 결국에 왕세자가 태어나고도 안심하지 못해 슈미트 공작 세력에 붙을 수밖에 없었겠지. 남은 신비력 파벌이라곤 왕실과 밀접한 에르하르트 후작가와 왕실도 함부로 못 건드려서 골칫거리였던 슈미트 공작가밖에 남질 않는데 선택지가 있나. 덕분에 지금 너와 오펜하이머 남작이 이 상태고."

눈보다도 새하얀 여자가 온몸을 파르르 떨었다. 그 여자는 가혹한 감옥 생활 속에서도 눈 속에 핀 꽃처럼 올곧은 아름다움을 지니고 있었으나 남편의 이름 앞에 무너져 내렸다.

베르너가 천천히 자리에서 일어나 샤를로테의 뒤에 섰다. 뒷덜미를 움켜쥐자, 잔뜩 긴장한 샤를로테가 작게 움찔거렸다. 사냥꾼에게 붙잡힌 연약한 사슴 같았다.

지켜보던 카론은 저도 모르게 주먹을 움켜쥐었다. 후작이 무엇을 하려는 것인지 예상할 수 있었기 때문이었다.

베르너가 천천히 고개를 내리고서 샤를로테의 귓가에 나지막이 속삭였다.

"샤를로테, 나는 말이야. 만약 신이 있다면 그자를 믿기보단 멱살을 쥐어서 묻고 싶어. 그때 왜 내 앞에 프리네를 들이밀었느냐고."

프리네. 그 이름을 내뱉는 베르너를 본 건 그때가 처음이었다. 카론은 평생 어머니에게만 들었던 이름이었으니.

베르너가 청년 시절 에르하르트를 저버리고서라도 가지고 싶어 했던 여자. 하지만 기어이 포모나를 떠나 어디론가 사라지고 말았다고 했다.

푸석한 금발이 일순간 추락하는 새의 깃털처럼 흩날렸다. 첨벙, 하고 물 튀는 소리와 동시에 피처럼 튄 물방울이 카론의 볼에 달라붙었다.

"커헉, 흡!"

샤를로테의 머리가 물을 받아 놓은 소반에 처박힌 건 순식간이었다. 베르너는 팔딱거리는 물고기를 낚은 낚시꾼처럼 희열에 찬 얼굴을 하고 있었다. 도무지, 인간을 죽음으로 몰아넣고 있는 인간이라고는 상상할 수도 없는 모습이었다.

물 안에서 허우적거리며 괴롭게 머릿짓하는 그녀를 향해 베르너가 비릿하게 웃어 보였다. 그 순간만을 고대해 온 사람처럼.

"하지만 지금은 신이 아니라 네게 물어봐야겠어, 샤를로테. 어째서 네가 프리네가 도망가는 일에 가담했는지 말이야."

그렇게 샤를로테는 몇 차례 물속에 담금질되었다. 횟수를 거듭할 때마다 저항이 조금씩 줄어들었다.

물속을 헤집던 움직임조차 미미해질 때쯤, 카론은 저도 모르게 한 발자국을 떼었다. 저대로 두었다간 죽을지도 모른다는 불안감이 급습했다.

지금의 베르너에게선 다른 이들을 취조할 땐 보이지 않았던 집념이 보였다. 카론은 직감했다. 샤를로테 오펜하이머는 무슨 말을 하든지 간에 베르너에게 용서받을 수 없을 것이다.

샤를로테가 정신을 잃기 직전, 베르너는 그녀의 머리칼을 잡아 올렸다. 샤를로테는 콜록거리며 먹은 물을 토해 냈다. 물에 젖은 머리칼과 좀처럼 뜨지 못하는 눈만 봐도 제정신일 수가 없는 상태였다.

"말해. 그럼 네 목숨 정도는 살려 줄 수도 있으니까. 어딨어. 어디 있냐고!"

베르너가 그녀의 멱살을 잡고 다그쳤다. 샤를로테의 몸이 흔들리면서 마른 가지 같던 손이 생기를 잃은 부위처럼 툭, 하고 늘어졌다.

카론이 샤를로테를 아버지에게서 떼어 낸 건 그 순간이었다.

"이게 무슨 짓이냐."

"……콜록, 하아……. 하……."

카론이 부축한 샤를로테는 물만 뱉어 낼 뿐 정신을 차리지 못했다. 그에 반해 카론을 쏘아보는 붉은 눈은 광기로 번들거리고 있었다.

베르너가 카론의 멱살을 잡아당겼다. 아들조차 죽여 버릴 듯한 살벌한 기세였다.

"감히, 어딜 끼어들어."

카론은 그 기세에 짓눌리지 않으려 최대한 침착한 태도로 상황을 중재했다.

"진정하시지요. 힘없는 귀부인이니 죽을 수도 있습니다. 아직 국왕 전하의 처형 명령이 떨어지지 않았습니다."

합당한 만류였다. 베르너가 카론의 멱살을 쥔 손을 내팽개치듯 놓았다. 이미 장성한 사내와 다름없는 아들은 쉬이 힘에 밀리지 않았다. 카론은 기절 직전의 샤를로테를 의자에 앉혀 주었다.

그 모습을 본 베르너가 비식거리는 웃음을 흘렸다. 작게 고개를 몇 번 끄덕이는 태도로 보아, 무언가 생각난 듯했다.

"아, 그래. 널 이러려고 데려오긴 했지."

베르너는 다소 누그러진 목소리를 냈다. 그러더니 그들과 안전거리를 확보하듯 조금 떨어진 의자에 앉았다. 급격히 차분해진 태도가 카론을 불안하게 만들었다.

아니나 다를까, 베르너가 다리를 꼬고 앉아 아들에게 명령을 내렸다.

"그럼 네가 고문해."

"네?"

"어차피 네가 앞으로 에르하르트로서 해야 할 일이니까."

왕실을 대신해서 온갖 더러운 일을 수행할 것. 그것이 먼 옛날부터 에르하르트 가문에 이어져 내려오던 책무였다.

카론은 의자에 축 늘어져 있는 여자를 돌아보았다. 참담하기 그지없는 몰골이었다.

"아버지, 아무래도 이건……."

"시끄러워. 언제까지 어리광을 부릴 셈이냐."

베르너는 어린 아들을 봐주지 않았다. 그의 경우엔 오히려 카론 나이였을 때부터 왕실의 명령을 수행해 왔으니, 지금처럼 무른 모습이 못마땅하게만 보일 터였다.

"네 옆에 있는 자는 죄인이다. 그들에게서 자백을 받아 내고, 남은 세력의 행방을 실토받고, 협조하지 않을 시 수단과 방법을 가리지 않고 입을 열게

하라는 것이 전하의 명이었다."

"……."

"얄량한 죄책감으로 죄인을 가려서 명을 받들 것이냐."

베르너가 하얗게 질려 가는 제 아들을 비웃었다.

"기어이 에르하르트의 실패작을 자처할 셈인가 보군."

에르하르트의 실패작. 그건 신비력을 타고나지 못한 카론을 두고서, 후작 부부가 싸울 때마다 오가는 말이었다. 그들 부부는 서로 그 실패의 원인은 자신이 아니라며 다퉜다.

카론이 어려서부터 검술에 매달리게 된 건 그 때문이었다. 에르하르트의 후계자로서 자신의 가치를 증명해 보여야만 했기 때문에.

카론이 심호흡을 하며 천천히 뒤를 돌았다. 시체처럼 축 늘어진 귀부인이 보였다. 그는 여태까지 단 한 번도 사람을 고문해 본 적이 없었다.

그뿐인가. 딱 봐도 자신보다 약해 보이는 이들과는 대련조차 해 본 기억이 없었다. 그건 엄격한 훈련을 받는 기사에게는 지극히 당연한 덕목이었다.

나는 이 땅에 신이 내린 신비한 힘의 규율에 따라, 이 땅에서 자란 모든 고통받는 이들의 방패를 자처하리라. 나의 칼끝은 조국의 정의와 평화를 위해 더러운 핏방울을 머금고 모든 약한 이들의 뜻을 대변하리라.

신의 뜻을 존중하고, 어린아이와 여성을 수호하며, 불의에 맞서 싸우고…….

샤를로테를 향해서 손을 뻗자, 서임식을 앞두고 외웠던 고리타분한 맹세의 서약이 그의 머릿속을 강타했다. 손이 떨렸다. 긴장감에 심장이 쿵, 쿵 뛰었다. 숨소리가 어그러졌다.

서임식을 받기도 아득해지는 감정이 정신을 지배했다. 아직 죄로 물들기 전인 세상이 여자와 자신만 남겨 두고 새하얗게 점멸하는 느낌이었다.

그 손길이 닿기 직전. 기절한 듯이 눈을 내리깔고 있던 샤를로테가 새파란 눈동자를 들어 올렸다. 경멸에 물든 푸른 눈은 카론의 어깨 너머를 응시하고 있었다.

"프리네가 내게 도와 달라고 했어."

고저 없는 목소리는 담담하기 그지없었다.

"그 애는 항상 당신을 버거워했으니까."

카론은 등 뒤에서 베르너가 움찔거리는 것을 느꼈다. 차마 뒤를 돌아, 그의 얼굴을 확인할 엄두가 나지 않았다.

"포모나 바실리카에서 우린 같은 방을 쓰는 자매였어. 나도, 브리짓도, 프리네도……. 나와 브리짓이야 포모나 바실리카를 마치면 왕국으로 건너올 예정이었지만, 프리네는 아니었어. 평생을 그곳에 머무르게 될지도 몰랐지. 당신은 포모나 바실리카가 어떤 곳인지는 잘 알았어도, 그 애가 겪는 불안은 이해하지 못했잖아."

샤를로테가 기대하지도 않는다는 듯이 헛웃음을 삼켰다.

"외국에서 수많은 성기사들이 그곳을 찾아와. 그리고 말뿐인 기약만 남기고서 사라져. 바실리카 수도원에서 지내며 숱하게 봐 온 광경이었지."

그 말에는 오직 겪어 본 자만이 느낄 수 있는 노여움이 억눌려 있었다.

"네 분노에는 갈 길이 없어, 베르너. 다 네가 자초한 일이야. 그 애가 그렇게 되어 버린 것도, 그 애가 떠나 버린 것도, 네가 영원히 그 애를 찾을 수 없게 된 것도. 전부 네 탓일 뿐이야."

"……."

"어디에도 갈 곳이 없었던 그 애가 과연 약혼자까지 있었던 널 사랑할 수 있었을까? 다시 한번 생각해 봐."

명징한 시선이 카론을 관통하여 그 뒤에 있는 남자에게 내리꽂혔다. 뒤에서 저벅거리는 발소리가 가까워짐과 동시에 이성을 잃은 베르너가 여자의 뺨을 내리쳤다.

가냘픈 몸은 의자 밖까지 밀려나 바닥에 풀썩 쓰러졌다. 카론이 말릴 새도 없이, 베르너가 쓰러진 샤를로테를 걷어찼다. 구석까지 떠밀린 샤를로테는 흡, 하고 숨 멎는 듯한 소리를 내며 미동도 하지 않았다.

카론은 재빨리 달려가 여자의 생사를 확인했다. 코 밑으로 손가락을 대어 보자, 다행히도 얕게 느껴지는 숨결을 느낄 수 있었다. 그제야 카론은 안도의 한숨을 내쉬었다.

"치워."

뒤에 서 있던 베르너가 짧은 명령을 내리고서 취조실을 나갔다. 카론은 그 뒷모습에서 여태껏 아버지에게서 단 한 번도 보지 못했던 후회의 감정을 느낄 수 있었다.

'네 아비의 추잡스러운 의도야 비웃을 만도 하지만, 앞으로 그 일이 네가 할 일인 건 맞아.'

'쓸데없는 동정심을 가지질 말렴. 기왕 가는 김에 어미의 원한이나 풀어 주다가 와.'

마를레네의 말이 이해되는 순간이었다. 아버지는 자신을 제어하지 못하리란 걸 알고서 그를 끌고 왔고, 어머니는 그런 아버지의 의도를 알면서도 그를 이 자리에 떠밀었다.

카론은 여전히 물기를 뚝뚝 흘리고 있는 샤를로테를 내려 보았다. 그녀가 쓰러진 자리 주변으로 다른 이들이 쏟아 낸 핏자국이 말라붙어 있었다.

물에 젖은 새하얀 여자는 순교자를 연상시켰다. 성녀는 성수를 내뿜는 세계수에서 태어난다는 설화 때문인지도 몰랐다.

신비력, 가문, 부모, 왕실, 고문.

카론은 질려 버린 얼굴로 눈을 감았다. 일련의 모든 것들이 그저 지긋지긋하기만 했다.

* * *

왕실은 역모에 가담한 이들을 전원 처형하겠다는 결정을 내렸다. 카론이 기사 서임을 받은 지 얼마 지나지 않았을 무렵의 일이었다. 도살장으로 끌려

가는 소처럼, 처형식까지 끌려온 카론은 갑자기 사라진 후작의 일을 대신해야 만 했다.

다들 후작이 아직 잡히지 않은 잔당을 수색하라는 명을 이행하고 있을 거라 여겼으나 카론이 보기에는 다른 이유가 있었다. 한스가 자주 출장을 나가는 상태로 짐작해 보건대, 아마 그 포모나 여자를 찾고 있을 터였다.

처형식이 시작되기 전. 카론이 광장에서 상황을 점검하고 있자, 내내 눈치만 보던 사형 집행인이 카론에게로 다가와 속삭였다.

"저……. 소후작님. 이따 처형식 때 단두대의 줄을 직접 당겨 주셔야 합니다……. 국법상, 죄인의 신분이 귀족일 경우엔……."

"알겠어. 가 봐."

카론은 부재중인 후작을 대신해 소후작 신분으로 처형식을 집행하는 역할을 맡았다. '왕실의 명예를 더럽히려 한 자를 응징하는 명예로운 일'은 에르하르트의 몫이었다.

그들을 처형시킬 단두대를 직접 고르고, 그들의 처형 순서를 정하기까지. 기사 서약으로 왕실에 충성을 맹세했던 카론은 짙은 회의감을 감출 수가 없었다.

슈미트 공작 세력을 견제하던 왕실이 에르하르트 가문을 시켜 관련 세력을 모두 엮게끔 시켰다는 건 나중에야 알게 된 사실이었다. 본보기를 보이기 위함이라지만, 죄의 경중조차 따지지 않는 처사였다. 베르너는 그런 왕실의 뜻을 맞추는 척하면서 제멋대로 날뛰고 있었다. 카론은 그저 이 상황에 조소만 나올 뿐이었다.

처형식 시작을 알리는 나팔 소리가 울리고, 광장에는 수많은 인파가 모여들었다. 처형식은 언제나 왕실의 권위를 보여 주는 행사이자, 자극적인 유흥거리였다.

단두대까지 올라온 카론은 귀족들을 위해 마련된 관객석과 마주 보았다. 멀찍이 떨어져 있는 고층 건물은 창문이 열려 있었고, 그 안에선 왕족과 귀족들이 인파에 부대끼지 않고 고상한 방식으로 처형식을 관람하고 있었다.

카론을 처형장에 끌고 오다시피 한 마를레네가 개중 하나였다. 오페라글라스를 쓴 채로, 아들의 활약을 지켜보고 있던 후작 부인의 입가에는 만족스러운 미소가 피어올랐다. 남편의 부재에 평온한 나날을 보내는 중이었으니 그런 것도 같았다.

그녀는 베르너가 사라진 이유를 아는 듯 보였지만, 카론은 부모 사이에 일어나는 일에 더는 끼고 싶지 않았다. 때문에, 구태여 자세한 사정을 묻지도 않았다.

차라리 아버지처럼 미쳐 있었다면 좋았을까.

부우―

나팔 부는 소리에 맞춰, 카론이 줄을 잡아당겼다. 날카로운 칼날이 내려와 그 밑에 엎드려 있던 죄인들의 목을 잘랐다. 잘린 목은 나무 바닥에서 피를 내뿜으며 뒹굴었다.

여자, 남자, 아이, 노인. 누구 하나 거를 것도 없이 카론이 단두대의 줄을 잡아당길 때마다 순식간에 생을 마감했다.

그때마다 모여 있는 관중들은 경악에 차올랐으나, 그럼에도 보기 힘든 구경거리에 즐거운 비명과 구분되지 않는 함성을 내뱉었다. 카론은 제 발밑을 적시는 핏물과 눈앞에서 보이는 괴리감에 속이 울렁거리는 기분이었다.

마침내, 오펜하이머 남작 일가가 그의 앞에 섰다. 부부 한 쌍, 여자아이 하나. 어린 태가 나는 아이는 억울한 표정으로 울먹거리고 있었다.

"엎드려!"

뒤에 서 있던 군졸이 그들 일가를 앉혔다. 눈물이 그렁그렁해진 아이는 순순히 명령을 따르지 않았다. 사형을 당할 줄 몰랐던 모양이었다.

"잠시만요! 저는⋯⋯."

"갑자기 왜 이러는 거니."

빌헬름 오펜하이머가 아이의 입을 막았다. 옆에 있던 샤를로테가 눈을 질끈 감았다. 빌헬름이 뒤에 있던 군졸에게 간청에 가까운 말을 건넸다.

"어서 형을 거행해 주시지요."

아이는 여전히 빌헬름에게 입이 틀어막힌 채로 몸부림을 쳤다. 오펜하이머 남작 부부는 운명에 순응하듯 담담한 태도로 칼날이 내려오는 단두대 밑에 고개를 내밀고 있었다.

단두대 줄을 잡고 있던 카론은 눈을 가늘게 떴다. 어딘지 위화감이 느껴졌다.

사형을 앞둔 아이가 우는 광경은 흔하디흔했다. 공황에 빠진 부모가 죽음 앞에서는 제 아이를 챙기지 못하는 광경 역시 마찬가지다. 그러나 침착하기 그지없는 오펜하이머 부부는 그들의 아이에게도 사뭇 냉정하기만 했다.

부모와 제 관계 같다기보다는 남남인 듯한 거리감이라, 카론은 쥐고 있던 줄을 옆에 있는 집행인에게 맡기고 아이에게 다가갔다. 돌발 상황에 단두대 위에 있던 집행인들이 술렁거렸으나 도저히 신경이 거슬려 그냥 넘길 수가 없었다.

그들에게 다가갈 때마다 핏물을 머금은 발자국이 나무 바닥 위에 찍혔다. 자신을 덮은 그림자에 아이가 고개를 들었다. 카론과 눈을 마주치고서 눈물을 후드득 떨구었다.

푸석한 금발은 귀족 영애의 것이라고 하기엔 제대로 관리되어 있지 않아 보였고, 흐릿한 회색 눈동자는 그 부모의 것과 이질적일 만큼 달랐다. 서류에는 '엘레나 오펜하이머'라고 기재된 오펜하이머 부부의 딸은 전혀 그들과 닮지 않았다.

"무슨 일이지."

아이는 곧바로 말을 꺼내지 못한 채 얼어붙은 입술만 벙긋거렸다. 당황하여 할 말을 잊은 듯 보였다. 그때, 나팔 소리가 울렸다.

부우—

대신해서 단두대 줄을 붙들고 있던 사형 집행인이 어쩔 줄 모르는 얼굴을 했다. 카론은 여전히 아이를 내려다보고 있었다.

"……그, 그게. 저는 유언을 남기지 못하여……."

아이가 달달 떨리는 얼굴로 간신히 말문을 꺼낼 때였다. 나팔 소리가 출발을 재촉하는 뱃고동처럼 다시 부우, 하고 울렸다. 단두대가 내려오지 않자, 보고 있던 관객들도 무언가 이상한 낌새를 느꼈는지 웅성대기 시작했다.

부우-

"말해. 어서."

"코, 코타이너에!"

부우-

"코타이너에 사는 로사에게……!"

댕.

묵직한 나팔 소리 대신에 근처 시계탑의 종이 울렸다. 잘린 목에서 튀긴 피가 카론의 뺨을 적셨다. 유언이라는 말은 그렇게 제대로 된 끝맺음을 갖지 못하고 먼지처럼 부스러졌다.

세 사람의 목이 한꺼번에 바닥에서 나뒹굴었다. 카론은 그 참혹한 광경에 넋을 놓았다. 세상이 멈춘 듯, 뒤에서 들려오는 함성이 이명처럼 느껴졌다.

굳어 버린 그를 두고서, 다가온 사형 집행인들이 맞물려 돌아가는 톱니바퀴처럼 망설임 없는 합으로 즉사한 시체를 치웠다. 카론은 멀거니 두 눈에 빛이 꺼진 샤를로테의 머리가 자루 안에 들어가는 모습을 지켜보았다.

시선은 이내 새파랗게 질린 한 사형 집행인에게 가닿았다. 제 주제에 귀족을 처형한 데다가 나팔 소리가 아닌 종소리에 손을 놓았으니, 겁에 질릴 만도 했다.

피를 뒤집어쓴 카론이 저벅저벅 걸어오자, 그에게서 궁색한 변명이 튀어나왔다.

"소, 손이 미끄러져서……."

카론은 말없이 그에게서 줄을 넘겨받았다. 이내 다음 차례 사람들이 섰다. 카론은 기계처럼 줄을 당기길 반복했다.

또다시 사람들이 죽어 나갔으나 그는 그 광경을 제대로 보고 있지 않았다. 망막에 맺혀 버린 상이 도저히 잊히지 않았다. 그 아이가 남기려던 마지막 말이 가슴속 깊이 뿌리를 박았다.

엘레나 오펜하이머.

그 이름을 각인해 버린 첫 번째 순간이었다.

* * *

"올해는 사냥제를 개최할 거라고 하시더군요. 작년에는 워낙 어수선한 일이 많았다 보니, 올해는 내정을 다져서 귀족들의 환심을 얻으시려나 봅니다."

왕세자가 기가 찬 얼굴로 포도주가 든 잔을 궁굴렸다. 잔 안에서 적색 포도주가 소용돌이처럼 빙글빙글 돌았다.

그 잔이 카론에게 건네졌으나 카론은 고개를 내저었다. 맞은편에 앉은 마를레네는 그 모습을 보더니 흡족한 미소를 지었다.

"꽤 모범적인 아들을 두셨으니 좋으시겠군요, 부인."

후작 부인을 향해 왕세자는 칭찬인지 조롱인지 모를 미소만 보냈다. 마를레네 역시 그에 굴하지 않고 의기양양한 태도로 맞받아쳤다.

"전하께선 어린 시절부터 워낙 걸출하시고 호탕한 기질을 지닌 분이어서 괜찮으시겠지만, 제 아들은 자제력이 부족할 나이에 함부로 술을 입에 담아선 안 되어서 말입니다. 그것이 기사의 도리 아니겠습니까. 카론은 서임식을 받은 지도 얼마 되지 않았으니 원칙을 따를 뿐이겠지요."

성년이 되기도 전에 방탕한 생활을 해 온 왕세자를 간접적으로 비꼬는 말이었다. 만찬실 상석에 자리 잡은 왕세자는 그 말뜻을 파악하고도 의뭉스러운 미소만 짓고 있었다. 열받은 기색은 아니었다.

이제는 식탁에서도 당당히 음주할 수 있는 왕세자와 달리 카론은 아직 음주를 할 수 있는 나이가 아니었다. 그렇더라도 왕족이 권한다면 예의상으로라도 입술을 축이는 관행이 있긴 했으나, 카론은 마를레네 앞에서 굳이 그 모습을 보일 생각이 없었다. 되돌아올 피곤함이 얼마나 극심한지 알았기 때문이었다.

저를 두고서 오가는 대화에 관심을 두지 않고, 카론은 피가 뚝뚝 떨어지는 레어 스테이크를 내려다보고 있었다. 접시 위에서 흐르는 육즙은 처형식 날 그의 발밑으로 고인 핏물처럼 진득한 붉은 빛깔을 지녔다. 카론은 최상급 고기로 만든 스테이크를 구석으로 밀어 두고서 다른 접시에만 손을 대었다.

"게다가 아들이 어미의 뜻에 따르고 있다 한들 무엇이 문제겠습니까. 남편이 자주 자리를 비우면, 자식이라도 극진해야 제 낯이 살겠지요."

그러거나 말거나, 마를레네는 비어 있는 자리로 시선을 돌리고서 신경전을 이어 나갔다. 베르너 에르하르트의 자리였다.

처형식 이후로 후작의 부재는 점점 당연한 상태가 되어 가고 있었다. 베르너는 밖을 나돌며 무언가를 찾아다니기 급급했고, 카론과 후작 부인마저도 저택에서 마주한 적이 손에 꼽았다. 그나마 가끔 집에 들어오는 날에는 술을 진탕 퍼마셔서 제정신이 아니었다.

마를레네는 그렇게 망가져 가는 남편을 한심하게 바라볼 뿐 별다른 제지는 하지 않았다. 그럴 때마다 카론을 붙잡고 속삭였을 뿐이었다.

'몸에 고작 마법진 문양만 지니고 태어나 봤자 결국 저리 미쳐 버린다면 쓸모가 없는 게야. 그러니 네가 잘하면 돼. 너만 잘하면……'

'네 아버지와 같은 길을 가지 않도록 조심하렴. 여자 하나에 미쳐서 가문이고 책무고 전부 내팽개친 모습이라니……. 어머니께서 이 모습을 보셨어야 했는데…….'

'그러니 너는 이 어미를 실망시켜선 안 돼. 알았니? 에르하르트의 실패작은 네가 아니라 베르너라는 걸 우리가 모두에게 알려 주는 거야.'

베르너와 남매로 자라 온 마를레네는 자신이 신비력을 타고나질 못했단 사실에 평생 열등감을 가졌다. 그 이유로 차별받으며 자라왔으니 그럴 만도 했다.

붉은 눈은 그들이 부모로부터 물려받은 신비력의 유산이었다. 시간이 갈수록 핏줄에서 신비력이 묽어지자, 마녀까지 가문의 일원으로 받아들이게 된 건 그들의 부모 세대 때부터였다. 어머니로부터 선명한 적안을 물려받은 베르너와는 다르게 마를레네의 눈동자는 검붉은 빛깔에 가까웠다.

그렇기에 베르너가 신비력이 없단 이유로 카론에게 손을 올릴 때면, 마를레네는 베르너가 보는 앞에서만이라도 카론을 감싸 안았다. 제 어린 시절에 고인 설움과 연민이 아들에게 겹쳐지는 듯했다.

반면에, 카론이 조금이라도 후작의 모습을 닮거나 제 어린 시절의 부족한 점을 연상케 하면 그땐 그녀가 손을 올렸다. 마를레네는 아들이 오로지 자신의 완벽한 모습만 닮길 원했다. 자신을 투영한 아들을 베르너 에르하르트보다 정상적이고 성공적인 후작으로 키워 내는 것이 그녀의 숙원이었다.

그것만이 제 지난날을 보상한다는 듯이. 이미 세상을 뜬 그녀의 부모가 자신을 지켜보기라도 하는 것처럼. 마를레네는 여전히 제 어린 시절에서 헤어 나오질 못했다.

"당연히 사냥제엔 카론 경께서 출전하시겠지? 경이 빠지면 무슨 재미야. 안 그래?"

그런 의미에서 마를레네는 이 문란하고도 능청스러운 왕세자가 카론에게 접근하는 걸 그리 달가워하지 않았다. 후작 부인은 왕세자를 제 아들을 검게 물들일 질 떨어지는 종자라고만 여겼다. 어머니의 그런 심기를 익히 잘 아는 카론이 거절의 뜻을 전하려 할 때였다.

"아, 그나저나 시중에 마도구가 지나치게 많이 풀리고 있던데."

왕세자는 유감스럽단 듯이 어깨를 으쓱였다.

"반역자들에게서 몰수해야 할 마도구 말입니다. 제대로 회수되지 않은 것인지, 암거래 시장에서 발견되었단 보고가 계속해서 들리고 있어 염려되는군요."

마를레네가 입술을 깨물었다.

왕실은 대대로 에르하르트 가문에 마도구와 관련된 권한을 위임해 왔다. 하지만 최근 일을 놓은 베르너는 이조차 제대로 챙기지 아니하고 있었다.

이대로라면 왕실이 직접 나서서 마도구를 몰수할 터였고, 이는 에르하르트의 명예가 실추될 문제였다. 자칫하다간 에르하르트 가문의 영향력이 줄어들 수도 있었다.

마를레네는 베르너 개인에게 향할 화살은 막지 않았으나 가문의 명예에는 예민했다. 신비력이 없는 안주인의 탓에 가문의 안위가 흔들렸다는 오점을 남기고 싶어 하지 않았기 때문이었다. 그녀는 하는 수 없이 한발 물러선 태도로 포도주를 머금었다.

"최근 후작님께서 남은 반역 세력을 잡는 일에 애를 쓰고 계셔서 말입니다."

왕세자는 턱을 괸 채로 생긋 웃었다. 거짓이라도 들어 줄 테니 비위를 맞춰보라는 태도였다.

"왕실에서 충분한 시간을 주신다면야 전부 다 회수할 수 있을 것입니다. 그때까진 저도 카론도 왕실이 내정을 다스리는 일에 최대한 협조를 하도록 하지요."

마를레네가 카론에게 눈짓을 보냈다. 카론은 어미의 뜻을 전달받고 열의 없이 고개만 까닥거렸다. 그로선 결론이 어찌 나든 상관없었다. 어차피 부모의 뜻에 따라 부표처럼 떠밀리다 에르하르트 후작이 되어야 하는 삶이었으니.

"하하, 그럼 사냥제에는 참여하는 걸로 알고……."

식탁에서 어떤 대화가 이루어지든 카론은 남 얘기를 듣는 사람처럼 굴었다. 오가는 말소리가 아득하게 멀리서 들려오는 소음처럼만 느껴졌다. 처형식 이후로 종종 겪는 이명이었다.

기사도, 처형식, 유언, 종소리.

그날의 기억이 떠오를 때면, 그는 일상의 모든 순간마다 알 수 없는 위화감을 느꼈다. 저 빼고 모두가 평온한 일상을 보내는 것이 그저 신기할 따름이라 겉돌 수밖에 없었다. 처형식의 배경음 같던 흥겨운 함성처럼, 제 머릿속 어딘가가 균형이 맞지 않게 부서져 버린 느낌이었다.

그가 그런 제 상태를 가다듬은 건 그 해 사냥제에 참가한 이후부터였다. 정신을 차렸을 땐 우승을 거머쥔 채였다.

대규모 사냥을 끝마쳤을 때, 제 앞에서 죽어 가는 생명을 봐도 더는 아무런 감흥이 들지 않았다. 발밑에 쌓인 사체와 피에 익숙해진 건 그 무렵부터다. 사냥에 몰두하면 제 트라우마를 극복할 수 있으리라 여긴 결과였다.

상태가 악화된 것인지, 극복된 것인지는 몰라도, 손에 대량의 피를 묻히고 난 뒤부터 그날의 일은 점차 기억의 해수면 아래로 가라앉았다. 카론은 이렇게 제가 점점 잊어 가겠거니 여겼다.

그다음 해, 사냥제에서 엘레나 오펜하이머를 만나기 전만 해도 그러했다.

* * *

정원 문을 빠져나오자마자 썰물처럼 밀려오는 기억에 카론은 숨을 들이마셨다. 전력 질주를 마친 사람처럼 심장이 쿵, 쿵 뛰었다. 시야가 가물거렸다. 꿈속에서 정신을 놓아 버리는 순간, 혼수상태에 돌입할 거란 사실을 직감할 수 있었다.

'기회는 한 번뿐입니다.'

카론은 심호흡하며 정신을 다잡으려 노력했다. 주위를 둘러보자 익숙한 숲길이 펼쳐져 있었다. 숲은 쥐 죽은 듯이 고요했다. 미로의 형태가 바뀐 것이다.

훌륭한 시술 실력을 자랑하는 구스타프의 설계다웠다. 물건을 서랍장에 나누어 보관하듯, 기억을 일정 간격으로 나누어 각각 다르게 설계한 미로에 가둬 놓은 것이다. 이러면 어쩌다가 봉인한 기억 중 하나가 유출되더라도, 나머지 기억들이 한꺼번에 빠져나오진 못할 터였다.

레나 크루거와 처음으로 만났던 장소가 여기였나.

카론은 드물게 떠올랐던 기억을 따라 사냥제 때 덫을 놓았던 장소까지 걸어가 봤지만, 역시나 그곳에는 아무도 없었다. 예상한 상황에 초조해하지 않고 침착하게 주변을 둘러보았다.

이번에도 반드시 기억을 되찾고자 하는 욕망의 흔적이 남아 있을 터였다. 그 무의식의 퍼즐 조각만 찾을 수 있다면…….

한참 그 주변을 걷고 있는데, 우거진 숲 사이로 햇빛을 받아 금빛으로 반짝거리는 나무가 눈에 띄었다. 현재의 카론이 또렷하게 기억하고 있는 장소였다.

왕세자의 초청을 받은 사냥제 때. 레나 크루거를 세워 두고서 그녀를 가졌던 나무.

카론은 곧바로 그 나무까지 내달렸다. 나무에 매달린 찬란한 금색 잎사귀는 레나의 머리카락 색과도 같았다. 제가 애틋하게 여겼던 기억의 흔적이었다.

다가갈수록 나무 그늘 밑에 앉은 누군가의 인형이 보였다. 여름의 후더운 열기를 막아 주는 나무 그늘에, 열일곱 살의 카론이 앉아 있었다.

"등신 같은 새끼."

소년은 다짜고짜 미래의 자신에게 욕을 퍼부었다. 냉랭한 얼굴이었다. 카론은 과거의 자신에게 변명할 말이 나오지 않았다.

"기억을 찾게 해 줘."

대신에 그는 제 자아나 다름없는 분신에게 간청했다. 제발 '레나 크루거'에게 다가갈 수 있는 기억의 문을 열어 달라고. 열일곱 살의 카론이 헛웃음을 터뜨렸다.

"또 기억을 지우지 않으리란 보장이 있어?"

지금의 카론이 미덥지 못한 모양이었다. 그러나 말과는 달리 카론에게 기억의 열쇠를 던져 주었다. 카론은 재빨리 날아드는 조그마한 장신구를 바로 받아 냈다.

손바닥 위에는 실금이 간 타스로산 에메랄드 팔찌가 놓여 있었다. 그가 상자 안에 보관했던 물건이었다.

"아주 오랫동안 기억을 찾기를 바라고 있었으면서."

경멸에 일그러진 얼굴이 그를 쏘아보고 있었다.

"어째서 지금 온 거야."

열일곱 살의 카론은 아주 오랫동안 미로 속에서 파수꾼 노릇을 해 온 듯했다. 레나와 처음 만난 순간이 열일곱 살 때였으니 아마도 이 시기의 기억을 찾는 것이 가장 간절한 욕망이었으리라. 눈앞에 보이는 열일곱 살의 카론은 그 욕망의 조각이었다.

무의식이 건네는 원망을 듣고도, 카론은 아무 말 없이 제 손목에 팔찌를 채웠다. 열다섯 살의 자신에게 그러했듯 다른 망설임이나 변명은 없었다. 후회할 시간에 그가 몰랐던 '레나 크루거'를 찾아야만 했다.

금이 간 에메랄드 팔찌가 그의 손목을 조이듯 달라붙었다. 그 순간, 고적하기만 했던 숲의 풍경이 삽시간에 변화하면서 그의 기억에 찾아들었다.

* * *

프리네가 죽었다. 슈미트 공작가를 압수 수색하면서 입수한 정보였다.

베르너 에르하르트는 길길이 날뛰었으나 어디서 얻어왔는지도 모를 신비력 질환이 그를 꿇어 앉혔다.

마를레네는 예상했다는 듯이 담담한 태도로 베르너의 병간호를 맡았다. 카론이 어머니의 뒷모습을 자주 보게 된 건 그 무렵부터였다.

카론은 그런 어머니가 못내 불안했다. 그저 주기적으로 아버지의 머리맡에 향을 피우고 상태를 점검하는 걸 매일 반복할 뿐이건만. 베르너를 돌보는 마를레네의 뒷모습에는 항상 아슬아슬한 위태로움이 감돌고 있었다.

섣불리 그녀의 얼굴을 마주할 엄두를 내지 못한 건, 내내 봐 왔던 그 뒷모습이 사실은 웃는 얼굴일지도 모른다는 공포 때문이었다. 카론에게 가족이란 이미 부서진 울타리에 불과했으나, 그가 겪은 실상보다 더한 파국을 구태여 들춰내고 싶지 않았다.

마를레네에게 정기 보고를 올리러 간 어느 날이었다.

후작은 여전히 침대에만 누워 있었다. 훗날 카론이 쓰게 될 붉은 침상이었다. 베르너 에르하르트는 그 위에서 간간이 잠꼬대 같은 말을 내뱉었다. 마를레네는 그날도 카론에게 뒷모습을 보인 채 앉아 있었다.

"시중에 풀린 마도구 회수율이 이제 6할에 도달했습니다."

베르너의 장기 부재가 길어지다 보니, 마를레네와 카론은 베르너의 역할을 나누어 맡은 상태였다.

에르하르트가 전국에 깔아 놓은 첩자들에게 보고를 받고 귀족들과 교류하는 일은 마를레네의 담당이었으니, 전국을 돌아다니면서 마도구를 회수하고 슈미트 공작이 남겼다는 신비력자를 찾아다니는 일은 자연스럽게 카론의 담당이 되어 있었다.

가느다란 손으로 화병을 장식하는 꽃꽂이는 어머니의 상태를 짐작해 볼 수 있게 하는 유일한 움직임이었다. 물 흐르듯 유려한 움직이는 손길이 생사를 오가는 남편을 앞에 두고도 평온하게 이어지고 있었다.

"나머지 4할은?"

"유출 경로를 수소문 중입니다."

코끝에 정체를 알 수 없는 풀 향이 스몄다. 침실 전체가 안정을 취하는 향으로 뒤덮여 있었다. 먼 옛날, 주술사들이 썼다던 향로에서 나온 것이었다.

성력을 타고났다는 베르너 에르하르트가 체질적으로 주술이 받을 리가 없었다. 마를레네 역시도 잘 아는 사실이었다. 카론은 침묵하여 제 어미가 아버지를 기만하는 일에 동조했다.

"아예 유출 경로를 추적조차 불가한 것들이 있니."

"대부분이 북부 대륙으로부터 온 것들입니다."

"귀한 마도구이니 잘 숨겨 두었을 만도 하지. 지금 어느 가문의 것이 남았더냐."

카론은 생각나는 대로 가문을 나열했다. 다만 마지막 가문을 말할 때는 말에 간격을 두었다.

"……그리고 오펜하이머 가문의 마도구가 남았습니다."

꼿꼿이하던 마를레네의 손이 잠시 멎었다. 카론은 그 모습을 보다가 조심스레 물었다.

"여전히 신경 쓰이십니까?"

그녀는 여전히 '프리네'와 관련된 문제에 예민했다. 아직 자세한 사정을 몰랐던 카론은 도통 그녀를 이해하지 못했다.

베르너가 마를레네를 사랑하지 않듯, 마를레네 역시 베르너를 사랑하지 않았다. 마를레네에게 프리네의 존재는 그저 베르너의 광기를 받아 줘야 했던 가엾은 여인에 불과했을 텐데도, 프리네에 관한 소식을 주기적으로 확인하는 마를레네에게서는 무엇인지 모를 미련이 남아 보였다. 다만, 그 미련이 후작을 향한 게 아니란 건 확실했다.

"그럴 리가."

마를레네가 움직이던 손을 거두고서 뒤를 돌았다. 에르하르트의 구성원다운 비스듬한 미소를 걸친 채였다.

"네 아비처럼 마음 가는 대로 날뛰는 무책임한 작자를 보고 있노라면, 나 역시도 아쉬운 부분이 생기기 마련이거든."

제 연적도 되지 못한 여자. 그 여자에게 집착하다가 허무한 결말을 맞이한 남편.

베르너의 자리를 앗아 가문 꼭대기에서 군림하게 된 마를레네였으나 막상 그 자리에 오르니 이제는 그 너머에 있는 것이 아쉬운 모양이었다. 그 자리에 앉기 위해서 그녀가 포기해야만 했던 것들이 무엇인진 알 수 없었으나, 반들거리는 검붉은 눈이 카론이 쓱 훑어본다는 건 그리 좋은 징조가 아니었다.

다시 등을 보인 마를레네가 화병에 꽃을 장식하는 일을 계속했다. 그 우아한 손길에는 금방 찾은 평온이 깃들어 있었다.

"올해도 사냥제에 가니."

"예."

나긋할 정도로 부드러이 묻는 말에는 어떤 간계도 느껴지지 않았다.

"잘 다녀오렴. 올해는 내가 줄 것이 있구나."

* * *

카론은 사냥제 때 쓸 새로운 화살을 선물 받았다. 금촉으로 된 화살은 굳이 짐승을 잡는 일에 쓰기엔 더없이 과해 보이는 물건이었다. 어머니에게 선물을 받았다는 기쁨보다는 의심이 먼저 드는 건 어쩔 수 없는 일이었다.

"이야. 후작 부인께서 아들을 많이 신경 쓰셨나 보네."

기분 좋게 술에 취한 왕세자가 비틀거리며 카론 옆으로 다가왔다. 윗옷은 어디에 놔둔 것인지 이미 헐벗은 상체에 프록코트만 걸고 있었다. 낮에 경건한 얼굴로 사냥제 개최 선언서를 읊던 왕세자라고는 믿기지도 않을 모습이었다.

지켜보던 나신의 여자들이 멀리서 까르륵거리는 웃음을 터뜨렸다. 왕세자에게선 희미한 약 냄새가 났다. 본격적인 사냥제를 앞두고 거나하게 뒹구는 판이 열린 상태였다.

카론이 곧바로 상자를 닫았다.

"많이 취하셨습니다. 내일이 본격적인 사냥제이지 않습니까."

"어차피 난 사냥을 안 할 거라서 말이야."

왕세자가 킬킬거리며 잔 두 개에 포도주를 채웠다. 카론은 이번에는 술잔을 거절하지 않았다. 그가 단번에 술을 들이켜자, 무엇이 재밌는지 왕세자가 호탕한 웃음을 터뜨리며 다시 술잔을 채워 주었다.

역시. 왕세자와 어울리면 이런 점에서 피곤했다. 반면에, 이런 점 때문에 어울리고 있기도 했다.

"후작 부인께서 이 모습을 보면 날 죽이려 할지도 모르겠어. 제 아들에게 나쁜 걸 가르쳐 준다고 말이야. 그치만 사실 제 아들이 이 자리에서 제일 말술이란 사실 정돈 아셔야 하지 않을까? 다들 어떻게 생각해?"

왕세자가 뒤에 모여 앉은 귀공자들을 끌어들였다. 모여서 술잔을 기울이던 귀공자들은 정해진 답안이 있는 이들처럼 다 같이 고개를 끄덕거렸다.

애초에 왕실 세력에 붙기 위해서 모여 앉은 이들이었다. 여자까지 끼고 앉은 왕세자 말고는 아무도 흐트러진 상태가 아니었으나 왕실과 에르하르트 가문에 잘 보이기 위한 갖은 아첨이 뒤따랐다. 그게 고작 주량 얘기라 하더라도, 밤을 새워서 그를 치켜세우라면 그걸 해낼 듯한 분위기였다.

그 상황에서 누군가 뼈가 있는 빈정거림을 내뱉었다.

"검술 실력보다도 술을 더 잘하는 것 같기도 합니다."

마르첼 발렌시아였다.

"왜 그래. 마르첼."

누군가 마르첼의 팔을 쥐고 눈치를 주었다. 마르첼 발렌시아가 작년 사냥제에서 준우승을 하고 난 뒤로 저런다는 걸, 그 자리에 있는 모두가 알고 있었다.

"칭찬이잖아."

고고하신 발렌시아 가문의 귀공자에게는 자존심에 금이 가는 일이었을 터였다. 작위로만 따진다면 소후작보단 소공작이 추앙되는 그림이 덜 민망하지 않은가.

그러나 어린 귀공자들이라 할지라도 귀족 간에 미묘한 서열 관계는 확실하게 인식하고 있었다. 다들 왕실의 견제에 밀려 지방에서 자신만의 성을 구축하는 데 만족한 발렌시아 가문보다도 왕실의 총애를 받는 에르하르트 가문에게 지대한 관심을 쏟았다.

더군다나 카론 에르하르트는 걸출한 실력으로 최연소 기사 서임까지 받지 않았나. 환심을 사려 노력하지 않았는데도 왕세자는 소후작을 절친한 친구로 여겼다. 그러니 귀공자 사이에서도 발렌시아 소공자보단 에르하르트 소후작을 더 눈여겨보는 분위기가 생길 수밖에 없었다.

다들 조마조마한 심정으로 카론과 왕세자의 심기를 살피는 와중에, 왕세자는 이 상황이 흥미로운 듯 카론을 곁눈질했다. 그의 반응을 보고 싶어 하는 눈치였다.

그러나 당사자인 카론은 마르첼을 한번 쓱 훑어보더니, 그 말을 못 들은 사람처럼 채워진 잔만 비웠다. 상대해 줄 가치도 없단 태도였다.

카론이 도발에 넘어가지 않자, 싸늘했던 분위기는 급속도로 누그러졌다. 마르첼이 언짢은 얼굴로 자리를 벗어나자 다들 안도하는 기색이었다. 이내 다시 소란스러운 대화가 이어졌다. 왕세자는 흥미가 식은 얼굴로 카론의 잔을 새로 채워 주었다.

"난 아직도 경을 모르겠어."

그 나이 귀공자들에게도 파벌 싸움은 꽤 예민한 문제다. 성인이 되어서도 그때의 분위기 그대로 서열이 자리 잡히는 경우가 허다하기 때문이었다.

그러나 카론은 마치 또래의 사사로운 문제와는 다른 무언가에 사로잡힌 사람처럼 어딘가 초탈한 구석이 있었다. 지나치게 금욕적인 점도 마찬가지였다.

바로 그 점이 왕세자의 흥미를 자극하기에 충분했다. 그 나이 귀공자들의 관심사인 친목, 싸움, 서열에도 별 반응이 없다면……. 그렇다면…….

"끌리는 귀공녀는 있나? 내일 손수건을 많이 받을 텐데."

레오폴트가 떨어져 있는 정부들에게 손짓하자, 그녀들이 다가왔다. 개중에 한 여자가 눈치껏 카론의 곁에 섰다. 팔에 닿는 굴곡진 가슴의 감촉에 카론은 거칠게 팔을 빼내었다. 다가온 여자가 민망할 정도의 거부였다.

"저런, 카론 경."

귀공녀에게든 코르티잔에게든 가리지 않고 친절한 왕세자가 부드러이 그를 타일렀다. 카론은 마지막 술을 받아 마시고 자리에서 일어났다.

"저는 내일 일이 있어 먼저 들어가 보겠습니다."

적당히 어울릴 만큼 어울린 카론이 자리에서 일어났다. 왕세자는 고개만 설레설레 저으며 그를 잡지 않았다. 다만, 느른하게 입꼬리를 늘리고서 그에게 당부했다.

"내일을 기대하도록 할게."

내일도 이 자리에 강제로 참석하란 뜻이었다. 카론은 조금 피로한 얼굴로 밖으로 나왔다.

이래서 왕세자는 엮이면 피곤해지는 인물이었다. 가문의 사정으로 인해 어린 시절부터 지금까지 줄곧 함께 자라 왔지만, 그들 사이에는 애매모호한 거리가 존재했다.

친구라고 부르기에는 의리가 없고, 주군이라 부르기에는 충심이 없으며, 위협자라고 부르기에는 원한이 없다.

예로부터 에르하르트 후작은 왕실에 협조해야 하는 적당히 귀찮은 의무를 감당하고 있었고, 왕실은 신비력 권한만 위임해 주면 충견이 되는 후작 가문과 원만한 관계를 맺길 원했다. 그러나 선조부터 이어져 내려온 이 자연스러운 협력 관계에는 어느 순간부터 미묘하게 금이 가 있었다.

그것이 광인이 된 아버지 베르너의 영향 때문인지, 웃는 낯을 지닌 왕세자에게서 본능적인 거부감을 지닌 카론의 탓인지, 혹은 그 메스꺼운 기류를 읽으면서도 태연한 척 친분을 가장하는 왕세자의 탓인지는 정확히 말하기 힘들었다.

그럼에도 카론이 왕세자와 어울리는 이유는 훗날을 위해서였다. 언젠가 이렇게 이어진 부모와의 연이 정말로 지긋지긋해지고, 기존의 에르하르트에 대한 증오가 쌓여 간다면.

그때 제게 가장 좋은 수단이 되어 줄 이가 왕세자였다.

신선한 바깥바람을 맞으며, 카론은 왕세자의 처소를 돌아보았다. 창틈으로 새어 나오는 불빛은 밤새 꺼지지 않을 터였다. 그대로 귀공자들이 쓰는 처소까지 걸어가는데, 담 너머로 두런두런한 대화가 흘러나왔다.

"엘레나, 내일이 기대되지 않아? 아침에 너도 조찬장에서 하는 얘기 들었잖아. 에르하르트 소후작이 이 자리에 있어!"

"어? 으응……."

카론은 그 자리에서 우뚝 멈춰 섰다. 자신을 칭하는 '에르하르트 소후작'이란 말보다 '엘레나'라는 이름에 먼저 반응해 버렸다. 담 너머에는 귀공녀들이 쓰는 처소가 자리 잡고 있었다.

"나 내일 소후작에게 손수건을 주고 싶어."

"하지만……. 그분은 다른 귀공녀들께 손수건을 많이 받지 않을까?"

"그래도 상관없어. 내가 주고 싶은 게 중요한 거니까."

아마도 저녁 식사를 마치고 처소 앞 정원을 산책하고 있던 모양새였다. 카론은 그대로 고개를 내저으며 걸음을 재촉했다.

'엘레나'라는 여자애의 이름을 들을 때면 이러했다. 금발의 여자를 마주하게 되면 흠칫거리는 것도 그 탓일 터였다.

여전히 그는 그날의 기억에서 벗어나질 못했다. 그것이 제 어깨에 놓인 죄의 무게라는 걸 알았다. 아마도 평생을 지우지 못할 피의 대가란 것도.

* * *

사냥터로 입성하는 날은 짜증이 치밀 만큼 무더운 날씨였다. 그럼에도 사냥터의 초입에 세워진 천막은 항상 인파로 들끓었다. 사냥을 응원하는 귀공녀들과 손수건을 받으러 가는 귀공자들로 붐비기 때문이었다.

혼자 있었다면, 혼잡한 틈바구니에 섞이기 싫어 천막을 우회했을 것이다. 그러나 왕세자는 언제나 그렇듯 그를 그곳으로 데려가야 직성이 풀리는 위인이었다.

"하하, 카론 경. 저기서 마음에 드는 귀공녀가 있으면 미리 이야기해 줘. 그래도 신하의 여자는 건드리지 않을 테니까."

꽤 끔찍한 농담이었다. 밤새 여자를 안아 놓고서 질리지도 않는 건지, 왕세자는 자신이 방탕하게 노는 걸 넘어 카론에게 여자를 떠넘겨 보고 싶어 하는 악취미가 있었다. 카론이 어느 여자도 가까이 두지 않다 보니, 이제는 그 반응을 재밌어하는 듯 보였다.

아니나 다를까.

기다림에 지쳐 있던 귀공녀들이 작년 우승자를 보기 위해서 몰려들었다. 그들끼리 얌전히 질서를 지키던 대열이 무너지면서 소동이 일었다.

밀려나지 않고 최전선으로 나온 승자들이 카론을 포위하듯 둘러싸고서 손수건을 내밀었다. 한마디씩 건네 오는 말들이 한데 모여 소음으로 뭉쳤다.

"카론 경!"

"받아 주세요!"

"사냥 힘내세요!"

시끌벅적한 말들은 아우성에 가까워 알아듣기도 힘들었다. 그러나 카론의 시선은 제 앞에 펼쳐진 소란 너머에 붙박인 채였다.

나비가 내려앉듯 흩날리는 금빛 머리칼. 혼잡한 대열 사이로 금발 여자가 홀로 주저앉은 찰나가 아주 느릿하게 어른거렸다.

주변의 여자들이 지워지고 숲에는 자신과 그 여자 둘만 남겨진 듯이. 어떤 기시감이 일었다. 잡음이 사형장에서의 함성처럼 변한 건 그 순간이었다. 이명이 울려 귓속이 먹먹했다. 적색의 홍채가 순식간에 수축하며 동공이 부풀었다.

원래대로라면 누구의 손수건도 받지 않고 지나쳤을 자리였으나, 당장은 눈앞에 보이는 대로 누구의 것인지도 모를 손수건을 잡아챘다. 정신을 차렸을 땐 쓰러진 여자에게 성큼성큼 걸어가 손수건을 건넨 뒤였다.

여자는 그때까지도 그가 다가온 줄 모르고 흙바닥에 앉은 채 까진 손바닥을 내려 보고 있었다. 미약하게 내려앉는 어깨에서 가늘게 흘러나왔을 한숨이 느껴졌다. 태양의 힘에 따라 길게 그림자 늘어진 그림자가 그녀를 덮자, 여자가 머리칼에 가려진 얼굴을 들어 올렸다.

쿵, 쿵.

알 수 없는 공포감에 심장이 조여들었다. 역광으로 내리쬐는 햇발이 힘겨운 듯 눈가를 찌푸리는 여자의 얼굴을 보는 그 순간.

주변의 조용해진 분위기 속에서 그의 심장이 멎었다. 유리알 같은 푸른 눈동자가 깜빡거리며, 그 안에 넋이 나간 그의 얼굴을 담았다.

"와, 카론 경. 그건 너무한 처사야. 귀공녀께서 준 손수건을 그리하면 쓰나."

정적을 깬 왕세자의 한마디에 카론이 그쪽으로 고개를 돌렸다. 비로소 삼켰던 숨을 몰아쉴 수 있었다. 그대로 눈앞에 있는 여자를 못 본 척 그 자리를 피하고 말았다.

순간 든 생각이 도무지 말이 되지 않았다. 머리가 제정신이 아닌 것만 같았다. 혼란에 점철된 감정을 숨기려 들자, 여자를 등지고 선 표정이 저절로 일그러졌다. 눈가를 따갑게 하는 여름의 햇볕이 있어 다행이란 생각만 들었다.

"저보다 필요한 사람이 쓰는 게 낫잖습니까."

카론이 쥐고 있던 손수건을 당황한 얼굴을 한 귀공녀에게 돌려주었다. 순간 범하게 된 무례에 사죄하는 뜻으로 대강 머릿짓만 건넸다. 누군가를 신경 쓸수 있는 겨를이 아니었다. 신경은 계속해서 등 뒤를 향해 있었으니.

머릿속은 하지 말라고 외치는데, 자꾸만 뒤를 돌아서 그 여자의 얼굴을 다시 확인하고픈 충동에 휩싸였다. 카론은 대신에 제 주먹을 꾹 감싸 쥐었다.

"저 먼저 들어가 보겠습니다."

도망치는 발걸음이 빨라졌다. 뒤에서 왕세자가 쯧, 하고 혀 차는 소리가 들렸다. 그렇게 아무도 없는 곳까지 무작정 걸어오고 나서야, 그는 무너지듯 나무 그루터기에 주저앉았다.

싱그러운 향기를 뿜어내는 숲의 공기가 그를 진정시켰다. 울창한 초목 사이로 솔솔 부는 바람이 흐르는 식은땀을 닦아 주었다.

기분 탓일 터였다. 반드시 그래야만 했다. 어차피 사냥제만 끝나면, 두 번다시 마주하지 않을지 모르는 상대에 불과했다.

카론은 아지랑이처럼 눈앞을 어지럽히는 여자의 잔영을 털어 내며, 닥치는 대로 짐승을 잡아들일 생각에만 몰두했다. 평소보다 많은 덫을 설치하게 된건 그 때문이었다.

덫에 설치할 화살을 고르기 위하여 화살촉을 보관하고 있던 상자를 열자, 어머니가 선물한 금제 화살들이 나란히 정렬되어 있었다. 개중에 하나를 집어 드니 일반 화살보다 묵직한 무게가 느껴졌다. 역시 일반적인 사냥에 쓰이기엔 무리가 있는 것이었다. 제의에 쓰이는 것처럼 보이기도 했다.

뾰족하게 빛나는 금색 날붙이가 태양 빛을 받아 반짝거렸다. 그 빛깔이 여자의 머리칼을 연상케 하자, 카론이 고개를 휘휘 내저었다.

어머니의 저의가 의심스러웠으나 결국 화살촉에 일반적으로 사냥에 쓰이는 수면 독을 발랐다. 일단은 덫에만 써 볼 요량이었다. 어떻게 해서든 지금은 신경을 거슬리게 하는 여자의 환영을 몰아내는 데 집중해야 했다.

그 덫 때문에 스쳐 지나갈 줄 알았던 여자와 다시 만날 줄도 모르고.

* * *

"'운 좋게도' 그 손수건에 문장이 새겨진 데스테 가문에서 후원을 받고 있어요. 데스테 영애께서는 저를 친구로 삼아 주셨죠."

카론은 그 애의 말을 의심 없이 믿고 싶었다. 차마 이름도 묻지 못한 평민 계집애였다. 비에 젖은 얼굴 위, 물방울이 맺힌 속눈썹이 내리깔릴 때마다 형용하기 힘든 감정이 울컥울컥 치밀었다.

분명히 처음 보는 얼굴이었다. 그러니 저와 인연이 닿진 않았을 터였다. 아니, 반드시 인연이 없어야만 했다. 제 과거의 잔상을 눈앞의 소녀에게 투영하지 않으려 애쓸수록 말은 불친절하게 나왔다.

"화살을 어떻게 피했지?"

제 덫에 빠져 버린 상황이었다. 당장에 치밀어 오르는 제 감정보다 중요한 건 소녀의 상태부터 확인하는 일이었다.

덫에 걸려들었을 때만 해도 맹랑하게 잘 굴던 여자애가 그 순간에는 물기 젖은 입술을 짓씹으며 대답을 머뭇거렸다. 움찔거리는 분홍색 입술이 열릴 듯 말 듯 벙긋거릴 때마다 카론의 마음을 들었다가 놓길 반복했다.

"저를 보호해 주는 방어구가 있어요."

그를 지그시 바라보던 푸른 눈동자에 잔잔한 파문이 일었다. 조그맣게 속삭이는 목소리가 큰 고백이라도 털어놓는 사람처럼 잘게 떨렸다.

"마도구를 말하는 건가."

"네."

그 애는 눈도 마주치지 못하고 고개를 끄덕였다. 그러고는 손목에 묶여 있던 팔찌를 보여 주었다. 알이 굵은 에메랄드 보석은 10개 중 9개가 가뭄 난 땅처럼 균열이 일어 있었다.

짙고 선명한 녹색. 그 찬탄할 만한 가치의 보석이 카론의 머릿속에서 댕, 하고 종을 울렸다. 도저히 인정하기 싫은 현실에, 카론은 저도 모르게 그녀의 팔을 움켜잡았다.

"이건 타스로산 에메랄드야. 손상 형태를 봐서는 마도구가 확실하고. 아직 깨지지 않는 보석이 있는 걸 봐서는 방어 기회가 한 번 남은 건가?"

타스로산 에메랄드로 된 방어구는 북부 대륙에서 내려오는 마도구였다. 북부 대륙의 마도구 제작자들이 타스로 광산에서 채굴한 에메랄드로 만든 귀하디귀한 성유물인데…….

도대체 이걸 어떻게.

도저히 평민이 일반적으로 구할 수 있는 수준의 물건이 아니었다. 심지어 암시장에서도 함부로 내놓지 않을 매물이다. 왕국에서 이 정도 마도구를 소유할 수 있는 인간이라면, 두 가지 가능성밖에 없었다. 왕족이거나 귀족이거나.

"이건 내가 서임식 때 받았던 방어구보다 더 좋은 거야. 이런 물건을 어디서 났지?"

카론이 추궁하자, 그 애는 두 눈을 깜빡였다. 되레 제가 더 충격을 받은 듯한 태도였다.

"잠깐만, 방어구요? 혹시 검에 하시는 장신구를 말씀하시는 건가요?"

오히려 그를 역으로 추궁하기까지 했다. 카론은 얼어붙은 얼굴을 보다가 허리춤에 찬 검을 내려 보았다. 언제나 칼자루 끝에 조그맣게 매달려 있던 가넷 장식이 보이지 않았다. 아마도 사냥터 어딘가에서 떨군 듯했다.

"맞아. 기사 서임식에서 국왕께 받았어. 오늘 잃어버린 것 같지만."

서임식을 거친 기사면 누구나 한 개씩은 하사받을 수 있는 마도구였기에, 그로선 별 미련도 남지 않는 것이었다.

그러나 가뜩이나 비에 젖어 투명하던 소녀의 얼굴은 그 말을 듣고선 더욱 희게 질렸다. 그녀는 덜덜 떠는 손으로 가지고 있던 물건을 꺼내 보였다. 그의 검 장신구였다. 검 장신구를 장식하는 가넷은 이미 손상이 가 있었다.

"아, 아까 이걸 떨어뜨리고 가셨어요……. 돌려드리려고 했었는데, 대체 왜 이런 일이……. 분명 방어구는 지정된 사람만 쓸 수 있을 텐데……."

당황한 기색이 역력해 주섬주섬 늘어놓은 그 말이 오히려 카론이 부정하고 싶던 현실에 못을 박았다. 카론은 움칠거리는 손에서 제 방어구를 빼앗다시피 하고서 피식 웃었다.

"네 방어구는 지명자를 가릴 수 있나 보지?"

"방어구라면 당연히 그래야 하지 않나요?"

"아니. 그건 더 고차원적인 마법으로 설계된 마도구다. 서임식에서 받는 이런 보급품과는 급이 다른 것이지. 보아하니 내 방어구에서 나온 낮은 단계의 마법이 먼저 발현되었나 본데."

제가 무슨 말을 했는지도 모르는 그 아이는 충격받은 얼굴로 멀거니 제 팔찌를 내려 보았다. 헛웃음이 절로 터지는 광경이었다.

그가 느낀 기시감. 추적 경로도 찾기 힘든 북부 대륙의 마도구. 소유한 재산을 확실히 하기 위하여 상속자를 지정하는 마법을 사용했어야 하는 계층의 이들.

"너, 누구야."

그가 그녀에게 달려들었다.

대체, 어떻게. 왜, 어째서, 내 눈앞에 나타났어.

그녀가 답해 줄 수 없을 물음이 목구멍 끝에 걸렸다. 미칠 듯한 감정이 그 안에서 소용돌이쳤다. 책무와 죄의식. 트라우마와 현실. 희망과 절망.

양가감정이 양방향에서 오갔다. 마음 같아서는 그녀를 붙들고 묻고 싶을 지경이었다.

내가 대체 널 어떻게 해야 해.

품 아래에 깔린 청명한 눈동자에 두려움이 차올라 있었다. 저를 위에서 내려다보고 있는 남자야말로 제 존재를 두려워하고 있다는 걸 모르는 듯했다.

"누군데 이런 걸 가지고 있는 거지."

하나 마나 한 질문이었다. 이미 처음 본 순간부터 답을 알고 있지 않았는가.

"저는 그저……. 데스테 백작께 후원을 받는 고아일 뿐이에요."

"아, 데스테 백작께서는 태생도 불분명한 고아에게 이리 귀한 물건을 주실 만큼 후한 양반이신가?"

그 애는 가당치 않은 변명이나 늘어놓으며 몸을 달달 떨었다. 절박함이 온몸으로 전해져, 카론은 잇새를 꽉 다물었다.

에르하르트로서의 제 역할을 잘 알고 있었다. 역적 가문의 남은 무리를 소탕하고, 쥐새끼처럼 빠져나간 이 애의 목을 잘라야 옳을 것이다. 그뿐인가. 역적을 숨겨 준 가문조차도…….

"그럼 데스테 백작께 여쭤봐야겠어. 당신네 후원을 받는 여자가 내 방어구를 깨부쉈는데, 이를 어찌 변상할 거냐고. 그럼 나에게도 이런 방어구 정도는 넘겨주시겠지. 고아에게도 귀한 물건을 하사해 주신 분이니. 안 그래?"

내려다본 하얀 얼굴에 절망의 그늘이 드리웠다. 그녀는 자신이 죽을지도 모르는 이 순간에도, 제 친구의 가문을 걱정했다. 그 모습조차 물고문을 당해도 입을 열지 않던 누군가와 닮아 있었다.

"제발, 제발 그것만은 하지 말아 주세요."

그녀가 그의 옷깃을 쥐고서 간청했다.

쿵, 쿵.

심장이 거칠게 뛰었다. 토할 것만 같은 감정이 그를 휘감았다.

'알량한 죄책감으로 죄인을 가려서 명을 받들 것이냐.'

아버지의 호령이 들리는 듯했다.

그러나 옷깃을 잡은 작은 손은 간절했다. 가슴을 오르내리며 내뱉는 숨소리가 나직했다. 저를 바라보는 푸른 눈동자는 더없이 명징하여, 그의 양심을 내리눌렀다. 비에 젖어 반짝반짝 빛나는 머리칼은 희멀건 목에 달라붙어 있었다.

그가 그때처럼 이 목을 자르게 된다면. 물로 빚어낸 듯한 눈앞의 소녀는 물방울이 터지듯 형체도 없이 사라져 버리고 말리라.

악다문 입 안에서 비릿한 피 맛이 느껴졌다. 혀를 씹은 것이다.

"그럼 나한테 대체 어떻게 변상할 건데? 넌 데스테 백작에게 의탁하고 있다며."

짓씹듯 뱉어 낸 말끝으로 자조가 걸렸다. 에르하르트의 실패작. 의무를 내던진 아들이 한심하다고 혀를 찰 어머니의 목소리가 선연하게 들리는 듯했다.

그러나 그는 차마 그럴 수가 없었다. 어떻게 이 애를 죽일 수 있단 말인가.

유리구슬 같은 눈알이 도르르 굴렀다. 팔찌를 보고서 울먹이는 얼굴이 애처롭기 그지없었다. 그 얼굴로 힘겨운 결심을 털어놓는 처연한 목소리는 어떻고.

"제 것을 드릴게요."

"이걸?"

"네. 대신 조건이 있어요."

그 애는 맹랑하게도 응당 회수되었어야 했을 그 물건을 두고 조건을 붙였다.

"전부 사용하시면, 다시 제게로 돌려주세요."

그 순간만큼은 실소를 삼킬 수밖에 없었다.

"어째서?"

"이유를 묻지 않는 것도 조건이에요."

"조건을 두 개나 붙이시겠다."

카론은 제 손에 비해 자그마한 두 손을 붙잡은 채로, 팔찌와 그녀를 갈마보았다. 고민은 길지 않았다.

"좋아. 받아 주지."

마도구의 효력을 전부 잃으면 보석이 손상된 평범한 팔찌에 불과해 보일 것이다. 그럼 수색할 때도 신석에 반응하지 않을 것이고……. 나중에 발각된다 하더라도, 버려져 있는 폐마도구를 주웠다고 둘러대라고 이르면 된다. 그 나름대로는 머리를 쓴 간계였다.

카론은 일단 눈앞에 보이는 마도구부터 회수했다. 당장이라도 왕실에 적발될 시, 마법이 한 차례 남은 이 보석이 이 애의 목숨을 앗아 갈 수 있었다. 마도구에 들러붙는 그 애의 눈길엔 미련이 뚝뚝 묻어났으나 어쩔 수가 없었다.

"지금 내가 네 것을 훔칠까 봐 이러는 거야? 내가, 마력을 잃으면 아무런 쓸모도 없어지는 금 간 보석 따위를 탐낼까 봐서."

"불쾌하셨다면 죄송합니다. 하지만 저에게는 그만큼 소중한 것이에요."

가만히 사과하고 울먹이는 그 얼굴이 다시 그의 마음을 무르게 만들었다. 하는 수 없이 카론은 안심시켜 줄 증표를 던져 주었다.

"그럼 내 방어구를 가지고 있든지. 나중에 궁해지면 에르하르트 정문에다 그걸 내밀고 나랑 약조했다면서 행패를 부리면 될 거 아냐."

카론이 그녀를 일으켜 세우고서 말했다.

"잔말 말고, 지명자나 바꿔 봐."

그가 내민 팔찌를 새초롬하게 내려 보던 그 애가 떨떠름한 얼굴로 물었다.

"바늘 있으세요?"

피를 내기 위한 도구가 있는지 묻는 말에, 그는 제 검을 건드리며 답했다.

"검이라면 있는데."

그 답이 마음에 안 드는지, 꽃잎 같은 입술이 오물거렸다. 윗입술이 아랫입술을 살포시 누르면서 아랫입술이 오므라들었다 펼쳐졌다. 그 모양새가 꽃봉오리에서 피어나려는 꽃송이를 연상케 했다.

어여쁘지 않은 구석이 없는 얼굴이었으나 아까부터 저 앙증맞은 입술이 그의 시선을 유독 사로잡고 있었다. 카론은 재빨리 시선을 내리깔았다. 이 애를 상대로 이런 기분은 좋지 못했다.

"손등이 좋겠어."

그러나 오히려 손등을 노렸던 전략이 경계심으로 잘 쌓아 왔던 금욕의 담을 허물었다. 손등의 얇은 살결이 입술에 닿자, 차마 그 살점을 뜯어내 다치게 할 마음이 들지 않았다.

대신에 검게 물든 그의 시선은 손등보다 여리고 말랑한 부위에 가닿았다. 저들끼리만 부드럽게 맞물려 있는 꽃잎의 감촉은 어떠할까. 다른 여자를 상대로는 한 번도 품어 보지 않았던 낯선 충동이 고개를 들었다. 설익은 욕망이 복잡하던 머릿속을 새까맣게 지워 놓았다.

"그냥 검을……."

또다시 분홍빛 입술이 다물렸다가 벌어지던 그 순간. 커다란 손이 조그마한 머리통을 감싸 안았다. 잘 훈련된 기사는 비스듬히 기울인 각도로 맹렬히 돌격했다. 순식간에 그는 맛보고 싶었던 꽃잎을 부드러이 물고서 핥았다.

아. 일순간 벌어진 일에 넋이 나간 그 애가 그를 올려다보았다. 스스로도 무슨 짓을 벌였는지 깨달은 건 그때였다.

그것이 그들의 첫 키스였다.

                                    * * *

　“화살에 독이 발린 것 같더군요.”

　“상태가 심각하지 않을 수면 독일 겁니다.”

　“신비력이 담긴 독이니 그러기라도 바라야겠군요.”

　발렌시아의 차남이 시비를 걸어온 건 그 일이 있고 난 다음 날이었다. 무더운 뙤약볕 아래, 집요한 보랏빛 눈동자가 그를 주시하고 있었다.

　이건 또 뭐야.

　가뜩이나 심란한 마음을 감출 겨를이 없어 산책을 나온 차였다. 머리를 식히고 있던 와중에 로렌츠 발렌시아가 들러붙었다. 보아하니 쉽게 물러설 상태가 아니었다.

　카론은 그가 마르첼 발렌시아와 목적이 같을 거라 여겼다. 동생 쪽은 그나마 머리가 나은 듯하니 좀 더 수를 쓰려는 것으로 보이지만.

　“발렌시아 공작께선 제 자식들에게 에르하르트를 건드려서 좋을 게 없다는 걸 안 알려 주셨습니까? 괜한 시비를 걸 생각이라면…….”

　“데스테 영애에게 신비력으로 인한 증상이 나타났습니다.”

　“대체 무슨 말인지 모르겠군요.”

　신비력이라니. 헛웃음이 나올 지경이었다.

　이야기를 들을수록, 카론의 눈에는 로렌츠가 그저 에르하르트 가문에 대한 괴괴한 소문만 믿고 트집을 잡으려는 놈으로 보일 뿐이었다. 평범한 수면 독을 신비력으로 대체 어떻게 둔갑시킨단 말인가.

　“그런 말을 해 봤자, 영애께서 소후작 때문에 다친 것은 변함없지 않습니까. 귀공자로서 책임감을 보이십시오.”

　심지어는 귀공녀를 빌미로 이런 협박을 해 오기까지 했다. 카론은 속 깊게 우러나오는 한숨을 내리눌렀다. 짜증이 일었다. 도대체 왜 자신이 발렌시아의 차남에게 이런 말을 들어야 하는지 도통 이해할 수 없었다.

성질머리 나쁜 한창 때 귀공자답게 주먹만 그러쥐는데, 여전히 풀지 않은 손수건이 손등을 조이는 감각이 느껴졌다. 지난밤 내내 그의 머릿속을 엉망으로 만들어 버린 아이가 남기고 간 흔적이었다. 구겨진 손수건 안쪽에는 데스테 가문의 문장이 수놓아져 있을 것이다.

'저는 그저……. 데스테 백작께 후원을 받는 고아일 뿐이에요.'

그러고 보니 그 아이……. 데스테 백작의 후원을 받는다면, 그 집에 혹시 기거하는 걸까. 여기까지 따라와서 시녀 노릇까지 하는 걸 보면 백작이 저택에 두고 부리는 고용인일지도 몰랐다. 거기까지 생각이 미치자, 카론의 사고는 다른 쪽으로 향하기 시작했다.

마도구가 유출되었다면 백작에게 어떻게 전달되었는지도 모를 일이고……. 어떻게 오펜하이머의 생존자를 숨겨 주게 되었을지 알아봐야 하지 않을까. 데스테 백작저에 방문하기엔 그보다 타당한 명분이 없을 것이다.

그래, 그에게는 합당한 이유가 있었다. 굳이 그 아이를 다시 한번 살펴보고 싶단 충동이 아니라, 단순히 신경 쓰인단 감정에서가 아니라. 반역 가문의 생존자 감시와 추가적인 역모 정황 조사라는 아주 거대하고도 확실한 명분이 존재했!

거기에 귀공녀 가문에 귀공자가 방문하려면 병문안은 최적의 이유이지 않은가. 카론은 삽시간에 그런 결론에 도달했다. 절대로, 결코, 다른 마음이 있어서가 아니라고 자기 자신을 합리화하기에 충분했다.

"한번 보기는 하겠습니다. 단, 그 말이 거짓일 시에는……."

그렇게 둘이 처소 앞에서 설전을 벌일 때였다. 오후의 햇살 아래로 잔물결 치는 황금빛 머리칼이 짜증 나는 로렌츠 발렌시아 어깨 너머로 나풀거렸다. 그 광경이 카론의 눈길을 사로잡았다.

그 애가 트레이를 들고 조심조심 걷고 있었다. 트레이 위에 은제 반구 커버를 올려 둔 것으로 보아, 식사를 방으로 가져가는 듯했다.

왜 저걸 쟤가 하고 있는 거야? 식당에서 일하는 왕실 고용인들은?

짜증 섞인 의문이 불쑥 솟아났으나 조금만 생각해 보면 이해할 수 있는 상황이었다. 왕실 고용인직은 평민들 사이에선 출세했다 봐도 좋을 일자리였다. 그들 사회에도 엄연한 위계가 존재한다. 귀족이 아닌 이상에야 평민이 그들에게 무언가를 해 달라고 요구하기도 애매할 터였다.

그러나 한여름에 얼음 위를 걷는 듯 조심스럽게 땀을 흘리며 걷는 그 아이의 모습에, 인상이 절로 일그러졌다. 어제 덫에 함께 있었을 때 들었던 말이 떠올랐다.

'데스테 영애께서 자주 아프셔서 항상 가지고 다니거든요. 진통에 능한 약초니까 얹어 두면 상처에 좋을 거예요.'

'데스테 영애께서는 저를 친구로 삼아 주셨죠.'

데스테 백작은 저 아이를 하녀로 부리려고 후원하는 건가. 친구라고 보기엔 시녀에 가까운 대우 같은데. 그 점이 묘하게 신경을 긁었다.

평민이 귀공녀와 친구라고 자신을 소개했을 때부터 저런 관계이리라 예상한 바였다. 보통 귀공녀들은 평민 여자아이를 고용인으로만 두지, 시녀로도 두려 하지 않는다. 그러니 '친구'는 더더욱 저 애의 희망 사항에 불과한 명칭이었을 터였다.

"더는 할 말이 없으니 먼저 가 보도록 하겠습니다."

로렌츠가 옆에 있단 걸 알면서도, 할 말을 잊은 머저리처럼 우두커니 그 애를 지켜보게 되었다. 더 지켜봤다간 제 속이 타들어 갈 것만 같아, 카론은 빠르게 숙소로 걸음을 옮겼다. 그러나 밤이 깊도록 그 애 생각을 떨쳐 낼 수 없었다.

* * *

사냥제의 마지막 밤에도 왕세자가 주최한 귀공자들끼리의 모임이 있었다.

왕세자가 내일 있을 폐회식 준비로 잠깐 자리를 비우다 보니 여인들도 사라진 채였다.

왕세자가 사라지니, 마르첼과 로렌츠 발렌시아 형제 역시도 어디에 간 건지 자리에서 보이질 않았다. 마르첼은 또다시 준우승이란 사실에 분노해 어디론가 달려 나간 모양이지만.

그러거나 말거나 카론은 달빛이 드는 넓은 창가에 홀로 앉아, 신선한 숲의 향기를 안주 삼아 술을 마시고 있었다. 분명히 우거진 숲 위로 낭창하게 뜬 달이 아름다운 밤이건만, 시선은 자꾸만 담 너머에 있는 귀공녀 숙소 쪽으로 가닿았다.

미친 새끼.

카론은 단단한 나무 창틀에 제 머리를 쾅, 하고 들이박았다. 유리창으로 당구와 카드놀이를 하던 귀공자들이 흠칫하고 놀라는 모습이 비쳤으나 신경 쓸 바가 아니었다.

담장 너머에 잠들어 있을 여자를 상상하는 것만으로도 벅찰 지경이었으니까. 사냥제가 끝나면 볼 수 없을 거라고 생각하니, 뜬금없게도 잠들어 있는 모습이라도 보고 오고 싶단 생각이 계속해서 치솟고 있었다.

도무지 납득되지 않는 충동이었다. 도대체 왜? 차마 스스로는 답을 내지도 못할 물음이었다. 그 마음을 인정하느니 차라리 제 머리를 고장 내서 생각을 멈추는 편이 나을지도 몰랐다. 그렇게 평소보다 빠르게 술을 들이켤 때였다.

멀리서 저들끼리 진지하게 숙덕이던 귀공자들이 무리 지어 카론에게로 다가왔다.

"카론 경, 이번 사냥제도 우승일 거 같은데, 이번에도 사냥감을 바칠 귀공녀는 없는 거지?"

개중에 안면식이 있는 귀공자가 그에게 조심스레 물었다. 내내 그들과 멀찍이 떨어져 있던 카론은 잔에서 입을 떼고서 인상을 찌푸렸다.

"왜."

"알잖아. 다들 네가 거는 손수건만 보고 있단 거."

"어째서."

"어째서라니. 다들 너랑 붙을 자신은 없으니까. 다들 자기가 주고 싶은 귀공녀가 있겠지만, 너랑 겹치면 명예로운 패배도 아닌 그냥 낭패잖아."

저들끼리 모여 진지하게 하던 이야기가 여자 이야기였나. 카론은 지겨운 얼굴로 되물었다.

"너희들은 여자가 그렇게 좋냐."

그때까지 카론은 사냥제의 의식을 이해하지 못했다. 대체 왜 힘들게 잡은 사냥감을 누군가에게 바쳐야만 하는지. 사냥제의 명예라면 본인의 명예 아닌가? 어째서 명예를 귀공녀와 그 가문에 바쳐야만 하는 거지?

물론, 지금은 그 말을 하는 저 자신도 여자 생각에 미칠 노릇이었지만. 카론은 짜증이 밀려와 그대로 술잔을 마저 들이켰다.

"쯧쯧, 역시 있는 놈이 더하다니까. 너야 장차 어느 귀공녀에게 청혼하든 지 무조건 승낙받을 수 있는 입장이겠지만, 우린 아니라고! 그러니 지금이 라도 연을 쌓아 놔야지."

"됐어. 카론 경은 이번에도 손수건 안 받았던 것 같으니까."

귀공자들이 그의 반응을 보고서 고개를 젓더니, 한마디씩 본심을 꺼내 놓 았다. 다들 술이 들어가서 그런지 묘하게 풀어진 분위기였다.

"하긴. 카론 경은 이런 행사를 안 챙겨도 나중에 혼인에 별문제가 없을 터이니."

사냥제란 결국 귀족 간 친목 자리에 불과하다. 아직 어설픈 소년들이라 해도 귀족은 귀족이었다. 그들끼리는 잇속까지 계산이 있던 것이다.

"그러니 카론 경, 마음에 드는 귀공녀 있으면 미리 귀띔 좀 해 줘. 남자들 끼리 그런 의리는 있어야지. 올해는 참여한 귀공녀들이 많아서 다들 마음에 드는 사람이 다르단 말이야."

그중 한 명이 그것이 마땅한 규칙이라는 듯이 고개를 주억거렸다. 옆에선 사냥감도 제대로 잡지도 못한 귀공자가 튀어나와 분위기를 달궜다.

"그런데 다들 누구한테 줄 거야? 역시 아무래도 클라인, 노이어, 권터 정도겠지?"

귀공녀의 이름보다도 가문의 이름이 먼저 거론되었다. 귀공녀의 얼굴이나 성격은 볼 것도 없이, 구애하는 척 인연이라도 쌓아 놔야 미래에 도움이 될 가문들이었다.

응당 당연한 이치 같은 계산이었으나 다들 맞장구를 치기보단 묘하게 서로의 눈치를 보는 분위기가 깔렸다. 그 고고한 목표 지점을 놓고 각자 마음에 두고 있는 귀공녀가 달랐기 때문이었다.

첫눈에 누구한테 빠졌느니, 누군가에게 명예를 바치겠다느니 하는 의사를 밝히는 자체가 아직 어린 그들에게는 꽤 낯간지러운 일로 치부되곤 했다.

심지어 남부럽지 않은 집안 자제로 자란 귀공자들인지라 제 치기 어린 척애를 쉽게 드러내려 들지도 않았다. 그렇다 보니 지금 같은 모종의 방어적인 절차가 생기기 마련이었다.

항상 시작으로 거론되는 이름은 제일 높은 가문의 귀공녀들이었다. 다들 지체 높은 가문의 귀공녀들에게 손수건도 받지 못했으면서, 다 같이 '가업을 위하여' 명문가에 제물을 바칠 것처럼 굴었다.

그러나 막상 당일에는 손수건을 준 귀공녀들 가운데, 제일 마음에 들거나 이루어질 것 같은 귀공녀에게 사냥감을 바칠 터였다. 이렇게 떠보는 대화들은 귀공자들끼리 신경전을 벌이는 수작에 불과했다.

이루어지지 못할 귀공녀에게 경쟁이 붙으면 흔치 않은 기회가 허사로 돌아갈지도 모르니, 적당히 다른 귀공자들의 눈치를 보면서 서열에 따라 너무 높은 가문의 귀공녀들을 피하는 분위기가 형성되곤 했던 것이다. 귀공녀들이 듣는다면 코웃음 칠지도 모르는 우스운 모습들이었다.

서로 묘하게 눈치를 보는 기류가 형성되는 가운데, 한 귀공자가 소신을 밝혔다.

"나는 데스테 백작 가문에 바칠 건데."

시큰둥하게 술을 마시던 카론이 '데스테'라는 말에 남자가 있는 쪽을 바라보았다.

"아, 거기 귀공녀가 둘이었나."

"금발인데 둘 다 예쁘더라."

"데스테 백작께서 딸이 둘이셨나?"

"그렇단 이야기는 못 들었는데?"

각자 취향은 달라도 사내놈들끼리 예쁜 여자를 알아보는 눈은 기가 막히게 똑같았다. 누군가 먼저 점찍은 상대를 공개하자, 다들 일제히 한 마디씩 꺼내 놓기 시작했다.

카론은 한 명은 후원받는 시녀라는 얘기를 해 줄까, 하다가 관두었다. 평민이란 걸 알리면 더 쉽게 여기고 접근할 여지를 주는 꼴이다.

불편해진 심기를 반영하듯 한쪽 눈썹이 자연스럽게 올라갔다. 그래도 이런 자리에선 굳이 주목을 끌지 않는 것이 제일이었다. 인내 중인 카론의 상태도 모른 채로, 본색을 드러낸 귀공자들은 가감 없이 대화를 이어 나갔다.

"그 귀공녀한테 손수건 받은 사람 있어?"

"나 발렌시아 귀공자들이 같이 있는 걸 봤어."

"아아, 발렌시아 공자들이면……."

달아오르던 분위기가 금세 침울해졌다. 그때, 회장 안으로 그들을 실망시킨 주인공 중 한 명이 등장했다.

"아, 아직도 왕세자 전하께선 안 오셨나?"

사냥총을 든 마르첼 발렌시아였다. 로렌츠 발렌시아는 자러 갔는지 보이지도 않았다. 귀공자들이 마르첼을 에워싸고 물었다.

"마르첼, 너 이번 사냥제 제물 누구한테 바칠 거야? 데스테 가문 중에 어느 쪽?"

마르첼은 그들의 적극적인 기세에 당황하더니 되물었다.

"오자마자 뭔 소리야. 데스테 백작가엔 외동딸밖에 없는데 무슨 소리……."

"외동딸이라고? 그럼 그 여자는 누구야? 그 엄청 예쁜……."

"아아, 걔. 그 집 하녀일걸."

마르첼은 시큰둥하게 답하고서는 카우치 한쪽에 자리를 잡았다. 그러고는 카론 쪽을 휙 째려보더니, 가져온 총을 손질하기 시작했다.

귀공자들은 다들 의아해진 얼굴로 되물었다.

"그 집 하녀라고? 그런데 차림새는……."

"나야 모르지. 백작께서 후하게 인심 쓰셨다는데. 아무튼 데스테 가문은 내가 맡을 거니까, 다들 알아서 피해라. 알았지?"

잔뜩 심술 난 표정의 마르첼은 붙는 귀공자들이 짜증 나는지 물러가라고 휘휘 손짓하면서, 쩌렁쩌렁한 목소리로 엄포를 놓았다.

귀공자들은 허탈한 표정으로 물러났다. 표정만 봐도 분위기는 대충 알 수 있었다. 하녀 따위에게는 바칠 명예 따위 없는지 식은 반응이었다.

카론은 묘하게 안심하면서도, 이 상황 자체에 짜증이 치밀어 인상을 팍 찡그렸다. 그는 팔에 걸린 금 간 팔찌를 바라보다가 눈을 덮었다.

그 계집만 관련되면 무엇이든 심란하지 않은 것이 없었다. 숨길 일도 많으면서 이목을 끄는 외형까지 지니고 있어 여간 신경 쓰이는 것이 아니었다. 지금 같은 상황이 얼마나 더 있을진 짐작할 수도 없었다.

"그러면, 마르첼……. 그 집 하녀 이름은 뭐야?"

그때 누군가가 뜸을 들이다가 마르첼을 붙들고 물었다. 순간에, 빈 잔에 술을 따르던 카론의 손이 멎었다.

여전히 마르첼을 향한 호기심 어린 시선들이 거두어지지 않고 있었다.

신경이 곤두서는 기분이었다. 제가 지키고 있는 영역으로 수컷들이 몰려드는 낌새를 감지하자마자, 적안에는 날카로운 빛이 돌았다.

"레나 크루거였나. 그랬을걸."

마르첼은 그 애의 가명을 아무렇지 않게 꺼내며 사냥총을 반질반질하게 닦는 일에 집중하고 있었다. 그러자 귀공자들은 서로 음흉한 미소를 주고받았다. 마르첼은 분위기를 감지하고서 먼저 으름장을 놓았다.

"걔 건들지 마."

"왜."

"데스테 영애의 하녀면 당연히 내 거니까."

"뭐? 둘 다 가지려고? 와, 진짜 치사하네."

"내가 먼저 만나보다가 싫증 나면 넘겨줄 수도 있고."

마르첼과 그 무리가 저열하게 킬킬거렸다. 루시아 데스테를 차지하면, 레나 크루거는 아주 당연하게 따라오는 부속품처럼 취급하는 모양새였다.

주변 귀공자들이 감히 마르첼에게 대적하지 못하고 주춤대고 있는 사이, 카론은 자리에서 일어나 성큼성큼 그에게 다가갔다. 아까부터 카론의 낌새를 눈치채기 시작한 귀공자들은 심상치 않은 기운을 감지하고서 약속이나 한 듯이 두 쪽으로 갈라져 길을 열어 주었다.

이때까지 카론은 마르첼의 유치한 시비에 제대로 된 대꾸조차 해 준 적이 없었다. 또래보다 훨씬 이른 시기부터 복잡하고 다난한 일들을 겪어 본 카론으로서는 치기 어린 마르첼의 경쟁심이 그저 시시하고 피곤하게만 여겨질 뿐이었다.

그러나 지금 마르첼이 한 말은 지금껏 걸어왔던 모든 선제공격보다도 더한 도발이었다. 정작 당사자인 마르첼은 눈치채지 못했지만.

자신을 내려다보고 있는 얼굴을 뒤늦게 마주한 마르첼이 당황한 표정으로 말을 더듬거렸다.

"아, 깜짝이야. 갑자기 무슨……."

카론이 아무 말을 하지 않았음에도, 회장은 순식간에 고요해져 있었다. 그도 그럴 것이, 이토록 험악해진 소후작은 모두가 처음 보는 상황이었다.

마르첼이 그 압박감에 억눌려 마른침을 삼키다가 짙은 술 냄새를 맡고서 애써 비식거렸다.

"무슨 일이냐? 취했나 보네. 이러다 한 대 치겠다?"

그를 내려다보고 있는 얼굴에는 취기라고는 찾아볼 수도 없이 살기가 흐르고 있었다. 붉은 눈동자는 핏빛에 가까웠다. 보름달이 뜨면 피로 물든 다는 마물의 눈동자. 에르하르트의 광증을 의미하는 일종의 괴담이었으나 실제로 보니 오금이 저릴 수준이었다.

마르첼은 최대한 겁을 먹지 않으려 애썼다. 카론이 술에 취해 흥분 상태라면 자신이야 환영이었다. 안 그래도 그에게 하고 싶은 제안이 있던 참이니.

"아, 그래. 이렇게 된 거 여기서 승부를 제대로 내는 거 어때."

마르첼이 매만지고 있던 총을 들고 일어섰다. 슬슬 눈치를 보던 귀공자들이 달라붙어 그들을 말리기 시작했다.

"잠깐, 다들 진정하고……."

"맞아. 갑자기 왜 이래."

그러나 카론은 꿈쩍도 하지 않았고, 마르첼은 말리러 온 이를 떨쳐 냈다. 마르첼이 다트판으로 쓰는 과녁을 가리켰다.

"사격으로 하자고. 지면 내일 우승은 나한테 넘겨. 네 사냥감 깔끔하게 다 포기해."

카론이 과녁을 힐끗 보고서 그에게 물었다.

"내가 이기면."

마르첼은 생각해 보다가 가벼이 어깨를 으쓱거렸다.

"네가 원하는 걸 하나 들어줄게."

우스운 거래였다. 마르첼의 사격 실력은 귀공자들 사이에서도 상위권에

속했고, 카론은 방금까지 술을 마시던 터였다. 기량 차이가 안 날 수가 없는 승부인 데다가 카론은 굳이 거래를 안 해도 아쉬울 게 없었다.

"좋아. 그러지."

그러나 카론은 그 말도 안 되는 승부를 망설임 없이 받아들이고서 마르첼이 들고 있던 총을 가로챘다. 순식간에 선수를 빼앗긴 마르첼은 얼떨떨한 얼굴로, 카론이 총에 장전하는 모습을 지켜보게 되었다.

장전을 마친 카론이 가늠쇠에 눈을 대고서 조건을 내걸었다. 누가 뭐라 할 겨를도 없이, 눈 깜짝할 사이 지나간 일이었다.

"내가 이기면, 앞으로 데스테 영애 주변에서 꺼져."

탕.

그렇게 첫 탄알이 발사되었다.

* * *

폐회식을 거행하는 사제의 목소리는 지독할 정도로 느릿하고 지루했다. 신전에 모여 앉은 이들은 몽롱하게 풀린 눈으로 반쯤 다른 생각을 하고 있었다. 상석에서 그 연설을 들어야 하는 카론과 레오폴트 역시 마찬가지였다.

"어제 아주 재밌는 일이 있었다는데."

레오폴트가 카론에게 조그맣게 속닥였다. 카론이 모른 척 그 말에 응답하지 않자, 레오폴트가 팔꿈치로 그의 팔을 쿡 찌르며 한마디를 덧붙였다.

"이따가 아주 기대돼. 올해는 사냥감을 바칠 상대가 있는 것 같아서."

숨겨 봐야 별 소용없다는 듯 느물거리는 말투에 웃음기가 배어 있었다. 왕세자는 항시 지켜보는 눈과 듣는 귀에게 보고를 받고 있으니, 목격자도 많았던 어제 일을 모를 리가 없었다.

카론은 들러붙는 왕세자를 밀어내고서 지루한 연설이 끝나기만을 기다리고자 했다. 그러나 거기서 물러날 왕세자가 아니었다.

"카론 경, 그 정도로 신경 쓰이는 여자가 있다면, 경쟁 상대들을 못 나오게 할 게 아니라 상대에게 확실히 마음을 전하는 것부터 하도록 해. 하여튼 경은 연애를 제대로 못할 것 같은 느낌이라서 말이야."

놀리듯이 키득거린 레오폴트가 뒤돌아 비어 있는 자리를 보고서 중얼거렸다.

"가엾은 마르첼 발렌시아."

전혀 동정심이 담기지 않은 목소리였다.

지난밤 무참하게 패배한 마르첼은 폐회식에 참가하지 못했다. 카론은 취한 상태로도 모든 탄알을 과녁 한가운데로 쏘는 사기적인 재능을 선보였고, 완전히 기선 제압당한 마르첼은 그 압박감을 이기지 못하고 중간에 한 번 큰 실수를 범하고 말았다. 아마, 수치심 때문이라도 폐회식에 얼굴을 들이밀기 힘들었을 터였다.

그렇게 길고 긴 연설이 끝나고, 폐회식의 꽃인 제물 의식이 시작될 차례였다. 사제는 아이들을 이끌고 신전 밖으로 나섰다. 넓은 신전 앞 공터에는 귀공자들이 잡아 온 사냥감들이 쭉 도열되어 있었다.

사냥감 앞에는 길쭉한 나무막대기가 한 개씩 세워져 있었다. 손수건을 묶을 수 있는 막대였다.

귀공자들은 저마다 잡아온 사냥감 앞에 서고, 귀공녀들은 제단이 내려다보이는 좌석에 착석했다. 사냥감들과 멀찍이 떨어진 실내 돔 그늘에 앉은 채 부채질을 하는 귀공녀들 사이로 긴장감이 맴돌았다. 드디어 서로의 마음을 확인하는 순간이었다.

당연하게도, 사제는 제일 먼저 카론을 호명했다.

"우승자. 카론 에르하르트."

카론은 단에 올라가는 동안, 제게 집중하는 귀공녀들 가운데서 그 애를 바로 찾아낼 수 있었다. 루시아 데스테는 반짝반짝 빛나는 눈으로 그를 바라보고 있었고, 그 애는 그런 루시아를 걱정스러운 얼굴로 바라보고 있었다.

딱히, 그가 궁금하지 않아 보였다. 그가 밤잠을 설치듯 그녀 생각만 한 것과 다르게도. 그러자 비뚜름한 웃음이 입가에 걸렸다.

카론이 사제에게 사냥감을 태울 성화를 건네받고서 내려오는 내내 마찬가지였다. 루시아 데스테의 담홍색 눈동자는 맹목적으로 그를 좇았으나 엘레나 오펜하이머의 푸른 눈동자는 얼른 그 자리를 벗어나고픈 듯 불안하게만 흔들렸다.

일부러 그를 보지 않으려는 듯이, 정면을 향하지 않고 루시아 쪽으로만 기울어진 고개는 그에게 돌려지는 법이 없었다. 카론은 아쉽게도 그 애의 옆모습만 볼 수밖에 없었다. 오늘이 마지막 날이건만.

"사냥감을 어느 가문에 바치시겠습니까?"

사냥감 앞에 서자, 식을 도와주는 성기사가 그에게 물었다. 주위 귀공자들은 촉각을 곤두세우고서 그의 결정이 떨어지기만을 기다리는 눈치였다. 개중에는 어제 데스테 영애에게 손수건을 줄 거라고 밝혔던 놈도 있었다.

만약, 저놈도 어제 마르첼처럼 그 애를 노리고 있는 거라면. 아니, 그놈뿐 아니라 다른 놈들이 데스테 백작가와 인연을 쌓아서 겸사겸사 쟤를 눈독 들이기라도 한다면?

귀족끼리 결혼하고서도 정부를 두는 경우는 너무나도 흔했다. 특히, 그 상대가 부인의 하녀일 경우는 진부하기까지 했다.

카론은 저도 모르게 주먹을 세게 움켰다. 여전히 풀지 못한 손수건이 손등에서 느껴졌다. 그 애가 정성스럽게 묶어 줬던 것이었다.

"카론 경?"

답이 없자, 기사가 또다시 그를 불렀다. 카론은 천천히 제 손등을 감싸던 손수건을 풀어내었다. 구깃구깃해진 천 밑으로 데스테 문장이 드러났다.

"데스테 가문으로."

그렇게 카론은 데스테 가문에 제물을 바쳤다.

처음으로 귀공녀에게 제물을 바쳤다. 처음으로 누군가를 독점해 보기 위해서 벌인 짓이기도 했다. 그날 그것이 어떤 마음이었는지는 오로지 그 혼자만이 간직한 비밀이었다.

* * *

마차가 양귀비꽃이 흔들리는 들판을 지났다. 들판 사이로 졸졸 흐르는 개울에는 무더운 여름 햇빛을 받은 물비늘이 반짝거렸다.

아름다운 풍광에도 감흥 없는 듯, 카론은 턱을 괸 채 지루한 얼굴을 하고 있었다. 에르하르트 저택에서 데스테 백작가까지. 꽤 먼 거리의 여정이 비로소 끝을 내보였다. 푹신한 벨벳 시트에 등을 편히 기댄 카론이 한숨을 내쉬자, 곧바로 냉랭한 목소리가 그를 옥죄었다.

"자세."

마를레네가 들고 있던 책에서 시선을 떼고 그를 바라보고 있었다. 카론이 허리를 곧추세우자, 아들을 감시하던 까만 눈동자는 다시 읽던 책을 향해 되돌아갔다.

사냥제 사건이 생각보다 커지게 되었다고 느낀 건 어머니가 개입하면서였다. 사냥제에서 벌어진 일을 보고한 카론이 데스테 백작저에서 일을 매듭짓고 오겠다고 했을 때, 마를레네는 당혹스러운 반응을 감추지 못했다.

'데스테 백작가라고?'

그날도 마를레네는 베르너의 머리맡에서 향을 피우고 있었다. 카론은 향합을 든 손이 가늘게 떨리는 모습을 보지 못한 척 시선을 내리깔았다.

'네. 그렇습니다.'

마를레네는 당황한 얼굴을 감추려는 듯 베르너 쪽으로 몸을 돌려 앉았다. 한동안 마를레네의 어깨가 조금씩 올랐다가 내려앉길 반복했다. 어머니가 동요를 보이다니 흔치 않은 일인지라, 카론은 그 모습을 가만히 지켜볼 수밖에 없었다.

데스테 영지로 함께 가겠다는 마를레네의 결정이 떨어진 건 그로부터 하루 뒤였다.

그리하여 지금 이렇게 마를레네와 마주 본 채로 데스테 영지에 오게 된 터였다. 카론은 맞은편에 앉은 마를레네를 가만히 들여다보았으나, 언제나 그렇듯 마를레네의 속내는 제대로 파악하기 힘들었다.

원래부터가 친밀하긴커녕 부서져 있는 모자지간이었다. 카론이 마를레네를 불편해하듯, 마를레네에게도 카론은 편한 자식이 아니었다. 둘이 이런 곳에 여행 올 만한 사이는 더더욱 아니었고.

어머니는 도대체 왜 이곳에 오려고 한 걸까.

자식을 대신해 사과하러 간다기엔 카론을 꾸짖는 말을 꺼내지도 않은 마를레네였다. 풀리지 않은 의문을 지닌 채로 데스테 백작저에 도착했다. 백작 가문의 고용인들이 마차가 서는 자리까지 마중 나와 있었다.

카론은 재빠르게 마차에서 먼저 내려 마를레네가 내려오는 걸 도왔다. 그 틈에 어머니가 눈치채지 못하도록 주변을 빠르게 훑었으나 그 애는 보이지 않았다.

"오셨어요."

그 자리에 나와 있던 루시아 데스테가 그에게 다가와 인사를 건넸다. 사냥제 같았으면 고개만 까닥이고 말았을 테지만, 지금은 마를레네가 옆에서 그를 지켜보고 있었다.

카론은 제대로 된 예우를 갖추어 그녀 앞에 한쪽 무릎을 꿇고 손등에 입을 맞췄다. 루시아는 두 뺨이 발그레해진 채로 수줍게 웃었다.

귀공녀를 대하는 예절은 마를레네가 가장 엄하게 가르치던 것이었다. 아들을 제 남편이자 오라비처럼 만들지 않겠다는 집념이 담긴 훈육이기도 했다. 덕분에 카론은 귀공녀를 대하는 일에 완전히 질려 있었으나 정석적인 예의는 익숙하게 구사할 수 있었다.

"데스테 백작저에 오신 것을 환영합니다."

루시아 뒤에 있던 데스테 백작이 나와서 먼저 인사를 올렸다. 챙 넓은 모자를 눌러쓴 마를레네가 그에게 손을 올리자, 백작이 그녀의 손등에 가볍게 입을 맞추었다. 담백하기 그지없는 태도였다.

반면에 레이스 장갑을 낀 손은 미약하게나마 떨고 있었다. 카론은 그 광경을 놓치지 않았다. 옆얼굴이 모자의 챙에 가려져 있어 제대로 보이진 않았지만, 마를레네가 지금 긴장하고 있다는 걸 알 수 있었다.

"오시느라 고생이 많으셨습니다. 안으로 모시지요."

백작이 그들을 집 안으로 안내했다. 카론은 백작을 따라 실내로 들어가기 직전에 2층 테라스를 보고서 눈을 크게 치떴다. 난간에 기대어 있는 금발 여인의 인영을 본 듯했다. 다시 시선이 닿았을 땐 아무도 없었지만, 분명히 그 애였을 거란 확신을 지울 수 없었다. 그 얼핏 지나간 모습만으로도, 카론이 더운 숨을 몰아쉬었다.

이 저택에 있구나. 여기에 있어.

"왜 그러니."

마를레네가 멈춰 있는 아들을 보고서 물었다. 카론은 어머니를 에스코트하는 중이란 사실을 상기하고서 고개를 내저었다.

"아무것도 아닙니다."

아직 마를레네에게는 오펜하이머의 생존자가 있다는 사실을 전달하지 않은 상태였다. 프리네와 이어진 것이라면 아무리 조그만 연결 고리든 무엇이든지 간에 마를레네에게는 알리지 않는 편이 나았다. 본능적인 감이었다.

카론은 쿵, 쿵 뛰는 심장 박동을 티 내지 않으려 최대한 표정을 지워 냈지만, 미묘하게 올라가는 입꼬리는 감추지 못했다. 사냥제 이후로 그 애를 처음 보는 날이었다.

* * *

루시아 데스테는 딱 그 나이 대 귀공녀 같았다. 조금 더 몸이 약하고, 조금 더 안쓰러운 구석이 있긴 했지만.

"얼마나 기뻤는지 몰라요. 사냥제에서 카론 경께서 제 손수건을 택해 주시다니……."

반짝이는 눈은 카론을 향한 동경으로 젖어 있었다. 제가 만든 덫 때문에 며칠간 앓아누웠다는 그녀가 저를 보고 헤실거리자, 카론은 조금 미안한 감정이 들었다.

"몸은 어떠십니까."

귀공녀의 몸으로 구덩이 속을 혼자 굴렀으니 타박상이 심각할 거라고 여겼는데, 얼핏 보기엔 멀쩡했다. 그나마 다행인 일이었다.

카론은 이대로 루시아가 괜찮아질 거라 여겼다. 그러나 루시아는 모호한 미소만 지을 뿐 애매하게 답을 흐렸다.

"나아질 거예요."

'나았다'도 아니고, '낫고 있다'도 아니고, '나아질' 거라니. 희망 사항을 말하는 듯한 말에, 카론이 짐짓 심각해진 목소리로 물었다.

"많이 다치셨습니까?"

안 그래도 어른들은 집무실에서 따로 이야기를 나누고 있고, 그들만 응접실에 남아 있었다.

딸의 상태가 심각하다면, 백작은 어머니께 책임을 묻고 있을 터였다. 상대가 에르하르트이다 보니 요구할 수 있는 것도 많다. 어머니에게 맞는 일이라면 익숙해져 있으니 걱정이 되지 않았지만, 정말로 루시아가 많이 다친 상태라면 상황은 복잡하게 흐를 수밖에 없었다.

"그날 일은 제 불찰입니다. 귀공녀께 사죄드립니다."

카론이 먼저 고개를 수그렸다. 자신이 저지른 실책을 담담히 받아들일 수밖에 없었다. 루시아가 홀로 숲을 돌아다닐 줄은 몰랐으나, 어쨌든 간에 루시아가 다친 건 그가 설치한 덫 때문이었을 테니.

그러자 루시아가 조금 짓궂은 투로 물어왔다.

"제가 카론 경의 사과를 받아 주지 않으면 어떻게 되는 건가요?"

황당해진 카론이 '예?' 하고 되묻자, 루시아가 아쉬움을 담아 그를 응시했다.

"그러면 계속 저를 만나러 와 주시나요?"

카론은 그 말에 답을 하지 못하고 가만히 입을 다물었다.

햇살이 밀려드는 응접실. 그 자리에 있는 건 자신과 귀공녀뿐이었다. 귀공녀가 드러낸 사심은 그에게 충분히 익숙한 것이기도 했다.

다만, 이번에는 거절이 꽤 어렵게만 느껴졌다. 이 집에 유독 신경 쓰이는 것이 있었으니.

한번 확인하러 오면 만족할까 싶었는데. 만남을 이어 간다면 두 번째, 세 번째 기회가 있을지도 모른다는 가능성이 단호한 거절을 주저앉혔다. 그 반응을 유심히 살피던 루시아가 팔을 걷어 손목을 내보였다.

"안 그러면 너무 힘들 것 같거든요."

뼈밖에 없는 듯한 앙상한 팔목에 마법진이 새겨져 있었다. 카론이 그대로 얼어붙었다. 로렌츠 발렌시아의 시비를 터무니없는 소리라고만 여긴 터였다. 정말 신비력 쪽으로 문제가 생겼다고는 전혀 예상하지 못했거니와, 여태까지 본 유형과는 아예 다른 형태의 마법진이 눈앞에 펼쳐져 있었다.

"전 원래 더는 신비력이 닿으면 안 되는 몸인지라……."

자신이 신비력 질환자라고 밝히는 고백과 달리 눈물점 위에 있는 둥근 눈매가 고이 휘어 접혔다. 그 가운데 자리 잡은 담홍색 눈망울이 요요한 빛을 띠고 있었다.

"간신히 참고 있지만, 지금도 몸이 너무 아프거든요."

필시 거짓은 아닐 터였다. 마법진이 저리 기괴한 형태로 오염되어 있는 몸이라면, 신경이 마비될 정도의 아픔이 쉴 새 없이 찾아드는 게 당연했으니. 지금도 아무렇지 않은 척 버티고 있는 모습이 대단할 정도였다.

순식간에 그는 아득한 나락으로 떨어지는 기분이었다. 눈앞이 캄캄해졌다가 정신을 차린 카론이 이성을 찾으려 다분히 노력하며 그녀의 말을 반박했다.

"영애께서 오해가 있으신 듯하군요. 신비력 질환이라면, 신비력과 접촉해야 문제가 생긴다고 알고 있습니다. 저는 덫에 신비력을 이용하지 않았습니다."

그러자 루시아가 고개를 갸웃거렸다. 그를 지그시 바라보는 눈길에는 자신을 믿어 주지 않는 상대를 향한 분노를 담겨 있지 않았다. 대신, 루시아는 입가에 묘하게 섬찟한 미소를 걸었다.

"그럼 전문의께 확인을 받아 보시면 되겠네요."

루시아가 박수를 두어 번 치자, 하녀가 상자를 들고 방 안으로 들어섰다. 상자 안에는 사냥제에서 그가 썼던 금촉 화살이 담겨 있었다.

"여기요."

루시아가 그에게 화살을 건네었다. 절대로 이변이 생기지 않으리란 걸 아는 사람처럼, 확신이 담긴 목소리였다.

* * *

그 후 얼마 지나지 않아 루시아의 편지가 에르하르트 저택에 도착했다. 마를레네는 편지를 읽더니, 카론에게 데스테 저택에 다녀오라고 명령했다.

그날 백작과 어떤 얘기가 오갔는지 몰라도, 가문 차원에서는 이야기가 큰 잡음 없이 마무리된 것이 분명했다. 원하는 성과를 손에 넣기 위해서는 수단 방법을 가리지 않는 마를레네가 꽤 잠잠한 상태를 보이는 것만 봐도 그러했으니. 그녀에게 카론이 감당해야 하는 귀찮음 따위는 조금도 고려될 만한 사항이 아니었다.

마를레네가 구스타프에게 화살촉의 진단을 맡겼다고는 했지만, 결과가 언제 나올지는 알 수 없었다. 그때까지는 마를레네도 별수 없이 데스테 쪽의 요구사항을 들어주는 듯 보였다. 백작보단 루시아의 요구인 듯 보이긴 했지만.

카론은 다시 데스테 백작저에 방문해 그 애의 흔적을 찾으려 들었으나 엘레나 오펜하이머는 작정하고 숨었는지 이번에는 머리카락 끝자락조차 내보이지 않았다.

실망한 카론이 다시 집으로 돌아왔을 때, 그의 방에선 화살촉들이 모조리 치워져 있었다. 어머니가 선물했던 것들도 함께.

그 후로, 데스테 백작령에 다녀와야 하는 일이 기약 없이 늘어나게 되었다. 우연히 엘레나 오펜하이머를 보게 된 건 여름을 지나온 어느 가을날이었다.

카론이 데스테 백작령을 세 번째로 방문한 이후. 갑자기 왕세자가 에르하르트 저택에 찾아왔다. 하이에나처럼 수상쩍은 냄새라도 맡고 온 양, 레오폴트는 그를 보자마자 가만가만 빙글거렸다.

"카론 경, 축하해."

그러면서 레오폴트는 그의 어깨를 두드렸다. 카론의 동향은 최근 알려질 대로 알려져 있었다. 수도 사교계에서도 한동안 가십지를 장식할 만큼 시끌벅적한 일이었다고 하니, 그 이후의 행보들도 곧잘 촉새들의 먹잇감이 되기 좋았을 터였다.

에르하르트가의 문장이 박힌 마차가 데스테 백작령을 드나들 때마다 백작저의 고용인들은 코타이너 뒷골목 정보상들에게 잽싸게 목격담을 팔아넘겼고, 정보상들은 찾아오는 기자들에게 그 보잘것없는 가십들을 가지고 장사를 했다.

백작저에 발목이 묶인 카론의 '병문안'이 순식간에 청춘들의 낭만적인 로맨스로 둔갑되어 기사화되는 건 순식간의 일이었다. 한스가 신문을 들고 온 덕분에, 나중에야 상황을 알게 된 카론은 한숨을 내쉬며 그 쓰레기 같은 종이를 발밑에 떨구었다.

가당치도 않은 쓰레기 기사나 찍어 내는 신문사를 상대할 의욕조차 들지 않았다. 가문 내 일이니 언제나 그랬듯 마를레네가 단속할 거라고 여겼으나, 무슨 이유인지 그녀조차 언론이 데스테 가문과 에르하르트를 엮는 상황을 관망하고 있었다.

그러는 와중에 왕세자까지 와서 저런 헛소리를 늘어놓고 있으니 여간 지치는 것이 아니었다. 가뜩이나 데스테 백작령에 내려갈 때마다 복잡한 심경이 들어 예민해진 카론이었다.

"하긴, 카론 경도 이제 슬슬 약혼을 생각해 봐야 할 테니까. 데스테 영애면 나쁘지 않은 선택이긴 해. 워낙 조용한 영지여서 그렇지, 꾸준히 수완이 좋은 가문이었으니까."

레오폴트는 응접실 카우치에 털썩 앉고서 집주인이라도 되는 양 맞은편 윙 체어 쪽을 턱짓했다. 카론은 순순히 그의 맞은편에 앉고서 의미심장하게 웃는 왕세자를 노려보았다.

"요즘 경이 여자를 만나느라 바쁘다니, 친우인 나로서는 더없이 기쁜 소식이야."

카론은 반박할까 하다 귀찮아져서 관두었다. 아니라고 말하는 순간부터, 어디서부터 해명해야 할지 모를 문제들이 수두룩하게 쌓이는 셈이었다. 더욱이 상대가 왕세자라면 절대 그래선 안 되었다.

"나야 소중한 친우의 이런 행복한 나날을 방해하고 싶지 않건만, 나와 아바마마의 의견이 다르지 뭐야."

"마도구 회수 문제로 오신 겁니까."

"그래. 맞아."

혀를 길게 놀리던 왕세자는 본심을 들키자 씨익 웃었다. 카론은 한숨을 길게 내쉬었다.

어느 정도 예상하고 있던 바였다. 왕실이 마도구 회수 명령을 내린 이후로 시간이 꽤 흘렀건만, 일에는 별다른 진전이 보이지 않은 터였다.

레오폴트의 시선은 사냥제 때와 달리 비어 있는 카론의 손목으로 향했다. 그의 시선이 닿은 곳을 알아챈 카론이 주먹을 그러쥐었다.

"걱정 마. 전하께는 비밀로 해 줄 테니까."

아무래도 그 짧은 사냥제 기간 동안 카론이 마도구 팔찌를 지니고 있었단 걸 알아본 듯했다. 레오폴트는 알 수 없는 미소만 걸고 있었다. 아무래도 그 문제로 소후작을 책망할 생각이 전혀 없어 보였다.

"사실 남은 마도구들을 찾는 건 불가능에 가깝지. 안 그래? 나라면 반역으로 처형당할 거라고 직감한 날에 가보고 뭐고 몽땅 불살라 버리거나 땅에 묻어 버렸을걸. 날 잡으러 온 왕실 놈들의 손에 집안 대대로 내려오던 마도구를 넘겨주느니, 차라리 없애 버리는 게 나을 테니. 그것이 그들이 지키고자 하는 신비력의 고귀함이잖아."

끅끅거리는 저열한 웃음이 레오폴트의 입에서 흘러나왔다. 미회수된 4할의 보물들에 별다른 미련이 없다는 태도였다.

"대신에 그깟 마도구들보다 더 신경에 거슬리는 문제가 생겼는데 말이지……."

순식간에 웃음기를 거둔 얼굴이 갑자기 카론 앞으로 쓱 다가왔다.

"죽은 슈미트 공작한테 사생아가 하나 더 있나 봐. 남은 공작가 고용인들을 하나하나 고문하다가 알아냈지 뭐야."

속삭이는 말소리가 지극히 낮았다. 능글거리던 평소 모습과 달리 날카로워진 얼굴에는 정말로 초조해 보이는 불안감이 고스란히 드러나 있었다.

"점잖아 보이던 삼촌께서도 사생아가 있으셨다니, 과연 아버지의 자랑스러운 혈육이야. 하긴, 이 빌어먹을 피가 어디 가겠어? 거기에 신비력자라니. 참, 대단도 하시지."

누가 들었더라면 불경죄로 잡혀갔을 법한 말을 아무렇지도 않게 늘어놓으며 빈정거린 레오폴트가 이를 아득 깨물었다. 제 친우이자 신하를 보는 눈에는 독기가 어렸다.

"카론 경. 마도구 따위는 내가 아버지께 잘 말씀드릴 수 있어."

레오폴트가 그의 어깨를 가만히 누르며 본심을 꺼내 놓았다.

"대신에 더 크게 거슬리는 걸 치워 주면 돼. 좋은 거래 아니야? 그게 에르하르트의 역할이잖아."

주인이 여태껏 풀어놓았던 개의 목줄을 세게 당기는 순간이었다.

"창녀의 딸이라 그랬어. 아직은 어려서 멀리는 못 갔을 거야. 하지만 신비력자라 그러면 비천한 출신도, 어린 나이도 얘기가 달라지지. 어떻게 해서든 세상에 먼저 알려지기 전에 우리가 먼저 찾아야 해. 알겠어?"

실제로 슈미트 공작은 왕위 계승권을 쥐고 있었기에 왕실과 더욱 사이가 좋지 못했다. 만일 지금까지 그의 자식이 살아 있다면, 자연적으로 왕위 계승권을 물려받게 터였다. 레오폴트로서는 당연히 예민할 수밖에 없는 문제일 터였다.

"일단은 수색해 보도록 하겠습니다."

카론의 대답은 허무할 정도로 간소하게 흘러나왔다. 충격적인 소식에도 그다지 별 반응이 없는 친우를 향해 레오폴트는 하, 하고 실소를 터뜨렸다. 그의 어깨에 올렸던 손도 내렸다.

"난 여전히 자넬 모르겠어."

흥분이 가라앉은 레오폴트가 눈앞에 앉아 있는 남자를 훑어보았다.

베르너 에르하르트보단 성실하게 의무를 수행할 거란 믿음이 있고 실제로도 그러고 있었지만, 카론 에르하르트는 도통 갈피를 잡을 수 없는 인물이었다. 그러다 보니 마냥 믿고 있기엔 불안한 감이 있었다.

정말로 아바마마가 말한 것처럼 이제는 에르하르트를 믿을 수 없는 것인가. 왕실에서 얻을 수 있는 마도구가 없다면, 언제든 돌변해 주인을 물 수 있는 사냥개들이 아닐까. 그런 의문이 고개를 쳐들 수밖에 없었다.

그렇다면, 확인해 보면 되지. 레오폴트는 성정대로 기발한 간계를 떠올리고서 속으로 킬킬 웃었다.

"카론 경, 경마에 관심 있나?"

카론은 서서히 흥미로운 미소를 입가에 띠는 레오폴트를 보면서 한숨을 내쉬었다. 관심 없다고 해도 결사코 끌고 갈 얼굴이었다.

"무슨 일이십니까."

"아직 자네와 해 보지 않은 일인 것 같아서 말이야."

레오폴트가 씨익 웃었다.

"마도구 횡령쯤은 가볍게 넘겨주는 친우를 위해서 시간을 내주지 그래."

왕세자는 카론이 타스로산 에메랄드 팔찌를 탐내어 손에 넣었다고 보는 모양이었다. 왕실이 필수적으로 회수를 요구하는 마도구가 아닌 이상에야, 그 외의 것들은 어차피 전부 에르하르트의 소유로 넘어오게 되어 있었다. 다만 지금 같은 경우는 왕세자가 빌미로 삼기 좋았다.

카론이 차지한 오펜하이머의 유산은 성유물이었다. 왕세자가 그 이유를 들어 타스로산 에메랄드 팔찌를 왕실이 회수해야 할 필수 마도구로 지정하면 어쩔 것인가. 왕세자는 충분히 그럴 수 있을 만큼 집요한 인물이었다.

거기서 그치지 않고 카론이 마도구를 입수한 과정을 추적이라도 한다면? 지금이야 오펜하이머의 가보라고 알려지지 않았기에 망정이지, 팔찌를 취득한 경로를 추적하기 시작한다면 살아남은 엘레나 오펜하이머가 왕세자의 시야에 들어갈 가능성도 있었다.

결국에 카론은 왕세자에게 백기를 올리고, 그의 요구에 맞춰 주어야만 했다. 그 자리가 경마장이 아닌 극장임을 알게 된 건 약속 당일이었다. 그날, 극장에선 왕세자를 노린 암살 시도가 벌어졌다.

* * *

"……그래서 조만간 지방 발령을 받으시는 건가요?"

졸졸졸 흐르는 맑은 개울물처럼 청량한 목소리가 그를 일깨웠다. 루시아 데스테가 창백한 얼굴로 그를 올려다보고 있었다.

둘은 정원으로 산책을 나온 상태였다. 들판에는 도랑이 펼쳐져 있었다. 도랑 위로 가을의 옷을 입은 붉고 노란 낙엽들이 물살을 타고 흘러내렸다.

"예. 아무래도."

카론은 제게 매달려 있는 여인의 실망한 얼굴을 살피며 대화를 이어 나갔다. 걸음 속도는 지극히 루시아에게 맞춰진 상태였다. 루시아 데스테의 해쓱한 얼굴만 봐도, 제 속도대로 걸어가 무리를 시킬 수가 없었다.

"데스테 영지 근처의 바실리카는 무리시겠죠?"

말투에 은근한 서운함이 묻어났다. 카론은 그렇진 않다고 말하려다 관두었다.

극장에서의 사건이 있었던 이후로, 왕세자는 암살을 당할 뻔했다는 이유로 주요 귀족들을 소집하기에 이르렀다. 그 결과, 왕실에서 파견하는 신전 기사단에 각 영지를 감시하고 다닐 수 있는 권한이 주어졌다. 이 모든 과정이 신문에는 기사 한 줄 안 나도록 은밀하게 이루어진 건 이루 말할 것도 없었다.

원래대로라면 왕실에 봉사하는 의무 기간 동안 수도 바실리카에서 머물려던 카론의 계획 또한 급하게 수정되었다. 소후작쯤 되는 이라면 발령지를 택할 수도 있었으나, 이번 사건을 계기로 데스테 영지와 멀리 떨어진 바실리카로 향할 생각이었다.

그편이 눈앞에 있는 이 귀공녀를 위해서라도 좋았다. 지금만 봐도 카론이 금방 돌아가려 하자, 어떻게 해서든 같이 있기 위해 산책을 나왔지 않은가. 저리 파리한 안색으로도.

"예. 국경 지대의 바실리카가 유력할 겁니다."

대답을 듣는 루시아 데스테의 얼굴이 급속도로 어두워졌다. 카론으로서는 꽤 난감한 상황이었으나 이렇게라도 확실히 해 두는 것이 나았다.

그의 의도와는 관계없이 루시아 데스테와 엮이는 상황이 계속해서 늘어만 갔다. 확실히 하지 않는다면 더 크게 상처받는 쪽은 루시아 데스테였다.

그래도 지금껏 얼굴을 봐 왔기 때문에, 루시아 데스테가 상처받든 말든 상관하지 않는 관계는 지난 터였다.

그러니 차라리 구스타프에게서 정확한 검사 결과를 받을 때까지 멀어질 생각이었다. 마를레네를 통해서도 부탁할 수 없을 만큼 멀리 가 버리는 것이다.

"카론 경을 보지 못한다니 슬픈 일일 거예요."

서서히 끝을 보이는 산책로처럼, 이대로라면 끝이 날지도 모른다는 걸 예감한 루시아가 서글픈 목소리를 냈다. 산책로의 끄트머리에서는 고용인으로 보이는 두 사람이 개암나무를 가리키며 대화를 주고받고 있었다.

"서신으로도 충분히……."

카론이 말을 흐린 건 그들을 식별할 수 있을 만큼 가까이 다가섰을 무렵이었다.

"어? 데스테 영애, 안녕하세요. 오늘은 레나를 데리고 실습을 나온 길이에요."

이어서 카론에게도 해맑게 인사를 올리는 가정 교사 옆에, 난감한 얼굴로 입술을 꾹 다무는 엘레나 오펜하이머가 서 있었다.

"그런가요. 보다시피 저는 소후작 님과 산책 중이라서요."

루시아는 한 걸음 더 움직여 카론과 밀착했다. 친분을 과시하는 듯한 그 태도에는 방해받고 싶지 않다는 함의가 내포되어 있었다. 그 뜻을 제대로 알아듣지 못한 가정 교사는 서글서글한 미소로 루시아 옆에 있는 소후작을 신기하게 쳐다보았다.

"아, 이분이 말로만 들었던 에르하르트 소후작이시군요."

소후작의 얼굴을 모르는 것으로 보아 수도 태생의 가정 교사는 아닌 듯 싶었다. 카론의 눈길이 가정 교사에서 엘레나로 궤적을 그리자, 엘레나 오펜하이머는 루시아의 말귀를 알아들었는지 분홍빛 입술을 옹그리며 눈치만 보았다. 그와 시선이 마주칠까 봐 바로 눈을 내리까는 모습이 새초롬했다.

앙증맞은 입술이 다물렸다가 펼쳐질 때마다 지난여름의 충동이 떠올랐다. 당연하게도 그가 냈던 상처는 흔적도 없이 아물어 있었다.

카론은 그것이 못내 아쉬웠다. 동시에 저 애 앞에만 서면 솟구치는 욕망이 못 견디게 역겨웠다. 아무리 생각해도 저 애 앞에만 서면 머리가 고장 난 것처럼 제정신이 아니었다.

"그럼, 레나를 잘 부탁드려요. 선생님."

루시아는 눈치 없는 여교사에게 끝까지 상냥한 태도로 일관했다. 대신 종종거리는 걸음은 평소보다 미묘하게 빨라져 있었다.

카론이 엘레나에게 엉겨 붙었던 시선을 쉬이 거두지 못하고 돌아보았다. 미련이 남은 시선 끝에 그가 지나가기만을 기다린 사람처럼 안도의 한숨을 내쉬는 엘레나 오펜하이머가 담겼다.

아까까지만 해도 소후작을 투명 인간 보듯이 무시했으면서, 그 애는 가정교사와 온화한 미소를 지으며 곧잘 대화를 나누었다. 카론은 순간 울컥 치솟는 감정을 내리눌렀다.

노골적으로 그를 피하고 있는 엘레나 오펜하이머보다도 말 한마디도 나누지 않은 여자가 몇 분 만에 싫어질 수 있다니. 스스로 생각해도 우스운 감정이었다.

"저택에서 처음 보는 고용인이로군요."

"레나의 가정 교사예요. 아, 레나는 아시려나요?"

루시아가 슬쩍 카론을 올려다보았다. 사냥제에서 둘이 마주쳤다는 사실은 알고 있지만, 카론이 그녀를 기억하고 있는지 알고 싶은 듯했다. 카론은 별대수롭지 않게 대꾸했다.

"영애의 친구잖습니까."

투명한 눈망울이 크게 뜨였다. 무엇에 놀란 건지 알 수 없이, 커다란 나무 아래서 루시아의 걸음이 멈추었다. 악의 없는 웃음을 터뜨리는 얼굴이 나무 그늘에 뒤덮였다.

"친구, 친구⋯⋯."

곧 루시아가 고개를 비스듬히 기울인 채로 물어왔다.

"친구요? 레나가 카론 경께는 그러던가요? 저와 자신이 친구라고요."

미묘하게 올라간 입꼬리가 인상을 순식간에 뒤바꾸어 놓았다. 얼굴 절반을 덮고 있는 나무의 음영 때문인지도 몰랐다.

햇볕이 드리운 면은 평소와 다름없는 귀공녀인데, 나무 그늘에 가려진 면은 서늘한 것이 누군가를 떠올리게 해 불쾌함이 밀려왔다. 카론은 순간적으로 떠오른 낯익은 인상에 얼굴을 찌푸렸다.

"아닙니까?"

"아니요. 맞아요. 친구. 열심히 제 옆을 지키고 있었던 충성스러운 친구지요."

대답은 재빨랐다. 의문을 틀어막는 긍정이 묘하게 날카로웠다. 그새 몇 발자국 앞서 걸은 루시아가 그늘을 벗어났다.

여전히 그늘에 선 카론이 햇빛을 담뿍 받은 루시아의 뒷모습을 바라보았다. 가을 햇볕만 온전히 내리쬐는 땅에 발을 내디딘 귀공녀가 어떤 표정을 짓고 있는지 알 순 없었으나 그 기세가 심상치 않았다. 여전히 등을 보인 루시아에게서는 여상한 목소리가 흘러나왔다.

"아버지께서 레나를 참 아끼세요. 치료학 쪽으로 영리하거든요. 재능을 보셨나 봐요."

"⋯⋯."

"다행인 일이죠. 고달픈 고용인의 앞날에 탁월한 재능이라도 있다는 건."

곧 루시아가 그를 돌아보았다. 아무렇지 않은 얼굴로 동의를 구하는 눈빛이었다. 그래 봐야 하녀인 아이에게 가지는 동정 어린 호기심. 그에게서 딱 그 정도의 반응을 바라는 듯, 햇볕 아래 담홍색으로 빛나는 두 눈이 카론을 담은 채로 불안하게 흔들거렸다.

그러나 오히려 그 눈길이 카론의 숨을 졸랐다. 그는 엘레나 오펜하이머에 관해서 아무것도 모르는 척 무시로 일관해야 하는 에르하르트 소후작이었다. 그러나 그녀의 삶이 어떻게 '고달픈 고용인의 앞날'로 추락했는지 누구보다 잘 알고 있는 사람도 카론 자신이었다.

엘레나 오펜하이머가 레나 크루거로 살게 되면 평생 저런 싸구려 동정을 받게 되리라. 그 사실을 깨닫게 되자, 카론에게서 표정이 증발했다. 그러나 루시아는 그의 싸늘한 반응에도 움츠러들지 않았다.

"……갑자기 고용인이 말을 걸어서 놀라셨지요? 다음 달부터는 레나가 바실리카 과정으로 넘어가기 때문에, 선생님과는 이런 식으로 마주칠 일 없으실 거예요."

그저 고용인의 결례를 용서하란 식으로 자연스레 말을 돌릴 뿐이었다.

그러나 카론은 그따위 것을 신경 쓰지 않았다. 대신 루시아와 나란히 발걸음을 옮기며 이참에 확인해 보고 싶었던 것을 떠보았다.

"백작께서 레나 크루거란 저 아이를 꽤 신경 쓰시나 보군요. 아낌없이 후원해 주시는 걸 보면."

바꾸려 해도 거듭 돌아가는 화제에 루시아의 안색이 눈에 띄게 가라앉았으나, 카론에게 루시아는 안중에도 없었다. 오로지 이 저택에서 엘레나 오펜하이머가 어느 정도의 위치에 있는지가 궁금할 뿐이었다.

백작이 가정 교사에 이어 바실리카 과정까지 지원하다니. 단순히 막 받아 준 후원자는 아니란 뜻이었다. 하지만 무슨 목적으로?

카론의 심장이 불안감으로 쿵, 쿵 뛰었다. 가문의 일로 귀족들의 어두운 면을 숱하게 봐 온 그였다. 개중에 어린아이를 키우며 탐하는 미친 자도 있다는 걸 알고 있었다.

지금 엘레나 오펜하이머는 가문의 이름으로도, 친족의 명성으로부터도 보호받지 못한다. 엘레나에게는 데스테 영지가 마지막 피난처일 테니 무척 간절할 터였다. 하다못해 자신에게 가보를 맡길 정도로 충성스럽지 않았겠는가. 만약, 백작이 흑심을 품고 이 상황의 엘레나를 이용하기라도 한다면…….

잊고 있던 종소리가 머릿속에서 징, 하고 울려 퍼지면서 순간적인 현기증이 일었다. 투명하게 반짝이는 가을 햇살까지 가세해서 카론을 어지럽혔다. 아찔한 정신을 다잡으려 노력했으나 루시아의 말은 그를 더욱 혼란으로 밀어 넣었다.

"제가 레나를 무척 아끼고 있으니 좋은 일이긴 하지요."

루시아는 그의 속내를 꿰뚫어 본 사람처럼 슬며시 웃고 있었다. 창백한 낯은 가을 햇살에 닿아 더욱 희멀겋게만 보였다.

"아버지께선 저를 위해서 무엇이든 하실 분이세요……. 정말 무엇이든."

그것이 카론을 안심시켜 주는 말인지, 아니면 불안을 더욱 부추기는 말인지는 알 수 없었다. 점점 흐트러지는 숨소리 때문인지, 비틀거리는 몸 때문인지, 루시아의 목소리가 조금씩 불안정하게 흔들리고 있었다.

"그러니 레나에게도 신경 써 주시는 건 당연한 일……."

"영애?"

갑자기 루시아가 거친 숨을 내쉬었다. 금방이라도 쓰러질 듯 하얗게 질린 낯으로 주저앉아 색색거리는 숨만 내뱉자, 카론은 당황해 곧바로 맥을 짚었다.

다행히도 위중한 지경은 아니었다. 무리해서 움직인 탓에 체력이 빠진 모양이었다. 결국에, 그날의 대화는 카론이 루시아를 업고 저택에 가는 것으로 끝을 보았다.

당연히 엘레나 오펜하이머에 관한 둘의 대화도 그날 거기서 끊어졌다. 루시아가 더는 엘레나를 언급하지 않았고, 카론은 제 관심을 불필요하게 내보이며 엘레나 오펜하이머에 관해서 물어볼 수가 없었다.

그로부터 얼마 지나지 않아 카론은 수도에 방문했다. 레오폴트는 카론이 새로 가겠다 정한 발령지 위치를 듣자마자 폭소를 터뜨렸다. 뭘 생각하는지 빤히 보였지만, 카론도 굳이 왕세자의 오해를 풀 생각은 없었다.

머리로는 오펜하이머의 생존자 감시와 역모죄 관리라는 명분을 내세웠지만,

더는 그 이유조차 구실이 되지 못한다는 사실을 알고 있었다. 하지만 도저히 자신을 멈출 수도 없었다. 지금처럼 찰나라도 만나 보지 못하면, 그 애 생각이 자꾸만 증식해 미쳐 버릴지도 몰랐다.

* * *

신비력자 수색령이 떨어졌다. 카론은 가을장마가 내리는 시기에 데스테 영지와 가까운 바실리카로 발령받았다.

그날은 오후 내내 이슬 같은 부슬비가 내리고 안개가 자욱하게 낀 날이 었다. 카론은 평소와 다름없이 제일 마지막까지 바실리카 시가지의 골목 사이사이를 누비고 다녔다.

번화한 시가지의 중심에 밀려나 낙후된 지역의 길거리에는 쥐가 먹은 음식물 쓰레기와 수배지가 아무렇게나 뒹굴고 있었다. 그렇게 카론의 발걸음은 끝내 널빤지를 덧대어 빗물을 간신히 막아 낸 판자촌에 닿았다. 코타이너였다.

카론이 개중에 한 집의 문을 두드렸다.

"누구세⋯⋯. 요."

열 살은 될까 싶은 아이가 문을 열다가 카론의 차림새를 보고 멈칫거렸다. 후드를 고정하고 있는 브로치를 보자마자 그가 신전 기사임을 알아본 듯했다. 긴장한 아이는 침을 꿀꺽 삼키고 물었다.

"무, 무슨 일인데요⋯⋯."

"신비력자 탐색 기간이야. 혹시 주변에서 수상한 자를 보지 못했어?"

후드를 눌러쓴 카론이 대충 형식상의 질문을 하자, 아이는 고개를 내저었다. 당연한 반응이었다. 신비력자가 진짜로 있다면, 이렇게 대놓고 물어봤을 때 자진해서 나올 리도 없으니까.

카론에게 신비력자 수색은 일종의 습관에 가까웠다. 루시아 데스테, 왕세자,

어머니……. 그를 둘러싼 모든 혼잡한 것들에서 벗어나 몰두할 만한 다른 것이 필요하여 오래도록 코타이너 근처를 돌아다니는 날이 늘었다. 그러나 정작 카론이 하고 있는 짓은 신비력자 수색이 아니었다.

"혹시 여기에 사는 '로사'라는 사람을 알아?"

조금 더 낮은 목소리로 묻자, 아이는 제대로 말도 하지 못하고 고개만 내저었다.

"여기에 '브리짓 클로츠'라는 여자가 온 적은 있어?"

아이는 이번에도 고개를 내저었다.

이번에도 허탕이었다. 하늘에서는 후드득 빗방울이 떨어지자, 카론은 그제야 왔던 길을 되돌아갔다.

오펜하이머와 연관된 이들을 수색하는 작업은 느리게 진행될 수밖에 없었다. 왕세자와 어머니의 감시를 받지 않고서 움직일 수 있는 시간은 한정적이었고, 신전 기사단 활동을 빙자해 조사를 이어 나갈 수밖에 없었다.

오펜하이머가 억울하게 역모에 휘말렸다면, 진상 조사를 해서 오펜하이머의 명예를 회복시키면 되지 않을까. 그렇게 하면 엘레나 오펜하이머도 제자리를 찾을 수 있을지 모른다. 그리 막연한 생각으로 시작한 조사였으나 좀처럼 성과가 없었다.

굵어진 빗방울이 후드 속까지 뚫고 들어왔다. 젖은 옷이 불쾌하게 달라붙어 몸의 온기를 떨어뜨릴 무렵이었다. 카론은 큰 길목으로 나가기까지 길 하나를 앞두고 있었다. 맞은편 길목에서 여자애의 간절한 외침이 들려왔다.

"루시아! 어디 있어!"

그가 너무나도 잘 알고 있는 목소리였다. 반사적으로 그 목소리가 나는 골목으로 달려 나가자, 그곳에 불그스름해진 눈을 깜빡이는 엘레나 오펜하이머가 있었다.

폭우 속에서도 선명한 색채를 발하는 푸른 눈동자가 그에게로 향했다.

루시아를 부르던 입술은 어느새 조용히 다물려 있었다. 눈이 마주친 두 사람 사이의 정적을 차가운 빗방울 소리가 메웠다.

"여긴 무슨 일이야."

카론이 먼저 그녀에게 잰걸음으로 다가섰다. 본능적으로 뒤로 한 발자국 물러섰던 엘레나는, 간절한 제 상황을 인지하고서 그를 올려다보았다.

"혹시 데스테 영애 못 보셨나요?"

햇빛 아래서는 찬란하게 빛나던 금발이 먹구름 낀 하늘 아래서 보니 축축하게 젖어 있었다. 먹먹해진 검붉은 눈이 그녀를 내려 보았다.

데스테 영애를 찾아 얼마나 빗속을 헤맨 걸까. 볼에 붙은 머리칼을 떼어 주고 싶단 마음을 억누르기 힘들었다. 때문에, 목소리는 더욱 무뚝뚝하게 흘러나왔다.

"무슨 일인데."

엘레나는 쉬이 대답하지 못하고, 어깨만 늘어뜨렸다.

"바실리카에 왔다가……."

머뭇거리는 입술은 친구에게 도움이 되는 말을 고르기 위하여 머뭇거리다가 그 끝을 흐렸다.

"제가 데스테 영애를 잃어버렸어요."

빤히 들킬 거짓말이었다. 내리깔린 젖은 속눈썹만 봐도, 어떤 상황일지는 어림짐작할 수 있었다.

보나 마나 사냥제 때처럼, 또다시 루시아 데스테가 사라진 모양이었다. 루시아는 사라지고, 시녀는 찾으러 다니고. 그 짓이 귀찮지도 않은지, 엘레나는 루시아를 찾는 일에 열성이었다.

무엇보다도 저 서글픈 얼굴 루시아 데스테가 이 애를 쥐고 흔들어 놓았다는 증거였다. 이 애는 루시아 데스테 하나만 보고 울고 웃고 하는 건가. 카론은 도무지 그 충성심을 이해하기 힘들었다.

"꼭 이렇게까지 해야 해?"

"네?"

"왜 굳이 루시아 데스테를 졸졸 쫓아다니냐고."

엘레나가 모욕이라도 들은 사람처럼 입술을 지그시 물었다. 그것이 카론의 속을 태우는 버릇인지도 모르고.

"어차피 루시아 데스테는 네가 곤란해도 상관없어하잖아. 몸도 약해서 결국 저택으로 돌아오게 되어 있는데, 뭐 하러 이리 고생하며 찾으러 다녀?"

"데스테 영애께 그런 말씀 마세요."

"그래서 내가 틀린 말을 했나?"

비바람이 쏴아아, 소리를 내며 거칠게 장대비를 흩뿌렸다. 폭우를 만나 겨우 뜨고 있는 눈동자에 그를 향한 경멸이 담겼다.

엘레나는 말없이 그를 쏘아보다가 뒤돌았다. 카론은 곧바로 다가가 그녀의 손목을 붙들었다.

"도와주지 않으실 거면, 그냥 지나가세요."

싸늘한 목소리는 내리는 빗물만큼이나 차가웠다. 카론은 답답한 마음에 엘레나를 돌려세웠다. 주워 담을 수 없는 말이 내뱉어진 건 그 순간이었다.

"왜? 네가 정말 루시아 데스테의 친구가 되기라도 한 것 같아?"

등신 같은 새끼. 막 꺼내 놓고도 속으로 욕이 나올 만큼 후회스러운 말이었으나, 이 애 앞에서는 정신이 나갔는지 말이 제멋대로 튀어 나갔다.

"매번 이렇게 널 찾게 만들면서도 친구라고? 같이 있다가 사라지면 후원받는 네 입장이 제일 곤란해질 걸 알면서도?"

카론은 어머니를 비롯해 어떤 여자에게도 굳이 화를 낸 적이 없었다. 정확히 말하자면, 굳이 화를 낼 일이 없었다고 해야 맞았다. 그들에게 화낼 만큼 관심이 없었으니. 그러나 엘레나 오펜하이머에게만큼은 그러지 못했다.

"너한텐 그런 게 친구야?"

순간적으로, 엘레나가 그를 힘껏 밀쳤다. 거친 빗소리 사이로 새된 목소리가 또렷이 울렸다.

"제대로 알지도 못하면서!"

엘레나의 어깨가 분노로 오르내렸다. 그토록 화가 난 얼굴은 처음 보는 것이었다.

"나랑 루시아의 관계를 잘 알지도 못하면서 함부로 입에 올리지 마세요."

카론은 그대로 뒤돌아서 뛰어가는 그 애를 바로 잡지 못했다. 투명한 푸른 눈에 그렁그렁하게 고여 있는 물기를 보았기 때문이었다. 그건 확실히 빗물은 아니었다.

"하, 씨발."

대체 무슨 짓을 한 걸까. 머리카락을 헝클어뜨리던 카론이 욕설을 뇌까렸다. 뒤늦게 자괴감이 밀려왔다.

저 애가 루시아 데스테 하나만을 믿고 의지한다는 게 뭐가 나빠서. 루시아 데스테가 엘레나를 가지고 놀 때도 있지만, 동시에 역모로 처형당한 가문의 생존자를 몰래 숨겨 주고 있긴 하지 않은가.

사실 엘레나 오펜하이머의 입장에서는 그것만으로도 감지덕지한 일이었을 터였다. 에르하르트 소후작보단 루시아 데스테가 엘레나 오펜하이머에게 훨씬 이로운 존재일 수밖에 없었다.

거기까지 생각이 닿자, 카론은 무엇에 분한지도 모른 채로 주먹을 몇 번이고 움켰다 풀길 반복했다. 그 애에게 아무런 도움이 되지 못하는 현실에 짜증이 치밀었다.

그러다가 퍼뜩 정신을 차리고 뛰기 시작한 건 그녀가 지나간 길목이 어디인지 떠올렸기 때문이었다. 자칫하다가 코타이너까지 흘러들기라도 한다면……. 그렇게 두어서는 안 된다. 여자애 혼자 다니기엔 위험한 거리이지 않은가.

카론은 빠르게 골목 몇 군데를 헤집으며 달렸다. 간혹 상인들이 급하게 뛰어다니는 기사를 신기하게 쳐다보았으나 의식하지 못했다. 숨이 턱 끝까지 차오를 때까지 엘레나 오펜하이머를 찾아 헤매기도 바빴다.

언제나 그의 머릿속에서 나부끼던 머리칼, 금사로 빚어낸 듯한 신기루 같던 뒷모습. 돌아다니면서도 그 잔상만이 아른거렸다.

그러는 동안에 점차 빗발은 약해져 가고 있었다. 카론은 먹구름 사이로 고개를 내밀기 시작한 태양을 보았다. 태양광이 광장의 중심을 내리쬐었다. 시계탑 위의 하늘은 활짝 개어 있었다.

댕, 댕.

바실리카의 종소리가 광장까지 울려 퍼졌다. 카론은 어떤 직감에 따라서 움직였다. 실내에서 비를 피하던 사람들이 중앙 광장으로 모여들고 있었다.

광장은 마차를 잡으려는 손님들로 부산스러웠다. 마부들은 이제 집으로 돌아가려는 손님들을 받으려 호객 행위를 했다.

"저런, 많이 젖으셨군요. 마차가 필요하진 않으십니까?"

옷이 젖은 귀족은 그들에게 최고의 손님이었다. 카론은 말을 걸어오는 마부들을 헤치고 나아가다가 저 멀리서도 눈에 띄는 보라색 마차를 보게 되었다. 산호처럼 영롱한 유광으로 코팅된 마차였다.

카론이 알기론, 저런 연보랏빛 도색을 즐겨 하는 가문은 한 가문밖에 없었다. 그의 예상대로 로렌츠 발렌시아가 마차 앞에서 마부와 이야기를 나누고 있었다.

그 옆으로는 꽃다발을 든 루시아가 엘레나와 함께 있었다. 그새 울었던 흔적을 감춘 엘레나는 루시아가 재잘거리자 연신 고개를 주억거렸다. 마부와 이야기를 끝마친 로렌츠가 루시아에게 다가와 무어라 말하자, 그녀는 엘레나에게 꽃다발을 내밀었다.

엘레나는 두 눈을 깜빡이며 그 꽃다발을 받아 들었다. 입 모양으로 보아, 정말 받아도 되겠냐는 말인 듯했다. 루시아는 엘레나를 꽉 끌어안고서 쾌활하게 고개를 끄덕였다.

그러자 엘레나가 희미하게 미소 지었다. 그것만으로도 루시아를 용서한 듯했다. 누가 봐도 싸웠다가 화해한 자매 사이 같았다.

로렌츠는 이야기를 끝마친 두 여자를 발렌시아의 마차로 에스코트했다. 엘레나가 루시아를 뒤따라 마차에 오르자, 로렌츠 발렌시아가 마지막으로 마차에 올라탔다. 자리에 앉은 그는 문을 닫으려다 말고 멈칫거렸다.

그의 시선이 카론에게 멎어 있었다. 복잡한 인파 사이에서도 비에 젖은 기사는 눈에 띄는 법이다. 카론 역시 마차를 응시하는 시선을 거두지 않았다. 뭐라 설명하기 힘든 복잡다단한 감정이 뒤엉킨 실타래처럼 엉겨 붙었다.

곧 마차의 문이 닫혔다. 그를 응시하던 보라색 눈동자가 정면을 향하면서 마차가 출발했다. 그 마차가 점이 되어 사라질 때까지, 카론은 멀어지는 마차의 뒷모습을 오래도록 바라보았다.

* * *

루시아 데스테를 방문하기로 한 날이었다. 한스는 거울 앞에서 지나치게 오랜 시간을 끄는 카론을 보다가 넌지시 물었다.

"작년에 맞춘 옷들이 마음에 들지 않으십니까."

그가 듣기에 생소한 물음이었다. 이때까지 카론은 옷 가지고 까탈스럽게 군 적이 없었다. 옷차림에 예민한 귀공자들이 사교 자리에 나가기 전에 단추부터 크라바트까지 꼼꼼하게 챙기는 것에 비하면, 카론은 그런 채비에 관심이 없는 편에 가까웠다.

그도 그럴 것이, 기사들의 정복에는 항상 정해진 규정이 있었다. 그러니 어린 나이부터 기사 서임을 받았던 카론은 굳이 차림새로 고민할 필요가 없었던 터였다. 그러나 데스테 가문을 방문하고부터는 거울 앞에 서는 시간이 길어져 있었다.

"기사복이 무서울 수도 있지 않을까."

카론이 한숨을 길게 내쉬며 의자에 걸터앉았다. 거울 속의 귀공자는 기사복과 비슷한 어두컴컴한 프록코트를 걸치고 있었다. 열의 없이 묻는 말에, 한스가 가만히 웃기만 했다.

"귀공녀분들이라면 기사 제복을 좋아하실 겁니다. 특히, 데스테 영애께서는 기사담을 좋아하시니 더더욱이요."

상대가 이제 귀공녀가 아닌 평범한 여자애라면 어떻게 되는 건데. 카론은 그리 물으려다가 관두었다.

저를 쏘아보던 엘레나 오펜하이머의 눈빛이 떠오르자, 카론은 기억을 털어내듯 머리를 헝클어뜨렸다. 지켜보던 한스는 옆에서 탄식을 삼켰다. 애써 정돈해 준 머리가 또다시 엉망이 된 참이었다.

데스테 저택을 방문한 후면 늘 죽상이 되어 돌아오는 도련님이다. 어지간히도 데스테 영애를 만나러 가기 싫은 듯이 보였다. 늦장을 부리다가 하물며 옷까지 물고 늘어지는 모양새만 봐도 그러했다. 그러나 한스의 생각과 달리, 카론의 신경은 온통 엘레나 오펜하이머에게 내뱉은 말을 수습하는 데가 있었다.

도대체 저를 만나 주지 않는 여자에게 어떻게 용서를 구한단 말인가.

사냥제에서 왕세자를 제외하면 제일 많은 손수건을 받는 카론이었지만, 정작 본인은 사냥감을 바친 상대에게 퇴짜 맞기 일쑤였다.

그 애한테 했던 말을 사과하고 싶은데, 만나 줄 생각부터 하질 않으니 어떻게 사과해야 하는 건지 알 수가 없었다. 사냥꾼이 다가오는 것 같으면 귀를 쫑긋 세우고 도망가는 토끼처럼, 엘레나 오펜하이머는 카론 에르하르트의 눈에 들까 봐 머리카락 한 올 보이지 않게 꽁꽁 숨어들길 반복했다.

물론, 얼핏 스치다 보게 되더라도 상대해 줄지 의문이었지만.

귀공녀를 대접하는 예우는 익히 배웠어도, 그 집에 사는 여자애에게 남몰래 다가가는 법은 아무도 알려 주지 않는 것이었다. 그 덕에 사춘기를 겪고 있는 소년은 더욱 어렵게 헤매었다.

한숨만 푹 내쉬는 카론을 지켜보던 한스가 보다 못해 한마디를 건네었다.

"차라리 마음 편히 선물을 사 가는 게 낫지 않겠습니까."

내키지 않을지라도 기왕 귀공녀의 저택을 방문해야 하는 거라면 기분 좋게 받아들이고 가란 뜻이었다. 그러나 한스의 그 말은 카론에게 다른 의미로 와닿았다.

* * *

"선물? 여자한테 줄?"

카우치에 누운 왕세자는 눈을 게슴츠레 뜬 채로 실실 웃었다. 금사로 수놓인 양탄자 위로 오색 빛깔의 술병이 굴러다녔다. 카론이 입궁한 지 얼마 지나지도 않아서 벌어진 일이었다.

"하하하! 하하! 정말 미치겠네."

왕세자가 기가 막힌다는 듯이 웃음을 터뜨렸다. 눈물까지 흘려 가며 포복절도를 하는 그 모습에 카론이 인상을 찌푸렸으나 레오폴트는 조금도 눈치를 보지 않았다.

에르하르트 소후작이, 다름 아닌 카론 에르하르트가 손수 여자에게 줄 선물을 묻다니.

"데스테 영애에게 감사 인사라도 해야겠어. 요즘 이리 재밌는 구경거리를 만들어 주시다니."

"……."

"심지어 곧 경의 열여덟 번째 생일이잖아. 선물을 주긴커녕 받아야 하는 입장이면서."

실컷 웃은 레오폴트가 카론을 대견하게 쳐다보았다. 그로서는 환영할 만한 변화였다. 부리는 신하가 무엇을 갈구하는지, 어떤 약점이 생겼는지 알게 되면 그만큼 안심할 수 있었으니.

"해 줄 말씀 없으시면 이만 가 보겠습니다."

계속되는 놀림에 카론이 자리를 떠나려 들었다. 레오폴트는 능청스레 어깨동무를 해 오면서 그를 옭아맸다.

"왜 이러나. 우리는 공무를 논하는 중이었잖아."

그제야 레오폴트의 발밑에 쓰레기처럼 뒹굴던 서류 낱장이 카론에게 내밀어졌다. 왕명이었다.

"내가 아버지와 합의 본 내용이야. 이 정도가 최선이었고."

최근 마도구 유출 문제로 암거래 경매장의 상태가 심각해져 있으니 시정하란 내용이었다. 그 중요한 명령이 방금까지 거하게 취한 왕세자의 발밑에서 아무렇게나 굴러다니던 것이다.

"이것으로 마도구 문제는 일단락될 테니, 일단 경매장을 뒤집고 다녀 봐. 괜찮은 선물이라 하면 마도구만큼 좋은 것이 없으니. 마침 요즘 잘 풀리는 것들은 귀부인들이 좋아하는 보석과 장신구 쪽이라 하더군."

레오폴트가 키득거렸다. 마도구 하나 정도는 친우의 연애에 사용되어도 눈 하나 깜짝하지 않겠단 말이었다. 카론은 기대하지 않고 서류를 받았다. 일거리만 늘어난 셈이었다.

"신비력자 수색은 어찌 되어 가."

그새 왕세자는 지치지도 않는지 새로운 병의 코르크 마개를 열었다. 카론은 고개만 내저었다.

"아시다시피 똑같습니다."

주기적으로 수색 결과를 보고하기 위해서 궁에 드나들고 있긴 했지만 결과는 매번 똑같았다. 그럴 수밖에 없는 것이, 이미 신비력의 종말을 아버지에게서 체감한 카론은 '진짜' 신비력자가 있단 얘기를 좀처럼 믿지 못했다. 따라서 수색은 열의 없는 시늉이 될 수밖에 없었다.

그러나 왕세자의 생각은 다른 듯했다. 레오폴트는 벽에 걸린 성화를 노려 보다가 병째로 술을 들이켰다.

북부 대륙에서 내려온 신화를 주제로 한 성화였다. 폐위되어 감옥에 갇힌 왕에게 섬뜩한 마녀가 찾아오는 장면이 화폭에 담겼다.

왕세자는 굳이 그 그림을 소장해서 걸어 두고서 두고 보길 즐겼다. 지독한 악취미이긴 했지만, 동시에 경각심을 일깨우는 그만의 방법인 것도 같았다.

"카론 경. 한 가지만 약속해 줄 수 있나."

적장자에게도 왕좌로 가는 길은 험난했다. 때문에, 레오폴트는 항상 어딘 가에서 덫에 걸릴까 노심초사했다. 곳곳에 널린 약에 가까운 술병은 그런 불안을 잠재우기 위한 방편이었다.

레오폴트가 카론의 무감한 눈에 대고서 건배했다.

"난 경이 여자한테 정신이 팔려도 좋고, 마도구에 정신이 팔려도 상관 안 해. 솔직히 맹목적으로 군주를 위해 목숨 바쳐 충성하겠다는 인간들을 더 신뢰할 수 없으니까."

"……."

"그러니 내 뒤통수만 치질 마. 날 배신하지만 않는다면, 경이 뭔 짓을 하든 내 친우의 부탁은 기꺼이 들어줄 수 있는 군주가 될 테니."

카론은 피식 웃는 군주의 얼굴을 뒤로했다. 얼핏 듣기엔 관대해 보이는 말이었으나 실상은 그렇지 않다는 걸 이미 알고 있었다.

그가 신비력자 수색을 제대로 하지 않는단 걸 레오폴트가 알아차렸다. 골치 아프게 된 일이었다. 뒤돌아 나가려는 카론에게 레오폴트는 한 마디를 덧붙였다.

"아, 그리고 자네 어머니 말인데."

마를레네에 관한 이야기가 아주 잠깐 카론의 발걸음을 붙들었다.

"요즘 자네를 위해서 애쓰고 있던데, 잘 챙겨 드리도록 해."

의미심장한 말에는 웃음기가 배어 있었다. 카론은 그대로 조용히 문을 열고서 왕세자의 궁을 빠져나왔다.

* * *

"요즘 많이 바쁘신가 봐요. 자주 오지 못하시는 걸 보면."

루시아가 후원을 걷다 조심스럽게 말을 걸어왔다. 그녀 뒤로 붉은 양귀비 꽃이 살랑거렸다.

"많이 피곤해 보이셔서요."

"수행해야 하는 일이 늘어났습니다."

카론은 루시아를 에스코트하며 봇도랑길을 천천히 걸어갔다. 낙엽이 내려오는 계절은 제법 쌀쌀해져 있었다.

낮에는 바실리카 인근을 수색하고 밤에는 경매장을 단속하고 있으니, 피곤한 건 당연했다. 게다가 왕세자의 비위를 맞추기 위해서 수색 강도도 본격적으로 올린 터였다.

루시아는 그런 임무 수행 이야기를 들을 때면 눈을 반짝거렸다. 데스테 영지를 떠나 본 적 없는 병약한 귀공녀가 보기엔 그 모든 일이 낭만 가득한 자유로만 보이는 모양이었다. 정작, 카론은 그다지 자유라는 걸 누려 본 적이 없음에도.

"그런가요. 요즘 바실리카에서도 도통 사람들 앞에 나타나지 않으신단 얘길 들었는데 사실인가 보네요. 그래도 올해 생일을 그냥 보내실 건 아니시지요?"

루시아가 발그레한 얼굴로 물었다. 겨울이 되면 카론의 열여덟 살 생일도 함께 찾아올 터였다. 그에게는 그리 중요한 날이 아니었으나 그녀는 내심 기대하는 눈치였다.

그러나 카론은 제 생일보다도 다른 부분이 신경 쓰였다. 누구한테 들은 이야기일까. 루시아에게 카론에 관한 소식을 전달해 주었다면, 아무리 봐도 그 애가 그러지 않았을까.

카론은 혹시 모를 기대감에 애를 태웠다. 저택에서는 볼 수 없었던 엘레나가 바실리카 먼발치에서 그를 보고 있었는지도 모른다. 그렇다면, 만나서 이야기를 나눠 볼 수도 있지 않을까. 실낱같은 가능성이라도 찾아내려는 희망이 속절없이 부풀어 올랐다.

"수색이 바쁘니 어떻게 될지 모르겠습니다."

"그렇다면, 혹시 연회도 안 하시는……."

"딱히 계획은 없습니다."

실망했는지 루시아의 눈썹이 아래로 내려가 있었다. 비죽 내밀어진 입이 부루퉁한 심기를 드러냈다.

카론은 루시아가 제 생일을 기대하는 이유를 좀처럼 알아채지 못했다. 안 그래도 일이 바빠 루시아 데스테와 어떻게 선을 그을지 생각할 여력조차 없는 시기였다. 그나마 구스타프가 세밀한 검진을 위해 직접 데스테 백작저를 다녀갔다고 하니, 조만간 결과가 나올 터였다.

그때가 되면 이제 더는 데스테 백작저에 오지 않아도 되지 않을까. 폭우가 쏟아진 날, 루시아가 엘레나를 챙겨서 데려갔던 모습으로 보아서는 마음을 놓아도 될 것 같기도 했다.

이 저택에 더 드나드는 건 엘레나 오펜하이머를 보려는 카론의 욕심에 불과했다. 엘레나와 바실리카에서 마주칠 수 있다면, 데스테 백작저에는 걸음을 끊는 게 맞았다.

카론의 생각이 거기까지 닿았을 무렵, 루시아가 산책길 중턱에서 넌지시 이야기를 꺼내 왔다.

"아직 아무것도 듣지 못하셨어요?"

"무엇을 말입니까?"

루시아는 대답하지 않고 희끄무레한 미소만 지었다. 낮에는 연한 분홍색으로도 보였던 두 눈이 노을빛을 받아서 홍옥처럼 빛나고 있었다.

"혹시 실례가 안 된다면, 오늘은 후원에서 차를 마셔도 될까요?"

산책이 끝나면, 루시아가 타 주는 차 한 잔으로 방문은 마무리된다. 그것이 그들에게 자리 잡힌 순서였다.

카론에게는 어찌 되어도 좋을 규칙이었다. 그것이 축약되든 생략되든, 안에서 진행되든 밖에서 진행되든 그에게는 아무런 의미도 가지지 못했으니. 그저 시간을 때우는 행위에 불과할 뿐이었다.

"원하시는 대로 하시지요."

루시아가 그럴 줄 알았다는 듯이 그를 낙조가 잘 보이는 장소로 안내했다. 둥근 나무 테이블을 체크무늬로 된 천으로 덮고, 그 위에는 각종 쿠키와 빵, 잼과 다기들을 차려놓았다. 붉은 장미가 센터피스로 올라와 있어, 그가 오기 전부터 꽤 정성 들여 준비한 태가 났다.

루시아가 다과 테이블을 지키고 있던 하녀들에게 무어라 속삭이자, 하녀들이 일제히 그녀의 말을 받들어 저택 쪽으로 내려갔다. 더 보여 줄 것이 남은 듯했다.

그때까지 카론은 조금 과하게 신경 쓴 자리라고만 생각하고서 루시아를 마주 보고 앉았다.

"원래대로라면 정원으로 모셨을 텐데, 지금은 아버지께서도 손님을 맞이하고 계셔서요."

루시아가 차를 따르며 예의를 차렸다.

그 손님이 누군지는 카론도 이미 알고 있었다. 로렌츠 발렌시아라면 그녀를 보러 오기도 할 테니 굳이 아버지의 손님이라 분류할 필요가 없을 텐데도, 루시아는 로렌츠가 올 때면 항상 백작의 사업 이야기를 조곤조곤 덧붙이곤 했다.

"괜찮습니다. 그보다 아까 하려던 이야기가 무엇입니까."

"아, 그거요. 이따 말씀드릴게요. 마침 준비한 것이 오고 있어서요."

루시아의 시선이 카론의 어깨 너머로 비껴가 있었다. 카론은 그 시선 방향으로 뒤를 돌아보았다.

석양이 지는 시각. 역광을 지고서 커다란 상자들을 들고 오는 하녀들이 보였다. 개중 한 여자를 알아본 카론의 동공이 확장되었다.

하녀복을 입은 엘레나 오펜하이머가 굳은 얼굴로 상자를 가져오고 있었다. 평소에는 볼 일도 없었던 엘레나 오펜하이머였건만, 어째서 이 순간에 나타난 건지 알 수가 없었다. 재잘대면서 상자를 들고 오고 있는 다른 하녀들과 달리 창백하게 굳은 낯이었다.

"선물은 당일에 드리고 싶었는데 그날 바쁘실지도 모르니, 미리 드릴 수밖에 없네요."

다가온 하녀들은 테이블에 커다란 케이크를 배치했다. 그 옆으로는 선물 상자가 쌓였다. 루시아가 카론의 놀란 얼굴을 보고서 흐뭇하게 웃었다.

"특히, 이 선물은 정말 직접 드리고 싶었거든요."

루시아는 엘레나가 들고 있던 선물 상자를 받아 들고서 그에게 열어 보였다. 그걸 본 카론은 돌처럼 굳어 버릴 수밖에 없었다. 상자 안에는 그가 엘레나 오펜하이머에게 준 것과 같은 형태의 검 장신구가 들어 있었다.

"보아하니 잃어버리신 것 같길래."

사근사근한 말이 사뭇 다정했다. 루시아 데스테가 깍지 낀 손 위에 턱을 괸 채로 배시시 웃고 있었다.

잠자코 검 장신구를 내려다보던 카론은 엘레나 오펜하이머가 서 있는 쪽으로 시선을 옮겼다. 턱이 목에 닿도록 고개를 숙이고 있는 탓에 표정이 제대로 보이지 않았다. 길게 늘어뜨린 머리칼이 여자의 얼굴을 커튼처럼 가리고 있었다.

표정은 보이지 않았으나 공손하게 모으고 있는 손이 희미하게 떨렸다. 모욕감일까, 두려움일까. 카론은 그 광경을 놓치지 않고 포착하고서 입술을 맞다물었다.

보급품에 불과했던 검 장신구는 그 애에게 넘어가면서 그 의미가 달라져 있었다. 이 자리에서 이 검 장신구의 의미를 아는 사람은 그와 그녀뿐일 터였다.

그가 이걸 잃어버렸단 사실을 알고 있는 사람 역시도.

"제가 이걸 잃어버렸단 사실을 어떻게 알게 되셨는지가 궁금하군요."

카론은 감흥 없는 손길로 선물이 담긴 상자를 닫았다. 기분이 가라앉았다.

"고맙게도 레나의 도움을 받았거든요. 선물을 고르기 어려웠는데, 많은 도움이 되었어요. 그렇지, 레나?"

루시아가 갑작스레 엘레나에게 말을 걸었다. 그때까진 조각상처럼 자리만 지키고 있던 엘레나가 입술을 파르르 떨었다. 대답은 일정한 간격을 두고서 조그맣게 흘러나왔다.

"……도움이 되셨다니 다행이네요."

"너 아니면 정말 고르지도 못했을 거야."

루시아가 해맑은 웃음을 터뜨리며 고개를 설레설레 흔들었다. 그녀의 물음은 그대로 카론에게로 이어졌다.

"아, 그러고 보니 바실리카에서 둘이 자주 마주쳤겠네요. 전에 레나가 누군지도 기억하고 계셨으니."

그 말을 하는 루시아는 미묘한 미소를 짓고 있었다. 평소 같아 보이기도 하지만, 어딘가 실금이 간 듯한 위화감이 드는 표정이었다.

카론은 뒤에 있던 엘레나를 지그시 응시하다가 시선을 거두었다. 지금은 눈을 마주치지 않는 편이 나을 것 같았다.

무엇보다도 지금 저 메마른 눈동자를 보고 싶지 않았다. 그 눈으로 루시아에게 제 생일 선물을 골라 주었다고 생각하면 더더욱.

"아까 하시려다가 만 이야기는 무엇입니까."

카론이 엘레나를 쳐다보지 않은 채 말문을 돌렸다. 루시아는 들고 있던 찻잔을 내려놓더니 아, 하고 감탄사를 내뱉었다. 무구하기 짝이 없는 얼굴이었다. 그 얼굴로, 충격적인 이야기는 아무렇지 않게 곧잘 꺼내 놓았다.

"어제 후작 부인께서 다녀가셨어요."

카론이 전혀 알지 못했던 이야기였다. 한 방울도 마시지 않은 맑은 찻물 위로, 서서히 일그러지는 그의 얼굴이 고였다.

"어머니께서 말입니까?"

"네. 구스타프 선생님과 함께 오셨어요."

머릿속에 왕세자의 비웃는 얼굴이 얼핏 스쳐 지나갔다. 이걸 경고하는 말이었나. 어쩐지 불길한 예감이 솟구쳤다.

"주치의가 뭐라고 했습니까?"

루시아의 입꼬리가 부드러이 올라갔다. 쾌차 소식을 전달받은 듯이 평온해 보이는 미소였다. 그러나 내뱉어진 말은 기대와는 너무나도 다른 것이었다.

"영원히 이 지병을 안고 살아야 한다고 하셨어요."

"……무슨 뜻입니까."

"말 그대로예요. 주술이 담긴 것과 닿는 바람에, 가뜩이나 신비력으로 오염된 몸이 더욱 악화되었다네요. 에르하르트의 주치의도 치료하기 힘들 만큼요."

카론은 둔기로 머리를 얻어맞은 사람처럼 우두커니 허공을 바라보았다. 제가 듣고 있는 말이 무슨 뜻인지 도통 이해가 되지 않았다.

주술에 접촉해? 영원히 지병을 안고 살아? 도무지 현실감이 들지 않는 말들이 머릿속 안에서 웅웅 맴돌기만 했다.

어디서부터 반박해야 할지 알 수가 없는 결과였다. 와중에도 카론의 눈동자는 제일 먼저 엘레나에게 향하고 보았다.

여전히 여자는 꿈쩍도 하지 않고 조각상처럼 고개만 숙이고 있었다. 아까까지만 해도 금발에 가려진 저 얼굴을 제발 들어 올려 주었으면 싶었는데,

지금은 아예 고개를 올리지 말았으면 좋겠단 생각이 들었다. 경멸에 젖은 눈동자는 그날 폭우 속에서 봤던 것만으로도 충분했으니.

"자세한 건 후작 부인께서 이야기해 주실 것 같네요."

여전히 제 말을 믿지 못하는 그의 반응을 보았을 텐데도, 루시아는 카론에게 한 마디의 힐난도 던지지 않았다. 오히려 단정한 미소를 잃지 않은 채, 그에게 사실을 확인할 시간을 기다려 주겠다는 의사를 표했다.

황혼이 세 사람을 붉게 물들여 놓는 저녁이었다. 산등성 너머로 노을이 내려앉으면서 거무스름한 어둠이 찾아들었다. 루시아의 두 눈은 어둠 속에서도 선명한 붉은색으로 빛나고 있었다.

제 먹잇감이 다가오기만을 기다리며 숨을 죽이고 있던 금수의 눈이었다.

* * *

그날도 침실 안엔 마를레네가 피운 향냄새가 가득했다. 성큼성큼 걸어와 후작 부부의 침실 문부터 열어젖힌 아들의 무례에도, 마를레네의 꼿꼿한 자세에는 흐트러짐이 없었다.

하얀 손으로 장미꽃을 부단히 매만질 뿐. 섬섬한 가는 손이 화병을 오갈 때마다 검은 옷을 입은 그녀의 발밑으로 붉은 장미 꽃잎이 흩뿌려졌다.

"어찌 된 일입니까."

아무런 맥락도 없이 다짜고짜 묻는 말에는 가쁜 숨소리가 뒤섞였다. 데스테 영지에서 에르하르트 저택까지, 새벽 내내 말을 타고 질주해 온 카론은 아직 승마 장갑도 벗지 못한 채였다.

"다 알고 왔지 않니."

그와 달리 마를레네의 목소리는 아주 침착하기만 했다. 그 정도 일에 소란 떨 필요가 없다는 듯. 이런 결말을 예상한 사람처럼.

"저는 그날 어머니께서 선물해 주신 화살을 사용했습니다."

카론이 주먹을 고쳐 쥐길 반복하다가 발걸음을 떼었다. 마를레네의 눈을 보고서 하나하나 따져 물어야만 하는 일이었다.

도대체 이 상황이 무엇이냐고. 어째서 제게 그 화살을 선물했는지, 데스테 백작저에는 왜 저와 함께 간 건지, 어째서 데스테 가문과의 뜬소문을 방관했는지, 어제 주치의와 따로 백작에 방문한 연유는 무엇인지.

처음부터 캐묻고 싶었던 것투성이였으나 차마 그럴 수가 없었다. 예상 가는 의도를 하나하나 짐작해 볼 때면, 하나하나가 모여 결국 어떠한 결론에 이르렀기 때문이었다.

"사냥에는 따로 마도구를 이용한 적이 없으니, 그런 결과가 나올 리가 없습니다."

항상 그 결말에 이르기 전에 생각하기를 멈추었다. 불편한 진실을 마주하고 싶지 않았는지도 몰랐다. 처음부터 산산조각 난 가족이라 할지라도, 부모의 가장 처참한 밑바닥까지 들여다보고 싶진 않은 법이었으니.

그러나 지금, 카론은 제가 그토록 외면하고 싶었던 가족의 이면을 마주하게 되었다.

"그래서? 어째서 네게 주술이 걸린 화살을 주었냐고 묻고 싶은 거니."

마침내 그를 돌아본 어머니의 낯은 지독히 많이 봐 왔던 것이었다. 아버지를 보던 때와 같은 표정. 제 자식을 담은 검은 눈동자에는 경멸 외에는 어떠한 죄책감도 담겨 있지 않았다.

하얀 피부만 제외하면 온통 까맣기만 한 어머니. 그 사이로 붉은 입매가 도드라졌다. 저를 믿고자 했던 아들을 조롱하듯 고이 휘어져, 스산한 웃음을 걸고.

"왜 그랬는지 모르지 않을 텐데. 지금도 넌 이 방에 들어오면 자연스럽게 숨을 멈추고 있잖니. 전부 알고 있으면서, 왜 이제야 이러는지 모르겠구나."

마를레네가 천천히 자리에서 일어나 그의 어깨를 도닥였다. 위로한답시고 속삭이는 말이 도리어 그에게 더욱 끔찍한 절망을 얹어 주었다.

"안타깝게도, 이 향에는 독성이 없단다. 그저 악몽을 선사하는 주술일 뿐이거든. 그러니 숨은 쉬어도 돼."

카론은 폐부를 찌르는 향내에 현기증을 느꼈다. 그녀가 목을 조른 듯이 숨이 조여드는 기분이었다. 어머니가 자신의 의심과 불안을 다 알고 있었다는 사실이 그를 두렵게 했다.

"제가 그리도 싫으셨습니까."

"……."

"그래서 죽이고 싶던 겁니까?"

카론은 사냥제에서 엘레나의 방어막을 뚫지 못하고 떨궈진 화살촉을 떠올렸다. 화살촉의 금박이 녹아내리면서 그 밑에 있던 납덩이가 드러나 있었다.

그 화살촉을 둘러싸고 새겨진 고어들.

그것을 그저 신비력과 접촉해서 생긴 이상 현상이라 여기고 넘기다니. 순진하기 짝이 없는 생각이었다. 악다문 잇새로 차마 꺼내 놓지 못했던 물음들이 쏟아져 나왔다.

그동안은 근본적인 공포감에 짓눌려 못 꺼내 왔던 의문이었다. 어떤 상대가 와도 싸워 이길 수 있는 기사가 되었어도, 그 상대가 자신의 어머니가 되면 어떻게 대해야 할지 갈피를 잡질 못했다. 차라리 그 아득함과 마주하느니, 진실을 알지 못하는 편이 나았다.

그러나 마를레네의 인정은 허무할 정도로 손쉽게 나왔다.

"맞아. 네게 준 화살은 살생을 할수록 그 화가 살생한 자에게로 돌아가도록 설계되어 있거든."

마를레네의 까맣고 깊은 눈동자 안에 좌절하는 카론의 얼굴이 아로새겨졌다.

"……어째서. 어째서 그러신 겁니까."

아무리 생각해 봐도 그녀에게는 다 큰 아들을 죽일 이유가 딱히 존재하지 않았다. 지금도 에르하르트의 전권은 마를레네에게 넘어가 있었고, 카론은 어머니와 권력을 가지고 경쟁하는 관계가 아니었다. 오히려 부재중인 후작의 역할을 대신 이행해 주고 있었으니 살려 두는 편이 유용할 터였다.

그러나 마를레네는 오히려 카론의 말에 고개를 갸웃거렸다.

"어째서 너를 죽이지 않을 거라 확신하는지를 모르겠구나."

"……."

"내 어머니부터 그러셨거든. 누구나 자신의 실패를 지우고 싶어 하는 법이잖니."

에르하르트의 실패작.

마를레네는 베르너를 제치고 정상에 오르고 나서도, 여전히 제가 실패작을 만들었다는 열패감에서 빠져나오지 못하고 있었다.

처음부터 그런 충동이 들었던 것은 아니었다. 신비력이 멸망해 가는 세상에서 당연한 수순을 밟았을 뿐이라고 스스로 위안을 가진 시기도 분명히 존재했다. 그저 카론을 훌륭한 후작으로 키워, 보란 듯이 그녀가 뜻한 바를 이뤄 낼 거라고……. 그것이 전부인 줄 알았던 나날이 카론을 낳은 이후 한동안 이어졌다.

프리네의 소식이 들리기 전까진 그러했다.

프리네에 관한 극비 정보를 얻은 이후부터, 마를레네는 밤에 제대로 잠들지 못했다.

한낱 창녀에 불과한 삶을 살았던 프리네가 성스러운 신비력자를 낳았다. 에르하르트 후작 부인인 그녀는 제 대에서 신비력자를 끊기게 했건만. 에르하르트를 통째로 손에 넣고도 이루지 못한 염원은 그녀의 안에서 응어리로 맺혀 있었다.

"하지만 이젠 그럴 필요 없어. 굳이 너를 죽일 필요가 없어졌단다. 아니, 이젠 네가 반드시 있어야만 해."

마를레네는 제 아들의 두 뺨을 어루만지며 만족스러운 웃음을 지었다. 까만 눈은 카론을 보고 있되, 그 너머의 곳을 바라보듯 꿈결에 젖어 있었다.

"드디어 마녀를 찾아냈어. 우리의 대를 이을 수 있게 된 거야."

그날, 흐드러지게 웃던 마를레네. 그녀는 여태 카론이 봤던 그 어느 때보다 가장 행복하게 웃고 있었다. 이미 광기에 절어 버린 자의 웃음이었다.

10. 후작 부인

늦여름이었다.

"소후작이 신전 기사단에 입단한 뒤로 별 소득도 없는 일을 열심히 하게 되었다고 원성이 자자해, 아주. 차라리 성녀가 재림하는 걸 기도하는 게 빠르겠다. 왜? 마녀도 있다고 하지."

마르첼이 등 뒤로 빈정거렸다. 카론은 발렌시아 형제와 나란히 서 있던 엘레나를 보다가 승마 장갑 속에 감춰진 팔찌 부근을 내려다보았다.

그는 바실리카 계단을 내려오는 동안에도 계속해서 로렌츠 발렌시아를 내내 노려보다가 말에 올랐다. 엘레나가 그쪽을 돌아보았다는 걸 알지 못한 채 말을 출발시킨 채였다.

그날 역시 신전 기사단 수행을 마치고 경매장으로 향해야 하는 날이었다. 열여덟 번째 생일을 지나 다시 여름을 맞이했건만, 그의 생활에는 큰 변화가 없었다.

적어도 매주 한 번 이상씩은 루시아를 찾아가야 한다는 점만 제외하면,

일주일에 사나흘은 신전 기사단 업무를 수행하고 밤마다 경매장을 찾아 나서는 생활만 쳇바퀴 구르듯 이어졌다.

카론은 어둡고 칙칙한 숲을 지나, 도심에서 좀 떨어진 클럽 하우스 근처에서 말을 멈추었다. 로브를 푹 눌러쓰고 가면을 쓴 채로 상태를 정비하는데, 검은 철창으로 된 저택 정문에서 고용인이 나왔다.

"초대장을 보여 주시지요."

카론은 예전에 입수했던 초대장을 그에게 건넸다. 슈미트 가문의 인장이 찍힌 초대장이었다. 곧 끼익, 소리가 나면서 문이 열렸다.

갈색 벽돌을 쌓아 올린 고즈넉한 저택은 밤새 창가에 불빛이 꺼지지 않는 비밀스러운 클럽 하우스였다. 언제나 장소와 날짜가 바뀌는 비밀 경매는 추적부터 쉽지 않았는데 비로소 그 행방을 확인하게 된 날이었다.

카론이 마구간에 말을 맡기고서 저택 포치까지 다가왔을 때였다. 누군가 카론의 어깨를 붙잡았다. 정체를 들켰다면 빠르게 기절시킬 생각으로 돌아본 그는 상대의 얼굴을 확인하고서 안도의 한숨을 내쉬었다.

"요한."

갈색 머리 남자가 온유한 미소를 짓고 있었다. 벽등에 걸린 노란 불빛이 비밀 임무를 수행 중인 두 사람의 그림자를 길게 늘였다.

"무사히 들어오셨군요."

"넌 가면이 없어도 괜찮아?"

"경만큼 초상화가 돌 정도의 유명 인사는 아니라서요."

요한이 어깨를 으쓱였다. 카론은 한숨을 내쉬었다.

"경매는 시작되었나."

"곧 시작될 것으로 보입니다. 지금 토론회도 끝나 가고 있으니까요."

둘이 저택 안으로 들어서자 고요한 밖과 달리 내부는 시장통처럼 시끌벅적했다. 저택에서 연회가 열린 것도 아니건만 곳곳에 매달린 샹들리에 밑을 지나다니는 사람들로 인해 문전성시를 이루었다.

술잔을 들고 격한 토론을 벌이는 여자, 코르티잔의 목덜미에 입술을 지분거리는 남자, 곳곳에 올려진 테이블에서 카드놀이를 벌이는 사람들…….

안 그래도 더운 날인데, 한층 더 후더운 내부의 공기가 카론에게 불쾌감을 일으켰다. 찡그린 표정은 철저하게 가면 아래로 가려졌다. 경매장을 찾아 헤매는 와중에, 시끄러운 장터처럼 요란한 소음 속에서도 요한의 나지막한 목소리는 구분되었다.

"경, 그 소식을 들으셨습니까?"

"무슨 소식."

"국경 수색대 쪽에서 신석에 반응이 잡힌 적이 있답니다."

"뭐?"

"정말 못 들으셨습니까? 아마 조만간 경에게도 부름이…….'

그때 우렁차게 들리는 건배사가 요한의 말을 끊어 놓았다.

"다시 한번 이 세상에 신비력의 축복을!"

응접실로 보이는 제일 넓은 공간에서 일제히 잔을 올리는 이들이 그들의 이목을 잡아끌었다. 한 여자가 단상을 밟고 올라선 채 목의 핏대를 세우고 있었다.

"이것이 통탄할 노릇이 아니면 무슨 일이란 말입니까! 왕실은 우리에게 끝도 없는 거짓말을 이어 온 겁니다. 그들에게서 신비력자의 계보가 끊긴 지는 한참 전인데, 아직도 권력을 쥐고 있다니요. 껍데기밖에 없는 왕실 세력들이 우리들의 진짜 왕을 빼앗아 갔습니다! 애석하게도, 우리의 큰 뜻은 그렇게 한번 무너진 것입니다. 하지만 이렇게 앞서간 친우들이 남긴 의지가 아직도 이 세상에 살아 숨 쉬고 있지요!"

안경을 쓴 여자는 두 팔을 벌리더니 뒤에 내려놨던 장막을 걷기 시작했다. 장막이 올라가자, 모여 있던 관중들이 일제히 감탄을 내뱉었다.

"자, 보십시오. 전쟁을 지원하기 위해서, 우리의 동료들이 남기고 갔던 의지의 흔적을!"

여자의 뒤로 진귀한 마도구 더미가 쌓여 있었다. 카론은 냉소를 감출 길이 없었다.

브리짓 클로츠. 슈미트 가문의 가정 교사였던 여자가 저리 뒤통수를 칠 줄 누가 알았겠는가.

반역의 중점이 되는 인물에게 신비교로 맺어진 가문들의 후원이 뒤따른 건 당연한 일이었다. 죽은 슈미트 공작 역시도 여러 가문에서 보내온 마도구를 보유하고 있었다.

공작은 마도구 관리를 제 아들의 가정 교사이자 마도구 제작자이기도 한 브리짓 클로츠에게 일임했는데, 그때까지만 해도 성격이 순하고 정이 많아 보이는 브리짓 클로츠가 공작을 배신하면서 그 귀한 마도구들을 단번에 꿀꺽 삼켰을 줄은 상상도 못했을 것이다.

문제는 보유하기만 보유했지, 그 처분이 쉽지 않았다는 점이었다. 시장에 하나라도 풀리면 왕실과 에르하르트 가문이 환수를 위해 맹추격을 해 오니, 귀한 물건이라 할지라도 쉽게 사려는 이가 없었다. 마도구는 함부로 건드렸다가는 비싼 돈만 지불하고서 두 눈을 뜨고 빼앗길지도 모르는 위험 자산이 되어 버린 것이다.

바로 그 점이, 안 그래도 무리한 사업 추진으로 인해 제 앞에 눈덩이처럼 불어난 빚을 감당하지 못하던 브리짓 클로츠가 위험을 감수하고 폐쇄적인 경매장을 비정기적으로 열어야만 하는 이유였다.

역모를 뒤엎은 배신자의 이름이 알려지지 않았으니 모임을 만들기는 쉬운 터였다. 신비교 모임을 주최해 그곳에 꾸준히 드나드는 신자들을 중심으로 초대장을 발부했고, 신원을 확인하기 힘든 자는 예전 슈미트 가문에서 주최했던 신비력 모임의 초대장이 있어야만 들여보내 주었다.

그리 보안에 철저했어도 에르하르트 소후작인 카론과 왕실의 직속 기사단인 요한이 드디어 접근에 성공했다는 건 꿈에도 모른 채, 브리짓 클로츠는 흥분한 상태로 경매장에 내놓을 물건을 소개했다.

"자, 오늘 물건은 방어구 브로치입니다. 참 아름답지 않습니까? 저 멀리 북부 대륙에서 건너온 마도구랍니다. 역사를 간직한 귀족 가문의 가보였지요."

브리짓 클로츠가 푸른 장미의 형태를 지닌 브로치를 손에 들어 올렸다. 브로치 가운데에는 푸른 빛깔의 다이아몬드가 박혀 있었다.

"제가 최근에 내놓았던 장신구 브로치들도 이 마도구로부터 영감을 받은 물건이랍니다."

브리짓 클로츠가 제가 제작한 물건의 가치가 낮아질 발언을 서슴지 않았다. 그만큼 귀한 마도구이긴 한 터였다. 아마, 이번 브로치를 팔면 한동안은 무리해서 경매장을 열지 않아도 될 만큼.

"뻔뻔하기도 하군요. 자기가 배신했던 주인의 물건을 파는 것도 놀라운 일이건만, 자신이 장인 정신으로 만들었단 물건들이 암거래할 마도구를 흉내 내어 만든 가품이라고 인정하는 꼴이라니. 지금도 브리짓 클로츠가 만들었다고 하면 마도구가 아닌 일반 기성품조차 평민들 사이에서 고가로 거래되고 있지 않습니까. 그게 전부 마도구 제작자의 예술성을 후원하는 비용이다, 예술가의 독창성에 대한 대가다, 해 가면서 가치를 올렸으면서. 그게 전부 평민이나 하급 귀족은 쉽게 못 볼 최상품 마도구의 모조품에 불과한 것들이었다니."

요한이 그 꼴을 참지 못하고 카론에게 속삭였다. 고지식한 기사인 요한에게는 상도덕 없는 상인이 역겹기만 했겠지만, 카론은 그녀가 들고 있는 브로치에서 눈을 떼지 못했다. 그 푸른색의 다이아몬드를 보며 누군가를 떠올린 탓이었다.

"제가 최근에 만든 건 마력석에 마력이 아주 조금밖에 남지 않은 마도구들이었지만, 이건 그렇지 않아요! 예전의 '진짜' 신비력자가 만들었던 것들이라, 귀족 가문의 가보로 내려오던 귀한 물건이었답니다. 당연히 마력도 아직까지 많이 남아 있는 데다가 아주 섬세한 방어 마법 설계까지

되어 있어요. 얼마부터 시작하시겠습니까?"

모두가 앞다투어 손을 들기 시작했다. 브리짓 클로츠가 희열에 찬 미소를 지었다. 점점 가격이 높아져 가고, 최고가를 경신한 낙찰자가 브로치를 받아 가려는 순간이었다.

카론은 요한을 마주 보고 고개를 끄덕였다.

곧 경매장 안으로 군병들이 들이닥쳤다.

* * *

"카론 경, 대단해. 마도구 문제를 결국에 해결하다니. 전부 환수할 순 없 겠지만, 이걸로 당분간 아버지께 마도구 유출로 지겨운 소리는 듣지 않아도 되겠어."

보고서를 받은 왕세자가 새물대었다. 임무를 끝마친 건 카론인데, 어째 서인지 의자에서 쭉 기지개를 켜는 레오폴트가 후련하단 표정을 짓고 있 었다.

"설마 브리짓 클로츠가 범인일 줄이야. 하지만 난 역시 이런 인간이 마음에 든단 말이지. 단순하잖아."

키득거리는 레오폴트는 검지로 브리짓 클로츠의 신상 보고서를 톡톡 두들기는 짓도 잊지 않았다.

타고난 성정은 나쁘지 않지만, 돈에 의해 주군을 배신하고, 돈에 의해 친구도 배신하며, 또다시 돈에 의해 그 짓을 할 수 있는 자.

왕세자는 그리 일관적인 인간들을 데리고 놀길 좋아했다.

"아직은 죽이지 말고 데리고만 있어. 포모나에서 뽑혀서 데려온 기술공 출신이라 바로 죽이기도 애매하고, 마도구 제작자는 귀한 인력이라 충원하 기도 힘드니까."

아마 이 기회에 무료로 노역을 부리거나 재산을 빌미로 다른 곳에 써먹을 생각인 듯 보였다. 카론은 침음을 삼키고 제가 에르하르트 소후작으로서 짚고 넘어가야 할 일부터 물어보았다.

"환수된 마도구는 어쩌실 셈입니까."

"이번 경우에는 왕실에서 공개적인 경매에 붙여서 국고 충당에 쓸 건가 봐. 왜, 가지고 싶은 물건이 있나? 안 그래도 데스테 영애의 생일이 곧 다가오는 시기이긴 한대."

왕세자가 그에게 떠보듯 물었다. 카론은 루시아에 관한 이야기가 나오자마자 입술을 다물었다.

이제는 왕세자의 오해를 오해라 할 수 없었다. 어머니의 뜻을 따른다면, 루시아 데스테와의 약혼을 생각해 봐야 하는 시기가 오고 있었다.

기꺼이 가문의 뜻에 따라 결혼하고, 후계를 이어 가고, 가문의 의무를 다하고……. 그 모든 과정을 그대로 따라야만 하는 것이 그의 운명이었으나 카론은 자꾸만 시시때때로 제 머릿속을 헤집고 가는 여자의 잔상을 지우질 못했다.

그가 바실리카에서 멀리서 바라보는 것만으로도 족할 존재는 엘레나 오펜하이머뿐이었다. 그 여자를 시녀로 둔 루시아 데스테와 결혼해서 평범하게 살 수 있단 말인가. 도저히 그에겐 결혼이란 것이 상상이 가질 않았다.

"없습니다."

카론이 딱 잘라 말하자, 레오폴트가 쯧쯧 혀를 차며 고개를 내저었다.

"저리 여자 마음을 모르나. 카론 경. 얼마 후면 국경 지대에 오래도록 가 있어야 할 텐데, 선물이라도 하지 그래."

걱정하는 척하는 조언에는 카론을 신비력자 수색으로 바쁘게 굴릴 거란 암시가 은근히 빠지지 않고 있었다. 보통 때였다면 대꾸도 안 했을 농담이었겠지만, 카론은 뜸을 들이다가 입을 열었다.

"그 시기를 좀 더 앞당기고 싶습니다."

* * *

"국경이라니요?"

"어쩔 수 없었습니다. 왕실의 명이니까요."

제일 먼저 기겁한 반응을 보인 건 루시아 데스테였다. 찻잔을 쥐고 있는 손이 가늘게 떨리고 있어, 카론은 그녀가 또다시 기절하지 않을까 조바심을 내야만 했다.

마를레네에게 루시아가 마녀라는 사실을 들었으나, 카론에게 루시아 데스 테란 유리 공예품이나 마찬가지인 존재였다. 심지어 엘레나 오펜하이머가 좋 아하고, 어머니가 탐내는 마녀이니 더 골치가 아팠다.

엘레나 오펜하이머가 루시아를 둘도 없는 친구로 여기고 있는 데다가 어 머니는 마녀를 수집하고 싶어 했으니, 정신을 차렸을 때 그는 자연스레 루 시아 데스테 옆을 지키는 기사가 되어 있었다.

어느 순간부터였을까. 내년에 약혼 발표가 나도 아무도 놀라워하지 않 을 만큼이나 뻔하디뻔한 관계처럼 굳어져 버린 건. 두 사람은 마치 루시 아가 좋아하는 로맨스처럼 아주 전형적으로 연인이 되는 과정을 밟고 있 었다.

"거부하실 수 있으시잖아요."

이젠 루시아도 그가 이 정도 상황은 쉬이 빠져나갈 수 있단 걸 눈치챈 터라, 물러서지 않고 싶을 때는 제 뜻을 표현하는 데 거침없었다. 무감한 붉은 눈이 앞에 있는 귀공녀를 찬찬히 훑었다.

사냥제에서 만났던 소녀는 어느새 열여섯 번째 생일을 앞둔 귀공녀로 자라나 있었다. 그는 아득하고도 막막한 시간의 흐름이 너무도 무겁기만 했다.

귀공녀들은 흔히 열여섯쯤에 약혼식을 올리고, 열여덟에는 결혼식을 올 린다. 열여덟 살쯤부터는 가문의 허락 없이도 결혼이 가능해지는 시기이기 때문에, 부모 입장에선 자식이 혹여나 입혀 주고 먹여 준 가문의 뜻을 거스르는 '철없는 방랑'을 벌이기 이전에 붙들어 두는 작업이 약혼이라고 볼 수 있었다.

루시아는 정말로 마를레네에 의해 떠밀릴 그 길이 아무렇지 않은 것일까. 그가 유지한 거리감이라면 루시아 역시도 잘 알 터인데.

"루시아, 지금이 에르하르트에게서 벗어나기에 적기란 생각이 들지 않으십니까."

카론은 처음으로 루시아에게 제 본심을 터놓았다. 그때까진 귀공녀 앞에서 본심을 말해 본 적이 없었으므로, 그로서는 루시아에게 시도한 최초의 대화나 마찬가지였다.

곧바로 루시아의 입매에서는 웃음기가 자취도 없이 증발해 버렸지만.

"국경에서 신비력자가 언제 나타날지 알 수 없습니다. 저는 아주 오랫동안 국경에서 돌아오지 않을 예정입니다."

"……."

"귀공녀께는 이런 식의 기약 없는 방문이 아닌 가문 차원에서의 확실한 보상이 필요합니다. 그러니 부디 귀공녀께서도 그 보상 방법에 대해서 생각할 시간을 가지시길 바랍니다. 이대로라면 피차 원치 않는 쪽으로도 엮이게 될 수 있으니까요."

카론은 잘 차려진 다과상에 손도 대지 않고 자리에서 일어났다. 루시아는 멍하니 그를 올려다보았다. 그 허망한 얼굴을 봐야 하는 카론의 입장도 편하지는 않았다.

"경이 절 원치 않는다고 해서, 저 역시 같은 마음일 수는 없어요."

늘 미소를 유지하던 얼굴이 눈에 띄게 굳어 있었다. 순식간에 도자기 인형처럼 창백하게 질린 루시아가 휘청거리며 몸을 일으켰다.

"전 기꺼이 경을 기다리길 택할 뿐이지, 제 마음을 접고 싶지 않아요. 그게 설마 경의 부탁이라 해도요."

목소리는 선을 그을 만큼 단호한데, 담홍색의 두 눈망울에는 투명한 물기가 고여 있었다. 자존심에 상처가 간 듯했다.

결국에 루시아는 견디지 못하고 자리에서 뛰쳐나갔다. 카론은 그녀를 붙잡지 않았다. 제 마음을 직접적으로 거절당한 것이니 충격을 회복하기 쉽지 않을 터였다.

원래대로라면 귀공녀에게 무조건 용서를 빌고, 마음이 있든 없든 그녀의 손등에 입을 맞추고, 무작정 비위를 맞추고서 끝내야만 신사 된 도리로서 맞는 일이었으나……. 카론은 그 모든 과정에 지독한 염증을 느꼈다.

도대체 그게 무슨 소용이란 말인가.

정략혼으로 맺어진 일반적인 부부가 대부분 그렇듯, 그들의 관계 역시 이어져 봤자 서로를 갉아먹기만 할 뿐. 제대로 된 부부 사이가 될 수 없을 터였다. 특히, 루시아가 바라는 연인 사이가 될 수 없단 건 그가 제일 잘 알고 있었다.

차라리 제게 마음이 없는 귀공녀라면 어머니의 뜻에 따라 정략혼을 할 수 있을지도 몰랐다. 그러나 루시아에게 그래선 아니 되었다. 특히, 그가 데스테 백작 저택에 여태껏 드나든 이유를 생각하면 더더욱.

일부러 루시아와 마주치지 않으려 평소와 다른 산책로를 택해서 걷고 있던 카론은 답답한 심경에 한숨을 내쉬었다. 작열하는 여름의 태양 때문인지, 제게 짊어진 짐의 무게 때문인지 토할 것만 같은 압박감이 치밀었다.

베르너가 죽지 않고 있는 이유는 어머니가 아들에게 작위를 물려주지 않으려 했기 때문이었다. 아들을 죽이려던 마를레네, 세상에 다시 모습을 드러낸 신비력자…….

열여덟의 카론은 감당하기 힘든 일들을 연속해서 겪고 있었다. 어쩌다 이렇게 되었는지 되짚어볼 때면, 폭풍의 시초는 그저 나비의 날갯짓 같은 사사로운 순간들에 불과할 뿐이었다.

열여섯 살 때 사냥제에서 저지른 짓이, 엘레나 오펜하이머를 한 번이라도 더 보려 했던 욕심이, 어머니의 잔악함을 믿지 않으려 했던 제 바람이 전부 그의 과오로 축적되어 그의 인생을 통째로 옭아맬 줄 누가 알았겠는가.

바로 이 순간도 마찬가지였다.

카론이 걸음을 우뚝 멈추었다. 그가 데스테 가문과 엮이길 선택했던 이유가 먼발치에 보였다.

녹음 사이로 내리쏘아진 일광이 비추는 자리에, 엘레나 오펜하이머가 자작나무를 올려다보고 있었다. 녹음 사이로 내리쏘아진 일광이 그녀가 서 있는 자리를 비추었다.

엘레나는 종이에 무언가를 열심히 기록하는 데 집중하고 있었다. 이전에도 가정 교사에게 야외 수업을 받더니, 꽃이나 나무를 공부하는 일에 열성인 듯했다. 약초학을 공부한다더니 그 일환이려나.

카론의 심장이 불규칙하게 쿵, 쿵 뛰었다. 못 본 척 그대로 뒤돌아 갈 수가 없었다. 이제는 오랜 기간 못 보게 될지도 모르는 얼굴이었다.

그가 어느 정도 가까이 다가오고 나서야 인기척을 느낀 엘레나가 그를 보고 화들짝 놀랐다. 푸른 다이아몬드 같은 눈망울이 눈부시게 빛나고 있었다.

"아, 안녕하세요."

여느 때와 다름없이, 엘레나는 시선을 마주하지 못하고 고개만 떨어뜨렸다. 카론은 그녀가 손에 든 종이를 보다가 물었다.

"뭘 하고 있었어?"

"……표본을 만들고 있었어요."

엘레나가 그에게 쓰고 있던 종이를 내밀어 보였다. 섬세하게 그려진 식물 잎사귀 밑으로 정갈한 글씨체가 눈에 들어왔다. 카론은 그 종이 묶음을 하나하나 넘겨 보았다. 엘레나는 제 기록을 눈여겨보는 카론의 옆모습을 힐끔거렸다.

"식물에 관심이 많아?"

갑작스러운 질문에, 그녀가 재차 당황했다.

"효험이 있는 약재를 많이 알아 둬야 심화 과정을 공부하기에 어렵지 않으니까요. 아시다시피 저는 바실리카에서 치료학을 공부하고 있어서…….아니, 아실진 모르겠지만……."

"알고 있어."

카론이 엘레나에게 종이를 건네주며 답했다. 엘레나는 놀란 사람처럼 입술을 옹송그렸다.

서로를 분명히 기억하고 있다는, 아주 당연한 그 말이 그들의 사이를 어색하게 했다. 바실리카에서 마주친 것만 해도 수차례는 되었지만, 비가 내리치던 광장에서 마주친 이래로 서로 보지도 못한 듯 서먹하게 군 지가 오래였다.

"로렌츠 발렌시아랑 붙어 다니잖아."

카론이 그도 모르게 아주 거슬리던 광경을 툭 내뱉었다. 그제야 엘레나는 황당한 얼굴로 그를 올려다보고 두 눈을 깜빡였다.

"붙어 다닌다니요? 누구와요?"

아연한 얼굴이 경악으로 물들어 있었다. 더없이 그의 마음에 쏙 드는 반응이었다. 카론은 자신이 입꼬리가 올라가 있단 사실조차 모른 채 말에 농을 섞었다.

"저번에. 마르첼 발렌시아랑 같이 내 뒷말을 하고 있던데."

"전혀 아니에요!"

엘레나는 당황해서 고개를 젓기까지 했다. 카론은 저도 모르게 피식 웃음을 터뜨렸다. 그 미소를 본 엘레나는 눈을 굴리다가 다시 시선을 아래로 내렸다. 햇빛에 하얗게 비치던 목덜미는 붉게 물들어 있었다.

"그럼 무슨 이야기를 하고 있었는데?"

"곧 루시아의, 아니, 데스테 영애의 생일이라……. 로렌츠 님은 그냥 저한테 좋아하는 게 없냐고 물어봤을 뿐이었어요. 저는 영애께서 꽃을 좋아한다고 답했을 뿐이고……."

엘레나가 그녀답지 않게 횡설수설하듯 말을 더듬었다. 이젠 귀밑까지 발그스름하게 달아오른 얼굴로, 입술은 오밀조밀 제 결백을 늘어놓았다. 그 모습이 퍽 사랑스럽지 않을 수가 없었다.

"아무튼 저는 마르첼 님이 하신 말에 아무런 동조를 하지 않았어요. 정말이에요."

억울하다는 듯이 제 의사를 피력하는 푸른 눈이 그를 올려다보았다. 녹음이 내려앉고도 찬란한 빛을 잃지 않는 눈동자가 속이 울렁일 만큼 아름다웠다.

"……그럼 너도 꽃을 좋아해?"

"네?"

"여자들은 대부분 좋아하나."

"그건 모르겠지만……."

엘레나는 가만히 자신이 꽃을 좋아하는지 싫어하는지를 생각해 보는 듯했다. 굳이 따지자면, 좋아하는 쪽에 속했다. 싫어할 이유가 없고, 보고 있으면 기분이 좋아지니까.

"저는 좋아해요."

엘레나가 머뭇거리며 대답하자, 카론이 고개를 끄덕였다. 다른 사람들은 잘 보지 못했던 미소가 묻어나는 얼굴이었다.

그날 이후로 바실리카에서 마주할 때면 눈인사라도 하게 되었다.

* * *

"역시 내 말이 맞지?"

레오폴트가 검은 가면을 쓴 카론에게 키득거렸다. 카론은 으스대는 그 얼굴을 보지 않으려 노력하며, 붉은 커튼이 내려진 전방을 주시했다.

반원으로 된 홀은 주로 연극이 올라가던 장소였으나 이 날은 특별한 행사를 치르고 있었다. 곧 왕실 서기관이 단상 위로 올라와 거창한 개회사를 늘어놓았다.

"우선, 이 자리에 참여해 주신 귀빈 여러분께 감사의 인사를 드립니다. 오늘 왕실에서 열린 마도구 경매는 국왕 전하의 자비로운 뜻에 따라나서다 마도구를 민간에 유통함으로써……."

그러는 동안에 레오폴트가 그쪽으로 고개를 돌린 채로 속닥거렸다.

"국경에 가는 날을 앞당기고 싶다고 했을 땐 싸운 줄 알았더니. 요즘 사이가 다시 좋아진 거야? 하긴 이럴 땐 선물만큼 좋은 게 없긴 하지."

레오폴트는 드디어 여심을 챙기는 카론을 기특하게 여기며 혼자 상상의 나래를 펼쳤다. 카론이 옆에서 떠드는 말에 대꾸도 하지 않았다. 그저 이전에 봐 두었던 푸른 장미 모양의 브로치가 올라오자마자 치열한 접전 끝에 그 물건을 낙찰받을 뿐이었다.

카론이 기껏 낙찰받은 물건을 잠시 맡겨 두겠다고 내밀자, 레오폴트는 의아한 반응을 보였다.

"어머니께는 비밀로 해 주시길 바랍니다. 마도구 문제로 이야기가 나오면 좋을 것이 없으니."

굳이 레오폴트와 온 이유는 이 때문이었다.

고가의 마도구를 구매했단 사실이 마를레네의 귀에 들어가지 않을 리가 없었다. 이걸 바로 루시아에게 선물하지 않으면, 가장 수상쩍게 여길 상대가 마를레네였다. 차라리 계집질이 일상인 왕세자를 대리해서 구매했다고 둘러대는 편이 훨씬 나았다.

레오폴트는 예상대로 유쾌한 웃음을 터뜨렸다.

"생일날에 줄 게 아니었단 말이야? 곧 데스테 영애의 생일이잖아. 아, 혹시……."

레오폴트는 별다른 흥미로운 미소를 지으며, 그를 흘러보았다.

"다른 여자라도 생긴 거야?"

카론은 저도 모르게 정색부터 하고 보았다.

"적당히 하십시오."

"아, 미안, 미안. 나는 국경 지대로 가기 전에 주려는 줄 알았지."

레오폴트는 의문을 품으면서도 그의 비밀스러운 연애에 동참해 주었다. 대신 그 대상을 한참 착각하고 있는 듯 보였지만.

카론이 이 브로치에 매료된 건 다른 이유 때문이 아니었다. 푸른 장미가 엘레나를 연상하게 하기도 했지만, 브로치 정도의 방어구면 그가 걸고 있는 팔찌의 방어 마법을 대신할 수 있었다.

문제는 어떻게 티 나지 않게 이걸 엘레나 오펜하이머에게 전해 주는가인데……. 왕세자의 말이 그의 생각을 가로막았다.

"하긴 저 정도의 물건은 청혼용으로 주는 게 좋긴 하지. 경도 이제 약혼할 때가 되었으니."

약혼. 최근 카론의 신경을 가장 거스르는 말이었다.

약혼을 떠미는 두 여자는 벽과 다름없었다. 최근 루시아 데스테와 있었던 일만 떠올려 봐도 그랬다. 그녀는 그가 국경 지대로 떠난다고 해도 단념할 생각이 없어 보였다.

"아무튼 축하해. 후작 부인께서도 그리 적극 지지하는 결혼이라니 다행이야. 부인께서 아들의 결혼이라고 그리 열을 올리고 계시니 감회가 새로워."

레오폴트가 의미심장하게 웃었다. 더 알고 있는 사실이 있기라도 하는 양.

"혹시 어머니께서 데스테 가문을 드나드는 것 말고 다른 일을 벌이고 계신 겁니까."

카론이 불안한 눈으로 왕세자를 쳐다보았다. 아들이라고 해도 마를레네의 속내는 알 길이 없었다. 언제든 그를 해하거나 엘레나 오펜하이머의 존재를 눈치채고 손을 쓰는 것도 충분히 있을 수 있는 일이다.

레오폴트가 씨익 웃으며 어깨동무를 해 왔다.

"맨입으로 가르쳐 줄 수가 있나."

"무엇을 원하십니까."

"경이 자꾸 반역 사건의 가담자들을 파헤치려 드는 이유."

순식간에 훅 치고 들어오는 정곡을 찌르는 말에, 카론의 말문이 막혔다. 시선이 조심스럽게 왕세자에게로 돌아갔으나 레오폴트는 여상한 미소만 짓고 있었다.

"경, 자네가 생각보다 고문이나 처형에 충격을 받았단 사실은 알아. 나도 보고를 받은 일이니까. 후작께서 참 엄격하신 분이긴 했지."

"……."

"하지만 그쯤 해 둬. 그대는 정의의 사도가 아니라 에르하르트의 소후작이야."

그 어조에 담긴 조롱에 카론의 얼굴은 순식간에 모멸감에 찼다. 레오폴트는 카론이 그 뒤로도 꾸준히 코타이너를 드나들며, 슈미트 가문 일원을 조사한 걸 아는 듯했다.

"아님, 제2의 슈미트 공작을 꿈꾸기라도 하나?"

곧 치뜬 적안이 레오폴트를 응시했다. 왕세자는 오히려 그 태도에 안심했는지, 퍽 누그러진 미소를 지으며 한발 물러섰다.

"아무튼 경이 허튼 짓을 하고 다니는 동안, 후작 부인이 최근에 데스테 가문에게 해 놓은 짓이 흥미로워서 조사 좀 해 봤어. 아무리 데스테 백작이 결혼 제안을 탐탁지 않게 여기고 있다 한들, 그래도 며느리의 아버지가 될 사이인데 상권에서 고립시키는 수준이 무서울 정도이던걸. 이러다간 그나마 데스테 가문과 인연을 유지하고 있던 발렌시아 가문까지도 연을 끊겠어."

말려 보라는 듯 그의 어깨를 톡톡 두드린 레오폴트가 멀어져 갔다. 카론은 눈치채지 못했던 어머니의 행보에 우두커니 자리에 붙박인 듯 서 있다가, 문득 새로운 돌파구를 떠올리고 화색이 되었다.

* * *

　데스테 백작저를 방문했을 때, 카론은 평소와 달리 백작에게 제일 먼저 인사를 올리게 되었다.

　백작은 카론을 딸의 남편으로 두길 꺼려 했고, 그건 카론 역시 마찬가지였다. 서로 좋을 사이는 아니었으나 비슷한 목표를 설정한 이들끼리는 협력 관계에 놓이는 법이었다.

　"어서 오십시오. 소후작님."

　느른한 미소는 항상 무슨 생각을 하는지 모르게끔 친절한 낯을 가장하고 있었으나 다정한 말투에는 온기가 묻어 있지 않았다. 카론은 본능적으로 그가 자신을 기피하고 있단 사실을 알고 있었다. 에르하르트에 관해 도는 흉흉한 소문은 한두 가지가 아니었으니, 그럴 만도 하다 여겨 왔을 뿐이다.

　옆에 있던 루시아가 싱긋 웃으며 그의 팔을 잡아끌었다. 제 아버지의 심기를 파악하고 있어서인지, 굳이 카론과 백작을 붙여 두지 않으려고 할 때가 많았다.

　"생일 연회를 앞두고 결정해야 할 것들이 많아요. 같이 정해 주실 거죠?"

　예상한 태도였다. 거리를 두고 싶다는 카론의 말은 못 들은 사람처럼, 루시아는 제 열여섯 살 생일에는 그를 약혼자처럼 데리고 있을 작정인 듯했다. 카론은 그 요청을 정중하게 거절했다.

　"루시아, 오늘은 백작님께 따로 드릴 말이 있습니다."

　그러자 루시아는 그 눈을 지그시 바라보더니, 카론에게만 들리도록 나지막이 속삭였다.

　"소용없으실 거예요."

　카론이 생각하는 바를 미리 읽어 낸 듯이, 조곤조곤 경고하는 목소리엔 화가 잔뜩 실려 있었다. 카론은 그 말을 못 들은 척 백작의 허락이 떨어지기만을 기다렸다.

"저 역시 소후작께 드릴 말씀이 있었으니 다행이로군요. 제 집무실로 모시겠습니다."

데스테 백작이 겉보기엔 흔쾌히 그 요청을 받아 주었다. 안경 너머로 고이 접힌 서글서글한 눈매는 루시아를 쏙 빼닮은 인상이었다.

카론은 그렇게 데스테 저택을 방문하고서 처음으로 백작의 집무실에 들어갈 수 있게 되었다. 단둘이서 이야기를 나누는 첫 자리였다. 항상 어른들의 대화라며 마를레네만 집무실에 들어가 이야기를 했었지, 그가 백작과 독대를 한 적은 없었다.

생각해 보면 이상한 일이었다. 끔찍이도 딸을 사랑하는 백작이 그를 앉혀 놓고 서운함을 내비친 적도 없었단 것은.

"체스를 좋아하십니까?"

백작이 체스판 앞에 있는 의자를 잡아끌며 물었다. 카론은 앉아서 하는 놀이보단 몸을 움직이는 놀이를 더 좋아했으나, 순순히 그 맞은편에 앉았다.

마누엘 데스테.

홀로 루시아 데스테를 키워 온 보호자. 평생 부정이란 걸 받아 보지 못했던 카론은 왕세자의 귀띔을 듣고서야 데스테 백작의 입장을 뒤늦게 알아차릴 수 있었다.

백작은 제 딸을 에르하르트 가문에 팔아넘기지 않는 자였다. 그러니 곧바로 성사될 수 있었던 자신과 루시아의 약혼이 늦춰지고 있던 것이다.

결혼이 두 가문의 계약이라면, 양가 부모의 적극적인 지지가 있다면 언제든 성사될 수 있는 가계약이 약혼이었다. 그러니 현재 마를레네에게 대응해 줄 수 있는 방패는 백작밖에 없었다.

"저는 루시아와 결혼하길 원치 않습니다."

체스판의 기물을 옮기기 시작한 지 얼마 지나지 않아서 카론이 말을 꺼내 놓았다. 데스테 백작은 크게 놀라워하지도, 진노하지도 않은 채 마저 제 차례를 끝마쳤다. 그런 뒤에야 더 말해 보라는 듯이 깍지 낀 손 위에 턱을 괴고 그의 말을 경청하는 자세를 취했다.

"제 어머니를 설득해 그런 일이 없도록 하고 싶습니다. 어머니께서는 사냥제 때 있었던 일을 구실로 저택에 찾아와 백작께 계속 압박을 가하는 듯하니, 원하시는 보상을 말씀해 주시면 제가……."

그러나 카론이 입을 연 지 얼마 되지도 않아, 온화한 목소리가 부드러이 가로막았다.

"……정말로 아무것도 모르시나 보군요."

백작이 고개를 설레설레 내젓고 있었다.

"소후작과 저만 이야기를 끝내면, 정말로 마를레네가 멈출 거라 생각하십니까?"

두꺼운 벨벳 커튼 사이로 들어온 볕이 체스 테이블 중앙을 가로질렀다. 그 맑은 빛에 백작이 쓰고 있던 안경의 유리알이 반사되고 있었다. 백작은 안경을 고쳐 쓰며 말을 이어 나갔다.

"로렌츠가 북부 대륙으로부터 들여오려고 했던 성수 보급로를 막아 버린 당사자가 누구라고 생각하십니까. 그것만 있으면 제 딸이 그 고통에서 그나마 해방될 수 있었을 텐데 말입니다."

게임이 시작된 지 얼마 지나지도 않아, 카론은 곧바로 체크에 걸려 있었다. 그가 제 어미의 잔악무도함에 할 말을 잃자, 백작 역시 나직한 탄식에 잠겼다.

데스테 백작이 바라는 건 그저 루시아의 회복이었다. 마를레네가 성수 보급을 하지 못하도록 데스테 가문을 봉쇄해 놓은 이상, 백작은 그녀의 말에 전적으로 따를 수밖에 없는 입장이었다. 사위를 고르려다가 딸아이의 목숨을 저울질할 수는 없는 노릇이었으니.

백작은 천천히 자리에서 일어나 커튼을 양옆으로 걷었다. 눈부신 일광이 집무실을 가득 채웠다. 도랑을 따라 어우러진 울창한 숲과 저 멀리 바람이

불 때마다 초록 물결을 이루는 들판. 그 풍광이 그림처럼 집무실의 창에 걸렸다.

백작은 창틀에 기댄 채 그에게 등을 보였다. 밀려든 흥분을 가라앉혔는지, 백작은 한참 후에 다시 입을 열었다.

"루시아는 성수가 있어야만 살아남을 수 있습니다. 소후작께서 이 결혼을 막고 싶으시다면, 마를레네 몰래 성수를 보급해 오시길 바랍니다. 제가 에르하르트에서 딸아이에게 해 주길 바라는 피해 보상은 그것뿐입니다."

부드러운 미성이 냉정한 현실을 되짚어 주었다. 카론은 햇살이 가득 찬 방에서 아득한 현기증을 느꼈다. 녹록지 않은 현실의 벽이 그를 둘러싸고 점점 거리를 좁혔다.

실수로 루시아에게 해를 입혔으니 당사자들끼리 합의를 마치면 되는 문제라고, 그리 단순하게 생각했던 어린 날이었다. 이미 사건은 당사자들의 손을 떠난 뒤인 줄도 모르고.

* * *

얼마 뒤에 열린 루시아의 생일날, 카론은 루시아와 약혼 일정을 조율했다.

어머니를 상대하지 못하는 이상, 그는 절대로 이 덫에서 빠져나가질 못한단 사실을 받아들여야만 했다.

그러니 최대한 시간을 벌어야만 했다. 결혼식까지 어떻게든 성수를 구할수 있는 방도를 찾기 위하여.

그러나 그가 포모나를 드나드는 국경 지대에서 한동안 성수를 구할 방법을 모색하기 위해 고군분투하고 있을 때, 하필이면 신비력자가 발견되었다. 그에게 닥친 또 다른 불운이었다.

* * *

카론은 광장 가운데 쓰러져 숨을 몰아쉬었다. 혼자 남은 공간인 것으로 보아, 기억의 구간마다 정체하게 되는 미로 속이었다.

지나치게 많은 기억과 그 안에 담긴 감정을 되찾자, 제일 먼저 엄습한 건 두통이었다. 바늘로 뇌를 쿡쿡 찌르는 듯한 극심한 통증이 그를 괴롭혔다. 이미 한계 지점에 부닥친 머릿속은 엉망이 되어 가고 있었다.

카론은 광장 가운데 홀로 엎드려 신음하다가 넓고 길게 뻗은 길 위에 우뚝 선 바실리카를 바라보았다. 터질 듯이 빠르게 뛰는 맥박을 느끼면서도, 카론은 몸을 질질 끌고 기어서 바실리카로 향했다.

그 무렵의 기억이 몽땅 바실리카로 향해 있었으리란 건 두말할 것도 없는 사실이었다.

아니나 다를까, 바실리카로 향하는 계단의 정상에는 작열하는 태양을 등진 열아홉 살의 카론이 있었다. 한심한 눈초리를 한 그의 자아는 악다문 입매로 보아 화가 솟구친 듯했다.

카론은 그대로 맥없이 열아홉 살의 자신에게 멱살이 붙잡혀 끌어 올라갔다. 그대로 다짜고짜 주먹질이 시작되었으나 카론은 어떠한 저항도 하지 않았다. 꿈속이라 어떤 물리적 피해도 없는 짓이었으나, 그렇게라도 하지 않으면 도저히 스스로 분풀이가 되지 않을 테니.

"씨발, 입이 있으면 말이라도 해 봐."

열아홉의 카론이 제 한심한 꼴을 보고 숨을 몰아쉬었다. 도저히 용서할 수 없는 선택이었을 것이다.

그건 점차 기억을 되찾아 가고 있는 현재의 카론 역시 마찬가지였다.

어떻게 잊을 수 있지? 어떻게 지울 수 있단 말인가.

아무리 생각해도 그가 엘레나 오펜하이머를 잊으면 안 되었다. 그녀에게 벌인 짓을 생각하면 더더욱. 열아홉의 카론 역시 몇 년 후의 제 모습을 용납할 수 없었는지, 곧바로 기억을 찾는 단서를 던져 주었다.

"중심 기억에는 거의 도달했어. 기억을 전부 찾으면 기억을 찾지 못 하게 하려는 무의식이 들고 일어나 혼수상태에 빠져들지도 몰라. 어떻게 해서든 빨리 일어나."

카론의 몸 위로 브로치가 툭, 하고 앉았다. 경매에서 낙찰받아 두었던 브로치였다. 훗날, 레오폴트가 이걸 엘레나에게 선물했을 때 자신이 어떤 반응을 보였더라. 절로 자조가 나올 수밖에 없었다.

기억을 더 찾는다고 해서 엘레나에게 용서받을 순 있는 것일까. 스무 살 때의 기억을 찾으면. 아니, 스물한 살 때의 기억을 찾는다면. 오히려, 기억을 찾을수록 그 확신은 약해져 갔다.

브로치를 쥔 손이 떨렸다. 브로치가 서서히 진동하고 있었다. 다시, 기억이 찾아드는 시간이었다.

* * *

카론이 국경 지대에서 열아홉 번째 생일을 보내고, 다시 데스테 저택에 방문하기 시작할 무렵에는 여름이 찾아왔다. 짙어진 녹음이 풀향을 터뜨리는 계절에, 카론은 우연히 엘레나와 맞닥뜨리게 되었다.

정확히는 그녀가 그에게 찾아와서 들이박았다고 봐야 했지만.

"윽, 누구야. 잠깐. 뭐야, 너……."

얼어붙은 엘레나 오펜하이머가 두 눈을 깜빡거리고 있었다. 카론 역시도 머릿속이 새하얗게 점멸하는 기분이었다. 국경을 다녀오고서는 처음 마주치게 된 자리였다.

"아, 안녕하세요."

입술이 아주 어색하게 벙긋거리는 모양새가 그새 낯설었다. 떨어진 물건들로 보아, 바실리카에 수업을 들으러 가는 듯했다. 엘레나가 빠르게 제

소지품을 챙기는 사이에, 카론은 그녀를 보다가 입술을 열었다가 굳게 다물길 반복했다.

"야, 잠깐만……."

붙잡을 사이도 없이, 엘레나는 언제나처럼 그를 피해 달아났다. 엘레나를 태운 마차가 순식간에 멀어져 갔다. 그 광경을 노려보던 카론은 곧바로 타고 온 마차로 향했다. 그는 마차와 연결된 말의 등에 오르고서 뒤에 있던 마부를 돌아보았다.

"내려."

마부가 황당한 얼굴로 '네?' 하고 되물었으나 카론은 대답을 기다릴 시간이 없었다. 그는 즉시 말과 마차를 잇는 끈을 풀어 버리고서 말 허리를 찼다.

"저, 저! 도련님!"

곧 말굽 소리가 울리면서 말이 가엾은 마부를 두고서 달리기 시작했다. 당연히 마차보단 그 혼자 전속력으로 모는 말이 더 빠를 수밖에 없었다. 엘레나가 탄 마차와 카론의 거리는 점점 줄어들더니, 바실리카에 도착했을 때는 기어코 같이 위치에 멈춰 서게 되었다.

마부가 먼저 내려오기도 전에, 카론은 거침없이 마차로 다가섰다. 마차 문을 앞에 둘 때까진 떨려서 참았던 숨이 마차 문을 덜컥 열자마자 가쁜 호흡을 터뜨렸다.

둥그렇게 눈을 뜬 엘레나 오펜하이머는 여전히 그가 사랑하는 모습 그대로여서, 카론은 그녀를 마주 보면서 서서히 얼굴을 일그러뜨렸다.

이제는 소녀라기보단 점점 여인의 태를 갖추어 여물어 가는 이목구비는 국경에서도 꿈속에서까지 그리워하며 상상하던 얼굴이었다. 그를 바라볼 때면 흔들리는 애달프고도 아름다운 푸른빛의 눈망울 역시도.

"이거."

"아……. 감사합니다."

엘레나가 무뚝뚝하게 내밀어진 팔찌를 얼결에 받아 들었다. 카론은 제

효력을 다한 물건을 넘기며 공허한 감정을 내리눌렀다. 이것으로 그와 그녀를 이어 주던 유일한 끈이 사라진 것이다.

"너, 어떻게 타스로산 에메랄드로 된 방어구를 가지고 있는 거야?"

"저는 정확히 뭔지 몰라요. 받은 거예요."

"데스테 백작이 너한테 이런 걸 줄 정도로 후원하고 있다고?"

"어, 어머니 유품이었어요……. 어머니가 신비교도였거든요. 저도 신비교도구요."

예상한 대로 팔찌는 그녀의 가보였다. 그것도 샤를로테 오펜하이머 쪽의.

카론은 국경에서 보고 들었던 것들을 떠올리다가 안색을 흐렸다. 그녀에게 무슨 말을 꺼내야 할지 종잡지 못하는 사이에, 바실리카의 수업을 알리는 종이 댕댕 울렸다. 엘레나는 다급해진 얼굴로 꾸벅 인사를 했다.

"이거, 전해 주시러 오신 거죠? 정말 감사합니다."

카론이 그대로 그에게서 빠져나가려는 그녀를 보더니, 인상을 구겼다.

"아니야……."

"네?"

"그런 거 아니라고."

말해야 한다고 생각했다. 아니, 말해야만 했다. 포모나 국경에서 무엇을 알아 왔는지. 이야기를 들었는지. 또 무엇을 보았는지.

국경에서 지낸 시간들은 카론을 많이 뒤바꾸어 놓았다. 물론, 그곳에서 정말로 맞닥뜨리게 된 '진짜' 신비력자 문제 또한 마찬가지였다.

카론은 엘레나에게 오펜하이머 가문과 관련해서 알아낸 것들을 알려 주면서 제 원죄를 고백해야 한다고 생각했으나, 입술은 마음먹은 대로 움직이지 않고 파르르 떨렸다.

도대체 어디서부터 말을 꺼내야 한단 말인가. 네가 엘레나 오펜하이머란 걸 알아봤던 것부터? 아니면 제가 그녀의 부모님을 처형했단 것부터 말해야 할까.

결국, 의도와는 전혀 다른 말이 튀어나왔다.

"……데스테 영애 말인데."

"네?"

"데스테 영애한테 줄 병문안 선물 아무거나 골라 와. 돈은 마부를 통해서 줄 테니까."

등신 같은 새끼. 카론은 머리칼을 흐트러뜨리며 욕을 삼켰다.

"이거 말하려고 온 거야."

"……."

"너, 데스테 영애의 하녀라며."

그녀에게 최악의 변명을 한 줄도 모르고, 카론은 달아오른 얼굴을 뒤돌아 숨겼다.

뒤늦게 마차에서 내려 온 마부가 소후작을 발견하고는 재빨리 달려왔다. 카론은 곧바로 돈주머니부터 던져 주었다.

마부의 신경이 온통 무거운 동전 주머니에 쏠리는 동안에, 카론은 말을 몰아 도망치듯 달아났다. 뒷덜미로 느껴지는 시선이 따끔하게만 느껴졌다.

* * *

에르하르트 저택에 귀환하자마자, 카론은 곧장 지하 감옥부터 찾았다. 고용인들도 잘 드나들지 못하는 곳, 제일 깊숙한 수감실에는 루이제 슈미트가 잠들어 있었다.

열다섯은 되었을까. 조그마한 체구의 여자아이였다. 차마 죽겠다고 작정하고 강에 뛰어드는 걸 그대로 둘 수가 없어서 잡아 온 상태였으나, 이곳이라 해서 왕실보다 나은지 알 수가 없었다.

창살 밖에서 마를레네도 함께 그 어린 소녀를 내려다보고 있었다. 카론은 슬쩍 마를레네를 곁눈질하였으나, 예상외로 마를레네는 프리네의 아이를 앞에 두고도 별다른 감정이 보이지 않았다. 생각보다도 담담하고 무감한 반응이었다.

그는 여전히 저 소녀의 처분에 결단을 내리지 못하는 상태였다. 바로 왕실에 데려가지 않고 일단은 에르하르트 저택에 구금해 놓은 상태였으나 어딜 가든 저 신비력자의 운명은 뻔했다.

이대로 죽거나, 죽을 때까지 실험당하거나. 그녀의 오라비가 그녀의 아버지로 인해 살다 간 길이었다.

"이 아이의 눈은 어떻든?"

한참을 말이 없던 마를레네가 물었다. 카론은 확인했던 대로 보고했다.

"푸른색이었습니다."

"마녀는 아니로구나."

혼잣말을 뇌까린 마를레네가 한숨을 내뱉었다. 곧 새까만 눈동자는 루이제에게서 카론에게로 방향을 틀었다.

"이 아이를 어떻게 할 생각이니."

"……어머니께서는 어떻게 하고 싶으십니까."

"알고 있으면서 괜한 걸 묻는구나."

마를레네가 카론의 앞에 다가와 섰다. 모자는 서로를 마주 보게 되었다.

"처음에 프리네가 신비력자를 낳았단 걸 알았을 땐 찾아내서 어떻게든 죽이고 싶었단다. 베르너가 보는 앞에서 죽이고 싶단 생각도 아주 여러 번 들었어. 베르너라면 프리네가 남기고 간 삶의 조각을 어떻게 해서든 찾으려 들 테니까."

"……."

"그런데 이제는 그런 생각이 들지 않아. 그럴 필요가 없어졌거든."

마를레네가 흡족한 미소를 입가에 걸고 있었다. 제 아들을 죽일 필요가 없어졌다고 고백하던 때와 같은 미소였다. 이곳에 들어온 것도 이제 자신이 그따위 것에 연연하고 있지 않다는 사실을 확인받고 싶어서였으리라.

"이제는 오히려 그 여자의 자식들을 지키겠다고 하다가 고꾸라진 희생자들이 안타까워. 브리짓 클로츠 같은 선택을 하지 못한 오펜하이머 부인만 봐도 그랬지."

오펜하이머가 거론되자, 카론은 저도 모르게 주먹을 꾹 움켰다. 그러나 마를레네는 샤를로테 오펜하이머에 관해선 정말로 안타까움이 묻어난 감상만 남길 뿐이었다.

"결국에 제 아이까지 마누엘에게 넘기게 되었잖아. 친우가 배신자 중 하나인 줄도 모르고. 가엾을 노릇이지."

순간, 카론은 어머니 앞에서 놀란 표정을 감추지 못했다. 그리 말한 마를레네가 묘한 미소를 지은 채 그를 올려다보았다.

"왜, 네가 알아보기에도 그렇지 않았니?"

그가 누구를 신경 쓰고 있는질 아는 물음이었다.

마를레네는 제 아들을 고양이를 긁어 주듯 부드러이 쓰다듬었다. 그 손길에, 카론은 올가미에 걸린 짐승처럼 불안에 떨었다.

"그 애 아주 예쁘장하더구나. 샤를로테를 닮았어."

마를레네는 다정히 지낸 친구를 입에 담듯 애상한 얼굴을 하고 있었다. 카론은 마를레네가 이 순간만큼은 진심이란 걸 알 수 알았다.

"정부의 재목으로는 참으로 적절하니 괜찮아."

마를레네가 장성한 아들을 뿌듯하게 올려 보다가 걸음을 한 발자국 물렸다. 아교를 발라 놓은 듯 달라붙어서 떨어지지 않던 입에서 조심스러운 질문이 흘러나왔다.

"……어디까지 알고 계신 겁니까."

야릇한 미소만 남기고 걸음을 옮기던 마를레네가 멈추어 섰다. 갸웃거리는 고개가 괴기하게 그쪽으로 돌아갔다.

"그럼, 내가 모를 거라 생각한 거니. 네가 비록 가문의 실패작이었어도, 내가 여태껏 가장 공들인 존재가 너인데."

어머니, 아니 그의 창조자이자 지배자는 그에게 나름의 자비를 베풀고 있었다.

"걱정 마렴. 난 네가 정부를 두는 걸 나쁘게 보지 않는단다. 오히려 네가 아끼는 것 하나쯤은 보장해 줘야 할 것 같았는데 딱 적당한 것 같아."

"……."

"선을 넘질 말고 있으면, 원하는 걸 들려 줄 테니 그대로 가만히 있으렴. 넌 네가 원하는 걸 쥘 테고, 난 내가 원하는 걸 쥘 테니."

마를레네가 알게 된 아들의 아주 연약한 부분. 엘레나 오펜하이머는 카론을 쥐고 흔들 미끼로 적절했다. 그러니 탐탁하지 않을 이유가 없었다. 그렇게 그녀가 그의 약점을 틀어쥔 것이다.

파안대소한 마를레네가 자리를 떴다. 카론은 홀로 남아 한 손으로 식은땀이 흐르는 얼굴을 쓸어내렸다.

* * *

도대체 어디서부터 이야기가 흘러든 걸까.

왕세자? 고용인들? 아니면, 국경 지대에서 같이 활동하던 요한?

마를레네에게 그의 일거수일투족이 새어 나가고 있을 거란 생각은 안 해 본 적이 없었다. 문제는 행적이 아닌 의도였다. 어떻게 마를레네가 그의 속 내까지 알 수 있단 말인가. 누군가와 있을 때, 그 애와는 함께 있었던 적도 거의 없거늘.

카론은 착잡한 심경으로 데스테 백작저의 후원을 거닐었다. 그날도 루시아 데스테에게 가는 길이었다.

루시아에 관한 일은 부채처럼 남아, 카론은 여전히 데스테 백작저에 발길을 끊지 못하고 있었다.

국경에서 지내는 동안에도 두 가지 일을 위해서 헤맸다. 하나는 반역의 관련자들을 조사하는 일이었고, 다른 하나는 루시아 데스테를 치료할 성수를 구하는 일이었다.

성수를 구하려 온갖 수를 다 써도 국경 지대의 사람들이나 포모나에서 온 행상인들은 모두 한결같이 성수를 북부 대륙에서 직접 가져와야 한다는 의견을 내놓았으니, 사실상 남부에서 성수를 구하기란 불가능하다는 말을 돌려 말한 것과 다름없었다.

결국에, 발렌시아 가문이 마를레네의 방해에 맞서 개척하고 있는 항로가 루시아의 병을 고칠 수 있는 거의 유일한 희망이란 뜻이었다. 그때까지는 카론 역시도 마를레네의 비위에 맞춰 꼼짝없이 약혼을 유지하고 있어야지, 별수 없었다.

그래도 그건 오펜하이머와 관련해서 새로이 알게 된 사실에 비하면 새 발의 피에 불과했다. 그가 국경에서 신비교를 조사하면서 알게 된 진상은⋯⋯.

카론이 입술을 꾹 다문 채 길 한가운데 멈춰 섰다. 때마침, 물비늘이 반짝이는 도랑으로 무언가가 떠내려오던 차였다. 카론은 시야에 들어온 그것을 저도 모르게 개울물에 손을 넣어 주워 들었다.

리본이 달린 신발이었다. 그의 손바닥이면 가릴 수도 있을 법한 크기의 낡은 여자 신발이 물가에 흘러와 고개만 갸웃거릴 무렵, 개울물 저편에서 첨벙첨벙 물길을 헤치고 걸어오는 이가 있었다.

"아⋯⋯."

엘레나 오펜하이머였다. 조그마한 손은 치맛자락을 말아 쥔 채로 종이와 연필, 그리고 한 짝뿐인 신발을 든 채였다.

햇볕을 머금은 얼굴은 잔뜩 상기되어 홍조가 피어 있었다. 물장구를 치면서 걷는 동안에는 볼우물을 팰 만큼 선명하던 미소가 그를 보더니 점점 사그라들었다.

엘레나는 급히 물 밖으로 빠져나오더니, 아무렇지도 않게 무릎까지 올리고 있던 치맛자락을 끌어 내렸다. 하얀 다리는 종아리며 무릎까지 물에 잔뜩 젖어 있어, 그 위를 덮는 치맛자락 역시 마찬가지로 금세 축축해졌다.

"안녕하세요."

풀밭에 한 짝 남은 신발을 내려놓으면서, 그녀가 화끈하게 달아오른 얼굴을 내리 숙였다. 카론은 그 얼굴을 가만히 보다가 제 손에 들린 신발을 등 뒤로 감추었다.

"신발을 잃어버렸어?"

알면서도 묻는 말이었다. 엘레나는 얌전히 고개를 끄덕였다.

"어쩌다가."

"개울물을 건다가요."

딱 봐도 상황을 짐작할 수 있었다. 개울가 위쪽에 있는 징검다리에서 발을 헛디뎌 흘러가는 신발을 따라왔을 그 모습이.

"어딜 가고 있었는데."

평소에는 보이지도 않더니. 서운함을 담은 뒷말은 생략되었다.

어떻게든 보고 싶어서 꾸준히 저택에 드나들 땐 도망 다녔으면서, 착잡한 시기에는 이리 아무렇지도 않게 그 앞에 나타난다. 카론은 어지러운 감정에 한숨을 내뱉었다.

그의 시선을 비스듬하게 피하고 있던 엘레나는 잠자코 있다가 예상 밖의 대답을 내놓았다.

"……연못을 보러 가고 있었어요."

"연못?"

엘레나는 그의 눈치를 보더니, 고개를 끄덕였다.

"좀 더 가면 만들어진 지 얼마 되지 않은 연못이 있거든요."

백작저에서 보지 못했던 곳이었다. 루시아가 아직 그를 데려가지 않았던 장소인 걸까. 생각해 보니 루시아와의 산책로는 늘 일정하게 정해져 있어서, 카론은 백작저 후원에 있는 그 외의 곳은 보지 못했다.

그걸 이상하다고 여긴 적이 없었다. 지금까지는 딱히 궁금한 적이 없기도 했지만.

카론은 엘레나 앞에 아무렇지 않게 무릎 꿇고서 한 줌에 불과한 발목을 감싸 쥐었다. 엘레나가 당황해서 그의 어깨를 짚고 밀어내려 들자, 카론은 손수 품에 있던 손수건을 꺼내 물기 젖은 하얀 발을 닦고 신발을 신겨 주었다.

"안내해."

엘레나는 머뭇거리더니, 그를 힐끔 올려다보고서 물었다.

"루시아, 아니 데스테 영애에게 가던 길 아니셨어요?"

아무래도 그게 제일 마음에 걸리는 듯했다. 예전 같았으면 짜증부터 울컥 치솟았겠지만, 카론은 씁쓸한 미소만 매달았다.

카론이 느낀 엘레나와 다른 귀공녀들의 차이라면, 보통 귀공녀들은 자기 감정에 충실한 의도로 움직이는 것에 비해 엘레나는 루시아의 눈치부터 살핀다는 것이었다. 엘레나가 시녀로 지내지 않고 사랑받는 오펜하이머 가문의 귀공녀로만 살아왔다면, 몸에 배지 않았을 습관이었다.

"나중에 루시아와 걷기 좋은 산책로인지 알아보고 싶거든."

그러니 카론이 이렇게 답을 해야만 엘레나가 족했다. 그가 이리 말할 때마다 묘하게 흐려지는 안색이 마음에 걸리긴 했지만, 그래야만 엘레나가 지금 같은 얼굴로 고개를 끄덕여 주었다.

"여기서 조금 떨어진 곳이에요."

엘레나가 먼저 앞서 걸었다. 카론은 그보다 반걸음 뒤에서 바람에 나풀거리며 흩날리는 금빛 머리카락을 지켜보았다. 아직 알아 가는 사이의 연인들처럼, 어색하고도 미묘한 분위기가 그들에게 깔려 있었다.

말없이 걷는 두 사람 사이의 정적을 졸졸 흐르는 개울물 소리가 메웠다. 아카시아 향기가 가득한 숲은 이미 루시아와 숱하게 걸어 보았던 산책로였으나 이렇게 둘이서만 걷게 된 적은 처음이었다. 아카시아 나무의 늘어진 흰 꽃과 아직 꽃이 피지 않은 나무가 터뜨리는 신록 가운데 두 사람은 파묻혀 있었다.

그 고요한 분위기와 달리 카론의 내면에는 소용돌이가 일었다. 항상 엘레나에 앞에 설 때면 따끔거리는 양심의 가책과 간지럽고도 두근거리는 심장 박동 사이에 충돌이 일었다. 한참을 초조하게 주먹을 쥐었다 폈다만 반복하던 카론이 말문을 열었다.

"저번에 말했던 너희 어머니 유품."

"네? 네."

가보 이야기에 엘레나가 화들짝 놀라 그를 돌아보았다. 잔잔한 호수의 물결 같던 눈에 파문이 일었다. 그녀를 바라보는 카론 역시도 심장이 옥죄였다.

"어떻게 구해 왔는지 알고 있어?"

"……신비교를 믿는 집안에서 내려오는 물건으로 알고 있어요."

엘레나가 카론의 표정을 살피더니 조심스러운 기색으로 말을 덧붙였다.

"어머니에게는 가보 같은 물건이라 중간에 한 번 보수를 받기도 하셨고요."

카론은 그대로 입을 다물었다. 역시. 그 이상은 모르는 듯 보였다.

어떻게 샤를로테가 그 물건을 얻게 된 건지. 제 가문이 어쩌다가 슈미트 가문 밑으로 들어가게 된 것인지도. 카론 역시 국경에서 조사하다가 우연히 알게 된 사실이었다.

그대로 무슨 말을 해야 할지 몰라 말만 고르고 있는데, 엘레나가 걸음을 멈추었다. 연못에 도착한 것이다.

"여기예요."

울창한 숲 가운데 덩그러니 조성된 연못은 생각보다도 큰 규모였으나 그다지 특별한 점이 없었다. 다급히 만들어졌다는 걸 알려 주기라도 하듯이, 산림이 빼곡한 주변 경관과 연못은 전혀 조화를 이루지 못했다.

보통은 정원을 가꾸기 위해서 인위적으로 연못을 형성해 두면 그 주변도 정리해서 조경을 관리하기 마련인데, 못 주변으로는 종아리까지 오는 잡초가 무성하게 올라와 있었다. 의도적으로 연못만 만들고 버려두기라도 한 것처럼, 그 주변은 정원사의 손길을 전혀 거치지 않고 완전히 방치되어 있었다.

"이걸 보고 싶은 이유가 있어?"

카론이 의아해져서 엘레나에게 물었다. 엘레나는 물끄러미 그를 보다가 연못 가까이 다가갔다.

연못은 수면 아래 낀 이끼로 인해 초록빛을 띠고 있었다. 깊지 않은 못 안에 손을 담근 엘레나가 바닥에 깔린 돌을 하나하나 치워 냈다. 돌들이 조금씩 옮겨지기 시작했다. 그 광경을 가만히 지켜보던 카론은 연못 바닥에 드러난 빗금의 흔적에 서서히 얼어붙었다.

"마법진이 있었던 자리 같아요."

엘레나가 그 자리에 그어진 문양을 알아보고서 흥미로운 듯이 눈을 빛냈다. 땅에 그려진 일반적인 낙서라면 물속에서도 저리 선명한 흔적이 남을 리 없었다. 슈미트 공작이 했던 실험 기록을 읽어 봤던 카론은 마법진이 물속에서도 형태가 남는다는 사실을 알고 있었다.

"아마도 이건 이동 마법진일 테고요."

그동안에 연못에 와서 그 흔적을 살펴보았는지, 엘레나가 쥐고 있던 종이에는 날마다 돌을 조금씩 치워 내고서 살펴본 마법진의 형상이 부분부분 옮겨져 있었다.

그걸 본 카론은 안색이 새하얗게 굳었다.

"어디로 연결되어 있었던 걸까요."

순수한 호기심으로 고개를 갸웃거리는 엘레나와 다르게, 카론은 그 마법진의 형상을 이미 에르하르트에 남은 기록에서 본 적이 있었다.

슈미트 공작이 역모에 썼다는 마법진이었다.

'결국에 제 아이까지 마누엘에게 넘기게 되었잖아. 친우가 배신자 중 하나인 줄도 모르고. 가엾을 노릇이지.'

마를레네에게 처음 그 말을 들었을 때는 '배신자'가 무슨 뜻인지 자세히 몰랐다. 국경에서 들었던 얘기처럼 신비교 모임에 참석했으면서, 무사히 제 목숨은 보전하고 같은 신비교인들을 모르는 척해서 그러는 줄만 알았기 때문이었다. 그도 그럴 것이, 카론은 어디서도 데스테 백작에 관한 자세한 기록을 보지 못했다.

그러나 이리도 또렷하게 반역에 가담한 증거가 남아 있었다니. 도무지 말이 되지 않았다. 이 정도로 깊게 관여한 자라면 어떤 식으로든 그가 알았을 터인데. 어떻게.

"역사적 사료로 남았을 귀중한 장소인데 연못으로 뒤덮이다니 아쉬워요. 백작님의 뜻에 따라 이렇게 되었을 테지만."

엘레나는 연못 아래 잠긴 마법진에 대해서 백작에게는 말도 꺼내지 않은 듯 보였다.

백작이 마법진을 숨기고 싶어 한다는 의도를 눈치챌 정도로 기민하지만, 한편으로는 백작의 심기를 살피느라 차마 그 연유를 묻지도 못하는 처지. 그것이 데스테 저택에 자리 잡은 그녀의 입지였다.

"아, 맞아. 데스테 영애께는 비밀로 해 주시겠어요? 아시다시피 영애께서 모험심이 넘치다 보니……. 백작님을 귀찮게 할 수 있거든요. 위험한 상황에 이를 수도 있고요."

엘레나가 그를 보면서 비밀스럽게 속삭였다. 농지거리를 가장해 귀찮은 일을 만들지 않으려는 태도가 역력했다. 잔잔하게 미소 짓는 웃음이 어여뻤으나, 둘만의 비밀이 생겼다고 좋아하기에는 지독히도 기만적인 상황이었다.

물에 반사된 빛이 어른거리는 눈동자가 지독하게 명징하여, 깨진 유리 조각처럼 그의 양심에 들어와 박혔다. 어디선가 물총새가 삑, 삑 소리를 내며 높다란 음으로 지저귀고 있었다. 그를 비웃는 소리 같기도, 양심의 경고음 같기도 했다.

언제까지 저 애를 기만할 터인가. 하지만 섣불리 얘기했다간 폭우가 쏟아지는 날의 일이 반복될 뿐이었다.

졸졸 흐르는 도랑물 소리, 새가 지저귀는 소리, 바람이 나무 이파리를 스치는 소리가 한데 어우러져 상념을 흘러 보내는 찰나의 침묵을 막아 주었다.

"저 마법진……. 어디로 연결되어 있을지 궁금하지 않아?"

마침내 카론이 입을 열었다. 엘레나는 당연한 물음에 고개를 끄덕거렸다.

"그렇긴 하지만……."

"같이 알아보자."

"네?"

"너 바실리카에서 신비력 이론을 배우고 있다며. 이 정도로 마법진을 해석할 줄 안다면 날 도와줄 수 있잖아."

"하지만 데스테 영애께선……."

"루시아의 영지라면 내가 잘 알아야 하니까. 이 영지라면, 나보단 여기서 살았던 네가 잘 알 거고."

언제나처럼 엘레나는 루시아에 관한 문제라면 입을 다물었다. 엘레나가 고민하는 기색을 보이자, 카론이 그녀를 조금 더 몰아붙였다.

"난 에르하르트 소후작으로서 저 현상을 알아봐야 할 필요가 있거든."

호선을 그리며 올라간 붉은 입술이 비밀스럽게 속삭였다. 그 야살스런 미소를 넋 놓고 지켜보던 엘레나가 다급히 그의 눈을 피하면서 고개를 끄덕거렸다. 어딘가 죄지은 듯한 얼굴이었다.

* * *

바실리카 기사단은 성녀 축제를 앞두고 휴가를 받아 신나 있었다.

"들었어? 마르첼이 포모나 바실리카의 추천서를 구했다나 봐. 다음 모임에 가자고 하던데. 포모나 여신자 중에서도 인기 있는 애들이래."

"아, 그러면 내가 빠질 수 없지."

"나도. 정확히 언제래? 그때까지 한 발도 안 빼고 가게."

"포모나는 남자 성창이 많다며. 걔네도 와?"

"미친 새끼."

카론은 저속한 말을 낄낄거리는 기사들을 아무 말 없이 무시하고 지나쳐 순식간에 계단을 뛰어 올라갔다. 저녁놀이 지기 시작한 하늘은 황금빛으로 물들어 있었다. 곧 바실리카 수강생들이 하교하는 시간이었다.

"카론 경."

바실리카의 기다란 열주 사이를 지나가는 카론을 누군가 불러 세웠다.

"왕세자 전하께서 여기는 어쩐 일이십니까."

"재미난 소식을 들어서 말이야."

레오폴트가 여느 때와 같이 헤실거리는 낯으로 다가와 그의 어깨를 두드렸다.

"드디어 신비력자를 찾았다며. 듣기론, 아버지께 신변을 안전하게 보호해 달라는 호소문도 올렸다던데."

레오폴트의 웃는 낯에는 서늘한 위화감이 깃들어 있었다. 단단히 심기가 뒤틀린 얼굴이었다. 어깨를 누르는 손길에서 압력이 느껴졌다. 제 왕위를 위협하는 존재를 살리는 방향을 호소했으니, 당연히 배신감을 느낄 터였다.

"아직 어린애지 않습니까. 그대로 죽이면, 왕실의 손해일 겁니다."

카론이 그의 손을 쳐 내며 답했다. 베르나 마를레네의 압력이 없는 이상, 그는 에르하르트의 명예를 위한다는 명분으로 살육을 반복하고 싶지 않았다.

그러자, 레오폴트는 이를 꽉 깨물더니 최대한 누그러진 목소리로 그를 살살 건드렸다.

"그래서 찾았나?"

"무엇을요."

"경이 잃어버린 방어구, 타스로의 에메랄드를 엮은 팔찌. 신비력자를 찾는다는 핑계로 사실 그 제작자를 찾으러 다닌 것이 아니었어?"

댕, 댕, 댕.

종이 울리면서 바실리카에서 수업이 끝난 수강생들이 나오기 시작했다. 카론의 시선은 왕세자에게 머물지 않고 인파 속을 부유했다. 금발이 시야에 스칠 때마다 그의 심장이 내려앉았다.

약속 시간이 다가오자, 마음이 조급해졌다. 눈앞에 있는 왕세자가 성가시기만 했다.

"무슨 말씀을 하시는지 모르겠군요."

"꽤 애지중지했던 걸로 기억하는데. 듣기론 마지막 남은 보석에 금이 갔을 때는 꼼짝하지도 못했다며? 최근에는 무슨 일인지 보이질 않네."

카론은 그 얘기를 듣고 제 본위를 마를레네에게 흘린 건 왕세자가 아님을 직감했다. 그랬더라면, 이리 덜미를 넘겨짚을 이유가 없었다. 그렇다면, 과연 누구일지가 의문이었지만.

"이미 잃어버린 지 오래입니다. 그러니 더는 저를 떠보지 마시지요."

비슷한 뒷모습을 한 여자가 엘레나가 아니란 걸 확인한 카론은 냉정하게 비춰질 수 있는 말만 남기고서 왕세자를 지나쳐 갔다. 왕세자의 시선이 등 뒤로 따라붙는 걸 느꼈으나 지금은 레오폴트를 신경 쓸 겨를이 없었다.

약속 장소에 있어야 할 텐데. 설마 도망치진 않겠지.

그 생각으로 바삐 걷는데, 마침 바실리카에서 나오고 있던 요한과 맞닥뜨렸다.

"카론 경."

요한이 그에게 가벼운 목례를 건넸다. 꽤 심각한 표정이었다.

"마침, 전에 경께서 부탁하신 일을 알아보고 온 참입니다."

머뭇대던 요한이 곧 결연한 얼굴로 보고를 올렸다.

"데스테 백작에 관한 기록은 거의 나와 있지 않았습니다. 슈미트 공작과 친분이 있었다고는 하나, 신비교 모임에 참석했다는 기록도 없고, 그렇다고 해서 취조를 당한 기록도 없고……. 심지어 후작님께서도 따로 불러서 진술을 받아 내지도 않은 것 같습니다. 친분이 있었다면 신비교 모임에 한 번이라도 참석했을 법해서 이러기도 쉽지 않을 텐데, 수상쩍을 정도로 말끔하긴 하군요."

요한은 카론이 이전에 요청한 기록을 전해 주었다. 왕실이 보관하고 있는 슈미트 공작의 서신들이었다.

"코타이너 철거 문제로 편지를 주고받은 것이 전부입니다. 신비교 모임에 관한 이야기나 초대장은 전혀 없었습니다. 공작이 친분이 있는 사람들에게는 전부 초대장을 보낸 것 같은데, 데스테 백작에게만 보내지 않았습니다."

"일단 알았어. 알아봐 줘서 고마워."

카론은 슈미트 공작과 데스테 백작이 서로 이야기를 나눈 서신을 읽어 보며 요한 역시도 의심의 대상에서 지웠다. 친우조차 마를레네의 감시역으로는 예외일 수 없었으나, 저 고지식한 성격으로는 남을 속여 먹기도 힘들 터였다.

카론이 루시아 데스테에게 푹 빠져 있는 줄만 아는 요한의 얼굴에는 근심만이 자리하고 있었다. 아마도, 카론이 장차 장인과 사위 관계가 될 데스테 백작을 의심하게 되는 정황을 안타깝게 여기는 듯했다.

"그런데 카론 경, 어디를 그리 바삐 가십니까. 준비해 달라던 것도 그렇고, 잠행 나갈 일이라도 있으신 겁니까?"

요한이 고개를 갸웃거리며 물었다. 카론은 그 물음에 대답하지 않고 제가 부탁한 다른 것들을 확인했다.

"그래서 내가 부탁한 다른 건?"

"일반 마차는 뒷길에 긴밀히 준비해 두었습니다. 아, 이것도요."

요한이 그에게 통행증 두 장을 내밀었다. 카론은 만족스러운 미소를 지으며 그것들을 건네받았다. 어리둥절해 있는 친구에게, 카론이 어깨를 두드리며 당부했다.

"난 잠행을 나간 거야. 경은 어머니한테든 왕세자한테든 제대로 거짓말하지 못할 걸 아니까, 그렇게 알고 있는 편이 나아."

그 말에 요한은 정곡을 찔렸는지 볼을 긁적였다. 카론은 요한과 휴가를 잘 보내란 인사를 나누고서 바로 바실리카 도서관으로 달리다시피 했다. 늘어진 열주의 그림자 사이로, 소녀에게 달려가는 소년의 그림자가 스쳤다.

도서관의 유리창에는 부드러운 노을빛이 스며들어 있었다. 홀로 책을 읽고 있던 엘레나에게도 불그스름한 기운이 어렸다. 인기척을 느낀 엘레나가 서서히 그를 향해 고개를 돌렸다. 그 순간만이 길게 늘어진 듯이 카론의 눈동자에 아로새겨졌다.

성큼성큼 다가간 카론이 엘레나의 손목을 잡아끌었다. 엘레나가 불에 덴 사람처럼 화들짝 놀라서 속삭였다.

"잠깐, 잠시만!"

엘레나는 그의 보폭을 따라잡기 벅차했지만, 카론은 다급했다. 어디서 누가 보고 있을지 알 수가 없었다.

순식간에 바실리카 뒤편으로 나온 카론이 엘레나를 가뿐하게 들어 마차에 올려 태웠다. 루시아를 안아서 마차에 태웠던 것처럼, 그제야 엘레나의 허리를 손수 안아 마차에 올려 줄 수 있었다. 비록 떳떳하게 가문의 문장을 내건 마차는 아니었지만.

카론이 앉자마자, 마차는 다급히 출발했다. 순식간에 납치라도 이루어진 모양새였다.

"정말로 이번 한 번만 찾아가서 확인해 드리면 되는 것이지요?"

놀란 심장을 겨우 추스른 엘레나가 불안한 눈으로 그를 바라보고 있었다. 아직도 자신이 맞는 판단을 내렸는지 확신을 못 하는 얼굴이었다.

그사이, 마차는 광장을 달리다가 아까 바실리카 광장에서 시시덕거리던 기사 무리를 지나치게 되었다. 카론은 그 무리에 합류해 있는 마르첼 발렌시아를 보고서 마차의 커튼을 닫았다.

* * *

거의 쉼 없이 달린 마차가 멈춘 곳은 국경 지대에 위치한 산이었다. 카론과 엘레나가 산에 올라 강기슭에 다다를 무렵, 하늘에는 만월에 가까운 둥근 달이 떠올라 있었다.

물안개가 끼는 산속은 여름에도 서늘하고 해가 빨리 저물었다. 카론은 엘레나에게 로브를 내밀었다.

"입어."

엘레나가 커다란 눈망울만 깜빡이자, 카론은 그녀에게 직접 로브를 두르고 입히려 들었다. 성큼 다가오는 그에게서 엘레나는 한 걸음 물러섰다.

"직접 할 수 있어요."

그녀가 허둥지둥 로브를 둘렀다. 카론은 그 어설픈 여밈을 가만히 보다가 다가가서 로브를 손수 매만져 주었다. 기사라면 익히 하는 복식인지라, 어렸을 때나 여행을 해 봤던 엘레나와 다르게 로브를 여미는 손길이 능숙했다.

후드가 붉그스름해진 얼굴을 제대로 가리자, 그제야 만족한 카론이 엘레나를 담백하게 놓았다. 달빛이 밝은 밤이었다. 이곳에도 마를레네의 감시인이 있을지 몰랐으므로 얼굴을 가리는 편이 나았다.

"강을 따라가면 나오는 마을에 저택이 있어. 거기서 머물다 갈 거야."

달그림자가 진 강 위로 나룻배가 묶여 있었고, 카론은 배에 올라타 엘레나에게 손을 내밀었다. 엘레나는 머뭇거리다 그 손을 잡고서 물었다.

"여기서 먼 곳인가요?"

"딱히."

순간 배에 오르기 위해 힘을 주어 당긴 몸이 휘청이다가 그의 가슴팍에 닿았다. 엘레나는 꽃내음 같은 잔향을 남기며 서둘러 맞은편 자리로 뒷걸음질 쳤다.

"죄송합니다."

가려져서 제대로 보이지 않는 후드 사이로 꾹 다물린 분홍빛 입술이 보였다. 카론은 말없이 고개를 숙인 채 노를 젓기 시작했다.

깊은 밤이었고, 은파가 반짝이는 강에는 두 사람뿐이 없었다. 앞에 앉은 여자애는 지나치게 예뻤고, 한창 혈기 왕성한 나이의 소년은 음험해지려는 속내를 감추기에 바빴다. 노를 쥔 손에는 절로 힘이 들어갔다.

이러려고 엘레나가 이리 먼 곳까지 오는 쉽지 않은 여정을 허락해 준 게 아니었다. 어디까지나 이건 또렷한 목적이 있는 여행이었다. 심지어 그녀는 그의 일을 도와주는 걸로 알고 있지 않나. 일방적으로 밀어붙인 덕에 성사된 기회이니 본분을 잊지 말아야 했다.

"백작님께는 어떻게 말하고 왔어?"

"……바실리카에서 성녀 축제를 앞두고 일손을 필요로 한다고요. 성녀 축제마다 백작님은 데스테 영애를 데리고 외출을 하시는데, 이번에는 여행을 가시기 때문에 허락받기 쉬웠어요."

일부러 마주 보지 않으려는 건지, 시선을 비스듬하게 피하고 있는 엘레나가 새초롬히 대답했다. 거짓말이라곤 일절 못하는 모범생인 줄만 알았는데, 의외로 요령을 피울 줄 아는 모양이었다.

"여행?"

"모르셨어요? 데스테 영애께서 이번엔 후작 부인과 함께 가게 되었다고 좋아하셨는데……."

전혀 듣지 못한 이야기였지만, 카론은 고개만 까닥이고 말았다. 마를레네가 도대체 왜 그렇게까지 데스테 가문에 집착하는지는 이해 가지 않았지만, 어머니에 관해서는 항상 아는 것보다 모르는 사실이 많았기에 그리 대수롭게 여기지 않았다.

그러는 동안에 배는 드디어 강의 물살을 타고 마을 어귀에 닿았다. 물안개 핀 마을의 꼭대기에는 거대한 성이 우뚝 버티고 있었다. 엘레나는 예상치도 못한 성의 장엄함에 작게나마 입을 벌렸다.

"이런 곳이 있는 줄 몰랐어요."

"국경 지대라 잘 모를 거야. 잘 알려지지 않은 곳이니까. 과거에는 요새로 쓰이던 곳이었어."

포모나로 가는 국경 지대엔 신비교 교인들이 모여 사는 마을이 밀집해 있었다. 개중에는 왕실의 신비교 압력을 피해서 이주해 온 이들이 많다 보니 귀족도 더러 섞여 있었다. 깊은 산속과 어울리지 않는 성과 저택은 조용히 숨죽이며 살아가고 있는 그들의 흔적이었다.

"대체, 이런 곳에……. 제 도움이 필요한 일이 있나요? 아니면, 혹시 데스테 가문에서 발견한 그 이동 마법진이 여기로 이어진 건가요?"

엘레나가 불안하게 힐끔거리는 눈초리가 느껴졌지만, 카론은 아무런 말도 할 수 없었다. 남포등을 든 채로 걸을 뿐이었다.

차마 그것이 슈미트성과 이어져 있었다고는 말하지 못해서 그녀를 이곳으로 데려온 터였다. 국경 지대에서 그가 알게 된 사실이라도 그녀에게 알려 주기 위하여.

성에 도달한 카론은 서슴없이 새벽에 성문을 두드렸다. 싸늘한 정적이 감돌다가 곧 끼익, 소리를 내며 나무 문이 열렸다. 겁을 먹은 엘레나와 다르게, 카론은 그녀에게 남포등을 맡기고 거침없이 어두운 실내에 먼저 들어섰다.

철컥.

몇 걸음을 떼기도 전에 어둠 속에서 총구가 그를 둘러쌌다. 뒤에 있던 엘레나가 새된 비명을 질렀다. 여자로 추정되는 누군가가 걸걸한 목소리로 외쳤다.

"꼼짝 마! 새벽부터 누구냐……. 양손을 머리 위로 올리고……. 헉, 소후작님?"

사냥복을 입은 붉은 머리 여자가 카론의 얼굴을 알아보고서 들고 있던 총을 내려놓았다. 일순 실내가 밝아지면서 카론을 겨냥하고 있던 총구들이 거두어졌다.

불빛 아래 모습을 드러낸 이들은 여자 하나와 남자 하나를 제외하고는 대다수가 아이들이었다. 올망졸망한 아이들의 눈동자는 낯선 이들을 보고서 데굴데굴 굴렀다.

"갑자기 여긴 어쩐 일이세요?"

여자의 물음에도 불구하고, 카론은 뒤를 돌아 얼어붙은 엘레나부터 챙겼다. 실내에 모인 이들의 시선이 일제히 엘레나에게로 모였으나, 푹 눌러쓴 로브 탓에 그녀의 얼굴은 그들에게 보이지 않았다.

"옆에 분은 누구……."

말꼬리를 흐린 여자는 문득 떠오른 추측에 순식간에 험악한 표정을 지었다.

"설마 요즘 신문에 난 것처럼, 데스테 가문의 귀공녀는 아니시겠지요?"

'데스테 가문'을 발음할 때 짓씹듯 말하는 어조가 하도 흉흉하여, 엘레나의 몸이 움찔거렸다. 그 말에 엘레나를 바라보는 아이들의 눈빛도 싸해지더니, 그들끼리 귓속말로 무언가를 속닥였다. 카론은 괜찮다는 걸 말해 주기 위해 엘레나를 감싼 손에 힘을 주었다.

"아니야."

"그럼 누구인데 여기까지 데려오신 건데요? 신원을 밝혀 주세요."

"밝힐 수 없어."

"어째서요?"

여자는 이곳의 보안에 민감했다. 그 이유를 잘 알고 있는 카론은 어쩔 수 없이 엘레나의 어깨를 가까이 끌어안았다. 순간, 팔 안에 들어온 엘레나의 몸이 흠칫 굳었다.

"내가 몰래 만나고 있는 상대이니 신경 쓸 것 없어."

후드를 눌러쓴 고개가 다급히 그쪽을 보았으나 카론은 가만히 있으라는 신호로 어깨를 꼭 감싸 쥐었다. 그의 손바닥에 쏙 감긴 둥근 어깨가 파르르 떨리고 있었다.

앞에 있는 여자도 충격을 많이 받았는지, 멍청한 얼굴로 '네?' 하고 되물었다. 그러자 넋 나간 여자 대신에 그 옆에 있는 남자가 물었다.

"예, 뭐 그건 그렇다 하고……. 도대체 여긴 무슨 일이십니까, 소후작님?"

"같이 여행을 왔다가 잠깐 들른 거야. 확인해 볼 문제가 있어서."

카론이 엘레나를 힐끗 보다가 덧붙였다.

"일단은 방 좀 내줘. 오늘은 지쳤으니까."

요한과 왔다면 얘기를 급히 끝내고 새벽에 빠르게 떠나도 되었겠지만, 엘레나는 기사가 아니었다. 아까부터 지친 티를 내지 않으려 노력하는 엘레나가 신경 쓰이던 차였다.

미묘하게 느려지는 걸음. 오래 걸을 때마다 잘게 부서지는 호흡. 전부 미련하리만큼 인내심이 강한 엘레나의 성격상 먼저 힘들다고 말하지 못하는 부분이었을 터였다. 그러나 항상 엘레나의 일거수일투족에 예민하게 신경을 바짝 세우는 카론이 그 상태를 모를 수가 없었다.

"뭐……. 일단은 그러지요. 저희도 잠이 들 시간이라서요. 방은 하나면 충분하지요?"

"아니."

"네, 부탁드려요."

카론은 당연히 거절하고 각방을 부탁하려 했으나 엘레나가 먼저 선수를 쳐서 남자의 물음에 응답한 뒤였다. 이번에는 카론이 당황하여 엘레나 쪽을 바라봤지만, 로브에 반쯤 가려진 엘레나의 얼굴은 태연하기만 했다. 도대체 무슨 생각으로 그리 답한 건지 알 수가 없었다.

"어이, 정신 차려. 네가 안내해야지."

남자는 여전히 넋 놓고 있는 여자의 어깨를 툭툭 쳤다. 슬슬 모여 있던 아이들이 흩어지고 갑작스럽게 닥친 손님을 모셔야 하는 분위기가 형성되어 있었다.

그제야 정신을 가다듬은 여자는 카론과 엘레나를 데리고 위층으로 올라갔다. 가뭇한 불빛이 발 앞을 비추는 어두운 복도를 걷는 동안에, 여자에게선 포모나인 특유의 억양이 정신없이 쏟아졌다.

"대체 이게 무슨 일이에요. 소후작님이 여자라니! 아니, 그보다 이렇게 불쑥 찾아오시다니 무슨 일이라도 있으신 거예요? 구스타프 선생님께도 이야기 듣지 못했는걸요. 아 참. 선생님은 포모나에 출장을 나가 계셔서 지금은 만나볼 수 없으세요. 서신이라도 보내서 오라고 할까요?"

"됐어. 구스타프를 보러 온 건 아니니까."

카론은 정신없는 말에 무심히 대꾸하며, 어두운 복도에서 넘어질 뻔한 엘레나를 재빨리 부축했다. 엘레나가 조그맣게 감사 인사를 하며 그의 소매 깃을 붙잡았다. 조금이라도 다가서면 후다닥 멀어지기 바빴던 엘레나가 낯선 성에 들어서자마자 그의 옆에 딱 붙어 있으려 들었다. 그 점이 기껍게 느껴지는 건 어쩔 수 없었다.

"불이 좀 어둡죠? 기름이 거의 다 떨어져서 아껴 쓰고 있거든요."

어스름한 남포등을 든 여자가 겸연쩍게 웃었다. 카론은 자연스럽게 엘레나의 손을 꼭 붙들고서 물었다.

"보내 준 예산이 부족해?"

"아뇨. 소후작님이 도와주신 이후부터 예산상으로 어려운 점은 많이 해결되었어요. 그냥 며칠 전에 비가 오는 바람에 산을 내려가지 못한 게 문제에요. 구스타프 선생님도 비 오면 절대 안 나가시잖아요. 국경 지대가 은신하긴 좋긴 한데, 이렇게 물건을 구할 때가 문제라니까요. 물론 코타이너 판자촌에 비하면 천국인 곳이긴 하지만요. 아, 다 왔어요. 이 방이에요."

툴툴거린 여자가 열쇠로 복도 제일 끝에 있는 방을 열었다. 크기는 컸지만, 쓰지 않는 방이라 싸늘한 냉기로 뒤덮여 있었다. 여자는 둘을 남겨 놓고 방을 떠나기 전에, 엘레나에게 자신을 소개했다.

"그러고 보니 제 인사를 안 드렸네요. 안녕하세요, '로사'라고 합니다."

로사가 붙임성 있게 손을 내밀었다. 엘레나가 머뭇거리다가 손을 맞잡았다.

"자세한 얘기는 내일 하기로 하고, 지금은 좋은 시간 보내세요."

로사가 음흉한 눈길로 둘을 갈마보더니 문을 닫았다. 그렇게 방에는 둘만 덩그러니 남게 되었다. 어색한 침묵이 감돌았다.

엘레나는 그제야 로브를 슬쩍 내리고, 자그맣게 한숨을 내쉬었다. 로브에 쓸려 헝클어진 머리칼이 귀여워 보인다면 중증일까. 손수 그 머리칼을 정리해 주고 싶단 욕망을 다잡느라 카론은 몇 번이고 손을 움칫거렸다.

그런 그를 꿰뚫어 보듯 엘레나는 손빗으로 단정히 머리칼을 정리했다. 그러고는 투명한 벽안으로 그를 빤히 올려다보았다.

"왜 그러신 거예요?"

불쑥, 침묵을 깬 물음이었다.

"몰래 만나고 있다니. 루시아가 듣는다면 오해할 만한 거짓말이잖아요."

곧게 마주한 시선에는 죄책감이 담겼다. 풍성한 속눈썹이 큰 죄라도 지은 듯 파르르 떨렸다. 곤란한 듯 좁혀진 미간엔 붓으로 세밀하게 그려낸 듯 섬세한 찡그림이 일어, 울상이어도 참 예쁘기만 했다.

카론은 저도 모르게 한숨을 내쉬고서 엘레나와 시선을 맞췄다. 엘레나는 가까이 다가온 얼굴에 나지막이 숨을 삼켰다.

"보다시피 저 사람들은 데스테 가문을 싫어해서 말이야."

"……"

"너만 입 다문다면 루시아가 모를 것 같은데."

그다지 대수롭지 않은 듯 대꾸하며, 카론은 두르고 있던 망토를 풀어냈다. 엘레나는 기가 막힌 듯 입술만 벙긋거렸다. 그녀에게서 물러선 카론이 망토를 카우치 등받이에 걸고서 걸터앉았다.

"그보다 지금 상황이 더 오해 사리라는 생각은 안 해 봐?"

엘레나는 그대로 방을 빙 둘러보다가 그와 단둘이 한 공간에 있다는 사실을 자각했는지,. 뒤늦게야 귀 끝이 붉게 달아올랐다.

카론 역시도 한 손으로 난감한 얼굴을 가만가만 문지르다가 한숨을 내쉬었다. 간지러운 침묵이 두 사람을 묘하고도 불편하게 만들었다.

오래된 성은 태피스트리와 러그로 한기만 겨우 막을 정도였고, 에르하르트 저택과 다르게 별다른 난방 마법이 설치되어 있지 않았다. 그런데도 방 안엔 후더운 느낌이 돌았다.

침대와 카우치가 따로 있긴 했지만, 방 하나에서 그녀와 밤을 지새워야 한다니. 이건 카론에게 고문이나 다름없는 일이었다. 지금만 해도, 긴장해서 들이마셨다가 내쉬는 숨소리에도 촉각을 바짝 곤두세우게 되지 않는가.

"난 다른 방을 달라고 할게."

아무리 생각해도 아닌 일이라 카론은 자리에서 일어나 문고리를 잡았다. 그러나 문을 열기도 전에 옷깃이 붙잡혔다.

"가, 가지 마세요."

자그마한 손이 그의 소매를 소심하리만치 살포시 쥐고 있었다. 울 듯이 일그러진 표정이 어여뻐, 발걸음이 붙들릴 수밖에 없었다.

주홍색 조명빛이 이미 불그스름해진 이목구비 곳곳에 스며들어 민망해하는 낯을 감추어 주었다. 변명처럼 우물거리는 말이 덧붙여졌다.

"안 좋은 기억이 있거든요. 어둡고 낯선 곳에 혼자 있으면 부모님과 헤어진 날의 꿈을 꾸곤 해서……."

"……."

"어둠 속에 혼자 있는 게 무서워요."

정신없이 이어지던 말이 나직하고도 침울하게 사그라들었다. 말을 끝마치고 나서야 유혹처럼 들릴 수도 있다고 생각했는지, 엘레나가 아차 싶어 슬쩍 그의 눈치를 살폈다.

소매를 붙들고 있던 손길이 떨어져 나갔다. 상대가 누구인지 자각한 듯했다.

"죄송해요. 억지를 부렸네요."

차분함을 가장하듯, 의지할 곳을 잃은 엘레나의 두 손이 단정히 깍짓손을 했다. 카론은 문고리에서 손을 떼어 내고서 그녀를 돌아보았다.

왕실의 친위대가 오펜하이머성에 들이닥쳤을 그 밤. 홀로 도망치고 있었을 엘레나가 절로 덧그려졌다. 그 밤에 새겨진 공포가 종종 그녀에게 악몽으로 찾아왔을 터였다. 처형식이 그날이 아직도 그에게 그림자를 드리우고 있듯이.

망설임 끝에, 카론은 다시 카우치에 앉았다. 등 뒤로 푹신한 쿠션이 닿았으나, 가시방석에 앉은 듯 불편한 감정이 치밀어 올랐다.

"여기는 예로부터 신비교 교인들에게만 알려진 마을이야. 그들만 알고 있던 일종의 은신처나 마찬가지고."

"……."

"그들끼리 만들어 둔 순교자의 무덤이 있어. 내일 거기부터 돌아볼 거야. 그러니 오늘은 푹 자 둬."

아롱거리는 주홍빛 조명이 음영을 드리운 얼굴에는 고뇌가 더해져 있었다. 엘레나는 가만히 그 얼굴을 보고 있다가 침대로 가서 누웠다. 둘 사이에 더는 어떠한 말도 오가지 않았다.

카론은 카우치에, 엘레나는 침대에 누운 밤이 그렇게 지나갔다. 침대보와 옷자락이 사부작사부작 스치는 소리가 밤새 이어졌다. 낯선 곳에서 긴장한 채로 잠들려 하니, 제대로 잠을 이루지 못하는 것이 당연했다.

카론은 밤새 그리 뒤척이는 뒷모습만 지켜보았다. 부러 방의 불을 끄지 않은 채였다. 악몽이 그녀를 찾아올 수 없도록.

* * *

엘레나는 이른 아침부터 채비를 마치고 로브를 뒤집어쓰고 있었다. 새벽에 와서 잠들었다가 아침부터 준비를 끝냈으니, 눈을 붙인 시간이 거의 없었을 터였다. 그건 거의 뜬눈으로 밤을 지새우다시피 한 카론 역시도 마찬가지였다.

"여기에 오신 이유라도 있으신 건가요?"

안개 낀 산속에서 비석만 덩그러니 세워진 무덤가는 을씨년스러운 분위기를 자아내고 있었다. 뿌연 안개의 축축한 기운 역시도 음침한 분위기를 이루었다.

주변을 둘러보던 엘레나가 후드를 고쳐 썼다. 얼굴을 가리는 것으로 보아, 경계심이 어린 기색이었다.

"전부 관이 없는 무덤들이니 그리 겁먹을 필요 없어. 장을 치를 수 없는 순교자들을 기릴 목적으로만 세워 둔 것들이니까."

비석 사이로 난 좁은 길을 카론이 앞서 걸었다. 엘레나는 그 뒤를 따라 걸으며 의문을 표했다.

"장을 치를 수 없는 순교자라는 건……."

"신비력의 부활을 위해서 희생한 사람들."

"신비력의 부활이요?"

"사라져 가는 신비력을 되살릴 수 있다고 믿는 사람들은 여전히 남아 있으니까. 세상에 다시 나타날 신비력만이 구세주가 되어 이 세상을 바로잡을 거라고도 생각해서……."

묘지는 옛사람부터 시작해 끝으로 갈수록 최근 시기에 가까워져 갔다.

카론은 묘지의 구석에 다다르고 나서야 걸음을 멈추었다.

"왕실의 반역자들이라고도 불렸지."

뒤따라오던 엘레나 역시도 어느 일가의 비석 앞에서 못 박힌 듯 발이 얼어붙었다.

빌헬름 오펜하이머
샤를로테 오펜하이머

그것을 본 엘레나는 입을 막은 채로 몸을 잘게 떨었다. 서늘한 아침 공기 사이로 뭉그러진 곡소리가 터져 나왔다.

"하……."

제 가문에 누울 자리 하나 없이 잊힌 순교자들을 기리기 위해 만들어진 무덤에는 반역죄로 죽은 자들이 줄지어 있었다. 목이 잘린 시체조차 수거하는 것이 허락되지 않아, 관도 묻히지 않고 비석만 남아 있는 무덤이었다.

덜덜 떨리는 손이 오펜하이머의 이름을 더듬었다. 차가운 돌 비석 위로 방울방울 눈물이 떨어져 흘렀다. 엘레나에게서 비통에 잠긴 목울음이 터져 나왔다.

"하, 흐윽, 읍……."

카론이 옆에 있다는 것도 잊었는지, 끝내 설움에 잠긴 울음이 흘렀다. 처음 본 부모님의 무덤이었을 터였다. 그 흐느낌이 사그라들 무렵에야 카론은 입을 열었다.

"……예전에, 신비교 교인들을 내 손으로 처형한 적이 있어."

순식간에 휘둥그렇게 변한 푸른 눈이 그를 올려다보았다. 카론은 눌러쓴 후드 사이로 보이는 눈물 자국을 보기 괴로워 시선을 내리깔았다.

"그중에 부부와 여자아이 하나로 구성된 일가가 있었어. 그 여자애가 남긴 유일한 유언이 코타이너에서 사는 로사를 찾아가 제 소식을 전해 달란 거였지."

담담하게 나온 말과 다르게 속이 울렁거릴 만한 긴장감에 심장이 쉴 새 없이 뛰었다. 어머니 앞에서도, 아니. 아버지 앞에서조차 느껴 보지 못한 공포감이었다. 감히 엘레나 쪽으로는 고개를 돌리지도 못한 채, 그는 말을 이었다.

"몇 년간은 밤에 잠을 자지 못했어. 처음에는 내 발밑에 고인 피 웅덩이에서 내가 처형한 사람들이 튀어나와 내 목을 조르는 꿈만 꿨는데, 언젠가부터 내 목이 처형장에 달리자 사람들이 환호하는 꿈으로 바뀌었거든."

"……."

"……악몽을 끝내기 위해서라도, 찾아야만 한다고 생각했어."

정말 몇 년간은 코타이너에서 무작정 로사를 찾아다녔으나 별다른 소득이 없었다. 당연하게도, 로사는 처형식이 있고부터 거주지를 옮긴 상태였다.

성수를 구하기 위해 국경 지대를 뒤지다가 구스타프가 알려 준 이 마을에 방문한 건 어디까지나 우연에 가까웠다. 이 마을에서 로사를 만나고, 그녀가 주도하는 잔존 세력을 만나게 된 것도.

"혹시……."

엘레나가 파르르 떨리는 목소리로 말문을 열었다. 목소리에는 물기가 고여 있었다. 카론은 푸른 눈에 담겨 있을 원망을 들여다볼 엄두가 나지 않아 마른 세수하듯 한 손으로 제 얼굴을 쓸어내렸다.

"역모죄에 해당하는 모든 이들을 소후작님께서 처형하신 건가요?"

끝내 확인을 받고자 하는 잔인한 물음이 그와 직면했다. 참담한 심경으로 눈을 감았다가 뜬 카론이 고개를 들어 엘레나와 시선을 맞췄다. 이젠 자신이 눈물을 흘린단 자각도 없는 사람처럼, 초점을 잃은 푸른 눈과 축축하게 젖은 뺨이 보였다.

"맞아."

담담한 인정에는 어떠한 변명도 없었다. 어쩔 수 없었던 제 처지나 남몰래 해 온 노력도 구태여 늘어놓지 않았다.

산산이 부서져 내리는 제 사랑을 봐야만 하는 것. 그것이 자신의 상황을 막론하고 감당해야만 하는 그의 죄였다.

할 말을 잃은 엘레나가 우두커니 그에게 고개를 돌리고 있을 때였다. 누군가 그들에게 가까이 다가오며 손을 흔들었다.

"이런……. 좋은 것들을 보여 주시지, 대체 왜 연인과 이곳에 계신 건가요."

하얀 수선화가 가득 담긴 바구니를 든 로사가 쯧쯧, 하고 혀를 차고 있었다.

"아이, 참. 일어났는데, 아침도 안 먹고 자리를 비우셔서 벌써 떠났나 싶어 걱정했다고요. 안 그래도 저도 드릴 말씀이 있었는데요."

통곡하던 엘레나의 상태를 보지 못한 그녀는 매양 그리하듯 바구니에 있던 꽃다발을 무덤 위에 하나하나 놓으며 투덜거렸다. 오펜하이머 부부의 묘에도 어김없이 하얀 수선화가 놓였다.

"아시는 분인가요?"

로사가 오펜하이머 부부의 묘에 붙박인 듯 서 있는 엘레나를 보고서 물었다. 그녀 몰래 눈물을 훔치고 있던 엘레나는 아무런 대답하지 못하고 고개만 내저을 뿐이었다.

"안타까운 이들이에요."

"……."

"슈미트 공작에게 끝까지 충성을 지키다 사그라든 생이었지요. 공작은 감히 그 고귀한 희생에 그릇이 되어 주지 못하였지만."

냉소로 끝맺음한 얼굴은 인상이 꽤 날카로워져 있었다. 로사는 마지막으로 오펜하이머 부부 옆에 안치된 묘를 쓰다듬더니 기도를 올렸다.

마리
—코타이너에서 태어나 이곳에 잠들다.

간략하게만 새겨진 이름은 가문도, 부모도 없이 태어난 아이에게 주어지는 흔하디흔한 이름이었다. 로사는 그 무덤을 보더니 씁쓸한 혼잣말을 중얼거렸다.

"그래도 거룩한 생을 지키다 떠났으니 다행이려나요."

자리에서 일어난 로사가 허리를 쭉 펴고 카론 쪽을 돌아보았다.

"확인해 보실 이야기가 있다 하셨지요?"

* * *

성의 아이들은 로사의 지시대로 일사불란하게 돌아다니며 식사 준비를 도왔다. 오노르 왕국의 아이들과 포모나 아이들이 뒤섞여 있었으나 그들끼리는 구분 없이 사이좋게 지내는 듯했다. 아이들은 로사를 엄마처럼 따랐고, 차려진 식탁은 화려하진 않아도 풍성했다.

나룻배를 타고 강을 건너야만 올 수 있는 신비한 마을. 성에 사는 사이좋은 아이들이 화합해서 만든 아침 식사.

얼핏 보기에는 동화 같은 광경 같기도 했으나 카론이 알기에 그들의 사정은 그리 평탄하지 못했다. 엘레나 역시 한가로이 정취를 느낄 상황이 아니었기에, 식탁 앞에 앉은 두 사람의 분위기는 무겁기 그지없었다.

침울해진 두 사람 앞에도 따끈한 스튜가 놓였다. 로사는 그 앞에 앉기 전에 분위기를 슥 살피고서, 서먹한 분위기를 깨기 위한 농담을 던졌다.

"벌써 개기월식에 겁을 집어먹는 어른들이 있다니."

그러자 건너편 식탁에 앉은 엘레나 또래의 아이들은 그 농지거리를 알아듣고 까르륵 웃음을 터뜨렸다. 여전히 로브를 푹 뒤집어쓴 채 가만히 있던 엘레나의 고개가 벽에 걸린 달력으로 향했다.

"맞아요. 오늘이 개기월식 날이에요."

로사는 눈을 찡긋거리고는 유리컵에 포크를 두드리며 일어났다. 식전에 주의를 끄는 맑은 음이 다른 테이블까지 울렸다.

"자, 모두들 조용! 식사를 하기 전엔 무엇부터 해야 한다고 했지?"

"기도요!"

일제히 합창한 아이들이 순식간에 손을 모은 채 조용해졌다. 단체로 기도를 올리는 모습이 수도원을 연상하게 했다.

"참 착한 아이들이지요?"

로사가 스튜를 떠먹으며 두 사람에게 동의를 구했다. 저 아이들의 충성과 유대가 어떻게 맺어졌는지 아는 카론은 아무런 대꾸도 하지 않았고, 엘레나는 적당히 고개를 끄덕여 주었다. 두 사람의 시원치 않은 반응에도 로사는 굴하지 않고 말을 이어 나갔다.

"아주 갓난쟁이일 때부터 가문을 잃은 아이, 신비교 신자 가문에서 의탁된 아이, 포모나 바실리카에서 태어나 버려진 아이들이 모였으니 그럴 수밖에요. 이곳에서는 국경의 구분 없이 종교가 유일한 버팀목이 되어 주고 있답니다."

"그럼 이 아이들은……."

"윗세대 때부터 왕실로부터 억압받은 신비교 가문의 아이들이지요. 그리고 포모나 바실리카 정책의 피해자들이기도 하고요. 아……. 물론 근래에는 코타이너에서 데려왔던 아이들이 있기도 하고……."

엘레나는 어색하리만치 한 박자 늦게 고개를 끄덕였다. 복잡다단한 생각이 드는 듯했다. 그야 데스테 가문이 아니었다면, 엘레나 역시도 이곳까지 밀려왔을지도 몰랐으니.

그녀의 반응만을 살피던 카론이 처음으로 입을 열었다.

"여전히 왕실에 아이들을 보내고 있나?"

"그럼요. 제 작은 새들이 소후작 님께서 부탁하신 증거도 열심히 찾아보고 있다고요. 물론, 찾을 수 있을진 의문이지만요. 반역죄를 뒤집을 만한 증거를 아직까지 남겨 둘 리가 없으니까요."

로사가 어깨를 으쓱였다. 첩자를 새로 비유하는 그 입버릇은 왕세자와 닮아 있었다. 엘레나가 퍼뜩 고개를 들더니 조심스럽게 물어왔다.

"반역죄를 뒤집을 만한 증거라니요?"

"왕실이 따로 감독하지 않을 법한 아이들을 선별해 입궁시키거든요. 그 아이들에게 달마다 소식을 전해 받고 있답니다. 소후작님께선 차라리 역모죄로 처형당한 사건을 뒤집을 만한 증거를 찾아내자고 하고 있는데……. 아, 그래요. 연인분께 의견을 묻는 게 좋겠네요. 연인분께서는 어떻게 생각하세요? 순교한 이들을 위해서라면, 반역의 결백을 증명할 만한 증거를 찾는 게 빠르다고 보세요, 아니면 지금 왕권을 교체하는 게 빠르다 보세요?"

그 자체만으로 불경죄에 달할 수 있는 질문이 거침없이 들이밀어졌다. 로브에 가려졌다지만 옆에서 엘레나가 당황하는 기색이 고스란히 느껴졌다.

아까까지만 해도 반역자들을 모두 처단했다는 에르하르트 소후작이, 지금은 반역자들의 역모죄를 벗길 수단을 찾고 있다고 하니 얼마나 혼란스러울까. 그녀 앞에서 꺼내 놓기엔 구차한 이야기였다.

"헛소리하지 말고 일어나. 조용히 확인해 봐야 하는 일이 있으니까."

카론이 엘레나의 눈치를 보다가 자리에서 일어났다. 로사는 아무렴 좋다는 태도로 그를 집무실로 안내했다.

카론은 식당에 남기고 온 엘레나가 마음에 걸려, 집무실에 들어오고도 흘깃 뒤쪽을 돌아보았다. 살짝 열린 문틈으로 마저 식사 중인 엘레나가 보이자 그나마 안심이 되었다.

"그리 중요하게 여기는 분인데, 서로 비밀이 많은가 봐요? 그래요. 따로 물으실 것이 무엇인가요?"

의자에 걸터앉은 로사가 그가 보던 방향을 따라 보더니 짓궂게 물었다. 그제야 카론은 마음을 놓고서 묻고 싶던 것을 물어볼 수 있었다.

"데스테 백작은 대체 왜 반역죄에 엮이지 않았지? 단 한 번도 취조를 받지 않았어."

"네?"

그러자 로사가 고개를 갸웃거리며 의문을 표했다.

"그럴 리가요. 그자가 슈미트 공작의 모임에 자주 참석했었다는 사실은 그 자리에 있던 모두가 다 아는 사실이었을 텐데."

'데스테 백작' 이야기가 나오자, 로사의 얼굴에는 금세 냉소가 맴돌았다. 그녀가 데스테 백작에게 느끼는 배신감은 거대했다.

슈미트 가문을 중심으로 하던 신비교 모임이 역모 혐의로 해체되고 취조를 받게 된 시기, 다행히 무사히 빠져나왔던 로사는 그나마 상황이 나은 데스테 백작에게 가서 다시 신비교 모임을 이어 나갈 수 있는 경제적 지원을 요청했다. 돌아온 건 차가운 외면뿐이었지만.

"아직도 그 얼굴이 눈앞에 선해요. 저 혼자만 살겠다고 교인들의 미래를 외면하던 그 냉정한 모습."

로사는 치를 떨었지만, 카론은 그 말을 처음 들었을 때와 마찬가지로 백작의 이기심을 이해했다. 모두가 혼란하고 공포에 빠진 시기였던지라, 신비교 관련해 엮였다간 고초를 치를 수 있는 상황이었다. 적어도 그는 고문실의 그 끔찍한 광경을 보았던 이상, 백작을 이해할 수밖에 없었다.

"제가 알기로는 그때 백작이 자칫 일이 어그러졌을 때를 대비한 탈출로를 제공했다고 알고 있거든요. 연결된 마법진의 흔적이 남았을 텐데, 취조를 피해 갔다면 지독할 정도로 철저했을 거예요. 대체 어떻게 미꾸라지처럼 잘도 빠져나간 건지……. 물론, 브리짓 클로츠 말고도 우리 안에 배신자가 더 있었을 가능성도 있긴 하겠지만요."

로사는 상상만 해도 불쾌한지 미간을 좁혔다. 제아무리 뒤끝이 좋지 않게 끝난 관계였어도 그 정도였으리라고는 생각하고 싶지 않은 듯했다. 그 태도로 보아, 그녀 역시 자세한 상황을 알지 못하는 것이 분명했다.

카론이 의문에 빠진 사이에, 로사는 으레 내곤 하던 명랑한 목소리에서 한두 음 낮은 목소리로 속삭여 물었다.

"저는 지나온 일보단 앞으로의 일을 말씀드리고 싶은데요. 발견된 신비력자의 모친이 포모나인이라고요? 그렇다면 성녀인가요?"

"아직은 모르겠어. 일단 목숨은 살렸지만. 두고 봐야 할 거야."

아무래도 로사의 관심은 다른 곳에 가 있는 듯했다. 한숨이 푹 섞인 중얼거림이 흘러나왔다.

"슈미트 공작은 믿을 순 없지만……. 그래도 그의 아들이 보인 신비력은 정말이었어요. 그러니 딸 역시도……."

아직도 로사는 미련을 못 버린 듯했다. 이곳에서 아이들을 키우며 세력을 확장하고 있으면 새로운 신비력자가 나타나 그들을 구원하고, 그들은 기꺼이 구원자의 축복을 받을 거라는 덧없는 믿음 말이다.

"성녀라면 밝혀질 때까지 기다려야만 해요. 저번에는 우릴 구원할 신비력자가 성녀가 아니었기 때문에 그런 거예요. 희생할 줄 모르고, 고귀한 뜻을 품을 줄 모르는 이였지요. 하지만, 성녀가 재림하기만 한다면……. 왕실을 다시……."

혹은 이미 믿음은 닳아 바래고, 믿음이란 명분으로 복수의 칼날을 갈고 있는 건지도 몰랐다. 분한 기색으로 입술을 깨문 로사가 주먹을 바르르 떨었다.

"이젠 그만하지 그래. 신비력 따윈 없어. 구원 따위 아무리 기다려도 시기는 오지 않아."

보다 못한 카론이 냉정히 망상을 잘랐다. 역모의 구심점이 생기려면 정통성 있는 왕이 있어야만 한다. 하지만 그들이 원하는, 정통성 있고도 고결한 희생을 할 수 있는 구원자는 어디에서도 나타나지 않을 것이다.

그러자 로사는 붉은 머리칼을 배배 꼬며, 조금 예민해진 투로 빈정거렸다.

"아, 그래서 역모를 저지르려 했던 가문들의 죄를 벗기겠다는 비현실적인 얘기에 매달려 계신 건가요? 소후작님께서는 현 에르하르트 후작과는 다른 뜻이 있어 우리를 후원해 주고 있으시단 점이 참 좋긴 한데요. 소후작님이 가장 신경 쓰셨던 오펜하이머 가문만 봐도 그럴 가능성이 전혀 없어요. 이미 그들의 작위부터 왕실로 넘어갔어요. 변방의 남작 작위이니 곧 비공개적인 입찰이나 받겠지요."

"뭐?"

"요즘 왕실에서 군비를 모으는 걸로 보아 기세가 심상치 않거든요. 포모나 와의 전쟁을 대비해 몰수했던 작위를 내놓으려나 봐요. 그런데 소후작님이 지금 선대 후작 부인 몰래 소후작님께서 작위를 산단 건 불가능에 가까운 일 아닌가요? 고작 남작 작위 하나를 탐내는 걸 수상쩍게 여길 왕세자는 어쩌실 거고요?"

카론은 말문이 막힌 채 어떤 대답도 꺼내지 못했다. 로사는 거기에 한숨을 푹 내쉬며 덧붙였다.

"게다가 이미 들어서 잘 알고 계시잖아요. 슈미트 공작 가문과 오펜하이머 남작 가문이 가까울 수밖에 없었던 이유."

"……."

"오펜하이머 남작 부인은 굳이 역모로 엮이지 않았어도 언젠가 들키면 처형당했을 거예요. 샤를로테 오펜하이머가 평범한 학자 가문에서 자란 건 맞지만, 소후작님도 보셨던 그 귀한 마도구 팔찌가 어디 평범한 학자 가문에서 얻을 수 있는 것인가요? 어째서 그 부인께서 머나먼 포모나 바실리카 수도원으로 유학 가야 했는지도 아시잖아요. 왕의 사생아니까 그랬던 거지. 가보로 내려온다던 그 마도구는 현 국왕이 제 정부에게 유출한 것인데, 어디선가 발견된 딸이 지니고 있단 걸 알았어 봐요."

로사는 중간중간 왕실의 풍기가 문란해진 건 그들이 신비력을 잃고 속세를 추구했기 때문이라고 혀를 찼다. 그런 점이 로사가 구스타프와 더없이 잘 맞는 친구라는 걸 상기시켜 주었다.

"결국에 오펜하이머 남작은 시간을 되돌린다고 해도 슈미트 공작과 엮이는 선택밖에 하지 못할 거예요. 제 아내를 위해서라도 방패막이 되어 줄 세력이 필요했을 테니."

그에 비해, 오펜하이머에 관한 이야기에는 안타까움이 서려 있었다.

"그뿐만 아니라 오펜하이머 남작 부인 역시 마찬가지로 순교를 택하실 분이시겠지요. 신비력자가 제 아비로부터 세상을 구해 주길 누구보다도 절실히 원했던 데다가, 마지막까지 자기 딸을 지키려 드셨으니까요."

씁쓸한 말이 덧붙여질 때였다.

"비록 제가 보낸 코타이너의 고아 마리가 희생되었긴 하지만……."

미세하게 열려 있던 뒤쪽 문에서 오도도 달려 나가는 발소리가 울렸다. 카론이 다급히 복도 쪽을 살펴보았으나, 펄럭이는 로브 자락은 이미 모퉁이를 돌면서 자취를 감춘 뒤였다.

"저분 믿어도 되는 것 맞죠?"

로사는 당황한 기미 없이 능청스럽게 물었다. 문을 등지고 있었던 카론과 달리 문과 마주 보고 앉아 있던 그녀는 내내 열려 있던 문틈 사이를 볼 수 있었을 것이다.

카론이 로사를 노려보았다.

"이야기를 어디서부터 들은 거야?"

"글쎄요. 제가 오펜하이머 가문 얘기를 했을 때부터?"

로사가 말을 끝마치자마자, 카론이 곧장 그녀를 뒤따라갔다. 그를 보던 로사는 어깨를 으쓱이더니 문을 닫았다. 굳이 그들 사이의 문제에 끼고 싶지 않았으리라.

성 밖으로 빠져나오자, 바람을 타고 함성을 지르듯 초록 물결을 이룬 들판이 보였다. 앞서 달리는 여인의 머리칼은 광활한 들판을 헤쳐 나가는 금빛 나비의 날갯짓처럼 흩날렸다.

카론은 턱 끝까지 차오르는 숨을 참으며 환영 같은 그 뒷모습을 쫓아 달렸다. 닿을 듯 닿지 않을 여자와 점점 가까워질수록 쿵, 쿵 뛰는 심장 박동이 거세졌다.

"기다려!"

카론의 외침에도 엘레나는 뒤를 돌아봐 주지 않았다. 그럼에도 카론이 접근하는 보폭이 빨라 둘 사이의 거리는 가까워져 있었다. 쫓고 쫓기는 두 사람 모두에게서 가쁜 숨소리가 터져 나왔다.

"엘레나 오펜하이머!"

마침내 카론이 그녀를 붙잡았을 때. 만지면 산산이 부서지는 존재처럼 그녀가 들판 한가운데 주저앉았다. 그녀를 붙잡은 카론 역시도 그 위로 무너져 내렸다. 도근거리는 심장 박동 때문에, 온몸의 피가 거꾸로 솟구치는 듯한 아찔한 현기증이 일었다.

그들이 누운 들풀은 부스럭 소리를 내며 향긋한 풀 냄새를 터뜨렸다. 이파리는 그들을 관전하는 구경꾼처럼 바람에 부딪쳐 푸르르 소리를 내며 수선을 피웠다. 작은 소란이 인 주변 환경과 달리, 그들은 한동안 숨을 몰아쉬기 바빴다.

붙잡혀 있는 엘레나 역시도 정신이 없는지, 한쪽 팔로 얼굴을 가린 채 가쁜 숨만 토해내고 있었다. 가슴이 쉴 새 없이 오르락내리락하길 반복했다. 그러다 흐느낌에 가까운 소리가 흘러나왔다.

"다 알고 있었어……."

엘레나가 올렸던 팔을 서서히 내렸다. 카론은 눈물로 얼룩진 얼굴과 마주했다. 푸른 눈에 매달린 물기는 밀려오는 햇살을 머금어 금빛으로 반짝거리고 있었다.

"내 이름……. 알고 계셨네요."

들녘 너머 산등성이로 떠오르는 해가 푸른 여명을 물리치고 하늘을 불그스름하게 물들였다. 들이치는 햇살이 어쩔 줄 모르는 카론의 낯을 낱낱이 비추었다. 그가 가진 죄장감의 색이었다.

진실을 깨달은 눈동자가 어김없이 그를 바라보고 있었다. 항상 그를 애달게 만들었던 눈이었다.

조금이라도 그 눈동자에 담기고 싶어 그녀 주위만 맴돌았던 지난날이 그저 기만으로만 여겨질 그 순간. 그는 그녀 앞에서 그저 제 죄를 인정하는 것 말고는 어떠한 변명도 입에 담지 않았다.

"미안해."

초라하게도 그따위 말이 고작이었다. 그리고 그 정도가 그가 말할 수 있는 모든 것이었다.

원죄처럼 깊게 새겨진 주홍 글씨는 그가 가져가야만 하는 몫이다. 그녀에게 이해를 바랄 수 없었다.

목구멍 안에 삼킨 모든 말들은 감히 꺼내 볼 엄두조차 내지 못하고 부스러졌다. 주먹만 그러쥐고 있다가 가까이 붙어 있던 몸을 서서히 일으키려고 할 때였다.

"어째서……."

시시각각으로 일그러져 가는 그 얼굴만 보던 엘레나가 멀어져 가려는 그를 붙들었다. 그녀는 그의 품에 안기다시피 파고들었다. 따뜻한 물기가 닿아 가슴팍이 조금씩 젖어 들고 있었다.

"항상 그렇게……."

"……."

"그런 눈으로 날 보면서……."

그에게 기댄 몸에서 가는 떨림이 느껴졌다. 엘레나의 흐느낌이 그를 머저리로 만들었다.

"다 알면서 그렇게 하면 조금이나마 경의 마음이 편해질 것 같아요?"

자그마한 주먹이 그의 어깨를 힘없이 때렸다. 목메인 말이 이어졌다.

"항상 궁금했어요. 소후작님께서 저를 그렇게 보는 이유요."

비참하게 흐트러진 얼굴이 그를 올려다보았다. 고여 있던 눈물이 뺨을 타고 흘렀다. 남은 거라고는 자존심밖에 없었던 엘레나가 그에게 밑바닥을 내보인 순간이었다.

"결국에, 저를 동정하고 있었던 것뿐이잖아요."

그 말이 떨어지자마자, 카론은 그대로 그녀를 꽉 끌어안고서 입술을 맞붙였다. 엘레나가 그의 어깨를 두드렸으나 미약한 힘에 불과했다. 제 마음을 어떻게 전해야 할지 몰라 일방적인 교감만 갈구하듯 형편없는 입맞춤이 이어졌다. 그녀 말고는 입을 맞춰 본 상대가 전무했으니 당연했다.

둘 다 그 행위에 지극히 서툴렀다. 항상 눈에 아른거리던 꽃잎 같던 입술을 놓치지 않으려 들수록, 그가 그녀에게서 숨결을 빼앗고 있단 사실조차 몰랐다.

들판을 가로지르며 달음박질을 쳤을 때보다도 더 새근거리는 숨을 몰아내쉴 수 있게 된 순간에야, 두 사람은 눈을 뜨고 서로를 마주 보았다. 서로를 보는 눈동자에는 열감이 어려 있었다.

"항상 이러고 싶었어."

"……."

"네 눈을 보면서 입을 맞추고, 그러면서도 네게 용서를 빌고."

격하기만 한 입맞춤을 한 직후라 그런지, 엘레나의 입술엔 처음 입을 맞췄을 때처럼 생채기가 나 있었다. 카론은 달뜬 숨만 뱉어 내는 붉은 입술을 조심스럽게 매만졌다.

"전부 나에게 허용되지 않는 것들이겠지만."

결국에 이번에도 그는 그녀에게 상처만 남기게 되었다. 그가 의도하였든 의도하지 않았든 간에, 어떻게 해도 그런 결말에 도달하게 되는 것이다.

그의 손길이 떨어지자, 엘레나가 손등으로 제 입술을 가렸다. 입 맞춘 직후라 붉게 상기된 얼굴은 아직 가라앉지 않고 있었다.

그는 그녀를 붙잡아 일으켜 세운 뒤, 로브를 단정히 매만져 주었다. 갈급했던 입맞춤과 다르게 차림을 정돈해 주는 손길은 침착하기만 했다.

"가자."

카론이 손을 내밀었지만, 엘레나는 그 손을 맞잡지 않고 먼저 앞서 걸었다. 덕분에 붉은 기운이 가시지 않은 그녀의 귓바퀴가 눈에 들어왔다. 그렇게 성으로 돌아가는 내내 둘 사이에는 어떤 말도 오가지 않았다.

그 상태로 카론과 엘레나가 성에 돌아왔을 때, 정원의 피크닉 테이블에 앉아 아이들과 함께 신문을 읽고 있던 로사가 고개를 들었다. 그러고는 그들의 분위기를 살피고도 눈치 없이 명랑하게 물었다.

"사랑싸움은 다 끝나셨나 보네요?"

"시끄러워. 이제 갈 거야. 나룻배나 준비해 줘."

"예? 벌써 가시게요? 하긴……. 잠깐 여행 왔다가 들른 거라 하셨지요."

로사는 기지개를 켜며 아이들을 데리고 자리에서 일어났다. 로사가 강에 띄울 배를 준비하는 동안에, 엘레나의 시선은 줄곧 로사가 내려놓은 신문에 머물러 있었다.

[포모나 출신 마도구 수리공,
불법 경매장서 마도구 유출 혐의로 붙잡혀…….]

브리짓 클로츠와 관련된 기사였다. 브리짓 클로츠라면 이미 에르하르트 지하 감옥에 처박힌 지 꽤 되었건만, 로사는 그의 이야기를 듣고 나서 기사를 다시 찾아본 모양이었다.

카론은 엘레나가 이야기를 어디까지 들었는질 상기했다. 오펜하이머 가문에 관한 이야기만 들었다면, 그전에 나왔던 데스테 백작이나 브리짓 클로츠와 관련된 이야기까지는 듣지 못했을 것이다.

데스테 백작에 관한 문제는 아직 추측에 불과하다지만, 브리짓 클로츠에 관련해선 이야기를 사실대로 전해 줘야 할지 알 수 없었다. 굳이 어색한 침묵을 깬 건 그 이유에서였다.

"'브리짓 클로츠'를 좋아해?"

엘레나가 그를 힐끗 올려 보더니, 다시 고개를 수그렸다. 아직 심적인 정리가 되지 못한 듯했다.

"이분은……."

대답이 조그마한 목소리로 흘러나오려던 차였다.

"준비 다 되었어요!"

멀리서 로사가 손을 흔들었다. 엘레나가 입을 닫고 먼저 강가로 향했다. 카론은 그녀의 뒷모습을 보다가 함께 걸음을 옮길 수밖에 없었다.

* * *

그들이 다시 바실리카에 도착한 건 어둑한 저녁이 되어서였다. 유난히 붉은 석양이 물든 하늘 위로 둥근 저녁달이 떠올라 있었다.

'맞아요. 오늘이 개기월식 날이에요.'

하필 개기월식 날이다. 예로부터 개기월식 날이면, 에르하르트 가문엔 불운한 일이 벌어지곤 했다. 불안한 예감이 그를 엄습했다.

그에 비해 바실리카 광장은 밤새 펼쳐질 성녀 축제로 떠들썩했다. 특히, 밤늦게 남은 연인들이 주를 이룬 광장은 청춘의 열기로 달아올라 있었다.

공중에 늘어선 줄에 매달린 주광색 마법 조명들은 이리저리 춤추러 다니는 사람들을 내리비추고, 그 혼잡한 인파 가운데에 선 카론과 엘레나에게도 가뭇한 음영을 드리웠다. 엘레나는 거기서 따로 마차를 잡으려는지 번잡한 군중 사이에서 작별 인사를 건넸다.

"감사했습니다. 데려가 주셔서."

허리를 굽혀 예의 바르게 인사하는 모습은 평소같이 꽤 침착한 모양새였다. 마차로 달려오면서 마음을 정리했는지, 상기된 채로 달뜬 숨을 내뱉던 모습은 씻은 듯이 보이지 않았다.

"덕분에 많은 걸 알게 되었어요."

고저 없는 목소리가 원망보다는 감사의 인사를 전했다. 하지만 카론은 거리를 두려는 듯한 그 차분한 태도가 더욱 거슬릴 수밖에 없었다.

"데려다줄게."

"아니에요."

단호하게 거절한 엘레나가 그를 똑바로 올려다보았다.

"오늘은 데스테 영애께서 돌아오실 수도 있는 날이잖아요."

그에게 루시아 데스테를 인지시키는 엘레나는 언제나처럼 한결같은 루시아의 시녀로 돌아와 있었다. 마치 자정이 지나면 마법이 풀리는 동화 속 이야기처럼, 급격한 현실이 두 사람을 덮쳤다.

"제게 미안해하실 필요 없으세요. 빚을 졌다고 생각하실 필요도 없으시고요."

"……."

"경은 그저 명령에 따르셨을 뿐이고, 저는 앞으로도 경을 용서할 수 있을지 모르겠을 뿐인걸요."

춤을 추는 연인들 사이에서, 그녀가 차가운 얼굴로 그를 올려다보았다.

"그치만 경은 제 기분을 살필 필요가 없는 분이에요. 제 입장을 구제해주겠다고 무리하지 않으셨으면 해요. 어차피 경과 저는 아무런 사이도 아니니까요."

아무것도 아닌 사이. 엘레나가 내놓은 대답은 잔인했다.

차라리 원망이나 저주의 말을 했다면 이보단 나았을 것이다. 지금처럼 곤두박질치는 기분은 아니었을 테니. 카론이 그 말만은 받아들이지 못한 채, 단단히 다물렸던 입을 열려고 할 때였다.

"카론 경?"

익숙한 목소리의 주인이 그에게 건들거리며 걸어왔다. 역시나 마르첼 발렌시아였다.

"여기서 뭐 해? 아, 넌 데스테 영애의……."

마르첼이 카론을 보다가 엘레나 쪽으로 시선을 옮기더니 눈을 가늘게 떴다. 엘레나가 한 발자국 물러나 해명을 하기도 전에, 카론이 먼저 그의 앞을 막아섰다.

"축제 준비를 돕고 늦게 끝났다길래, 마차를 잡아 주려 하고 있었어."

"아, 그래? 이제 꽤 여자한테 잘하나 봐, 카론 경. 늦은 밤이라고 숙녀를 챙길 줄도 알고."

마르첼이 비웃듯 길게 입매를 늘리자, 카론은 그의 눈을 파 버리고 싶은 충동에 휩싸였다. 마르첼 발렌시아가 엘레나를 어떻게 보는질 알고 있었다. 그녀에게 어떤 마음을 갖는지도.

"귀찮다면 내가 데려다줄 수도 있는데."

어김없이 음흉한 속내를 드러내는 마르첼을 보다, 카론은 서늘한 목소리를 내며 그에게 성큼 다가섰다.

"데스테 영애 주변에 얼씬도 하지 말라고 분명 경고했을 텐데."

본래 체구 차이가 있기도 했지만 거기에 살기까지 도는 카론의 기세에, 마르첼이 쳇, 소리를 내며 뒤로 물러섰다. 루시아에게 각별하게 구는 척하는 편이 엘레나를 보호하기에는 최적의 방법이었다.

뒤에 있는 엘레나에게서 아주 잠깐 울 것만 같은 표정이 스쳤으나 카론은 그 순간을 제대로 포착하지 못했다. 순간 겁을 먹은 자신이 창피했는지, 마르첼 발렌시아가 황홧해진 얼굴로 이죽거렸기 때문이었다.

"그보다도 너희 가문 집사가 바실리카까지 와서 오늘 내내 널 찾던데, 어서 가 보지 그래."

"집사가?"

"얼핏 듣기론 후작님께서 쾌차하셨다고 들었거든."

일순간, 그의 얼굴이 싸늘하게 식어 버릴 수밖에 없는 소식이었다.

* * *

하늘에는 붉은 달이 떠올라 있었다. 카론은 엘레나를 무사히 마차에 태워 보내고, 밤새 말을 달려 에르하르트 저택으로 돌아갔다.

도착하자마자 심상치 않은 분위기를 느끼고 마를레네부터 찾았으나 그녀의 집무실은 도둑이라도 든 것처럼 엉망진창으로 어질러져 있었다. 카론은 마를레네가 데스테 일가와 여행을 떠났다는 사실을 상기하고는 초조하게 주먹을 쥐었다가 펴길 반복했다.

후작의 전용 회랑으로 이어지는 나선형 계단으로는 깨진 석고 조각이 굴러다녔고, 군데군데 깨진 화병 조각도 심심치 않게 보였다. 깨어난 지 얼마 되지 않은 베르너가 얼마나 패악질을 부렸는지 알 만한 흔적이었다.

한스와 레베카 같은 오래된 고용인들도 두려움에 떨 정도일 테니 가히 그 상태가 짐작되는 바였다. 그나마 베르너를 상대할 마를레네도 부재 중이니, 후작을 말릴 상대로 카론을 얼마나 애타게 찾았겠는가.

"지금 어디에 있어."

"지하 감옥에 계십니다."

레베카가 고개를 숙이고 있다 답했다. 그녀답지 않게 두려움에 떠는 모습이었다. 구김조차 용납지 않았던 레베카의 앞치마에는 핏방울이 튀어 있었다.

습한 공기가 감도는 지하 감옥까지 단번에 내려가자, 고문실의 입구인 녹색 철문 너머에서는 괴이한 비명이 들려오고 있었다. 저 안에 누가 있는질 잘 알고 있는 카론은 호흡을 가다듬고서 그 문을 넘었다.

비릿한 피 냄새가 낭자한 고문실에는 흰 셔츠를 피로 물들인 후작과

의자에 피투성이가 되어 축 늘어진 브리짓 클로츠가 있었다. 눈을 감지 못하고 뜬 채로, 핏물이 포말처럼 일어나 입가에 지저분하게 눌어붙은 채였다.

"하……."

그 상태를 보자마자, 최악의 상황에 도달했음을 깨달은 카론은 탄식을 금치 못했다. 베르너를 향한 공포조차 느끼지 못할 만큼 혼란이 찾아왔다. 그는 브리짓 클로츠에게 달려가 그녀의 코 밑에 손을 대었다.

숨을 쉬고 있지 않았다. 죽은 지 얼마 되지 않았는지, 시체는 아직 온기가 가시지 않은 채였다.

"대체……."

카론이 천천히 그쪽으로 고개를 돌리자, 순식간에 미친 듯이 번들거리는 붉은 눈이 그에게 바싹 다가왔다.

"어딨어. 말해."

"……크흑!"

흥분이 가시지 않은 베르너가 다짜고짜 아들의 멱살을 쥐고 흔들었다. 약이라도 한 사람처럼, 그의 눈은 완전히 초점이 풀려 있었다. 카론도 알아보지 못하는 듯 보였다.

"어딨냐고!"

광인이나 다름없는 모습이었다. 그가 애타게 찾는 이가 누구인지 익히 짐작한 카론은 진즉에 왕실에 신비력자를 넘긴 일을 함구했다.

말하는 순간부터, 이자가 무슨 짓을 벌일지 예상이 가지 않았다.

브리짓 클로츠는 왕실의 특별 관리 대상이다. 즉, 후작가의 임의대로 처분할 수 있는 대상이 아니란 뜻이었다. 그런 자를 프리네가 남긴 자식의 행방을 추궁하다가 죽여 놓았으니, 베르너는 판단 능력을 상실한 것이 분명했다. 심지어 브리짓 클로츠는 슈미트 가문의 아들만 맡았을 뿐 딸의 행방은 알지도 못했을 터라, 실로 억울한 죽음을 맞이한 셈이었다.

"진정하시지요……. 대체, 하아, 무슨 짓이십니까, 아버지……."

목이 졸린 터라 말은 띄엄띄엄 흘러나왔다. 아들의 반항 어린 눈을 마주하고 있던 베르너가 피식 웃음을 흘렸다. 어느 정도 정신이 돌아왔는지 차갑게 식은 적안이 그를 내려 보았다.

"제 어미를 닮아 쓸모없는 것."

에르하르트의 실패작을 보는 시선은 베르너와 마를레네 양쪽이 마찬가지였으나 차이는 존재했다. 베르너는 엄연히 제 피도 섞인 존재를 마를레네의 탓으로만 여긴다는 점이다. 그의 그런 확신이 마를레네의 열등감을 곧잘 건드리곤 했다.

"대체 네가 에르하르트 가문에서 태어나 내게 도움이 된 점이 무엇이냐. 하다못해 그 반쪽에 불과한 마를레네조차 흐릿하게나마 타고났던 것이 마법진인데."

"……."

"가문의 대를 이어야 한다는 책무만 아니었어도. 너 같은 새끼는 진작에 지워 버려야 했어. 마를레네와 또다시 접붙어야 하는 것이 끔찍해 살려 둔 것이지."

베르너가 쥐고 있던 멱살을 놓았다. 카론이 크게 숨을 들이쉬자, 베르너가 그의 앞으로 구겨진 서류를 집어 던졌다.

[소견서. 위의 환자에게서는 신비력이 발견되어……]

"이미 마를레네의 집무실에서 신비력자를 발견했다는 기록을 봤어."

"……."

"말해. 어디 있는지. 그 빌어먹을 슈미트 가문이 프리네에게 무슨 짓을 했는지 알아야겠으니까. 혹시 마를레네가 죽인 게 아니라면 네놈도 알 거 아니야."

프리네가 자식을 남기고 죽었다는 사실을 깨달은 베르너는 적잖이 미쳐 있었다. 일어나서도 그 흔적부터 찾으려 한 행적이 역력했다. 그의 흰자위에는 실핏줄이 터져 있었다. 완전히 병세를 털지 못한 환자의 상태를 보여주는 듯해 괴기했다.

카론이 그리 미쳐 버린 베르너를 상대로 숨을 죽이고 있는데, 지하 저 멀리서 느긋한 발걸음 소리가 들려왔다. 그 우아하고도 절제된 발걸음 소리만 들어도 누군지 알 수 있었다.

"생각했던 대로 엉망이네."

곧 마를레네가 고문실 안으로 들어섰다. 상태를 둘러보던 그녀는 죽어 버린 브리짓 클로츠를 발견하고서 인상을 찡그렸다.

숄을 걸친 모습으로 보아 여행에서 돌아온 지 얼마 되지 않은 듯했다. 아마, 카론처럼 베르너의 소식을 듣고 급히 돌아왔는지도 몰랐다.

마를레네는 갑작스럽게 일어난 남편의 상태에도 당황하는 법이 없었다. 그저 한심한 눈초리로 베르너를 훑을 뿐이었다. 베르너는 그녀에게도 서류를 들이밀고서 물었다.

"이 애 어디 있어."

"……아, 그거."

마를레네가 입꼬리를 말아 올렸다. 일어나자마자 제 방을 뒤진 베르너에게 화를 내긴커녕, 어쩐지 흐뭇해 보이는 미소를 내보이고 있었다.

"마누엘의 딸이야."

그 말에 베르너가 당황했는지 비틀린 웃음을 터뜨렸다. 듣고도 못 믿겠단 기색이었다.

"뭐?"

그제야 현실 자각이 들었는지, 베르너가 할 말을 잃은 사람처럼 되물었다. 마를레네는 그런 반응을 예상한 사람처럼 베르너의 당황한 표정을 즐거이 감상했다.

"네가 자고 있는 동안에 많은 일이 있었거든. 카론의 결혼상대로 제격이라 약혼을 추진하고 있어."

"데스테 가문에서 신비력자가 나타났다고?"

"그래."

베르너가 멀거니 마를레네를 노려보았다. 그가 부재한 사이에, 가문에서 제 전권을 모조리 앗아 간 아내이자 누이였다. 두 사람 사이에서 팽팽한 신경전이 펼쳐지는 침묵 끝에, 베르너가 코웃음을 치며 중얼거렸다.

"데스테 가문이라고……."

베르너의 고개가 카론에게로 돌려졌다.

"저 말이 사실이더냐."

카론은 무어라 대답을 하지 못하고 눈만 내리깔았다. 루시아 데스테가 신비력자란 사실을 듣긴 했으나 직접 확인해 본 적은 없었다.

다만, 베르너가 '데스테 가문' 얘기를 듣자마자 이런 반응인 것이 이해되지 않았다. 게다가 구스타프가 신비력자 진단을 해 주었다니. 카론 역시도 처음 보는 서류나 다름없었다.

"사실이라면 확인해 봐야지."

확실한 건 '데스테 가문'에서 신비력자가 탄생했단 사실이, 베르너가 동요할 정도의 무언가란 점이었다. 베르너는 무언가 마음에 들지 않는 사람처럼 인상을 찡그리고 있었다. 그의 말에도 여유로움을 간직한 마를레네는 승자의 미소를 지은 채였다.

데스테 저택에 베르너가 탄 에르하르트의 마차가 방문하게 된 건 그로부터 얼마 지나지 않아서였다.

* * *

데스테 백작은 베르너 에르하르트를 보자마자 표정 관리를 제대로 하지 못했다. 늘 온화한 미소 뒤로 본심을 감추고 있던 데스테 백작조차도, 베르너 에르하르트에게는 그렇지 못한 듯 보였다.

"아주 오랜만이야, 마누엘."

그에 비해 베르너는 백작을 편하게 이름으로 불렀다. 과거에 잘 알던 사이라도 되는 양.

"오랜만이로군요, 후작님."

백작은 격식을 가장한 거리감을 지킨 채로 베르너의 손을 맞잡았다. 백작을 잘 아는 자라면 누가 봐도 억지 미소를 가장했다는 걸 알 정도로 입꼬리가 힘겹게 올라가 있었다. 다잡은 손이 미세하게 떨리기까지 했다.

"아버지께서 많이 긴장하셨네요. 안녕하세요, 후작님. 데스테 가문의 딸이 처음으로 인사드립니다."

진작 카론의 옆에 서 있던 루시아는 당돌한 농담을 곁들이며 사근사근한 인사를 건넸다. 베르너는 물끄러미 그녀를 내려다보고는 피식 웃었다.

"색이 옅어 예쁜 눈이로구나."

"칭찬 감사해요."

"왜 그런 줄 아나?"

루시아는 영문을 몰라 분홍빛을 내는 눈을 깜빡이며 다디달게만 웃었다. 베르너는 그 사랑스러운 귀공녀의 모습을 보고도 거침없는 말을 꺼내 놓았다.

"마녀로서의 마력은 약하단 증거거든."

루시아의 안색이 새하얗게 질리면서, 그 자리의 분위기가 얼어붙었다. 제 딸에게만은 각별한 백작이 바로 그에게 불쾌감을 표했다.

"베르너, 여기까지 와서 무례하게 구는 건 사양하겠어."

그러자 베르너는 그에 지지 않고 응수했다.

"무례라……. 지금 내가 내 아들을 두고 그런 말을 들어야 하는지 궁금한데."

부성애라고는 티끌도 보이지 않았던 베르너가 카론을 거론하며 이죽거렸다. 백작은 찔리는 것이 있는지 입을 다물었다.

카론은 도무지 베르너의 의중을 읽을 수 없어 제 어머니의 상태만 보았으나, 마를레네는 베르너를 흘긋 노려보기만 할 뿐 아무런 제지도 하지 않았다. 어차피 제 뜻대로 흘러갈 자리이니 참는 것이 분명해 보였다.

세 사람 사이에 불편할 만한 모종의 과거가 있는 게 분명한 만큼, 금방이라도 충돌이 날 것처럼 아슬아슬한 분위기가 형성되었다.

혹시 반역 사건과 관련이 있는 것일까. 카론이 문득 든 생각에 눈치를 살피는데, 옆으로 루시아가 바짝 다가와 팔짱을 꼭 끼었다. 데스테 백작이 한발 물러나 후작 부부를 그의 응접실로 안내하는 와중이었다.

"일단 안에 들어가서 대화를 나누도록 하지요."

루시아가 응접실에 따라 들어가려는 카론을 붙잡고서 속삭였다.

"우리는 정원을 걷는 게 좋겠어요."

카론의 거절을 막은 건 그녀가 덧붙인 말이었다.

"레나와 관련해서 해야 할 말이 있거든요."

두 눈을 깜빡이는 루시아는 무람한 웃음을 짓고 있었다. 카론은 저도 모르게 2층이나 뒤쪽 계단 같은 구석진 시야를 둘러보았다.

"레나는 없어요. 당분간 축제 뒷정리를 하러 다녀야 하거든요."

루시아가 그를 자연스럽게 정원으로 이끌며 말했다. 평소라면 엘레나에 관한 질문을 삼갔을 테지만, 이번만큼은 카론도 의문을 감추지 못했다.

"……그 하녀가 어째서 축제 뒷정리를 도맡은 겁니까."

축제 뒷정리는 보통 광장에서 물건을 내다 팔던 상인들이 처리하는 일이었다. 축제 전이야 워낙 일손이 바빠 바실리카에서 사람을 보내 줄 때가 있었으나, 뒤처리까지는 굳이 바실리카 수강생을 끌어다가 쓸 일이 아니었다.

"그야 레나가 우리가 여행을 다녀올 동안 아버지께 축제 준비를 돕는다고 말했거든요. 그러니 제가 기왕 그럴듯하게 거짓말할 거면 뒷정리까지 돕고 오라고 했지요."

둘의 발걸음이 후원에 있는 연못 가까이서 그대로 멈춰 섰다. 카론은 나무 그늘이 내려앉은 여인의 얼굴을 싸늘하게 내려 보았다.

"루시아."

낮은 목소리로 으르는 어조에도, 연못 표면에 비친 루시아의 얼굴은 잔웃음을 잃지 않았다. 루시아가 그대로 연못가에 다가가 물속에 손을 담그자, 수면 위에 비치던 루시아의 얼굴이 어그러지면서 잔잔한 파동이 일었다.

"경, 어렸을 적에 말이지요. 아버지께서는 이곳에서 요정이 나타날 거라고 예고하셨어요. 그가 나를 만나러 와서 내 병을 고쳐 준다고 말이에요. 전 그래서 여기까지 나와 요정을 기다렸어요."

수면 아래를 보는 낯은 분명히 그 바닥에 깊게 새겨진 마법진을 아는 듯한 기색이었다. 비밀을 읊조리듯 나직한 말이 이어졌다.

"그리고 정말 여기에 요정이 나타났어요. 문제는 그 요정이 절 보자마자 엉금엉금 기어서 도망을 쳤다는 거겠지만. 그래서 제가 어떻게 했는지 아세요?"

루시아가 그에게로 다가왔다. 그와 닮은 듯한 붉은빛, 아니 연한 분홍빛을 내는 눈이 그를 올려다보았다.

"그를 잡으러 가려는 고용인들을 막았어요. 제가 자유를 원하듯 요정도 자유를 원할 거라고만 생각했거든요. 그게 저 자신을 위한 착한 일이라고 믿으면서 말이에요."

"……."

"결국에 유일하게 성수를 얻을 수 있는 기회를 제 손으로 버린 셈이 되었지요. 아버지는 더더욱 성수를 얻기 위해서라면 무엇이든 다 하게 되셨고요."

희끄무레하게 웃는 루시아와 달리 카론이 낯은 점점 굳어져만 갔다.

"백작께서 이곳으로 신비력자를 데려왔단 겁니까?"

카론이 루시아의 어깨를 붙잡고서 물었다.

슈미트 성에 설치된 이동 마법진은 만약을 대비하기 위한 탈출로였다. 백작이 역모를 앞두고 그 마법진이 쓰이리라 알고 있었다는 건, 역모가 실패하리라는 정황을 미리 알았다는 뜻이기도 했다.

정말 데스테 백작이 브리짓 클로츠처럼 모두를 배신한 걸까. 에르하르트에, 나아가서 왕가에 제 친우들을 팔아넘겼을까. 그러나 루시아는 그의 추측을 부정하듯 고개만 내저었다.

"아버지는 그저 미리 알고 계셨을 뿐이에요."

"무엇을 말입니까."

"그들이 패배할 결말이요."

"그게 어떻게 가능했던 겁니까."

루시아는 혼란에 물든 그의 얼굴이 재밌는지 웃음을 거두지 않았다.

"가장 좋은 선택은 아무도 적으로 두지 말고, 자신의 것만 챙기는 것이다."

물에 젖은 손이 카론에 뺨에 닿았다. 루시아가 사랑스러운 것을 보는 눈으로 그를 올려다보고 있었다.

"아버지께 그리 말씀하시곤 하셨거든요. 그 말처럼 누구도 배신하지 않고, 누구의 편도 들지 않으셨어요. 처음부터 아버지께서 관심 있는 건 성수뿐이었거든요. 지금도 그렇지만요."

알 듯 모를 듯, 애매한 이야기를 늘어놓은 루시아가 그에게 매달리고서 귓가에 속삭였다.

"안타깝게도, 저는 이제 아버지께서 성수를 간절하게 얻어다 주시지 않으셔도 괜찮아져 버렸어요. 그보다 더한 걸 얻을 수 있게 되었으니까."

어느새 루시아는 카론의 품에 안긴 꼴이 되어 있었다. 그의 가슴팍에나 올까 싶은 조그마한 체구였다. 카론이 그녀의 어깨를 쥐고 밀어내려 들자, 그를 올려다보는 무구한 얼굴이 경고의 말을 꺼내었다.

"카론, 저는 이제 요정을 놓친 걸 후회하지 않아요. 소중한 친구도, 소중한 연인도 얻을 수 있게 되었으니까요."

"……."

"그러니 당신이 저를 나쁘게 만들지 말아 주셨으면 해요. 저는 누구도 잃고 싶지 않거든요."

카론은 저를 옭아맨 손에서 어떤 기시감을 느꼈다. 상대를 파괴하는 일이 있어도 제가 바라는 걸 절대 놓지 않으리라는 집념은 그가 익숙히 보아왔던 것이었으니.

며칠 지나지 않아, 카론은 그 경고의 위험성을 알게 되었다.

* * *

한가로운 바실리카 광장의 오후. 광장이 한눈에 내려다보이는 커피하우스 최상층은 기사단 일정을 끝낸 카론과 갑작스레 방문한 레오폴트의 차지가 되어 있었다.

"카론 경, 약혼식 일정이 잡히다니 축하해. 가지고 싶은 선물은 없나?"

레오폴트가 들고 있던 신문을 내려놓으며 물었다.

호의적인 말과 다르게 손가락은 무언가 마음에 안 드는 듯이 밑에 깔린 신문지를 톡, 톡 소리를 내며 두드리길 반복했다. 카론의 시선은 왕세자가 아닌 내려놓은 신문 기사에 고정되었다.

[오노르 왕국의 왕실, 갑작스러운 브리짓 클로츠 처형 결정……]

왕실의 외국인 차별을 비판하는 포모나 신문의 칼럼이었다.

가뜩이나 루이제 슈미트 처분과 관련해 왕세자와 갈등이 있은 뒤였다. 거기에 연달아서 왕실의 허가도 없이 브리짓 클로츠를 처형해 버렸으니, 왕실에서 에르하르트에 가지는 불만이 이만저만이 아닐 터였다.

왕세자의 말은 그 좋지 못한 심기를 고스란히 담아내고 있었다.

"에르하르트 후작께서 데스테 영애만은 마음에 들어 하시다니 참 다행이야. 요즘 상태를 봐선 무엇을 해도 세상살이가 마음에 드시지 않는 것 같았는데."

"……포모나와의 관계는 제가 어떻게든 수습해 보도록 하겠습니다."

"아, 외교? 좀 난감해졌지만 상관없어. 어차피 아버지께서도 전쟁을 생각하고 계셨으면서 괜히 노하시는 거니까. 아직 준비가 덜 된 게 사실이긴 한데, 후작께선 참 성미가 급하기도 하시지. 부족한 병력을 얼마나 확충해 주시려고 이러는지 모르겠어."

능청스러운 말 곳곳에는 결국 에르하르트에게 그에 따른 손실을 청구하겠다는 함의가 담겨 있었다. 카론은 피로해질 제 처지에 침음을 삼켰다. 전쟁이 터진다면, 그 역시 동원되는 상황을 피할 수 없을 지경이었다.

왕세자는 그 얼굴을 보며 키득거리다 선심 쓰듯 화제를 돌려주었다.

"그나저나 정말로 가지고 싶은 물건은 없나? 귀공녀께 예물도 줘야 할 거 아니야."

"아직 정하지 못하고 있습니다."

카론은 제 약혼식 얘기에 열의 없이 대꾸하고는 광장만 내다보았다.

베르너는 의외로 데스테 백작령에 방문한 날, 순순히 결혼 허락을 내렸다. 덕택에 약혼식 일정은 마를레네의 예상보다 빠르게 공표될 수 있었다.

그를 대가로 데스테 백작은 성수 보급로를, 베르너는 루이제 슈미트에 관한 소식을 얻었으나 정작 당사자인 카론은 아무것도 얻지 못했다. 그의 의사 따위가 자연스럽게 지워진 건 놀랍지도 않은 일이었다.

사실상 그는 부모와의 협상을 포기했다. 차라리 직접 배를 타고 대륙을 건너가는 일에 합류해 성수를 구해 오는 편이 현실적이었던 터라, 약혼식까진 순종적으로 몸을 낮추고 있을 예정이었다.

"저번에 맡긴 물건은 어때. 이제 선물할 때가 되지 않았나?"

왕세자가 먼저 카론이 잊고 있던 브로치 얘기를 꺼냈다. 때마침, 광장을 내려다보던 카론의 눈동자가 먼 곳에서도 반짝거리는 빛을 잃지 않는 금발의 뒷모습을 포착한 순간이었다.

"글쎄요. 좋아할지 알 수 없어서 말입니다."

"설마 싫어하실 리가. 아, 오래된 물건이니 유행에 맞진 않을 수 있겠어. 그럼 먼저 유사한 기성품을 보여 주고서 반응을 보는 게 어때. 브리짓 클로츠가 그것과 비슷한 물건을 이미 찍어 놨는데 귀공녀들 사이에선 그게 인기가 꽤 좋았나 봐. 개중에 데스테 영애의 눈동자 색과 유사한 보석으로 세공된 걸 골라 보내면 될 거야."

여자에게 선물을 준 경험이 많은 레오폴트가 도움이 되는 얘길 꺼냈으나, 안타깝게도 카론의 귀에는 그의 말이 제대로 들어오지 않았다.

시야엔 오로지 나무 상자를 들고 두리번거리는 엘레나의 모습이 가득했다. 축제를 뒷정리하는 일을 맡다 보니, 상인들을 만나고 다니는 듯했다.

국경 지대를 다녀온 이후로, 바실리카에서 스쳐 지나가듯 눈이 마주쳐도 피해 다니기 일쑤였던 지라 말 한 마디 나눠 보지 못한 터였다. 그는 그대로 자리에서 일어나는 충동을 이겨 내지 못했다.

"먼저 일어나 보겠습니다."

"뭐? 예물은?"

"말씀하신 대로 부탁드립니다."

카론은 쏜살같이 달려 나가 광장의 골목 어귀에 들어섰다. 엘레나가 어디로 들어섰는지 떠올리며 그대로 따라 걷는데, 가는 방향이 어쩐지 감이 좋지 못했다.

신전 기사단이 한 번씩 순찰하며 다닐 정도로 치안이 좋지 못한 거리였다. 납치가 빈번한 길목이기도 했다. 이곳에 성녀 축제에 참여할 정도로 커다란 상점이 있었던가.

혹시나 싶은 불길한 예감이 일었다. 카론은 발걸음을 놀려 코타이너의 초입으로 향하는 지름길에 들어섰다. 만일, 엘레나가 거기까지 들어서려 한다면 그가 먼저 도착해서 돌려보낼 작정이었다.

포장되지 않은 길로 들어설수록 축제의 여파로 깨진 병이나 오크통 조각 같은 정리되지 않은 쓰레기가 아무렇게나 널려 있는 건 기본이었다. 점점 갈수록 구걸하는 거지, 그의 차림새를 훑어보는 소매치기, 해쓱한 눈길로 신음하는 병자, 물건을 사달라고 조르는 아이들이 빈번해지더니, 마지막 골목 모퉁이에서는 건달로 보이는 차림새의 두 남자의 심상치 않은 대화를 나누고 있었다.

"작업하기로 한 여자가 오늘 찾아온댔지? 인상착의가 어떻대."

"금발에 푸른 눈. 딱 봐도 눈에 띄는 미녀라던데. 저기 바실리카 수강생이래."

"그럼 귀족 여인이신가? 잘됐네. 마침 아랫도리도 심심하던 차였는데."

"아서라. 귀족 여인은 아니지만, 되도록 건들지 말고 산 채로 국경에 데려다 놓으라는 게 의뢰였어. 귀족의 의뢰인지 착수금도 벌써 많이……. 아악!"

"누, 누구야? 누구길래 갑자기……."

건달은 순식간에 팔이 비틀린 채 벽에 몰아세워졌다. 그의 동료가 당황하여 카론에게 칼을 겨누었지만, 이미 눈에 붉은 이채가 형형하게 도는 그에게는 칼 쥐는 법도 제대로 배우지 못한 잡배 따위가 문제가 아니었다.

"자세히 말해 봐."

"으아아!"

동료가 칼을 내미는 방향으로 건달을 돌려세운 카론이 팔을 부러뜨릴 기세로 그를 몰아붙이며 물었다.

"누굴 납치할 거라고?"

* * *

카론이 피투성이가 되어 바실리카 근처 저택으로 돌아온 건 해거름이 되어서였다. 그를 보자마자 허겁지겁 뛰쳐나온 한스가 타인의 핏물로 절여진 망토며 크라바트를 받았다. 카론의 얼굴은 피로감으로 가득했다.

"무슨 일이 있으셨던 겁니까."

카론은 아무 말 없이 손을 내젓고는 목욕물부터 준비하라 일렀다. 한스는 재빨리 제 주인의 심기를 알아듣고서 욕실로 향했다. 제 침실에서 핏물이 말라붙은 뺨을 쓸어내리던 카론은 손등에도 얼룩진 피를 보고서 헛헛한 웃음을 지었다.

뒷골목의 건달들을 상대할 때까지만 해도 이성의 빛이 꺼진 상태였다. 그들을 죽이지 못한 게 아쉬울 정도로, 종내에는 그들이 죽고 싶다고 애원할 정도로 피떡을 만들었다고 봐도 무방했다. 살려 둔 이유는 오로지 뒷배를 캐기 위함이었다.

그 상태로 발렌시아 저택까지 쫓아가 달려들었으나, 로렌츠는 정확히 그의 맹점을 찔러 왔다.

'루시아와 결혼한 후에 그 하녀를 정부로라도 삼으실 겁니까?'

'루시아는 레나 크루거를 아껴 왔습니다. 레나 크루거 역시 루시아를 친구라고 믿고 따르고 있단 걸 아시지 않습니까.'

'곧 약혼식입니다. 둘 모두에게 모욕을 주는 선택을 하진 않으실 거라 믿지요.'

마른세수하는 손 틈 사이로 자꾸만 헛웃음이 샜다. 안일했던 제 계획을 반문할 수밖에 없었다.

다른 대륙으로 가는 배를 타서, 성수를 구해 오면.

그럼 그 후에는? 그런다고 마를레네가 물러서지 않으면? 루시아가 물러서지 않는다면?

어느새 베르너까지 허락한 약혼식이 코앞이었다. 결혼식을 미루고 북부 대륙을 다녀오는 동안에, 루시아 옆에 있을 엘레나…… 오늘 같은 일이 일어나지 않을 거란 보장은 어디에 있지?

카론은 저만의 계획을 수정할 필요를 느꼈다. 엘레나를 반드시 데려가야만 했다.

엘레나가 과연 자신을 따라올까? 엘레나가 루시아를 배신하고 저를 택해 주길 바라다니, 계란으로 바위를 치는 행위나 다름없다는 걸 알았지만……. 그렇게 하지 않으면 불안해서 견딜 수 없을지도 몰랐다.

그 애한테 남은 거라고는 친구밖에 없었다. 그 저택에 촛불 같은 숨을 의탁한 처지였던 이상, 그 성격에 루시아와 친구 관계로 이어져 있다는 믿음이 그녀의 정신을 지탱했을 유일한 기반이었다는 걸 이제는 잘 안다. 그럴수록 그 넘치는 충성심이 언젠가 독이 될 터였다.

과연, 자신이 루시아 데스테를 뛰어넘을 수는 있을까. 엘레나 오펜하이머에게 루시아 데스테는 절대로 넘어서서는 안 되는 자인데.

카론은 문득 그 건조하고도 퍼석한 눈이 저를 힐끗할 때 묘한 이채가 돌던 순간을 떠올렸다. 그건 아무것도 아니었을까. 얼굴을 가까이하면 두 뺨에 홍조가 어리던 것은. 그의 손길이 조금이라도 닿으면 소스라치게 놀라면서 제게 기를 쓰고 달아날 필요까지는…….

욕조 앞에 걸린 둥근 거울이 그의 얼굴을 비추었다. 거울에는 음울한 흑적색 눈동자가 비치고 있었다.

"한스."

카론이 피 묻은 옷들을 마저 내밀며 집사를 불렀다. 한스는 눈치를 보며 그 부름에 답했다.

"예, 소후작님."

"오늘만은 보고를 미뤄 줘. 내가 직접 말할 테니."

"……그게 무슨……."

"어머니께 보고를 올릴 거잖아."

카론이 딱히 책망을 담지 않은 투로 말하고는 욕조에 들어섰다. 따뜻한

물이 흘러넘치면서 지친 몸에 눅진하게 젖었다. 옆에서 한스의 당황스러운 목소리가 들려왔다.

"저, 도련님······. 알고 계셨던 건지요."

카론은 딱히 실망한 기색 없이 고개를 끄덕였다. 한스와는 신경전을 벌일 필요가 없었다.

그야 마를레네가 그의 본심을 눈치챘다면, 밀고자가 될 법한 사람은 몇 되지 않는다.

왕세자, 요한, 고용인······. 그중에서도 그와 가까운 고용인 말이다. 왕세자와 요한은 모르는 눈치였으니, 위계상 마를레네를 따를 수밖에 없는 고용인일 가능성이 컸다.

그러니 분명, 오늘 있었던 일도 마를레네의 귀에······. 잠깐.

'카론, 저는 이제 요정을 놓친 걸 후회하지 않아요. 소중한 친구도, 소중한 연인도 얻을 수 있게 되었으니까요.'

카론은 그제야 퍼뜩 든 생각에 욕조에서 벌떡 일어났다. 조금 서운한 얼굴을 한 한스가 그의 채비를 도와주었다. 재빠르게 옷을 꿰입은 카론이 제 가정을 확인차 물어보았다.

"언제부터야. 어머니께서 루시아에게 편지를 받은 지가."

"꽤 되었습니다. 영애께서 에르하르트에 편지를 보내시면, 항상 마님께서 직접 답장을 보내시곤 하셨으니까요."

"로렌츠 발렌시아와는?"

"발렌시아 가문과 서신을 주고받은 건 최근의 일입니다."

"미안하게 되었어."

카론이 가볍게 고개를 까닥이고서 밖으로 나섰다. 한스는 서운함도 잊고 그 뒷모습을 지켜보았다. 그 얼굴에는 수심이 깊었다.

그대로 달려 나간 카론은 에르하르트 저택까지 정신없이 말을 몰았다. 말 발굽 소리가 밤공기를 가르는 칼바람과 박자를 맞췄다.

어째서 루시아를 의심하지 못했는지 허무해질 지경이었다. 루시아가 그의 마음을 그리 잘 파악하리라 여기지 않아서일까. 로렌츠가 엘레나에게 해를 가하려 들었을 때야 루시아의 경고를 제대로 파악하게 된 것도 그 때문이었다.

카론은 대체적으로 루시아에게 관심이 없다시피 했고, 그랬기에 루시아가 정확히 어떤 인물인질 몰랐다. 그 집착이나 열망의 크기는 더욱이.

에르하르트의 고용인들은 달이 중천에 뜬 새벽녘에 도착한 소후작을 보고 당황했다. 갑작스러운 방문 때문에 그런다기에는, 고용인들끼리 어쩔 줄 모르고 그의 눈치만 살피는 기색이 역력했다.

"소후작님, 어서 오십시오. 오늘은 늦었으니, 이만 방에……."

레베카가 서둘러 그의 시중을 들려 했으나 후작 부부의 침실로 향하는 나선 층계를 오르는 카론의 발걸음에는 지체가 없었다. 레베카가 다급한 걸음으로 그의 뒤에 따라붙었다.

"어머니께서는?"

"침실에 계십니다."

"아버지께서도 같이 계셔?"

"……아직 저택에 돌아오지 않으셨습니다."

베르너는 루이제 슈미트의 행적을 찾을 단서를 얻은 뒤로 다시 집을 나갔다. 그 부재를 대놓고 기꺼워하던 마를레네의 얼굴이 아직도 선연할 지경이었다.

"저, 소후작님……. 아무래도 내일 드시지요. 마님께서 잘 때 아무도 들여보내지 말라고 명하셨습니다."

레베카가 침실로 쭉 뻗은 회랑 가운데서 그를 막아섰다. 항상 근엄하고 완고하던 얼굴에 그녀답지 않은 초조함이 서려 있었다.

"비켜. 어머니께서 주무실 시간이 아니잖아."

마를레네는 불면증이 있어 늦은 새벽까지 잠을 이루지 못하는 날이 많았다. 지금도 저 멀리 후작 부인의 방 문틈 사이로 새어 나온 빛줄기가 그걸 증명했다.

"그것이……."

레베카가 입술을 앙다물고서 눈치만 살피자, 인내심이 바닥난 카론이 인상을 찌푸리고 물었다.

"내가 들어가면 안 되는 이유라도 있나."

"저, 그것이……."

"……대체 뭐야."

"……손님이 계십니다."

흐릿한 뒷말은 안타깝게도 카론을 전혀 막아 세우지 못했다. 도리어 성급한 발걸음이 더욱 빨라졌다. 레베카도 그 이상으로는 따라올 수가 없었다.

희미한 불빛이 가까워질수록 심장이 불규칙적으로 박동했다. 쿵, 쿵 울리는 불길하고도 불쾌한 진동이 그의 머리를 멍하니 뒤흔들어 놓았다.

설마. 아니겠지.

카론은 머릿속으로 떠오른 일종의 가능성을 지워 내려 애썼다. 그러나 희미한 빛줄기가 정면으로 새어 나오는 문틈 앞에 섰을 때. 그는 문고리를 쥔 상태 그대로 얼어붙고야 말았다.

"……마누엘."

데스테 백작이 의자에 앉아 있었고, 마를레네가 그쪽으로 허리를 굽힌 채 손으로 뺨을 감싸 쥐었다. 그 목소리가 지독히도 낮고 감미로웠다. 맨틀피스에 올려진 점화된 촛불만이 실내에 가무레하고 아늑한 빛을 채우고, 두 사람의 얼굴 위로는 흔들리는 촛불을 따라 음영이 일렁거렸다.

카론은 어머니의 그런 얼굴을 처음으로 보았다. 항상 아들 앞에서 냉기를 뿜어내던 냉랭한 모습이 아닌 사랑하는 연인을 앞에 둔 듯한 여인의 얼굴이라니.

"베르너는 오지 않을 거야. 아마 앞으로도 오지 않을지도 몰라."

깊어진 까만 눈동자가 데스테 백작을 들여다보며 애절한 빛을 내고 있었다.

"다시 되돌릴 수 있어. 우리의 시간 말이야. 예전처럼 내가 되돌려 놓을 수 있어."

"……에르하르트 후작 부인."

"그때의 나와 지금의 나는 달라. 그때의 나는 가문에서 언제 이름이 지워질지 몰라 벌벌 떨던 겁쟁이였지만, 지금의 나는 내가 바라던 걸 모두 쥐고 있어. 심지어 베르너보다도 더 많이."

"……."

"이제 내겐 '우리'를 지킬 수 있는 힘이 있어. 괜찮아. 예전 같은 결말이 아닐 거야."

속닥이는 말에는 과거를 회상하는 듯한 아련함이 새겨져 있었다. 마누엘은 곤궁한 얼굴로 안경을 벗어 테이블 위에 올려 두더니, 한 손으로 착잡한 얼굴을 쓸어내렸다.

"……마를레네."

항상 선을 긋듯 마를레네를 '후작 부인'이라고 칭하던 데스테 백작이 끝내 그녀의 이름을 입에 담았다. 곧 한숨이 뒤섞인 말이 덧붙여졌다.

"'우리의 순간'은 오지 않아. 이미 지나가 버린 지 오래야."

마를레네는 부정하듯 그 말에 고개를 설레설레 흔들었다. 그녀의 눈을 피하려는 백작과 어떻게든 눈을 맞추려고 노력하면서, 간곡한 설득을 이어 나갔다.

"들어 봐. 마누엘. 베르너는 얼마 못 견뎌. 난 알 수 있어. 신비력 시술이 독이 되어 그의 몸에 너무 짙게 쌓여 있어. 이미 환청을 보고, 환각을 봐서 머리는 점점 고장 난 상태지. 조만간 상을 치르게 될 거야. 그러니 이 상태에서 우리의 가문이 결합한다면……."

그러나 중간에 흘러나온 백작의 음성이, 조금의 여지도 없이 단단하고 낮게 그녀의 말을 가로챘다.

"네가 '우리를' 버린 순간부터."

"……."

"그 순간부터 우린 끝이었어."

습관처럼 온화하게 미소 짓고 만 마누엘은 바로 그 미소를 사그라뜨렸다. 간절히 표현했던 마음을 처참한 거절로 돌려받은 마를레네가 할 말을 잃고 숨만 쌔근거리는 순간이었다.

"지금 '우리'가 그 시절처럼 너와 나, 단둘이서만 존재한다고 생각해? 아직도?"

마누엘이 조용히 그녀의 어깨를 붙잡고 물어왔다. 점차 데스테 백작이 냈다고는 믿을 수 없는, 분기에 찬 목소리가 그녀를 추궁했다.

"넌 정말 루시아 생각은 단 한 번도 안 해? 아직도 이 결혼이 제정신으로 보이나?"

'루시아'의 이름이 거론되자, 마를레네가 움찔거렸다. 무언가를 말하려고 입술을 달싹였으나 끝내 할 말을 찾지 했는지 입술이 벙긋거리기만 했다. 그러나 그녀의 어깨를 잡고 흔들기 시작한 마누엘은 이미 흥분 상태에 도달해 있었다.

"응? 말해 봐, 마를레네. 그 아이는 너와 나의 아이야. 다른 아이도 아닌 네가 낳은 아이잖아. '우리'에는 당연히 너와 나뿐이 아니라 그 아이도 포함이라고! 근데 넌 빌어먹을 네 아들을 이용해 '우리의 아이'를 네가 바라는 대로 써먹으려고만 하잖아! 그러니 말을 해!"

카론이 처음으로 듣는 백작의 고성이었다. 방금 들은 것이 채 이해되기도 전에, 소리를 지른 마누엘이 자리에서 일어났다. 마를레네가 여전히 꼿꼿하게 그를 올려다보고 있자, 마누엘은 그녀의 붉어진 눈시울을 내려다보며 물었다.

"지금도 네게는 이게 너와 내 문제로만 보이나?"

마누엘의 질책에, 마를레네가 스르르 눈을 내리깔았다. 단 몇 초뿐일 정적이 몇 시간처럼 길게만 느껴지는 순간이었다. 그 끝에 마를레네는 반문했다. 말투에는 본래의 냉정함이 되돌아와 있었다.

"그래서?"

"뭐?"

"루시아도 원하고 있잖아."

마를레네가 자리에서 일어나 백작을 마주 보았다. 마누엘의 얼굴이 일그러졌으나, 그녀는 그 반응을 조금도 개의치 않았다.

"루시아의 의지야. 마누엘. 그건 너도 알고 있을 텐데."

도리어 흐드러지게 핀 미소가 마누엘을 아연케 했다. 그가 진저리를 치는데도, 마를레네는 그 모습엔 이미 익숙하다는 듯 그를 몰아세웠다.

"네 말대로 '우리'의 아이잖아. 내가 그 아이를 모를까 봐?"

"마를레네, 제발."

"그 아이는 카론을 원해. 무슨 수를 써서라도 얻고 싶다고 나에게도 그랬어. 그 아이도 원하는 선택이라고."

"지금 그래서 이게 정상이라고 봐? 지금 저 둘이 맺어질 수 있는 관계라 생각해? 루시아와 당신 아들은······."

"······어쩔 수 없어."

마를레네가 백작에게 시선을 둔 채로 문 쪽으로 걸어왔다. 카론은 바로 앞에서 문고리를 잡은 어머니를 보고 숨을 멈추었다. 마를레네의 고개는 백작 쪽으로 비스듬하게 돌아가 있어, 여전히 카론의 인기척을 느끼지 못한 듯 보였다.

"나도 그랬어. 에르하르트에서는 흔한 일일 뿐이야."

"······하. 당신은 미쳤어."

"나도 알아."

짧게 대꾸한 마를레네가 그제야 문 쪽을 돌아보더니 흠칫거리며 놀랐다. 문이 열리고, 카론은 대경한 두 사람을 무감하게 응시하다가 방 안으로 들어섰다.

"네가 어찌……."

마를레네가 입을 막고 제 아들을 보았다. 카론은 방을 쭉 살피다, 시트가 구겨져 있는 침대를 보고서 피식 하고 웃었다.

백작은 탁자에 놓았던 안경을 재빨리 고쳐 쓰고 방을 빠져나갔다. 도망치듯 스쳐 지나간 백작의 표정은 수치심으로 얼룩져 있었다. 멀어지는 백작의 발걸음을 들으며, 카론은 냉소를 감출 길이 없었다.

마를레네는 그를 가만히 응시하다가 테이블에 놓인 술병을 두 잔에 나눠 담았다. 마를레네가 그에게 잔 하나를 건네며 물었다.

"한 잔 들겠니."

그가 장성할 때까진 눈앞에서 술을 한 방울도 허락하지 않을 것만 같던 마를레네였다. 왕세자 앞에서는 어땠던가.

카론은 그저 이 상황이 우스워 헛웃음을 흘렸다. 마를레네는 그대로 들고 있던 잔을 쭉 들이켰다. 눈앞에 상황이 아득해지고, 눈앞에 있는 어머니를 어떻게 대해야 할지조차 감이 잡히지 않았다.

"아버지께서는 이 상황을 아시는 겁니까."

"그럼 모르겠니. 루시아가 후사를 낳는다는 조건하에 허락한 결혼인데."

마를레네가 한쪽 입꼬리를 올린 채로 술잔을 채웠다. 안타깝게도, 아비마저도 이 말도 안 되는 계약에 저를 팔아넘겼다는 사실은 이제 와 그에게 아무런 충격을 주지 못했다.

카론은 이번엔 건네는 술을 거부하지 않고 단번에 받아마셨다. 도저히 그러지 않고는 버틸 수가 없었으니.

'네 아비처럼 마음 가는 대로 날뛰는 무책임한 작자를 보고 있노라면, 나역시도 아쉬운 부분이 생기기 마련이거든.'

'어제 후작 부인께서 다녀가셨어요.'

'아, 그리고 자네 어머니 말인데. 요즘 자네를 위해서 애쓰고 있던데, 잘 챙겨 드리도록 해.'

'……정말로 아무것도 모르시나 보군요. 소후작과 저만 이야기를 끝내면, 정말로 마를레네가 멈출 거라 생각하십니까?'

'모르셨어요? 데스테 영애께서 이번엔 후작 부인과 함께 가게 되었다고 좋아하셨는데…….'

진실은 이미 파편처럼 도처에 흩어져 존재하고 있었는지도 모른다. 각각의 퍼즐 조각이 도저히 그가 예상하지도 못했던 밑그림을 지니고 있었을 뿐.

문득, 그는 어느 여름날을 떠올렸다. 나무 그늘 아래서 봤던 루시아 데스테의 서늘한 미소에서 어떤 기시감을 느꼈던 날을. 저를 닮은 듯한, 그러면서도 더 옅은 색소를 띠는 담홍색 눈동자가 깜빡일 때마다 어떤 위화감을 느꼈던가.

타고난 직감은 그때부터 그에게 경고를 보내고 있던 것이다. 사랑스러운 외형에 기만적인 속내로 웃던 그 피조물이 제 어머니가 빚어낸 존재라는 걸.

카론은 한숨조차 나오지 않아 마른세수만 하다가 간신히 결론부터 꺼내 놓았다.

"결혼을 물리겠습니다."

루시아는 그의 반쪽짜리 누이다. 그 진실을 알고 나니, 도저히 결혼하겠다는 시늉조차도 할 수 없었다.

"허튼소리."

"지금 이 혼사만 한 헛소리는 아닐 겁니다."

"어째서 말이 되지 않지? 에르하르트 가문에서는 근친혼 따위 조금도 흠이 아닌 것을."

고개를 갸웃거리며 꺼내 놓은 대답에, 카론은 숨이 턱 막혔다. 마를레네가 진심이란 걸 알기에 더욱 그러했다.

"차라리 다른 영애와 혼인하겠습니다."

"그리하면 신비력은."

마를레네가 술을 비운 잔을 탁, 소리 나게 내려놓더니 그를 응시했다. 카론은 가만히 입을 다물었다. 결국에, 이 모든 말도 안 되는 상황이 신비력과 가문이라는 지점에서 엉켜 들었다.

"베르너도, 나도, 그래서 서로를 견뎠던 거야. 당시에는 서로가 원하는 걸 단번에 가질 수 없었으니까. 하지만 지금을 보렴."

마를레네가 서랍장에서 편지를 찾아와 그에게 내밀었다. 그녀가 일찍이 숨겨 두었던 구스타프의 편지였다.

[후작 부인, 소개해 주신 귀공녀께선 제 의사 경력에 전례 없던, 가장 강렬한 기억으로 남을 환자입니다. 이 세상에 박멸되었다고 여겨지는 마녀가 아직 현존한단 것을 확인했으니 말입니다……]

글자 위로 드디어 마녀를 찾아냈다고 기뻐하던 마를레네의 미소가 덧그려졌다. 비로소 카론은 그간 감춰져 있었던 어머니의 속내를 제대로 파악할 수 있게 되었다.

"나는 실패하지 않았어. 그 무엇도."

"……"

"심지어는 신비력자를 잉태하기에도 아무런 문제가 없었던 거야."

마를레네에게는 멈춰야 할 이유가 없었다.

베르너가 왕실의 부름을 받아 밖을 나도는 동안에, 요양을 핑계로 국경지대 산장으로 피신해 몰래 출산했던 아이였다. 자칫하다간 그녀 인생의 최대 오점으로 남을 수도 있어, 탯줄을 자르자마자 보지도 않고 마누엘에게 보내야만 했던 상황이었다.

그러나 세월이 지났다. 제 아들이 잊고 지냈던 딸에게 손수건을 바쳤다. 그리 소식이 끊어졌던 옛사랑을 만나게 된 것도 놀랍거늘, 딸에게서 신비력이 발견되었다는 소식은 마를레네의 근간을 통째로 뒤흔들어 놓았다.

신비력을 타고나지 못해 핍박받던 어린 시절의 설움이 씻은 듯이 날아가는 순간이었다. 결국에 문제가 있는 쪽은 그녀가 아닌 베르너였음을, 신비력의 혈통이 끊기게 된 일에 제 잘못은 없단 걸 루시아의 존재 자체가 증명해 준 것이다. 그랬으니 제 가문에 루시아를 들이밀어 보이겠다는 야심을 품은 건 물론이었다.

"그러니 카론, 어미를 실망시키지 말렴. 너 역시도 에르하르트의 실패작 소리를 듣고 자랐잖니. 신비력을 제대로 타고나지 않아도 돼. 그저 네 아이에게 에르하르트의 피를 제대로 이어 주면 되는 거야."

마를레네가 카론의 뺨을 붙잡고서 속삭였다. 까만 눈동자에는 이제 잃어버린 '우리의 시간'을 아쉬워하는 한 여자의 열망이 고스란히 비쳤다.

제 아들을 통해서, 떠나보낸 제 사랑을 얽고, 제 딸까지 얽겠다는 결심에는 변함이 없어 보였다. 그것만이 그녀가 유일하게 아는 '온전한 우리'를 이루는 방법처럼 보이기도 했다.

"정 못 견디겠다면, 정부를 두어도 돼. 그 애를 생각해서라도 버티면 되는 일이니."

마를레네가 엘레나 오펜하이머를 언급하자, 카론은 거칠게 고개를 돌려 그 손아귀를 털어 냈다. 마를레네는 되도 않는 반항을 하는 아들을 보며 웃음 지었다.

"너도 이제 알게 될 거란다. 결혼과 사랑은 별개라는 걸."

그렇지 않아도, 약혼식을 앞둔 지 얼마 되지 않았을 때였다.

* * *

약혼식은 티 없이 화창한 날에 데스테 백작령에서 치러졌다. 정원은 로렌츠 발렌시아가 선물한 장미가 뿜어내는 향으로 가득 차서 머리가 아플 정도였다.

웨딩 로드처럼 깔린 장미 꽃잎을 밟으며 입장한 루시아가 그의 옆에 다가와 손을 내밀었다. 카론은 정해진 순서대로 그녀의 손을 맞잡고 가느다란 손에 반지를 끼웠다. 곧 참석한 이들의 박수갈채가 쏟아졌다.

카론의 시선이 자연스레 허공을 훑었다. 역시나. 그가 처음 이 저택을 방문했을 때 목격했던 그 위치에서 그녀가 아래를 내려다보고 있었다. 눈이 마주치기도 전에, 바람결을 따라 춤추듯 흩날리던 금발이 저 멀리 달아났다.

"카론 경."

루시아가 그의 팔을 붙잡고서 작게 속삭였다.

"무슨 생각을 하고 계신 건가요?"

루시아가 생글거리는 웃음을 유지한 채로 물었다. 오늘만큼은 그 기저에 도사리고 있는 어떤 불안도 티 내지 않으려는 기색이 역력했다.

카론은 제 누이를 빤히 바라보다가 그 이름을 불러 주었다.

"루시아."

"네."

"……아닙니다."

너는 알고 있었느냐고, 마를레네의 농간에 너도 합류한 거냐고 캐묻는 추궁 대신에 조금 씁쓸한 미소가 내걸렸다. 이제 와 따질 필요조차 없는 상대였다.

루시아는 강렬한 햇빛의 후광에도 불구하고 그 미소를 넋 놓고 바라보았다. 누가 봐도 제 오라비를 보는 낯은 아니었다. 엷은 붉은빛을 내는 눈동자에는 갖고 싶던 이를 손에 넣었다는 황홀경과 그만큼의 불안감이 번갈아 내비쳤다. 연약한 손이 애정을 갈구하듯 그의 팔을 움켜쥐었다.

마를레네나 루시아나 대화가 통하지 않기는 매한가지였으나 그가 루시아를 안쓰럽게 여기는 이유는 그들이 같은 친모를 두었기 때문일 것이다. 루시아는 애정 결핍처럼 그에게 매달렸고, 카론은 제 누이에게는 차마 매정하지 못했으나……. 내줄 건 한숨밖에 없었다.

"선물이 있습니다."

"선물이요?"

"마음에 드셨으면 좋겠습니다."

마침 왕세자가 조언한 대로, 약혼식 예물로 '브리짓 클로츠'의 물건을 구해 둔 터였다. 그 무성의를 모르는 루시아의 얼굴에는 사르르 녹는 미소가 번졌다.

기대감에 젖은 루시아가 그대로 저택을 향해 종종걸음을 쳤다. 모여서 축하를 나누고 있던 어른들은 신이 난 예비 신부를 보고서 흐뭇하게 웃었으나, 고개를 돌린 카론의 얼굴은 싸늘하기 그지없었다. 먼 곳에서 그들을 주시하고 있던 마르첼 발렌시아가 심술궂게 술을 홀짝이며 다가온 건 그 와중이었다.

"카론 경, 축하해? 드디어 원하는 여자를 손에 넣으니 좋겠어."

세상의 축복이 그에겐 우롱으로만 들리는 날에 마르첼 발렌시아를 상대해서 좋을 일이 없었다. 카론이 피하려고만 들자, 발끈한 마르첼은 집요하게 그 앞을 막아선 채로 빈정거렸다.

"그래서 첫날밤은 누구랑 보낼 예정이야? 루시아? 아니면 그 하녀?"

살짝 취한 상태인 마르첼이 아슬아슬하게 선을 넘기 시작했다. 카론은 그를 정원 구석으로 몰아가면서 낮은 목소리로 경고했다.

"두 번 다신 눈에 띄지 말라고 했을 텐데."

"아아, 왜 이러시나. 축하해 주고 싶어서 온 사람한테. 게다가 난 엄연히 네 약혼녀의 손님으로 왔단 말이야. 왜, 약혼녀가 나랑 친한 사이라고는 말 안 해 줬나?"

마르첼은 두 손을 올려 보이며 별 뜻 없다는 몸짓으로 그를 살살 약 올렸다. 취기가 그에게 만용을 불러일으키고 있었다.

"내가 말이야. 루시아와 각별한 친우 사이건만, 남자의 의리가 있어서 루시아한테는 경이 그 하녀랑 놀아났다는 것도 알리지 않았는데 말이야. 섭섭하게시리…….”

마르첼의 빈정거리는 웃음이 그날따라 카론의 심사를 뒤틀었다. 평소 같았으면 전혀 상대도 안 해 줬을 마르첼을 도발하게 된 건 그 때문이었다.

“마르첼, 넌 나만 아니었어도 이 결혼이 네 몫이라고 생각하나?”

“당연하지. 루시아는 우리 가문에서 먼저…….”

“가만히 있어도 차남에게 밀릴 새끼가.”

“뭐?”

그 말에 마르첼의 얼굴이 붉으락푸르락하게 변했다. 카론은 거기에 짙은 비웃음을 더했다.

“북부 대륙으로 가는 항로에 건투나 빌지. 어차피 네가 가져온 마도구들은 에르하르트에서 요긴하게 잘 회수할 테니까.”

욕설을 뇌까리는 마르첼을 두고서 카론은 성큼성큼 저택으로 발걸음을 돌렸다. 지금 발렌시아 가문에서 경계해야 할 대상은 로렌츠 발렌시아뿐이지, 저 머저리가 아니었다.

루시아에게 직접 이야기를 전하지 않았단 마르첼의 말로 보아, 납치 모의 사건은 그가 로렌츠에게 입을 놀린 탓에 벌어진 일 같았다. 로렌츠가 루시아 대신 벌인 수작질에 불과한 것이다. 다행히도 그 소동을 제 누이가 주도하지 않았다는 점은 그에게 위안이 되어 주었다.

‘그러니 당신이 저를 나쁘게 만들지 말아 주셨으면 해요. 저는 누구도 잃고 싶지 않거든요.’

그러나 여전히 불안하게 뛰는 심장은 그를 루시아에게로 데려갔다. 그녀가 엘레나를 직접적으로 해하려 들지는 않을 거란 확신이 필요했다. 엘레나가 그를 택해 같이 항로에 오를 거란 기대를 할 수 없다면, 그 약조만이라도 받아 내는 편이 나을 것이다.

루시아의 방으로 가는 회랑은 온통 반질반질한 하얀 대리석으로 뒤덮여 있었다. 큰 유리창 틀마다 만들어진 햇빛 그림자는 회랑에 찬란한 빛의 징검다리를 놓았다. 그 위로 카론의 그림자가 빠르게 스쳤다.

저택의 고용인은 전부 부엌과 정원에 동원된 터라, 루시아가 쓰는 내밀한 방으로 갈수록 인적은 점점 드물어졌다. 그녀의 응접실까지 왔을 때는 지키고 있는 이가 단 한 명밖에 없었다.

엘레나 오펜하이머가 따사로운 햇볕을 휘감은 채로 하얀 테이블 위에 쌓인 선물 상자를 들여다보고 있었다. 선물 상자를 애달프게 매만지는 손길에 부러움이 묻어났다. 카론은 잠시간 벽에 기댄 채로 한 폭의 그림 같은 광경을 물끄러미 바라보았다.

"카론 경."

엘레나가 얼마 가지 않아서 그를 먼저 돌아보았다.

"루시아는?"

"투왈렛 룸에 계세요."

나지막한 대답과 함께 상자를 정리하는 손이 다급해졌다. 같이 여행을 다녀오고 난 후로 처음 나누는 대화였다. 엘레나는 그에게 눈길도 주지 않으려고 작정했는지 내내 상자 쪽으로 고개를 수그리고 있었다.

오기가 생긴 카론은 자연스럽게 그녀 가까이 다가서서 물었다.

"뭘 보고 있었어?"

"네?"

"뭘 보고 있었냐고."

엘레나는 아, 하고 짧게 더듬거리더니 불긋한 얼굴로 대답했다.

"……뒷정리를 하고 있었어요."

돌아보면 금방이라도 시선이 닿을 만한 거리가 되자, 엘레나의 대답이 미묘하게 늘어졌다. 키가 그의 가슴팍에나 올까. 이대로 그가 끌어안는다면 품속에 폭 안을 수 있는 가냘픈 체구였다.

금색 비단결 같은 머리칼에서는 은은하게 좋은 향이 감돌았다. 머리칼

너머로 보이는 뺨에는 홍조가 올라 있었고, 상자를 정리하며 고개를 움직일 때마다 언뜻 드러나는 목덜미는 일광에 닿아 진줏빛으로 빛났다.

카론은 괜히 긴장하여 피부에 간지럼이 돋아난 듯이 주먹을 움키다 펴길 반복했다. 응접실에 가득 뿌려진 햇볕이 신기루처럼 느껴질 만큼, 그 뒷모습을 보는 것만으로도 심장이 일렁였다. 동시에 그녀가 그를 돌아봐 주었으면 하여, 식도가 타는 듯한 갈증이 일었다.

"그거, 괜찮았어?"

"네?"

"루시아에게 준 선물."

마침 엘레나가 정리하는 상자는 선물하려던 마도구와 같은 디자인으로 보석만 바꿔 넣은 브리짓 클로츠의 브로치였다. 물론, 루시아에게 선물한 브로치는 일반 기성품일 뿐 마도구는 아니었지만.

멈칫거린 엘레나가 대답에 다소 간격을 두고서 말했다.

"……네. 무척 좋아하셨어요."

"네가 보기에 괜찮았는지 묻는 건데."

그러자 이번에는 엘레나가 고개를 들어 그를 보았다. 꼿꼿하게 그를 올려다보는 눈이 항상 그렇듯 새초롬했다.

"……네."

"다행이네."

그래도 준비해 놓은 마도구를 받으면 조금이나마 웃어 주지 않을까. 저도 모르게 한 상상에 그의 입가엔 어슴푸레한 미소가 어렸다. 그 얼굴을 유심히 본 엘레나가 쌓은 상자를 들고서 밖을 나가려 할 때였다.

"다음 주 네 생일에……."

"……."

"바실리카 수업 마치면 가지 말고 있어."

"왜요?"

"줄 게 있어."

바로 자리를 벗어나려는 엘레나를 붙잡은 건 다분히 충동적인 선택이
었다.

원래는 북부 대륙으로 가기 전에 그녀의 생일에 맞춰 남몰래 전달해 줄
계획이었으나, 엘레나를 보니 직접 줘야겠다는 쪽으로 생각이 바뀌었다.
그리고 그날 고백하는 거다. 같이 북부 대륙으로 가자고. 그곳으로 도망쳐
함께하자고.

이미 가문과 부모에게는 지칠 대로 지친 지 오래였다. 이대로 홀연히 사
라지는 것도 생각을 해 보긴 하였지만, 제 누이나 어머니가 그가 사라지고
난 뒤에 엘레나 오펜하이머에게 어떤 해악을 끼칠지 몰랐다.

그걸 생각하면 소후작의 자리에서 벗어날 수 없었다. 사라진 그를 불러내기
위해서라면, 엘레나에게 고문도 가할 이가 어머니였다.

하지만 엘레나가 그와 함께해 준다면 다를 것이다. 그녀 역시 언제 신
분이 들통날지 모르는 이곳에 있기보단 다른 대륙으로 가는 게 낫지 않
을까.

그러나 두어 번 감았다 뜨는 눈동자는 어떠한 열망도 없이 건조하기만
했다.

"전에 '브리짓 클로츠'에 관해서 물어보셨죠. 좋아하느냐고."

그를 애태우는 잠깐의 정적 끝에, 엘레나는 상자를 내려다본 채로 입을
열었다. 필기체로 음각된 '브리짓 클로츠'의 이름이 빛나고 있었다.

"어머니께서 좋아하시던 분이었어요. 이제 세상에서 보지 못하게 되었
지만."

"……."

"약혼식이잖아요. 더는 이러지 마세요."

그러나 되돌아온 건 차디찬 거부였다. 그저 그의 제안을 거절하는 것뿐이
아니라 그와 연관된 모든 것들을 단절하겠다는 의사나 다름없었다. 그녀를

이루던 세계, 그녀가 알고 있던 모든 이들을 앗아 간 남자와 그 가문에 대한 경멸이 궤를 같이했다.

카론은 다급한 마음에, 돌아서려는 그녀를 그대로 붙잡고 품에 안았다. 그녀가 들고 있던 상자들이 그의 자제심처럼 쏟아져 내렸다.

정신을 차렸을 땐 이미 벽에 그녀를 몰아붙이고서 성마르게 입술을 맞춘 뒤였다. 부드러운 숨결을 파고든 입맞춤은 초조한 만큼 달았다. 달뜬 숨소리가 서로의 귓가를 스쳤다.

하아.

하.

조금 전만 해도 발그레한 홍조만 돌던 엘레나의 얼굴이 어느새 농익은 과실처럼 달아올라 있었다. 미약한 힘으로나마 그의 어깨를 두드리는 엘레나의 자그마한 주먹이 지나치게 크게 울리는 심장 박동에 묻혔다. 겨우 입맞춤을 끝냈을 땐 두 사람 사이로는 가쁘게 내쉬는 숨소리만이 흔적을 남겼다.

"조금만 나를 믿고 기다려 줘."

머리가 어떻게 되어 버릴 만큼, 엘레나 오펜하이머에게 닿고 싶은 마음만 가득했다.

"곧바로 북부 대륙으로 가서 성수를 구할 거야. 그걸로 루시아를 치료하기만 하면……."

서로에게 다음이 있을 수 있다면 무슨 짓이건 할 수 있었다. 그걸 위해서라면 바닷길에 목숨을 바치는 것도, 역겨운 어머니의 야욕에 이용당하는 것도, 루시아의 맹목적인 구속에 이끌려 가 주는 것도 견뎌낼 수 있었다.

엘레나가 함께해 준다면, 아니, 적어도 그를 기다리겠다 약속만이라도 건네준다면…….

그러나 일순간 뺨을 내리치는 마찰음이 그의 말을 끊어 놓았다.

"이제 와 그런 말은 하지 마세요. 루시아가 원하는 건 경이라는 걸 아시잖아요."

엘레나의 얼굴에 고인 눈물이 뺨에서 느껴지는 얼얼한 감각보다 쓰라렸다. 입술을 앙다문 엘레나가 여전히 진정되지 않는 숨을 오르내리며 혼란에 빠진 눈동자를 내리감았다.

"경께서는 지금, 조금 혼란스러우신 것뿐이에요. 그저……."

곧 서글픈 표정이 지워지고 건조한 평정심을 되찾은 그녀에게서 자조적인 말이 이어졌다.

"불쌍한 계집을 봐서 그래요. 도와주고 싶어서 신경 쓰이는……. 단지 그 정도의 연민이요."

"연민?"

"네. 제게 값싼 동정을 베푸느라 루시아를 상처 주지 마세요."

엘레나는 냉정하리만큼 일관적인 태도로 등을 돌렸다. 끝내 그를 버리고 루시아를 택하는 순간이었다. 그의 마음을 알면서도, 단지 동정일 뿐이라고 치부하면서까지.

"내가 연민이라면, 너는?"

이런 결말일 줄 알고 있었음에도, 악물린 잇새 사이로 처절한 물음이 새었다. 잠시 걸음을 멈춘 엘레나는 아무런 말도 하지 않았다.

"너는 정말 모든 순간이 아무렇지 않았어?"

끝내 대답을 주지 않은 엘레나가 도망치듯 자리를 벗어났다. 카론은 그런 그녀를 붙잡지 못했다.

그날 엘레나는 어디에도 보이지 않았다. 그리고 그날 이후로 그는 엘레나를 만날 수 없었다.

* * *

화재의 흔적을 간직한 오펜하이머 성은 오래 방치되어 있던 터라 초라하기 짝이 없었다. 거울도 제대로 보이지 않을 만큼 뿌얀 먼지가 쌓여 있었고, 천장에서는 거미가 내려와 집을 지었다. 회랑을 지날 때마다 카펫에 눌어붙은 곰 팡이 때문에 퀴퀴한 냄새를 폴폴 풍기는 성은, 한때 귀족이 기거하던 집이라 고는 믿기 힘든 폐허였다.

그러나 카론은 조금의 불쾌감도 보이지 않고 중앙 홀을 활보하는 중이 었다. 아니, 불쾌도 느끼지 못할 만큼 넋을 놓은 상태라고 봐야 맞았다. 두리번거리다가도 문득 멍해지는 그 모습이 폐허가 된 성에 남겨진 망령 같기도 했다.

보다 못한 요한이 그를 붙잡고 물었다.

"카론 경. 대체 왜 이러십니까? 신비력 조사차 나왔다는 말이 눈속임이란 건 알겠는데, 지난 며칠간 대체 무엇을 찾아 헤매고 계신 건지는 이야기해 주셔야지요."

요한은 마를레네의 눈을 피해 다닐 수 있게 동행해 달라는 요청을 받고 서 카론을 따라온 터였다. 하지만 그는 마치 무언가에 홀린 사람처럼 돌아 다니는 카론을 이해하지 못했다.

카론이 그를 향해 스윽 고개를 돌렸다. 요한은 흠칫거리며 금세 손을 놓았다. 들고 있던 남포등의 불빛이 죽은 사람처럼 텅 비어 있는 눈동자 를 비추었다.

그대로 카론이 홀연히 걸어가 깊은 어둠 속에 몸을 묻을 동안에, 그는 아무런 말도 잇지 못했다.

* * *

정처 없이 걸어 다니던 발길은 안쪽 깊숙이 있던 방까지 닿았다. 침대보와 시트가 모조리 타 버리고 앙상한 뼈대만 남은 침대 틀로 보아 누군가 쓰던 침실인 듯했다. 실밥이 터져 뒹구는 인형과 엉망이 되어 버린 드레스들은 그 방의 주인이 여자아이임을 유추하게 했다.

카론은 엘레나 오펜하이머의 훼손된 유년기의 공간을 쭉 둘러보다가 건넛방에 와서는 벽에 기대어 쓰러지듯 주저앉았다.

'모르겠습니다. 듣기로는 도망갔다고 하더군요.'

엘레나가 생일날까지 바실리카에 출석하지 않자, 카론은 은밀히 바실리카 강사에게 그녀의 소식을 물어보았다. 그 뒤로는 곧장 루시아에게 달려가 대놓고 물었으나, 루시아는 불편한 표정을 드러낸 채 눈을 피할 뿐이었다. 무언의 동의였다.

엘레나 오펜하이머가 사라졌다. 더는 그의 시야에 존재하지 않게 된 것이다.

납득할 수 없었던 카론은 즉시 오펜하이머 성까지 달려와 봤으나 이곳에는 오지 않은 것이 분명했다. 오히려 왕실과 제 가문이 짓밟아 놓은 흔적만 확인하게 되자, 카론은 탄식을 금치 못했다.

엘레나가 홀연히 사라질 리 없다. 데스테 영지에는 그녀의 친구와 보호처가 있지 않나.

마음 한편으로 그런 절대적인 믿음이 있었는지도 모른다. 엘레나 오펜하이머는 언제까지고 레나 크루거로 그곳에 존재할 거라는 안일함 같은 것.

벽에 기대어 있던 카론은 허망한 얼굴로 돌벽에 머리를 찧듯 쿵, 소리를 내었다. 그러자 일부 벽돌이 그의 움직임에 의해 뒤로 밀리면서, 맞은편 벽이 덜그럭거리며 움직였다.

벽이 열리면서 아치 형태의 입구가 모습을 드러냈다. 카론이 곧바로 일어나 가까이 다가서자, 그 안에서 싸늘한 바람이 느껴졌다.

성에 있는 비밀 통로라니. 기나긴 터널에는 깊은 동굴과도 같은 아득한 어둠이 깔려 있었다.

'안 좋은 기억이 있거든요. 어둡고 낯선 곳에 혼자 있으면 부모님과 헤어진 날의 꿈을 꾸곤 해서…….'

반역 당시에 어떻게 엘레나 오펜하이머만이 홀로 살아남았는지를 알 것 같았다. 안쪽에 들어간 카론은 얼마간 그 길로 쭉 걸어 나갔다. 그렇게 통로의 끝에 다 와 갈 즈음이었다.

발밑을 밝히던 남포등이 조그만 돌들을 겹겹이 쌓아 올린 조악한 돌탑을 비추었다. 누군가 인위적으로 만들어 둔 흔적 밑으로 날카로운 돌을 그어서 쓴 글씨가 보였다.

빌헬름 오펜하이머
샤를로테 오펜하이머

열두 살의 엘레나가 어설프게 만들어 둔 제 부모의 무덤이었다. 도망치는 도중에도, 붙잡히고 난 뒤에 있을 제 부모의 미래를 예측하고 어떻게든 오펜하이머 영지에 안치시키기 위해 눈물로 이 탑을 쌓았을 모습이 그려졌다.

부모에게 정을 붙여 보지 못했던 카론은 감히 그 심경을 추측하지도 힘들어, 그저 그 앞에 무릎을 꿇듯 주저앉았다.

* * *

말을 타고 돌아가는 두 사람의 머리 위로 가을의 보름달이 떠올랐다.

"카론 경, 괜찮으십니까? 마을에 들러서 쉬는 게 어떻습니까. 어차피 이대로 달려도 오늘 안으로 영지에는 도착하지 못하잖습니까."

요한이 돌아오는 내내 안색이 좋지 못한 카론에게 제안을 건넸다. 오펜하이머 영지는 꽤 북쪽에 위치하였기 때문에, 조금만 더 가면 국경 근처의 마을에 이를 수 있었다.

"그렇게 하지."

엘레나가 머무를 수 있는 곳이라면 한 곳이라도 더 둘러보는 편이 나았기에, 카론은 금방이라도 무너질 듯한 위태로운 정신 상태로도 수색을 강행

했다. 수색할수록 그녀가 그에게 돌아오지 않을지도 모른다는 불안만 굳어져 갔으나 그렇다고 찾는 걸 멈출 수도 없었다.

엘레나가 혼자 도대체 어디로 가겠는가. 아직 성인이 되지도 못했을 그녀가 혼자 돌아다니기에는 험난한 세상이었다.

늦은 밤, 마을에 도착한 두 사람은 겨우 외곽에 있는 여관에 들어설 수 있었다. 시골 마을에서 사는 여관 주인은 다행히도 그들을 알아보지 못했다. 그대로 숙식비를 계산하는데, 여관 점주의 남편으로 보이는 남자가 혀를 끌면서 여관으로 들어왔다.

"망할 포모나 상인 새끼들."

남자는 노새에 이고 온 자루를 여관 부엌으로 차례로 가져다 놓으며 부인에게 투덜거렸다.

"도둑놈 같은 인간들이야. 갑자기 물가를 올려 버렸어. 요즘 왕실 상태가 심상치 않다, 정세가 불안정하다……. 기껏해야 국경만 오갔을 장사치 놈들이 우리 왕실이랑 무슨 인연이 있다고 물건 값에 농간질을 쳐!"

"그래서 오늘 물건을 흥정하느라 이리 늦게 들어온 거요?"

여관 주인이 달려가 남편을 거들면서 물었다. 그러자 남자는 고개를 저으며 연신 욕설을 쏟아냈다.

"아니, 마차 사고가 났다지 뭐야! 제기랄!"

남자의 큰 소리가 방에 들어가려는 두 사람의 걸음을 붙잡아 맸다. 남자도 그제야 그들의 행색을 훑어보고서 물었다.

"수도에서 오신 분들이요?"

로브로 얼굴을 가린다 한들, 입고 있는 로브의 원단은 감추지 못했다. 요한이 사람 좋게 웃으며 그의 말을 받아 주었다.

"네. 그렇습니다. 오늘 무슨 사고가 있었던 겁니까?"

"요즘 국경 지대 분위기가 살벌하고 좋지 못해서인지, 포모나와 이어지는 다리 근처에서 마차 사고가 있었나 보더라오. 접촉 사고였는데 하필 포모나 놈들이 싣고 다니는 것 중에 폭탄이 있어서 마차 하나가 홀라당 타 버렸다지. 그 문제로 포모나 놈들이 그랬냐, 우리 측의 단순한 사고였냐를 두고 한바탕 싸움이 붙었소."

"저런, 혹시 인명 피해가 있었습니까?"

"여자 하나가 죽었다고 들었소. 젊은 아가씨라던데 안타깝게 되었어. 얼굴이 완전히 엉망으로 망가져서는……. 쯧쯧. 마부는 어찌 살았는지, 그 송장을 수습해서 재빠르게 데려가더만."

요한이 심상치 않은 정황을 파악하고는 카론에게 눈짓을 보냈다. 요즘 들어 격해진 포모나와의 대립 관계는 기사들 사이에서도 자주 언급되는 예민한 문제였다.

"어디 이거 무서워서 장사를 하겠냐면서 건너오던 포모나 상인들의 발길이 점차 끊기는 중이오. 그래도 보나마나 또 밀수꾼들은 뻰질나게 드나들겠지. 하여튼 사기꾼 같은 놈팡이들이야, 쯧쯧."

투덜거리는 남자를 뒤로하고 방으로 올라온 두 사람은 누구도 먼저 입을 열지 않았다. 방 안에 무거운 분위기가 내려앉았다. 카론이야 사정이 있었지만, 요한 역시 음울한 얼굴이 되어 한숨을 내쉬었다.

"카론 경, 정말로 전쟁이 벌어지려나 봅니다."

어느 일이 계기가 될지 누구도 알 수 없었다. 어떤 사소한 것이라도 계기가 될 만한 불안정한 시국이었다.

"내일 한번 현장을 보고 와야겠어."

카론은 침대에 누워 피로한 눈을 감았다. 쓸데없게도 그 역시 불길한 예감이 들었다.

* * *

다음 날, 두 사람은 사고가 일어났다는 국경 지대의 시장을 둘러보았다.

어제 일어난 사고 탓인지, 한층 분위기가 험악해진 시장에선 그들이 도착하자마자 싸움이 일어나 있었다.

"다시, 다시 말해 봐! 뭐가 어쩌고 어째?"

"니들이 해 놓은 짓을 왜 우리에게 뒤집어씌워! 어제 사고에 우리 측 잘못이 있었다 해도, 너네는 우리 마도구 제작자도 함부로 처형했으면서 계집 하나 죽은 걸로 유세인 건가!"

"이 모래벌판에서나 살던 놈들이!"

시장 상인들은 서로 멱살을 쥐고서 목청을 높였다. 상황이 심각해지자 국경 경비대가 개입해 그들을 갈라놓았다. 지휘관은 포모나인만 제압하고서 으름장을 놓았다.

"이 이상으로 소란을 피우면 앞으로 여기서 장사할 수 없을 것이다."

"너무하잖아! 시비는 그쪽 상인들이 먼저 걸었어!"

포모나 상인들이 다들 흥분하여 아우성을 쳤다. 지휘관은 귀찮은 얼굴로 그들의 항의를 무시하고 기다리고 있던 두 사람에게 돌아섰다. 그에게는 외국 말단 상인들보다도 수도에서 정찰을 나온 기사들이 더 중대했다.

"보시다시피 어제 책임을 인정하지 않으려 들고 있습니다."

"요즘 이런 일이 자주 일어나고 있습니까?"

요한이 국경 경비대 지휘관과 이야기를 나누는 동안, 카론은 인상을 찌푸리며 짐을 싸서 돌아가기 시작하는 상인들을 지켜보았다.

"저 다리가 포모나로 가는 유일한 경로인가?"

상인들은 대부분 수레와 짐마차를 이끌고 강을 잇는 다리를 건넜다. 맞닿은 국경 사이로 흐르는 강은 예전에 루이제 슈미트가 몸을 던졌던 곳이기도 했다.

"예. 최근 포모나로 가는 통행로가 하나둘 막히고 있어서, 공식적으로는 거의 유일한……."

한창 이야기가 오가던 그 순간이었다.

쾅!

우레 같은 폭발음에 모두가 아연실색하여 다리 쪽을 바라보았다. 매캐한 연기가 흩어지면서, 허리 부근이 끊어진 다리가 모습을 드러냈다.

"꼴좋다. 개새끼들!"

강 너머에서 히죽 웃은 포모나 상인들이 그들을 비웃으며 멀어지고 있었다. 그곳에 있던 경비병, 기사, 상인들이 너 나 할 거 없이 얼굴이 새하얗게 질렸다.

전쟁의 발단이었다.

* * *

카론은 서둘러 에르하르트 저택에 돌아왔다. 이미 국경 지대 신문에는 기사가 크게 나서 손쓸 도리가 없었다. 곧 포모나인에 대한 증오가 들불처럼 전국 곳곳에 옮겨붙을 터였다.

그리 긴박한 와중에도 카론의 사고는 한 가지 결론에서만 맴돌았다. 전쟁이 일어난다면, 사람을 찾을 수 있는 확률은 기하급수적으로 줄어든다. 어떻게든 그 전에 그녀를 찾아야만 했다. 그러기 위해서는 에르하르트 가문에서 왕실과 외교적 조율을 할 기간을 벌어야 할 필요가 있었다.

예상과 달리 에르하르트 저택은 평화로웠다. 아직 이곳까진 신문의 소식이 닿지 않은 듯했다.

심지어 마를레네와 루시아가 정원에서 마주 보고 앉아 한가로이 차를 마시고 있던 참이었다. 테이블 위에는 루시아 취향의 디저트로 가득했다. 마를레네가 딸을 신경 쓰는 티가 날 수밖에 없었다.

"오셨어요? 어머님과 함께 이야기를 나누고 있었어요."

카론을 보는 루시아의 얼굴이 급격히 어두워졌다. 그에 비해서 그를 보는 마를레네의 표정은 여상하기만 했다. 방금까지 쉴 틈 없이 말을 타고 온 카론이 어머니에게 긴박한 비보를 전하려 할 때였다.

"루시아에게 안타까운 소식이 있더구나."

마를레네가 들고 있던 찻잔을 한 모금 들이켜며 먼저 서두를 열었다. 그러자 루시아가 우울한 얼굴로 카론에게 달려가 안겼다.

"아, 카론. 어떻게 하면 좋아."

약혼 후부터 급격히 말이 짧아진 그녀가 카론에게 달려오더니 그를 꼭 끌어안았다. 곧 충격적인 소식이 그의 머리를 강타했다.

"나에게 가장 소중한 친구를 잃고 말았어."

루시아가 품에서 무언가 꺼내 그에게 내밀었다. 깨진 에메랄드 보석 10개가 이어진 팔찌였다.

* * *

"저쪽입니다."

지휘관은 얼마 지나지 않아서 돌아온 기사를 보고 바짝 긴장한 눈치였다.

끊어진 다리 밑으로 회색빛 물이 흐르고 있었다. 제법 쌀쌀해진 바람이 망연히 아래를 내려 보는 카론의 머리칼을 흐트러뜨려 놓았다.

포모나로 가는 길이었다고 했다. 마차 사고가 나서 죽었다는 여자는 얼굴이 심하게 타 버려서 신원을 확인하기 힘들었다. 다만, 금발 머리 여자의 시신은 오펜하이머 가문의 가보를 지니고 있었다. 엘레나가 어떻게든 소중하게 지키려던 그 물건을.

"로브를 쓰고 있어 여자의 얼굴을 제대로 본 사람은 아무도 없었습니다. 다만, 마차의 손님 명부에 이름이 올라와 있더군요."

이름이 몇 적히지 않은 명부에서 '레나 크루거'의 이름은 제일 먼저 그의 시야에 밟혔다. 깊어진 검은 눈이 몇 번이고 깜빡거렸다. 그 명부를 이해하지 못한 사람처럼.

옆에서 시장 마감을 알리는 종소리가 울릴 때까지, 그는 그 자리에 발이 얼어 버린 듯 꼼짝도 하지 못했다. 두통이 올 정도로 유독 시리게만 느껴지는 쇠의 울림은 그날 바실리카의 종소리와 닮아 있었다.

그가 바실리카에서 혼자 그녀를 기다리던 그날. 엘레나는 여기서 마차 사고를 당한 것이다.

참을 수 없는 토기가 밀려왔다.

"저……. 괜찮으십니까."

헛구역질 증세를 보이자, 옆에서 눈치만 보고 있던 지휘관이 다가와 물었다. 카론은 이명을 들은 듯한 아득한 부유감에 고개를 내저었다.

"이 여자를 태운 마부는 어디 갔어."

"모르겠습니다. 보아하니, 주기적으로 장에 오는 마부는 아닌 듯했습니다."

못 찾는다는 뜻이었다. 더군다나 요즘 같은 시기에 포모나에 가기 위해 국경을 다시 찾아오는 일도 없을 것이다.

"정말 이 여자가 죽은 게 맞나?"

침잠한 목소리가 흘러나왔다. 국경까지 숨도 제대로 쉬지 않고 달려온 연유는 이따위 것을 들으려고 그런 게 아니었다. 이딴 사실이나 확인받으려고, 그니까, 이런 말도 안 되는…….

"예?"

"정말 사고로 죽은 게 맞느냐 말이야."

농축된 살벌함이 억눌려 있는 질문에, 지휘관이 섣불리 답을 하지 못하고 잠시 주춤거렸다. 그러나 그는 본 걸 그대로 전할 뿐 다른 말을 전할 수 없었기에, 불을 긁적이다 봤던 사실을 있는 그대로 전달했다.

"그 사건 현장 자체는 목격자가 꽤 많았기 때문에……."

제대로 알기 두려워 냉각해 놓았던 현실이 서서히 녹아내려 그의 면전에 모습을 드러내기 시작했다. 그건 엘레나 오펜하이머가 데스테 영지에서 도망쳤다는 이야기를 들었을 때와는 완전히 다른 부류의 절망이었다.

그녀의 부재로 슬퍼할 감정이 남아 있다는 건, 아직 진정으로 절망할 상황은 겪어 보지 않았기 때문이다. 지나치게 받아들이기 힘든 충격을 받게 되면, 뇌는 그때부터 인지를 거부한다.

그랬기에 지금과 같은 결말을 받아들이는 건 그에겐 도저히 불가능한 일이었다.

엘레나 오펜하이머가 죽었다. 그것도 그에게서 도망치듯 벗어나다가.

죽음이란 앞으로 영원히 그녀를 보지 못한다는 것을 뜻했다. 찾는다고 해서 보이지 않는다는 것을 뜻한다. 멀리서라도 지켜보지 못한다는 뜻이었다.

죽었다고?

아니, 그럴 리 없어.

엘레나는 어딘가에 살아 있을 것이다.

살아서, 어딘가에서, 그를 원망하고 있을 것이다.

눈앞에 차례차례 나열되는 증거들을 보고도 도저히 상황을 받아들이지 못하는 천치처럼, 그는 엘레나의 죽음과 관련한 어떤 정황도 읽어 내길 거부했다.

그렇게라도 하지 않으면. 조금이나마 남은 이성을 붙들지 않으면. 당장이라도 허리에 차고 있는 검의 날이 어디로 향할지 알 수 없었다.

가뜩이나 며칠간 밤을 지새우며 국경을 오간 탓에 제대로 된 생각이란 걸 하지 못하는 상태였다. 이성이 하얗게 부서져 내려, 레나 크루거의 시신을 강에 뿌리겠다는 말조차 제대로 알아듣지 못했다.

그 말을 알아들으려면 우선 엘레나 오펜하이머가 죽었다는 사실을 받아들여야 하지 않는가.

그럴 리 없지 않은가. 그럴 리 없어. 절대 그럴 리가…….

"카론 경!"

그때 멀리서 석양을 등진 누군가가 팔을 흔들며 달려왔다. 카론은 그가 누군지 알아보는 것조차 힘겨워 눈을 가늘게 뜨고서 잠시 그가 누군지를 떠올려야만 했다.

함께 온 요한이었다. 먼저 여관방에서 기다리고 있겠다더니, 어떤 급한 소식을 들은 사람처럼 얼굴에는 당황스러움이 어려 있었다. 달려온 요한이 그에게 에르하르트의 인장으로 밀봉된 검은 봉투를 내밀고서 유감을 전했다.

"부고입니다. 에르하르트 후작께서 작고하셨다고 합니다."

* * *

후작의 장례식은 에르하르트 후원에서 조용히 거행되었다.

그동안 왕실에 숨겨 놓은 신비력자를 내놓으라고 난리를 치고 다닌 덕에, 왕실에서 온 인원이라고는 왕세자밖에 없었다. 그가 얼마나 왕의 눈 밖에 난 행동을 했었는지 알 수 있는 부분이었다.

베르너 에르하르트는 죽기 전까지 '환상의 와인'을 마시다가 신비력 질환으로 인한 심장 마비로 숨을 거뒀다고 했다. 마지막까지 프리네를 부르짖다 죽었다고 하니, 딱 그다운 결말인지도 몰랐다.

"유감이야. 카론. 곧 있으면 자네 생일인데 이런 일을 겪다니."

왕세자는 형식상의 말로 그의 어깨를 두드렸다. 위로의 말에는 고인에 대한 조의보다는 앞으로 그에게 따라붙을 막중한 책무를 안타까워하는 의미가 강해 보였다.

그러나 카론은 지나치게 무덤덤하게 고개만 끄덕일 뿐이었다. 이미 겹겹이 쌓인 피로에 뻔한 앞날은 눈에 들어오지 않았다. 다만, 이 자리에 있는 것을 자문할 뿐이었다.

나는 엘레나를 찾아야 하는데, 어째서 이 자리에 있는 거지.

그런데 엘레나는 어디로 간 거지. 포모나에 있는 걸까. 어떻게 포모나에 간 걸까.

아, 마차를 타고 갔다고 했지. 그런데 마차는……. 생각은 그 이상으로 이어지지 못했다.

아버지의 죽음 따위는 그가 겪는 공허 앞에서 허무하리만큼 가벼이 쓸려 나갔다. 애초에 베르너 에르하르트에게 가족으로서의 유대를 느끼지도 못했지만, 정신은 이미 온전한 상태를 유지하지 못한 채 무너져 내리는 와중이었다.

베르너 에르하르트의 관이 안치되었다. 다 같이 후원에 마련된 테이블에 앉아 식사하는 와중에도 카론은 음식에 제대로 손도 대지 못했다.

잠을 자지 못한 상태 때문인지, 아니면 찌를 듯 시시때때로 막혀 오는 숨 때문인지 머리가 깨어질 듯 아팠다.

포모나로 가야 한다. 포모나로 가는 길이 끊겼지만, 왕세자를 설득해 다리를 다시 놓게 하면 된다.

다만, 그 길로 가면 포모나의 성벽이 가로막고 있을 터인데, 그 성벽을 넘으려면…….

미친 사람처럼 현실성 없는 생각만 하고 있던 와중에, 옆에 앉은 왕세자가 넋이 나가 있는 그에게 슬쩍 귀엣말을 해 왔다.

"카론 경, 안타깝게도 장례식 와중에도 이런 말을 하긴 좀 그렇긴 하지만 미리 알아 둬야 할 것 같아서 말이야. 우리의 일정이 이번 겨울 안으로 앞 당겨졌어."

"……."

"아바마마가 지금 상태를 봐선 이번에 에르하르트 가문이 병력을 잘 준비해 두는 편이 좋을 거야. 아무래도 지금 왕실이 에르하르트 가문에 게……."

그때였다.

"카론 경. 잘 지냈나? 유감스러운 소식을 듣고 찾아왔어."

마르첼 발렌시아가 비쭉하게 웃으며 그에게로 다가왔다. 도중에 말이 끊긴 왕세자는 비스듬히 고개를 기울인 채 카론에게만 들리도록 슬쩍 물었다.

"초대된 손님인가?"

한스가 멀리서 뛰어오는 걸로 보아 그럴 리가 없었다. 가뜩이나 불화가 있는 발렌시아 가문을 장례식에 불렀을 리가.

"경의 약혼녀께서는 여기에도 없나? 어째서 오지 않았는지 궁금할 거 같아서 말이야."

마르첼 발렌시아는 떳떳한 불청객으로 와서 그딴 말이나 지껄였다. 보통은 이런 일에는 끼어들지도 않는 레오폴트가 그를 저지할 정도였으니, 어지간히도 경우가 없는 상황이었다.

"마르첼 경. 그건 경이 신경 쓸 문제가 아니지 않나. 듣자니, 데스테 영애께서는 오고 싶어도 몸이 편치 않으셔서 안타까운 마음을 대신 전하셨는데."

"아, 그러십니까. 안 그래도 그럴 만한 일이 있긴 했지요."

마르첼은 겁도 없이 왕세자에게까지 대거리를 했다.

그날따라 아름답다고 칭송받는 발렌시아의 자안이 흉흉하게 빛나고 있었다. 무슨 일이 있었는지 약이 바짝 오른 모습이었다. 마르첼은 저지하려는 집사를 자연스럽게 밀어내고서 카론을 똑바로 쳐다보며 물었다.

"카론 경. 네게 알려 줘야 할 사실이 있는데, 따로 시간 좀 내주지 그래. 나도 여기에 오래 머물 생각은 없어."

"……."

"아님, 지금 여기서 말해도 되고. 루시아에 관련된 이야기인데 그래도 괜찮다면야."

마르첼이 상관없다는 듯 어깨를 으쓱였다.

"나야 상관없지."

비열하게 미소 짓는 그는 금방이라도 무언가를 터뜨릴 사람처럼 굴고 있었다. 잔뜩 흥분한 마르첼의 상태는 하나둘 주변 어른의 이목을 끌기 시작했고, 끝내 마를레네의 시선까지 그들에게 와 박혔다.

검은 베일 뒤로 비치는 고운 눈썹이 아치를 그리며 올라가 있었다. 언짢을 때 짓는 표정은 카론이 그녀로부터 물려받은 것이었다. 소란을 피우지 말고 얼른 처리해 놓으란 심사가 고스란히 드러나 있었다.

상황이 그리 되자, 카론은 피곤한 눈을 지그시 감았다 뜨고 일어섰다. 사실 이 모든 것이 그저 지긋지긋하였기에 어떤 감정도 느껴지지 않았다.

이 상황. 이 인간들. 몸이 붕 뜬 것처럼 이질감이 드는 제 상태.

처형장에 섰던 날과 비슷한 감각이었다. 공황에 빠진 정신이 캄캄한 절망에 빠져 허우적거렸다.

세상은 어떻게든 돌아가고 있는데, 그의 시간은 흘러가지 못했다.

끊어진 다리를 기점으로 카론의 사고는 좀처럼 이어지지 못했다. 현실 인식과 제 마음이 따로 분절이 나니 지금 움직이고 있는 몸조차 제 것이 아닌 것 같았다.

"카론 경. 아버지가 돌아가신 충격이 생각보다 큰가 봐. 어쩐지 오늘 같은 날 말해 주기 미안해지네."

둘만 있는 구석 자리로 오자마자, 마르첼이 바로 히죽 웃었다. 카론 에르하르트의 창백한 안색이 마음에 드는 듯했다.

"어서 본론만 말해."

녹진한 피로감에 절은 카론이 딱 잘라 그를 무시하자, 마르첼의 볼이 붉으락푸르락하게 물들었다. 그러나 이내 한 차례 숨을 참은 마르첼이 화를 삼킨 채 슬쩍 말을 흘렸다.

"그 하녀 말이야. 레나 크루거였나? 루시아가 데리고 있었던 하녀."

엘레나가 거론되자마자, 초점 없던 붉은 눈동자에 곧바로 사나운 이채가 돌았다. 마르첼은 그 반응이 흡족했는지 바로 낄낄거렸다.

"남자의 의리로 비밀을 지켜 줬건만, 결국에 들켰나 봐?"

"무슨 뜻이야."

"루시아 말이야. 결국 너와 그 하녀의 관계를 어떻게 알았는지 나한테 그 얘기를 하지 뭐야."

순간, 카론의 눈이 크게 뜨였다.

"루시아가 나한테 부탁을 한 게 있어."

한껏 우쭐해진 마르첼이 손으로 입을 가린 채 그에게 다가가 속삭였다.

"자기 시녀를 죽여 달라더군."

* * *

데스테 가문의 고용인들은 갑자기 들이닥친 아가씨의 약혼자를 붙들지 못했다. 다들 성큼성큼 걸어가는 카론의 얼굴을 확인하고선 썰물 빠지듯 물러설 뿐이었다. 그 얼굴을 본 이들은 하나같이 두려움에 함부로 고개를 들지도 못했다.

루시아의 방으로 향하는 경로에는 고요하고 드넓은 회랑이 펼쳐져 있었다. 텅 빈 회랑을 가득 메운 건 그의 무게감 있는 발소리뿐이었다.

곧 방문 앞에 이르자, 시근거리는 숨이 제법 쌀쌀해진 공기 탓에 입김처럼 새어 나왔다. 바삐 움직였기 때문에 나오는 숨은 아니었다. 찬 공기에도 삭이지 못한 감정을 갈무리하며, 카론은 문고리를 쥔 손에 힘을 주었다.

겨울의 초입. 제법 추워진 날씨에 맞춰 루시아의 침실은 따뜻한 분위기로 바뀌어 있었다. 짙은 초록색 커튼이며 침대 아래에 깔린 짙은 이국풍의 붉은 카펫은 마를레네가 그녀에게 선물해 준 것이었다.

벽난로는 벌써 몸이 약한 그녀를 위해 훈훈한 온기를 뿜었다. 루시아는 말린 장밋빛이 도는 포근한 벨벳 이불 속에 파묻혀 있었다.

"루시아."

"카론. 갑자기 무슨 일이야?"

갑자기 예고도 없이 온 방문에 루시아가 커다란 침대에서 몸을 일으켰다. 동시에 그녀의 머리 위에 올려져 있던 물수건이 떨어져 내렸다. 몸이 아프 단 말은 거짓말은 아닌 듯했다. 반색하는 얼굴이 여상했다.

카론은 최대한 이성을 잃지 않으려 노력하면서 더는 그녀에게 다가가지 않았다.

"물어볼 게 있어서 왔어."

"물어볼 것?"

슈미즈 차림의 루시아가 침대에서 일어나 제 발보다 큰 슬리퍼를 신고 그에게 종종걸음으로 다가왔다. 그러더니 그의 얼굴을 확인하고는 소스라 치게 놀라며 그의 뺨을 감쌌다.

"왜 이런 얼굴이야? 다쳤어? 피가 이게 뭐야?"

루시아가 그의 뺨이며 옷에 튄 피를 보고서 놀라 물었다.

마르첼 발렌시아의 피였다. 왕세자가 그의 목에 칼을 겨누며 말리지 않았 더라면, 발렌시아의 장자는 지금쯤 피떡이 되어 싸늘한 주검이 되어 있었을 지도 몰랐다.

무슨 일인지 추궁당하기도 전에, 카론은 그대로 말을 타고 데스테 영지로 달려온 터였다.

"무슨 일 있었어?"

카론은 저를 걱정하는 약혼녀, 아니, 제 빌어먹을 가엾고 영악한 누이를 내려 보았다.

"루시아, 네가……."

"응?"

카론은 그 순간까지도 제 누이를 믿고 싶었다. 정확히는 엘레나 오펜하이 머의 선택을 믿는다고 보는 편이 맞았다. 제가 전혀 모를 그녀들 사이에 쌓 인 시간이, 엘레나 오펜하이머가 친구를 위해 바친 충정이 옳았을 거라 믿 고 싶었다.

"엘레나 오펜하이머를 죽였어?"

단도직입적으로 묻는 말에 루시아의 담홍색 눈이 흔들렸다.

"카론……. 그 이름 알고 있었어? 어떻게 알고 있는 거야? 아버지께서 네게 그 아이에 대해 설명해 주신 거야?"

"대답이나 해! 루시아, 네가 정말 엘레나 오펜하이머를 죽였어?"

카론이 그녀의 어깨를 쥐고서 흔들었다. 그의 키의 절반 정도 오는 루시아는 그에게 잡힌 대로 흔들렸다.

'살인이라니. 절친한 사이지만 그 정도 되는 부탁은 상당히 망설여진다고 했지. 내가 뒷골목 나부랭이도 아니고 발렌시아의 장자인데 그런 지저분한 사건에 연루되면 쓰나.'

'알다시피 뭐……. 서로 주고받을 게 있다면 괜찮은 일이지만.'

'그런데 여자란 게 참 무서워. 얘기를 들어주니까 언제 그랬냐는 듯이 입을 씻잖아? 넌 루시아가 그렇게 무서운 여자인 줄 알고 있었냐? 내가 이거 남자의 의리로 말해 주는…….'

'아, 그래서 그 하녀가 어떻게 되었냐고? 운이 없었지. 처음에는 그냥 없애 달라고만 했는데, 그 하녀가 그냥 죽이긴 워낙 아까운 얼굴이라 따로 빼돌리려고 했다가 하필이면 마차 사고가 나는 바람에……. 쯧, 재수가 없었……. 아악!'

마르첼 발렌시아는 그 자리에서 바로 코뼈가 으스러졌다. 카론은 지금 실핏줄이 터진 눈으로 그녀를 추궁하고 있었다.

"대답하라고!"

루시아의 팔을 붙잡은 손에 힘이 들어가 바들바들 떨렸다. 그는 단 한 번도 여자에게 손을 댄 적이 없었다. 선을 넘을 것만 같은 예감이 들어 위태로웠다.

루시아가 그의 품에 뛰어든 건 그때였다.

타닥. 타닥.

장작불의 불티가 날리는 소리. 사근거리는 그녀의 숨소리, 격분에 차올랐던 카론의 흐트러진 호흡이 한데 엉켜 들었다.

"그 아이는……. 널 사랑하지 않아. 날 더 좋아했어. 그래서 널 버리고 날 선택해서 떠났어."

나지막한 목소리가 울음을 흐느끼듯 새어 나왔다.

"끝까지 모른 척하려고 했는데! 그렇지만 나쁜 건 날 배신한 두 사람이 잖아?"

"루시아, 너……."

"난 끝까지 그 아이를 지키려고 최선을 다하려고 했어! 카론, 날 이렇게 만든 건 너야."

그의 허리를 껴안고서 우는 루시아가 애잔하게 어깨를 떨었다.

"내가 널 얼마나 좋아하는지 알잖……."

"……그래서 죽였어? 아니지?"

카론이 그런 그녀를 가차 없이 떼어 내고서 물었다. 그와 닮은, 그보다는 연약한 여린 눈망울이 가만히 그를 올려다보았다. 눈물범벅이 되어 버린 눈가가 붉게 짓물러 있었다.

"제발, 루시아……."

카론은 그녀의 상태가 어떤지는 눈에 들어오질 않았다. 제발, 그저 제발, 엘레나가 살아 있다고 한마디만 말해 주길 바랐다. 그 말을 들을 수만 있다면 그녀의 발밑에 엎드려 개처럼 빌 수도 있으리라.

"제발, 아니라고 해."

절박한 얼굴이 루시아의 옅은 붉은색 눈동자 안에 박혔다. 거의 울기 직전의 얼굴. 감히 카론 에르하르트가 지을 수 있을 거라고는 상상도 못 했던 얼굴이었다. 무너지기 직전의 남자가 그녀 앞에서 애원하다시피 희망을 구걸하고 있었다.

그녀가 사랑해 마지않았던 기사는 항상 강인했다. 그리고 카론 에르하르트는 그녀가 아는 가장 강인한 기사였다. 그런데 그런 그가 루시아 데스테가 아닌 엘레나 오펜하이머 때문에 그런 얼굴을 하고 있었다. 자신이 아니라, 고작 자신의 시녀 때문에.

"⋯⋯죽었어."

"뭐?"

"죽었다고. 너도 봤잖아. 카론. 네가 본 게 전부야."

냉정한 선고가 떨어졌다. 동시에 그녀의 어깨를 붙잡고 있던 손도 툭하고 떨어졌다.

"카론, 사랑해."

루시아가 그에게 다시 안겨 들었다. 카론에게 안기면서 새하얀 슈미즈에도 피가 물들었으나 개의치 않았다.

"그냥 내 곁에 머물러 줘, 응?"

루시아가 속삭였다. 카론은 그 상태로 한동안 반응이 없었다. 머릿속은 이미 새하얗게 점멸해 버린 뒤였다.

죽었다. 엘레나 오펜하이머가 죽었다. 엘레나가. 엘레나 오펜하이머가 죽었다.

세상에서 사라져 버렸다. 다신 볼 수 없다. 영원히.

이젠 두 번 다신.

영영.

"카론?"

루시아가 그를 올려다보았다. 카론은 그녀를 밀치다시피 떼어 냈다.

"카론!"

넘어질 뻔한 루시아가 돌아서려는 그의 소매를 붙잡았다. 곧바로 그 손은 싸늘한 아픔과 동시에 내쳐졌다. 루시아는 처음 보는 약혼자의 과격한 태도에 당황한 표정을 지었다.

카론은 적어도 그녀에게 단 한 번도 무례한 적이 없었다. 단 한 번도.

그건 카론 에르하르트가 타고난 기사도를 갖춘 신사라서가 아니었다. 그녀는 그 예의와 인내심이 어떤 이유에서, 누구 때문에 유지되고 있는지를 몰랐다.

"비켜."

카론이 앞을 막아서는 루시아를 두고 고저 없는 목소리를 냈다.

"싫어. 아버지한테 가려는 거잖아."

앞에 있는 약혼자가 무섭지도 않은지, 루시아는 눈물 자국이 선명한 눈을 홉뜨고 그를 응시하고 있었다. 영민하게도 그의 의도를 간파한 채였다.

"어떤 말을 해도 결혼은 성사될 거야."

카론의 인내심이 툭 하고 무너진 건 그 순간이었다.

"넌 지금 이 결혼이 어떻게 진행되는지 알고 있어? 이 결혼이 얼마나 말도 안 되는······."

"왜, 우리가 남매라는 것 때문에?"

그러나 루시아가 먼저 그의 말을 막아섰다. 불쌍한 누이에게 남아 있던 마지막 연민마저 부서지는 순간이었다.

"······너, 알고 있었어?"

"에르하르트에서는 흔한 일이었잖아."

루시아가 간절한 얼굴로 그에게 한 발자국 다가섰다. 카론은 그 태연한 얼굴을 보고 한 발을 뒤로 물렸다. 누이가 두려워졌다.

"오히려 다행이라고 생각했어. 카론에게 허락된 상대가 나뿐이어서."

루시아는 두 손을 꼭 쥔 채 그에게로 다가왔다.

확신에 찬 눈동자는 벽난로의 열기를 받아 반질반질하게 빛나고 있었다. 그를 보는 것인지, 그 너머에 있는 어떤 환상을 보는 것인지 알 수 없게 초점이 몽롱했다.

"난 카론과 결혼하게 될 거야. 그게 내 꿈이었으니까."

"······."

"난 그걸 위해 친구도 버리고, 아버지의 반대도 무릅썼어. 난 그냥 카론만 있으면 돼."

숨 막히는 기시감이 드는 저 얼굴은 그가 흔히 알고 있었던 얼굴이었다. 제 어머니의, 마를레네 에르하르트의 얼굴이었다. 카론은 한 발자국 더 물러설 수밖에 없었다.

"넌 미쳤어."

"알아."

"완전히 미쳐 버렸다고."

카론이 중얼거렸다. 루시아는 주홍빛 온기를 받아 익은 얼굴로 티 없이 순수하게 웃고 있었다. 그들이 같은 피를 받았다는 증거인 붉은 눈이 형형히 빛났다.

에르하르트의 피를 받아 광증으로 물든 눈동자였다. 그의 아버지 같은, 그들의 어머니 같은. 아니, 이제 저와 같은.

"있지, 카론. 아버지께는 어머니를 거스를 힘이 없어. 어떤 기대도 하지 마."

"……."

"반역과 관련된 일에 아버지의 흔적이 하나도 남지 않은 이유가 뭔지 생각해 봐."

흐드러지게 핀 웃음꽃이 대강의 상황을 짐작하게 했다. 마를레네가 힘을 쓴 것이다. 반역의 중심에서 데스테 백작만큼은 지우기 위하여…….

제 사랑을 위해서는 무엇이든 못 하는 일이 없단 점은 모녀가 판박이처럼 똑 닮았다. 처음부터 카론의 편이 되어 줄 이는 어디에도 없었던 것이다.

그들은 오로지 자신들의 욕망과 행복을 위하여 기꺼이 그를 제물로 삼았다. 그것을 위해 그가 필사적으로 지키려던 가장 소중했던 이마저 빼앗아 갔다. 그것이 그를 집어삼킨 가문이라는 이름의 피붙이들이었다.

카론 에르하르트가 미쳐 버리기 시작한 건 그때부터였다.

* * *

스무 살이 되는 생일날이었다. 희붐한 달빛이 어두운 창가 사이로 새어들어와 한쪽 벽면을 비추었다.

등받이 의자에 걸터앉은 카론은 달빛이 닿는 자리를 가만히 지켜보고 있었다. 그 자리에 흐릿한 맺힌 흐릿한 형상은, 그를 향해 미소 짓는 엘레나 오펜하이머였다.

"엘레나."

낮게 불러 보았지만, 엘레나는 고개만 비스듬하게 기울일 뿐 그에게 다가오지 않았다. 월파와 같이 구불거리는 머리카락이 희미한 빛과 닿을 때마다 달빛 부스러기처럼 반짝거렸다.

환상 속에서도 엘레나와 제 거리는 조금도 좁혀지지 않았지만, 카론은 그것만으로도 만족할 수 있었다. 그간 지나가다 머릿결만 스쳐도 온 감각이 애끓을 만큼 좋지 않았는가.

그래서 잔인했다.

그토록 좋아한 여인이기에 그 기억들이 모조리 잔인했다.

닿으면 흐트러질까 싶어, 카론은 환상 속에 있는 엘레나 오펜하이머마저 아껴 가며 지켜보았다. 달빛에 휩싸인 황홀경 속에서 환상이 깨어질까 두려워 그녀를 건드릴 수조차 없었다.

차라리 이대로 시간이 멈춰 버렸으면.

그러나 서슴없이 벌컥 들이닥친 문소리만으로도, 그가 그려 낸 완벽한 환상은 먼지처럼 덧없이 흩어져 내렸다.

그가 가질 수 있는 유일한 안식의 시간을 깨뜨린 방해꾼들은 어두운 침실 안에 남포등을 들고 들어와 허락도 없이 방을 밝혔다. 카론은 갑작스럽게 늘어난 광량에 인상을 찌푸렸다.

"쯧."

하녀들을 데려온 마를레네가 방에 들어와 바닥에 굴러다니는 푸른 술병을 보고는 혀를 찼다.

"왕세자가 왔어."

곧 코앞까지 다가온 마를레네가 그를 내려다보고서 물었다.

"대체 언제까지 이럴 거니. 곧 네 결혼식인데. 내일이면 결혼 준비하러 루시아가 올 거야."

카론 에르하르트는 베르너의 장례식 이후로 하루가 멀게 술에 절어 있었다. 사정을 모르는 이들이야 아버지의 죽음으로 인한 충격일 거라 여겼으나, 지금 카론의 상태와 베르너의 죽음이 전혀 관련 없다는 건 마를레네가 누구보다도 잘 알고 있었다.

온기가 없는 손이 카론의 얼굴을 똑바로 잡아챘다.

"결혼식까지만 참아 줄 테니, 더는 이리 추태를 부리지 말렴. 이제 더는 애도 아니잖아."

경고를 하는 말이 우습기 짝이 없어, 카론은 저도 모르게 어머니의 말에 피식거리며 웃고 말았다. 마를레네의 한쪽 눈썹이 올라갔다.

"언제 애 취급을 하긴 하셨습니까."

피로한 말에서 술기운이 묻어났다. 마를레네는 천천히 제 아들의 턱을 움켜쥐고 있던 손을 내렸다. 그녀를 올려다보는 눈에는 전에 없던 반항기가 돌고 있었다.

"고작 시녀 하나 때문에 이 꼴이라니."

마를레네가 허탈한 웃음을 터뜨렸다.

"넌 베르너를 닮았어."

"……."

"그깟 하찮은 여자 때문에, 가문의 명예를 엉망으로 만드는 점까지 모두 다."

마를레네는 끝까지 제가 낳은 피조물과 선을 그었다. 여전히 제 아들을 통해 베르너의 그늘을 보고 있어서인지도 몰랐다. 카론은 이제 그녀의 이런 모욕이 우습게만 느껴질 따름이었다.

"어머니께서는 다를 거라 여기십니까."

"뭐?"

카론이 자꾸만 실없는 웃음이 새어 나오는 얼굴을 문지르며, 제 창조자를 노려보았다.

"전부 같은 피를 받은 에르하르트이지 않습니까."

가문의 명예라면 진즉에 더러워졌을 것이다. 그놈의 신비력을 남기기 위하여 피를 더럽게 섞어 댔을 때부터. 이제 그들에게 가문의 명예란 각자가 원하는 걸 손에 넣기 위한 명분에 불과했다.

찰싹.

그 불편한 폭로는 순식간에 매운 손길로 되돌아왔다. 바들바들 떠는 마를레네가 괘씸한 얼굴로 아들을 내려다보고 있었다. 카론은 어떤 상처도 받지 못하는 인간처럼 제 어머니를 무감하게 응시했다. 잘생긴 얼굴에는 붉은 흔적이 남아 있었다.

"루시아를 실망시키지 말렴."

그 적요한 검붉은 눈동자를 가만히 주시한 마를레네가 차분히 숨을 가라 앉히고서 말을 이어 나갔다.

"너를 위해서라도 그래야 해."

"……"

"실패작으로 남아서는 안 되잖니. 네 아버지 같은 최후를 맞이하고 싶진 않겠지?"

차가운 손바닥이 얼얼한 뺨을 부드러이 매만졌다. 어느새 어조는 살살 어르는 회유로 뒤바뀌어 있었다.

저 말들은 진정 아들을 위한 조언일까, 아니면 사랑하는 남자와 낳은 딸을 지키기 위한 경고일까.

딸이 어지간히도 소중한 모양이었다. 망가진 아들을 안겨 주고 싶지는 않은가 보지. 그럼에도 제 어머니에게 이 결혼을 무를 의지는 없어 보여, 카론은 입꼬리에 바스락거리는 웃음을 걸쳤다.

"카론 경."

똑똑. 그 심상치 않은 분위기 속에서 가벼운 노크 소리가 들렸다. 어느새 문설주에 기대선 왕세자가 제 존재를 알렸다.

"잘 지내지 못한다고 해서 왔어. 이제 에르하르트의 후작이신데. 왕실에서 연달아 후작을 잃는 건 아닐까 싶어 도무지 잠이 와야 말이지."

레오폴트는 아무것도 못 봤다는 양 능청을 떨었다.

지금 카론의 상태가 좋지 못하다는 사실은 후작 작위 계승식에서 그를 봤던 레오폴트 역시 알고 있었다. 다 죽어 가는 꼴로 와서는 무엇 하나 제대로 하지 못하고 넋을 놓길 여러 번이라, 식순은 제대로 이어지지 못하고 드문드문 끊어지길 반복했다.

처음에는 카론의 색다른 모습을 감상하는 걸 재밌어하던 그였지만 역시 심각성을 느꼈는지, 에르하르트 저택에 방문하는 횟수가 늘었다. 카론 에르하르트마저 베르너 에르하르트처럼 갑자기 사라지지 않을까 노심초사하는 기색이 역력했다.

마를레네는 왕세자와 아들을 갈마보다가 자리에서 일어났다. 나가기 전에 하녀들이 문가 콘솔 위 유리병에 숙취 해소에 좋은 코코넛 물을 부어 놓고 갔다. 내일 루시아를 봐야 하니, 멀쩡한 상태로 나오라는 암묵적인 지시였다.

마를레네와 그녀의 하녀들이 모두 나가자, 레오폴트는 굴러다니는 술병 사이를 휘휘 건너와 그의 맞은편 의자에 앉은 채로 속삭였다.

"여자 문제지? 그날. 마르첼 경 때문에."

푸른 달빛만이 창가에 앉은 두 사람을 비추고 있었다. 카론은 술병을 든 채로 메마른 웃음을 지을 뿐 말이 없었다.

"마르첼 경이 재빠르게 북부 항로를 개척하는 배에 올랐다지만, 내 눈은 못 속이지. 이런 쪽으로는 내게 거짓말을 말아야 해. 카론 경."

왕세자는 그 잔을 쥔 손을 저지하고서 눈을 빛냈다. 왕가의 태생다운 새파란 눈이 그를 직시하고 있었다.

문득, 엘레나의 눈동자는 저 푸른 빛깔에서 조금만 더 옅어진 색이었단 감상이 솟구쳤다. 그녀는 눈에 보이지 않고도 곧잘 맥락 없이 그의 생각을 잠식해 왔다.

카론은 그 눈을 마주한 채로 술을 쭉 들이켰다. 얼마 지나지 않아, 빈 병은 모조리 그 안에 든 내용물이 비워진 채로 덜그럭 바닥을 굴렀다.

"가시지요. 피곤합니다."

"왜. 데스테 영애가 속상하게 하나? 아니면, 혹시 다른 여자가 있는 거야?"

카론이 먼저 자리에서 일어나려 하자, 레오폴트가 끌끌 혀를 찼다.

"안 그래도 경이 결혼하면 맘껏 즐기지 못할 것 같아서 준비해 봤는데."

일어난 레오폴트가 갑자기 문을 벌컥 열자, 쉽사리 안에 들어오지 못하고 대화를 엿듣고 있던 여자들이 화들짝 놀란 얼굴을 하고 있었다.

"어때. 특별히 미인들로 데려왔어. 자, 어느 여자로 할래."

레오폴트가 카론에게 어깨동무한 채로 키득거렸다. 고약하게도, 전부 레오폴트의 취향이 반영된 터라 하나같이 금발의 여자들이었다.

"당연히 비밀은 보장되어 있어. 어때. 아, 경이라면 아무래도 데스테 영애께 지조를 지키려나."

레오폴트가 놀리듯 은근하게 속삭였다.

여자들은 소문으로만 듣던 소후작 이야기를 듣고 온 터라 유혹적인 미소를 건네고 있었다. 기대감에 찬 그 눈빛이 루시아를 떠올리게 했다. 그가 아닌 그 너머에 새겨진 환상을 바라보는 듯한 그 얼굴이.

이대로 결혼하게 되면, 저를 저렇게 바라보는 누이와 종마처럼 몸을 섞게 될 터였다. 신비력자 핏줄을 보고 말겠다는 것이 제 어머니의 야심이었으니.

카론은 갑갑한 마음에 고개를 내저으며, 콘솔 위에 있던 생수병을 찾았다. 두말할 것도 없이 레오폴트의 저속한 드레질에 어울려 주지 않고 돌려보낼 작정이었다.

평소라면 분명 그랬을 터였다. 만약, 그가 미치기 전이었다면.

그러나 시선은 아까 하녀가 숙취액을 부어 놓고 간 유리병에 잠시간 머물렀다. 평소엔 생수만 담겼던 투명한 유리병 안은 희뿌연 액체가 섞여 탁한 감도는 불순물로 가득 차 있었다. 내일 루시아를 단정하게 맞이하란 뜻으로, 마를레네가 손대어 놓은 것이었다.

그걸 보자, 순간의 판단이 순식간에 그의 결정을 뒤바꿔 놓았다.

"전부."

카론은 잔을 내려 두고, 그들을 향해 말했다.

"뭐?"

"전부 들어와."

당황한 레오폴트가 눈을 크게 홉떴다. 여자들은 허락이 떨어지자마자 앞다투어 소후작의 방으로 발을 디뎠다. 레오폴트는 얼떨떨한 얼굴로 그대로 문밖으로 밀려났다.

희미한 달빛만 남은 밤이었다. 카론은 굴러다니는 푸른 병 중 하나를 집어 들고 침대에 누웠다. 여자들이 사냥감을 노리듯 빙 둘러앉아 그를 포위했다. 카론은 조용히 눈을 감았다.

깊은 밤. 낯설고 검은 손길이 하나둘 그의 몸에 엉겨 붙었다. 환상을 두어 모금 삼키니, 세상에서 두 번 다시 못 볼 엘레나가 그의 위에 올라타 까르르 웃음을 터뜨렸다.

다시 눈을 감고, 두어 모금. 이번에는 엘레나 오펜하이머가 달뜬 미소를 짓는다. 그가 보지 못했던 표정이었다.

다시 두어 모금. 이번에는 다른 엘레나를 본다. 어떤 엘레나는 그의 얼굴만 어루만지며 다정하게 웃어 주고 있었다.

카론은 그대로 팔로 눈가를 덮었다. 엘레나의 환상 속에 둘러싸여 있으면서도, 기억 속에서 노닐던 엘레나 오펜하이머는 어디에도 없다는 자각이 그를 고독으로 밀어 넣었다. 짐승들에게 살을 내어주듯 그리 무기력하게 제 몸을 내주었다.

미친 결정에는 제 누이가 탐할 기사로서의 정결을 내다 버리겠다는 생각뿐이 없었다. 어쩌면 그저 어머니를 향한 반항인지도 몰랐다.

무엇이 되었든, 두 여자가 바랄 제 모습을 망가뜨리는 짓은 너무도 손쉬웠다. 처음을 이리 허무하게 보내고 싶지 않았던 건 분명했으나, 그가 몸과 마음을 주고 싶었던 여자가 더는 이 세상 어디에도 없었다.

카론 에르하르트는 더는 후회될 선택이란 건 남아 있지 않을 거라 여겼다. 타락은 순식간에 예정된 일이었다.

* * *

다음 날 아침. 내려오지 않는 카론을 찾아 침실로 올라온 루시아가 비명을 내질렀다.

* * *

마차 안으로 차가운 겨울의 공기가 내려앉았다. 맞은편에 앉은 한스가 조용히 마차 창문을 닫았다. 메마른 나뭇가지들이 앙상한 뼈대만 드러내는 겨울 숲은 언제나 아름답게 조경되어 있던 데스테 영지답지 않게 황량한 느낌마저 들었다.

창밖만 내다보고 있는 카론은 여느 때와 마찬가지로 무표정한 얼굴이었다. 간만에 겨우 나온 외출이었으나 들고 있는 서신의 모서리만 매만질 뿐, 제가 저지른 일에 대한 어떤 죄책감도 없어 보였다.

루시아의 병세가 악화되면서, 예정되어 있던 결혼식이 취소되었다.

차라리 정부 하나를 두었다면 흔히 있는 일이라 여길지 몰라도, 얼굴도 기억 못 하는 여자가 그의 침대에 여럿 널브러져 있었다. 침대 주변으로는 푸른 술병이 셀 수도 없이 나뒹구는 채였다. 그 난잡한 광경이 귀공녀에게는 크나큰 상처로 남았으리라.

충격을 받은 이는 루시아뿐이 아니었다.

'결국 너도 네 아비를 닮는구나. 그래, 그 피가 어디 가겠니. 내가 어찌 너 같은 괴물을 낳았을까……'

뒤늦게 아들의 상태를 목격한 마를레네는 카론에게 손찌검까지 해 가며 저주를 퍼부었다. 그러고도 분이 풀리지 않았는지, 성인이 된 제 아들을 저택에 연금시켰다.

며칠 내로 구스타프가 온다는 소식으로 보아, 마를레네는 이제 어쭙잖게 아들을 어르거나 협박할 생각이 가신 듯했다. 카론의 입장에서는 이제 와 마를레네에게 독살당한다고 해도 아쉬울 것이 없었다.

오히려 이대로 구역질 나는 가문에 대가 끊긴다면 죽은 엘레나에게 조금이나마 위안이 될지도 모른다는 생각이 들었다. 물론, 가문만 바라보고 살았던 마를레네가 그럴 수 있을지는 모르겠지만.

저택 앞에서 마차가 내려서자마자, 데스테 백작이 냉담한 태도로 그를 맞이해 주었다. 처음 있는 일이었다.

"의외로구나. 안 올 줄 알았는데."

"마지막 인사는 해야 할 것 같아서 말입니다."

루시아의 방으로 가는 회랑까지 거닐면서, 백작이 슬쩍 먼저 감사의 인사를 전했다.

"마를레네가 파혼하겠다는 말을 먼저 꺼내서 놀랐어."

카론은 예상한 사람처럼 고개만 까닥였다.

그는 누구보다도 결벽증이 있는 마를레네가 지키고자 하는 선을 분명하게 알고 있었다. 그날 밤은 마를레네가 참지 못하리란 걸 알고서 선을 넘은 터라 제 선택에 후회가 없었다.

제아무리 제 욕심만 앞세운 마를레네라지만, 그 꼴을 보고도 소중한 제 딸을 더러운 베르너의 아들에게 들이밀진 못했다. 강행해 오던 혼인 준비를 멈춘 것도 그 때문이었다. 그것이 그녀에게는 '딸에게' 지킬 수밖에 없는 어머니의 도리였을 것이다.

"나야 다행인 일이었지. 한사코 고집을 피우던 루시아도 오늘 마지막으로 경의 얼굴을 보고 단념하겠다고 했거든."

백작은 한숨을 내쉬더니 그를 노려보았다.

"다만, 그렇게까지 해야 할 필요가 있었나 싶구나."

백작 입장에서는 파혼이 이루어져서 다행이라 여기는 마음이 절반이면, 루시아가 상처받았으니 그를 나무라고 싶은 마음이 절반일 터였다. 그러나 카론은 그 원망에 관심이 없었다.

"……루시아의 하녀가 어쩌다 떠나갔는지 알고 계십니까."

여전히 카론은 미련을 놓지 못하고 은밀하게 '레나 크루거'라는 이름의 여자를 찾고 있었다. 포모나로 가는 길이 끊긴 터라 국내에서만 알아보고 있었기에 별 진전은 없긴 했지만.

데스테 백작이라면 엘레나가 떠났던 날의 자세한 행방을 알고 있을지도 몰랐다. 그러나 백작은 레나 크루거가 거론되자마자 인상부터 찌푸리고 보았다.

"안 그래도 루시아가 요즘 그 애 방에 자주 드나들고 있어."

백작은 그저 착하게만 보이는 딸이 안쓰러워 혀를 끌끌 찰 뿐이었다.

"루시아는 '마지막까지' 그 애를 참 아꼈는데, 은혜를 원수로 갚던 아이였지."

"마지막까지라는 건……."

카론이 더 물어보기도 전에, 온실에서 따온 장미로 바구니를 가득 채운 고용인들이 줄지어서 그들 옆을 지나쳐 갔다. 계절과 어울리지 않는 짙은 장미향이 회랑을 가득 메웠다.

"로렌츠가 선물한 종자가 꽃을 피웠나 보군."

백작은 카론을 남겨두고 서둘러 앞서 걷는 고용인들에게로 다가갔다. 그것으로 루시아의 방을 꾸미란 명을 내리는 듯했다. 카론은 그 모습을 지켜보다가 홀로 계단을 올랐다.

숱하게 데스테 저택을 방문했지만, 엘레나의 방은 처음이었다. 루시아의 방과 같은 층에 있어도 맨 끝자락에 놓인 곳이었다. 카론은 그때까지만 해도, 루시아가 어떤 이유에서 엘레나의 방을 고른 건지 알지 못했다.

문을 열자마자 찬 바람이 불어닥쳤다. 열려 있는 창문 아래로 낡은 흔들의자가 삐그덕 소리를 내며 천천히 흔들렸다.

"왔어, 카론."

루시아가 힘없는 목소리로 그를 맞이했다.

"카론, 그거 알아? 마녀는 한 가지 소원을 들어주고, 한 가지 저주를 내린단 거. 저주만 내리는 존재는 아니었는데, 그런데도 사람들은 마녀를 미워해서 멸족시켰대."

끼익. 끼익.

창문으로부터 불어오는 날 선 바람 소리와 흔들의자가 움직이는 소리가 한데 어우러져 기괴한 화음을 이루었다. 부스러질 듯 유약한 목소리가 그 소음 틈을 비집고 흘렀다.

"마녀는 사람들을 너무 잘 알았거든. 마녀는 사람의 마음을 읽고, 사람의 마음을 조종하고, 누군가를 잊게 하고, 누군가를 사로잡을 수 있었대. 사람들은 그런 마녀가 너무나도 두려워 존재 자체를 저주라 여기고 미워한 거야."

곧 흔들의자의 움직임이 멎었다.

"그런데 내 신비력은 오래전에 망가져 버렸는걸."

"……."

"난 지금 그 저주조차 내릴 수 없단 게 너무나도 원망스러워."

루시아가 천천히 의자에서 일어나 창가에 걸터앉았다. 불어오는 바람에 그녀의 머리카락이 어지러이 흩날렸다.

생기를 찾아볼 수 없을 정도로 파리한 안색은 그녀가 입고 있는 슈미즈만큼이나 새하얬다. 그러나 중심에 있는 핏발 선 눈동자는 선연할 정도의 붉은빛을 띠고 있었다.

"루시아."

그 눈에 차오른 감정을 알아차린 카론이 그녀에게 한발 가까이 다가섰다. 슈미즈 소매가 매서운 칼바람을 맞아 펄럭거렸다.

"마르첼은 나한테 하룻밤을 요구했어. 난 당연히 마르첼이 카론을 찾아갈 걸 알면서도 응할 수가 없었고……."

"거기, 가만히 있어."

"카론은 내 생각을 전혀 하지 않는 거야? 나와 결혼하는 게 그렇게 싫었어?"

자그마한 발이 좁은 창틀을 밟고 아슬아슬하게 올라가 있었다. 함부로 다가오는 순간 곧장 뛰어내리겠단 위협이라도 하듯, 양손을 창틀에서 뗀 채였다.

"엘레나 때문이지? 그날 밤은 나한테 복수하려고 그랬단 거 다 알아."

거친 바람 소리가 그의 귓가를 휘휘 스쳤다. 루시아의 한 발이 허공을 밟고 있었다. 카론은 차분히 숨을 고른 채로 그녀를 향해 손을 뻗었다.

"루시아. 제발. 어서 이리 내려와."

멀리서 고용인들의 비명이 들렸다. 그를 내려 보는 루시아의 눈가에는 눈물이 고여 있었다.

"날 살리고 싶으면 어머니께 다시 결혼을 하겠다고 말씀드려."

"그럴 순 없어."

"이제 엘레나는 없잖아. 카론도 그렇게 알고 있잖아."

"······."

"······내가 죽어도 엘레나는 절대 잊지 못할 거야?"

카론이 재빠르게 그녀의 팔을 붙잡고 끌어내리려 할 때였다. 루시아가 그대로 허공을 향해 몸을 눕혔다.

"꺄! 루시아 아가씨!"

"아가씨, 그대로 버티고 계세요!"

"어서, 누가, 사람을 불러!"

고용인들의 고함이 아득히 들려왔다. 그녀의 팔목을 붙잡은 카론의 손이 바들바들 떨렸다.

루시아는 공중에 매달린 채로도 희끄무레하게 웃고 있었다. 카론이 이를 악문 채 손목을 그러쥔 손에 힘을 주었다.

"그대로, 있어."

카론이 그대로 그녀를 들어 올리려 할 때였다. 루시아가 한쪽 손을 들어 그의 손을 붙들었다.

"루시아!"

루시아가 제 팔목을 감싼 그의 손가락을 하나하나 떼어 내려 들고 있었다.

"카론, 나를 봐."

붉은 눈동자가 서로를 첨예하게 마주 보았다. 누이의 얼굴에는 차가운 바람이 스친 자리에 눈물이 말라붙어 있었다.

"난 널 사랑해."

"······."

"엘레나보다도 더 사랑했어."

"루······."

순간, 손 틈 사이로 가느다란 팔목이 빠져나갔다.

"······루시아!"

이명이 찾아든다. 어디선가 종소리가 울리는 착각이 들었다. 낙하하는 루시아의 마지막 모습이 느릿하게만 보였다. 점점 멀어지는 그녀의 입 모양이 보일 정도로 선명하게끔.

나를.

절대.

잊지.

마.

곧 귀를 찢는 비명이 함께 몰려들었다. 루시아의 방에 들어가 있던 고용인들이 소리를 지르자, 그들이 들고 있던 바구니에서 장미 꽃잎이 쏟아져 내렸다.

쿵.

장미 꽃잎은 초겨울의 바람을 타고 내려와 추락한 그녀를 에워쌌다. 이내 그 주변을 장식하는 붉은 빛깔이 핏물인지 낙화한 꽃잎인지 알지 못했다.

카론은 그 광경을 내려 보다가 천천히 자리에 주저앉았다.

* * *

며칠 뒤, 전쟁이 발발했다.

"……전쟁에 참전하겠습니다."

루시아 데스테의 자살 관련 조사차 저택에 연금되어 있던 카론은 응접실 카우치에 앉아 눈을 감은 채 답했다. 손수 놀러 온 레오폴트가 호오, 하고 흥미로운 감탄사를 내뱉었다. 그들 사이에는 이미 술병들이 즐비하게 늘어서 있었다.

"경이 직접?"

"예."

"고맙긴 하지만, 이번 전쟁은 꽤 길어질 텐데."

"최전방에 서겠습니다."

"……경이 취한 걸 다 보고 별일이야. 이런 진귀한 모습을 다 보다니."

"농담이 아닙니다."

카론은 한숨을 내쉬며, 천천히 왕세자 쪽으로 시선을 돌렸다. 달빛에 어린 카론 에르하르트의 얼굴은 술기운이 올라 조금 느슨해진 느낌이었으나, 그가 하는 말에는 오롯한 진심뿐이 없었다.

"죽겠단 소리야?"

레오폴트가 미간을 휙 좁혔다. 그도 그럴 것이, 이번 포모나 전쟁은 소규모 국지전으로 끝나고 말 전투가 아니었다. 오랫동안 준비해 온 대전이 치러질 예정이었다.

수많은 피가 헛되이 흩뿌려질 것이다. 수많은 인간들이 소모품처럼 죽어나갈 전쟁이었다. 그런 전쟁에서 최전방에 서겠다는 건 제명을 재촉하겠다는 뜻과 다름없었다. 물론, 카론 에르하르트가 선봉에 선다는 것만으로도 전쟁의 양상은 많이 달라지겠으나…….

"단, 조건이 있습니다."

카론이 그에게 조건을 내걸었다. 시린 달빛과는 대조되는 검붉은 눈동자에 이채가 감돌았다.

"에르하르트 가문을 버려 주시지요."

"뭐?"

"철저하게 왕실의 개처럼 쓰다가 버려 달란 말입니다."

잠시간 침묵에 잠기기 충분한 말이었다.

"무슨 뜻인지 전혀 모르겠는걸."

레오폴트는 어둠 속에서 가뭇한 웃음을 지었다.

"카론, 나는 속을 알 수 없는 자들을 싫어해."

수작을 부리지 말라는 경고였다. 술기운이 올라 열 오른 한숨이 뒤따랐다.

"곧 주치의가 에르하르트 저택을 방문할 겁니다."

카론은 들고 있던 푸른 술병을 만지작거리면서 피로한 말을 이었다.

"전장에서 죽는 일은 두렵지 않습니다. 독살당하는 일도 마찬가지입니다. 하지만……."

"……."

"평생을 이 가문에 명예를 바치다 죽는 일은 참을 수가 없어서 말입니다."

레오폴트는 가만히 그를 들여다보았다. 어느새 기사의 긍지보다도 개인적인 복수를 택한 남자가 제 앞에 앉아 있었다.

왕세자로서 에르하르트 가문을 주도면밀하게 감시해 왔고, 카론 에르하르트와 마를레네의 사이가 그리 돈독하지 못하단 사실은 진즉에 알고 있었다. 하지만 이리 깊은 증오를 숨기고 있는 줄은 몰랐다.

발톱을 드러내게 된 계기는 어디서부터였을까. 그가 보기에 카론 에르하르트는 평생을 그 뜻을 거스를 것 같지 않던 인간이었는데.

"경의 뜻은……. 적당히 알아들었어."

레오폴트가 가벼이 고개를 끄덕이며 잔을 들어 올렸다. 술을 넘기는 내내 그의 입가에서 미소가 떠나지 않았다.

어쨌든 왕실로서는 그리 나쁠 리 없는 상황이었다. 견제할 것도 없이 에르하르트 가문 내의 혈전이라니. 그러나 마를레네보다 카론 에르하르트가 살아남는 편이, 머지않아 왕위를 이어받아야 하는 그에게 이로울 결과일 것이다.

창밖엔 어느덧 하얀 눈이 소복하게 내리고 있었다. 달빛이 내려온 설야를 우두커니 보고 있던 왕세자는 적당한 시기라 여기고 그에게 소식을 전했다.

"오늘 데스테 백작이 저택에서 목을 맨 채로 발견되었어."

카론은 그 이야기를 듣고도 그저 술병을 기울일 뿐 아무런 반응이 없었다. 왕세자는 그를 대신하여 잔을 들어 올리고서 시시한 감상을 토로했다.

"참 유감스러운 일이지."

* * *

　카론은 지루한 얼굴로 창틀에 쌓이는 눈송이를 지켜보았다. 방 밖에서 일어난 소란이 원치 않아도 카론의 귓가를 찌르고 있었다.

　살려 주세요! 마님!

　전 그분이 원하신 대로……. 악!

　제 술에 독을 타려던 하녀가 몰매를 맞는 중이었다. 구타는 잔인할 정도로 오래 지속되었다.

　독살 시도를 잡아낸 건 그가 아닌 마를레네였다. 저 들으라고 모두가 다 보는 회랑에서 벌을 주고 있는 어머니가 참으로 대단할 지경이었다.

　아니, 애초에 그런 의도 따위 계산되어 있지 않을지도 모른다. 저 여자가 데스테 백작이 보낸 첩자였단 사실을 듣고서 눈이 뒤집혔다고 보는 편이 더 타당할 것이다.

　딸아이가 죽고 난 뒤. 백작은 마를레네의 눈치조차 보지 않고 코타이너에서 여자를 하나둘 사들여 후원했다. 저렇게 활용하려고 했을 줄 누가 알았겠는가.

　아악! 마님!

　가엾은 하녀의 비명이 점점 멀어졌다. 제 침실에서 무심히 술잔만 기울이던 카론은 마를레네가 들어왔을 때에야 잔을 내려놓았다. 어머니의 얼굴은 언제나 그렇듯 여상하기 짝이 없었다.

　"쥐새끼들이 많이 설치는구나."

　마를레네가 엉망이 된 소매 깃을 정리하며 말했다. 하녀가 엎드려 매달리기라도 한 건지, 소매에 달린 레이스 장식이 뜯어져 있었다.

　루시아가 죽은 이후로 첩자 신분이 발각되는 하녀들이 늘기 시작했다. 데스테 가문에서 첩자가 숨어 들어오는지도 몰랐다니. 마를레네가 백작에게만큼은 얼마나 예외적으로 굴었는지 알 수 있었다.

"감히 어머니께서 손수 거둘 목숨을 노렸다는 사실이 그리도 분하십니까."

냉소밖에 나오지 않는 상황이었다. 누구보다 아들을 죽이고 싶어 하실 어머니께서 그를 독살하려는 첩자를 친히 벌하시다니.

그녀의 딸과 그녀의 정부가 저 때문에 연달아 죽었다. 미치지 않고서야 배기지 못할 상태일 것이다.

그러나 마를레네는 고개를 갸웃거리며 의문을 표했다.

"내가 널 죽이다니? 어째서 그런 생각을 하는지 모르겠구나."

마를레네가 아들의 얼굴을 가까이 내려 보았다. 매끄러운 미소가 이어졌다.

"난 베르너도 죽이진 않았잖니."

언뜻 들었을 때는 별것 아니라고 여겨질 만큼 나긋한 음성이었다.

때마침, 회랑 밖으로는 카랑카랑한 발소리가 울리고 있었다. 지팡이를 쥐고서 힘껏 걸어오는 늙은 주치의의 모습이 절로 그려졌다.

카론은 그제야 심상치 않은 기미를 느끼고 마를레네를 올려 보았으나, 이미 열린 문틈 사이로 구스타프와 고용인들이 비집고 등장했다. 구스타프가 코트에 덮인 눈을 털어 내면서 몸을 떨었다.

"최악의 날에 부르셨군요."

신속히 왕진 가방을 열고서 서류를 내미는 손에는 특유의 툴툴거림이 배어 있었다.

"우선, 동의서 먼저 작성해 주시길 바랍니다."

"자, 여기. 여기에 서명하면 돼."

순식간에, 무엇인지 정확하게 알지도 못할 시술의 동의서가 카론 앞에 들이밀어졌다. 단순히 그를 죽이려는 시술이 아니라는 건 분명했다.

"무슨 시술인 겁니까."

깃펜을 쥐고서 묻는 말에는 그다지 반항심이 없었다. 마를레네가 저를 어떻게 해하든 상관없었으나 좋지 못한 예감이 들었다. 카론을 물끄러미 보던 마를레네가 낮은 목소리로 명령했다.

"구스타프, 잠시 밖에서 대기해 주시기를."

구스타프 쪽은 보지도 않고서 내리는 축객령이었다. 잠시 낮은 한숨이 흘러나왔으나, 머지않아 주치의와 고용인들이 방 밖으로 우르르 나섰다.

둘만 남자, 마를레네는 창틀에 편히 기대앉아 단죽을 베어 물었다. 창밖으로는 여전히 눈이 고요히 내리고 있었다. 마치 아버지가 샤를로테 오펜하이머를 고문한 그날처럼.

그녀가 피로한 고개를 뒤로 젖히자, 연기가 눈발처럼 어지러이 날렸다. 마를레네는 그사이 부쩍 담배가 늘어 있었다.

"오펜하이머의 그 계집 때문에 이러는 거라면, 네 기억을 지우면 돼. 너도 계속 지니고 있기 괴로울 것 아니니."

그녀의 입에서 그리 흘러나온 말을 듣는 순간, 카론은 들고 있던 깃펜을 내려놓았다. 입가에 날카로운 웃음이 저몄다.

"그게 쉬이 될 거라 여기십니까."

"……."

"그럼 어머니께서 먼저 백작의 기억을 지우시면 되잖습니까."

생각해 볼 필요도 없는 말에 카론이 자리에서 일어났다. 그러나 마를레네가 엄중히 덧붙인 한마디가 나가려던 그의 발걸음을 옭아매었다.

"오펜하이머 가문은 되살려야 하지 않겠니."

휙 돌아보자, 마를레네의 붉은 입술 사이로 회색 연기가 유유히 흩어지고 있었다. 그를 응시하는 까만 눈동자가 서슬 푸르게 빛났다.

"처형 이후로 숨어 버린 오펜하이머의 일족을 찾아서 그 작위를 계승시키는 일 따위는 네겐 힘들어도 나에겐 아무것도 아니지."

"……."

"왜, 그래도 하찮은 미련 따위가 중요해서 죽은 여자의 기억을 붙잡고 네 아비처럼 살아갈 거니?"

마를레네가 슬며시 웃으며 담뱃재를 털었다. 카론은 주먹을 움키고 펴길 반복했다. 마를레네의 의도를 알 수 없었다.

"어째서 이제 와 저를 살리려는 겁니까."

베르너처럼 고통스럽게 살아가길 바랐다면, 그녀는 그의 기억을 지워서는 아니 되었다. 그러나 그를 죽이려던 마를레네가 지금 그의 고통의 근원지를 지우려 들고 있지 않나. 도저히 납득 가지 않는 결정이었다.

"글쎄. 난 베르너와 다르게 가문을 저버리고 내 의무를 내팽개치는 인간이 아니란다."

마를레네의 시선에는 한기가 가득했다. 그의 머리에서 발 끝자락까지를 훑어보는 시선에는 순간의 증오를 넘어선 어떤 감정이 응축되어 있었다.

또각.

마를레네가 그를 향해서 걸어왔다.

"얌전히 네 책무에 따르렴."

"……."

"그럼 그 아이의 명예만은 지켜 주마."

또각. 또각.

그의 주변을 배회하는 구두 굽 소리가 신경을 자극했다. 그녀 딴에는 많이 양보했다는 의사라도 되는 양, 성마른 발소리가 결정을 독촉했다.

"제가 어머니를 어떻게 믿습니까. 기억을 잃은 후면 어머니께서 약속을 지켰는지 지키지 않았는지조차 알 수 없게 되는데."

하지만 어떻게 마를레네만 믿고 엘레나를 쉬이 지우란 말인가. 카론에게는 가당치도 않을 제안이었다. 눈앞에서 오펜하이머 남작의 작위 양도 서류를 보기 전까지는.

"이미 왕실에서 작위가 거래되었단다."

카론은 뒷머리에 둔기를 맞은 듯 서류를 내려 보았다. 마를레네가 넋을 놓은 카론을 앞에 두고 물었다.

"결정하렴. 네 기억을 지킬 것인지, 오펜하이머 가문의 부활을 택할 것인지."

"……."

"단, 오펜하이머 가문에 관한 어떤 기억도 남겨선 안 돼."

마를레네의 입가에 희미한 미소가 번졌다.

"약속은 반드시 지켜질 거란다. 내 반드시 오펜하이머 가문을 부활시킬 터이니."

확신에 찬 말이었다. 기저에 어떤 감정을 감추고 있는지는 알 수 없었으나, 마를레네가 거짓말을 하고 있지 않다는 건 카론이 제일 잘 알 수 있었다.

카론은 마를레네와 창밖에 내리는 눈발을 번갈아 보다가 펜을 쥐었다. 고민은 길지 않았다.

어차피 전쟁 중에 죽어 스러질지도 모르는 목숨이었다. 엘레나가 지키고자 했을 가문의 긍지가 제가 죽는 순간까지 절절히 붙잡고 있을 기억보다 가치 있었다. 제 사랑이란 결국 엘레나를 파멸로 이끌었을 뿐이지 않은가.

미쳐 가는 와중에도, 그것 하나만은 확실히 알고 있었다. 제 마음 따위 엘레나에게 절대 도움이 되지 못했다는 것을.

그렇게 카론은 기억을 지우고 전쟁에 참전했다. 얼마 되지 않아 마를레네가 자결했다. 카론은 전쟁 중에 그녀의 부고를 받았다.

마를레네의 유서에는 약속이 지켜질 거라는 말이 담겨 있었다. 그러나 카론은 자신이 무엇을 놓쳤는지는 알지 못했다. 어머니가 어떤 진실을 영원히 묻으려 했는지도.

* * *

미로의 끝에 도달하자, 카론이 숨을 들이마셨다. 육체가 까끌까끌한 모래사장 위에서 뒹굴었다. 갑작스럽게 중심 기억이 밀려오자 머리가 부서질 것만 같은 생생한 두통이 범람했다. 깨어난다면, 평생 이 고통을 안고 살아가야만 할 것이다.

푸른 하늘 밑으로 포모나의 광활한 사막이 펼쳐지고, 그 끝에 바실리카 신전이 놓여 있었다. 카론은 쓰러진 채로 숨만 몰아쉬며 그곳을 바라보았다. 눈물범벅이 된 얼굴에는 모래 알갱이가 달라붙어 있었다.

아지랑이가 일렁이는 사막 한가운데로 한 남자가 걸어왔다. 작은 점처럼 보이는 그자가 스무 살의 자신이란 걸 알았다.

'기회는 한 번뿐입니다.'

스무 살이 된 자신은 기억을 지우고 혼돈에 휩싸여 전쟁을 휘젓고 다녔다. 피가 낭자한 사막은 그가 기억을 묻고 왔던 장소였다.

그렇기에 저 시절의 카론은 이대로 기억을 되찾는 걸 바라지 않을 것임을 알았다. 제 모순이자 과오와 마주 볼 시간이었다.

'명심하십시오. 기억을 되살리는 일은 기억을 지우는 일보다 어렵단 것을요.'

마침내 다가온 스무 살의 카론이 기억을 되찾은 자아의 목에 검을 겨누었다.

11. 오펜하이머

짧기만 했던 가을이 지나고, 벽난로에 장작불이 타오를 시기가 되었다. 장작 위로 불티가 날리는 광경을 멍하니 지켜보던 엘레나의 뒤로 필리프가 다가왔다.

"엘레나, 이따가 로렌츠 님이 온다는데……."

멀거니 그를 뒤돌아보는 엘레나의 얼굴을 보고서, 필리프가 입을 닫았다. 엘레나가 천천히 몸을 일으켰다. 제법 솟아오른 태가 나기 시작한 배가 이제는 누가 봐도 임산부 같았다.

"또 불을 보고 있었어?"

"응."

"자, 여기. 서신."

엘레나는 약혼자로부터 받은 방문 서신을 무감하게 읽어 보고는 벽난로에 던졌다. 불꽃에 잡아먹힌 서신은 그대로 재가 되어 사라졌다.

"피곤하네. 먼저 들어가 볼게."

엘레나가 담비 털로 된 숄을 여민 채 걸음을 옮겼다. 불과 몇 달 전까지만 해도 수수한 하녀복만 입던 여자라고는 믿기지 않을 만큼 자연스러운 귀공녀의 행색이었다.

필리프는 아직도 적응되지 않은 '엘레나 오펜하이머'의 모습을 걱정스레 눈에 담았다.

이 오펜하이머 성의 새로운 주인이 진즉에 고용인들에게 신문을 치워 두라고 일렀다는 건 알았지만, 오늘만큼은 밖의 소식을 알아야 할 의무가 있었다.

필리프는 잠시 머뭇거리다 그녀를 불러 세웠다.

"후작이 깨어났대."

엘레나의 걸음을 붙들기에 충분한 말이었다.

"아마도 조만간 기별이 올 거야."

엘레나는 고개를 살짝 멈칫거렸지만, 뒤돌아보진 않았다. 나직한 한숨 섞인 말이 흘러나왔다.

"알겠어."

걸음은 다시 천천히 멀어졌다. 필리프는 그 뒷모습만 쳐다보다가, 타닥 소리를 내는 장작 쪽으로 시선을 돌렸다.

엘레나는 요새 부쩍 불을 바라보는 시간이 늘어나 있었다. 그는 벽난로 근처에서 타다 만 종이 쪼가리를 발견하고서 주워 들었다.

신문의 일부였다.

[슈미트 공작 가문······.

드디어 공석이었던 공작 자리 되찾고 부활하나······.

왕세자 레오폴트 전하께서는 "후작의 의사에 따르겠노라." 전해······.]

신문은 온통 에르하르트 후작가와 슈미트 공작가의 결합을 떠들어 댔다.

사실상 에르하르트 후작 가문이 슈미트 공작 가문을 집어삼킨 것과 다름없는 혼사였으니, 상당한 화제를 모을 수밖에 없기도 했다.

시사지에서는 에르하르트 후작 가문의 탐욕이라 대놓고 비꼬는 경우도 있었고, 가십지에서는 후작과 루이제 슈미트 둘 사이를 주목해서 다루었다. 심지어는 슈미트 영애가 직접 인터뷰에 응해 준 적도 있어서 몇 달간 이 화제는 끊이지 않고 이어질 수 있었다.

[루이제 슈미트 : 후작님의 건강이 좋아지는 대로 식을 거행…….]

필리프는 그대로 불구덩이에 남은 조각을 던져 넣었다. 아직도 루이제의 이름만 봐도 복잡한 감정이 뒤따랐다.

그날, 마법진을 타고 국경에 도착했을 때. 루이제와 함께 국경을 넘을 줄 알았던 필리프의 기대는 산산이 무너져 내렸다.

루이제는 대기 장소에서 발렌시아의 사병들과 함께 기다리고 있었다. 루이제는 오라버니를 배신하고, 카론 에르하르트를 택했다. 그때만 생각하면 피가 식는 기분이었다.

그렇게 버려진 그를 엘레나가 구제했다. 로렌츠는 쓸모가 다한 필리프를 바로 제거하려 들었으나 엘레나 오펜하이머가 그를 곁에 두길 원했다. 그래서 지금처럼, 엘레나의 시중을 드는 겸 로렌츠 발렌시아의 관리 감독을 대신하는 역할을 맡게 된 것이다.

필리프는 줄곧 누이를 위해 달려왔으나 지금 같은 상황에서 어찌할진 생각해 본 적이 없었다. 다만, 이제 한 가지 결심은 확실해진 것 같았다.

그는 의지할 곳 없는 엘레나 오펜하이머를 버려두고 이곳을 떠날 수가 없었다. 진정으로 그녀가 행복해지길 바랐다.

그는 엘레나가 그리했던 것처럼, 그녀가 앉아 있던 자리에서 불씨를 넣 놓고 바라보았다.

* * *

겿 좋은 금발 머리카락이 야무진 손끝에서 흘러내렸다. 빗질하는 로제마리의 입가에 만족스러운 미소가 걸렸다.

"역시 좋은 향유는 그 값을 한다니까요."

로제마리는 신나서 어제 들어온 고가품 향유에 관해서 떠들었다. 거울에 비친 엘레나는 항상 그렇듯 가만히 그녀가 떠드는 소리만 들었을 뿐, 별말이 없었다.

발렌시아 가문으로부터 주기적으로 선물 받는 모든 것들은 로렌츠 발렌시아의 약혼녀라는 명분하에 누릴 수 있는 것이었다. 귀부인의 시중 하녀가 되겠다는 꿈을 이룬 로제마리는 마냥 신났겠지만, 그의 속뜻을 알고 있는 엘레나는 전혀 그렇지 못했다.

"로제마리 씨는……."

"네?"

"왜 돌아왔어요? 그대로 도망가도 되었잖아요. 여기 있으면 후작님의 눈에 잘 띄니 위험한 건 매한가지일 텐데."

엘레나가 깜빡이는 로제마리의 눈동자를 보고 그리 물었다. 문득 궁금해졌다. 루이제가 슈미트 성에서 빠져나가는 걸 도운 로제마리는 그대로 도주할 기회가 있었음에도, 엘레나의 시중을 자처해 오펜하이머 성 배경을 지원했다. 그녀로서는 이해 가지 않는 선택이었다.

"엘레나 아가씨."

'레나 크루거'라는 이름이 '엘레나 오펜하이머'로 바뀌자마자, 로제마리가 그녀를 부르는 호칭은 칼같이 '아가씨'로 전환되었다. 그러나 얼굴에선 의아한 표정을 감추지 못하고 되물었다.

"목숨만 그리 중요하다면, 아가씨께서는 어째서 에르하르트 가문에 오셨던 건가요?"

엘레나는 가만히 입을 다물었다. 로제마리가 취침 준비를 마무리해 주면서 말을 덧붙였다.

"제가 살던 동네에서는 하고 싶고 하고, 가지고 싶은 걸 가지기 위해서는 위험을 감수해야 하는 게 당연했어요. 워낙 가진 것이 없으니 목숨이라도 거는 일도 많았지요."

"……"

"에르하르트 저택까지 흘러들게 된 것도 여러 번 제 목숨을 걸었기 때문이에요. 그렇게 지금 이 자리까지 오게 되었는데, 여기서 도망쳐야 할 이유 따위는 없지요."

윤기 나는 머리카락을 매만지던 로제마리는 잿더미 사이에서 보석을 발굴한 사람처럼 눈동자를 빛냈다. 거울 속에 담겨 있는 여인은 실로 아름다웠다. 그녀가 저와 같이 일했던 하녀였다고는 믿을 수 없을 만큼.

루시아 데스테가 어린 시절 처음으로 보았던 눈먼 아름다움이었다면, 엘레나 오펜하이머는 그녀가 발굴하고 창조해 낸 아름다움이었다. 애정이 가지 않을 수가 없었다.

엘레나는 로제마리의 동경 어린 눈빛을 마주하다가 눈을 내리깔았다. 손이 자연스럽게 배를 쓰다듬었다.

목숨을 걸고서 에르하르트에 갔던 이유.

나를 위해서. 오펜하이머를 위해서. 루시아를 위해서.

분명히 정확하게 알고 있다고 생각했건만, 자주 잊는 느낌이었다. 어딘가 그보다 더한 이유가 자리하고 있기라도 한 것처럼.

* * *

엘레나는 응접실에서 로렌츠 발렌시아를 맞이했다. 한 번도 그를 침실이나 투왈렛 룸에서 맞이해본 적이 없었다. 로렌츠 역시도 그 간격을 유지해 왔다.

약혼한 사이치고는 퍽 건조한 분위기였으나, 계약 혼이라는 점을 미루어 보았을 때 이상할 것도 없었다. 원래 귀족 간의 결혼은 이런 경우가 부지기수였으니.

탁잔이 달그락거리는 소리만 한참을 오가다 로렌츠가 먼저 입을 열었다.

"후작이 깨어났어."

"알고 있어요."

"왕세자와 반목하고 있다더군."

엘레나는 저도 모르게 찻잔을 든 손에 힘을 주었다.

"지나가는 일일 뿐이겠지요. 왕실과 에르하르트 가문은 한 몸과 다름없으니."

"……결혼식을 앞당기는 게 좋겠어."

로렌츠는 별다른 대화 없이 결론만 내놓았다.

후작이 혼수상태에 빠졌다는 소식을 듣고 난 뒤로, 엘레나가 불안정한 몸 상태를 보여 결혼 일정을 미뤄 둔 상태였다. 그러나 깨어난 후작의 행적이 심상치 않은지, 로렌츠는 다시 일정을 조정했다. 엘레나는 거기에 어떤 거부 의사도 표하지 못했다.

그와 그녀의 관계는 어디까지나 주인과 고용인에 불과했다. 제아무리 그녀가 하녀에서 귀공녀로 탈바꿈해도 바뀌지 않을 상하 관계였다.

후작의 기억을 되살리는 일에 실패했으니 죽일 거란 그녀의 예상과 다르게, 로렌츠는 엘레나에게 상황을 만회할 기회를 주었다. 고작 그와의 결혼으로 가문과 그녀의 신분까지 전부 받을 수 있단 걸 다행으로 여겨야 할 상황인지도 몰랐다.

무엇보다도 이제……. 홀몸도 아니지 않는가. 아이를 무사히 낳으려면, 아이와 자신을 보호해 줄 이가 필요했다.

철저히 연애결혼만 추구했던 그녀의 가치관은 가문과 아이 앞에서 무너져 내렸다. 에르하르트 저택에서 소녀 시절의 첫사랑을 그리 떠나보내니,

현실적인 대안을 따르게 된 것이 당연한 일인지도 몰랐다.

그럼에도 허전한 마음을 달랠 길이 없어, 엘레나는 습관적으로 배를 매만졌다. 로렌츠가 그 손길을 빤히 보다가 물었다.

"몸은 어때."

"괜찮아요. 아이도 무사하고요."

"다행이네."

속을 알 수 없는 그의 보랏빛 눈동자가 그녀의 배를 유심히 들여다보았다.

그 눈을 보고 있노라면, 그녀는 아직도 이 결혼에 담긴 제 가치를 가늠하기 힘들었다. 로렌츠 발렌시아가 그녀를 바라보는 눈은 언제나 그렇듯 건조하기만 했다.

그는 다른 남자들처럼 저를 욕망의 대상으로 보고 있지 않았다. 늘 가치 있는 소장품을 바라보는 시선이었다.

발렌시아 가문이라 할지라도, 차남이었다. 변방 남작 가문의 영애보다는 좋은 혼인 자리가 많이 있었을 터였다. 그러나 로렌츠는 결혼도 모자라 배 속의 아이까지 그의 양자로 삼겠단 조건을 들이밀었다.

현재 오펜하이머 남작의 작위는 로렌츠 발렌시아의 손아귀에 들어가 있었으니, 엘레나에게는 그와의 결혼이 최선의 선택이었다. 로렌츠는 이미 오펜하이머 성과 영지, 작위를 모조리 사 모은 상태였고, 계약을 이행하면 엘레나에게 그걸 하나씩 안겨 주겠노라 약조했다. 엘레나는 그 이유로 로렌츠와의 계약에 을이 될 수밖에 없었다.

그러나 과연, 이 모든 것들이 오펜하이머를 되찾을 만큼의 무게일까. 얼핏 봐서는 로렌츠의 손해일 결혼이건만, 엘레나는 그가 어떤 의도로 결혼을 제안했는지 알 길이 없었다.

안타깝게도, 엘레나는 지금 이 상황이 로렌츠가 진정으로 복수를 이룩한 상황이란 걸 몰랐다.

"왕세자 쪽은 어떠한가요."

엘레나는 아득한 심경을 감추고 화제를 돌렸다. 로렌츠는 마찬가지로 간략하게 답을 주었다.

"대화가 지속될 수 있는 건 '당분간'일 뿐이라고 답이 왔어."

"당분간이라는 건……."

"에르하르트 가문이 따로 군 병력을 집결시켰거든. 왕실의 명도 없었는데."

순식간에 엘레나의 얼굴이 새하얗게 질렸다. 그 말의 뜻을 모를 수가 없었다. 로렌츠 발렌시아는 각오한 사람처럼 무감하게 덧붙였다.

"곧 내전이 벌어지겠지."

엘레나는 망연히 시선을 돌렸다. 창밖에는 소복소복 새하얀 눈이 쌓이고 있었다.

* * *

"파란 장미를 심겠다고?"

"응."

눈 내리는 밖의 풍경과 달리 유리 온실 안에는 훈기가 돌고 있었다. 엘레나는 그 안을 성큼성큼 걸어가며 무럭무럭 싹을 틔우고 있는 종자들을 확인했다. 필리프는 납득하지 못한 눈길로 엘레나를 흘겼다.

"어째서?"

그들은 첩자 활동 내내 꽃과 화병으로 신호를 주고받았다. 필리프에게 파란 장미는 에르하르트 저택을 떠올리게 만드는 꽃이었다.

그러나 엘레나의 눈길은 이미 푸른 새싹에 진득이 머물러 있었다. 담비 털로 된 망토는 푸른 장미 모양 브로치로 고정된 채였다.

"꿈을 꿨거든. 파란 꽃비 사이로 아이가 걸어오는 꿈."

그 대답에, 필리프가 불만 어린 표정을 누그러뜨렸다. 태몽으로 보아,

여자아이이지 않을까. 그녀를 닮은 딸이 태어난다고 생각하니 새삼스레 묘한 기분이었다.

"내년 봄에는 옮겨 심을 수 있겠네."

필리프가 씨앗의 발아 상태를 보더니 중얼거렸다. 정원사로 위장 취업해야 했던 터라 대강의 정원 일은 예전에 배워 놓은 상태였다. 유리 온실 안에 온도와 습도를 조절하는 마법진을 설치해 준 사람이 필리프였기 때문에, 엘레나는 필리프와 주기적으로 온실에 오는 일이 잦았다.

그뿐인가. 망가진 오펜하이머 성 곳곳은 필리프의 마법 덕에 빠르게 회복 중이었다.

오펜하이머 성은 막바지 보수 공사에 들어선 상태였다. 그들은 지난 계절을 화재로 소실된 방과 정원을 수리하는 일로 보냈다.

엘레나는 에르하르트 저택을 탈출한 뒤로 바지런히 가문을 복구하는 일에만 집념했다. 그 외 다른 생각을 하고 싶어 하진 않는 것 같았다.

아이를 가졌다는 걸 알게 되었을 때도. 로렌츠가 결혼을 제안해왔을 때도. 지나치게 침착하게 가문을 위해서만 제 안위를 결정지었다. 그 안에 엘레나 오펜하이머라는 개인의 욕망은 일절 들어 있지 않은 것처럼.

어쩌면, 카론 에르하르트를 등지고 떠난 후부터 무언가를 놓아 버린 사람 같기도 했다.

엘레나는 온실 구석에 마련된 테이블에 앉아, 쓰다 만 청첩장을 마저 작성했다. 전부 오펜하이머의 이름으로 발송될 청첩장이었다. 필리프는 그 명단을 보고 기겁했다.

"왕세자가 온다고? 루이제도 네 손으로 초대하고?"

정갈한 글씨로 적힌 초청인 목록에 필리프가 입을 벌렸다.

"로렌츠가 왕세자한테서 슈미트 가문의 반란을 재수사할 기회를 얻어 냈다고 했어. 그러기 위해선 슈미트 가문과 한자리에서 의논해야만 맞는 거니까……."

"……."

"우리 가문이 누명을 벗는 기회라면 그렇게 해야지."

그게 무엇이 되었든지.

생략된 뒷말이 들리는 듯했다. 제 결혼식에 가장 초대하기 싫은 이들을 줄줄이 들여서라도, 가문의 명예를 돌려놓겠다는 결심이 우선인 듯 보였다.

필리프가 한숨을 내쉬며 그녀의 맞은편 자리에 앉았다. 엘레나가 여전히 일부러 신문을 보지 않는단 걸 알았지만, 이것만큼은 알려 주어야 할 것 같았다.

"왕실과 에르하르트가 반목 중이야."

"……알아. 로렌츠도 그리 말했어."

"지금 정황에 반역 사건의 재수사가 가능하단 건 왕실이 에르하르트를 버리는 카드로 쓰겠단 뜻이잖아. 왕실이 '우리 가문'의 반역 행적을 자비롭게 묻어 주고, 처형은 순전히 그들의 착오에서 비롯된 판단이었다고 인정할 것 같아? 엄청난 비난이 쏟아질 텐데?"

서걱거리던 펜의 움직임이 멈추었다. 필리프가 짧은 한숨을 내쉬었다.

사실 필리프는 엘레나 오펜하이머가 제 가문에 가지는 애착이나 희생정신을 제대로 이해하지 못했다. 그에게 슈미트 가문은 끔찍하고도 역겨운 인간들 소굴이었으며, 평생 귀족들의 권력 놀음을 증오하게 된 근원이었다. 그러니 당시의 일을 중립적인 시선에서 관망했고, 제 가문을 되살리는 일에도 관심이 없었다.

"난 에르하르트 가문이 끔찍하리만큼 싫어. 후작이란 인간은 더 싫고. 하지만, 내 아버지란 작자는 정말로 역모를 주도했고, 왕실이 그래서 슈미트 가문과 관련된 신비교 세력들을 축출해야 했던 건 사실이야. 에르하르트는 사냥개처럼 그 뜻에 따라 우리를 물어뜯었고. 하지만, 지금 같은 정황으로 봐서는……."

"······."

"왕실이 당시 수사를 도맡았던 에르하르트 가문 하나만 뒤집어쓰게 하고 끝낼 일이란 걸 너도 잘 알 텐데."

그래도 괜찮으냐고 묻는 물음이었다. 카론 에르하르트는 그간의 공로로 보아 처형은 면할 수 있을지 모르나, 왕실로부터 철저하게 버려질 운명은 자명했다.

그건 처형보다 더한 삶일지 몰랐다. 로렌츠 발렌시아에게 제 여자, 제 아이에 이어 제 권세마저 모조리 빼앗긴 채로 살아가야 한다니.

예전 같으면 이런 골치 아픈 일에 구태여 말을 보태지 않았을지도 모르겠지만, 그간 엘레나 오펜하이머와 가깝게 지내면서 그녀의 마음이 어디에 가닿아 있는질 알았다. 필리프는 엘레나가 후회하지 않길 바랐다.

"지하도 좀 보고 올게."

내내 가만히 앉아 있던 엘레나가 차분히 자리에서 일어났다. 이 이야기를 회피하고픈 기색이 역력해 보였다.

필리프는 멀어지는 그녀의 뒷모습을 보다가 한숨만 내쉬었다.

* * *

들고 있던 남포등의 불빛은 이끼 낀 돌바닥을 비추었다. 어디선가 불어오는 바람 소리, 습하고 축축한 냄새가 그대로 남아 있어 어린 시절 그 막막했던 기억을 떠올리게 했으나 견디기 힘들 만큼 괴롭지는 않았다.

어두운 지하도를 걷는 일은 예상보다 쉬웠다. 어린 시절 새겨졌던 공포가 허무할 정도로 간단히 무너져 내리는 순간이었다.

아마 그때는 혼자 남겨졌단 점이 가장 두렵지 않았을까.

그러나 지금은 혼자가 아니었다. 지켜 내야 하는 터전과 아이가 있지 않은가.

엘레나는 배에 손을 얹고 조심조심 걸음을 옮겼다. 곳곳에 거미줄이 생기고 박쥐가 날아다니긴 했지만, 여전히 꽤 쓸 만한 길이었다.

이곳은 로렌츠 발렌시아도 알지 못하는 비밀 공간이다. 보수를 해 놓으면, 비상시에 쓸 만한 일이 생길 것이다.

지하도에서 부는 바람 소리가 여전히 아득할 정도로 깊고 음습하게 울렸다. 엘레나는 바깥으로 나가기까지 길목 하나만을 남겨 둔 채였다. 곧바로 나가지 못하고 미적거리는 건 제가 남긴 흔적을 찾아 헤매고 있기 때문이었다.

도망칠 적에 약식으로나마 지하도에 만들어 둔 부모님의 자리가 있었다. 오펜하이머 성 바깥에 묘지를 만들어 둘 수 없어서 만든 것이었다.

처형은 상상하기도 싫은 일이었지만, 이대로 가족 모두가 죽어서 집에 돌아올 수 없다고 생각하면 그것이 더 끔찍했다. 부모님이 살아서 돌아올 수 있다면 무덤을 치울 것이고, 돌아가셨다면 다시 돌아왔을 때 제대로 안치해 드리리라.

부모님의 이름으로 된 탑을 만든 건 순전히 다시 이 성으로 돌아오겠다는 다짐 같은 것이었다. 누군가 이곳을 다녀간 적이 없다면 아직 그 형태가 그대로 남아 있을 터였다.

통로의 가장자리를 샅샅이 비추던 남포등의 불빛은 나란히 놓인 돌무더기를 발견하고 멈칫거렸다.

하나. 둘. 셋.

나란히 만들어 둔 돌무덤 옆에 다른 것이 하나 더 있었다. 누군가 이 지하 통로를 발견해 들어왔단 말인가.

엘레나는 크게 뛰는 심장 박동을 억누르고서 한 걸음 한 걸음 조심히 다가갔다. 그러다 돌무더기 앞에 써 놓은 이름을 보고 크게 숨을 들이마셨다.

엘레나 오펜하이머

제 무덤이었다. 그리고 저 필체는 그녀에게 너무도 익숙한 것이었다.

도무지 있을 수 없는 가능성에 심장이 쿵쾅거렸다. 순간 떠오른 얼굴을 아닐 거라 여기며 제 이름으로 된 무덤을 자세히 살펴본 순간, 들고 있던 남포등이 묵직한 소리를 내며 바닥을 굴렀다.

바닥에 쏟아진 남포등의 빛줄기는 '엘레나 오펜하이머'의 무덤 쪽을 향해 있었다. 무덤가를 장식하고 있는 푸른 꽃잎들이 메마른 부스러기처럼 흩어져 있는 광경이 고스란히 드러났다.

푸른 장미에 둘러싸인 자신의 무덤이 그녀를 마주 보고 있었다.

* * *

편지 칼이 발렌시아 가문으로부터 온 서신의 봉랍을 갈랐다. 레오폴트는 흥미로운 얼굴로 청첩장을 찬찬히 읽어 보다가 맞은편에 앉은 이에게 소감을 전했다.

"로렌츠, 전에 내가 했던 말 기억하고 있나."

"어떤 말이었는지요."

"원하는 것과 두려워하는 것이 훤히 보이는 개여야 기르기 쉽다는 말."

레오폴트가 벽에 걸린 편지 보관함에 청첩장을 올려 두었다. 선반 옆으로는 이름표가 달린 수많은 벽시계가 각각 다른 속도로 째깍거리고 있었다. 개중에 '로제마리'라는 이름이 붙은 벽시계에선 더는 시간이 흘러가고 있지 않았다.

레오폴트가 천천히 자리에서 일어나 눈이 내리는 창밖을 내다보았다. 며칠째 눈이 쌓인 정원은 아름다운 초목의 풍경을 감추고 잠들어 있었다.

"그런데 막상 보면 개들끼리 탐내는 먹이가 겹치는 경우도 생기거든."

햇빛을 받은 눈의 정원은 반짝반짝하게 빛났다. 눈부신 반사광에 눈을 찡그린 레오폴트가 그쪽으로 고개를 틀고 물어보았다.

"그럼 어떻게 해야 할까. 서로를 뜯어먹도록 두어야 할까, 아니면 주인된 자로서 그들을 말려야만 하는 할까."

저와 카론 에르하르트를 두고 하는 말이라는 걸 로렌츠 역시도 모르지 않았다. 더군다나 추는 이미 제계로 기울어져 있었다.

"전하께 더 득이 되는 편을 살리는 것이 낫지 않겠습니까."

정석적이고도 뻔한 답이 흘러나왔다. 레오폴트는 그 말을 듣더니 미묘한 웃음을 지었다.

"득이 되는 쪽이라……."

"후작은 전하의 명을 거역했습니다."

"하하, 그래. 끝까지 자네의 약혼녀를 빼앗겠다고 안달이었어. 루이제가 불쌍할 만큼 필사적으로 말렸는데, 눈길도 주지 않고서 나한테 대들던 모습이 어찌나 마음이 아프던지. 후작이 건방진 건 하루 이틀 일이 아니니 괜찮았지만, 루이제가 그런 취급을 받는 건 참 안타까웠지."

레오폴트가 전혀 안타깝지 않은 얼굴로 웃음을 터뜨렸다.

"그런데 루이제는 알까. 자신이 내 왕위를 위협할 존재였단 걸."

끅끅 웃는 얼굴로 비웃던 레오폴트는 그것만은 안타까운지 고개를 저으며 탄식했다. 왕녀의 자리와 지금의 자리. 루이제 슈미트의 삶은 한순간에 그 운명이 갈렸다.

아마, 슈미트 공작의 역모가 성공했다면 지금 루이제의 자리에 그가 있었을지도 모른다. 운명이란 이토록 얄궂은 것이다.

레오폴트는 그것을 알기에, 절대 이 자리에서 꺾일 생각이 없었다. 평생이 권력을 누리다 죽을 것이다. 그러기 위해서는 쓸모 있는 것들은 제 곁에 남겨 두고, 쓸모없는 것들을 비정하게 쓸어내리라.

"또다시 운명을 결정지을 순간이 오겠어."

레오폴트가 웃다가 카우치 뒤로 고개를 완전히 기대었다. 어느덧 창밖에선 눈이 내리지 않고 있었다.

* * *

엘레나는 악몽을 꾸고 있었다. 데스테 영지에서 쫓겨나 포모나로 가야 하는 날의 꿈이었다.

"아가씨가 저기⋯⋯. 데스테 백작 가문인가, 하는 거기서 온 아가씨이신가?"

노년의 마부는 눈앞이 침침한지 미간을 찡그리며 물어왔다. 레나는 뒤로 붉은 양귀비 꽃밭이 물결치는 저택을 보다가 고개를 끄덕였다.

"네. 맞아요."

"타요. 태워다 주기로 한 사람이니."

마부가 마차 칸을 열었다. 나무로 된 좌석에는 쿠션감이 없었고 귀족 마차와는 비할 수도 없이 비좁은 짐마차였다. 레나는 그대로 마차에 올라 데스테 영지 쪽을 돌아보았다. 또다시 유년 시절을 지낸 보금자리를 떠나보내게 된 터였다.

레나는 저도 모르게 젖은 눈가를 훔쳤다.

첫 번째로 제 아늑한 집을 잃었을 때, 그래도 그건 제 탓은 아니었다. 어린 그녀와 상관없는 풍파였으니 인생에 벌어진 재해라고 여기면 그만이었다.

그러나 두 번째로 집을 잃어버린 건 너무나도 제 탓을 하기 쉬웠다. 자신이 부린 과욕의 결말이 모두에게 상처를 주고 끝나 버린 듯해 마음이 무너졌다.

부끄럽기 짝이 없는 일이었다. 하필 그녀가 탐낸 이는 제 분수에 맞지 않을 정도로 높이 있는 사람이어서. 그러니 그 마음을 들키게 된 것만으로도, 얼굴이 화끈거릴 만큼의 수치심은 곧장 죄악감으로 치환되었다.

마침 마차는 광장을 지나고 있었다. 레나는 멀거니 바실리카 앞에 세워진

종탑이 멀어지는 풍경을 바라보았다. 그녀가 공부하던 곳이자, 그녀의 원죄가 담긴 곳과도 이제는 이별해야 하는 순간이었다.

노을 진 하늘 아래 바실리카의 종소리가 댕, 하고 울렸다. 여느 때와 같이 평화로운 광경이었다. 종소리에 열을 맞춰 도열한 신전 기사단. 그 선두에 섰을 남자의 얼굴이 저절로 그려졌다.

'다음 주 네 생일에……. 바실리카 수업 마치면 가지 말고 있어.'

'조금만 나를 믿고 기다려 줘.'

'내가 연민이라면, 너는?'

'너는 정말 모든 순간이 아무렇지 않았어?'

레나는 끝내 터지는 눈물을 숨죽여 앓았다. 계속해서 흐르는 눈물은 아무리 닦아도 멈추지 않았다.

그녀는 아무런 힘이 없었고, 그는 가진 것들은 너무나도 많았다. 그리고 그들은 아직 어리기만 했다.

보장된 미래가 없었던 하녀 레나 크루거는 항상 화려한 귀공녀들에게 둘러싸여 있을 에르하르트 소후작과 머나먼 세계에 동떨어져 있었다.

카론 에르하르트가 그녀의 손에 닿을 듯이 내려와도 실은 까마득하게 머나먼 별이라는 걸 알았다. 이미 하늘에서 추락해 본 경험이 있는 그녀는 그 차이를 몸소 알고 있었다.

그렇기에 레나 크루거는 그곳에 카론 에르하르트를 남겨 두고 떠났다. 기약 없는 약조에 대한 희망도 버려야만 했다.

* * *

거칠게 질주하는 마차는 하루하고도 반나절 만에 국경에 도착했다. 마부가 시장에서 마차를 세우더니, 그녀에게 나오라 손짓했다.

"좀 쉬시오."

움직이는 마차 안에서 제대로 잠을 자지 못한 레나가 해쓱한 낯으로 빠져나왔다. 멍한 정신과는 대조적으로 왁자지껄한 국경의 시장 분위기는 포모나 언어와 왕국의 언어가 뒤섞여 들려오는 경우가 빈번했고, 사람들은 쉴 새 없이 분주하게 움직이고 있었다.

"아가씨, 로브를 입는 게 좋을 거야."

"네?"

"요즘 국경이 흉흉해서 말이오. 아가씨같이 젊은 처자들은 로브를 쓰고 다니는 게 좋을 게야."

"아, 네⋯⋯. 감사합니다."

레나가 서둘러 로브를 썼다. 마부가 혀를 끌끌 차더니, 세상에 대한 한탄을 늘어놓았다.

"이놈의 왕실은 저들끼리 치고받고 싸우다가 먹고 살아야 하는 만민들을 다 죽여 놓고 있어. 여기서 장사하는 이들 얘기 들어 보면, 왕실에서 포모나 상인들 하도 겁박하고 처형한 일이 잦아서 포모나 상인들도 왕국에 올 때면 점점 무장하고 온다더오. 그 뒤로는 여기서 장사하는 이들도 포모나 상인 무서워서 못 건들게 되었다고 하고."

"⋯⋯."

"쯧. 난 그거 들은 뒤로는 여기 무서워서 잘 안 와. 하도 전쟁, 전쟁 이러니 올 수가 있어야지. 이번에 그 '공작'과 '백작' 가문에서 '아가씨들'만 잘 챙겨서 와 주면, 돈 좀 주겠다 해서 온 게지."

늙은 마부가 못마땅한 한숨을 내쉬며 가죽 장갑을 벗었다. 마부의 말에 이상한 점이 한두 가지가 아니었으나 레나는 가장 의문인 점부터 물어보았다.

"'아가씨들'이라니요?"

마부는 부연 설명 없이 숙소가 모여 있는 근방을 가리켰다.

"방은 이미 잡혀 있을 것이오. 아가씨 말고 또 태워야 하는 손님이 있거든.

아가씨랑 비슷한 또래라 하니까 둘이 같은 방에서 자고서 내일 아침에 같이 오시오."

"다른 분이요?"

마차는 레나 혼자서 짐을 들고 타도 좁디좁은 공간이었다. 그런데 저곳에 둘이나 탄단 말인가. 듣지 못한 계획이었다.

"몰러. 난 시키는 대로 할 뿐이여."

마부가 귀찮은 듯 손을 휘휘 저었다. 레나는 얼떨결에 합류하게 된 동행에 불만을 표하지 못하고, 들이밀어진 출국 서류 봉투만 넘겨받았다.

"글 쓸 줄은 알지?"

"네? 네……."

"이거 써야 통행증 받을 수 있으니까 내일 아침 관리소에서 통행증 받아 오시오. 그 애 서류도 거기 같이 있으니까 잃어버리지 마시고."

크흠, 하고 기침한 마부가 당부의 말을 덧붙였다.

"밤에 이곳 돌아다니면 위험한단 거야 알 것이니 절대 나오지 마오."

늙은 마부가 그대로 말을 끌고 사라졌다. 레나가 지정된 숙소에 찾아가 미리 쓰인 서류에서 본 이름을 대고 방을 찾았다. 방을 들어가기 전에, 계산대에서 펜을 빌려 제 서류를 작성해 두는 것도 잊지 않았다.

방문을 열자마자, 폐부를 찌르는 매캐한 담배 연기에 절로 기침이 났다. 너구리굴처럼 겹겹이 싸인 담배 연기를 헤치자, 낯선 여자가 저를 보자마자 인상을 찌푸리고 있었다.

"뭐야. 넌."

"안녕하세요. 동행하기로 한 사람인데……. 콜록!"

레나가 콜록대며 창문을 열었다. 우선 환기부터 시켜야 할 것 같았다. 침대에 앉아 있던 여자는 곧장 일어나 쾅, 소리를 내게 창문을 닫았다.

"쫓겨나고 싶어? 창문 열지 마. 여기 금연이란 말이야."

여자가 창틀에 담배를 비벼 끄며 욕설을 지껄였다. 금발 머리의 여자는 저와 비슷한 또래였고 체구도 비슷했다. 그녀는 사나운 눈길로 레나를 응시하고서 물었다.

"넌 얼마 받기로 했어?"

"무슨……."

"마르첼 발렌시아한테 얼마 받기로 했냐고."

여자가 담배에 다시 불을 붙이며 말했다. 다시 독한 담배 향이 퍼졌으나 레나는 이번엔 '마르첼 발렌시아'란 말에 인상을 찡그렸다.

"마르첼 발렌시아라니……. 그 이름이 왜……."

레나가 제대로 말귀를 파악하지 못하자, 여자는 인상을 찡그리더니 레나가 들고 있던 서류 봉투를 열어 보았다.

"레나 크루거? 처음 듣는 이름인데?"

멋대로 레나의 서류를 본 여자가 인상을 팍 썼다. 그녀를 훑던 시선은 손목에 찬 팔찌에 머물렀다.

"넌 혹시 보석도 챙겨 받는 거야?"

어머니의 유품이었다. 레나는 손목을 붙드는 여자의 손을 떼어 놓고서 팔찌를 등 뒤로 숨겼다.

"무슨 소리를 하시는지 모르겠어요. 이건 어머니 유품이고……. 저는 데스테 가문에서 포모나로 가는 길이에요."

"데스테 가문? 거긴 어딘데? 너 마르첼의 산장으로 가는 거 아니야?"

그제야 여자도 무언가 이상하단 걸 눈치챘는지 당황스러운 기색을 감추지 못할 때였다.

똑똑.

정중한 노크 소리가 두어 번 났다. 문을 열자, 포모나 인으로 보이는 두 여자가 서 있었다. 그들은 포모나어로 레나에게 무어라 이야기를 했으나 레나는 그 말을 하나도 알아듣지 못했다. 그러자 그들 중 하나가 데스테 가문의 인장이 찍힌 편지를 내밀었다. 마찬가지로 포모나어로 적힌 서신이었으나,

레나는 루시아의 필체만은 알아볼 수 있었다.

포모나인 여자가 답답했는지 가슴을 치며 레나에게 손짓했다. 아마도, 그들과 같이 가야 한다는 의미 같았다. 레나가 어설픈 포모나어와 손짓을 동원해 그 뜻이 맞는지 물어보자, 그들이 일제히 고개를 끄덕였다.

레나는 곧장 서류를 챙기고 짐 가방을 다시 꾸렸다. 여자는 흘러가는 상황을 힐끔거리며 보더니 물었다.

"가게?"

"네. 아무래도 그래야 할 것 같아요."

"그래? 아쉽네. 짧은 시간 동안 반가웠어."

여자가 그녀에게 손을 내밀었다. 레나가 뻔히 그 손을 내려 보기만 하자, 여자는 매서운 눈으로 악수를 재촉했다.

"뭐 해. 사람 무안하게."

레나가 해 주지 않자, 여자는 낚아채듯 그녀의 손을 힘주어 잡았다.

"잘 가라고. 가능하면 다신 보진 말자."

그러고는 킥킥대는 목소리로 그녀를 밖으로 밀어내고 문을 닫았다. 순식간에 불청객 내쫓기듯 재빠르게 밀려난 신세였다.

그렇게 찝찝해진 기분으로 방을 옮겼지만, 포모나인들의 숙소는 다행히 흡연자 없이 조용한 곳이었다. 이런저런 이상한 일들이 많았으나, 피로가 누적된 레나는 깊은 생각을 하지 못하고 수마에 빠져들었다.

* * *

다음 날, 레나는 챙긴 서류 봉투 안에 제 서류가 없단 걸 깨닫고 말았다. 그 여자가 빼놓고 다시 안 넣어 둔 것인지, 봉투 안에는 그 여자의 서류밖에 없었다.

"서류 대체 언제 주실 거예요."

관리소 직원의 짜증 섞인 독촉에, 레나는 할 수 없이 관리소를 나오는 수밖에 없었다. 막막해진 심경으로 포모나인들에게 대강의 상황을 어설프게 설명하는 와중이었다. 멀리서 쿵, 하는 소리와 함께 비명이 들려왔다.

"사고다! 마차 사고다!"

멀리서 상인들의 고함이 들려왔다. 대강 이야기를 듣자니, 통행하는 곳 부근에서 마차끼리 뒤엉키는 대형 사고가 벌어지면서 화약이 터졌다고 했다. 얼굴이 희게 질린 레나는 곧장 사고 현장으로 뛰기 시작했다.

히이잉!

현장까지 얼마 남지 않았을 거리에서, 갑자기 놀란 말이 매캐한 연기 속에서 튀어나와 그녀를 향해 달려들었다. 성난 콧김을 뿜으며 정면으로 달려오는 말을 본 레나가 비명을 지르며 주저앉았다.

휘익.

머리 위로 쏜살같은 그림자가 스쳐 지나갔다. 다행히도 말은 레나를 장애물 넘듯 넘어서고서 앞을 향해 달려 나갔다. 레나는 다리에 힘이 풀려 한참을 자리에서 일어나지 못했다.

포모나 상인들은 놀란 레나를 일으키고는 저들끼리 의논하더니, 시장을 드나드는 포모나 상인의 짐마차에 레나를 태웠다. 이렇게 이동하는 이들은 밀수꾼들이 많았기 때문에, 통행증 역시 발급받지 않아도 되었다.

넋을 놓고 있던 레나는 덜덜 떠는 손을 진정시키려 애쓰다가 어딘가 이상한 점을 발견했다. 뒤늦게 양쪽 손목을 더듬어 보고, 들고 온 가방을 헤집었으나 어디에도 어머니의 유품이 보이지 않았다.

그제야 그 여자가 강제로 했던 악수가 떠올랐다. 창밖을 보았으나 이미 국경을 넘어선 후였다.

* * *

엘레나는 식은땀을 흘리며 침대에서 일어났다. 하아, 하고 낮은 한숨만 내리쉬는데, 방 밖에서 다급한 발소리가 들렸다. 필리프가 노크도 없이 들이닥쳤다.

"큰일이야."

그는 엘레나가 보지 않기로 작정한 신문을 들이밀었다. 호외로 나온 기사를 보자마자, 엘레나는 몰아쉬던 숨을 멈출 수밖에 없었다.

"에르하르트가 왕실에 전쟁을 선포했어."

* * *

눈 쌓인 마을 지평선 너머로 동이 텄다. 모락모락 밥 짓는 연기가 피어오르는 아침이었다. 아이들과 빗자루로 눈길을 쓸던 로사가, 찬 공기를 헤치고 날아오른 새를 올려다보고선 눈을 빛냈다.

전서구였다.

공중에서 내려온 새가 로사의 어깨에 앉았다. 로사가 새의 가느다란 다리에 묶여 있는 서신을 읽는 동안, 뒤로 구스타프가 다가왔다. 편지를 읽던 로사의 입가에는 가느다란 미소가 맺혀 있었다.

"드디어 때가 왔네요."

구스타프가 혀를 찼다.

"후작 놈이 결국에 일을 저질렀어."

얼어붙은 입김이 새어 나오는 계절. 수도에서는 치열한 내전이 선포되었다.

에르하르트는 예고도 없이 왕세자의 왕위 계승에 의문을 제기했고, 왕실은 이를 반역죄라 규탄했다. 에르하르트는 이에 대응하듯 그동안 함구해 주었던 왕실의 폭정과 종교 탄압을 먼저 폭로했다.

은밀한 지략 따위 없는 전면전과 다름없는 짓이었다. 에르하르트와 교류하는 모든 가문과 민간인들은 반역 가담자라 치부하겠다는 왕실의 선언문이

전국 방방곡곡에 나붙었다. 에르하르트 영지로 가는 모든 길은 봉쇄되었으며, 에르하르트의 영향력에 놓인 지방마다 근위대들이 파견되었다. 바야흐로 내전의 시작이었다.

"이 순간을 오래 기다려 오신 분이 괜한 말을 하시네요. 후작이 일어날 수 있도록 누구보다 애쓰신 분이."

"전쟁이 어디 애들 장난이더냐. 후작 놈이 진즉에 정신만 차렸어도……."

조용히 미소 짓는 로사와 다르게 구스타프의 얼굴에는 근심이 가득했다. 멀리서 눈싸움하는 아이들의 웃음소리가 울려 퍼졌다.

이전에 있었던 포모나 전쟁과 다르게, 국경 지대 마을들은 내전의 소란에서 비껴 가 평화로운 분위기를 만끽하고 있었다. 권력으로부터 소외된 이들이 조용히 기거하는 이곳은 왕실의 관심 밖에 머물렀다.

그러하니 왕실에서 박해받은 신비교 세력들이 모여 살기에 이보다 좋은 곳이 없었다. 신앙심을 중심으로 뭉친 이들끼리는 이미 긴밀한 단합을 해온 지 오래였다. 조용히 신비력 연구를 해 오던 구스타프 같은 학자 세력도, 국경 지대에 기거하던 신비교 세력도 거사를 치르기 위해선 그만한 명분과 에르하르트의 결단이 필요했을 뿐이었다.

"이번에는 쉽게 당하지 않을 거예요."

로사가 편지를 꾹 움켜쥐었다. 산등성이 너머로 붉은 태양이 올라오고 있었다. 구스타프는 혀를 차며 중얼거렸다.

"에르하르트가 얼마나 다른 가문에게 믿음을 줄 수 있을지에 따라 다를 게다. 신비력자를 데리고 있던 슈미트 가문도 그리 쉽게 무너진 걸 보면……."

"그러니 에르하르트 가문은 정당한 왕위 계승자를 정했을 테지요."

차가운 입김이 새어 나오는 입술 사이에서 확신에 찬 말이 비집고 나왔다.

"슈미트 공작은 왕을 앞에 두고서, 왕을 삼키려는 야욕을 숨기지 않던 이였습니다. 왕에게 충성스러운 신하가 있지 않은데, 누가 진정으로 왕을 따르겠습니까."

로사가 카론에게 온 서신을 팔락이며 웃음 지었다.

"포모나 해상에 연락을 취해야겠습니다. 우리의 운명을 바꿔 줄 새로운 왕위 계승자를 맞이해야지요."

* * *

오랜만에 꺼내 입은 기사 제복에는 어색함이 없었다. 왕실에 받은 휘황찬란하던 훈장들을 전부 떼어 버린 채로도 그러했다.

금사가 놓인 검은 제복은 어려서부터 카론에게 익숙하던 옷이었다. 한스가 그 위로 검은 코트를 단단히 입혀 주자, 포모나 전쟁에 참전했을 때와 똑같은 차림새가 되었다. 그때도 차디찬 겨울이었다.

물론 그때는 기억을 잊기 위한 참전이고, 지금은 되찾은 후의 참전이란 점에서 목표가 정확히 다를 터였다.

이제 전쟁에서는 잘 쓰이지도 않는 검이 그의 허리춤에 매달리는 것으로 성장이 마무리되었다. 카론이 그 차림새 그대로 회랑을 나오자, 루이제가 뛰어와 그의 앞을 가로막았다. 달달 떨리는 손이 지역 신문을 그에게 내밀었다.

"파혼이라니요?"

[에르하르트 가문, 슈미트 가문과의 파혼!
에르하르트 가문에서는 귀공녀에 대한 예우로 루이제 슈미트의 의사를 존중하겠다는 뜻을 밝혀…….]

"보시는 그대로입니다. 제가 출정을 다녀올 동안, 에르하르트 저택으로 영애의 혼사가 들어올 테니 그중에 마음에 드는 귀공자를 고르시면 됩니다. 마지막 제안이니 신중하게 결정하시길 바라지요."

며칠을 앓다 일어난 사람이라고는 믿기지 않을 만큼 냉정한 안배였다. 카론은 자리를 털고 일어나자마자 무언가에 씐 사람처럼 급작스럽게 왕실과 척을 졌다. 뒷감당은 생각지도 않는 사람 같았다. 그 덕에 루이제의 가장 큰 뒷배이던 왕세자마저도 손을 써 줄 수 없는 상황이었다.

카론이 그대로 고개만 까딱이고서 떠나려 들자, 루이제가 다급히 그의 팔을 붙잡았다.

"가지 마세요."

눈물을 매단 간청이었다. 카론이 보기에는 한없이 무력한 요청이었으나 그녀 딴에는 필사적이었다. 카론은 저와 엘레나를 떨어뜨려 놓은 계집을 가만히 보다가 한숨만 내뱉었다. 그 눈동자에 싸늘히 박힌 무심함을 본 루이제가 바락바락 소리를 질렀다.

"왕실이 이제 와 반역 사건을 문제로 삼을 것 같으니까, 먼저 선수를 치려는 전쟁이란 걸 제가 모를 것 같나요? 에르하르트이니 신비력의 전통을 보호하겠다는 명분을 내세우셨잖아요! 그럼 신비력자인 제가 이대로 죽으면 어떻게 될 거 같으세요?"

이제는 저 글썽이는 눈과 지독한 집착이 누구를 연상시키는지 알 것 같았다. 저도 모르게 루이제 슈미트에게 죽은 누이의 망령을 씌우고 있던 것이다. 무의식적으로도 그 빚이 무겁게 느껴져, 그녀에게 확실히 선을 그으면서도 예의를 차려왔다.

그러나 지금 같은 상황에서는 그 역시 여유가 없었다. 그대로 무시하고 걸음을 옮기려 하자, 루이제가 악에 받쳐 소리를 질렀다.

"가실 거면 차라리 제 목을 자르고 가세요! 어차피 이러나저러나 왕세자가 저를 죽일 텐데, 후작님 손에 죽는 편이 낫겠네요."

그 순간, 카론의 서늘한 낯이 그녀 가까이에 다가갔다.

"어디 한번 죽어 보시지요."

순간, 눈물이 그렁그렁해진 눈이 크게 뜨이며 눈앞에 가까워진 남자의 얼굴을 응시했다.

"지금이야 본인 목숨 하나만 놓고 거래하려 드시겠지만, 죽은 뒤에는 오라비의 구명을 요청할 기회까지 영영 잃게 되실 겁니다."

"……오라비라면……."

"빌어먹을 신비력자가 둘씩이나 저택에서 굴러먹다가 로렌츠 발렌시아와 결탁해 준 덕분에 이상한 점을 눈치채기 충분했습니다."

"……."

"어떻게든 이 빚은 갚도록 하지요."

아마 기억을 되찾기 전까지 가장 많이 해 본 상상은 필리프 헤어만을 쏴 죽이는 모습이었을 것이다. 제게서 벗어나려던 엘레나는 다른 남자를 품에 안고 도망쳤다. 그 남자를 죽이고 싶어서 얼마나 안달이 났던가.

순식간에 제 오빠를 인질로 잡힌 루이제의 얼굴이 새파랗게 질렸다. 그제야 무서웠는지 그에게서 두세 걸음을 물러났다.

카론은 당장 눈앞에 있는 루이제가 죽든 말든 상관없었다. 바로 앞에서 고꾸라져 자결한다 해도, 그저 루시아와 꼭 닮은 짓을 했다고 여길 뿐 그에게는 그리 중요하지 않은 여자였다. 그녀를 남겨 둔 채 보호하고 있는 건 보험에 불과했다.

왕실이 에르하르트 가문을 이용해 신비교를 탄압했다는 증좌는 무수히 많이 남아 있었고, 왕세자에게는 후계 생산 능력이 없다는 결점이 있었다. 이미 신비력을 근간으로 하는 귀족 가문들은 에르하르트가 독점하고 있던 마도구를 대가로 결집한 상황이었다.

그것만으로도 전쟁을 해 볼 만한 명분은 충분했으나, 뜻을 같이한 가문들에게 루이제 슈미트가 신비력자란 사실을 은연중에 퍼뜨린 건 덤이었다. 하나같이 신비력자인 루이제 슈미트를 제 가문에 데려가길 바라기에 카론은 전략적인 파혼을 선언했을 뿐이다.

원래대로라면 외국으로 보내 그녀의 자유를 보장해 주려 했으나 이를 거부한 건 루이제 슈미트였다. 카론은 이 이상으로 그녀의 어리광을 받아 줄 생각이 없었다.

오펜하이머 성까지 진격하기 위해서는 발렌시아 가문과 왕실 근위대를 돌파해야만 했다. 그들은 이미 카론의 동선을 파악하고 있었고, 그는 엘레나에게 가기 위해서라면 무엇이든 동원할 생각이었다. 개중에는 이 지경에 가담한 루이제 슈미트도 포함되었다.

"카론, 카론!"

루이제가 다시 그에게 다가오려 했으나 고용인들이 그녀를 막아섰다.

카론은 끝내 그녀를 돌아보지 않았다.

* * *

아!

짧은 신음과 함께 엘레나가 손가락을 감쌌다. 다행히도 아이의 옷에는 핏물이 묻지 않았다.

수를 놓다가 바늘로 손가락을 찌르다니.

어린 시절에나 할 법했을 실수라, 엘레나는 입술을 깨물었다. 느른한 목소리가 그녀에게 물어왔다.

"괜찮아?"

벽난로가 켜져 있어 후덥지근한 공기가 도는 아늑한 침실 안. 흔들의자에 앉아 졸고 있던 필리프가 그새 깨어났는지 그녀를 바라보고 있었다. 엘레나는 고개를 끄덕이며 변명을 덧붙였다.

"창밖을 보다가 그랬어. 발렌시아에서 고용한 용병들이 더 왔나 봐."

그 말에 필리프가 자리에서 일어나 창밖을 내다보았다. 철통 안에 장작을 담아 만든 야외 화톳불을 중심으로 용병들이 낄낄 웃으며 떠드는 모습이 보였다.

필리프가 조용히 커튼을 닫으며 물었다.

"신경 쓰여?"

"신경 쓰일 일이 뭐가 있어. 오펜하이머 성이 더 안전해졌다는 건데."

엘레나가 부러 무심한 어조로 말하며 바느질을 계속했다.

불침번을 서는 야간 교대 인력은 갈수록 그 수가 늘어나고 있었다. 처음에는 발렌시아 가문의 사병들이 지원을 왔으나, 이제는 고용된 용병까지도 성에 배치되었다.

성의 고용인들은 하루가 다르게 불안해하고 있었으나 엘레나만은 태연하게 침착한 태도를 유지했다. 그러나 필리프는 엘레나가 그 너머에 숨긴 두려움을 곧잘 읽어 낼 줄 알았다.

"그게 아니지. 비상시에 이 정도로 과한 병력을 배치한단 게 무슨 뜻인지 알잖아."

엘레나가 바느질하던 손을 멈추고, 그녀 앞에 무릎을 꿇고 앉은 필리프와 눈을 맞췄다. 다갈색 눈이 온열을 받아 따뜻한 색으로 반들거렸다.

"후작이 이곳으로 온단 거야."

어느 정도 예감하고 있던 일이었음에도 엘레나는 어떤 답도 내지 못했다. 대화의 여백은 한참의 침묵으로 채워졌다.

에르하르트의 선전 포고를 본 순간부터 엘레나는 줄곧 아무것도 손에 잡히지 않는 상태였다. 차라리 후작이 왕실과 힘을 겨루다 궁지에 몰려 전쟁을 선포한 정치적인 정황만이 보였더라면, 그랬다면 이러진 않았을 것이다.

에르하르트 가문이 갑작스레 왕실을 배신하는 일도, 에르하르트의 내전 행보도 전부 부자연스럽고 매끄럽지 못했다. 그 끝에 정해진 목적지가 또렷하게 보일수록 엘레나는 심장이 불편하게 쿵쿵거려 잠도 이루지 못했다.

카론 에르하르트가 엘레나 오펜하이머를 찾고 있다.

레나 크루거가 아니라.

그 뜻은……. 지하에 만들어져 있는 자신의 묘. 그리고 그 묘지를 장식하고 있던 파란 장미가 연달아 떠올라서 심경을 어지럽혔다.

엘레나가 그저 고개만 숙이고 있는 와중에, 그녀 앞에 무릎을 꿇고 있던 필리프의 목소리가 나직하게 울렸다.

"우리 같이 떠날까."

갑작스러운 제안에 엘레나가 고개를 들어 그를 보았다. 다갈색 눈동자 안에는 혼란스러운 엘레나만이 자리하고 있었다.

"전부 잊고 같이 도망치자."

"대체 무슨……."

"곧 결혼식이잖아. 로렌츠 발렌시아랑 결혼하고 싶어?"

그녀의 옆에 놓인 토르소에는 하얀 드레스가 입혀져 있었다. 로제마리가 가져다 놓은 것이었다. 전쟁 통에 난리가 났다지만, 발렌시아 가문은 왕세자 세력이다. 결혼식은 보호 아래 안전하게 거행될 것이다.

"지금이라면 아직 늦지 않았어."

그냥 하는 말이 아니란 듯이 필리프의 눈이 진중히 빛났다. 그러나 엘레나는 고개를 내저으며 자리에서 일어났다.

"말도 안 되는 소리."

엘레나는 반짇고리를 정리하고서는 성을 둘러보았다. 어릴 적 어머니가 방을 꾸며 주었던 파란 커튼이나 자수를 배울 때 앉아 있던 흔들의자, 겨울에 공기를 덥히던 벽난로……. 새까맣게 죽어 버렸던 성은 어느새 추억 속 아늑했던 공간으로 뒤바뀌어 있었다.

어떻게 잃어버리고, 어떻게 되찾았던가.

"오펜하이머 성을 두고서 그럴 순 없어."

이곳은 그녀의 뿌리였다. 이곳은 엘레나 오펜하이머가 죽는 한이 있어도,

죽지 못해 사는 한이 있어도 지내야만 하는 곳이었다.

필리프는 그런 반응을 예상한 사람처럼 씁쓸하게 웃으며 일어났다. 그러나 그가 하는 말은 예상 밖의 것이었다.

"결국 돌아갈 거구나."

"뭐?"

"후작이 이곳으로 오잖아."

엘레나는 그 말을 곧바로 이해하지 못한 사람처럼 한동안 반응이 없었다. 그러다 조금 넋이 나간 얼굴로 되물었다.

"무슨 뜻이야."

"넌 후작을 기다리고 있는 거잖아."

필리프가 흔들의자에 돌아가 앉은 채 대꾸했다. 엘레나는 여전히 납득하지 못해 발끈했다.

"그렇지 않아. 이곳이 나의 집이니까……."

"아, 그래? 그렇다면 왜 여기 온 이후로 살아야 하니까 사는 사람처럼 구는 건데."

"……."

"집과 가문이 전부라며. 찾고 싶은 걸 다 찾았으니 행복해야 하는 거 아니야?"

엘레나는 그의 말에 곧바로 대답하지 못하고 입술만 달싹였다. 필리프는 그 얼굴을 보고 한숨을 깊게 내쉬었다.

"여기 온 이후로 혼자 있을 땐 멍하니 불만 내려다보고 있잖아."

엘레나의 눈길이 그의 말대로 벽난로 안에서 활활 타오르고 있는 불꽃에 가닿았다가, 다시 방을 휘돌았다.

오직 그녀의 안식처라고만 여겼던 곳. 가장 행복하던 시절을 묻어 둔 곳. 이곳만이 그녀의 행복의 종착지라고 여긴 시절도 있었다.

그러나 레나 크루거로 살면서 그 기억마저 훼손되어 버린 것일까. 오펜하이며 성으로 돌아오기 이전에는 빛바랜 시절을 되새겨 보는 날이 많았는데. 막상 되찾고 나니, 생각보다 그리 기쁘지만은 않았다.

오히려 집을 찾아왔다는 안도감보다는 불안감이 컸다. 그리고 그 불안감의 중심에는……

순간 느껴지는 요통에, 엘레나가 손을 허리춤에 가져가 쓸었다. 허리에 끊어질 것 같은 통증이 일었다. 아이가 무럭무럭 자라나면서 몸이 점점 무거워지며 종종 일어나는 일이었다.

"괜찮아?"

필리프가 서둘러 그녀에게 다가와 물었다. 급속도로 하얗게 질린 엘레나의 낯빛에 어쩔 줄 모르는 얼굴이 되어 있었다.

"괜찮아."

엘레나가 손을 들어 괜찮다는 의사를 알렸지만, 필리프는 그녀를 흔들의 자에 기대앉도록 부축했다. 엘레나는 불러온 배에 손을 대고 토닥이며 긴 한숨을 내쉬었다.

의사에게 임신 판정을 받자마자, 아이를 지우겠냐는 말을 무감하게 물어 오던 로렌츠의 목소리가 떠올랐다. 그때는 정말 아무 말도 할 수 없었다.

벽난로 속에서 타오르는 불꽃이 엘레나의 얼굴을 노을빛으로 물들였다. 푸른 눈동자 안으로 불덩이가 춤을 추듯 일렁거리는 광경이 담겼다.

가만히 그걸 보던 엘레나의 입에서 나직한 말이 흘러나왔다.

"그날 화마가 오펜하이머 성을 집어삼켰어."

필리프가 빤히 보는 시선이 느껴졌다. 엘레나는 타오르는 불씨에 눈을 떼지 않고 이야기를 이어 나갔다.

"아버지의 마지막 모습은 불길과 함께 그대로 사라졌지. 어머니는 멀리서 나를 숨기려 애쓰고 계셨고……. 나는 부모님 뒤로 타오르는 불만 보다가 지하도를 걸어야만 했어."

가만히 그 불꽃을 바라보던 엘레나가 필리프 쪽으로 고개를 돌렸다.

"참 우스운 일이지? 이렇게 그때의 끔찍했던 기억을 굳이 끄집어내야만 마음을 다잡을 수 있다는 것이."

허무하리만치 쉬운 인정을 내뱉은 순간이었다.

똑똑.

노크와 동시에 허락도 없이 문이 열렸다. 성에서 그녀의 침실에 그리 조급하게 들어설 수 있는 남자 현재 단 한 명뿐이 없었다.

"잠깐 나 좀 봐."

내내 밖에서 상황을 전달받던 로렌츠 발렌시아였다.

* * *

"마르첼이 돌아왔어."

마르첼 발렌시아가 머나먼 항해 길에서 죽지 않고 살아 돌아왔다. 그가 풀어 둔 해적들에게 암살당하지 않고 무사히 살아남았단 뜻이었다. 심지어는 배가 난파되고도.

그렇게 살아 돌아온 마르첼은 본가로 오자마자 로렌츠의 보급로를 엉망으로 만들고 있었다. 이러면 로렌츠도 아무런 대응 없이 가만히 버티고 있을 수만은 없었다.

로렌츠는 간결하게 상황 설명을 마친 후, 응접실 테이블에 있는 체스판을 내려 보며 잠시간 고민에 빠졌다. 체스판에는 짝이 맞지 않는 기물들이 어지러이 올려져 있었다. 엘레나의 시선 역시 거기에 머물렀다.

검은색 기물들이 흰색 진영을 뚫고 바싹 다가와 있었다. 검은색 기물이 에르하르트를 뜻한다는 건 두말할 필요도 없었다.

정말로 카론이 가까이 온 것일까. 엘레나는 스스로도 알 수 없는 감정에 깍지 낀 두 손만 꼭 움켜쥐었다. 곁눈질로 로렌츠의 눈치를 살폈으나, 예민하게 미간을 좁힌 그에게선 신경질적인 한숨만 흘러나올 뿐이었다.

하.

날렵한 손가락이 백색 퀸 옆에 있던 백색 비숍의 머리를 톡톡 두드렸다. 그에게서 처음으로 보게 된 난감한 얼굴이었다.

"설마 마르첼을 풀어다 놓을 줄이야."

아무리 생각해도 어이가 없었는지 질려 버린 목소리였다. 침착하던 얼굴에는 날카로운 조소가 버무려졌다.

로렌츠는 절대로 제 형이 스스로 그 위기를 빠져나왔을 거라 여기지 않았다. 분명히 그 뒤를 봐준 이가 있을 터였고, 누가 한 짓인지는 자명하였다.

그러나 정도가 있지. 카론 에르하르트가 저를 잡겠다고 도움을 준 상대는 '마르첼 발렌시아'였다.

루시아의 죽음이 완성되는 데 일조했던 남자. 로렌츠는 적어도 제 형의 죽음에 관해서는 카론 에르하르트와 이해관계가 일치할 거라 여겼으나, 이번에도 오판에 불과했다.

로렌츠가 이를 아득 물었다. 분노로 인해 세상이 붉게 물들어 보일 지경이었다. 테이블을 짚고 있던 주먹이 바들바들 떨려 엘레나가 힐끗 쳐다보기까지 했으나 그 자신은 눈치채지 못했다.

결국에 로렌츠는 흰 비숍을 그 자리에서 빼내었다. 비숍이 새로이 내려앉은 곳은 검은색 기물들에 잡아먹히기 전인 백색 룩 옆, 발렌시아 본가였다. 그리고는 저 멀리서 백색 킹을 가져다가 비숍이 비워 둔 자리에 앉혔다.

"왕세자가 올 거야."

가만히 체스판을 내려 보고 있던 엘레나가 로렌츠를 힐끔거렸다. 기물을 움직이는 손길이 더없이 느릿하고도 신중해져 있었다. 기물을 놓은 로렌츠가 그녀와 시선을 맞춰 주었다.

"결혼식 전에는 돌아오도록 하지."

여느 때와 같이 냉정한 눈이었다. 아니, 분노에 가득 찬 상태이던가. 그는 순간적으로 엘레나를 향한 증오를 감추지 못했다.

"……그때까지 얌전히 있어."

그는 이내 찰나에만 드러낸 감정을 숨기고서 냉정을 되찾았다. 엘레나는 저를 향한 로렌츠의 분노를 이해했기에 가만히 고개만 끄덕였다.

"알겠어요."

아마, 그를 이해할 수 있는 건 엘레나 자신뿐일지도 모른다. 같은 사람을 잃어 봤으니.

그 죽음을 쉬이 잊어버린 자들에 대한 배신감도, 그 죽음을 탓하게 되는 감정도. 전부 죽은 자를 되새기고 있는 이들끼리만 곱씹게 되는, 고여 버린 상실감이었다.

로렌츠가 손잡이 달린 여행 가방을 들고서 일어났다. 엘레나는 배웅하기 위해 그를 뒤따랐다. 로렌츠는 마차에 오르기 전에, 그녀의 얼굴을 물끄러미 내려 보았다.

"아직도 루시아에 관한 꿈을 꾸나."

생각지도 못한 질문이었다. 아름답고도 매서운 보라색 눈동자가 그녀만은 죄의식과 양심을 잃지 않았냐고 다그치는 것 같았다.

너는 적어도 이 복수를 저버리지 말아야지.

그녀를 잊지 말아야지.

그리 되묻는 듯했다. 그러나 엘레나는 쉬이 대답하지 못했다. 마지막으로 루시아에 관한 꿈을 꾸었던 적이 언제였던가.

"넌 기억을 지운 초반에는 자는 도중에도 루시아를 찾았었지."

엘레나가 그와 눈을 마주하지 못하고 고개를 수그리자, 로렌츠가 바로 턱을 들어 올렸다. 눈송이처럼 반짝이는 자안에는 차가운 광란이 억눌려 있었다.

"그때의 마음을 잊지 마라."

"……."

"아니면, 적어도 카론 에르하르트가 네 부모의 원수라는 것만이라도 기억해."

그래. 그랬었지.

엘레나가 힘없이 고개를 끄덕였다. 로렌츠는 그제야 안심이 되었는지 손아귀에서 그녀를 놓아주었다.

루시아를 위해. 오펜하이머를 위해. 그리고 그건 나를 위한 것…….

자기 암시 같은 말을 되뇌었다. 그러나 이제는 너무 곱씹어서 해지기 시작한 되새김이었다. 언제 이 임시방편 같은 주문이 무너져 내릴지 알 수 없었다.

* * *

얼마 지나지 않아서 바로 왕세자가 오펜하이머 성을 찾았다. 그는 여전히 능글거리는 웃음으로 그녀의 속을 긁어놓기를 즐겼다.

"아, 오랜만이야. 이제는 발렌시아 부인이라 불러야 하나."

레오폴트는 임산부에게 군이 성을 구경시켜 달라는 요청을 해 왔다. 엘레나는 감히 왕세자의 부탁을 거절할 수 없어, 강제로 그의 팔에 손을 올린 채 유리 온실을 걷고 있었다.

"전하께서 편하실 대로 여겨 주세요."

애초에 그녀가 원하는 대로 생각해 주지도 않을 인물이었다. 레오폴트는 마땅히 그럴 거라는 듯이 이죽거렸다.

"하녀에서 후작의 정부. 후작의 정부에서 발렌시아의 정실까지……. 이렇게 재능 있는 새일 줄 알았다면, 나도 한번 곁에 두었어야 했다는 후회가 들어. 어떻게 하면, 왕국에서 내로라하는 귀공자들을 다 섭렵할 수 있는지가 궁금할 지경이라."

키득거리는 말은 희롱에 가까웠다. 엘레나는 모욕을 꾹 참은 채로 이

시간이 지나가기만을 기다렸다.

"로렌츠가 에르하르트 후작 부인께 이 성과 작위를 샀다고 들었을 땐, 발렌시아가의 차남이 고작 변방의 남작 작위에 만족하려는 건 줄 알았는데 말이야……."

레오폴트가 흘리듯 말하며 엘레나에게 가까이 다가와 얼굴을 바싹 붙였다. 엘레나는 지나치게 가까운 거리에 저도 모르게 몸을 움찔거렸다.

후작 부인이라니. 로렌츠 발렌시아가 선대 후작 부인에게 오펜하이머의 작위와 영지를 샀다는 이야기는 처음 듣는 것이었다.

"부인을 위한 자리를 만들어 두기 위함이었다니, 언제부터 그리 대단한 낭만주의자였냐고 실컷 놀려야겠어."

왕세자가 놀리듯 빙그레 웃는 얼굴을 떼어 냈다. 스치듯 지나간 말이 엘레나를 혼란으로 밀어 넣었다. 엘레나는 내색하지 않고, 대화를 끌어내기 위해 한껏 서글픈 얼굴을 꾸며 내었다.

"그런 사정이 있는 줄은 몰랐는걸요. 지금껏 아무런 말씀을 안 해 주셔서……."

"로렌츠가 아무런 말도 안 해 줬나? 전쟁을 앞두고 변방 영지를 사들이는 거래에 장사치들은 속으로 미쳤다고 했을 거야. 후작 부인도 얼마 안 가지 않아 죽을 걸 예감했는지 헐값에 넘기긴 했지만."

무심한 약혼자를 불안해하는 여인의 모습이 레오폴트를 쉬이 방심케 한 걸까. 왕세자는 의외로 허술하게 이야기를 흘렸다. 그랬기에 느슨한 언동에 어떤 함의가 숨겨져 있는지 알기 힘들었다.

"선대 후작 부인께서는 오펜하이머 가문에 관심이 많으신 분이셨나요?"

"왜, 궁금한가?"

레오폴트가 은밀한 웃음을 지으며 그녀의 허리를 잡아끌었다.

"아직도 후작이 신경 쓰이나? 아니면……. 그사이 오펜하이머 가문의 안주인이 되었다고 정말 네 가문 같아서 그래?"

느물거리는 말로 그녀의 본심을 재 보려 들었다.

로렌츠는 처형당했다고 알려진 '엘레나 오펜하이머'가 실은 살아 있었노라 공표해 준 것이 아니었다. 엘레나를 오펜하이머의 양녀로 새로 입적시킨 후에 이름을 되찾아 주겠다는 거래였으니, 필시 왕실에는 '레나 크루거'의 출신을 비밀로 했을 터였다.

그도 그럴 것이, 이때껏 '엘레나 오펜하이머'를 숨겨 주고, 복귀까지 시키려 든다는 사실이 알려지기라도 하면……. 그것이 반역이었다. 엘레나 역시도 현실의 벽을 잘 알고 있었기에, 로렌츠가 제안한 방법에 타협을 본 것이다.

"이 성의 마지막 주인들에게는 딸이 하나 있었거든. 아마 죽지 않았다면 지금 네 또래 정도 되었겠지."

그러나 그녀의 비밀을 다 꿰뚫었다는 듯이 번뜩거리는 푸른 눈을 마주하자니, 엘레나는 숨이 더럭 막혔다. 레오폴트는 사냥감을 몰듯 차근차근 그녀를 궁지로 몰아넣었다.

"안타까운 운명이지 않나. 이 오펜하이머 남작가는 반역죄가 아니어도 언젠가 내 손에 멸했을 곳이거든. 슈미트 공작이 빌미를 준 덕에 그 명줄이 조금 더 짧아졌지만 말이야. 대신들이 아이까진 살리자는 의견을 냈지만 내가 거절했지. 왜인 줄 알아?"

"……."

"이곳에 아버지가 싸지른 더러운 씨앗이 숨어들어 있단 거야. 그러니 없애지 않을 수가 있어야지."

엘레나가 짓눌린 숨을 내쉬며 몸을 슬쩍 뒤로 물렸다. 아이들까지도 하나도 남기지 않고 학살했단 소름 끼치는 이야기를 하고도, 왕세자는 여전히 태연자약하게 웃고만 있었다.

"그것들이 살아남아서 은혜와 주제도 모르고 기어오르면 어떻게 하나. 기르던 사냥개도 내 손을 무는 판에. 안 그런가?"

그가 제 정체를 알고 있단 인상을 지울 수가 없었다. 사냥제 때와는 확연히 달랐다. 그사이 무언가를 알아낸 것일까. 엘레나는 본능적으로 주의를 돌릴 만한 이야기를 찾았다.

"후작이 신경 쓰이지 않는다면 거짓말일 거예요."

"그래?"

엘레나가 부러 그와 눈을 맞추지 않고 몸을 떨었다. 습관처럼 배를 감싸 쥐는 행위조차 의도된 것이었지만, 허리에 붙어 있던 왕세자의 손은 자연스레 떨어져 나갔다.

"점점 오펜하이머 성으로 다가오고 있다면서요. 와서 절 죽일까 봐 잠을 설쳐요."

일단은 아무것도 모르는 척 전쟁을 두려워하는 여자로만 비치길 원했다. 레오폴트는 그 기만을 가만히 내려 보다가 버석한 웃음을 흘렸다.

"어차피 이 성은 후작의 무덤이 될 거야."

엘레나가 곧장 고개를 들어 레오폴트를 물끄러미 응시했다. 그 얼굴을 본 레오폴트는 전혀 웃고 있지 않은 눈으로 천연덕스럽게 답해 주었다.

"제아무리 대단한 영웅도 혼자서 날아오는 화살 비는 못 막아 내는 법이거든. 도처에 군사들이 매복해 있는 상황을 알면서도 기어코 오겠단 생각부터가 미친 짓이긴 하지만……."

"……."

"굳이 후작이 정면에서 전멸을 각오하고 와 주겠다면 일이 꽤 쉬워지겠지. 나는 제발 그러길 바라고 있어."

아무렴 어떠냐는 듯이 레오폴트가 의뭉스럽게 웃었다. 엘레나는 이번엔 억지로라도 웃지 못할 상태가 되었다.

레오폴트는 막 피기 시작한 꽃봉오리를 보고서 그쪽으로 성큼성큼 걸어갔다. 파란 장미 앞이었다. 꽃망울을 톡톡 건드리던 레오폴트가 피식 웃었다.

"죽음을 알면서도 찾아와 꽃처럼 저버리는 영웅이라……. 로망스에서나 볼 법한 일화로 남겠어."

"……설마요."

뒤따라 걸어온 엘레나는 열기가 오르려는 눈에 힘을 주었다. 굳어 버린 입꼬리를 간신히 끌어 올려 웃었지만, 제대로 된 미소인지는 알 수 없었다.

"후작도 목숨을 귀하게 여기겠지요."

울컥 터지려는 눈물을 애써 내리눌렀다. 아직은 아니다. 왕세자가 손바닥 보듯 훤히 제 상황을 알고 있다고 해도, 그 앞에서 쉬이 제 마음을 보이고 싶진 않았다.

"글쎄……."

레오폴트가 말끝을 흐렸다. 부드러운 장미 꽃잎이 그의 손끝에서 우그러졌다.

"파란 장미를 좋아하나?"

"……."

"귀한 것이긴 하지. 신비력으로만 만들어 낼 수 있었던 꽃이니."

왕세자가 아직 못다 핀 꽃송이를 발밑에서 무참히 떨구고는 물끄러미 그녀를 바라보았다. 똑똑히 마주한 시선이 꺼림칙했다.

"불가능한 사랑이 꽃말이거든."

* * *

엘레나가 필리프를 데리고 용병들을 찾아간 건 그날 저녁의 일이었다. 발렌시아의 사병들과 왕실군은 며칠간 성 앞에 엄폐물을 쌓는 공사에만 동원되었고, 엘레나를 지키는 이들은 용병들뿐이었다.

"앞으로는 귀부인이 직접 나오실 필요는 없소이다."

필리프가 내민 빵 바구니를 받아 챙기면서도, 당부받은 말이 있었는지 용병 대장은 경계심을 늦추지 않았다. 필리프는 그 말씨를 듣더니 단박에 그의 출신을 알아차렸다.

"포모나 남쪽 지방에서 오셨습니까?"

유창한 포모나 방언에 용병대장의 얼굴에 일순간 화색이 돌았다.

"예? 그러합니다만……. 혹시 포모나 출신이십니까?"

"베르툼누스 상단에서 오랜 시간 왕국과 포모나를 오가며 일했습니다."

"아, 그 상단이라면 제 친척이 운영하는 곳입니다!"

드높던 경계심은 타지에서 들은 고향의 언어로 인해 급속도로 허물어졌다. 둘은 조금 오랜 시간, 저들끼리 아는 상단의 이야기를 주거니 받거니 반복했다.

포모나 지역의 상단들은 오랜 시간 가업을 이어 온 상단이 많아, 조금만 건너가도 친인척 관계로 얽히는 사례가 많았다. 이들과 밀접한 관계를 맺는 용병단 역시 마찬가지였다. 상인 가문의 후원을 받거나 양자인 이들이 용병이 되는 경우가 대다수였다.

엘레나는 두어 걸음 떨어진 곳에서 그들이 하는 대화가 끝나길 잠자코 기다렸다. 중간중간 필리프와 눈짓을 주고받자, 용병대장은 그제야 뒤에 있던 엘레나의 존재를 의식했는지 필리프에게 목소리를 낮춰 물었다.

"그런데 대체 어쩐 일로 이런 시국에 이 성에 자리를 잡으신 겁니까?"

귀부인이니 포모나 방언을 알아듣지 못할 거라 여겼는지, 용병대장이 필리프를 안타깝게 여겼다. 필리프는 순순히 남자의 반응에 맞춰 주었다.

"복잡한 사정이 있었습니다. 여간 불안한 게 아니더군요. 하필이면 전쟁이 터질 줄이야……. 심지어 에르하르트의 진격 경로가 이곳이란 소문이 들리니 원……."

용병대장은 딱한 사정을 듣더니, 난감한 얼굴로 한숨을 푹 내쉬었다.

"뭐, 이리저리 흘러드는 생활을 하다가 질리면 귀족 가문의 고용인으로 들어가려는 이들도 생기는 것이 우리네 삶 아닙니까……. 그렇다지만, 혹시……. 저 부인을 모시는 시종인 겁니까?"

"예. 그렇습니다만."

용병대장이 얼굴이 더욱 난감하게 일그러졌다.

"주인을 잘못 고르신 것 같습니다. 지금이라도 도망치시지요."

"왜요, 전쟁이 그리 심각한 상태입니까?"

"그것이……."

용병대장이 엘레나 쪽을 흘겨보며 쉬이 말을 잇지 못했다. 그러자 천천히 그 둘 사이에 다가선 엘레나가 자연스럽게 대화에 끼어들었다.

"로렌츠 발렌시아가 여차하면 절 죽이라고 하기라도 했나요?"

매끄러운 포모나어였다. 용병대장이 화들짝 놀라 그녀 쪽을 돌아보았다. 엘레나가 뒤에서 가까이 얼굴을 들이밀자 용병대장은 시뻘겋게 달아오른 얼굴로 말을 더듬었다.

"어, 어떻게……."

"그럴 거라 예상했어요. 그럴 사람이라서."

반면에 엘레나는 놀랍지도 않아 차분히 고개만 끄덕거렸다.

필리프 역시도 그런 역할로 제게 붙이지 않았나. 어디까지나 제 쓰임은 루시아의 복수를 위한 용도였을 뿐일 테니, 그러는 편이 자연스러웠다. 낮에 있었던 왕세자와의 대화와 지금의 상황으로 보아, 로렌츠와 왕세자의 전략이 무엇일지 대강은 알 것만 같았다.

"로렌츠에게 얼마를 받으셨나요?"

"……부인, 우리는 돈만 보고 거래하지 않습니다. 이미 로렌츠 님과의 거래가 먼저였으니, 저희도 신용이란 것이……."

"일만 무사히 마친다면 이걸 드릴게요."

엘레나는 달고 있던 브로치를 그에게 내밀었다. 푸른 장미를 연상시키는 보석을 내려다본 용병대장의 얼굴에 고뇌의 기색이 스쳤다. 얼핏 보아도 귀한 물건이었다. 게다가 포모나 상단에서 일했던 이라면 그 물건의 제작자를 알아볼 터였다.

"마도구에요. 브리짓 클로츠가 만든."

마도구는 일반적인 고가품보다 그 가치가 몇십 배에 달한다. 일반적인 용병단이라면 목숨을 걸만한 위험한 임무를 두어 개 맡아야만 만질 수 있는 돈일 터였다.

심지어 이건 브리짓 클로츠의 물건이었다. 왕국에서는 말년에 평판이 좋지 못했다곤 하나 포모나에서는 소문이 자자했던 장인의 물건이니, 용병단의 신용도조차 감수하게 할 만한 가치가 있었다.

"……의뢰가 정확히 무엇입니까."

"결혼식 전까지, 무사히 서신을 전달해 주세요."

"서신을 받으실 분이 누구입니까."

저리 귀한 물건을 받는 의뢰치고는 단순한 일이었다. 그러나 엘레나의 다음 말에, 용병대장은 쉽지만은 않은 일임을 알 수밖에 없었다.

"에르하르트 후작이에요."

* * *

결혼식 당일 아침은 눈이 내린 직후였다. 투왈렛 룸 안으로 겨울을 녹이는 눈부신 햇빛이 밀려 들어와 탐스러운 금색 머리칼을 훤히 비추었다. 엘레나는 거울 앞에서 로렌츠에게서 온 서신을 읽고 있었다.

"나 참, 결혼식에 늦는 신랑이라니. 그건 신부에게만 주어진 특권 아닌가요."

로제마리가 엘레나의 머리를 매만져 주며 툴툴거렸다. 그러면서도 계속 엘레나가 보고 있는 서신을 힐끔거렸다.

"뭐라고 왔나요?"

"결혼식은 예정대로 진행될 거라네요."

엘레나는 놀랍지 않은 편지를 엎어 두었다. 전서구로 받은 서신에는 결혼식을 중단하지 말란 뜻이 강경하였다. 로제마리는 안도의 한숨을 내쉬고서 종알거렸다.

"그래도 결혼식 당일에 반군이 우리 성까지 오지 않아서 다행이에요. 자칫하면 밖에서 전쟁하는 도중에 결혼식이 치러질 지경이었는데……."

성내의 고용인들도 하나같이 그것만은 다행이라며 입을 모았다. 엘레나 역시도 동의하는 바였다. 에르하르트의 군이 이곳으로 오지 않았다는 건, 그에게 제 서신이 무사히 전달되었다는 뜻이니.

"신랑이 위험에 빠지면 어쩌란 건지."

로제마리가 쯧쯧, 혀를 차며 불안감을 애써 숨겼다.

후작의 반군은 예상 경로에서 급작스럽게 방향을 틀었다. 로렌츠가 결혼식에 늦게 된 데에는 반군의 기습을 피하게 된 사정도 있었다. 우습게도 결혼식을 앞둔 약혼자의 위치를 노출시킨 이는 바로 엘레나 그녀였다.

그래도 오늘 아침 서신이 도착한 것으로 보아, 로렌츠는 무사히 돌아와 그녀와 결혼식을 올릴 예정으로 보였다. 아마도 카론이 한참을 전쟁터를 누비고 있을 그 시간에.

엘레나는 침음을 삼키며 눈을 내리감았다.

그가 굳이 이 덫에 제 발로 기어들어 와 무참히 패배하는 참사만은 두고 볼 수 없었기에 내린 결정이었다. 기세가 기울면 어느 나라로든 망명하기를 바란단 뜻은 이미 서신에 적어 놓았다. 카론이 무사히 살아난다면 그것만으로 족할 수 있었다.

그녀는 이 오펜하이머 성을 떠날 생각이 없었다. 이대로 로렌츠와 결혼하고 난 뒤에, 왕세자에게 언제 암살당할지 모른단 불안감 속에 숨을 죽이며 사는 한이 있더라도 그랬다.

자신은 이곳에 남아야만 한다. 그건 그녀에게 있어서 자신의 행복보다도 우선시되는 책무였다.

"얼마나 남았어요?"

"다 되었어요. 이 정도면 혼자 입장해도, 남편 없는 결혼식이 아니라 대관식이라고 생각할걸요."

로제마리가 제 솜씨에 자부심을 드러내며 마지막으로 그녀의 머리에 베일을 드리웠다.

투명한 베일 안으로 햇볕이 투과하면서, 금발은 사루 안에 든 모래알처럼 어른어른하게 빛났다. 그린 듯 부드러이 떨어지는 하얀 목선 아래로 순백의 레이스 자수가 빼곡했다.

신문 기자가 올 수 있는 상황이었더라면, 눈송이 사이에서 피어난 꽃이었다며 요란한 수사어구로 그녀를 장식했을 것이다. 그러나 전쟁 통에 지극히 조용히 진행될 결혼식인지라, 지극히 소수의 인원만이 이 아름다움을 눈에 새길 수 있는 영광을 거머쥘 수 있었다.

"고마워요."

정작 신부는 제 모습을 견디지 못한 채 자리에서 일어났다. 여태껏 봐 온 자신의 모습 중 가장 아름다웠으나 동시에 가장 낯선 타인을 마주한 듯했다.

로렌츠를 위한 치장과 정성이었다. 저를 죽이려고 하는, 자신 역시 배신해 본 약혼자와 오늘 한 쌍의 부부가 되기로 언약해야만 한다.

원래 정략혼이 삭막하다지만 이런 경우가 일반적이진 않다. 어릴 적 어렴풋이 상상해 보았던 결혼식과는 너무나도 거리가 멀었다.

엘레나는 로제마리에게 건네받은 부케를 내려다보았다. 푸른 장미가 그녀를 마주 보았다.

이 모든 상황이 제 삶이 아닌 듯한 위화감만 감돌았다. 해내야만 한다고 간신히 스스로를 다독이고 있는데, 왕세자가 굳은 얼굴로 예고도 없이 투왈렛 룸에 들이닥쳤다.

"실례 좀 하지."

로제마리는 화들짝 놀라 고개만 꾸벅 숙이고는 밖으로 부리나케 줄행랑을 쳤다. 레오폴트에게 죄라도 지은 사람처럼. 왕세자가 찾아온 첫날부터 그래 왔기에 이젠 그다지 의아하지도 않을 지경이었다.

"아름답네. 혼자 보기 아까울 만큼."

짧고도 명확한 감탄이 흘렀다. 로제마리를 하찮게 흘기던 시선이 엘레나를 정시하고 있었다. 그러나 심각한 상황 앞에 그 경탄도 오래가진 못했다.

"급히 가 봐야 하는 게 아쉬울 정도야."

언제나 여유만만하던 왕세자의 얼굴에 미소가 사그라들어 있었다. 갑자기 전세가 기울었다는 급보라도 받은 것일까. 그러나 곧장 이를 아득 물고 하는 말에 그 연유가 담겼다.

"전국 바실리카들이 후작의 반란군을 지지한단 성명을 냈어."

엘레나가 저도 모르게 배에 손을 가져다 댔다. 하, 하고 내뱉어진 왕세자의 한숨에는 여태까지의 상황과는 차원이 다른 무게가 담겨 있었다.

바실리카는 민심의 근간이다. 구휼을 하던 곳이고, 학자들의 연구 장소였으며, 아직도 몇몇 이들에겐 신비력에 기도를 드리는 성소였다. 그랬기에 왕실도 바실리카를 완전히 치워 버리지 못하고 있던 참이었다.

여태까지는 가문과 가문 사이의 세력 싸움으로만 보이는 문제였겠지만, 바실리카가 입장을 발표하는 순간부터 이야기가 달라진다. 그때부턴 귀족의 반란이 민중 봉기로서의 설득력이 깃드는 발단이 될 터였다.

"하여간, 하찮은 것들이 항상 제일 귀찮게 굴어."

레오폴트는 욕설을 짓씹다가 근심이 가득해진 눈두덩이를 내리눌렀다. 엘레나는 쿵, 쿵 뛰는 심장 박동을 감추기 위해서 숨을 참았다.

이곳의 전력이 분산될 것이다. 그렇다는 건, 카론이 이곳에 올 가능성도 높단 뜻이었다.

"왕실군을 일부 남겨 두고 갈 거야."

레오폴트가 그 심경을 읽은 사람처럼 조소를 남기고 떠났다. 그렇게 엘레나는 왕세자가 물러난 뒤로도 한참을 성에 낀 유리창 쪽을 바라보았다.

줄줄 빠져나가는 왕실 근위대의 모습이 개미 떼처럼 보였다. 질퍽해진 눈길에 병사들의 발자국이 찍혔다.

전쟁을 감수하면서까지 결혼식에 참가하려는 하객이라곤 왕세자뿐이었다. 참석한 하객이 아닌 동맹군의 지원이라고 봐야 하긴 했지만.

그 왕세자조차 성을 빠져나가고 나니, 투왈렛 룸은 신부 혼자 적막을 견디는 곳으로만 남았다. 왕실군이 저 멀리 사라지는 모습을 지켜보자, 어느덧 해가 높이 올라가 있었다.

"아가씨."

로제마리가 다가와 때를 알렸다. 로렌츠는 아직 당도하지 않았어도, 식은 순서대로 거행될 것이다. 그는 성혼 선언 안으로만 오기로 하였으니. 그때까진 그녀 혼자 식순을 진행해야만 했다.

엘레나는 홀로 통하는 회랑을 걷다가 다시 내리기 시작한 눈발에 걸음을 멈추었다. 겨울의 햇살에 눈이 부셨다. 쨍한 태양 아래, 눈이 내리는 날씨. 지평선 너머로 점점이 걸어오는 대규모 군사들이 보였다.

"아가씨, 서두르셔야 해요."

로제마리가 그녀를 독촉했지만, 엘레나는 그 광경에 쉽사리 발걸음을 옮기지 못했다. 현실적으로 불가능하단 걸 알면서도, 저도 모르게 너울거리는 빛 너머로 그녀를 향해 다가오고 있을 기사의 모습을 그렸다.

로렌츠일까. 아니면 모종의 사정으로 다시 돌아온 왕실 근위대? 현실적으로 둘 중 어느 쪽일지를 추측하는 사이, 군병들이 저 멀리서 성의 경비대가 피아 식별을 할 수 있는 위치까지 다가왔다.

댕, 댕.

긴박한 위기를 알리는 아군의 종소리가 울려 퍼졌다. 홀에서 식 진행을 도맡고 있던 필리프가 용병들을 데리고 달려왔다.

"큰일이야!"

로제마리도 입을 떡 벌리고 있다가 필리프 쪽을 돌아보았다. 엘레나는 여전히 창에서 눈을 떼지 못했다.

"도망쳐야 해! 반군이 왔어!"

점점 또렷하게 보이는 검은 깃발. 검은 천 위에 선명하게 새겨진 에르하르트의 문장.

아아.

떨리는 손이 그녀의 입을 막았다. 꿈같게도. 무모하게도. 카론 에르하르트가 기어코 이곳으로 찾아왔다. 적진의 한가운데로.

뛰는 동안에 심장 또한 정신없이 쿵쿵 뛰었다. 밖에서 터지는 포탄 소리 때문인지, 아니면 혼란한 제 마음 때문인지조차 제대로 파악할 수 없었다.

용병들의 호위를 받은 엘레나가 그대로 성을 빠져나가려는 순간이었다. 성 밖으로 통하는 홀로 나오자마자, 그녀의 무리를 둘러싸는 칼들이 꽃잎처럼 펼쳐졌다. 왕실군이었다.

"예정대로 식은 거행해 주셔야겠습니다."

백색 기사 제복을 입은 근위대장은 회중시계를 보며 사무적으로 제 소임을 알렸다. 그제야 왕세자가 병력을 남기고 간 이유를 알게 되었다.

"후작이 제 발로 내부에 올 때까지 시간을 벌어야 해서 말입니다."

딸깍, 소리를 내며 회중시계가 닫혔다. 근위대장은 피로한 듯이 칼끝으로 꽃잎이 흩뿌려진 웨딩 로드를 가리켰다.

"이러려고……."

이러려고 그랬구나. 엘레나는 그제야 상황을 파악하고 웨딩 로드 끝을 바라보았다. 그곳에는 주례 단상 대신에 그녀를 위한 의자만이 자리하고 있었다.

아직도 도착하지 않는 로렌츠. 오늘에야 병력을 빼내 자리를 비켜 준 왕세자.

결혼식이라는 이름의 인질극이었다. 그 덫에 걸리지 말라고 일렀으나 기어코 온 카론 에르하르트는 이미 낚인 사냥감이나 다름없었고.

어디서부터 계략이고, 어디서부터가 우연일까. 혼란한 상황 앞에서는 도무지 감도 잡히지 않았다.

왕실군이 이대로 돌아와 카론을 기습하게 되는 걸까? 하지만, 카론이 데리고 온 병력은 규모가 만만치 않으니 그전에 그녀를 구출해 낼 수만 있다면…….

어떻게든 상황을 빠져나가기 위해서 무엇이든 생각하려 애쓰는데, 문득 그런 의문이 들었다. 어째서 공방전을 하지 않고, 성에 카론을 들이려 하는 걸까.

"어서 입장해 주시길 바랍니다. 여차하면 후작이 안에 들어와서 만났을 때가 아니라 적당히 가까워졌을 때 성을 무너뜨려 버릴 거니까. 지금이 연인을 만날 수 있는 마지막 기회란 걸 명심하시길 바랍니다."

옴짝달싹하지 못한 채 창백한 안색을 한 신부를 앞에 두고, 근위대장은 어서 일을 끝내고 가고 싶은 사람처럼 짜증 난 얼굴로 독촉했다.

엘레나는 그제야 그들의 전략을 파악할 수 있었다.

그들은, 로렌츠와 왕세자는, 처음부터 엘레나 오펜하이머를 살리고자 하는 의지가 없었다. 오펜하이머 성을 무너뜨릴 생각인 것이다.

"이러려고……."

악다문 잇새 사이로 침음이 흘렀다. 자연스럽게 손이 아릿하게 당기는 배를 문질렀다. 필리프가 옆에서 엘레나를 부축하며 귓가에 속삭였다.

"일단 저 말에 따라."

신뢰를 주는 다갈색 눈동자가 그녀를 내려 보고 있었다. 엘레나가 그 눈에 담긴 뜻을 읽어 내고 고개를 끄덕이며, 웨딩 로드를 쭉 걸어 그 끝에 있는 자리에 앉을 무렵이었다.

쿵.

성 밖으로 거대한 폭격이 울렸다. 회중시계만 들여다보는 근위대장 뒤로 병사 하나가 다가와 귀엣말을 했다. 그의 얼굴이 짐짓 심각하게 변했다.

"먼저 대기하고 있어."

근위대장이 낮은 목소리로 병사 대부분을 내보냈다. 낌새를 보아 무언가 심상치 않게 돌아가고 있는 듯했으나 성 안에 남은 병력은 열댓밖에 되지 않았다.

점점 상황이 심각해지는 걸 느낀 용병들은 자신들의 안전을 보장받기 위해 근위대장에게 다가가 항의했다. 아마도 그들은 이대로 성을 나갈 생각인 듯했다.

"엘레나."

"응."

엘레나와 필리프가 서로 눈짓을 주고받았다.

엘레나는 상황을 살피다가 잔뜩 얼어붙어 있는 로제마리의 손을 잡았다. 로제마리가 그제야 깜짝 놀라서 엘레나를 보았다. 재빨리 저들을 쫓아가고 싶단 얼굴을 하면서도, 용케 그녀의 손을 뿌리치진 않고 있었다.

로제마리의 차림새에는 시중을 들던 흔적이 역력했다. 손목에 멘 바늘 꽂이엔 여전히 시침핀이 자리했고, 허리춤에 찬 주머니엔 쪽가위가 들어 있었다.

엘레나가 낮은 목소리로 로제마리에게 속삭였다.

"내 옷 좀 봐 줄래요, 로제마리."

손목을 끌어당겨 가까이 얼굴을 맞대자, 목소리는 두 사람만 들릴 정도로 낮고 은밀해졌다.

"가위로 내 허벅지를 찔러 줘요."

로제마리가 눈을 가느스름하게 뜨며 망설였다. 엘레나가 그녀의 손을 하얀 치맛단에 가져간 채로 '얼른.' 하고 속삭일 때였다.

"이놈들이 감히!"

근위대장의 날카로운 욕설이 쩌렁쩌렁 울려 퍼졌다. 근위대장 옆에 있던 병사 둘이 용병의 칼을 맞고 즉사했다. 공포에 휩싸여 나가겠다는 용병들과 이를 막는 근위대장의 실랑이가 칼싸움으로 이어진 것이다.

얼마 가지 않아, 날붙이끼리 서로 부딪치는 쨍한 소리가 홀을 울렸다. 병사와 용병들이 저들끼리 둥그렇게 모여 칼싸움을 벌이는 동안에, 근위대장이 감시 태세를 늦추지 않고 엘레나를 향해 걸어오고 있었다.

로제마리는 더는 지체하지 않고 곧바로 엘레나의 발밑에 쭈그려 앉았지만, 엘레나의 요청대로 허벅지를 찌르진 않았다. 대신 가위로 제 손바닥을 긋더니, 그 피를 엘레나의 하얀 드레스에 닦아 내며 피 칠을 하기 시작했다.

약삭빠르고 눈치 좋은 로제마리가 엘레나의 의도를 곧장 파악한 것이다. 근위대장이 다 왔을 무렵에는 엘레나의 무릎에 머리를 대고 엉엉 울기까지 했다.

"아가씨, 대체 이게 무슨 일이…… 흑흑……."

"무슨 일이십니까."

가까이 접근한 근위대장이 미간을 좁히며 물어오자, 엘레나가 악, 소리를 내며 배를 움켰다. 부러 가쁘게 쉰 숨에 호흡이 흐트러졌다. 안색은 이미 오펜하이머 성을 무너뜨리겠다고 했을 때부터 하얗게 질린 채였다.

"아까 급하게, 달려오면서…… 문제가 생긴 것 같아요."

배를 움킨 엘레나가 피 묻은 드레스를 보이자, 로제마리의 우는 소리는 더 높아졌다.

"제발……."

근위대장의 얼굴이 일그러졌다.

아무리 왕세자의 명령이라고는 하나 수태를 한 여인이다. 가뜩이나 이 자리에서 한꺼번에 처리하는 일도 기사로서 꺼림칙할 터인데, 정신없는 상황에 근위대장의 심기 역시 불편해진 상태였다.

"안타깝지만 지금 자리를 벗어나실 순 없습니다."

단호한 거절에, 내내 조용히 있던 필리프가 나섰다.

"아가씨의 방에 약이 있습니다. 어차피 밖에 나갈 수 없다면, 가서 쉬게 하는 정도는 괜찮지 않습니까."

"그래도 안……."

"이 아이의 아버지가 누구인지 못 들으셨나 보네요."

엘레나가 틈을 주지 않고 근위대장을 몰아붙였다.

"에르하르트 후작이에요."

"……."

"후작이 이곳에 들어오자마자 아이가 잘못된 모습을 보기라도 하면, 후작을 붙들어 두실 수 없을 텐데요."

근위대장의 얼굴 위로 망설이는 기색이 스쳤다. 엘레나는 그 틈을 놓치지 않고 단언했다.

"후작이 이곳까지 오려는 이유가 무엇 때문이라고 생각하나요."

스스로 생각하기에도 카론이 여기까지 오게 된 가장 현실적인 이유였다. 고작 그녀 때문이기보다는 이곳에 에르하르트의 대를 이을 아이가 있어서 그런 걸지도 모른다.

부러 냉소적인 판단으로 허튼 기대를 잘라 냈다. 이성을 다잡기 위해서 라도.

근위대장은 엘레나의 씁쓸한 얼굴을 뒤로하고서 초조한 얼굴로 성내를 돌아보았다. 병사들은 아직도 용병들을 상대하느라 한창이었다.

"좋습니다. 단, 고용인들은 남겨 두고 제가 같이 따라가도록 하지요."

이를 아득 문 근위대장이 필리프를 흘겨보며, 엘레나를 억지로 잡아 일으켜 세웠다. 엘레나가 아픈 신음을 연기하며 자리에서 일어났다. 짧은 순간이었지만 필리프와 눈짓을 주고받기엔 충분한 시간이었다.

필리프가 신비력자란 사실은 아직 아무도 모르는 듯했다. 그러니 필리프가 저번 보수 공사 때 지하 통로에 설치해 둔 마법진을 가동시킬 수만 있다면…….

엘레나는 그 시간을 벌기 위해 근위대장이 잡아끄는 손길에 순순히 몸을 맡겼다. 그렇게 2층 침실에 들어섰을 때였다.

몸이 바닥에 쓰러지도록 밀쳐지자마자, 그대로 문이 닫혔다. 설마, 하는 생각에 바로 문고리를 돌렸으나 침실 문은 열리지 않았다.

쿵, 쿵.

엘레나가 그대로 문을 두드렸다.

"잠깐만요! 이게 대체……."

발소리가 저벅저벅 멀어져 갔다. 아예 눈에 보이지 않도록 이대로 가둬 둘 생각인 듯했다. 이대로 내려가게 된다면 필리프는……. 필리프가 지하도로 내려갈 시간이 충분했을까?

저벅. 저벅. 저벅.

"열어 줘요!"

엘레나가 들리지 않을 말을 외치며, 주먹으로 문을 쳤다. 그러나 더는 발소리가 들리지 않았다. 한동안 불규칙적인 폭음만 들릴 뿐이었다.

엘레나는 슬쩍 창밖을 내려 보았으나, 어느덧 내리기 시작한 눈이 군사들과 뒤엉키면서 바깥은 피아 구분도 되지 않을 만큼 어지러워져 있었다. 눈바람 속에서 카론을 찾을 수 없었다.

"하……."

그녀는 그대로 침대에 앉아 무릎을 감싸 안았다. 이대로 필리프가 무사히 구하러 오기만을 기다려야 하는 것일까. 한숨이 나오는 차였다.

저벅. 저벅. 저벅. 저벅.

다행히 다시 침실로 접근하는 발소리가 들려왔다. 필리프일까. 아니면, 로제마리? 혹은 그녀의 상태를 살피러 온 근위대장?

희망을 담아 살피고 있으려니, 끼익 열리는 문소리와 함께 피비린내가 훅

끼쳐왔다. 동시에 입가에 피를 묻힌 근위대장이 가슴팍에 단도가 찔린 채로 푹 쓰러졌다.

싸늘하게 식기 시작한 시체가 그대로 넘어지자, 그 뒤에 있던 얼굴이 드러났다. 엘레나는 피와 눈을 뒤집어쓴 그의 모습을 보고 어떤 말도 하지 못했다.

검은 갑주를 입은 기사가 그녀를 보고 숨을 몰아쉬고 있었다. 이곳까지 쉴 새 없이 달려왔는지, 숨을 들이쉴 때마다 차가운 숨결이 하얗게 터져 나왔다. 살인귀라 불릴 만큼 날이 서려 있던 붉은 눈동자는 서서히 눈앞에 있는 존재를 인식하더니 검은 동공을 부풀렸다.

쾅.

밖에 포탄이 터지는 그 상황에서도 두 사람의 침묵은 비교적 길었다. 엘레나는 목구멍에 가시가 걸린 듯 아무 말을 내뱉지 못하다가 입술만 달싹였다. 눈시울이 뜨끈해졌다. 비로소 눈앞에 선 남자가 누구인지를 불러 보았다.

"카론……."

피가 범벅된 전쟁의 한복판. 카론 에르하르트가 그녀의 앞에 서 있었다. 매서운 추위와 광란의 포위를 뚫고서.

"늦었지."

"……."

"몸은 괜찮아?"

지친 듯 피로감이 있는 목소리는 살짝 쉬어 있었다. 그러나 걱정이 잔뜩 배어, 언뜻 듣기엔 이 성을 침범한 침입자답지 않게 사뭇 다정하기까지 했다.

심지어 그녀가 마지막으로 본 후작의 모습과 조금 다른 듯……. 그러나 이어진 그의 부름에 그녀는 심장이 멈춘 듯 아무런 생각도 할 수 없었다.

"엘레나."

"……."

"피가……."

카론이 피 묻은 하얀 드레스를 보고 그녀에게 손을 뻗자, 엘레나가 한 걸음 뒤로 물러섰다. 심장 박동이 빨라졌다. 기시감이 들었다.

"난 괜찮아요. 그보다 후작님께선……."

붉은 눈동자가 맥없이 그녀를 물끄러미 바라보았다. 엘레나는 그의 눈동자 안에서 멋모르는 눈물을 흘리고 있었다. 울먹임을 삼키려고 손으로 입을 막는데, 손이 덜덜 떨릴 지경이었다.

똑같은 얼굴인데, 인상이 달라졌다. 그녀에게 유독 부드러워진 음조까지도. 하녀로 에르하르트 저택에 잠입했을 때 마주한 모습과는 달랐다. 눈앞에 있는 남자는 사나운 후작이 아니라 추억의 저편에 고이 남아 있던 소년의 눈망울로 그녀를 지그시 바라보고 있었다.

"기억이……."

기어코 눈물이 비집고 흘러나왔다. 머리로는 헛소리라고 다그치면서도, 말도 안 되는 일이라고 생각하면서도, 맥락 없이 그의 상태를 확인하고픈 충동을 막을 수가 없었다.

"드디어, 기억이……. 돌아오신 거예요?"

아무런 말을 하지 않아도, 서로의 상태를 온전히 알아볼 수 있는 감각이 존재했다. 다시 만나자마자 선명하게 느낄 수 있는 기억의 잔해. 그녀가 어린 날에 사랑했던 기사의 모습을 어떻게 잊을 수 있겠는가.

아무리 저 사람은 루시아를 위한 것이라 되뇌어도, 끝끝내 소녀 시절 엘레나 오펜하이머를 기대하게 만들던 그 눈. 그 애타는 눈길이 제게 닿을 때마다 죄책감에 시달려 잠을 설쳤다. 저를 향한 감정을 감추지 못하는 카론 에르하르트가 그 시절 같은 눈으로 그녀를 담아내고 있었다.

카론은 말없이 그녀에게 손을 거두고서 천천히 그녀 앞에 한쪽 무릎을 꿇고 앉았다. 지친 듯, 낮고도 담담한 목소리가 그녀에게 제 죄를 고했다.

"네게 용서를 구할 수 없는 걸 알아."

"……."

"네가 바라는 복수를 해 줄 수도 없어. 나는 루시아에게 조금도 속죄할 마음이 없으니까."

카론은 허리에 차고 있던 검을 꺼내어 그녀의 손아귀에 쥐여 주었다. 그러고는 기꺼이 검날 가까이 제 목을 가져다 대었다.

"대신에 넌 나를 심판할 수 있는 유일한 사람이야."

모든 것을 전부 내려놓은 사람처럼, 그가 그녀에게 제 결말을 맡겼다.

손의 떨림을 따라 파르르 전율하는 푸른 검날이 햇빛에 반짝였다. 밖은 고함과 비명, 포격 소리가 한데 뭉쳐 시끄러웠으나 흡사 진공에 놓인 듯 엘레나에겐 카론의 목소리를 제외하고는 아무것도 들리지 않았다.

"내가 벌인 일 중 그 어떤 것으로도 네게 자비를 구걸하지 않아."

"……."

"그러니 네게 심판받는 것이 내가 구할 애원이자 내가 바칠 명예야."

심원한 빛을 지닌 적안이 그녀를 올려다보았다. 단두대에 오르는 각오를 한 사람처럼 결연한 얼굴이었다.

카론 에르하르트가 가망 없는 적진에 기어코 직접 걸어 들어온 이유를 알 것만 같았다.

그는 처음부터 이곳에서 살아 돌아갈 생각이 없었다. 그녀에게 목숨을 바칠 생각이었으니.

쿵.

포격 소리가 엘레나에게 현실을 일깨웠다. 반군이 성 내부까지 들이닥친 건지 소란이 심해졌다.

"지금 빨리 가야 해요! 어서!"

기겁하며 위층까지 달려오던 로제마리는 그녀 앞에 무릎을 꿇고 있는 카론을 보고서 멈칫거렸다.

"필리프가 기다리고 있어요!"

로제마리가 문가에서 넘어오지 못하고 발만 동동 구르며 재촉했다.

여전히 카론은 그녀 앞에서 처분을 기다리고 있었다. 주인이 시킨 대로 먹잇감의 목을 물어뜯은 뒤에 얌전히 지시를 기다리는 사냥개처럼. 피범벅 된 얼굴과 달리 그녀만을 바라보고 있는 적안은 무독해 보이기만 했다.

엘레나는 여전히 그녀의 눈앞에 무릎을 꿇고 앉은 카론을 멀거니 내려 보다가 검을 떨궜다. 대리석 바닥과 부딪치며 쨍한 쇳소리가 울렸다. 엘레나는 그의 팔을 붙잡아 끌었다.

"일어나요."

카론이 꼼짝도 하지 않으려 하자, 엘레나가 그의 얼굴을 감싸 쥐었다. 이 혼잡한 상황에서 제대로 된 판단을 내릴 수 있을 리 만무했다. 하나 확실한 건 이미 삶을 포기한 듯 고요한 평온이 자리 잡혀 있는 그의 눈이 마음에 들지 않았다.

"이렇게 죽는 건 비겁해요."

엘레나가 카론의 손을 가져가 배에 가져다 놓았다. 깊게 가라앉았던 눈망울에 동요가 일었다. 그런 눈빛이 더 마음에 든 것으로 보아, 스스로 무엇을 바라고 있었는지 엘레나는 더 이상 부정할 수 없었다. 엷게 저민 자조가 스쳤다.

"갚아야 할 죄가 아직 많이 남았잖아요."

비겁한 건 자기 역시 마찬가지이지 않았을까. 항상 죄책감을 앞세워 제 열망을 쉬이 포기했다. 심지어 그렇다고 해서 잊을 수 있는 것도 아닌 것을.

애당초 그에게 복수하고 싶은 마음은 무딘 결심에 불과했다. 루시아나 오 펜하이머 가문을 앞세워 에르하르트 저택에 발을 디뎠으나, 실은 그리움이 그녀를 그곳까지 이끌었으리라.

카론이 그녀를 올려다보았다. 엘레나가 미약한 힘을 주어 그를 잡아당기자, 카론은 순순히 그에 맞춰 일어섰다. 그대로 그의 손을 붙잡고, 문가에서 기다리고 있던 로제마리와 옆방으로 건너갔다. 유년 시절에 쓰던 침실이었다.

살짝 열린 창문 틈으로 눈발이 날리고 있었다. 날카롭게 부는 바람이 엘레나의 머리칼을 헝클어뜨렸으나 엘레나는 추위조차 잊은 듯 다급히 지하로 가는 비밀 통로를 열었다. 책장이 열리면서 돌벽 뒤로 통로가 생겨났다.

로제마리는 먼저 부리나케 통로 안에 쏙 들어갔다. 엘레나는 그곳에 저를 지켜보고 있던 카론을 밀어 넣었다.

"곧 로렌츠 발렌시아가 와서 오펜하이머 성을 무너뜨릴 거예요."

엘레나는 저를 뚫어져라 보는 남자에게 내릴 적절한 처분을 결정했다. 신속한 속삭임이 이어졌다.

"로렌츠는 자기 계획이 성공할 거라 여기고 있을 테니, 역습하려면 그때가 기회예요. 그러니 반드시 승리하고 와야 해요. 성을 지킬 수 있도록."

"넌?"

말하지 않아도 그녀의 생각을 읽은 건지, 카론이 엘레나의 가는 손목을 잡아끌었다. 엘레나는 그를 부드러이 밀어냈다.

"난 이 오펜하이머 성의 마지막 주인이에요. 반드시 이곳을 지켜야만 하는 의무가 있잖아요."

용납할 수 없는 결정이었는지, 카론이 얼굴을 일그러뜨렸다. 그 얼굴을 본 엘레나가 옅게 웃었다.

그날. 화마에 휩싸여 제대로 보이지 않았던 아버지의 감정을 알 것만 같았다. 어린 그녀에게 부디 살아 달라 타이르던, 마지막으로 안아 주던 그 온기.

그 의무감에 못 이겨 살아남았다. 그렇게 짊어지게 된 삶의 무게가 버거워 괴로워하면서도 기어이 살아 돌아와, 다시 이 자리까지 오게 되지 않았는가.

여기까지 오게 된 원동력에는 그날의 기억이 있었다. 가족의 터를 되찾고 말겠다는 의무감이 삶을 지탱했다. 고된 삶을 강하게 만들어 줬던 건 억울함이나 분노보단 소중한 이를 지키고자 하는 사랑이었다.

처음에는 가족을 위해, 그 뒤로는 친구를 위해, 그리고······.

엘레나가 카론에게 가벼이 입을 맞추고 속삭였다.

"난 죽지 않을 거예요. 그러니 이번엔 쉬이 체념하지 말아요. 또다시 내 무덤을 보고 싶진 않으니까."

카론의 눈이 크게 뜨였다. 엘레나는 당황한 그를 그대로 두고, 지하 통로와 이어진 장치를 매만졌다. 카론이 다가오기도 전에 통로는 바로 덜그럭 소리를 내며 닫혔다.

방에는 뒤늦게 그녀를 다급히 부르는 카론의 목소리가 맴돌았다. 엘레나는 그 목소리를 뒤로한 채 홀가분한 미소로 방을 나올 수 있었다.

필리프가 이동시킬 수 있는 인원은 두 명에서 세 명까지가 한계였다. 성 밖으로 이동하는 수준의 단거리라면 로제마리를 포함해 세 명까지는 가능할 수도 있었으나, 한 번에 네 명을 움직이기엔 무리일 터.

그러니 탈출은 전쟁을 지휘할 카론이 하는 편이 합리적이다. 눈앞까지 들이닥친 전쟁은 두려웠으나 카론이 예상을 깨고 그녀를 찾아와 준 덕에, 오펜하이머 성을 포기하지 않고 지켜 낼 수 있을 거란 용기를 얻을 수 있었다.

엘레나 오펜하이머는 오펜하이머 가문의 마지막 남은 적통이다. 카론이 밖에 나가 전쟁을 성공적으로 이끌 동안에, 이 성을 안전하게 보호해야 하는 것이 그녀의 역할이었다.

계단참에서 조심스레 홀을 내다보자, 예상한 대로 반군이 왕실군을 제압하고 있었다. 위층에 올라간 근위대장이 자리를 비우고 내려오지 않자, 명령 체계를 잃은 근위대가 들이닥친 반군에 밀리는 건 순식간이었다.

로렌츠는 아마 이 상황까지 염두에 두고 전략을 세웠을 것이다. 처음부터 성에는 최소한의 병력밖에 남겨 두지 않았으니.

아직 성이 무너지지 않은 걸 보면 로렌츠가 돌아오기 전이었다. 그러니 그전까지 이 성 어딘가에 설치된 폭발 마도구를 찾아서 제거할 수만 있다면…….
중요한 건 폭발 마도구의 위치와 허락되는 시간이 얼마나 남았는지다.

신비력 이론에 능숙한 엘레나는 마도구 해체를 해낼 자신은 있었지만, 그때까진 그녀를 보호해 줄 병력의 도움이 간절했다. 이미 포모나 용병들은 도망가거나 전멸한 상태로 보이는데…….

"후작님을 찾아! 어서!"

달려온 반군 중 일부가 계단을 올라오다가 엘레나와 맞닥뜨렸다. 총구가 일제히 그녀에게 겨누어졌으나 엘레나는 반군 앞에 선 여자의 얼굴을 보고서 크게 눈을 홉떴다. 어디선가 본 듯한 얼굴이라 그럴 수밖에 없었다.

붉은 머리를 높게 질끈 묶은 여자 역시 유심히 그녀를 보더니, 잠깐 손을 들어 옆에 있는 군들을 저지했다. 그러더니 품에 있는 종이를 펼쳐 신문에 실린 초상화와 그녀의 얼굴을 비교해 보고는, 옆에 있던 남자의 뒤통수를 때렸다.

"야, 야. 총 내려. 주인을 못 알아보면 어찌해."

그러자 그녀에게 겨누어졌던 총구가 순식간에 거둬지더니, 하나같이 그녀 아래 머리를 조아리기 시작했다. 우두머리로 보이는 여자 역시 마찬가지로 그녀 앞에 한쪽 무릎을 꿇고 앉았다.

"왕실의 새로운 주인이 되신 왕녀 전하께 인사드립니다. 로사 덩컨이라 합니다. 후작님의 명을 받아 왕녀 전하를 모시러 왔습니다."

12. 엘레나 오펜하이머

로렌츠 발렌시아는 핏물 묻은 장갑을 마차 밖으로 던져 버렸다. 벌겋게 물든 흰 장갑은 눈밭에서 뒹굴었다. 로렌츠는 마지막 남은 형의 흔적을 무심히 바라본 뒤에 마차 문을 닫았다.

더러운 건 좀처럼 참아 내지 못하는 성격 탓에 직접 죽이는 건 피하려 했으나, 도저히 마르첼의 멍청함을 참아주기가 힘들었다.

제아무리 동생이 아버지의 방관을 배경 삼아 암살 시도를 했다곤 하나, 명색이 발렌시아 가문의 장남이면서 분에 못 이겨 가문의 보급로를 아는 족족 끊어 놓은 게 말이 되는가. 심지어 마르첼 그 역시도 가장 싫어하던 카론 에르하르트의 꼭두각시 노릇을 하다니.

'카론 에르하르트? 씨발, 동생아. 지금 그놈이 중요한 때냐? 감히 네가 날 죽이려 들어? 차남 주제에?'

'아, 몰라. 마도구는 전부 그쪽에 넘겼어. 목숨을 살려 주는 대가라는데 안 하겠냐? 네가 해적을 보내지만 않았어도…….'

'카론이 보낸 놈들은 여기서 보급로만 끊으면 된다고 했어. 난 그놈이 시킨 대로만 했을 뿐이야……. 제발 살려 줘!'

괜히 꺼림칙한 기분이었다. 마르첼이라는 예상 밖의 변수가 생기긴 했으나 전쟁에 미치는 영향은 미미했다. 모든 판도는 그가 예상한 대로 흘러가는 상황이었음에도 괜히 불길한 예감을 감출 수가 없었다.

얼마 가지 않아 마차가 멈춰 섰다. 약속이나 한 듯 발렌시아 마차 앞까지 다가온 행렬은 왕세자가 마차에 올라타자마자, 왔던 길을 되돌아가는 것으로 다시 속행되었다.

레오폴트는 어깨에 내려앉은 눈송이를 털어내며 치를 떨었다.

"이렇게 추운 날 전쟁이라니. 카론도 어지간히 급했나 봐."

피범벅이 된 로렌츠의 꼴을 본 왕세자가 고개를 내저었다.

"자네 역시 마찬가지고."

레오폴트가 킬킬거렸다. 로렌츠는 예민한 눈으로 창밖만 내다보다 물었다.

"후작은 어떻게 되었습니까."

"예상대로야. 자네가 있는 곳으로 끝까지 진격할 줄 알았는데, 결국은 오펜하이머 성으로 방향을 틀었어. 진격지를 감시하고 있던 파발이 소식을 전하자마자 움직였지."

예상대로였다. 로렌츠는 한결 마음이 놓이는 말에 작게 한숨을 내쉬었다.

카론 에르하르트는 함정인 줄 알면서도 엘레나 오펜하이머를 만나러 올 수밖에 없을 것이다. 저였다면 루시아를 위해서 그리하였을 테니까. 그만큼 후작의 동선을 예상하기란 어렵지 않았다. 다만…….

"엘레나 오펜하이머는 어떻습니까."

"결혼식이나 잘 준비하고 있겠지. 지금쯤이면 만났을지도 모르고."

레오폴트는 심드렁하게 답한 뒤에, 조간지를 던지며 인상을 구겼다. 조간지는 큼지막한 글씨로 바실리카의 반군 지지 성명을 담고 있었다.

"이번 전투에서 승리한 후에, 조만간 이 주제넘은 것들을 한 번에 정리해야겠어. 이래서 진작에 신비교를 남겨선 안 된다고 아바마마께 일렀었는데…. 그놈의 종교가 무엇인지…."

레오폴트는 바실리카를 바로 탄압하러 가지 못해서 분한 듯 이를 악물었다. 로렌츠가 고개를 비스듬하게 기울이며 기사만 읽고 있자, 왕세자는 그 따분한 침묵이 마음에 들지 않아 인상을 찌푸렸다.

"그보다 이젠 좀 말해 주지 그래."

"무엇을 말입니까."

로렌츠는 여전히 신문 기사에 눈을 떼지 않은 채로 물었다. 레오폴트는 한번 쯧, 하고 혀를 찬 후에 되물었다.

"굳이 오펜하이머 성으로 가려는 이유 말이야. 내가 남아서 카론을 상대하다가 성을 무너뜨려도 되었을 텐데, 굳이 자네가 직접 가서 무너뜨리려는 이유."

* * *

"이것으로 대규모 전투는 끝난 건가?"

"아무렴! 여기가 제일 힘든 격전지일 거라 들었는데 생각보다 쉽게 끝나서 다행이야."

"이번 일을 계기로 왕실 놈들 사기가 수그러들었으면 좋겠어."

망루에 앉아 있는 병사들은 불과 몇 시간 전에 해치운 전투에 벌써 흥이 오른 상태였다. 망루 옆에 길게 솟아 있는 말뚝에는 왕실 근위대장의 목이 내걸렸다. 오펜하이머 성을 거점으로 차지하자, 쉽게 얻어 낸 승리에 들뜬 분위기가 되는 건 당연지사였다.

"이대로 어서 지원이 오면 좋겠는데……."

"보급로를 공격하는 쪽으로 빠진 병력들이 빠르게 합류하러 올 거라곤 들었어."

"거기로 빠진 병력 꽤 많지 않았나? 충원이 온다면 이곳은 정말 안전하겠는데?"

"그쪽은 발렌시아 영지랑 맞닿는 데니까 왕실과 발렌시아 군도 필사적으로 사수하려 들 거고."

"그럼 우린 그쪽 병력 올 때까지 이 성만 지키면서 두 다리 뻗고 잘 수 있는 거 아닌가? 하, 제발 오지 마라. 제발, 제발……."

편히 얻은 승리는 달콤한 휴식을 취하고픈 욕망으로 이어졌다. 병사들이 일제히 낙관적인 기대를 하는 도중이었다.

"잠깐."

그때, 망원경으로 먼 곳을 내다보고 있던 병사의 얼굴이 새하얗게 질렸다. 그러자 왁자지껄하게 떠들던 병사들이 하나둘 성의 해자 너머 펼쳐진 들판을 바라보았다. 멀리서 점점이 개미 떼처럼 달려오는 군사들의 모습이 보였다.

몰려오는 병력은 얼핏 살펴도 지금 성에 남은 민병대보다 서너 배는 많아 보였다. 빠르게 접근해 오는 기병 무리에는 당당히 발렌시아 가문의 깃발을 펄럭이는 기수와 근위대장의 상징인 하얀 망토를 펄럭이는 기사들도 섞여 있었다.

"역습이다!"

"역습이야!"

들뜬 분위기는 사라지고, 병사들은 바삐 경계 태세를 갖추었다. 곧장 날카로운 호각 소리가 서너 번 울렸다. 쉽지 않을 전투의 시작이었다.

* * *

예상대로 발렌시아 가문의 지원군과 왕실 근위대가 대규모로 접근했단 소식을 접하자마자, 엘레나는 조급하게 벽을 더듬었다. 아까부터 계속 로사무리와 폭발 마도구의 흔적을 찾았으나 어디에 숨겼는지 알 수가 없었다.

"정말로 이 엄폐물에 폭발 물질이 숨겨져 있는 건 맞습니까?"

로사 옆에 있는 남자가 의문했다. 엘레나는 단호하게 고개를 끄덕였다.

"오펜하이머 성을 무너뜨리려면 분명히 여기에 숨겨 놨을 거예요."

이 '엄폐물'은 며칠 전까지만 해도 로렌츠가 용병들까지 동원해 성문 안쪽에 쌓아놓은 방벽이었다. 꽤 높이 쌓여 있는 방벽은 유리 온실에서 그녀의 침실 앞까지를 빙 둘러싸고 있었다. 얼핏 봐선 성을 보호하는 역할을 하고 있었지만, 만일 그대로 붕괴한다면 성 내부에 있는 병사들에게는 재앙과도 다름없는 낙석 무더기가 될 터였다.

문제는 따로 있었다. 적이 다가오는 도중에 무턱대로 이 벽을 부수는 일도 자살 행위나 마찬가지라는 점이다. 그러니 마도구가 설치된 위치를 찾아내어, 정확히 마도구만 부숴야 했다. 엘레나는 그 지점을 찾아 헤매고 있었다.

"그렇다면 왕녀 전하께서도 차라리 성을 버리고 지하 통로로 내려가 피신하시는 편이 낫습니다! 지금 당장이라도 성이 무너진다면 어쩌시려고요?"

로사가 다급히 만류해 보았으나 엘레나는 단호히 고개를 내저었다.

"로렌츠 발렌시아는 절대 지금 성을 무너뜨리지 않아요."

확신에 가까운, 아니 확신이 담긴 말이었다. 정신 사나운 포격 소리에 목소리가 예민하게 한층 높아져 있었다.

"아직 카론을 발견하지 못했으니까요. 그는 카론을 찾을 때까지 절대로 성을 무너뜨리지 못할 거예요."

엘레나의 시선이 잠깐 성문 쪽을 향했다. 그 너머를 보는 듯 아득해졌던 눈동자는 금방 되돌아와 벽면에 새겨진 신비력의 흔적을 찾아 헤맸다.

엘레나가 아는 로렌츠 발렌시아라면 절대 이 전쟁에서 쉬운 승리를 취하려 들지 않을 터였다. 그의 진정한 목적은 전쟁에서 승리하고, 카론을 죽이는 것이 아닐 테니. 그건 부수적인 상황에 불과하다.

그자라면 제일 먼저 엘레나의 죽음으로 절망에 빠진 카론을 확인하려 들

터였다. 카론이 루시아의 죽음으로 낙담하여 기억을 지웠던 거라 믿고 싶어했듯이. 이건 그의 복수에 동참해 본 엘레나가 제일 잘 알 수 있었다.

카론을 확인하기 전까진, 엘레나의 죽음이란 그에게 무가치한 몰살일 뿐이었다.

순간, 쿵, 하고 크게 땅이 꺼지는 소리가 울리더니 비명이 들려왔다. 망루가 무너져 내린 것이다. 그 틈에 사다리를 타고 올라온 적군이 망루에 남아 있던 병사들을 하나하나 아래로 떨구기 시작했다. 아군의 시체가 비처럼 쏟아지자, 성 내부에서 성문을 막고 있던 병사들의 비명이 뒤따랐다.

방벽 안쪽에 있는 엘레나는 벽에 기대어 차분히 숨을 골랐다. 공포에 사로잡히지 않고 생각을 가라앉히려 애썼다.

자신이 로렌츠 발렌시아였다면……. 왕세자였다면……. 폭발물을 대체 어디에 숨겨 놓았을까…….

포격과 비명이 고막을 찢을 듯 어우러진 혼선 속에서, 희미한 기억의 조각들이 연달아 그녀를 스쳤다.

'루시아는 무엇을 좋아해? 곧 루시아의 생일이잖아.'

'죽음을 알면서도 찾아와 꽃처럼 져 버리는 영웅이라……. 로맨스에서나 볼 법한 일화로 남겠어.'

퍼뜩 설마, 하는 생각이 들었을 무렵이었다. 마찬가지로 신비력 이론에 능통하다는 로사가 방벽을 돌면서, 옛 고어라도 쓰인 벽돌을 찾아 헤맸으나 발견하지 못했는지 고개를 내저으며 달려왔다.

"이 방벽에는 신비력의 흔적이 남아 있지 않습니다! 아마도 다른 곳에서 일어나는 폭발에 맞춰 연이어 무너지기 쉽게 설계해 놓았는지도 몰라요. 그 전에 서둘러 어서 몸을 피하셔야 합니다!"

그건 오펜하이머 성과 성안에 있는 병사들을 포기하자는 뜻이나 다름없었다.

엘레나는 고개를 저으며 방벽이 시작되고 있는 부근으로 고개를 돌렸다.

로사 역시 그녀의 시선과 궤를 같이했다. 그들의 시선 끝에는 방벽이 공사되고 있던 시기에 같이 지어진 유리 온실이 자리 잡고 있었다.

로렌츠가 그녀에게 선물했던, 왕세자가 제 손안에서 우그러뜨리던 장미가 심어진 그곳이었다.

* * *

성과 조금 거리를 둔 곳, 전쟁터가 한눈에 들여다보이는 언덕 위에 급히 세워진 막사.

그 안을 초급하게 서성이는 레오폴트와 달리 원형 테이블에서 지도만 내려 보는 로렌츠의 얼굴은 꽤 무료하기만 했다. 그의 가느다란 손끝에는 매끄러운 조약돌처럼 생긴 흑요석이 들려 있었다.

반군 지지 성명을 내건 바실리카 신문 기사 위로, 로렌츠 발렌시아의 손가락 사이에 끼인 돌이 톡톡, 소리를 내며 붙었다 떼어지길 반복했다. 그 소리에 맞춰 왕세자의 초조함이 고조되고 있었다.

"젠장, 아직도 아무런 소식이 없나?"

왕세자가 막사 입구를 지키고 있는 위병에게 괜한 신경질을 냈다.

근위대장이나 발렌시아의 기사가 사로잡아 올 카론의 소식이 들려오지 않았다. 카론 에르하르트는 여태껏 항상 선봉에 나섰으니, 이번이라고 해서 크게 다르지 않을 터인데.

다행히, 한 파발꾼이 다급히 막사 안으로 달려 들어왔다. 그러나 그건 그들이 기다린 소식이 아니었다.

"먼 곳에서 적의 지원군이 달려오고 있습니다! 규모는 우리 측의 병력과 비슷할 것으로 추산됩니다!"

카론의 군대가 예상보다 빠르게 접근해 오고 있었다. 왕세자는 곧장 로렌츠가 앉은 테이블로 성큼성큼 걸어왔다.

"이때까지 기다리면 되었어. 지금 당장 그 돌을 깨뜨리도록 해."

생각보다 지체되는 카론의 생포 소식에 왕세자의 인내심은 한계에 달한 듯했다. 로렌츠는 여태껏 제가 쥐고 있었던 조그마한 마도구를 내려보았다.

이 자그마한 돌이 유리 온실에 파묻힌 수많은 폭발 마도구와 이어져 있다는 건 진정 신비력의 경이일 것이다. 그러니 마도구 하나가 전쟁의 승패를 좌우하는 역사는 수도 없이 많았다. 그리고 이 내전에서는 왕국의 마도구가 최대로 소모되고 있었다.

에르하르트 후작이 제 예상 동선이 알려진 불리한 싸움을 하면서도 그 단단한 방어선을 뚫고 들어온 데에는 다 이유가 있는 법이다. 그러니 전쟁을 장기화시키면 필시 에르하르트 후작 측이 패하겠지만, 왕실은 그걸 원치 않았다. 에르하르트 후작가가 마도구를 전부 소진하기 이전에 몰수해야만 하는 상황이었으니.

그러기 위해선 후작이 죽어야만 한다. 전쟁을 단기간에 멈출 방법은 그뿐이었다.

로렌츠는 천천히 자리에서 일어나 막사 밖으로 나왔다. 레오폴트는 신경이 곤두선 얼굴로 그를 따라 나왔다. 겉보기엔 아직 왕실이 우세하기만 한 전쟁의 판도가 눈에 들어왔다.

언덕에 둘러싸인 야트막한 평지에 자리 잡은 성. 그 안으로 그들의 군사들이 들이닥치고 있었다. 명령대로 절반의 병력은 여전히 성 밖에서 자리를 지키고 있는 채였다. 성이 무너진 뒤에 돌진할 수 있도록.

후작은 오펜하이머 성에 진입해 있을 것이고, 반드시 저 안에서 자리를 지키고 있을 것이다.

왕세자가 후작을 유인하는 작전에 찬성한 이유는 그 확신 때문이었다. 엘레나 오펜하이머의 정체를 눈치채고 바로 그녀를 죽이고 싶어 하면서도, 곧장 죽이지 못한 것도 그 때문이었고.

그러니 레오폴트를 꾀어내는 것까지는 그다지 어렵지 않았다. 물론 자신은, 그와는 전혀 다른 목적이 있긴 했지만.

"후작이 저곳에서 엘레나 오펜하이머와 함께 죽는 순간부터 로망스가 내려오겠군요. 연인을 위해 목숨을 바친 기사의 이야기로 말입니다."

영웅의 죽음은 성스럽다. 때문에, 전설처럼 내려오는 이야기는 계속해서 구전된다.

"지금 그딴 게 중요한 게 아니야. 이번 전투에 자네 가문과 왕실 근위대가 대거 투입되었다는 사실이 중요할 뿐이지. 이번 전투에서 진다면, 장기전으로 가도 전쟁의 승리를 장담할 수 없어."

왕세자가 짜증 섞인 투로 그를 재촉하며, 그의 손아귀에 있는 마도구로 팔을 뻗었다. 로렌츠가 그것을 순순히 내어주지 않자, 왕세자는 그를 물끄러미 보다가 더는 참지 못하고 화를 내었다.

"뭐 하는 짓이야! 지금 날 거역하려는 건가!"

언제나 여유 만만하던 왕세자의 태도는 지원군의 합류 소식을 듣자마자 달라져 있었다. 로렌츠의 입꼬리가 부드러이 올라갔다. 가느다란 조소였다.

권력에 목말라 레오폴트는 언제나 불안에 시달렸다. 항상 언제든 저를 위협할 수 있는 이들을 꿰뚫어 보고 싶어 했고, 누군가의 약점을 틀어쥘 궁리만 해댔다. 그 강박이 역설적이게도 그 자신의 약점 역시 훤히 내비쳐 주었다.

그는 충성스러운 신하를 얻을 수 없는 제 상황을 두려워한다. 평생을 애써 왕좌에 오르고 나서도 그 왕위를 유지하기 위한 자식이 없고, 그런 그를 단단하게 감싸 줄 수 있는 수족이 없단 사실에 괴로워한다.

아마 카론이 먼저 저를 배신했을 때는 크나큰 심적 타격을 입었을 것이다. 그나마 카론 에르하르트와는 가늘고 긴 우정이나마 쌓았다고 여겼을 테니.

안타깝게도, 레오폴트가 카론의 대안으로 고른 로렌츠 발렌시아는 그의 입장에선 가장 경계해야 할 '그 속내를 알 수 없는' 자였다. 루시아가 죽은 뒤로, 그가 간절히 원하는 것과 가장 두려워하는 것은 이미 모두 허무하게 스러진 채였다.

"이전에 레나 크루거에게 물은 적이 있습니다. 내가 멀쩡해 보이느냐고."

로렌츠가 천천히 왕세자에게 다가갔다. 왕세자가 미간을 좁히며 그를 훑어보았다.

"전하의 눈에는 지금 제가 어떻게 비칠지가 궁금하군요."

레오폴트는 그제야 저와 가까이 마주한 보랏빛 눈동자를 똑바로 마주했다. 오직 한 가지 집념에만 얽매인 자안. 그 너머에서 번들거리는 광기를 지금에서야 알아차린 레오폴트가 몸을 한 발자국 뒤로 물렸다.

로렌츠는 소름 끼치도록 고요한 미소만 짓고 있었다.

그의 하나뿐인 사랑은 허망하게 사라졌고, 복수 또한 비참히 실패했다. 평생 그를 괴롭히던 형제의 피를 손에 묻히면서도 쾌감이 없었다. 그 이상의 미래도 그려지지 않았다.

남아 있는 것이라고는 피로와 원념, 죄책감, 복수 뒤에도 만족스럽지 않아 가슴에 허무하리만치 남아 있는 공허뿐.

복수심 말고는 아무런 감정을 느끼지 못하게 된 것처럼, 한 남자를 어떻게 저처럼 비참하게 추락시킬지만 고민했던 나날이었다. 그는 더 이상 잃을 게 없었다.

이대로 저 둘이 함께 저 안에서 죽는다면. 심지어 그 죽음을 모두에게 인정받는다면. 그건 로렌츠가 바란 결론이 아니었다.

자신은 루시아를 온 마음으로 사랑했으나 그림자처럼 존재를 숨겼는데, 카론 에르하르트는 사랑하는 연인을 지키다 함께 죽다니. 오히려 그건 그가 루시아를 위해 하고 싶었던 일이었다. 루시아가 죽는 순간부터 그의 인생도 함께 끝이 난 지 오래였으나, 여태껏 그는 알맞은 죽음의 자리를 찾지 못했다.

이 전쟁은 비로소 그에게 찾아온 종말이었다. 드디어 카론 에르하르트와 결말을 낼 수 있는 최후의 순간. 이 순간을 이리 허무하게 날릴 수 있겠는가.

심상치 않은 낌새를 눈치챈 레오폴트가 뒷걸음질 치다 뒤돌아서자, 그 앞을 발렌시아의 병사들이 에워쌌다. 왕실의 근위대장들은 전부 카론의 목을 자르라고 성으로 보낸 뒤였다.

'또다시 운명을 결정지을 순간이 오겠어.'

이전에 로렌츠에게 그런 말을 한 적이 있던가. 그제야 레오폴트는 제가 하고만 한 곳의 실수를 깨달았다. 다시 로렌츠 쪽으로 고개를 돌렸을 때. 눈앞에 겨눠진 총구를 보고 나서야.

"감사한 동맹이었습니다. 부디, 그곳에서는 안식과 함께하는 권세를 누리시길."

탕. 한 발로 충분한 총성이 울렸다. 천천히, 배신자에게 맞는 죽음을 그리도 두려워하던 남자가 그대로 엎어졌다. 제가 고른 개에게 물린 주인이나 다름없었다.

로렌츠는 돌멩이를 두 개 주워다가 하나는 그 초라한 왕위 계승자의 시체 위에 놓아 주었다. 은밀히 시체를 치우는 충성스러운 수족들 사이로 위병이 다급히 달려온 건 그 무렵이었다.

"크, 큰일입니다! 합류하게 된 적군의 지원군이 이, 이곳으로! 다, 달려오고……. 서, 선두에 에, 에르하르트 후작이! 히익! 와, 왕세자 전하!"

많아 봤자 스무 살이나 될까. 소년에 가까워 보이는 병사가 겁에 질려 말을 더듬었다. 제대로 훈련된 기사들은 전부 오펜하이머 성 전투에 밀어 넣었으니, 막사에 이런 새파란 피라미에 불과한 병사들이 남은 건 당연했다.

자연스럽게 진영이 술렁거렸다. 군의 사기가 크게 저하되고 있었지만, 로렌츠는 그다지 개의치 않았다. 어느 정도 예상한 사람처럼 고개만 까닥이며 막사 안에 들어서는 모습이 태연하기만 했다.

"최대한 무력 충돌은 피하고 군을 막사 안으로 들여라. 후작도 나와 이야기를 하러 왔을 것이니."

손바닥 안으로 반질거리는 마도구가 만져졌다. 왕세자를 죽인 총을 원형 테이블에 올려놓으니, 연신 허무한 웃음만 짓게 되었다. 어린 시절 재미로 읽었던 병서의 한 구절을 떠올린 탓이다.

[모든 전쟁에는 승자와 패자가 존재하고, 패자의 사정에는 패인이 존재한다.]

모든 패인이 그럴듯하고, 안타까우며, 이해받을 수 있진 않았다. 어떤 패인은 종종 허무했고, 예상치 못한 결과를 낳았다.

패배자 중에 가장 비난받는 이는 여자에 눈이 멀어 다 이긴 전쟁에서 패하는 광기의 낭만주의자였다. 그 장본인이 되었으나 뒤따라 붙을 평가에 후회는 없었다. 역사에 길이 남을 전쟁은 지더라도, 제 인생을 건 전장에서 승리할 수 있다면.

밖이 소란했다. 말이 거칠게 들판을 가로질러 오는 소리, 병사들의 비명, 날붙이 맞붙는 소리, 간간이 울리는 총성.

로렌츠는 조용히 눈을 감으며 제가 있는 막사로 다가오는 발소리에 귀를 기울였다. 곧 막사 안으로 거침없는 침입자들이 들어섰다.

천천히 눈을 뜨자, 선두에 선 카론 에르하르트가 그에게 총을 겨누고 있었다. 아마 밤낮을 자지 못하고 추위를 불사해 달려왔을 터인데도, 견고한 자세에서는 지칠 줄 모르는 강인함이 느껴졌다.

영웅으로 추앙받을 만한 용맹한 기사. 아마도, 루시아가 사랑하고 기대했을 모습. 저에게는 없는.

이토록 카론 에르하르트에게 집착하는 이유는 그 열등감에서 비롯되었는지도 모른다. 아직 제대로 이겼다는 생각이 들지 않아서. 루시아는 로렌츠를 위해 살기보단 카론을 사랑해서 죽었기 때문에.

사랑은 약하다. 아니, 정확히 말하자면 둘이서 하는 사랑은 약할 수밖에 없다. 로렌츠 발렌시아는 그렇게 믿었다.

그들 사이에 가로질러 놓인 화톳불에서 올라오는 불기운이 그의 시야를 일그러뜨렸다. 로렌츠는 멀거니 카론을 응시하다가 손장난처럼 마도구를 살짝 집어 올렸다 떨어뜨리길 반복했다.

달그락. 달그락.

흑요석으로 된 마도구가 나무 테이블에 부딪히는 소리가 사뭇 가벼웠다. 그 마도구 안에 족히 수천 명, 많게는 수만 명의 생명이 달려 있다곤 상상도 못 할 만큼.

"바실리카에서 지지를 선언했다. 항복한다면 목숨만은 살려 주지."

마도구를 바로 알아본 카론이 총을 장전하고서 협박을 가했다. 달그락거리는 소리가 멎으면서, 로렌츠가 마른 웃음을 집어삼켰다.

"바실리카가 지지 성명을 냈다는 건 그들이 인정한 왕위의 적통 후계자가 생겼다는 뜻이겠군요. 북부 대륙에서 내려온 발렌시아 가문 역시도 반군을 지지해야 할 명분이 생겼단 것이니, 항상 처세를 잘해 오던 발렌시아 공작이 가문의 전통과 안녕을 위해 뒤로는 반군과 타협할 수 있겠다. 차남과 그가 결혼식을 올리기로 한 여자 정도는 잘라 낼 수 있을 테니……. 이런 겁니까? 전쟁을 지휘하는 와중에도 이런 계산을 하실 줄 아셨다니, 정치도 꽤 하셨군요."

하지만 어쩐다. 이미 장남은 죽어 버린 것을. 그는 아버지의 반응을 가만히 떠올려 보려다가 관두었다. 당신만 잘살면 양자를 들여서라도 가문의 대를 이을 위인이지 않으셨나.

로렌츠 발렌시아는 가만히 웃다가 소매에 감춰 두었던 돌을 화톳불 안에 던져 넣었다. 순식간에 공중에서 탕, 하고 총성이 터져 나왔다. 동시에 카론 에르하르트는 화톳불이 든 철통을 차서 넘어뜨렸다.

카론은 곧바로 쏟아진 불더미 안에 망설임 없이 손을 넣었다. 장갑을 끼고 있다지만 필시 화상을 입었을 것이다. 그러나 불씨 사이로 기어코 손을 넣어 빼낸 건 반질반질한 흑요석이 아닌 평범한 돌멩이였다. 로렌츠가 왕세자를 죽이고 난 후 주워 들었던 두 개의 돌 중 다른 하나다.

"이 새끼가!"

카론이 그를 올려다보았을 때, 이미 로렌츠는 테이블에 놓인 총을 제게 겨눈 후였다. 총구 끝에는 마도구인 흑요석이 자리 잡고 있었다. 그 후의 판단은 길지 않았다.

탕.

다행히도 죽음까지의 문턱에서 감각은 조금 길게 늘어졌다. 카론이 재빠르게 그에게 검을 던지는 바람에 손이 흔들렸지만, 그의 몸은 이미 뒤로 넘어가고 있었다. 마지막 힘을 다해 흑요석을 삼켰다.

"내놔! 뱉어, 이 미친 새끼야!"

카론 에르하르트가 욕설을 뇌까리며 그의 입 안에서 마도구를 꺼내려 목을 졸랐다. 로렌츠 발렌시아는 피를 토하면서도 억지로 그것을 씹어 삼켰다. 부서진 흑요석 조각들이 기도를 찔렀다. 막혀 오는 숨이 죽음을 더욱 재촉하였으나 시력은 남아 있어 처참하게 일그러져 가는 카론의 얼굴만은 지켜볼 수 있었다. 가늘게 떨리고 있는 그의 손의 감각도 느껴졌다.

아, 그래. 저 얼굴. 나도 루시아가 죽었을 때 그만큼 괴로웠지.

그거 아나? 그녀의 결혼 소식을 들었을 때는 지금 당신보다도 두려웠어.

생의 마지막에서 로렌츠 발렌시아는 웃을 수 있었다. 얼굴은 그의 눈동자보다 푸릇한 색으로 뒤바뀌었고 입가에서는 쉴 새 없이 핏물이 흘러내렸지만, 그는 웃었다. 추할 만큼 극심한 고통을 겪고 있었음에도 생의 마지막은 편안히 눈을 감을 수 있었다.

이것으로 복수는 끝이 났다. 이 전쟁에서 그는 승자였다. 그 생각으로 끝을 맺을 수 있자, 물기 맺힌 눈이 스르르 감겼다. 비로소 찾은 안식이었다.

* * *

 말이 달리면서 몸이 위아래로 흔들릴 때마다 정신과 육체가 함께 내려앉는 기분이었다. 카론은 계속해서 캄캄해지려는 시야에 이를 악물었다.

 잠을 자지 못한 지 족히 이틀은 되었으나 들판을 가로지르는 속도는 여느 때보다 빨랐다. 뒤에 있는 병사들이 따라잡지 못할 정도였다.

 제발, 제발…….

 고삐를 쥔 손이 쓰라렸다. 장갑 아래 불구덩이에 달궈졌던 살갗이 찢어진 듯했으나 지금 상황에선 눈에 들어오지 않았다.

 오펜하이머 성의 망루는 무너지고 성문은 부서져 있었다. 카론은 말을 타고 산처럼 쌓인 시체를 넘었다. 그대로 안쪽에 진입하자마자, 다가오는 적군을 닥치는 대로 베어 내며 방벽 안으로 다가섰다.

 엘레나, 엘레나…….

 절망 속에서 카론은 어떻게든 로사부터 찾으려 들었다. 엘레나에게 죽는 영광을 맞이할 때를 대비해, 저 없이도 전쟁은 승리할 수 있도록 로사에게 뒷일을 맡겨 두었다. 그러니 로사가 엘레나를 안전하게 보호하고 있어야만 했다.

 순간, 날아온 화살이 말의 목을 명중시키면서 카론은 말에서 굴러떨어졌다. 부서진 유리 조각이 널브러진 바닥에 넘어지면서 팔에 유리가 박혔다. 카론은 그 조각을 빼내며 길게 세워진 방벽 부근에 흐트러진 대량의 유리 파편을 훑어보았다. 반쯤 부서진 유리 온실 주변으로 적군의 시체가 쌓여 있었다.

* * *

 엘레나가 유리 온실로 달려간 건 카론이 로렌츠와 대면하기 직전의 일 이었다. 유혈이 낭자한 바깥의 소음은 두꺼운 유리 공간 안으로 들어오자

먹먹해졌다. 잘 조경된 푸른 녹음은 전쟁과 유리된 듯 평화롭기만 했다.

인공적으로 생성된 온기가 엘레나와 로사 무리의 얼어붙은 체온을 녹였다. 그 아늑한 공간에 감도는 느긋한 느낌과 다르게, 엘레나는 푸른 장미 덩굴 앞에서 다급히 주저앉았다. 흙바닥을 헤집는 손길은 조급하기만 했다.

"왕녀 전하, 피하셔야 합니다!"

로사가 그녀를 억지로 일으켜 세우려 했으나 부른 배로 주저앉아 필사적으로 흙더미를 파헤치는 그녀를 쉽게 저지하진 못했다. 다행히, 첫 번째 폭발 마도구를 찾아내기는 어렵지 않았다.

엘레나가 흙더미 안에서 고어가 새겨진 흑요석을 집어 올린 순간이었다. 로사의 눈이 크게 뜨였다. 두 여자의 눈이 마주쳤다.

쾅.

동시에 성문이 부서지는 소리가 났다. 곧 온실 안까지 적이 밀어닥칠 것이다. 퍼뜩 밖의 상황을 보던 로사가 뒤따라온 병사들에게 외쳤다.

"당장 나가서 온실 앞을 지켜!"

그러고는 로사 역시 앉아서 흙더미를 파헤치기 시작했다. 곧 고어가 새겨진 흑요석 마도구를 하나 더 발견할 수 있었다.

로사는 망설임 없이 그것들을 짓밟아 부서뜨렸다. 기폭제는 로렌츠가 직접 지니고 있을 테니, 매복하고 있는 폭발물을 직접 없애는 수밖에. 엘레나 역시 그 생각이었는지 무서운 속도로 땅속에서 폭발물들을 골라내어 부수고 있었다.

이대로 로렌츠가 터뜨리기 전에, 폭발 마도구를 다 해체할 수만 있다면…….

쨍그랑.

안타깝게도 바깥의 사정이 두 여자에게 그럴 여유를 주지 않았다. 밖에서 날아온 탄알이 그대로 유리창을 부수었다. 로사는 엘레나의 머리를 감싸고 엎드리게 했다. 엘레나가 이곳에 있단 게 발각된다면 인질로 잡히는 건 순식간이었다.

"이대로는……."

로사가 절망에 빠져 침음했다.

몰려오는 적군의 수가 까마득하게 많았다. 유리 온실 밖을 지키며 싸우고 있는 병사들이 최정예라지만, 일회성 방어 마도구를 둘렀을 뿐 소수인데. 저 정도 병력으로 당장 성문을 어떻게 뚫고 지나간단 말인가. 죽음의 공포가 그녀 앞으로 성큼 다가온 순간이었다.

엘레나가 침착하게 떨고 있는 로사의 손을 다잡았다. 주변을 찬찬히 살피는 눈길은 예사롭지 않게 오묘했다. 마치 로사가 보지 못하는 걸 보는 듯이. 그 눈길은 온실 한가운데서 물을 흘려보내고 있는 계단식 수조에서 멈추었다.

엘레나가 습관처럼 부른 배를 쓸어내린 건 그 순간이었다.

"……절반."

"예?"

"폭발물은 절반가량밖에 남지 않았어요. 주로 입구 쪽에 매립되어 있고요."

침착한 목소리에는 확신이 담겨 있었다. 로사가 멀거니 그녀를 바라보는 사이에, 유리창이 또 하나 깨지는 소리가 났다. 로사가 일어서려 하자, 엘레나가 그녀를 올려다보며 명했다.

"군사들을 안으로 들여보내요."

"그게 무슨……."

"지금 당장 해야 해요. 그래야 우리가 살아요."

* * *

"엘레나……. 엘레나!"

카론은 미친 사람처럼 중얼거리며 주변을 돌아봤다. 엘레나의 시체는 보이지 않았다.

"피하십시오!"

따라오던 기사 중 하나가 잽싸게 그에게 몸을 날렸다. 순간, 팽팽하게 날아온 화살촉이 스쳐 지나가면서 뺨에는 얇게 그어진 생채기가 생겼다. 길게 우는 말 울음소리와 짧게 울리는 총성이 찰나에 연달았다.

말을 타고 달려온 기사들이 일제히 그를 엄호했다. 활을 쏘는 적군은 부하들이 쏜 총알 앞에 무력하게 쓰러졌다. 카론의 시선은 쓰러진 말의 목에 꽂힌 화살에 멈췄다. 탄알이 바닥나 활까지 동원한 적군의 상황을 짐작할 수 있었다.

이곳에서 일어난 폭발로, 성에 들어온 적군 역시 대규모의 피해를 받은 것이다. 그러나 반파된 유리 온실에 비해 성은 비교적 멀쩡했다. 아마 이 정도 피해라면 방벽 안쪽에서 방어 중인 병력은 무사할 터였다.

카론은 서둘러 기사들의 비호를 받으며 유리 온실부터 둘러보았다. 폭발의 여파로 부러지고 꺾인 수목 가운데서도 꿋꿋이 그 중심을 지키고 있는 거목, 그 주위로 꽃잎을 바닥에 떨군 앙상한 묘목들, 제단처럼 높이 올라간 수조…….

가장 눈에 띄는 건 평평한 돌을 다듬어서 낸 정원 길 곳곳에 난 움푹 파인 흔적들이었다. 반파된 부근에 남아 있는 폭발 흔적과는 다르게 생소한 것이었다. 마치, 묻혀 있던 무언가 들을 긁어 낸 듯이.

"후작님! 여기입니다!"

높이 올라가 있는 제단에서 로사의 목소리가 들렸다. 카론은 퍼뜩 고개를 들고서 즉시 계단을 뛰어올랐다.

물줄기가 계단을 따라 폭포수처럼 흐를 수 있도록 해 놓은 제단 위에는 물이 담긴 거대한 수조가 있었다. 거목이 신화에 나오는 세계수처럼 수조의 중점을 지켰다. 나무 아래로, 로사 무리에게 둘러싸인 엘레나의 모습이 보였다.

첨벙, 하고 내디딘 물속은 맑고 따스했다. 무릎까지 적시는 물은 구스타프한테 시술을 받았을 때와 같은 기운이 흘렀다. 신비력과 상성이 맞는 몸이었기 때문에, 그게 무엇인지 알아차리기란 크게 어렵지 않았다.

로렌츠 발렌시아가 북부 대륙에서 들여왔을 성수일까. 하지만, 이 귀하디 귀한 성수를 어째서.

"엘레나!"

황망한 움직임이 물속에서 둥근 물결을 그렸다. 카론은 창백해진 엘레나를 보고서 그녀를 끌어안았다. 엘레나는 나쁜 꿈이라도 꾸는 사람처럼 감겨 있는 눈꺼풀을 파르르 떨었다.

"예상보다 빠르게 적군이 밀려들었습니다. 방벽을 부수지 않은 선에서 유리 온실이 파괴될 양의 폭발물을 남겨 두시고는……. 여기 물속에 몸을 담그라 지시하셨어요. 그 뒤로는 어떻게 된 일인지 모르겠습니다……. 정신을 차리고 보니, 우리만 폭발을 피하여……."

로사가 그녀답지 않게 횡설수설했으나, 카론의 귀에는 아무 말도 들어오지 않았다. 물속에서 천천히 퍼지는 잉크처럼, 엘레나 주변으로 흐르는 붉은 물이 시야를 사로잡았다. 하혈의 흔적이었다.

고르게 내쉬는 숨결이 양수 안에 잠들어 있는 태아처럼 안정적이었다. 다행히도 생명에 지장이 있는 것처럼 보이진 않았다. 다만, 어딘가 생소한 감각이 일었다. 물과 감응하는 것처럼, 성수에서 느껴지던 기운이 엘레나에게서도 느껴졌다.

신비력에 예민하게 반응하는 자에게만 느껴지는 희미한 빛.

쿵.

포격이 한 번 더 울렸다. 그러나 유리 온실 안으로는 적군에 밀려들지 못했다.

카론이 직접 성안을 넘어오면서 전쟁은 이미 판세가 기울어 있었다. 유리 온실의 폭발로 적군이 피해를 크게 입은 데다가 병력까지 충원되자, 적군은 장벽을 사이에 두고 꼼짝없이 앞뒤로 갇힌 신세가 되고 말았다. 따지자면 이후부터는 소탕에 가까웠다.

승리한 전쟁. 그 끝에서 카론이 엘레나를 끌어안은 채 망연한 얼굴을 하고 있었다. 이 자리에서 엘레나의 몸에 희미하게 감도는 빛을 감지할 수 있는 건 그뿐이었다.

선혈을 받으면서 고귀한 신성이 흐르게 된 물. 예전에 보았던, 물에 젖은 샤를로테 오펜하이머의 모습과 꼭 닮은 형태로 기절한 엘레나. 사람을 보호하는 성력의 힘⋯⋯.

카론 에르하르트는 이 모든 것들이 무엇을 의미하는지 모르지 않았다. 모든 걸 얻었으나 끝내 모든 걸 잃어버린 사람처럼, 카론이 그녀를 꽉 끌어안았다.

* * *

수도는 빠르게 정리되었다. 왕세자는 죽고, 발렌시아 공작과의 타협은 빨랐으니 국왕을 보좌에서 끌어내리기까지는 오래 걸리지 않았다.

새로운 왕실의 시대가 도래한 것이다. 그러나 왕위 대관식보다도 더 빨리 이루어진 건 반란의 중심에 섰던 에르하르트 후작과 그가 왕위에 올리고자 하는 왕녀의 결혼이었다. 엘레나는 결혼식에 이어, 대관식에서도 남편에게 충성을 맹세받았다.

"이하, 새로운 왕실의 주인이 되실 여왕 전하께 충성의 맹세를."

모두가 지켜보는 앞에서 카론이 엘레나의 앞에 한쪽 무릎을 꿇고 앉았다. 근위대가 절도 있는 동작으로 그를 뒤따라 앉고, 귀족들 역시 따라서 무릎을 꿇었다. 왕좌에 앉아 있던 엘레나가 자리에서 일어나 검등으로 카론의 어깨를 번갈아 대자, 엄숙한 파이프 오르간이 울렸다.

붉은 카펫 길을 걸어온 바실리카의 대사제가 벨벳 쿠션 위에 올린 보주와 셉터를 엘레나에게 내밀었다. 엘레나는 셉터를 쥐기 전에, 그녀 앞에 일제히 무릎 꿇고 있는 이들을 내려다보았다. 정확히는 제일 앞에 있는 카론을.

북부 대륙에서 내려온 셉터는 에르하르트 가문이 내전 후에도 간직하고 있던 얼마 안 되는 보물 중 하나였다. 그리고 눈앞에 있는 대사제는 그 셉터를 쥐는 왕녀를 더없이 감격스러운 눈길로 바라보고 있었다. 성모께서 그 역사적인 보물을 거머쥐셨으니.

왕녀가 후작의 정부였다는 추문은 왕녀가 성녀를 낳으면서 빠르게 사그라들었다. 그 아이가 그녀의 왕권을 공고하게 확립해 준 건 두말할 필요도 없었다.

신비력의 새로운 탄생. 다시 내려온 축복.

모두가 그 아이에게 어떤 찬사라도 붙이지 못해 안달이었다. 그러나 엘레나와 카론 두 사람만은 웃지 못했다.

엘레나가 보주와 셉터를 양손에 쥐자, 대사제가 왕관을 씌워 주었다. 경건한 파이프 오르간 음악이 흘러나왔다.

곧 거행될 행진을 기다리고 있던 엘레나는 그사이 살짝 고개를 든 카론과 눈을 마주쳤다. 꼿꼿하게 어깨를 편 채로 경직된 그녀에게 그가 둘만 알 법한 은근한 미소를 지어 주었다. 그 미소를 보자 엘레나도 긴장이 풀렸다. 힘찬 행진곡과 동시에 발걸음을 옮겼다.

와아-

성문이 열리면서 맑은 햇살이 성내에 쏟아졌다. 동시에 귀가 먹먹해질 만한 함성이 퍼졌다. 긴 겨울이 지나고 쏟아진 햇빛은 눈이 시리도록 맑았다. 엘레나는 앞만 보고 걸어갔다.

어깨에 두른 망토만큼이나 긴 붉은 카펫 끝은 그녀를 축복하러 나온 새로운 왕실 일가와 귀족들로 붐볐다. 개중에는 필리프와 로사 일행도 있었다. 그러나 엘레나의 시선은 그 가운데에 있는 이에게만 향해 있었다.

로제마리의 품에 안겨진 그녀의 아이, 안젤라를 향해. 저 아이만이 반드시 이 자리에 서야만 하는 이유였다.

평범한 인간이 아닌 신비력자.

그들에게 따르는 책임과 기대, 그들이 흘린 피의 역사가 어땠는지는 카론과 엘레나가 가장 잘 알고 있었다. 태중에서도 저 아이가 보여 주었던 예지 덕에 살 수 있을 정도이니, 자라면서 얼마나 강력한 신비력을 발할 아이인지 짐작도 되지 않았다.

저 아이를 지키기 보호하고 지키기 위해서라면, 가장 높은 자리에서 지켜 내리라. 또다시 그녀에게 지켜야 할 것이 생겼기에, 왕위 역시 필요해졌다.

엘레나가 이제는 어엿한 시녀가 된 로제마리에게서 안젤라를 넘겨받았다. 그 아이를 보고 웃는 그녀의 미소가 환했다. 뒤돌아보자, 뒤따라오는 행렬 맨 앞에서 카론이 걸어오고 있었다.

머나먼 여름에 그러하였듯, 눈부신 오후의 햇살을 뒤로한 채로.

에필로그

격자무늬로 짜인 하얀 대리석으로 뒤덮인 궁전은 여왕이 기거하는 곳답게 층고가 높고, 그 너비가 장엄했다. 긴 회랑에서 조금만 종종대고 걸어도 그 경박한 발소리가 또렷하게 울려 퍼질 수 있으니, 궁에서는 함부로 뛰거나 방정맞게 소리 내어 걷지 말라는 것이 궁의 고용인 교본 첫 장에도 나오는 예의범절이었다.

그러나 정작 궁의 주인인 여왕의 걸음이 체통에 맞지 않게 빨라지고 있었다. 로제마리는 그 옆에서 가만히 미소 지었다.

"그리 좋으세요?"

레나 씨, 하고 부르던 시절처럼 그리 놀리듯 묻는 말에 엘레나가 가만히 눈짓을 주었다. 준엄한 경고였으나 입가에 지어지는 희미한 미소는 숨기지 못했다.

마침, 궁을 나오자마자 여정을 다녀온 두 남자를 맞닥뜨린 참이었다. 두 남자는 이야기를 나누며 계단을 올라오다가 직접 마중 나온 여왕을 보고서 놀란 얼굴을 했다.

"국왕 전하를 뵙습니다."

요한이 먼저 인사를 올리자, 필리프 역시 연달아 고개를 숙였다. 엘레나는 그들의 인사를 대강 받고서 고대하던 이를 제일 먼저 찾았다.

"카론은요?"

"뒤따라오고 계십니다."

요한이 그럴 줄 알았다는 듯 바로 답해 주었다. 엘레나는 곧장 그가 있는 곳으로 내려가려다, 먼 여정을 다녀온 두 사람에게 해 줄 격려의 말을 잊지 않고 돌아보았다.

"수고했어요. 환영회는 준비해 놓았으니 푹 쉬세요."

"빨리 가 보기나 해."

여전히 말을 높이지 못한 필리프가 시큰둥하게 되받았다. 여전히 그는 카론이 마음에 들지 않는 모양이었다. 요한이 여왕을 대하는 불충한 태도에 그의 어깨를 툭 쳤으나 엘레나는 화사한 미소만 짓고서 계단을 곧장 달려 나갔다.

그 모습을 보자 필리프도 어쩔 수 없다는 한숨을 내쉬었다. 결혼하고부터 엘레나가 웃는 날이 늘었다. 오펜하이머 성에서 그녀를 보았을 때와는 확연히 달라진 변화라는 건 인정해야만 했다.

마차는 중정 한가운데에 멈춰 있었다. 엘레나는 조금 떨어진 곳에서 걸음을 멈춘 채로, 거대한 짐을 싣고 온 마차를 살폈다. 카론은 고용인들에게 무언가를 보고 받고 있었다. 엘레나는 그대로 뒤에 있는 시녀들을 물린 채, 그에게 천천히 다가섰다.

긴 목록에 적힌 물건들을 확인하는 남자의 미간은 미세하게 좁아져 있어 피로감이 뒤섞인 예민함을 드러냈다. 그러나 엘레나를 바라보자마자, 그 기색은 순식간에 말끔히 사라졌다. 남자는 곧장 달려와 그녀를 끌어안았다.

"일찍 다녀오셨네요."

반년 만에 보는 얼굴이었다. 카론은 최근 원정대와 함께 북부 대륙을 다녀왔다. 북부 대륙에 신왕국이 세워진다는 소식을 듣자마자, 카론은 엘레나의 만류에도 불구하고 친히 항해 길에 오른 터였다.

조금 그을린 듯한 얼굴 위로 눈동자만큼 발간 입술이 부드러운 굴곡을 그리고 있었다. 카론이 저에게만 쉬이 틈을 내어 보이던 미소. 사무치게 그리워했던 모습 그대로였다.

"제 예상보다는 늦더군요."

그가 자연스럽게 목록을 고용인들에게 넘기고서 엘레나의 허리를 감싸 안고 걸었다. 그들이 푸른 장미가 심어진 중정을 가로지르는 광경은 이제 궁의 고용인들에게도 꽤 익숙해진 만큼, 그들 역시도 부부로서 서로에게 꽤 적응한 뒤였다. 서로 말하지 않아도, 그들의 발걸음은 속히 안젤라가 있는 왕녀 궁으로 향하고 있었다.

"북부 대륙은 어떠셨어요."

"생각보다 수월하게 협상을 마쳤습니다. 신 연합 왕국은 미토스인들의 정신을 계승해 성력을 중시하고 있어서."

"성수는 많이 구해 오셨나요?"

"다행히도."

카론의 말에 엘레나가 안도의 한숨을 쉰 찰나였다. 평화로운 궁에 울음소리가 터졌다. 기다란 회랑을 타고 쩌렁쩌렁 울리는 울음소리에, 부부의 발걸음은 한층 다급해졌다.

모빌과 나무 장난감으로 아늑하게 꾸며진 방 안에서는 로사와 하녀들이 안달복달하며 그녀를 달래고 있었다. 안젤라는 얼굴이 새빨갛게 달아오른 채 로사의 품에서 몸을 뒤틀었다.

"왕녀님, 또 아프세요?"

"어떻게 해? 지금 당장 성수를 가져와 봐!"

"로사님, 오늘 에르하르트 공의 귀환이신 건 아시죠? 만약, 지금 오시기라도 하면…… 어머! 저, 전하를 뵙습니다."

내전 때 사산될 위기를 겪은 탓인지, 달수를 채우지 못하고 태어난 안젤라는 자주 고열에 시달리곤 했다. 웬만한 약은 잘 듣지 않았다. 제일 효과 있는 건 역시나 성수였다.

엘레나의 피가 뒤섞이면서 신성을 지니게 되었던 성수. 그때 수조를 가득 채워 모두를 살렸던 성수가 지금은 안젤라를 낫게 했다. 마치 본능처럼 태어나기도 전에 뽑혀 나간 신비력을 찾듯, 까무러치게 울어대던 아이는 모유가 아닌 성수를 머금으면 금방 조용해졌다.

그때마다 엘레나는 죄책감에 시달릴 수밖에 없었다. 그런 엘레나를 꼭 끌어안고 괜찮다고 속삭이는 건 카론의 몫이었다. 그것이 그가 이번 원정에 오른 이유이기도 했다. 성수가 고갈되지 않도록 안정적인 보급로를 찾아낸 것이다.

엘레나의 안색이 흐려지기 전에, 카론은 당황하는 로사에게서 곧바로 안젤라를 넘겨받았다. 그가 낮은 목소리로 안젤라를 몇 번 부르며 아이를 익숙하게 얼렀다. 엘레나를 닮은 푸른 눈동자가 깜빡거리며 그를 바라보았다. 놀랍게도 서서히 울음이 멎었다.

"왕녀님께서 아버지를 찾고 계셨나 보네요. 제가 종일 먹이고 재워도, 이러나저러나 친부를 이길 순 없나 봐요."

유모 노릇을 자처하고 있는 로사가 어쩔 수 없다는 듯 어깨를 으쓱였다. 그녀는 국경에서 아이들을 돌봤듯, 새로이 탄생한 신비력자를 키우는 일에 사력을 다하는 중이었다. 가끔씩은 좋은 아버지 노릇을 하려는 카론을 이렇듯 가볍게 놀리기도 했다.

엘레나 역시 아직까지 그런 그가 생경하기만 했다. 언뜻 보아도 카론은 아이를 좋아할 것 같지 않았으니까. 엘레나는 가만히 카론이 안젤라를 달래는 모양새를 지켜보았다.

카론은 저도 모르게 안젤라에게서 엘레나의 흔적을 찾게 된다고 했다. 그가 알지 못했던 엘레나 오펜하이머의 유년 시절을 보게 되는 것 같다고.

엘레나에게 옛날 일을 자주 묻는 것도 그 이유 때문일까. 어린 시절부터 서로를 잘 알아 왔지만, 그는 항상 자신이 몰랐던 시절의 그녀를 궁금해했다. 부모님과 함께 성에 살고 있었을 시절의 엘레나 오펜하이머를.

가끔 침대맡에서 그녀에게 오펜하이머 성에 살았던 시절을 물어보는 것도, 약간의 죄책감이 뒤섞인 열렬한 소유욕일까. 그녀가 그에게서 루시아의 흔적을 찾으려 했던 것처럼…….

엘레나는 고요한 눈으로 그 광경을 바라보다가 중정을 내려 보았다. 눈부신 오후 햇살이 잔잔하게 펼쳐진 푸른 장미 정원은 평화롭기만 했다.

카론은 푸른 장미를 보면 그녀를 떠올린다고 했지만, 엘레나에게 푸른 장미는 여전히 겹겹이 중첩된 의미를 지녔다.

카론이 준 브로치, 필리프가 준 화병, 암구호, 왕세자가 짓밟았던 꽃봉오리…….

그 감정의 도처에서 로렌츠 발렌시아까지 떠올리고 나면, 자연스럽게 그 뒤에 서 있던 루시아가 기억에서 생생하게 되살아났다. 투명한 유리창에 비치던 푸른 눈은 떨리는 눈꺼풀을 내리감았다. 이래서 푸른 장미가 펼쳐진 조경을 오래 보지 못했다.

반지에 옮겨 두었던 예전 기억을 되찾지 않고 있던 이유였다. 여전히 벗어나지 못한 죄책감을 회피하기 위하여.

엘레나는 능숙하게 아기를 어르는 카론에게로 시선을 돌렸다. 안젤라가 아빠에게 안겨 맑은 웃음을 터뜨리고 있는 걸 보자, 안도감이 밀려들었다. 지금의 상황, 지금의 행복을 선택한 결정에는 후회가 없었다.

루시아에게는 미안하게도, 엘레나는 지금이 행복했다.

이럴 때면 엘레나는 필리프가 중정에 푸른 장미를 심어 주며 했던 말을 떠올리곤 했다.

'푸른 장미의 꽃말에 숨겨진 뜻을 알고 있어? 처음엔 일반적인 상황에서 만들어 낼 수 없어 불가능한 사랑을 상징했지만, 신비력으로 탄생하면서 새로운 뜻이 생겼단 거……'

필리프가 그녀를 빤히 바라보다가 피식 웃으며 덧붙이는 말이 의미심장했다.

'포기하지 않는 사랑이래.'

* * *

둘만의 시간을 가질 수 있게 된 건 환영회가 끝난 이후였다. 목욕을 마친 카론이 검은 가운을 걸친 채 그녀의 침실을 찾아왔다. 엘레나는 침대 위에서 읽고 있던 책을 덮고서 그를 환영했다.

"수고하셨어요."

"그동안 몸은 어떠셨습니까."

"괜찮았어요. 그보다……."

엘레나가 그의 품에 파고들었다. 카론의 커다란 손이 자연스럽게 엘레나의 어깨를 감싸 안으면서 그들의 코끝이 맞닿았다.

"많이 보고 싶었어요."

온종일 여왕으로서 일정을 보내야만 했던 엘레나가 카론의 품 안에서 하고 싶던 말을 편히 속삭였다. 그러자 낮은 웃음소리가 귓가에 울렸다. 엘레나가 그 웃음소리가 좋아 가만히 눈을 감자, 약속이나 한 듯이 그가 입술 사이를 찾아들었다.

그의 키스는 언제나 초반에는 조금 급한 감이 있다. 그러면서도 혀끝으로는 타고난 여유로 엘레나의 입 안을 유유히 훑으면서 애태웠다. 결국에 먼저 신음을 흘린 엘레나가 열기가 고인 푸른 눈동자로 그를 올려다보는 것이 관계의 시작이었다.

"오랜만이라……."

미세하게 미간을 좁힌 그가 난감한 얼굴로 그녀의 귀를 살짝 물었다가 놓았다. 말을 편히 놓았다는 걸 자각하지 못하는 걸로 봐선 그 역시 어지간히 참기 힘든 듯 보였다.

"힘 조절이 안 될 거 같은데."

"괜찮아요."

엘레나가 오히려 환영하듯 그의 목을 꼭 끌어안았다. 왕위에 오르면서 이런 점들이 불편해졌다. 재회한 시간이 얼마 되지도 않아서 왕위 계승식을 올려야 했고, 그 뒤에 카론은 원정을 떠나야 했다. 신혼임에도 둘이 함께 있을 수 있는 시간은 턱없이 부족했다.

"아……. 흡!"

허락이 떨어지자마자, 단발의 신음은 그대로 그에게 먹혔다. 정신없이 몰아붙이는 키스가 점차 목을 타고 어깨로 내려왔다. 엘레나의 슈미즈는 순식간에 벗겨진 지 오래였다.

"하……."

엘레나가 가쁜 숨을 몰아쉬면서 그를 올려다보았다. 이미 온몸이 발갛게 달아오른 채였다.

"아프면 말해."

카론 역시 가운을 벗으며 한숨을 내쉬었다. 검은 실크가 침상 밖으로 던져지면서 석고로 빚어 놓은 듯한 근육질의 몸이 모습을 드러냈다. 단단한 가슴팍이 오르내리는 걸로 보아 최대한 흥분을 자제하는 듯했으나 그 모습이 도리어 외설적이었다. 하얀 몸 위에 덧입은 자잘한 상처들마저 색정적으로 보일 만큼.

"저번처럼 참지 말고. 알았지?"

그가 홀린 듯 넋을 놓은 엘레나의 얼굴을 잡아 올린 채 되물었다. 저번에 그녀가 말없이 혼절한 적이 있어 침대에서 고통을 참았다고 여기는 것 같았다. 안타깝게도 그의 예상과는 정반대 방향에 있는 이유로 기절했었지만.

엘레나가 대답 대신 그에게 입을 맞추자, 단단한 성기는 순식간에 엘레나의 젖은 아래를 파고들었다. 저절로 벌어지는 입술 사이로 이번에는 부드러운 키스가 찾아들었다. 입맞춤은 여유로운데, 허리 짓은 그렇지 못했다.

그가 퍽, 하고 거칠게 허리를 털 때마다 엘레나의 속눈썹이 애처로이 떨렸다. 부드러운 입맞춤 사이로 흘러나오는 신음은 쾌락에 젖은 흐느낌에 가까웠다. 저를 보는 카론의 시선을 피할 수가 없었다.

검붉었던 눈동자에는 검은 이채가 뚜렷하게 어려 있었다. 그것이 카론이 제대로 흥분했을 때의 표징임을 알았다. 이 남자의 마음을 거부했을 적에는 두렵기까지 했던 선명한 욕망이 이젠 그녀의 몸을 전율하게 했다. 절정은 가벼이 찾아들었다.

"벌써 가면 어떻게 해."

웃음기를 머금은 카론이 그녀의 뺨에 입을 맞춘 채로 낮게 속삭였다. 여전히 줄어들지 않아 들어찬 내부가 빠듯했다.

엘레나가 숨을 몰아쉬며 허리를 비틀었지만, 카론은 엘레나의 한쪽 다리를 제 어깨에 걸치고서 몸을 밀어붙였다. 더 깊이 들어오는 자세에 엘레나가 낮은 교성을 터뜨렸다. 그의 목에 팔을 걸친 채로 헐떡이는 것이 고작이었다.

"하……."

카론이 역시 버거운지 낮은 신음을 흘렸다. 끝까지 밀고 들어온 뒤에 나가길 반복할 때마다 좁은 내부가 단단한 성기를 부드럽게 감싼 채 수축했다. 점점 그 박자가 빨라졌다. 살과 살 사이로 찰싹이며 마찰하는 소리가 꽤 과격했으나 그와 다르게 성기가 접붙는 지점에서는 점점 습윤한 애액이 흘러내리고 있었다.

엘레나가 다시 찾아온 흥분의 정점에서 참지 못하고 도리질을 쳤으나,

카론의 몸이 덩굴처럼 그녀를 칭칭 옭아매고 있었다. 그가 허리를 크게 털 때마다 엘레나의 몸이 움찔거렸다. 허리가 절로 들썩이고, 발가락이 저도 모르게 곱아들었다.

"카론, 카론……."

엘레나가 흥분에 헤어 나오지 못한 채 그의 목을 껴안았다. 순간 카론이 그대로 얼어붙으면서 거칠게 내부를 헤집던 성기에서 왈칵 정액이 쏟아졌다.

엘레나는 그의 심상치 않은 상태를 눈치채지 못한 채 숨만 내리쉬었다. 이대로 까무룩 정신을 놓을 것만 같은 두 번째 절정이 밀려들고 있었다.

이제 비로소 끝인가 싶어 엘레나가 몸을 물리려 할 때였다. 한 줌도 되지 않는 발목이 그의 손에 잡아끌렸다. 그새 단단해진 그의 것이 그대로 그녀의 몸에 침입해 왔다.

쉬는 틈이란 것이 존재하지 않았다.

"하……. 카론, 나 힘들어……. 조금만 쉬었다가……."

엘레나가 눈망울을 글썽거리며 그에게 간청했다. 이대로라면 저번처럼 기절할지도 모른다. 그러나 안타깝게도 그다지 도움은 되지 않은 전략이었다. 카론이 그 얼굴을 보자마자 더욱 허리를 거칠게 치받았으니.

"아, 흡, 잠깐!"

"그런 얼굴로, 하아, 내 이름을 부르면 어떻게 참으란 거야."

한쪽 눈을 살짝 찡그린 그가 조심스레 다룰 것처럼 말하던 아까와는 영 다른 말을 내뱉었다.

긴 밤의 시작이었다.

* * *

엘레나가 잠에서 깨어난 건 새벽 무렵이었다. 온몸에 힘이 없어 침대에 누운 채 눈만 깜빡이는데, 침대 헤드 쿠션에 몸을 기대고 있던 카론이 커다란 손으로 엘레나의 눈을 감겨 주었다.

"더 주무시지요."

엘레나는 나른하게 깜빡이는 푸른 눈으로 손 틈 사이로 비치는 카론의 옆모습을 지켜보았다. 나직한 울림이 있는 그의 목소리가 좋았다.

푸른 새벽의 기운이 그의 옆선에 스며들어 있었다. 원정 이후에도 처리해야 할 것이 남았는지, 그는 어딘가에서 온 서신을 응시하고 있었다.

이전까지 그는 굳이 하지 않아도 되는 일은 하지 않았던 불충한 신하라고 했다. 그러나 엘레나가 즉위한 이후부터는 하지 않아도 될 것까지 도맡아서 해 오고 있었다. 오죽하면 내전이 그가 가진 야심의 발판이었단 소문까지 돌까. 왕가의 혈통이 있는 정부를 왕으로 추대해 공작 작위를 받고 비선 실세가 되었단 소문이었다.

정작 그는 여태껏 거들떠보지도 않았던 작위였다. 왕녀와 결혼하기 위해서는 최소 공작 정도의 신분에 해당해야 한다는 왕실 법도에 따라 급히 작위를 하사받았을 뿐, 여전히 카론은 에르하르트가 공작 가문이 되었다는 것에 어떠한 자부심도 없어 보였다.

국가 최고의 권력자가 되겠다는 야심은커녕 권력 놀음 같은 귀찮은 짓에는 관심을 두지 않던 남자가 카론 에르하르트였다. 그건 엘레나 또한 마찬가지였으나……. 항상 그렇듯 모든 상황이 그들이 원하는 대로 이루어지진 않았다. 그들이 어린 시절부터 그래 왔듯이.

"뭘 보고 있어요?"

엘레나는 이불을 가슴 부근까지 끌어 올린 채 그의 어깨에 기대었다. 그가 읽고 있던 내용을 함께 보려는데 카론이 황급히 그녀에게 입을 맞추었다.

"구스타프에게서 온 겁니다."

카론은 엘레나의 몸을 다시 부드럽게 밀면서, 서신은 협탁 위에 뒤집어 놓았다. 그가 편지를 숨기고 있단 생각은 지울 수 없었으나 커다란 손이 가슴의 정점을 짓누르는 감각에 자극이 일었다. 엘레나가 하고픈 말은 입맞춤 속에 뭉그러졌다.

"자, 잠깐, 흡……."

"잠이 오지 않으면 한 번 더 해도 좋고."

카론이 순식간에 그녀의 위를 점하며 덧붙였다. 야살스럽게 올라간 붉은 입매와 동시에 허리 아래로 점점 내려가는 손길이 짓궂었다. 엘레나가 고개를 내저으며 그의 팔을 붙잡았으나 가냘픈 저항은 벌어지는 다리를 막는 데 조금도 효과적이지 않았다. 카론이 하얀 다리 사이로 고개를 내렸다.

"흣, 아, 잠깐……."

끝내 엘레나에게서 앓는 신음이 터졌다. 그의 혀가 다리 사이 정점에 닿으면서 나는 찰박이는 마찰음이 난잡했다. 현란한 혀의 움직임이 고스란히 연상되자, 수치스러울 정도였다.

엘레나는 카론의 머리를 힘없이 밀어대다가 쾌감을 이겨내지 못하고 손등으로 신음을 막았다. 이미 카론이 골반을 틀어쥐고 있어, 속절없이 아래에서 느껴지는 감각을 받아 내는 수밖에 없었다.

그는 그녀의 가장 은밀한 곳을 제 욕심껏 취하고 나서야 고개를 들었다. 젖은 입가를 손으로 훔치는 모습이 더없이 야했다.

"소리 내도 돼."

그가 얼굴을 가리고 있는 엘레나의 팔을 내리며 뺨에 자잘한 키스를 퍼부었다. 엘레나가 원망과 정욕이 뒤섞인 눈초리로 그를 흘겨보았다. 카론은 그 표정이 사랑스러운지 낮은 웃음을 터뜨렸다.

"정말로 누구한테 온 편지에요?"

"정말 구스타프한테 온 거야. 여왕 전하께 거짓을 고할 이유가 없잖습니까."

키득거리는 존대에는 장난기가 섞여 있었다. 그녀의 목덜미를 지분거리는 입술은 연약한 살점을 빨아들이는 채였다. 엘레나는 그 간지러우면서도 야릇한 감각으로부터 최대한 멀어지려 그를 밀어냈다.

"이런 식으로 넘어가는 거 싫어."

"싫어?"

카론이 능청스럽게 웃으며 그녀를 내려 보았다. 그를 쏘아보는 눈빛에 여전히 정염이 맺혀 있단 걸 알고 있는 얼굴이었다.

온전히 저만 담아 빛나고 있는 붉은 눈동자. 그가 소년이었을 적부터 남편이 되기까지 내내 사랑해 왔던 눈은 이젠 그녀의 본심을 얄궂을 만큼 잘 파악하고 있었다.

엘레나는 제 약점이나 마찬가지인 그 눈을 유심히 마주하다가 고개를 획 돌렸다. 카론은 그 뜻을 알아채고 웃음을 삼켰다. 동시에 그의 손이 다리의 중심을 파고들었다. 엄지가 음핵을 찾아 지그시 누르자, 엘레나의 허리가 들렸다.

"아……."

카론은 그물망에 걸린 물고기처럼 퍼덕이는 엘레나의 등을 부드러이 쓰다듬고서 그녀의 목덜미에 얼굴을 묻었다. 아래쪽을 배회하던 두 손가락이 곧장 그녀의 안쪽을 파고들었다. 새벽 공기가 엘레나의 신음으로 열기를 띠었다.

"카론……."

엘레나가 항복하듯 그의 목에 팔을 감았다. 밤하늘처럼 까만 머리칼이 역시 순순히 그녀의 품으로 쏟아졌다.

자연스럽게 서로의 다리 사이를 찾아든 두 남녀의 움직임은 고요한 새벽에 일어난 정사답게 느릿하고도 부드러웠다. 그러나 엘레나는 마음 한편은 머리맡에 놓인 편지에 가 있었다.

그쪽을 향해 눈을 힐끔거리기라도 할 때면, 카론이 쉬이 그녀의 몸을 들어 올려 자세를 바꾸는 통에 한 글자도 제대로 보진 못했지만.

결국에 엘레나는 다시 잠에 들 때까지 서신을 볼 수 없었다.

* * *

엘레나가 아침에 일어났을 때는 카론이 옆에 없었다. 몸을 내려 보니 깨끗한 것으로 보아, 그녀가 자는 사이 카론이 말끔하게 뒷정리를 해 준 듯했다.

때마침 로제마리가 문을 열고 아침 식사를 담은 트롤리를 밀면서 들어왔다.

"카론은?"

엘레나의 질문에 로제마리는 어깨를 으쓱이며, 조식을 원형 탁자 위에 하나하나 올려 두었다.

"늦은 새벽에 국경으로 떠나셨다는 얘기를 기사들에게 언뜻 들은 것 같네요."

새벽부터 이리 다급히 떠나다니. 구스타프에게 온 서신에 무슨 말이 적혀 있던 걸까.

엘레나는 말끔히 치워진 협탁 자리를 보다가 몸을 일으켰다. 아무리 생각해도 이대로 넘기기엔 개운치 않았다. 카론은 지나칠 정도로 혼자 모든 걸 짊어지려는 경향이 있다. 그러니 그가 알려 주지 않는다면, 그녀가 알아볼 수밖에.

눈치 빠른 로제마리는 엘레나의 기색을 보고 의중을 알아차린 것 같았다.

"오늘 오전에 있는 정기 일정을 빼면, 오후에는 일정이 없는데……. 따로 하실 일이라도 있으신가요?"

엘레나는 로제마리가 내어준 슈미즈를 얌전히 받아 입고서 피식 웃었다.

"국경으로 갈 거야. 필리프한테 이동 마법진을 준비해 달라고 해."

* * *

구불구불한 산길이 즐비한 대저택은 아무도 찾지 않는 천연 요새와도 같았다. 방문자가 거의 없길 바라는 괴팍한 저택 주인의 성격이 여실히 드러나는 지점이었다. 그럼에도 그 바람을 깨고 찾아오는 불청객은 존재했다.

심지어 하나도 아니고 둘이라니. 구스타프의 입장에선 너무 많은 방문객이었다.

"누추한 곳에 발걸음을 하시느라 고생이 많으셨습니다. 전하."

그러나 그는 오랜 연륜으로 쌓은 인내심으로 귀빈을 맞이했다. 나이가 들면 세상의 이치에 순응하게 된다.

어쩌다 한 번씩 들이닥치는 귀하고도 달갑지 않은 귀빈들을 맞이해야만 남은 연구 인생이 앞으로도 순탄하리라. 그 타산적인 계산이 괴팍한 성정을 억누르고, 엉망진창인 연구실 책상에서 의자까지 빼 주는 매너까지 행하도록 만들었다.

"카론이 다녀갔다고 들었어요."

"예. 아침에 다녀가셨습니다."

즉위한 지 얼마 되지 않은 여왕의 얼굴이 조금 어두워졌다. 구스타프는 부부 사이의 문제에 끼게 되는 불상사를 막기 위해 그 외의 다른 말을 하지 않고 입을 다물었다. 이런 상황에서 함부로 입을 놀려선 안 된다는 직감이 발휘되었다.

애써 입꼬리만 올려 미소만 짓자, 왕은 찬찬히 그의 연구실을 훑어보고 있었다. 정리되지 않은 서신들, 깨진 마도구들, 소실되기 직전의 기록물들.

그래도 이전에는 학자치고는 꽤 단정한 연구실을 자랑하는 편이었으나 로렌츠 발렌시아의 저택에서 신비력 수집물들을 입수하면서 연구실은 꽤 난장판이 되었다. 치워 뒀어야 했나 싶은 후회가 드는 순간이었다.

"카론을 부른 데에는 이유가 있으신 건가요?"

왕이 그를 돌아보고서 기습적으로 물었다. 순간, 구스타프는 저도 모르게 아차, 싶은 말을 흘리고야 말았다.

"에르하르트 공께서 갑작스럽게 방문하신 것인지라……."

그러자 젊은 여왕의 아름다운 눈동자에 수심이 드리워졌다. 구스타프는 속으로 이미 쏟아 버린 말을 어찌지 못하고 입꼬리만 억지로 올렸다.

　카론이 엘레나에게는 따로 방문했단 사실을 알리지 말아 달라고 했지만……. 뭐, 어쩌겠는가. 그가 카론 에르하르트를 이 저택으로 오라 가라 할 수 있는 처지가 아니란 건 사실이었을뿐더러, 그가 이제 충성해야 할 대상은 에르하르트 공작보단 여왕이었다.

　"안젤라에게 무슨 문제가 있는 건가요?"

　엘레나가 자리에서 일어나 그의 책상을 훑어보고서 물었다. 그녀의 시선이 머문 자리에는 매달 왕실에 보내는 보고서가 자리 잡고 있었다. 구스타프가 황급히 대답했다.

　"그럴 리가 있겠습니까. 전하. 왕녀 전하께서는 그 나이에 몸이 약한 아이가 앓을 수 있는 정도의 수준에서 병증이 그치고 계십니다. 다만, 치료에 성수가 가장 효과적이란 건 부정할 수 없으니 연구를 진행하고 있을 뿐이지요."

　구스타프는 에르하르트의 주치의에서 왕실의 주치의로 승격된 차였다. 원래는 귀찮게 왕실과 휘말리지 않고 항상 하던 대로 멀리서 나라 돌아가는 꼴에 혀나 찰 생각이었으나, 왕녀를 진단할 기회를 주겠다는 말에 타협을 볼 수밖에 없었다.

　그만큼 성녀가 탄생한 배경이 흥미로웠다.

　에르하르트 가문은 유서 깊은 신비력자 가문이었고, 엘레나는 모계로부터 왕족의 혈통을 받았다. 왕국의 왕족은 예로부터 신비력자였으니 어쩌면 신비력자가 탄생한 건 응당 당연한 이치일지도 몰랐다. 그러나……. 어째서 성녀란 말인가?

　"아직도 내전 당시에 보았던 '계시'가 떠오를 때가 있어요."

　엘레나가 그날의 일을 떠올리듯 허공을 주시했다.

　"내전 도중에 보았다던 환각 말씀이십니까."

"네. 그날 깨어진 유리 온실 안에서 보았던 광경이요."

참사가 떠올랐는지 긴 속눈썹이 지그시 아래를 향했다. 상상만 해도 괴로운 풍경이었는지, 그 이야기를 할 때면 분홍빛의 얇은 입술은 일자로 다물려 있었다.

그녀는 미래를 보았다고 했다. 유리 온실 입구에 매복되어 있던 폭발물들이 터지면서 로사와 병사들이 전부 죽는 미래.

엘레나는 신비력자가 아니었으므로, 분명히 그 미래를 보여 준 이는 안젤라일 터였다. 제 피를 흘려 성수로 어미와 아군을 보호하는 일까지. 성녀가 이 땅에 내려오기 전에 행한 거룩한 행보로 기록된 차였다. 어떤 바실리카에서는 끝까지 도망치지 않고 모든 이들을 보호하려던 성모의 고결한 희생정신이 성녀를 탄생시켰을지도 모른다는 해석을 내놓기도 했다.

"제 판단이 옳은 것이었는지 확신이 서지 않아요."

그러나 엘레나는 사석에서 왕으로서의 입장보다 아이의 어머니로서의 입장을 솔직히 내비쳤다. 그날 아이를 잃을 뻔했던 엘레나는 안젤라에게 죄스러운 마음을 놓을 수 없었다.

오펜하이머 성에 남은 병력을 지키지 않고 순순히 로사의 도움을 받아 도망쳤다면……. 아마 안젤라는 건강한 아이가 되지 않았을까. 그녀가 희생을 택하지 않았더라면 성녀가 되지 않았을지도……. 엘레나는 아이 앞에서는 항상 그 '만약'이라는 가정을 놓지 못했다.

그러자 가만히 이야기를 들어주던 구스타프는 수염을 쓰다듬다가 여태껏 내비치지 않았던 소견을 조심스럽게 꺼내 놓았다.

"아마……. 그것이……. 전하께서도, 왕녀님께서도 택할 수 있는 최선의 운명이셨을 겁니다."

맑고 투명한 푸른 눈이 그를 직시했다. 구스타프는 운명에 기로가 안타까워 한숨을 내쉬었다. 아직 이론을 제대로 정리하지 않아, 가설에 불과한 이야기였으나 한 가지 사실만은 확실했다.

"그렇지 않으면, 마녀로 태어나셨을 테니까요."

그 말에 푸른 호수 같던 눈동자가 일렁이며 파장이 일었다.

구스타프가 성녀의 탄생 배경에 흥미를 보이는 이유는 에르하르트에 내려오던 마녀의 피 때문이었다. 마녀의 혈통 밑에서 성녀가 탄생하다니. 심지어 이전 대에서는 카론의 누이였던 루시아 데스테가 마녀이지 않았는가. 그러니 이번 대에서 태어난 카론의 아이 역시 마녀였을 가능성이 높았다.

그러나 안젤라는 성녀로 태어났다. 그것이 단순한 우연이라고는 여겨지진 않았다.

"북부 대륙에서도 마녀가 화형당한 이후에 성녀가 탄생했습니다. '마녀가 죽은 뒤에는 성녀가 온다.' 사제들 사이에선 구문처럼 내려오던 이야기였지요. 그러니 모두가 성녀를 얻기 위해선 마녀를 죽여야 한다며 마녀 사냥에 나섰습니다. 반대로 성녀들은 희생자로서 제 몫을 다하지 못하면 타락했다 여겨져 마녀로도 간주되었습니다. 그러나 전하…… 신비력을 단순한 힘의 관점에서 본다면 성녀와 마녀는 동전 양면에 있는 존재들입니다."

성녀와 마녀 간에 공통점은 많았다.

사람의 정신에 관여할 수 있으며, 인간의 소망을 들어주고 무엇보다 계시와 예언을 할 수 있다는 점이 같았다. 다만, 마녀는 욕망에 몰두하는 이들이었고, 성녀는 희생에 몰두하는 이들이었다. 그렇기에 그들을 바라보는 사람들의 시선에는 차별이 생길 수밖에 없었다.

"마녀는 인간들을 불행하게 한다고 여겨지는 존재이고, 성녀는 인간들을 이롭게 한다고 여겨지는 존재입니다. 마녀와 성녀의 태생을 가를 만한 차이가 그뿐이라면, 강력한 힘을 지닌 신비력자는 태어나는 순간부터 그 양극의 심판을 받을 수밖에 없단 뜻입니다. 그렇다면 '아직까진' 성녀로 불리는 길이 안전할 테지요."

북부 대륙의 성녀 역시 성모의 희생을 말미암아 태어났다고 전해졌다. 이런 운명의 장난이 기묘하게 신비력의 흐름을 뒤바꾸어 놓는 건 아닐까.

그것이 구스타프에게는 더욱 연구하며 풀어봐야 할 과제였다.

이야기를 듣는 내내 먼 곳을 보던 엘레나가 한참을 침묵을 지키다가 고개를 끄덕였다.

"북부 대륙에 있던 왕국은 성녀를 차지하기 위해 전쟁이 벌어졌다가 폐허가 되었어요."

"……."

"성녀로 태어나는 길이 안젤라에게 더욱 안전했다면, 앞으로는 제가 더 잘해야 하는 일이겠지요."

자리에서 일어난 엘레나는 한결 결연해진 얼굴이었다.

"감사해요. 시간을 내주셔서."

"아닙니다. '전하께는' 언제든 시간을 내어 드려도 아깝지 않습니다."

"카론이 그대를 많이 괴롭혔나 보네요."

"전하께 거짓을 고할 순 없는 노릇이군요."

엘레나가 짐짓 가벼이 농담을 건네자, 구스타프는 빈말을 하지 못하고 불퉁한 말을 내뱉었다.

"원정을 가기 전에 갑자기 웬 방어구 브로치를 가져오더니 고쳐 놓으란 말만 남기고 사라지셨지 뭡니까."

"브로치요?"

"예. 제가 세공사도 아니건만 아주 말도 안 되는 주문까지 하시더니……."

생각할수록 괘씸한 노릇이라 구스타프의 한탄은 저도 모르게 길어지고 말았다.

"전부 고쳤다는 말에 홀랑 그것만 가지러 오겠다고 들이닥……."

순간 쾅, 소리가 나도록 문이 열리면서 뒷담화의 당사자가 들이닥치지 않았으면 더 이어졌을 것이다.

"구스타프, 보석을 더 좋은 걸로 교체해 놓으라고 했잖아! 이게 누구한테 줄 선물인지……. 엘레나?"

말문을 잃은 건 카론 역시도 마찬가지였다. 저도 모르게 구스타프 앞에서 그녀의 이름을 부를 정도였으니.

"애먼 사람 괴롭히지 말고 어서 가요."

상황을 파악한 엘레나가 잔잔한 미소를 머금은 채 카론에게 팔짱을 끼었다. 카론은 그대로 구스타프의 저택에서 물러날 수밖에 없었다.

* * *

돌아오는 마차 안. 카론은 민망한지 저를 빤히 바라보고 있는 엘레나의 눈을 피하고 있었다. 엘레나는 봐주지 않고 그의 어깨에 기댄 채 허를 찔렀다.

"브로치 이야기는 무엇인가요?"

"하아……."

카론이 한 손으로 얼굴을 쓸어내리다가 품에서 상자를 꺼냈다. 체리 원목으로 된 상자를 열자, 푸른 장미 형상을 한 브로치가 모습을 드러냈다. 엘레나가 알던 그 브로치였다.

"이거……. 어떻게 찾아냈어요?"

용병대장에게 팔아 버린 것이었다. 워낙 긴박하여 무엇이든 이용해야 했던 상황이었기에 후회는 없었지만, 내심 아쉬움이 남았던 물건이었다.

"전후에 시신을 수습하다가 찾아냈습니다. 찾아냈을 때는 폭발로 인해 마도구의 효력이 발휘되어 보석에 금이 간 상태였지만."

카론은 민망한지 마차 창문 쪽에 시선을 둔 채로 대답했다. 창밖으로는 어느덧 해거름이라, 불거진 그의 귓등이 노을빛에 물든 것처럼만 보였다.

장미 가운데 박힌 푸른 사파이어는 말끔하게 수리되어 있었다. 그 이후의 이야기는 말하지 않아도 알 것 같아 엘레나는 작게 웃음을 터뜨리며 브로치를 가슴팍에 달았다.

"고마워요. 다시 가지고 싶던 건데."

엘레나가 그의 팔에 기대어 속삭이자, 내내 창밖만 보던 카론이 고개를 돌렸다. 그의 뒤로 비쳐 오는 석양에 눈이 부셔 그의 눈을 제대로 마주치지 못했다. 그러나 분명 사랑스러운 적안으로 저를 바라보고 있을 것이다. 그녀에게만 부드러이 풀어지는 붉은 입매만 봐도 알 수 있었다.

"푸른 장미를 볼 때면, 너도 나를 먼저 떠올릴 수 있었으면 좋겠어."

알고 있었구나. 말하지 않아도. 그가 제 생각을 알고 있었다는 사실은 그리 놀랍지 않았다.

엘레나는 대답 없이 고개를 끄덕이고 그의 볼에 입을 맞추었다. 카론은 응답하듯 그녀의 얼굴을 감싼 채로 입을 맞췄다. 마주한 얼굴에 잔웃음이 머금어졌다.

사랑이라는 감정을 이보다 더 충만하게 느낄 수 있을까.

창으로 불어온 초여름의 바람이 두 사람을 간지럽히며 지나갔다. 다시, 여름의 초입이었다.

—fin

외전 3. 루시아 데스테

어둠이 물러나는 여명의 시간이다. 제대로 잠을 이루지 못한 엘레나는 창 너머로 넘어오는 푸른빛을 한참 동안 응시했다.

밤새 요람 안에서 움츠러들었을 하얗고 작은 손을 떠올렸다. 왕녀는 열오른 숨을 색색거리며 잠들었다가 울길 반복했을 것이다. 딸을 떠올리는 엘레나의 얼굴에 어둠이 깃들었다.

"더 주무시지요. 구스타프에게 가기에는 아직 밤길이 어둡지 않습니까."

카론이 뒤에서 그녀의 허리를 감싸 안고 귓가에 속삭였다. 엘레나가 돌아본 그의 얼굴도 밝진 않았다.

"내가 깨웠어요?"

엘레나가 이마를 그의 가슴팍에 기댄 채 불안을 내쉬었다. 둘 사이 침묵에는 근심이 가득했다.

"안젤라에게는 별 탈이 아닐 겁니다."

카론의 나직한 목소리는 안타깝게도 엘레나에게 아무런 위로가 되지 못했다. 북부 대륙에서 그가 가져온 성수에, 안젤라는 며칠간 호전된 증세를 보이다가 다시 열이 오르기 시작했다. 이런 일이 익숙해진 상황에서 찾을 수 있는 방도라고는 구스타프가 주는 해열제가 고작이었다.

이제는 임신 중에 겪은 온실 전투 때문일지, 아니면 안젤라의 작은 몸이 '성녀'라 불릴 만한 거대한 성력을 담아내기 어려워서인지 그조차 구분이 모호했다. 구스타프도 연구 방향을 다방면으로 해 보겠다고 선언한 차였다. 그러나 만약, 조산의 위험이나 성녀의 힘 때문이 아니라면?

"꿈을 꿨어요."

중정에 핀 장미꽃을 바라보던 엘레나의 눈망울이 창문에 비쳤다. 푸른 눈이 불안감에 떨리고 있었다.

"무슨 꿈 말입니까."

카론이 엘레나의 불안감을 잊게 해 주려는 듯 뺨에 입술을 붙였다. 평소였으면 그의 입술을 맞댔겠지만, 엘레나의 시선은 멍하니 여명 속에서 흔들리는 푸른 장미에 붙박여 있었다.

"안젤라가 자라난 미래의 꿈이요. 당신을 닮은 까만 머리를 흐트러뜨리면서 저 장미 중정을 달려 나가고 있었어요. 언제 앓기라도 했냐는 듯이, 아주 건강하게."

"좋은 꿈이로군요. 미래의 안젤라라니. 당신과 닮은 푸른 눈은 내가 먼저 보고 싶었는데 선수를 빼앗겼단 게 조금 분하기까지 한걸."

카론이 가만히 웃었다. 그러나 이어지는 엘레나의 말에 그는 더 이상 말을 잇지 못했다.

"아뇨. 그 아이의 눈동자는 루시아와 닮은 붉은색이었어요."

"엘레나."

카론이 그를 돌려세웠다. 엘레나는 그의 눈동자를 마주하지 못하고 눈을 아래로 내리깔았다. 그의 죄의식을 자극한 것 같아 괴로웠으나 엘레나도 더는 혼자 불안을 삭일 수 없었다.

'아직도 루시아에 관한 꿈을 꾸나.'

로렌츠 발렌시아의 말대로, 한동안 루시아의 꿈을 꿀 때가 있었다. 기억을 지웠을 적에. 로렌츠와 주종 계약을 맺은 그 무렵에. 에르하르트 저택에서 하녀로 지내야만 했던 그 시절. 그 시절에는 루시아를 향한 죄책감과 상실의 비애, 그리움이 담긴 꿈을 꿨다.

아름답고 소중한 친구는 지저분한 고아의 손을 잡고 양귀비가 핀 꽃밭을 노닐어 주고, 함께 로맨스가 듬뿍 담긴 책을 읽곤 했다. 밤마다 잠들기 전에 머리맡에서 미래에 있을 즐거울 일과 약속을 주고받기도 했었다. 괴롭고 지치는 나날 사이, 단짝 친구와의 다디단 추억이 진통제처럼 떠오르곤 했다.

그러나…… 최근 꾸게 된 꿈은 그렇지 않았다. 그녀의 기억 속 루시아와 달리 짙은 분홍빛이던 눈동자가 시뻘겋게 물들인 여자가 엘레나를 저주했다. 자신의 행복을 가져갔으니 그 대가를 치러야만 한다고.

처음에는 루시아의 것이었던 카론을 차지한 제 죄책감이 드러난 것이라 여겼다. 그 뒤로는 안젤라가 아파서 예민해진 신경 때문이라고 생각했고, 이후로는 왕위에 대한 스트레스 탓이라고만 생각했다. 그러나 마음 깊은 곳에 똬리를 튼 불안은 숨길 수 없었다.

"전에 구스타프가 그랬어요. 성녀와 마녀는 동전 양면의 차이라고."

전쟁이 끝난 뒤에 카론이 에르하르트 가문과 데스테 가문 사이에 얽힌 이야기를 해 준 적이 있었다. 그 이후로, 마녀에 관한 이야기는 둘 사이의 금기나 다름없게 되었으나 엘레나는 최근 드는 의문을 숨길 수 없게 되었다.

"만약…… 안젤라가 성녀가 아닌 마녀라면, 어떻게 되는 건가요?"

그 고민으로 요즘 밤을 지샜다. 루시아는 마녀의 몸을 들키지 않기 위해 신비력 환자로 위장하고자 몸을 오염시키기까지 했다고 했다. 안젤라에게 그런 짓을 시킬 순 없었다. 어린 시절 루시아가 자유를 갈망하다가 얼마나 집착적인 기질을 지니게 되었는지 그녀가 제일 잘 알고 있었다.

"마녀여도 상관없어."

카론은 차마, 제 가문의 피가 섞인 딸이 마녀가 아닌 성녀라고는 확언하지 못했다. 그러나 창백한 그녀의 얼굴을 어루만지며 그보다 정확한 답을 주었다.

"'우리의 딸'이 무엇이든 상관없이 만들어 주기 위해서 내가 이 자리에 있는 거니까."

카론이 엘레나를 끌어안았다. 엘레나는 그의 너른 가슴에 얼굴을 묻었다. 가만히 뒷머리를 쓰다듬는 그의 손이 듬직했다.

"당신도 그러기 위해서 궁에 남은 거잖아. '우리'는 변하지 않을 거야."

그들은 부모이기 전에, 서로를 의지할 수 있는 가족이었다. 카론은 마녀라 해도 제 딸을 사랑할 터였다. 그녀를 사랑하듯이. 엘레나는 그 사실에 새삼스럽게 안도감이 밀려와, 그의 품에 얼굴을 묻은 채 고개를 끄덕였다.

달빛은 같은 불안을 품은 부부를 비추고 있었다.

* * *

구스타프는 새벽 동이 떠오를 무렵 연구실까지 찾아온 엘레나를 보고도 놀라지 않았다. 그저 내밀 수 있는 건 임시방편으로 열을 내릴 해열제뿐이라는 것이 안타까울 뿐이었다. 왕녀가 신열을 앓는 원인은 파악할 수 있었으나 치료법은 미비했다.

"효과가 길지 않을 수도 있습니다."

유리병 안에 담긴 물약은 성수를 닮아 투명했다. 엘레나는 기운 없이 약병을 받아 들었다.

"연구는 잘 되어 가고 있으신가요?"

단지 이걸 받기만을 위해 바쁘신 국왕이 직접 행차한 건 아닐 터였다. 엘레나가 연구실에 널브러져 있는 연구 자료와 마도구를 둘러보다가 간절한 미소를 짓자, 구스타프는 난감한 얼굴로 안경을 추켜올렸다.

"아시다시피……. 성녀는 신비력이 널리 존재했을 시절에도 몇백 년, 몇천 년을 주기로 등장했습니다. 북부 대륙의 전쟁 이후로 다시 발견된 지 얼마 되지 않다 보니, 그간 소실된 기록을 복구하는 일부터 시작해야 합니다."

예상한 대답이었으나 엘레나는 실망감을 감추지 못했다. 그 흐려진 표정에 구스타프는 송구한 나머지 시선을 배회하다가 관심을 돌릴 만한 것을 찾아냈다. 흠흠, 하고 기침을 한 구스타프가 자리에서 일어나 먼지 쌓인 종이를 뒤적이며 물었다.

"그나저나 전에 데스테 영애와 친분이 있다 하지 않으셨습니까?"

구스타프가 붉은 가죽 커버가 달린 노트를 내밀었다. 가죽에 새겨진 이름을 본 엘레나의 눈이 동그랗게 뜨였다.

"로렌츠 발렌시아의 저택에서 압수한 물건들을 정리하다가 발견했습니다. 보아하니 고인의 일기장이라 차마 열어 보지는 못했습니다만……."

"……."

"전하께서 먼저 확인하시고 열람을 허락해 주신다면, 그 안에서 답을 찾아볼 수도 있겠지요. 마녀와 성녀는……."

"동전 양면의 차이니까요."

엘레나가 일기장을 받아든 채로 말을 맺었다. 손가락으로 표지를 쓸자, '루시아 데스테'라고 비뚤배뚤 새겨진 금색 자수의 거친 촉감이 느껴졌다.

루시아가 어린 시절부터 썼던 일기장을 로렌츠가 가지고 있었다니. 그 둘을 떠올리자마자, 엘레나의 마음은 납덩이로 누른 듯 무거워졌다.

* * *

엘레나는 카론이 잠들고 나서야 일기장을 펼쳐 볼 용기가 생겼다. 아늑한 침대 자리에 무릎을 세워 앉은 엘레나는 제 무릎 위에 일기장을 올려 두고서 카론의 잠든 얼굴을 몇 번이고 확인했다. 어쩐지 그에게 말할 수도 없는 나쁜 짓을 저지르는 기분이었다.

일기는 엘레나를 만나기 이전부터 시작되고 있었다.

* * *

일기장은 누구에게도 말하지 못하는 비밀을 적어놓는 곳이래. 나는 비밀이 많은 사람이니까 일기를 적어 보려 해.

그럼 뭐부터 말하는 게 좋을까? 음…….

첫 번째 비밀은 말하기 쉬운 것부터 하는 게 좋겠지? 사실 나는 친구가 없어. 아빠가 말했거든. 나한테는 누구한테도 말해서는 안 되는 비밀이 있다고. 그러니 그걸 해결하기 전까지는 사람을 만나는 걸 조심하라고 말이야.

그래서 아무나하고 놀 수가 없다니! 동화나 소설에서는 모험을 하거나 무도회에 가면 친구를 사귀곤 하던데, 나도 조금만 더 크면 그런 곳에 가서 친구를 사귈 수 있을까? 아빠는 나한테 하녀도 할머니나 나이 든 아주머니만 붙여 주시고 너무해! 내가 친구가 너무 좋아져 버려서 비밀을 말해 버릴지도 모른다는 걸 아시는 걸까?

아아, 너무나도 친구가 가지고 싶어! 앨리스는 내가 아무리 말을 걸어도 답을 해 주지 않으니까 재미가 없단 말이야! (참고로 앨리스는 내 귀여운 인형이야.)

그래도 이런 이야기를 해서 아빠를 속상하게 하면 안 돼. 아빠는 나를 너무 사랑해 주는 유일한 사람이야. 내가 아프면 같이 엉엉 울어 주기도 하는걸. 날 위해서 비싼 치료도 알아보고 말이야.

사실 이게 바로 내 두 번째 비밀인데, 나는 아빠를 사랑하지만 그래도 그 이상한 치료가 싫어. 치료를 받을 때마다 너무 몸이 아파. 오늘도 주술사라는 이상한 사람이 와서 나한테 부적을 붙였어. 내 안에 있는 악한 기운을 '봉인'한다나? 퇴마 의식이란 걸 하고 나면 머리에 안개가 낀 것만 같이 어지럽고 온몸이 춥고 열이 나서 힘들어.

그래도 좋은 점이 있다면 조금씩 이상한 목소리가 들리지 않는다는 거야. 이게 바로 내 세 번째 비밀이기도 한데, 나는 소름 끼치는 이상한 목소리들을 들을 수 있어. 그것도 주변 사람의 목소리로 말이야!

* * *

아주 어렸을 적부터 그랬어. 어릴 때 유모 할머니에게 옹알옹알 물어본 적이 있대. 할머니, 방금 뭐라고 하셨나요? 제가 우리 아빠만 쏙 빼닮았다고요? 할머니는 우리 엄마를 알아요? 하고 말이야. 그러자 유모 할머니는 얼굴이 새파랗게 질리더니, 자기는 아무런 말도 하지 않았는데 무슨 소리냐고 나를 혼내더래! 나는 분명히 할머니의 말소리를 들었다고 울어 버렸더랬지.

그 모습을 지나가던 우리 아빠가 봐 버리는 바람에……. 아, 그러고 보니 그때부터 유모 할머니는 보이지 않네. 아무튼, 지금은 유모 할머니를 못 보게 되었지만, 지금 생각해 보면 정말 할머니가 말을 하지 않았을 수도 있겠단 생각이 들었어.

왜냐면 나는 종종 아빠의 목소리도 들리거든. 내가 들은 목소리를 아빠한테 물어볼 때면, 아빠의 얼굴도 새파랗게 질려 버려. 아빠는 그런 말을 하지 않았다는 거야. 아빠가 치료를 알아본 것도 그때부터가 시작이었어. 정말 아빠가 말한 게 아닌 걸까? 정말로 나는 병에 걸려 버린 걸까.

그런데……. 어떻게 하지. 이게 네 번째 비밀인데, 치료를 받을수록 난 그때 아빠의 목소리를 들었다는 확신이 생겨.

아빠가 정말로 나한테 그런 말을 한 것 같거든.

제 엄마를 닮아서 마녀로 자라나면 어떻게 하지? 하고 말이야.

* * *

마녀

1. 이야기에 나오는 요녀. 주문과 마법 같은 신비력을 써서 사람에게 위해를 끼치고 불행을 가져다준다고 한다.

2. 성질이 못된 여자.

마녀는 존재를 들키면 불태워진대. 사람들을 불행하게 만든대. 내가 읽어 본 책에서는 전부 그랬어.

언제나 사람들한테 찬사와 사랑을 받는 성녀랑은 완전 반대야.

아빠는 나를 마녀로 만들지 않기 위해서 아픈 치료를 계속하는 걸까?

* * *

바실리카 인근이 개발되면서 아빠랑 같이 극장에 가 볼 수 있게 되었어! 신나! 얼마 만에 영지 밖으로 가는 외출인지!

* * *

어떤 아이가 내 티켓을 훔쳐 갔어. 괜찮아. 티켓이 없어도 극장에는 들어갈 수 있었으니까. 그런데 극장에 들어가기 전에 그 애의 목소리를 들었어.

'아아, 저 애한테 다가가고 싶어. 저런 드레스는 처음 보는데…… . 저런 사람이 귀족이구나.'

대충 그런 말이었어. 어떤 아이인지 궁금했는데 도망쳐서 얼굴은 보지 못했어. 얼마 가지 못하고 붙잡혔다고 하는데, 아빠가 내 눈을 가리면서 저런 더러운 건 보지 말라고 했어.

더러운 것? 남의 것을 훔치는 건 더러운 일이라서 그렇게 말한 거겠지?

그나저나 티켓을 못 사서 훔치는 아이도 있구나. 안타까워라.

* * *

그 아이가 옛날에 저택에서 나갔던 유모의 아이래. 저택에서 쫓겨나더니 코타이너 같은 추잡한 곳이나 드나들게 되었다면서 아빠는 혀를 쯧쯧 차셨어.

코타이너가 어떤 곳인지를 물어보니까 아빠는 나는 그런 더러운 걸 모르고 지냈으면 좋겠다면서 알려 주지 않으셨어.

아빠가 물어봤어.

"너는 그 애를 어떻게 하고 싶니, 루시아. 그냥 감옥에서 썩게 둘까?"

나는 말했지.

"난 그렇게 화나지 않았어. 그 아이를 용서해 주고 싶은걸."

그러니 아빠가 착하다며 내 머리를 쓰다듬어 주었어.

"그래, 그래. 내 천사 같은 딸. 자비란 중요한 덕목이란다."

"자비?"

"그래. 착한 사람이 분수에 맞지도 않은 걸 탐한 이에게도 베풀어 줄 수 있는 자애지."

아빠는 사람에게는 자애가 중요하다고 말했어. 다만, 내가 기분 나쁠 경우는 굳이 자애로울 필요가 없다고도 했지.

* * *

내가 너무 아파하니까 아빠가 퇴마 의식을 그만두었어. 아빠가 아빠 친구들

하고 말하는 걸 몰래 들었는데 내가 아마 신비력에 오염된 것 같대.

요즘 아빠는 자주 모임에 나가셔. 우리 집으로 누군가를 데려오려는 것 같아. 대체 누구냐고 물어봤는데, 아빠는 웃으면서 요정이 올 거라고 그랬어. 내 병을 고쳐 줄 수 있는 요정.

* * *

나 또 비밀이 생겼어. 사실 아빠 몰래 요정을 놓아줬어. 요정의 목소리를 들어 버렸거든.

'백작이 우릴 배신한 건가? 제 딸의 병을 고치기 위해 날 여기로 유인하기 위해? 그딴 건 아무래도 상관없어. 난 살고 싶어. 어떻게든 살아남아서 어머니와 동생을 만나러 가고 싶단 말이야!'

이렇게 말했던 것 같아.

요정도 괴롭고 아파 보였어. 그래서 요정을 잡으러 가는 하인들을 방해했어. 나 잘한 거겠지? 요정이 가서 잘 지냈으면 좋겠다.

* * *

친구를 사귀고 싶다. 벌써 열두 살이 되었는데.

* * *

다행히 요즘 다른 사람들의 목소리가 거의 들리지 않아. 대신 머릿속에 구름이 낀 듯 무거울 때가 많아. 조금만 뛰어도 열이 날 때도 있어. 조금만 부딪쳐도 피가 나거나 멍이 들기도 해. 이상한 표식이 내 손목에 가끔 생겨 났다가 사라져.

이런 몸으로는 어딘가로 모험을 떠나기 힘들겠지?

＊ ＊ ＊

드디어 친구가 생겼어! 이름이 두 개나 되는 애야. 아주 예쁘게 생겼어. 처음 보는 순간부터 앨리스보다 예쁜 눈동자가 마치 보석같이 반짝이고 있었어.

아빠한테는 레나 크루거라는 이름으로 소개받았는데, 이 애는 사실 자기 이름이 엘레나 오펜하이머라고 말해 줬어. 이건 비밀이라면서 말이야! 비밀을 말해 주는 친구라니. 가지고 싶었던 걸 손에 넣었어!

그런데 왜 엘레나는 레나가 되어 버린 걸까? 그 애가 그 말을 할 때는 너무 슬퍼 보였어. 그래서 내가 아빠한테 왜 그 애를 레나 크루거라고 소개했느냐고 물어봤어. 아빠가 말하길, 그 애의 집안은 질 수밖에 없는 싸움에서 패배해서 몰락해 버렸대. 아빠는 이렇게 말했어.

"루시아, 알겠니? 너는 그 아이를 보면서 네가 행복한 아이라는 걸 알아야만 해. 친구라고는 말했지만, 그 아이는 다시는 자기가 빼앗긴 것들을 되찾을 수 없는 위치에 있는 아이란다. 절대 우리와 같아질 수 없게 된 거지. 그러니 그 아이를 볼 때마다 생각하렴. 누군가와 싸워야만 할 때는 이길 수 있는 싸움을 하고, 가질 수 있는 것을 바라는 것이 행복하단 걸 말이야. 난 네가 그걸 되새기면서 살았으면 좋겠구나."

아빠는 내가 스스로 행복하다고 생각되지 않을 때마다 그 애를 보면서 행복해지길 바란다고 했어. 아아, 정말 아빠는 나를 너무 사랑해 주신다니까. 항상 내 생각뿐이셔. 내가 친구를 너무 가지고 싶다고 졸라서 결국에는 친구를 만들어 준 거겠지?

이렇게나 소중한 아빠가 죽어 버리다니. 엘레나가 얼마나 가엾은 줄 몰라. 잘 대해 줘야지. 처음으로 사귄 친구니까 말이야.

***

엘레나가 차고 있는 팔찌는 금이 다 가 버려서 새 팔찌를 사 주려고 했는데 엘레나가 그걸 거절했어. 그 애한테 그 팔찌는 엄마의 가보라서 너무 소중한 물건이라고 했어.

나는 그 순간 아무런 말도 하지 못했어. 나한테 제일 소중한 가족은 아빠뿐인데. 다들 엄마가 아빠만큼 소중한 걸까? 그렇다면, 우리 엄마는 왜 내 앞에 나타나지 않았을까? 나는 엄마가 있을 수도 있고 없을 수도 있다고 생각했었는데, 다들 그게 아니었던 걸까? 하지만 고용인들 모두 다 나한테 엄마 이야기를 해 주지 않았는걸!

그래서 아빠한테 처음으로 엄마에 관해서 물어봤어. 그러니까 아빠가 내 앞에서 눈물을 쏟으며 울었어. 아빠가 미안하다고 말이야. 엄마는 죽었대. 두 번 다시 만날 수가 없대. 마음이 너무 아파. 아빠가 울다니.

아빠에게는 엄마 얘기가 엄청난 상처인가 봐. 나는 아빠로도 충분하니까 엄마는 필요 없다고 말했어. 앞으로도 아빠에게 엄마 이야기는 물어보지 말아야지.

아빠가 운 걸 절대 누구에게도 말하지 않기로 약속했어. 심지어 엘레나에게도 말하지 못할 비밀이야. (그런데 일기장에는 털어놔 버렸네!)

하지만 엘레나는 친구인데…… 나만 이렇게 비밀이 많아져도 되는 걸까? 엘레나가 내 비밀을 물어본 적은 없었지만…….

아빠는 그 애를 상대로는 그런 건 걱정하지 않아도 된다고 그랬어. 그 애는 내가 그런 말을 해 주지 않아도 내 곁에 있을 수밖에 없는 존재라면서. 오히려 '고용인'에게는 내 비밀을 직접 꺼내 놓지 않는 편이 좋다고 그랬어. 이것도 아빠와의 약속이니 지켜야겠지?

그나저나 내 곁에 있을 수밖에 없는 존재라니. 엘레나는 정말 언제나 내 옆에만 있어 주는 걸까? 친구 사이란 게 그런 거니까?

루시아 데스테 …… 519

아아, 친구란 참 멋진 존재구나.

* * *

며칠간 아팠어. 너무 열이 나서 아빠의 얼굴이 어두워. 이상한 꿈을 꿨어. 내 눈이 새빨간 붉은 색으로 물들었어. 어두운 공간에서 어떤 목소리가 들렸어. 처음 듣는 여자의 목소리가. 자꾸 날 부르는 거야. 어디에 있냐고. 나를 애타게 불렀어. 처음 듣는 그 목소리가 엄마의 목소리로밖에 들리지 않았어.

그 목소리를 따라서 달리려는데, 차가운 손이 내 손목을 잡았어. 뒤를 돌아봤는데, 엘레나였어. 나랑 완전히 다른 색인 푸른 눈으로 날 바라봐 주고 있었어.

깨어나 보니까 엘레나가 옆에 있었어. 엘레나가 날 간호해 줬나 봐.

나도 엘레나처럼 건강하고 싶다. 아빠가 가정 교사를 불렀는데, 같이 수업을 듣기로 해 놓고 엘레나만 혼자 열심히 공부해 버렸네.

* * *

곧 내 열세 살 생일이야. 아빠가 날 부르더니 진지하게 물어봤어. 더는 아프지 않고 싶으냐고 말이야. 당연히 그러고 싶다고 했더니 방법이 있대. 북부 대륙에서 가져오는 성수만 있으면 내 몸을 깨끗하게 치료해 볼 수 있다고 했어. 성수는 오염된 신비력을 정화한대.

아빠는 성수를 가져오려면 내가 발렌시아 가문과 약혼을 해야 한다고 말했어. 발렌시아 공작가라면 아빠한테 오는 손님들한테서 몇 번 들어 본 적이 있어. 아름답고 거대한 영지를 가진 가문이라는데 한번 놀러 가 보고 싶다고도 생각한 적은 있지만……

발렌시아 공자들은 어떤 사람들일까. 나보다 두세 살 정도 많다던데.

그나저나 이제 나도 약혼할 나이면 어린애가 아니니, 데스테 영지 밖에 나가서 무도회도 가고 여행도 떠나 보고 싶어! 그러다가 멋진 기사님을 만나면 그분과 결혼을 하고 싶었는데……

* * *

발렌시아 가문 귀공자들을 봤어. 너무 떨려서 엘레나랑 같이 갔는데, 나도 모르게 목소리를 듣고 말았어.

'마르첼같이 한심한 녀석은 바보 같이 굴고 있어도 손쉽게 작위를 받을 수 있고, 나는 이 백작가랑 결혼해야 작위를 얻을 수 있다니. 그나저나 저 영애도 참 안타깝네. 아직 뭘 모르는 어린아이 같기만 해서 괜찮으려나.'

분명히 그건 로렌츠 공자의 목소리였어. 분명히 앞에서는 나를 친절하게 대해 주고 있었는데……

안타깝지만 나는 발렌시아 공자들과 가까워지기 힘들 것 같아. 그들도 날 애로 취급하는 것 같긴 하지만.

아빠한테 말하니까 걱정하지 말랬어. 원래 가문 있는 사람들끼리의 결혼은 서로를 좋아하고 말고의 문제는 크게 중요하지 않다면서 말이야. 난 아빠한테 차마 나한테는 중요한 문제라고 말하지 못했어.

건강해지기 위해서는 철없는 투정을 부리면 안 되는 거겠지? 하지만 발렌시아 가문과 결혼하면 로맨스 속 외로운 귀부인이 될 것만 같은걸.

특히, 마르첼은 엘레나에게 계속 눈길을 보내던데, 목소리를 듣지 않아도 그 속을 알겠어.

* * *

아무래도 아빠는 발렌시아 공작님과 이야기가 잘되지 않은 모양이야. 요즘 표정이 어두워. 무슨 문제가 생긴 걸까. 내가 공작님의 마음에 들지 않았던 걸까? 혹시 내가 마녀라서?

그렇다면 차라리 다행이다.

* * *

그래도 사냥제에는 가고 싶어. 한 번도 경험해 보지 못한 곳인걸. 그러려면 발렌시아 공자들이랑도 친해지려고 노력해 봐야겠다.

* * *

사냥제에 초대받았어!

* * *

아빠가 미워. 왜 허락을 안 해 주는 거야. 수도인데. 수도는 안전한 곳인데!

엘레나는 약초학 같은 걸 배우게 해 주느라 영지 밖까지 자유롭게 드나드는 걸 허락해 주면서…….

엘레나는 데스테 영지로 오기 전에 목숨을 건 여행을 하고 왔대. 그때의 기억이 끔찍한지 절대로 밖을 나돌아 다니는 삶을 살고 싶지 않다고 했어. 이곳에서 평생 행복하게 사는 게 유일하게 남은 엘레나의 꿈이라나.

나랑 완전히 반대되는 꿈이야. 엘레나도 참. 왜 그리 꿈이 작은 걸까? 난 그래서 언젠가 로맨스에서 봤던 말을 해 주었어.

엘레나, 험한 곳만 보고 그런 생각을 가지지 마! 더 아름다운 곳들이 많을 거야! 나랑 같이 모험을 다니면 즐거울 거야! 요즘 수도에 사는 멋진 여성들은 여행을 필수적으로 즐기면서 살고 있다던데!

그런데 엘레나는 그 말을 듣자마자, 하고 싶은 말이 있는데 더 하지 못하는 사람처럼 서글프게 웃었어. 왜 그러지?

가끔 엘레나가 나보다 어른이란 느낌이 들어. 내가 모르는 세상을 더 많이 알고 있어서일까?

* * *

며칠을 떼를 쓰고 굶었어. 결국 아빠가 허락했어. 신난다! 엘레나도 함께 갈 거야.

* * *

아빠가 평소보다 엘레나한테 좋은 옷을 사 줬어. 왜지? 아빠가 엘레나한테 아빠 노릇 해 주는 것 같아서 이건 좀 싫어. 속 좁은 생각이지만 어쩔 수 없어.

아빠한테 투정 부려봤더니 아빠가 웃었어. 걱정하지 말래. 아빠의 하나뿐인 딸은 나뿐이니까. 엘레나는 나한테 항상 달려 있을 시녀라 잘 대해 주는 거라고 했어. 시녀가 허술하게 다니면 나를 욕보이는 거래.

그렇구나. 아빠는 엘레나에게 자애를 베푼 거였구나.

* * *

수도는 시끌벅적해. 사람들이 너무 많아. 그리고 내가 모르는 이야기들로 가득해. 조찬장에서 엘레나 말고는 아무하고도 제대로 된 이야기를 할 수 없을 만큼.

내가 사는 영지조차 모르는 귀공녀도 있더라. 엘레나는 그 애가 정말 데스테 영지를 모르진 않을 거라 했어. 아마 그 애는 수도 근처에 번성한 영지를 둔 걸 뽐내고 싶어서 그런 식으로 이야기했을 거래. 난 그 애만 이상한 줄 알았는데, 보니까 여기 귀공녀들은 서로 이렇게 말하는 화법에 익숙한 것 같아. 나만 모르고 있었어.

어쩌다 데스테 영지가 어딘지는 아는 애를 만나도, 두세 마디 질문을 더하고 갔을 뿐이었어. "너희 아버지는 혹시 아직도 미혼이시니?" "그렇구나. 소문이 사실인가 보네." 이따위 말들. 이런 대화는 차라리 처음부터 하지 않았다면 좋았을걸.

어째서 아빠가 엘레나를 꾸며 줬는지 알겠어. 나, 여기서 엘레나도 없었으면 외톨이었을 거야. 속상하다.

* * *

다들 나에게 오면 보통 엘레나한테 먼저 말을 걸어. 어느 가문에서 왔냐면서. 처음에는 그게 어떤 의미인지 몰랐는데, 목소리를 들어 버렸어.

'와, 예쁘네. 어느 가문 애지? 우리 가문 연회에 초대해야겠다. 저런 애가 오면 귀공자들 사이에서도 화제가 될 수 있으니까. 그 옆에 있는 애는……. 뭐, 친구인 것 같으니까 예의상 같이 초대하든가 해야겠지?'

이렇게 생각하는 목소리 말이야.

간혹 엘레나 모르게 이런 말을 하는 애도 있었어.

"네 시녀라고? 데리고 다니기에 조금 부담스럽지 않아?"

"어째서냐니. 난 네가 기분 나쁘지 않게 들었으면 좋겠어. 나보다 이목 끄는 시녀가 좋을 리 없잖아. 사이 나쁜 약혼자에게 붙여 줄 정부라면 모를까."

더는 상대할 가치조차 없는 애였지. 엘레나는 아빠가 나한테 '준' 유일한 친구인데! 감히 내 친구를 가로채려 그런 말을 하다니!

수도 귀공녀들은 왜 이리 웃는 낯으로 무례한 거야?

아빠가 어째서 나를 데스테 영지 밖으로 보내지 않으려 했는지 알겠어. 아빠는 나한테 이런 세상을 보여 주고 싶지 않았던 건지도 몰라.

* * *

내일은 사냥하는 날이야. 사냥하는 날은 좀 즐거운 일이 있으면 좋으련만. 그런데 신기한 이야기를 들었어. 귀공녀고 귀공자고 다들 에르하르트 소후작 이야기를 빼놓지 않고 해. 그 남자에 관해 물어보면 다들 눈치만 보면서 입을 다무는 거 있지.

대체 어떤 귀공자길래 이러는 걸까. 이럴수록 더 궁금해지는데. 최연소로 기사 작위를 받았다고 하니까 꼭 보고 싶다.

저녁 산책 도중에 엘레나한테 에르하르트 소후작에게 손수건을 전해 주고 싶다고 말해 봤어. 곧바로 엘레나의 안색이 좋지 않아졌지만 나는 상관하지 않을 테야. 목소리가 들리는 바람에, 엘레나가 나를 왜 따라왔는지 알아냈 거든.

아빠는 나랑 에르하르트 가문이 엮이길 원하지 않고 있어. 그걸 엘레나한테 부탁하기까지 했어. 어째서 그렇게까지? 내가 신비력 질환자라서 그런 걸까?

* * *

나 지금 너무 들떠서 횡설수설할지도 몰라. 카론 에르하르트를 실제로 봤 거든!

그가 사냥제에 등장하자마자, 연회장의 분위기가 왜 그와 왕세자 이야기로 만 가득했는지를 이해하게 되었어. 그는 정말 남다른 사람이야. 이때까지 내가 봤던 수도의 시시한 귀공자들과는 근본이 달라.

그에게서는 단 한 번도 목소리가 들리지 않았어! 수도에서는 목소리가 여기 저기서 잘 들렸는데, 에르하르트 소후작에게서는 단 한 번도 들리지 않은 거 있지!

그게 너무 신기하고 멋있어서 엘레나도 남겨 두고 그를 쫓아갈 수밖에 없었어. 다른 귀공녀들도 나를 신경 쓰지 않아서 오히려 편하게 따라갈 수 있었지. 덕분에 엄청 가까이서 소후작이 사냥하는 모습을 봤어!

이제부터가 중요해. 그는 얼마나 사냥을 잘하는지는 굳이 적지 않을 거야. 이미 엘레나에게 수십 번도 더 설명했으니까. 중요한 건 그 정도로 멋진 기사가, 함정에 빠져 버린 나를 구하러 왔다는 거야!

찾으러 다닌 엘레나에겐 미안하기도 하고 몸도 좀 아프긴 하지만 지금 내 기분은 최고야. 후회가 없어. 내가 로망으로만 읽어 봤던 장면을 직접 눈으로 보았으니까!

사실 사냥제 전에 귀공자 중 몇몇이 가끔 말을 걸어오기도 했거든? 그런 데 목소리를 들어 보면 엘레나가 귀공녀인 줄 알고 나를 통해 접근하려고 하거나 아니면 사냥제에서 손수건만 더 얻으려는 목적일 뿐이었어. 하지만 카론 에르하르트만은 손수건에도, 엘레나에게도 관심을 두지 않고 나를 구하러 왔어!

아, 생각해 보니 그런 사람이 한 명 더 있긴 했구나.

로렌츠 발렌시아도 그랬던 것 같아. 그는 나를 여전히 어린애로 보고 있긴 하지만 말이야. 나를 조금 안쓰럽게 여기고 도와주는 것 같아서 고마웠어. 로 렌츠가 손수건을 달라고 말해 준 덕분에 나를 무시하는 귀공녀가 좀 줄어들 어서 다행이야. 오히려 로렌츠와 어떻게 친해졌냐고 물어보던 귀공녀가 생기 던걸.

오늘 나를 찾는 일도 도와줬다고 하니, 로렌츠가 생각보다 좋은 사람 같단 생각이 들어.

* * *

카론이 나한테 손수건을 바쳤어. 그가 처음으로 손수건을 바친 사람이 나야.
나 기절할 것만 같아. 너무 행복해.
이건 로맨스의 시작일 거야. 분명해!

* * *

너무 몸이 아파. 카론을 한 번 더 만나고 싶어.
집에 돌아오니까 아빠가 내 상태를 보더니 화를 많이 냈어. 카론이 썼던
화살에 주술이 걸려 있었나 봐. 나는 더는 신비력이 닿으면 안 되는 몸인데.
아빠가 엘레나한테까지 화가 나 있는 거 같길래 내가 그러지 말라고 말
렸어. 가엾은 엘레나. 친구이니 내가 자애를 베풀어야지.

* * *

내 소원이 이루어졌나 봐. 에르하르트 가문에서 서신이 왔어!
카론이 후작 부인과 함께 날 보러 온대!

* * *

카론이 온 날이야. 떨리는 마음을 티 내지 않으려고 얼마나 노력했는지…….
내가 경의 사과를 받아 주지 않는다면 계속 만날 수 있느냐고 장난쳤을 때 얼마
나 가슴을 졸였는지, 그는 아마 절대 알지 못할 거야.
그런데, 그 순간, 짧게나마 처음으로 그의 목소리를 들었어.
'어떻게 하지. 한 번 더 만나 보고 싶은데.'

분명히 그의 마음에서 들려오는 목소리였어.

나는 너무 기뻐서 그가 다시 올 수 있게 내 손목을 보여 줬어. 내 병의 증세를 있는 그대로 말해 줬지. 그가 다시 올 구실을 만들 수 있게.

그랬더니 그의 얼굴이 새하얗게 질리고 말았어. 유모 할머니나 아빠의 얼굴과 비슷했어.

결국 그가 내 증상을 부정하려 하길래, 나는 그에게 화살을 보여 줄 수밖에 없었어.

카론은 정말로 나를 보고 싶어 하는 거였을까?

* * *

요즘 카론을 자주 봐. 나는 행복해. 하지만 카론은 나랑 눈을 마주치기보단 항상 주변을 두리번거려. 무언가라도 찾는 사람처럼.

내가 지루해진 걸까? 그는 좀처럼 나한테 집중하고 있는 것 같지 않아. 심지어 내가 곧 생일이란 것도 모르는걸. 몇 번이나 말해 줬는데.

* * *

후작 부인께서는 자상하셔. 나를 서신으로 많이 걱정하면서 긴 편지를 보내와. 마치 엄마 같다.

엄마가 살아 있었다면 날 이렇게 신경 써 주었겠지?

* * *

로렌츠도 걱정했는지 나한테 서신을 자주 보내오네. 너무 고마운걸.

카론보다도 더 자주 보내 주는 것 같아.

* * *

괴로운 날이야. 어떻게 일기장에 이 감정을 다 써 내려갈 수 있을까. 이런 마음은 정말 나 혼자만의 비밀로 간직해야만 해.

카론이 지방 발령 간다는 이야기를 들었어. 그가 멀어진다는 소식도 감당하기 힘들 만큼 슬픈 사건인데, 더 큰 문제는 산책을 하는 도중에 벌어졌어.

산책길에 엘레나랑 가정 교사를 마주치게 되어 버렸지 뭐야. 그런데 줄곧 지루하고 변화가 없던 카론이 그 순간에 화가 난 사람처럼 표정이 바뀌었어. 그쪽으로 눈을 떼지 못할 정도로.

그가 말했어.

"저택에서 처음 보는 고용인이로군요." 하고.

나는 순간 불안했지. 그가 이때껏 고용인들을 신경 쓴 적이 있었나? 싶어서.

내가 무엇을 입고 나오는지조차 관심이 없던 카론이 고용인들 얼굴을 기억할 거란 생각은 하지 못했어. 갑자기 이때부터 불안해졌지.

나는 이렇게 물었어. "레나의 가정 교사예요. 아, 레나는 아시려나요?" 하고 말이야. 엘레나를 아는지 궁금했거든.

그러자, 그가 무심한 척 답을 주었어.

"영애의 친구지 않습니까." 하고.

순간, 피가 싸늘하게 식는 기분이었어.

그래, 친구. 엘레나는 내 친구지. 내 옆에 영원히 있어 줄 충성스러운 친구. 하지만, 카론이 나에 관해 제대로 기억하고 있는 유일한 것이 그뿐이라니.

수도에서 귀공녀들에게 들었던 이야기가 갑자기 마구잡이로 떠올랐어. 숨이 쉬어지지 않아서 쓰러지니까 카론이 나를 업고 저택까지 데려다주었어.

나한테 이리 잘 대해 주는 카론인데, 나는 괜히 나쁜 상상을 해 버렸어. 로렌츠처럼, 그가 엘레나를 내 옆에 있는 시녀로 알고 있는 줄만 알았는데……. 혹시 그도 마르첼처럼 다른 마음을 가지고 있는 건 아니겠지?

* * *

카론이 데스테 영지 근처의 바실리카에 발령을 받았대. 분명히 이 주변은 힘들다고 했던 것 같은데. 어쨌거나 자주 볼 수 있으니까 기뻐.

* * *

아빠가 엘레나를 바실리카에 보낸대. 나도 가겠다고 투정 부려 봤지만, 아빠는 이것만은 안 된다고 했어.

바실리카에 있는 사제들한테 마녀의 존재를 들키기라도 하면 나는 불태워질지도 모른대.

아빠도 이것만은 들어줄 수 없나 봐.

카론이 그 바실리카에서 신전 기사단으로 근무 중인데, 난 조금도 볼 수 없다니. 엘레나는 카론을 가까이서 볼 수 있겠지?

싫다. 이 감정.

* * *

결국에 엘레나한테 화를 내고야 말았어. 엘레나가 바실리카에 수강 신청을 한다길래 같이 갔다가 나 혼자 뛰쳐나왔거든.

그러다가 비가 와서 몸을 피하는데, 로렌츠를 만났어. 로렌츠는 이번에도 날 찾고 있었어. 그가 수도 사교계에서 친구를 찾아 줄 수 있다고 제안했는데, 나는 속으로 웃을 수밖에 없었어.

수도 사교계의 귀공녀들은 하나같이 카론을 노리고 있어. 지금 내 절친하고 충성스러운 '친구'한테도 이런 감정이 드는데, 내가 그 애들과는 친해질 수 있을까?

난 어린 시절부터 인형도 앨리스 하나밖에 가지고 놀지 않았어. 다른 인형은 필요 없었지. 가족도 아빠 하나만 족했어.

엘레나는 날 배신하지 않을 '유일한 친구'야. 아니, 정확히 말하면 아빠가 말한 대로 앞으로 결코 날 떠나지도 못하고 배신하지도 못할 애라는 게 이제 무슨 뜻인지 알 것 같아.

내가 친구로 엘레나만을 둘 수밖에 없었던 만큼, 엘레나 역시 앞으로도 기댈 사람이 나밖에 없을 테니까.

로렌츠는 혹시 그 감정이 동정심이 아니냐 물었어. 동정심? 그런가. 그랬던가. 레나로 살 수밖에 없는 엘레나의 삶을 내가 동정했던 걸까. 아니, 부러워하지 않았나.

그의 눈에는 내가 그리 비친 걸까?

나는 로렌츠에게 너도 날 동정하고 있지 않느냐고 물었어. 궁금했거든. 이 사람은 왜 항상 나한테 친절한지.

나는 그의 눈을 보는 순간에 확신할 수 있었어.

아, 이 사람 날 좋아하고 있구나.

* * *

후작 부인께서 에르하르트 가문의 주치의를 보내 주셨어.

* * *

구스타프가 말하길,

"마녀의 힘을 숨기기 위한 봉인술을 너무 자주 사용하신 걸로 보입니다. 신비력 과용으로 몸이 오염되셨습니다. 성수를 써서 마녀의 힘을 정화시킨다고 해도 이 몸이 일반 사람들처럼 건강해지긴 어렵습니다."

아빠는 울었어. 하지만 나는 웃었어. 오히려 이제는 정말 다행이란 생각이 들어.

아빠가 말한 대로 가질 수 있는 행복을 원해야만 불행하지 않으니까.

카론을 이렇게 영원히 내 곁에 둘 수 있다면 그걸로 행복해.

* * *

후작 부인이 주치의의 의견을 들었는지 찾아오겠다고 해. 아빠는 후작 부인을 어려워하시는 것 같지만, 나는 후작 부인이 좋아.

* * *

맙소사. 나 엄청난 이야기를 듣고 말았어. 너무 큰 비밀이라 일기장에 자세히 적기에도 벅차.

엘레나가 바실리카에 간 사이에 아빠랑 후작 부인이 하는 말을 몰래 듣고 말았거든.

나, 엄마가 있었나 봐.

* * *

나, 아빠한테 엄마랑 따로 이야기를 하고 싶다고 했어.

* * *

엄마는 내가 특별하다고 말해 줬어. 내가 목소리를 듣는 건 병의 증세가 아니라, 내가 강한 힘을 지닌 존재이기 때문이래. 사람들이 마녀를 미워하는 것도 그 때문이라고 했어. 내 힘을 두려워하기 때문에 미워하고, 이해할 수 없기에 싫어한다고……

옛날부터 마녀는 사람들의 욕망이나 공포를 잘 읽어 낼 수 있었대. 그들이 원하는 방식대로 소원을 들어주고, 그에 상응하는 저주를 내리려면 그들의 마음을 읽을 줄 알아야만 하니까. 하지만 인간들은 자신의 욕망을 훔쳐보는 마녀를 두려워했기 때문에, 마녀는 역사 속에서 미움을 받아 불태워진 거야.

엄마는 우리를 이해하지 못할 인간들의 이야기에는 귀를 기울일 필요가 없다고 그러셨어.

내 눈보다도 새빨간 붉은 눈으로, 카론을 닮은 그 눈으로, 엄마는 우리가 서로 너무나도 닮은 존재라고 속삭여 줬어.

그리고 우리가…….

아주 가까운 관계로, 다시 가족이 될 수가 있대.

내가 바라던 대로, 내가 원하는 방향으로.

삶이 이보다 완벽할 수 있는 걸까?

원하던 것을 가지게 된 지금, 나는 비로소 완전한 행복을 얻게 되었다고 느껴.

비록 신경 쓰이는 문제가 남아 있긴 하지만.

* * *

엘레나한테 말했어.

"카론은 나한테 그만한 책임을 져야만 해. 너도 그렇게 생각하지?" 하고.

그랬더니 엘레나가 고개를 끄덕였어. 익숙하게 아는 엘레나만의 서글픈 얼굴이었어. 그러고는 목소리가 들렸지.

'루시아가 행복하다면 그걸로 된 거야. 나는 축하해 주어야만 해.'

나는 그 얼굴과 목소리로 드디어 안심할 수 있었어. 엘레나는 나한테 비밀을 만들지 못하는 애니까, 이제 이걸로 된 거야.

엘레나는 절대 쉬이 카론을 마음에 두지 못해. 내가 불안해하면서도 엘레나를 버릴 수 없듯, 엘레나에게 나 역시 하나뿐인 친구야. 엘레나는 카론과 나 사이에서 흔들리더라도 날 선택할 거라 믿어.

카론 역시 그렇게 될 거고. 그럼 그걸로 우리는 된 거야.

내가 가진 행복은 완벽해.

친구도, 사랑도 잃고 싶지 않아.

* * *

엘레나는 더는 읽지 못하고 숨을 몰아쉬었다. 일기장을 읽는 어느 순간부터 숨 쉬는 일조차 버거워지던 차였다. 죽은 친구의 진심을 안다는 건 생각보다 괴로운 일이었다.

이제 더는 볼 수 없는 절친한 친구에게서 무엇을 느껴야만 하는지 알 수 없었다. 동등한 관계가 아니란 건 진즉에 알고 있었다.

어려서 부모를 잃고 어둡고 거친 세상에 내던져진 고아에게 따뜻한 보금자리를 마련해 준 구원의 빛.

그 빛이 자신에게 내려온 시혜에 불과하다는 걸 어렴풋이 알면서도 감히 서운함조차 내비치지 못했다. 기댈 곳 없던 어린 시절 자신에게 하나뿐인 친구의 존재는 그만큼 절박한 것이었다.

그 하나뿐인 친구가 자신을 친구라 부르면서도, 내심 시녀라 여겼다 하여도 말이다.

더욱이 당시의 루시아는 어렸다. 철저히 계급을 중심으로 돌아가는 귀족 사회에서 자라난 데스테 영지의 철부지 소녀가 제 딴에 정의 내린 '우정'이나 액세서리 같은 '친구'의 관계나 감정은……. 당시 엘레나가 루시아에게 부여했던 관계의 깊이와는 다를 수밖에 없었다.

그러나 과연 이 기만을 새삼스레 확신하게 되었다 해서, 그녀와 루시아의 관계가 예전부터 끝나 버렸다고 할 수 있을까. 그녀가 자신을 제대로 된 친구 관계로 여기지 않았다 해서, 그녀가 베풀었던 온정과 그들이 친밀히 지냈던 시간을 없었던 것처럼 도려낼 수 있을까. 루시아에게 은혜를 입은 것은 사실 이며, 현재 자신은 친구의 약혼자와 결혼하게 된 것이 현실이지 않은가.

엘레나가 여전히 남은 부채감에 심란해하던 그 찰나였다. 차가운 손길이 이마에 닿았다.

"괜찮아?"

퍼뜩 놀란 엘레나가 옆을 보니, 곤히 자고 있던 카론이 어느 순간 깼는지 나른한 눈으로 그녀를 바라보고 있었다. 서둘러 일기장을 감추기도 전에, 카론이 그녀의 손에 들린 일기장을 집어 들고 표지에 수놓인 이름을 보았다. 그의 낯이 미묘하게 굳었다.

"그게……. 사실은……."

자초지종을 들려주자, 그는 열 오른 그녀의 눈꺼풀에 가벼이 입을 맞추고서 물었다.

"그래서 알아낸 건?"

엘레나가 작게 고개를 젓자, 카론은 빼앗은 일기장을 무표정하게 넘겨 보더니, 조소 엇비슷한 웃음을 터뜨렸다.

"어머니가 생각보다 루시아를 자주 만났나 봅니다."

무미건조한 눈은 제 어머니인 마를레네가 루시아와 마녀에 관한 이야기를 나눈 부분만 훑어 내리고 있었다. 저를 향한 마음이 빼곡하게 적힌 일기를 보고도 아무런 감흥이 없는지 그 부분은 일절 언급조차 하지 않았다. 엘레나는 가만히 카론의 얼굴을 들여다보다가 속에 있던 말을 끄집어냈다.

"당신이 루시아를 사랑하지 않는단 걸 이제는 알고 있지만, 나는 가끔 죄책감이 들어요."

곧장 일기장을 훑던 시선이 그녀에게로 고정되었다.

"마치 저주처럼, 친구의 사랑을 앗아 갔다는 생각이 가시가 되어 내 마음을 찌르거든요."

카론이 입매가 굳게 다물렸다. 제 지독한 누이를 친구라 여기지 말라는 말로는 그녀를 설득할 수 없단 걸 알고 있었다.

그 비 오는 날, 바실리카에 저를 내팽개치고 간 루시아를 끝끝내 찾아내 같이 마차를 타고 가던 그녀의 뒷모습을 본 적이 있었다. 그때부터 그들의 관계에는 자신이 차마 이해할 수 없는 부분이 있을 것이라 여겼다. 그러나……

카론은 협탁에서 담배를 찾아 물고 불을 댕겼다. 이윽고 연기 사이로 담담하고도 나직한 말이 흘러나왔다.

"제가 루시아에 관한 기억을 지우지 않은 건 스스로에게 준 형벌이기보단 다짐에 가까웠습니다."

엘레나는 내뿜어진 담배 연기가 그의 얼굴을 가리며 흐트러지는 광경을 멍하니 지켜보았다. 카론은 반대 방향으로 고개를 돌리고서 연기를 뱉어 낸 뒤 장초를 버렸다.

"썩어 빠진 가문의 명예를 언젠가 박살 내 멸문시키려면, 그때의 기억이 남아 있어야 태만하지 않을 수 있으니까요."

연기가 걷히면서 드러난 검은 눈은 과거의 상처와 맞닿은 듯이 깊어져 있었다. 그 눈이 엘레나와 마주했다.

"나에게 루시아와의 관계는 그 정도의 지옥을 의미합니다."

"……"

"그 기억을 양분 삼으면, 당신이 사라지고 난 뒤의 인생도 분노로 살아갈 수 있을 만큼."

"카론."

쉽사리 자신의 상처를 내보이지 않았던 카론이 그리 말하자, 엘레나는 할 말을 잃고 그의 팔을 붙잡았다. 카론은 자연스레 그녀의 허리를 감싸 안았다. 어느새 그의 손아귀 안에 부드러운 머리칼이 감기고, 그의 품에 끌어안겨 있었다.

"그러니 제발 루시아를 위해 날 그 진창에 밀어 넣어야 했다는 생각만은 하지 마. 알았어?"

커다란 품 안에서 듣는 그의 목소리는 당부가 아닌 애원조에 가까웠다. 엘레나는 일렁이는 눈을 감으며 가만히 고개를 끄덕였다. 어째서 루시아와의 죄책감에 얽매여 있을수록, 그에게 상처를 줄 수 있단 생각을 하지 못했을까.

때마침, 시종이 들어와 왕녀가 열이 올라 울기 시작했다는 상태를 알렸다. 엘레나가 일어나려 하자, 카론이 그녀를 붙잡아 앉히고 대신 일어났다.

"내가 갈 테니, 마저 읽으시지요."

카론이 엘레나에게 일기장을 건네주었다. 엘레나가 고개를 젓자, 카론은 엘레나의 머리를 쓰다듬으며 덧붙였다.

"그래야 당신 마음이 편해질 것 같으니까."

그렇게 카론이 방을 나서고, 엘레나는 그가 펼쳐 놓은 부분을 읽어 보았다. 괴롭게도, 루시아가 카론과 엘레나의 관계를 알게 된 약혼식 이후의 일기였다. 루시아 역시도 힘든 시기였던지라 일기가 길게 적힌 날이 없었다.

* * *

정말이지 널 믿었는데.

* * *

레나 주제에.
더러운 것.

내 것을 훔쳤어.

건방진 계집애. 도저히 자애를 베풀 수 없어. 내 인생에서 사라져 버렸으면 좋겠어.

* * *

아빠가 말했어.

"그 애를 포모나 바실리카에 팔아넘겨 버릴까?"

"루시아, 네가 원한다면 그리 할 수 있어. 넌 얼마든지 그 애를 처분할 수 있으니, 너무 상심하지 마렴."

"네가 그리 힘들어하면 아빠도 마음이 찢어진단다."

* * *

엘레나가 떠났어. 이젠 두 번 다시 볼 일 없겠지.

이미 마르첼한테도 편지가 갔을 거야. 차라리 마르첼이 엘레나를 망가뜨려 버린다면, 이 기분이 좀 나아질까?

* * *

일기장을 읽는 엘레나의 눈동자가 떨렸다. 포모나로 가는 마차에 사고가 났던 날, 마르첼 발렌시아의 산장에 간다던 금발의 여자. 제 팔찌를 훔쳐 간 카론이 저로 착각했다는……. 그 여자와 반나절도 안 되는 시간 동안 한 숙소를 같이 썼다.

그것이 어떤 착오가 아닌 루시아의 계획이었던 걸까. 지금에서야 든 의문이었다.

마르첼 발렌시아에게 부탁해, 저를 배신한 친구를 그의 산장으로 매춘부와 같이 보낸다. 아마 마르첼은 그 산장에 제 친구들을 불러 모아 두었을 것이다. 그 뒤의 일은……. 상상하기도 끔찍하지만, 이후가 어찌 될지는 루시아도 분명히 알고 있었을 터였다.

엘레나는 간신히 역류할 것만 같은 속을 내리눌렀다. 당시에 루시아가 엘레나를 누구보다도 증오했으리란 건 안다. 그 감정이 이 정도로 골이 깊었단 것도 놀랍지 않았다.

그러나 그녀를 마르첼 발렌시아에게 던져 주기까지 할 정도로, 그들의 사이가……. 정말 아무것도 아니었던 걸까. 질리게 데리고 놀다가 짜증이 나서 누군가한테 던져 버리는 인형처럼, 그렇게 루시아에게 버려졌던 것이었을까.

엘레나가 알기로, 루시아는 태생이 그리 잔혹하지 못했다. 그러나 친구라 불렀던 이를 철저한 파멸로 거침없이 밀어 버릴 만한 크기의 배신감이었던 걸까. 그렇다면, 그들의 마지막 관계는 엘레나가 로렌츠 밑에 들어가 속죄한 기간이 무색할 만큼, 아주 예전에 증오로 마침표를 찍었는지도 모른다.

다음 장을 넘기기까지는 꽤 오랜 시간 뜸을 들여야만 했다. 엘레나는 더 이상 루시아의 진심을 마주 볼 자신이 없었다. 그럼에도 용기를 낼 수 있었던 건 카론을 위해서라도 이 질척거리는 감정을 떠나보내야만 한다는 결심 때문이었다.

루시아가 그 이후로 쓴 일기는 글씨를 식별하기 힘들 만큼 번져 있었다. 아마도 밤마다 울었던 흔적 같았다.

* * *

꿈을 꿨어. 사냥제 때 꿈. 이제야 떠오른 건데, 그날 걔가 카론보다 먼저 나를 불렀구나. 기절하기 직전에 엘레나가 내 이름 부르는 소리 들은 것 같아.

* * *

여전히 용서할 수 없어. 엘레나가 미워.

* * *

나쁜 계집애.

* * *

아빠한테 부탁했어. 은밀하게 포모나로 데려가 줄 상인들을 알아보겠대.
포모나 바실리카에서도 안전하게 지낼 수 있게 하기로 약속했어.
이걸로, 나는 그냥 엘레나를 잊는 거야. 죄책감조차 남겨 두지 말고.

* * *

다행히 루시아는 끝내 괴로워하다가 마음을 고쳐먹은 듯 보였다. 국경
지대에서 데스테 가문의 인장이 찍힌 서신을 가져왔던 포모나 상인들은
루시아의 부탁으로 온 자들이 맞았다.

엘레나는 루시아가 지킨 최소한의 인간성에 안도의 한숨을 내쉬었다. 그
이후로 엘레나에 관한 언급은 일기장이 거의 끝부분에 달했을 즈음에나
있었다.

* * *

카론은 엘레나가 죽었다고 생각하고 있어. 알려 주지 않을 테야.

카론에게 내리는 벌이야.

* * *

나는 항상 카론을 기다리고, 카론은 엘레나를 쫓고.
나도 엄마처럼 살게 되는 걸까.
아, 엄마는 아빠를 사랑하니까 나와는 다른 경우네.
그럼 나는 로렌츠에게 기대어 위안을 받아야 하는 걸까.

* * *

카론이 다른 여자들이랑 잤어. 한 명이 아니야.

* * *

엘레나도 없잖아. 왜 그랬던 거야?

* * *

차라리 내가 죽고 싶어.
그럼 카론이 날 영원히 기억해 줄까.

* * *

이후로 많은 페이지를 넘겨도 공백뿐이었다. 마지막 장에 가서야 짧은
유서 같은 글이 나왔다.

* * *

마녀는 과연 대부분 불태워져 죽은 걸까. 아마 대부분이 스스로 죽지 않았을까.

마녀로 태어나서 받은 가장 큰 저주는 마녀에게도 사랑받고 싶단 마음이 있단 걸 거야.

그렇게 가질 수 없는 행복을 탐하다가, 자길 사랑해 주는 이들조차 불행하게 만들어 버려.

아빠랑 엄마, 로렌츠에게 미안해.

그렇지만, 이렇게 해서라도 카론의 기억에 영원히 남고 싶어. 그가 오래오래 후회할 수 있도록.

다음 생은 사랑받을 수 있는 성녀로 태어나고 싶다.

그렇다면, 그도 날 사랑해 줄까.

* * *

그 뒤에 쓰인 마지막 문장이 엘레나의 시선을 오래 붙잡아 두었다. 일기장은 한참 뒤에야 덮었다.

엘레나는 그걸 전부 읽고도 루시아가 원망스럽지 않았다. 루시아가 그녀에게 느꼈던 열등감과 보여 주고 싶지 않아 했던 결핍, 부러워했던 것들은 이미 그녀도 어린 시절에 루시아를 보며 한 번씩 느껴 봤던 것들이었다.

루시아가 엘레나의 건강을 부러워하고, 엄마와의 추억을 부러워하고, 카론과의 관계를 부러워했듯, 그녀 역시 루시아를 사랑해 주는 아빠의 존재를 부러워하고, 루시아의 보금자리를 부러워하고, 카론의 약혼녀로 당당히 설 수 있는 위치를 부러워했다.

그러니 그들의 관계가 진정으로 어땠는지를 고민하게 될 것 같으면, 루시아가 쓴 마지막 문장을 떠올리면 될 것 같았다.

그러면 다음 생에는 엘레나를 미워하지 않을 수 있을까.

엘레나로서는 최선을 다했으니, 서로가 빚이 없는 관계였다. 이제야 비로소 이 해묵은 관계를 떠나보낼 수 있겠단 확신이 들었다.

창밖으로 동이 트면서 아침 해가 밝았다. 로제마리가 가뿐한 발소리를 내며 다가와 그녀의 침실로 머리를 들이밀었다.

"전하, 간밤 내내 앓으셨던 왕녀 전하께서 지금은 열이 내렸다고 하네요! 어서 일어나셔야……. 어? 벌써 깨어나 있으시네요?"

엘레나는 쏟아지는 햇살을 받으며 방을 나섰다. 일광이 눈부시게 흐드러진 회랑을 걷는 그녀의 발걸음은 가볍기 그지없었다.

카론과 안젤라, 그리고 모두가 자신을 기다리고 있는 궁. 이곳이 어린 시절의 그녀가 그토록 간절히 바랐던 아늑한 집이었다.

악역 남편님, 집착할 분은 저쪽인데요
메나닉 지음

빙의를 해도 하필, 피폐 소설 속 광기 어린 폭군의 부인이라니.

그의 집착을 한 몸에 받을 성녀가 등장하는 순간, 죽을 운명이다.
그와 성녀의 만남이 이루어지기 전에 도망쳐야 한다.

그러나 생각보다 일찍 찾아온 죽음의 위기.
황궁 내 정치질로 인해 위험에 처한 나는,
어쩔 수 없이 그가 즐거워할 여흥을 제안할 수밖에 없었다.

"인간 사냥입니다."

황제의 눈이 얕은 흥미로 반짝인다.

"그대는 언제까지 실수하지 않을 수 있을까?"

죽은 듯이 그의 눈에 띄지 않고 지내는 건 불가능한 걸까.
원작과 달리 내게 관심을 보이는 폭군 황제 때문에 하루하루 살얼음판.

나는, 언제까지 실수하지 않을 수 있을까?

제로노블(Zero Novel)은 판타지를 사랑하는 여성들을 위한 신감각 로맨틱 판타지 시리즈입니다.